O FIM DO MUNDO

Upton Sinclair

O FIM DO MUNDO

Tradução de
Lúcio Cardoso

1ª edição

Rio de Janeiro, 2023

Copyright da tradução © Rafael Cardoso Denis © Lúcio Cardoso

1ª edição Livraria José Olympio Editora, 1941
1ª edição Grupo Editorial Record, 2023

Capa recomposta e tratada por Flex Estúdio a partir de capa original de Raul Brito, 1941.

Título original: *World's End*

Este livro foi revisado segundo o Acordo Ortográfico da Língua Portuguesa de 1990.

Todos os direitos reservados. É proibido reproduzir, armazenar ou transmitir partes deste livro, através de quaisquer meios, sem prévia autorização por escrito.

Direitos desta tradução adquiridos pela
EDITORA JOSÉ OLYMPIO LTDA.
Rua Argentina, 171 – 3º andar – São Cristóvão
20921-380 – Rio de Janeiro, RJ
Tel.: (21) 2585-2000.

Seja um leitor preferencial Record.
Cadastre-se no site www.record.com.br
e receba informações sobre
nossos lançamentos e nossas promoções.

Atendimento e venda direta ao leitor:
sac@record.com.br

	CIP-BRASIL. CATALOGAÇÃO NA FONTE SINDICATO NACIONAL DOS EDITORES DE LIVROS, RJ	
S623f	Sinclair, Upton O fim do mundo / Upton Sinclair ; tradução Lúcio Cardoso. – 1. ed. – Rio de Janeiro : José Olympio, 2023.	
	Tradução de: World's End ISBN 978-65-5847-129-5	
	1. Ficção americana I. Cardoso, Lúcio. II. Título.	
23-82477		CDD: 813 CDU: 82-3(73)
Gabriela Faray Ferreira Lopes – Bibliotecária – CRB-7/6643		

Impresso no Brasil
2023

Reprodução de folha de rosto da 1ª edição publicada. *O fim do mundo* fez parte da Coleção Fogos Cruzados, um dos maiores sucessos literários de década de 1940. Sua missão era trazer ao público brasileiro "perfeição literária e forte intensidade humana", como indica seu primeiro volume, *Orgulho e preconceito*, de Jane Austen, também com tradução de Lúcio Cardoso.

NOTA DO AUTOR

No decorrer deste romance, várias pessoas conhecidas fazem nele o seu aparecimento, algumas vivas, outras mortas; aparecem sob os seus próprios nomes, e o que a respeito delas se diz é exato.

Há outras personagens que pertencem à ficção, e nesse caso o autor se afastou do seu caminho para impedir que se assemelhassem a seres reais. Batizou-as com nomes inverossímeis e desafia a todos que afirmem a sua existência real. Entretanto, não é possível uma certeza absoluta: por isso, estabelece também que todo encontro de nomes será puramente ocasional. Este livro não é o que se costuma chamar um roman à clef, que se publica sob proteção legal. O que aqui está dito significa exatamente isto e pretende ser entendido exclusivamente desse modo.

Várias empresas europeias interessadas na manufatura de munições foram citadas no romance — e tudo o que foi dito a esse respeito está de acordo com os anais. Há uma outra firma americana que é imaginária, bem como todos os seus negócios. Finalmente, o autor fez o possível para evitar qualquer semelhança entre as suas personagens e famílias ou firmas americanas da atualidade.

LIVRO PRIMEIRO
Deus no Céu

1

MÚSICA QUE SE FAZ VISÍVEL

I

O NOME DO RAPAZ AMERICANO ERA LANNING BUDD; MAS TODOS O chamavam Lanny, um nome agradável, fácil de dizer. Nascera na Suíça, passara a maior parte da sua vida na Riviera Francesa: nunca atravessara o oceano, mas considerava-se americano, porque seus pais o eram. Viajara muito e, presentemente, estava numa pequena aldeia dos arredores de Dresden, enquanto sua mãe fazia um cruzeiro de iate nos *fjords* da Noruega. Lanny não se incomodava com isso, pois estava acostumado a ficar só e sabia viver com pessoas de todas as partes do mundo. Comia a sua comida, arranhava um pouquinho a língua de cada um e ouvia histórias sobre coisas estranhas da vida.

Lanny tinha treze anos e crescera depressa; mas a dança tornara-o delgado e gracioso. Usava os cabelos castanhos compridos, como era moda para os rapazes. Quando eles lhe caíam nos olhos, sacudia a cabeça. Suas pupilas eram castanhas também e olhavam com vivacidade para qualquer lugar da Europa em que estivesse. Agora mesmo, ele tinha certeza de que Hellerau era o mais delicioso dos lugares e que, sem nenhuma dúvida, este dia da Festspiel, o mais agradável dos dias.

Num elevado *plateau* erguia-se um grande templo branco, com lisas colunas na fachada; para ali se dirigia grande multidão, que viera de todas as partes do mundo em que a arte fosse amada e compreendida; bem-vestidos alguns dentre eles, mas principalmente artistas, escritores, críticos, músicos, atores, produtores, celebridades em tal número que era impossível reparar em todos. Durante quase toda a sua vida Lanny ouvira aqueles nomes — e, agora, ali estavam eles em carne e osso. Com dois amigos, um jovem alemão, um pouco mais velho do que ele, e um inglês, também mais velho, errava entre a multidão, demonstrando a mais viva alegria.

— Ei-lo — cochichou alguém.

— Quem?

— Aquele com a flor vermelha.

— Mas quem é?

Talvez um grande russo, explicou o mais velho dos rapazes, chamado Stanislavsky; talvez o inglês Granville Barker, vestido negligentemente. Os rapazes queriam olhar, mas não acintosa e demoradamente. Ali era um lugar de gente fina onde as celebridades podiam ser adoradas, mas não importunadas; eles sabiam disso. Pedir um autógrafo seria uma falta que não podia ocorrer a nenhum aluno da escola Dalcroze.

O rei das celebridades compareceu, conforme prometera, e eles o vigiavam, olhando-o de pequena distância, a conversar com duas senhoras. Outros também o espiavam e procediam como os rapazes, passeando lentamente e apurando o ouvido na esperança de colher alguma das pérolas perdidas da sua sabedoria ou do seu espírito. Parando momentaneamente e olhando de soslaio, Lanny murmurou:

— Suas suíças parecem de ouro.

— Suíças? — Estranhou Kurt, o alemão que falava inglês com precisão e cuidado. — Acho que você quer dizer barba!

— Suíças são as duas coisas: barba e bigode, não é, Rick? — Aventurou Lanny.

— Suíças eriçadas — opinou o inglês, e acrescentou: — e as dele são da cor da terra de Hellerau.

— Hellerau quer dizer campo claro — explicou Kurt.

Justamente: o chão era amarelo-avermelhado e tinha réstias de sol.

II

O rei das celebridades passava dos cinquenta anos e o vento que soprava ali agitava as suas suíças, eriçando-as. Alto e ereto, tinha os olhos alegres como as campânulas do prado e os dentes brancos como as margaridas. Usava no momento um terno de tecido inglês, castanho mesclado de vermelho e, quando deitava a cabeça para trás e ria — isso acontecia sempre que fazia uma graça —, todas as flores da campina balançavam.

O trio olhou-o até julgar que seria impolido fazê-lo mais. E desviaram a vista.

— Vocês acham que ele responderia se lhe falássemos? — perguntou Lanny.

— Ó, não! — exclamou Kurt, o mais bem-educado dos três.

— De que falaríamos? — perguntou Rick.

— Podemos pensar. Experimente você, que é inglês.

— Um inglês nunca fala com estranhos sem ser apresentado.

— De qualquer modo, pense alguma coisa; pensar apenas não ofende — insistiu Lanny.

Rick tinha quinze anos e seu pai era um baronete que preferia ser conhecido como desenhista de cenários.

— Mr. Shaw, permita-me a liberdade de dizer-lhe quanto prazer me deu a leitura de seus prefácios? — sugeriu Rick, com sotaque de Oxford e maneiras polidas.

— Isto é o que todos dizem — afirmou Lanny. — Ele está cansado de ouvir tal coisa. Experimente você, Kurt.

Kurt juntou os calcanhares e curvou-se: era filho de um oficial da Silésia e não podia pensar em dirigir-se a alguém de outra forma.

— Mr. Shaw, nós, os alemães, temo-nos na conta de seus descobridores e nos sentimos honrados em dar-lhe as boas-vindas em nossa terra.

— Isto é melhor — ponderou o americano. — Mas é passível que o prefeito já lhe tenha falado assim.

— Então, tente você — disse Rick.

Lanny sabia, por seu pai e outros, que os americanos dizem o que querem, sem muita cerimônia.

— Mr. Shaw — declarou —, nós três vamos dançar para o senhor dentro de poucos minutos e estamos loucos por isso.

— Ele perceberá que isto é americano — admitiu Rick. — Você ousaria fazê-lo?

— Não sei, ele parece amável.

O rei das celebridades começou a se movimentar em direção ao alto templo branco e Kurt exclamou, relanceando um olhar de espreita:

— *Herrgott!* Três minutos para o pano levantar!

14 UPTON SINCLAIR

E saltou incontinente seguido pelos companheiros. Precipitadamente, quase sem fôlego, eles chegaram ao vestiário. O maestro recriminou-os de modo severo:

— É horrível estarem atrasados para a Festspiel.

Os três rapazes desvencilharam-se ligeiro de suas roupas e vestiram as leves túnicas de dança. Que eles estivessem sem fôlego não tinha importância, pois começava a *ouverture*. Esgueiraram-se para as suas posições marcadas no palco escuro, acocorando-se no assoalho, à espera do momento de levantar o pano.

III

Orfeu, o cantor, descera ao inferno. Estava de pé, com olhar funesto, defrontando uma legião de Fúrias. A música infernal exteriorizava o seu protesto.

— Quem é este mortal que se aproxima e ousa introduzir-se nesta terrível morada?

As Fúrias, é bem sabido, são perigosas; elas tremem com a excitação que lhes é peculiar e que mal pode ser refreada. Seus pés caminham com vivacidade para saltar sobre o intruso e suas mãos se estendem com avidez para agarrá-lo e despedaçá-lo. A música estrondava e se elevava ao máximo para um frenético presto; estrondava e abaixava de novo, e os corpos sacudiam e balançavam com o seu ritmo.

Os espíritos estavam de pé, num declive à entrada dos portões do inferno; filas e filas deles, e, na escura luz azul dos fogos infernais, seus braços e pernas desnudos eram como uma montanha em movimento. Sua cólera entremeava-se de tal maneira à ameaça que o gentil músico mal podia deixar de arrepiar-se. Ele tocou a lira e suaves harmonias soaram; tiniu tercetos como o brilho das pequenas ondas ao luar. Mas os entes infernais recusavam-se a ouvi-lo.

— Não! — Troavam eles com o martelar dos braços e o tropel dos pés.

Em vão o melodioso lamento da lira!

— Fúrias, espectros, fantasmas terrificantes, deixem o seu coração apiedar-se de minha alma atormentada pela dor.

O músico cantou a sua história: ele perdera a sua amada Eurídice, que estava nalguma parte desse reino de angústia, e precisava conseguir a sua libertação.

O FIM DO MUNDO

Os sons harmoniosos se espalharam a ponto de enternecer os mais duros corações. Era o triunfo do amor sobre o ódio, da beleza e da graça sobre as forças demoníacas que perseguem os seres humanos.

A montanha em movimento irrompia dentro do canto silente. Os estrangeiros do inferno estavam transformados em sombras das Champs-Élysées, e bênçãos caíam da música sobre eles.

— Nestes campos, todos têm o coração feliz; só conhecem, aqui, a paz e a tranquilidade.

Em meio ao regozijo, chegou a esquiva Eurídice para encontrar seu esposo. O êxtase apoderou-se dos membros brilhando na límpida luz; eles executaram movimentos tão complicados quanto a música, representando não somente a melodia, mas complicadas harmonias. Belos desenhos se apresentaram ante os olhos e o contraponto se foi desenvolvendo num outro sentido. A música se tornava visível; quando o pano caiu, escondendo o feliz Orfeu e sua amada, frenéticos aplausos sacudiram o auditório. Homens e mulheres, de pé, aplaudiram com delícia a revelação duma nova forma de arte.

Lá fora, nos degraus do templo, o povo se comprimia em torno do criador do "Eurithimicas". Emile Jaques-Dalcroze era o seu nome: um rechonchudo e bem constituído homem, usando barba negra pontuda, bigode à moda francesa e a gravata preta Windsor — sinal característico dos artistas da época. Ele tomara os modelos musicais do Orfeu de Gluck, reproduzindo-os com os corpos, braços e pernas nuas das crianças. Os amantes da arte iriam dizer ao mundo que havia ali alguma coisa não somente bela, mas saudável; um caminho para conduzir a juventude à graça e à felicidade, à eficiência e à coordenação do corpo e do espírito.

Críticos, produtores, professores, todos eram devotos de uma velha religião, o culto das Musas. Eles acreditavam na salvação da humanidade pela beleza e pela graça; e que melhor símbolo disso do que o poema do cantor grego que desceu ao Inferno e com sua voz e a lira de ouro, domara as fúrias e os demônios? Mais cedo ou mais tarde, entre as crianças de Hellerau apareceria um outro Orfeu para encantar os sentidos, inspirar as almas e dominar as fúrias da ambição e do ódio. As guerras seriam banidas — não apenas as entre nações, mas a amarga luta de classes que ameaçava desunir a Europa. Na escola Dalcroze as crianças de classe privilegiada bailavam lado a lado com os filhos dos operários das fábricas suburbanas. No templo das

Musas não havia classes, nações nem raças: somente a humanidade com seus sonhos de beleza e alegria.

Tal era a fé de todos os amantes da arte no ano de 1913; tal era o credo ensinado no alto templo branco que dominava o campo claro. Nessa época feliz e moderna o impulso da civilização tornara-se automático e irresistível. Quarenta e dois anos se tinham passado desde que a Europa assistira a uma grande guerra e era evidente a todos que o amor e a fraternidade estavam se introduzindo no coração das fúrias e que Orfeu os conquistava com sua voz celestial e sua lira de ouro.

IV

Toda a sua infância Lanny Budd passara a brincar ao som da música. Onde quer que estivesse, havia sempre um piano e ele começou a dedilhar as teclas logo que cresceu o suficiente para subir num tamborete. Guardava trechos de tudo que ouvia e, mal chegado a casa, dedicava-se ao prazer de reproduzi-los. Agora tinha descoberto um lugar onde podia executar música com os braços, as pernas e todo o corpo; onde podia defrontar um espelho e ver a música com seus próprios olhos! Ele estava tão excitado por isso, que, pela manhã, mal podia esperar o momento supremo e bailava ao vestir-se.

Em Hellerau, ensinava-se um alfabeto e uma gramática de movimentos. Com os braços conservava-se o tempo: uma série de movimentos para três partes de tempo, outra para quatro e assim por diante. Com os pés e o corpo indicava-se a duração das notas. Era como uma ginástica rítmica, destinada a disciplinar o corpo à mente. Dominados os movimentos dos diferentes tempos, passava-se então a problemas mais complexos: marcar três partes do tempo com os pés e quatro partes com os braços. Aprendia-se, desse modo, a analisar e reproduzir intrincadas estruturas musicais. Os ritmos da terceira parte da fuga eram expressos pelo canto numa parte, movimentos com os braços em outra e movimentos com os pés, por fim.

Para Lanny, o lado mais agradável disso era não ser ninguém julgado excêntrico por gostar de dança; todos compreendiam a música e os movimentos vinham com ela. Não havia dúvida de que se dançava também em casa, mas isso de maneira cerimoniosa, para o que se vestia especialmente e se contratavam músicos que executavam trechos apropriados; era a música menos interessante, e todos dançavam de um só modo. Se, porém, um

O FIM DO MUNDO

garoto dançasse no campo, entre os bosques de pinheiros ou na praia, julgá-lo-iam louco e não lhe dariam importância.

Lanny estava atingindo a idade em que se espera adquirir dignidade. Não podia ele viver pulando, a menos que fizesse disso a sua profissão e assim ganhasse dinheiro. Mas havia ali uma escola para dar-lhe um diploma e um atestado, como diziam. Sua mãe explicaria:

— Aqui está o Lanny. Ele está fazendo o curso Dalcroze.

Lady Eversham-Watson assestaria o seu *lorgnon* de marfim e ouro, murmurando:

— Ó, admirável!

A baronesa de La Tourette juntaria as mãos carregadas de diamantes e esmeraldas e exclamaria:

— *Ravissant!* — Dalcroze estava na moda.

Assim, Lanny trabalhava muito e aprendia tudo o que era possível durante essas preciosas semanas em que sua mãe passeava de iate com o *gentleman* que inventara o sabão chamado Bluebird e o introduzira em diversas cozinhas de milionários americanos. Lanny queria entrar numa sala onde moças e rapazes treinavam; ninguém impediria que um jovem gracioso e esbelto entrasse e dançasse com eles. Se ele tivesse ideias novas, próprias, poderia experimentá-las afastado e não seria notado, a menos que o fizesse de modo extraordinário. Dançava-se em todos os lugares: nos quartos, nos corredores e lá fora na grama. Todos se absorviam no trabalho e nenhum se admiraria de a rainha Titânia surgir com a sua corte marcando, com pés formosos, o compasso suave da *ouverture* de *Sonho de uma noite de verão*.

V

Lanny Budd tinha feito duas amizades nesse verão. Kurt Meissner viera da Silésia, onde seu pai administrava uma grande propriedade, colocação honrosa e de responsabilidade. Kurt era o mais moço de quatro filhos. Por isso, não era obrigado a servir o Estado ou ser oficial. Seu desejo de reger e, possivelmente, de compor música, era respeitado e ele se inteirava, por método alemão, de todos os instrumentos que deveria usar. Tinha um ano mais do que Lanny e um palmo a mais de altura. Seus cabelos eram cor de palha, cortados rente. Usava *pince-nez* e tinha maneiras sérias e formalizadas. Logo que uma dama se aproximava dele, levantava-se e, se ela ria, curvava-se. O que ele apreciava no sistema Dalcroze era ser, na verdade, um sistema, alguma coisa que se podia analisar e compreender perfeitamente. Kurt queria sempre obedecer às regras e se perturbava com a maneira americana de Lanny em modificar livre e facilmente tudo quanto julgasse poder fazer melhor.

O rapaz inglês tinha um nome complicado — Eric Vivian Pomeroy-Nielson — mas o povo simplificara-o para Rick. Seria baronete algum dia. Achava isso excessivamente incômodo por ser um meio degrau entre *gentleman* e nobre. A ideia de Rick sobre atitudes era não tomar nada a sério ou, antes, fingir que não o fazia. Vestia-se bem por casualidade, fazia graças, falava em "montar" e "caçar", esquecia-se de concluir muitos dos seus ditos e gostava de usar a palavra "podre" como adjetivo. Seus cabelos eram escuros, ligeiramente anelados, o que ele explicava.

— Suponho que algum judeu deixou seu cartão de visitas na minha família.

Mesmo assim, com essa pose, seria engano pensar que Eric Vivian Pomeroy-Nielson não se dedicava à carreira que escolhera: música, dança, poesia, arte dramática, dicção, decoração de cenários, pintura e mesmo aquela arte que, dizia ele, era a pretensão de seu pai à grandeza: imiscuir-se entre os ricos e conseguir dinheiro para a manutenção de "pequenos teatros".

Cada um deles contribuía com alguma coisa para os outros: Kurt conhecia a música alemã de Bach e Mahler; Lanny sabia um pouco de tudo: das velhas sarabandas da "Alexander's Ragtime Band" às novidades de além-mar. Quanto a Rick, estivera numa moderna escola de artes e ofícios e aprendera um repertório de velhas canções e danças populares inglesas. Quando cantava para os outros dançarem as canções de Purcell, fazia-o com tantos trinos e volteios que, às vezes, uma série de notas para uma sílaba exprimia justamente o que dizia a canção: "santo dia da doce Flora".

Todos os três tinham estado em contato com pessoas mais idosas e tinham amadurecido precocemente. Para os americanos, pareceriam pequenos homens velhos. Formavam um produto de culturas definidas que levava a arte a sério, usando-a para substituir outras formas de aventura. Todos pretendiam dedicar-se à arte; seus pais eram bastante ricos — não tanto a ponto de serem "podres de rico", mas o suficiente para permitir a escolha da carreira de cada um. Todos três encaravam um futuro no qual a arte se desenvolveria como uma flor miraculosa. Novas "sensações" seriam divulgadas e uma multidão de pessoas excitadas e curiosas correriam de Paris para Munique e Viena, de Praga para Berlim e Londres — tal como acontecia agora, vindo em grande número ao grande templo branco, no cla-

O FIM DO MUNDO

ro prado, para verem como se conseguia exercitar eficientemente o espírito e o corpo das crianças e prepará-las para aquela sociedade de estetas cultos e graciosos, na qual esperavam passar os seus dias.

Numa grande planície, justamente ao pé de Hellerau, ficava o campo de exercício do exército alemão. Ali, quase que diariamente, homens corpulentos marchavam e davam voltas, corriam, caíam e se levantavam céleres. Cavalos galopavam, canhões e caixas de munições eram movimentados de um lado para outro e armas descarregadas apontadas para um inimigo imaginário. O barulho chegava até o grande templo branco e crescia quando o vento soprava naquela direção; o pó chegava também até lá. Mas os dançarinos e os músicos davam pouca importância a isso. Homens tinham marchado e espezinhado o solo da Europa desde o começo da História e agora se completavam quarenta e dois anos de paz: somente os velhos se lembravam da guerra. Tão grande fora o progresso da ciência e das relações internacionais que poucas pessoas encaravam a possibilidade de uma matança geral na Europa — e os artistas não se encontravam entre esses poucos.

VI

Com a chegada do verão, Lanny voltou para junto de sua mãe. Tinha lágrimas nos olhos ao deixar Hellerau: um lugar tão agradável, o único templo onde ele sempre adorara. Disse a si mesmo que nunca o esqueceria; prometeu aos seus professores voltar e tornar-se ele mesmo, finalmente, professor. Prometeu a Rick ir vê-lo na Inglaterra, porquanto sua mãe ia lá todo ano e, com esforço, poderia persuadi-la a levá-lo.

Quanto a Kurt, ia com Lanny para a Riviera Francesa, onde residia uma tia do jovem alemão, e ele queria passar com ela umas duas semanas antes de recomeçarem as aulas. Kurt nada dissera ainda a essa tia sobre o rapaz americano com quem se dava, pois era possível que a sua obstinada e formalista parenta não aprovasse essa amizade. Havia muita gente conservadora nas classes elevadas da Europa e essas pertinácias nunca tinham cedido ao chamariz de Orfeu, nem ao seu alaúde. Kurt era como um irmão mais velho para Lanny, ocupando-se dos arranjos da viagem e das passagens e mostrando o seu país ao visitante.

Deviam baldear de trem em Leipzig e cearam em um café de meio-fio. Pediram sopa de couve e sentiram que da verdura tinham sido extirpados os bichos antes de ela ser cozida.

— É melhor um bicho na couve do que não ter carne — disse Kurt, citando os campônios do seu país.

Lanny esqueceu a sua indisposição ao ouvir um zumbido acima de sua cabeça. Todos olhavam para cima. Ali, na luz vermelha do sol poente, deslizava, lento e majestoso através do céu, um gigantesco peixe de prata. Um Zeppelin! Era a façanha sonhada pelos homens há milhares de anos e agora realizada numa era de milagres. O engenho alemão fizera isso e Kurt exultava de orgulho. Naquele mesmo ano, as linhas aéreas alemãs tinham começado a se expandir de uma cidade para outra e dentro em pouco prometiam atravessar os mares. Não havia limites para os triunfos da invenção, ou da expansão da ciência e da cultura nas grandes capitais da Europa.

Os rapazes acomodaram-se no expresso noturno e Lanny falou ao amigo sobre Beauty, aquela a quem iam encontrar em Paris.

— Todos os seus amigos a chamavam assim, e eu também — disse o rapaz. — Tinha ela apenas dezenove anos quando nasci.

Kurt podia somar dezenove com treze e concluir que a mãe de Lanny era ainda jovem.

— Meu pai mora na América — continuou Lanny. — Mas vem à Europa diversas vezes no ano. Budd não quer dizer muito em alemão, suponho, mas é bem conhecido lá; é assim como que dizer Krupp, na Alemanha. Não há dúvida de que a popularidade desses nomes seja menor em outros países, mas o povo diz Colt e Remington, e Winchester e Budd.

E Lanny acrescentou, precipitado:

— Não pense que meus pais sejam muito ricos. Robbie, meu pai, tem uma meia dúzia de irmãos e irmãs, e tem tios e tias que, também, têm os seus filhos. Mamãe divorciou-se de meu pai há uns anos atrás e Robbie tem agora mulher e três filhos em Connecticut, onde ficam os estabelecimentos Budd. Como você vê, há muita gente com quem dividir a fortuna. Meu pai se encarrega das vendas no continente e sempre pensei em ser seu assistente. Mas agora, acho que mudei de ideia. Gosto tanto do Dalcroze!

VII

Beauty Budd não veio à estação. Ela evitava tudo o que pudesse trazer-lhe aborrecimento ou incômodo. Lanny era um rapaz de expediente; sabia muito bem como levar as suas bagagens ao táxi, e não se transviaria no

O FIM DO MUNDO

caminho do hotel que já lhe era habitual. Sua mãe estaria à espera com pessoas de sua predileção, e era melhor assim porque ele a acharia fresca, expansiva e amável. Era especialidade dela, estar assim para ele e para todo mundo.

A natureza amável designara-lhe aquele papel. Tinha tudo: cabelos de vinte e dois quilates de ouro que caíam em ondas, pele macia e delicada, dentes regularmente brancos, feições agradáveis — não o rosto de uma boneca, mas um rosto cheio de alegria e amabilidade. Ela era pequena e delicada, em suma, deliciosa de ver-se, e todos se voltavam para participar desse prazer, onde quer que fosse encontrada. Fora assim desde criança e, sem dúvida, não podia desconhecer isso mesmo que o quisesse. Não era vaidade, mas antes um ardor de que se sentia possuída, uma felicidade capaz de fazer felizes os outros, e uma piedade pelas mulheres que não tinham a dádiva abençoada que tornava a vida tão fácil.

Beauty tinha o máximo cuidado com as suas prendas naturais; filosofava a esse respeito e explicaria o seguinte se houvesse interesse:

— Tive a minha parte de aborrecimentos. Chorei e descobri que chorei sozinha. E não sou de natureza solitária. Ri e tive muitos companheiros.

Não era uma bela mulher tão digna de cuidados como uma flor ou uma joia? Por que não se vestir elegantemente, fazer-se encantadora e tornar-se uma obra de arte num mundo de artistas?

Seu nome era também uma obra artística. Nascera Blackless e batizara-se Mabel, mas nenhum desses nomes lhe tinha agradado. O pai de Lanny dera-lhe dois outros e todos os seus amigos concordavam que eles lhe ficavam bem. Agora, assinava sempre os cheques "Beauty Budd", e, se eram muitos, não dava importância, porque, para tornar felizes a todos, devia ter o seu preço.

A mãe de Lanny estava florescente agora, depois de uma longa viagem por mar entre os *fjords*, e onde protegera carinhosamente o seu corpo do sol que se recusava a desaparecer. Seu único pesar era ter de gastar algumas libras que ganhara, e ia fazê-lo com dolorosa abnegação. Adorava seu gentil filho e ei-lo que se precipita no quarto; correram um para o outro como crianças, abraçaram-se e beijaram-se. Beauty segurou-o e examinou-o:

— Ó, Lanny, como você cresceu! — exclamou e abraçou-o de novo.

O jovem alemão ficou de pé, esperando. Lanny apresentou-o e ela o cumprimentou calorosamente, ao mesmo tempo que lia-lhe nos olhos a admiração e a adoração que estava acostumada a notar nos homens que a viam, quer eles tivessem catorze anos ou cinco vezes mais que isso. Eles ficavam de pé, intimidados, esqueciam sua polidez, tornavam-se seus escravos para sempre, e isso era o que de melhor lhes poderia ser proporcionado. Extasiavam-se em contemplá-la e adorá-la: isso evitava que eles se mostrassem animais e bárbaros, o que era a tendência de todos. Beauty vestia um belíssimo robe de seda azul chinesa, com um grande faisão dourado. Ela adivinhara a impressão que iria causar ao novo amigo de Lanny e sentiu que acertara. Mostrou-se encantadora para com ele e se Kurt viesse a adorá-la seria ótimo para Lanny e os três se sentiriam mais felizes.

— Contem-me alguma coisa de Hellerau — pediu ela.

Eles não se fizeram rogados, ou melhor, só Lanny, a princípio, porque o jovem alemão ainda não se sentia à vontade. Beauty mandara colocar um piano no salão e correu para ele.

— Que quer você? — perguntou ela.

Beauty sabia poucas peças e Lanny, para facilitá-la, respondeu:

— Qualquer coisa.

Beauty começou a tocar uma *polonaise* de Chopin e os dois rapazes dançaram. Ela se sentia maravilhada, o que os fazia orgulhosos. Kurt, que nunca ouvira falar de uma mãe que fosse também criança, modificou em poucas horas suas ideias sobre os americanos. Um povo tão livre, tão simples e tão delicioso!

Os rapazes tomaram banho, vestiram-se e desceram para o *lunch*. Beauty mandou servir suco de frutas e salada de pepino.

— Eu engordo por qualquer coisa — disse ela. — É a tragédia da minha vida! Não ouso tomar um copo de leite com *saeter*.

— Que é *saeter*? — perguntou Lanny.

— É uma pasta que fabricam no alto da montanha. Fomos de barco e depois caminhamos até lá; as habitações mais antigas na região são feitas de troncos e têm buracos em vez de chaminés. Nos pequenos armazéns, que são muitos, os tetos são cobertos de turfa e veem-se flores subindo por eles. Alguns têm mesmo no terreiro um arbusto.

— Vi isso uma vez na Silésia — disse Kurt. — As raízes sobem até o teto e se prendem nele como se fossem cordas. Mas os galhos devem ser cortados todo ano.

— Passamos a maior parte do tempo no iate — continuou Beauty. — Lanny não lhe falou a respeito do velho Hackabury? Ele mora em Reubens, em Indiana, e fábrica o sabão Bluebird. São milhões de barras por dia ou por semana, não sei bem. Não tenho boa memória para números. Ele traz sempre pequenas amostras no bolso e as dá a todos; os campônios ficam satisfeitíssimos... São uma gente tão limpa!

Os rapazes falaram-lhe a respeito do festival de Orfeu; falaram-lhe de Granville Barker e de Stanislavsky.

— É o lugar mais belo em que já estive — declarou Lanny. — Tenho vontade de ser professor em Dalcroze.

Beauty não riu, como fariam outras mães nesse caso.

— Certamente, querido. Como queira você — respondeu. — Mas Robbie pode ficar desapontado.

Kurt nunca vira pais serem chamados por tais nomes: Beauty e Robbie; calculou que fosse costume americano e lhes ficava bem, apesar disso nunca ser usado na Silésia.

Quando comiam pastéis, Beauty falou:

— Sinto não poder ficar um dia mais. Gostaria de não perder a oportunidade de estar mais tempo com Kurt, mas aceitei um convite para passar quinze dias na Inglaterra e ir depois à Escócia caçar.

Lanny ficou desapontado, mas soube disfarçar. Já se acostumara a ver sua mãe em fugas dessa natureza; compreendeu que ela se obrigara com amigos e não era de se esperar que ela ficasse em casa para divertir um menino nem mesmo dois.

Kurt também se desapontara; tinha pensado no regalo que seria para seus olhos ver o mais possível essa obra de arte criada na longínqua América e aperfeiçoada na França. Já a adorava tanto, mas de um modo tão respeitoso e cheio de pudor que Beauty achou-o excepcionalmente fino e ficou satisfeita em ver que o seu querido Lanny sabia escolher amigos. Lanny lhe escrevera sobre os pais de Kurt e também sobre a sua tia de Cannes, a senhora Dr. Hofrat von und zu Nebenaltenberg. Beauty não a conhecia, mas se compenetrou de que uma pessoa com esse nome devia ser socialmente aceitável.

VIII

À tarde, foram à exposição de arte moderna. Todos falavam no Salão dos Independentes e Beauty precisava dizer, também, que o vira. Ela andava em passos rápidos e tinha o olhar vivo; podia, assim, inspecionar em quinze ou vinte minutos a arte que mil ou mais artistas haviam trabalhado num ano. Além disso, trazia um vestido que lhe ficava bem; o fato de ser ela própria uma obra de arte não lhe dava muito tempo para se dedicar a outras obras de arte. A mãe de Lanny, qual borboleta no seu leito de flores, era tão encantadora e alegre voando através da vida, que mal se poderia notar quão pouco mel colhia.

Abandonou os dois rapazes aos seus próprios desejos na exposição. Imaginação solta, eles percorriam de parede em parede a galeria em que pintores e escultores de um continente expunham os seus esforços. Cada quadro parecia gritar:

— Olha-me! Eu sou o *nec plus ultra*!

Poucos pareciam ter querido pintar pela consagrada escola antiga, bem como pela moda da época. Aqui, rostos tinham sido feitos em secções planas e cônicas; olhos e narizes em posições as mais variadas; as árvores tornavam-se azuis, as estrelas verdes e também as compleições humanas tomavam outro colorido. Era a época do "nu descendo a escada"; esse nu consistia em espirais ou zigue-zagues que podiam dar ideia de relâmpagos acesos ou emaranhado de linhas semelhante a fios de telefone após a passagem de um ciclone. Não se podia fazer a menor ideia a respeito desses nus; e que aparecessem os autores para se lhe perguntar se era uma colossal blague, ou o quê.

Grande era o número de nus reconhecíveis, exibidos na morgue, nos campos de batalha ou nas mesas de operação. Havia mulheres com ventres enormes e seios flácidos; homens com membros aleijados ou mutilados. Tinha-se a impressão exata de que os artistas livres do continente europeu eram como que pertencentes a uma raça atormentada e torturada; deviam viver em águas-furtadas e nunca teriam tido bastante o que comer. Lanny e Kurt jamais souberam o que fosse uma água-furtada, e não passara pois em suas mentes a origem de tais quadros. Podiam apenas admirarem-se de que, num mundo com criaturas como a mãe de Lanny, os pintores preferissem assuntos tão feios e repugnantes. Alguma coisa devia estar errada; o enigma não podia, no entanto, ser resolvido pelo filho de Beauty Budd, nem pelo filho do administrador do Castelo de Stubendorf na Alta Silésia.

Beauty tinha um compromisso para jantar, e os dois rapazes foram ao cinema — uma arte que era, nos seus primórdios, silenciosa. Na plateia, os inimigos dos maridos de Paris se deliciavam com hilaridade; em cena, o marido ciumento tomara o pregador de papel por amante de sua mulher, o que deu em perseguição e luta. Tudo terminou com a queda do balde de cola sobre a cabeça do marido. A música identificava-se com as diferentes cenas: amor, pesar, batalha, ou o que quer que fosse. O pianista virava rapidamente a página do livro e, na passagem em que o balde estava prestes a cair da escada, ele iniciou o trovejar da tempestade da *ouverture* de *Guilherme Tell*.

Completamente diferente do Salão dos Independentes e também de Hellerau; mas os rapazes apreciavam inocentemente e riram tão alto como o faria o mais baixo burguês na rua.

Na manhã seguinte era quase meio-dia quando saíram, e Beauty não se levantara. Kurt nunca viera a Paris; Lanny, como se estivesse em casa, mostrava-lhe os marcos e dava-lhe lições de História. Mais tarde, apareceu um americano jogador de polo chamado Harry Murchison, representante da indústria de vidros. Ele tinha um carro elegante e levou-os a Versalhes, onde tomaram *lunch* num café de calçada; vagaram por jardins e bosques, viram o Petit Trianon e ouviram um guia falar sobre Maria Antonieta e a princesa de Lamballe, e outras belezas do passado longínquo — mas nenhuma delas teria sido tão bela quanto o era Beauty. Ambos, Lanny e Kurt, sentiam uma pontinha de inveja do jovem e formoso americano, que procurava monopolizar Beauty; ela era, porém, perspicaz e distribuía equitativamente os seus favores.

Chegados ao hotel, Beauty mandou que mostrassem alguma coisa de Dalcroze ao seu amigo, enquanto ela se vestia. Harry ia levá-la à ópera, parecia, mas antes deviam jantar e acompanhar os rapazes à estação, pois partiam para Côte d'Azur. Beauty sempre derramava lágrimas nas despedidas; o mesmo aconteceu a Lanny, e, inesperadamente, a Kurt. Beauty beijou-o. Quando o trem se movimentava, os dois rapazes, sós na sua cabine, Kurt exclamou:

— Ó, Lanny! Eu estava, realmente, gostando de sua mãe!

Lanny ficou satisfeito, sem dúvida.

— Assim acontece com todos — foi a sua resposta.

2

CÔTE D'AZUR

I

N A PARTE LESTE DE UMA PEQUENA PENÍNSULA QUE SE PROJETA NO Mediterrâneo, elevava-se a pequena aldeia de Juan-les-Pins, de frente para a baía. Adiante, o golfo Juan, e o maciço de Esterel no fundo. Nessa costa abrigada e agradável, havia uma vila com um terreno de dois ou três acres, que Robbie Budd tinha dado à mãe de Lanny, há anos atrás. Robbie pusera-o "em segurança", de tal forma que ela não o poderia vender ou hipotecar. Isso tornara a propriedade insensível às oscilações financeiras. Justamente agora, Juan, como era designada, gozava de relativa prosperidade: as terras vizinhas estavam sendo divididas em lotes, e consideráveis somas eram oferecidas. Beauty estimava para Juan o valor de cem mil francos; com o correr do tempo, haveria uma baixa e ela ficaria, na certa, arruinada. Por isso, já se sentia pesarosa. Viria depois um terrível *boom* e, em seguida, outra crise — era o que pensava Beauty. Mas Robbie julgava mais acertado não faltar nunca, a ela e Lanny, uma casa.

Esse fora o berço de Lanny desde que ele se entendia por gente. Aí, nos profundos bosques de pinheiros, ele tinha colhido as flores da primavera e aprendido a chamar os pássaros. Nas águas mansas da baía, remara e aprendera a nadar. Embaixo, nas praias suavemente inclinadas, havia, emborcados, botes de pesca e redes estendidas a secar. Não podia haver vida mais excitante para uma criança. Familiarizara-se com os estranhos animais da região e sabia quais os que mordiam e picavam e quais os que podia levar para Leese, a alegre camponesa, cozinheira de sua casa. Aprendera essas coisas com os filhos dos pescadores e, com eles, aprumava papagaios coloridos ao sol deslumbrante. Lanny habituara-se a tagarelar em três idiomas e com dificuldade pôde mais tarde distingui-los. Falava inglês com os pais, francês com hóspedes e médicos ocasionais e provençal com os criados, camponeses e pescadores.

A casa fora construída no topo de uma colina, em posição agradável, um pouco atrás do mar. Era de estuque vermelho, com postigos em azul-claro

O FIM DO MUNDO 27

e o teto baixo forrado de telhas vermelhas. Obedecia ao estilo colonial, possuía um jardim e uma fonte. Lanny brincava por perto quando o mistral soprava, o que acontecia às vezes. Um muro alto, coberto com uma sebe de cravos e loureiros brancos, ladeava o caminho, e havia, de cada lado do portão de madeira, um aloé com folhas espessas e carnosas e um espigão alto, muito florido, chamado "candelabro de Deus".

O lugar era agradável e ótimo para um rapaz: nenhum inimigo e poucos perigos. Seu pai lhe ensinara a nadar em todas as águas e a boiar tão tranquila e seguramente como uma tartaruga-do-mar. Aprendeu a remar e a navegar e sabia como regressar rapidamente, quando a tempestade se anunciava. Conheceu tanta coisa sobre pescarias, sobre as nozes que os camponeses colhiam na floresta e as ervas dos campos, que Beauty costumava dizer:

— Se ficarmos pobres, Lanny saberá como nos alimentar.

Aprendeu também a fazer amigos e a dividir-se entre tantas ocupações que não teria nunca oportunidade para se aborrecer.

Sua mãe, sendo uma senhora elegante, naturalmente se afligia com o gosto plebeu do seu único filho e, quando vinha à vila, convidava os filhos dos seus amigos ricos para companheiros de jogos de Lanny. Lanny se dava bem com eles; as crianças ricas eram também interessantes. Ele os levava à praia, introduzia-os nas casas dos pescadores e os deixava sujar as roupas arremessando a rede de apanhar camarão. Passeavam nas colinas, descansavam à porta de algum casebre de camponês e mostravam, na volta, como tinham aprendido a tecer cestos. Beauty atalhava risonha que os antepassados de Robbie tinham sido fazendeiros.

— E que eram eles em Connecticut, senão campônios? — concluiu.

II

Não é possível afirmar que Lanny Budd tivesse estado na escola. Por qualquer coisa, sua mãe o levava em viagens e ela própria ensinava-lhe tantas coisas, que parecia impossível metê-las todas numa cabeça tão pequena. Lanny guardava frases de todas as línguas que ouvia, e não eram poucas as que se falavam na Riviera. Estava sempre batendo nas teclas de um piano e, se alguém dançava uma nova dança, aprendia-a logo e a executava melhor. O que sua mãe devia fazer era ensinar-lhe o alfabeto; entretanto, ele só se interessava pelos livros de gravuras que havia na casa. É extraordinário saber que Beauty Budd se considerava uma senhora de gosto literário; anotava os nomes dos livros de que ouvia falar, comprava-os, lia-os nas primeiras páginas e, desculpando-se com seus afazeres, deixava-os de lado. Mais cedo ou mais tarde, chegariam às mãos de Lanny, que, se não os entendia, importunava a qualquer pessoa com perguntas.

Boa parte de seus conhecimentos fora recebida de ouvido. Gente de toda espécie vinha à sua casa, e um rapaz bem-educado devia sentar-se tranquilamente numa cadeira, sem nada dizer. Como sempre, esqueciam-se de sua presença e não imaginavam que tudo quanto diziam ia sendo recolhido pelo seu espírito. Falavam de modas, sociedade, do que se usava e comia; aonde iam e com quem se encontravam; discutiam sobre a aristocracia da Europa e os seus títulos; sobre os ricos, seus haveres e obrigações, dividendos e lucros; exaltavam os novos carros, os novos restaurantes; lembravam os teatros e as peças que representavam, as óperas e os nomes dos cantores; citavam os livros mais em voga; criticavam os jornalistas, os políticos, os chefes de Estado. Enfim, tratavam de tudo que tivesse sucesso e fosse importante.

A sós com sua mãe, Lanny assaltava-a com perguntas:

— Beauty, que é "tafetá"? Que quer dizer "cortar enviesado"? Que são "pinguins" e por que os políticos franceses se parecem com eles? Quem eram os dreyfistas, e por que ficou o abade tão excitado quando se falou sobre eles?

Para uma mãe que se habituara à arte de palestrar sem se interessar muito com os detalhes, a situação era desagradável. Com Lanny, era preciso explicar direito as coisas, porque ele não se esquecia de coisa alguma e podia repeti-las.

Desde a mais tenra idade, ele se acostumara a prezar os ditos profundos dos mais velhos e citava-os em outras companhias. Com certeza isso lhe causava prazer. Uma criança ativa não podia deixar de se alegrar com tal coisa. Lanny ficava na expectativa atrás de um biombo; os mais velhos raramente imaginam a malícia das crianças e não percebem como estão sempre atentas a apreender o que acham de vantagem para elas. Fala-se alguma coisa na presença de um menino e admira-se mais tarde que ele estivesse tão bem informado.

A cidade de Cannes ficava a cinco milhas da casa, e sua mãe acorria ali para fazer compras e exibir seus encantos. Lanny prometia não se afastar com estranhos e acharia, sozinho, um banco da rua ou um café ao ar livre para sentar. Logo haveria alguém atraído pelo vivo rapaz de cabelos escuros ondeados, olhos castanhos alegres e faces rosadas, vestido com uma camisa de tecido Oxford, cinzenta, aberta ao peito.

Assim tinha ele encontrado durante o inverno, antes da sua ida a Hellerau, o coronel Sandys Asleig — Sandys, cujo "ys" não se pronuncia.

O coronel tinha bigodes brancos e a pele amarelecida — cor de pergaminho — pelo mau funcionamento do fígado. Usava um costume de linho, bem talhado. Como membro da formalista Colônia Britânica, ele voltaria as costas a qualquer adulto que aventurasse dirigir-lhe a palavra sem a devida apresentação; mas se as mesas estavam ocupadas e um rapazinho o convidava a sentar-se, ele não julgava necessário recusar. Quando o rapaz começou a tagarelar com toda a graça de um homem do mundo, o coronel se sentiu intimamente tocado e exteriorizou-se no cavalheiro cortês.

Lanny escolheu-o para discorrer sobre a última novela popular que lera pela metade. O velho oficial, impertinente com a doença do fígado, recriminou-o a respeito de suas leituras e verificou que o rapaz nunca lera uma novela de Scott nem mesmo ouvira falar em Dickens; tudo que conhecia dos dramas de Shakespeare era a música de *Sonho de uma noite de verão*. Lanny fez-lhe muitas perguntas e se mostrava tão preciso quando comentava as coisas que mereceu do coronel o oferecimento da edição de um livro de que ele podia dispor. Uma condição, porém, era imposta ao rapaz: obrigar-se a ler cada palavra do livro.

Lanny não fazia ideia do alcance dessa promessa. Deu-a, e também o seu nome e endereço. Dois dias mais tarde, chegou-lhe pelo correio um elegante volume pesando algumas libras. Era uma obra dessas que se usa colocar sobre a mesa da sala para tomar pó todos os dias e que não se abre nunca. Lanny, cumprindo a sua palavra, começou pelo título da primeira página; levou um mês na leitura, tempo que passou em estado de intensa excitação. Ele amolava sua mãe às refeições contando-lhe casos de Ladies acusadas de terríveis crimes que nunca haviam cometido. O que significavam esses crimes era obscuro para o espírito de Lanny — e como podia sua mãe responder às perguntas?

— Quando um homem não sabe distinguir um gavião de um serrote, que devo imaginar? Que era "virgindade" e como se fazia para quebrá-la?

Presentemente, estava Lanny fazendo por si mesmo espadas de ripas e elmos de papel, e ensinando os filhos dos pescadores a se defenderem. Gritava, estendido na praia:

30   UPTON SINCLAIR

— *Zounds!* Avante, traidor! *Lay on, Macduff!*

Declamando poesia em todos os lugares como um ator — e talvez chegasse a sê-lo —, como podia Beauty saber o que tinha posto no mundo? Era evidente que a imaginação de seu filho o levaria a lugares extraordinários e fá-lo-ia realizar coisas absurdas.

III

Lanny e Kurt, chegando a Cannes, separaram-se antes de deixarem o trem. O jovem alemão devia encontrar-se com sua tia e essa, viúva do conselheiro von und zu Nebenaltenberg, era uma pessoa retrógrada e reprovaria os métodos americanos. A situação se tornava incômoda para Kurt porque sua tia conhecia ou pretendia conhecer "aquela dona Budd" — conforme ela mencionava Beauty — e se sentia chocada pelo fato de seu sobrinho se dar com tal pessoa. Ela talvez achasse isso "inconveniente".

Kurt não fez pergunta alguma. Limitou-se a dizer simplesmente:

— Mrs. Budd foi à Escócia para a estação de caça.

Ele se sentou ereto na cadeira dura e encarou a magra e severa velha que lhe contava novidades a respeito dos numerosos membros de sua família. Comeu um sadio *lunch* alemão de pão de centeio com queijo suíço e fatias de chouriço de fígado, acompanhado de bolo de maçã e chá fraco com leite. Terminada a refeição, a tia separou o *lunch* exato para sua única criada e, em uma arca de cedro que ficava entre as duas janelas da sala, guardou o restante. Fechou cuidadosamente a porta à chave, cujo molho carregava à cintura.

— Não se pode confiar nessas criadas aqui, de modo algum — disse a Frau Doktor Hofrat.

Seu marido falecera há dez anos, mas ela ainda usava luto e, por conseguinte, continuava com os seus títulos.

Apesar disso, era uma mulher de cultura e, quando achou conveniente, indagou a respeito de Hellerau. Kurt informou a seu modo. Ela tinha uma secreta prevenção contra Jaques-Dalcroze porque o seu nome era francês e bárbaro; mas a música de Gluck era de alemão puro e, por isso, Frau Doktor Hofrat se interessou e sentia não ter visto a Festspiel. Depois de Kurt despertar-lhe a curiosidade ao mais alto grau, ela se sentiu inclinada a convencer-se de que o amigo americano de seu sobrinho era uma dádiva real e talvez pudesse auxiliá-lo a fazer uma demonstração de Dalcroze.

O FIM DO MUNDO

— Lanny é um rapaz bem-educado, e polido — assegurou Kurt, e continuou exaltando o valor do companheiro.

Tinha somente treze anos e decerto nada sabia sobre as "inconveniências" de sua mãe. Além disso, era um artista, ou o ia ser, e não se pode julgar uma pessoa dessas como se faz em geral. Considere-se Wagner, por exemplo; e com relação mesmo a Beethoven, havia certos rumores...

Com tais estratagemas, Kurt conseguiu a permissão de sua tia de convidar Lanny Budd para o chá. Um telegrama foi enviado e o *chauffeur* da família Budd trouxe Lanny na hora exata. Ele penetrou num claro e imaculado apartamento, juntou os calcanhares, curvou-se e se desculpou em alemão — que não era tão ruim, pois tivera dois tutores alemães em épocas diversas, e por vários meses. Comeu um sanduíche e recusou a segunda xícara de chá. Depois, acompanhado ao piano por Kurt, ele fez demonstrações dos passos que o pessoal de Dalcroze designava por "contraponto plástico". A velha viúva tocou canções populares que Lanny não conhecia; ele escutava e inventava movimentos para acompanhá-la e fazia, ao mesmo tempo, inteligentes comentários. A Frau Doktor Hofrat não lhe contou que perdera um rapazinho de cabelos castanhos e olhos como os seus, mas convidou-o a voltar e consentiu que Kurt visitasse a sua casa.

Assim, tudo se resolveu bem e os jovens ficaram em liberdade para gozar a vida como melhor entendessem. O *lunch* de Lanny e Kurt não foi uma frugal refeição alemã. Leese serviu uma *mostele* — um peixe delicioso que os rapazes tinham pescado —, uma omelete com trufas frescas e por fim figos com creme e bolo. Era essa a maneira como se vivia em casa dos Budd e qualquer aldeã se sentiria feliz em servir dois formosos moços com tão bom apetite e que faziam tantos elogios à sua comida.

Os dois rapazes viviam em roupa de banho e mesmo assim estavam suficientemente vestidos nesse livre e agradável recanto da Europa. Passearam ao longo da península e chegaram até o cabo de Antibes, de cujas rochas se podia mergulhar nas águas claras. Aproveitavam a maré baixa para atirar a rede, apanhavam assim camarões, lulas, caranguejos e outros desses seres extraordinários que abundavam nessas águas há séculos e tinham sido pescados por rapazes romanos, gregos, fenícios, sarracenos, corsários e bárbaros — crianças de um sem número de raças que invadiram a Costa Azul desde que a terra submergira.

Na mais tenra idade, Lanny já vivia na presença desse longo passado; aprendera geografia durante uma viagem de automóvel e as lições de história, recebia-as fazendo perguntas nas velhas ruínas que visitava. Nem sempre obtinha resposta, mas possuía um guia que trazia numa das bolsas do carro e podia, dessa forma, olhar Arles, Avignon, ou o que fosse. Antibes, situada do outro lado do promontório, fora uma cidade romana, com banhos, arena e um aqueduto. Era fascinante observar essas reminiscências e pensar na vida de povos que tinham desaparecido da Terra há tanto tempo, aquela vida a que se tinham apegado com tanto orgulho e confiança. Recentemente haviam desenterrado um marco comemorativo do pequeno Septentrion Child, que fora bailarino e agradara no teatro. Lanny Budd podia ter sido essa criança voltada à vida, e ele procurava inteirar-se de como o seu predecessor vivera e por que tivera um fim prematuro.

Os dois rapazes, que viviam no ano de 1913, não podendo fazer ideia do que viria a ser a continuação de suas vidas, erravam cheios de felicidade pelas colinas e vales e corriam ao longo da costa. Percorriam uma infindável variedade de cenários: rios mansos, gargantas profundas, largos vales, bosques de oliveiras e vinhedos; florestas de carvalhos e eucaliptos, campos cheios de flores, aldeias espremidas pelos campos aterrados e cultivados até a última e preciosa polegada; palácios de mármore do Carrara com jardins tratados e árvores floridas — tantas coisas enfim que mereciam ser vistas! Kurt não sabia conversar com os camponeses, mas Lanny servia de intérprete e as mulheres reparavam no rapaz estrangeiro do norte, nos seus vivos olhos azuis e nos seus cabelos dourados, e talvez tivessem o mesmo pensamento do papa Gregório ao inspecionar os prisioneiros de guerra:

— Não anglos, mas anjos — foi o que dissera.

IV

Além de Antibes existe um mosteiro antigo com uma igreja — a Notre-Dame de Bon-Port — de onde os marinheiros daquela localidade, descalços e com camisas brancas, carregam em procissão a imagem da Virgem para obterem a sua proteção contra as tempestades. De lá, obtém-se uma perspectiva de todos os mares, das cidades brancas da Riviera e das distantes montanhas da Itália, cobertas de neve. A esse local chegaram os rapazes com as suas merendas e Lanny apontou os marcos: a oeste o Esterel, maciço de pórfiro vermelho cor de sangue, e a leste a grande cidade de Nice; além, sobre a rocha, Mônaco. Embaixo, na baía, estavam ancorados navios

O FIM DO MUNDO   33

de guerra; ali se demoravam eles, pois era um dos lugares favoritos para o descanso da marujada. Os marinheiros formigavam na pequena cidade.

Os rapazes passaram a tarde nesse local, exaltando o cenário deslumbrante e falando de si mesmos, do que planejavam fazer da vida. Como estavam sérios e ponderados! Kurt era um tanto ético, e os seus impulsos morais atemorizavam Lanny.

— Já pensou você quão poucas são as pessoas realmente cultas existentes no mundo? — perguntou o jovem alemão. — Há raças e nações inteiras de cultura praticamente nula; apenas um pugilo de homens levanta a bandeira do bom gosto entre muitos milhões de hotentotes.

— Que são hotentotes? — perguntou Lanny ingenuamente.

Kurt explicou que esse era o modo por que se designavam as pessoas sem cultura e sem ideal. A grande maioria dos homens era assim, e o desenvolvimento da civilização era sustentado por uma minoria de devotados.

— Suponhamos que eles venham a faltar, que acontecerá então?

— Eu nunca pensei nisso — respondeu Lanny aflito.

— Mergulharíamos no barbarismo mais uma vez; novamente em outra cidade obscura. Eis por que é tão elevada a missão da arte: salvar a humanidade ensinando o verdadeiro amor à beleza e o respeito pela cultura.

Lanny achou maravilhosa a ideia e afirmou isto a Kurt.

— Nós — continuou Kurt — que compreendemos que o disciplinar-se é como que um sacerdócio, precisamos empregar o máximo de nossas forças em uma vida metódica e não em dissipações, como têm feito muitos músicos. Eu faço o possível para vir a ser um daqueles que levaram uma vida racional como Bach ou Brahms. Conhece você alguma coisa a respeito deles?

— Não muito — admitiu Lanny.

— Não tenho dúvidas de que não conheço ainda o grau do meu talento.

— Ó, estou certo de que você tem um talento admirável, Kurt!

— Seja como for, quero julgá-lo e aplicá-lo. Já pensou você o que fazer da sua vida?

— Sinto nunca ter tido pensamentos tão sérios quanto os seus, Kurt. Você sabe, meus pais não levam as coisas muito a sério! Eles me dizem para gozar as coisas belas, ser polido e atencioso para os outros e aprender o que possa com eles.

— Isso está certo; apenas não é o bastante. É necessário ter-se uma visão mais larga, fins mais nobres...

— Eu o reconheço, Kurt, e gosto que você me diga isso.

— Certamente não devemos falar desse modo, a não ser com certas pessoas, capazes de compreender a nossa alma.

— Eu avalio o que você está dizendo — falou Lanny humildemente. — Experimentarei ser digno da sua confiança, serei uma espécie de discípulo, se me permite.

O mais velho concordou em aceitar o pacto nessa base. Eles se corresponderiam e diriam um ao outro até mesmo os mais profundos sentimentos; não teriam segredos — como é tão comum num mundo de pessoas superficiais e insensatas. Quando o sol começou a descer por detrás do Esterel, os dois olharam a estrada lá embaixo e sentiram que haviam realizado alguma coisa, como que uma experiência religiosa, tal como devia ter acontecido aos monges que tinham vagado pelos corredores daquele mosteiro, no decorrer de muitos séculos.

V

Kurt achava que, pelo Natal, o seu novo discípulo devia ser convidado a visitar o grande Castelo de Stubendorf. Para conseguir isso, era aconselhável cultivar a estima de Frau Doktor Hofrat, de cuja aquiescência dependia o êxito do seu desejo. Por esse motivo, Lanny foi diversas vezes ao apartamento de Cannes, e dançou Dalcroze para vários amigos da severa e rigorosa dama alemã. Nem uma só vez falou sobre as intenções de Kurt a sua mãe ou a seu pai. Quanto à Frau Doktor Hofrat, experimentava o espírito do rapaz e se certificou de que ele tinha um sagrado respeito pelas contribuições da Alemanha à cultura do mundo. Por sugestão de Kurt, Lanny tomou emprestado um volume de poesias de Schiller e se apaixonou de tal modo pela leitura que chegou até a pedir o auxílio da velha dama.

A viúva alemã se interessou também pela educação musical do rapaz, que tinha sido deploravelmente irregular. Kurt, como sua tia, tivera um perfeito treino, à moda alemã, na técnica de piano; uma verdadeira disciplina militar: braços e pulsos firmes, articulações moles, segunda articulação elevada, dedos levantados e batidas com as pontas. Pobre Lanny! Tivera uma mistura de tudo o que os amigos de sua mãe recomendavam. Primeiro fora o professor Zimmalini, protegido da sogra da baronesa de La Tourette; por ter sido aluno de um discípulo de Leschetizsky, o professor dava grande

O FIM DO MUNDO 35

importância à igualdade dos dedos: os pulsos moles, as articulações arqueadas, os dedos arredondados e os cotovelos curvados. Lanny aprendera assim durante todo um inverno; chegara a época da estação de Londres e depois a de Biarritz, e o rapaz partiu. Quando voltou, o professor já se tinha mudado para Paris.

Foi em Paris que Lanny recebeu algumas noções da técnica de piano pelo método de Breithaupt, e por preço elevado. Ensinaram-lhe o movimento rotativo do antebraço e outros detalhes de importância. Mas o excitável professor francês que lhe dava lições sentiu-se subitamente fascinado por uma corpulenta cantora e partiu com ela para a Argentina. Beauty ouvira falar no professor Baumeister, que chegara agora a Cannes e recomendou a Lanny que tomasse lições com ele, caso quisesse. Mas Lanny ainda não se resolvera.

A Frau Doktor Hofrat, natureza metódica alemã, depois de ouvir tudo isso, se sentiu consternada. Essa pobre criança embaralhava meia dúzia de métodos ao mesmo tempo; e o fato de ele se sentir feliz tocando desse modo agravava mais a situação. Ela assegurou-lhe que Herr professor Baumeister não era mais que um anarquista musical, e recomendou-lhe, por sua vez, um amigo que ensinara no Castelo de Stubendorf e adotava a técnica oficial alemã. Lanny prometeu transmitir à sua mãe tal recomendação e com isso completou a conquista da tia de Kurt. Ela os levou a um concerto — a única extravagância a que se permitia.

Kurt devia partir e contou ao seu discípulo que Frau Doktor Hofrat permitira que ele escrevesse ao irmão, recomendando Lanny como digno de ser recebido na qualidade de hóspede do castelo. O jovem americano ficou extraordinariamente contente; já ouvira falar tanto do castelo e da vida deliciosa que lá se levava, que chegava a imaginá-lo como um cenário dos contos de fadas de Grimm. Lanny desejava encontrar-se com a família de Kurt, ver como vivia o amigo e familiarizar-se com o ambiente em que ele tinha nutrido tão elevados ideais.

VI

Kurt foi embora e Lanny resolveu estudar alemão, praticar a disciplina dos dedos, e ensinar os filhos dos pescadores a dançar Dalcroze. Nunca estava só, pois Leese e a criada Rosine o estimavam como se fosse um filho.

Beauty viria afinal — ele o sabia — e, realmente um mês depois ela chegou, alegre e cheia de novidades. Robbie telegrafou de Milão, avisando que chegaria no dia seguinte.

Era hábito seu não telegrafar, porque, se tomava um trem para Constantinopla ou São Petersburgo, nem sempre sabia quando chegava. Enviava cartões-postais de Newcastle, Connecticut e às vezes de Londres ou Budapeste.

"Verei vocês dentro em breve", ou algo parecido, era o que escrevia.

E, quando escrevia alguma coisa séria, telegrafava dizendo que chegaria nesse ou naquele trem.

Robbie Budd orçava pelos quarenta anos e era o pai que qualquer menino escolheria, se fosse consultado. Fora jogador de futebol, jogava polo de vez em quando, e ainda era sólido e firme na "tacada". Tinha abundante cabeleira castanha, como seu filho e, em roupa de banho, era do peito às pernas como o urso Teddy. Os olhos castanhos e alegres de Lanny, suas faces rosadas, aquela disposição e boa vontade com que ele aceitava as coisas, tudo fora tirado de Robbie Budd.

O pai gostava de realizar todos os desejos do filho. Sentava-se ao piano e, com técnica ainda pior do que a de Lanny, brincava desenfreadamente. Não conhecia bem a música clássica, mas sabia hinos do colégio, canções de negros, comédias musicais — tudo americano — algumas alegres, outras sentimentais. Dentro d'água não conhecia o que era cansaço; podia permanecer brincando metade do dia e da noite e, se percebia que Lanny estava cansado, dizia:

— Deite de costas.

E vinha por baixo, segurava-o pelas axilas e batia os pés para o puxar como se fosse um reboque. Robbie arranjara dois óculos que amarrava em torno da cabeça e que ajustava bem com uma borracha, de modo que permitisse a ele e Lanny mergulhar e estar sempre no meio dos peixes. Robbie apanhava um dos chuços de três pontas usados pelos pescadores e perseguia com ele um grande mero: quando o ferisse haveria luta, assunto que Lanny explorava durante vários dias.

Robbie Budd ganhava muito dinheiro; nunca dizia quanto, e talvez não o soubesse exatamente. Por onde quer que passasse, deixava sempre o rastro de sua fortuna. Gostava do rosto satisfeito daqueles que se tornavam prósperos subitamente; necessitava de tanta gente para auxiliá-lo a armazenar a sua fortuna!

O pai de Lanny esperava que algum dia o filho o auxiliasse a ganhar dinheiro. Apesar de toda a sua alegria e de todo o seu cinismo, era um homem cuidadoso e de grande visão; ideara um método de encaminhar o seu primeiro e querido filho àquele fim e confrontava frequentemente os resultados que obtinha. Robbie Budd fazia com que tudo parecesse casual e acidental — conforme pensara com antecedência — e estava interessando o rapaz na venda de armas e munições, fantasiando-a como a mais romântica e excitante de todas as ocupações; cercava-a de mistérios e intrigas e incutia no espírito de Lanny as lições básicas de tudo que se relacionasse com o negócio e que eram do mais solene segredo. Nunca, nunca o filho de um vendedor de munições deixaria que seus lábios dissessem uma palavra sequer acerca dos negócios do pai, a quem quer que fosse, em qualquer lugar e sob qualquer circunstância!

— Em todo o continente europeu não há ninguém em que eu realmente confie a não ser você, Lanny — dizia o pai.

— Não confia em Beauty? — perguntava o rapaz.

— Ela confia demais noutras pessoas. Quanto mais tenta guardar um segredo, mais depressa o revela. Você, no entanto, nunca pensará em falar a alguém sobre negócios de seu pai; você compreenderá que qualquer um dos ricos e elegantes amigos de Beauty pode estar procurando saber onde eu fui, em que contratos estou interessado e que ministro de Estado ou oficial do exército levei a passear de automóvel...

— Nunca insinuarei nada, Robbie, acredite-me! Falarei sobre pescarias ou sobre o novo tenor da ópera.

Lanny aprendera a lição tão profundamente que seria capaz de sentir quando o conde di Pistola ou a mulher do *attaché* da embaixada austríaca estivessem tentando sondá-lo. Iria contar o caso a seu pai, e Robbie observaria, sorrindo:

— É verdade, eles estão trabalhando para Zaharoff.

Lanny não devia ouvir nada mais; Zaharoff — acento na primeira sílaba — era o lobo cinzento que estava açambarcando os planos armamentistas da Europa, um por um, e que considerava a assinatura de um contrato com um americano, ato de alta traição. Desde que se desenvolvera o suficiente para se lembrar das coisas, Lanny vinha ouvindo histórias das disputas de seu pai com aquele que era considerado o mais perigoso dos homens. O que Lanny sabia a respeito desse homem chegava para transtornar as chancelarias da Europa, caso fosse dado à publicidade.

Quando Robbie saltou do trem — ele tinha feito toda a viagem, pela Bulgária —, ambos, Beauty e Lanny, estavam na estação para dar-lhe as boas-vindas. Apertou a mão de Beauty de um modo amigável e abraçou o filho demoradamente. Como era casado em Connecticut, Robbie não podia permanecer na casa e rumou para um hotel próximo. Ele e Lanny apostaram uma corrida até o ponto dos barcos e vestiram os calções de banho. Já longe, dentro do bote e distante de ouvidos curiosos, Robbie riu mostrando os dentes e disse:

— Bem, consegui aquele contrato búlgaro.

— Como arranjou isso?

— Enganei-me com o dia da semana.

— Mas em que lhe podia ajudar esse engano? — interessou-se Lanny.

Há meios tão variados de se firmar contratos, com os quais o mais inteligente rapaz do mundo não consegue atinar...

— Imaginei que fosse quinta-feira e apostei mil dólares afirmando isso.

— E perdeu?

— Tudo se passou na última sexta-feira. Fui a um quiosque na esquina e comprei um jornal do dia; e, sem dúvida, eles não me podiam vender esse jornal na quinta-feira.

E os dois trocaram sinais de compreensão.

Lanny podia adivinhar a história, mas gostava de ouvi-la contada por Robbie, e perguntou:

— E pagou você realmente a dívida?

— Era uma dívida de honra! — disse o pai gravemente. — O capitão Borisoff é um companheiro sagaz e devo-lhe obrigações. Ele demonstrou, num relatório, que os fuzis Budd eram superiores a quaisquer outros do mercado. E são, sem dúvida.

— Seguramente, eu sei — disse o rapaz.

Ambos estavam de acordo a esse respeito; era um dos fatos conhecidos no universo que os americanos podiam bater os europeus em qualquer campo, desde que empregassem a sua inteligência. Lanny estava satisfeito porque ele era americano, ainda que nunca tivesse posto os pés na terra de orgulho dos peregrinos. Seu pai era capaz de enganar Zaharoff e os demais lobos e tigres da indústria de armamentos, o que o fazia feliz. Os americanos são o povo mais honesto do mundo, mas certamente, e por isso mesmo, poderiam pensar em fazer tretas finas, como qualquer comerciante levantino com sangue grego ou um mujique russo.

VII

Pode ser que, dificilmente, tudo isso fosse a melhor espécie de exercício moral para uma criança; mas o fato é que Lanny agia de modo a preservar para si uma especial e alegre inocência. Outros rapazes tiravam suas experiências dos *pulps* e dos *movies*, mas Lanny obtinha-as do seu admirável pai, seus auxiliares diplomatas e conspiradores, generais, ministros, dirigentes das finanças e grandes luminares sociais a quem o rapaz encontrava e continuaria a encontrar enquanto fosse filho de Robbie Budd.

A atitude de Robbie Budd perante essas pessoas era delicada, mesmo cordial; mas, por trás, ria deles. Eram o *crême de la crême* da Europa; tinham uma vida de burocracia e solenidades, davam-se títulos imaginosos, cobriam-se com ordens e condecorações e olhavam para um vendedor americano de munições como simples camarada de comércio. O pai de Lanny ria às gargalhadas — como dissera ao filho — dos absurdos e fraquezas desse e daquele pretensioso. Referia-se à forte condessa de Wyecroft como a uma "intrometida" e ao elegante marquês de Trompejeu que usava monóculo como um *pimp*.

— Eles farão tudo, contanto que sejam bem pagos e com garantia de que não serão pilhados.

Robbie revestira-se de uma completa armadura intelectual para proteger a si e aos seus negócios e preparara outra de menor tamanho para Lanny.

— Os homens odeiam-se uns aos outros — disse ele. — Insistem em combater e nada se pode fazer para impedir isso, a não ser aprender a defender-se. Nenhuma nação sobreviverá um ano se não estiver preparada para repelir os ataques de rivais invejosos e insaciáveis; e tem-se que preparar as armas ofensivas de acordo com a evolução dos tempos, porque os inimigos as estão, também, aperfeiçoando. Desde as primeiras eras tem havido luta entre aqueles que fabricavam escudos e os outros que faziam espadas e lanças; hoje em dia, a luta é entre os fabricantes de blindagens e os fabricantes de cascos e torpedos. Isso perdurará enquanto houver progresso — afirmou antes de continuar: — A indústria de munições é a questão mais importante de cada nação — insistiu o chefe de vendas da Budd Gunmakers Corporation —; aquela de que dependem todas as outras.

Muitos povos admitiam isso, mas não concordavam que os fabricantes de fuzis e munições trabalhassem para suprir a mais de um ao mesmo tempo, o que consideravam impatriótico.

40   UPTON SINCLAIR

— Mas aí é que está a ignorância do povo — disse Robbie. — Eles não imaginam que os "animadores" se arruínam depressa e se tornam desmoralizados alguns anos depois. Como eles querem, não se pode fornecer o produto e sentir-se a salvo; é preciso manter-se a indústria produzindo em ordem, a menos que se encontre outro produto para fabricar. Não se fomenta uma guerra somente para ter operários práticos.

Do outro lado de Connecticut havia um estabelecimento que os Budd tinham erguido para suportar três gerações. Lanny nunca o vira, mas conhecia-o por fotografias e tinha ouvido histórias a respeito. Foi um ianque de Connecticut quem primeiro teve a ideia de fazer canhões com peças substituíveis, acessórios exatamente semelhantes, de modo a poderem ser trocadas e manufaturadas por atacado. O bisavô de Lanny fora um dos que seguiram a ideia e auxiliara as autoridades a dominar os nativos; ajudara o país a conquistar o México e a preservar para a União, Cuba e as Filipinas.

— É esse o serviço que rende o armamento para um povo — disse Robbie. — Ele se arma quando necessário e todos confiam nele por isto!

Durante meio século, a América não tinha tido, realmente, uma grande guerra. Assim, os planos armamentistas americanos cram pequenos para os estândares europeus. Os salários americanos eram bem mais altos que os outros e o único caminho para competir era produzir um material superior — e persuadir os compradores de que ele era mesmo muito melhor. Robbie trabalhava nessa propaganda de persuasão e nunca estava satisfeito, apesar de se dedicar a isso com afinco. Queixava-se da falta de visão dos europeus em anunciar o cérebro ianque. Os americanos trabalhavam de maneira diferente; os seus planos usavam medidas inglesas — polegadas — como padrão, enquanto os europeus adotavam o sistema métrico. Robbie persuadira seu pai a aparelhar-se de maquinaria do mais recente modelo e agora ele devia preservar da ruína aquela custosa instalação. O negócio nunca o satisfizera; os contratos eram "meros engorda-pinto", conforme ele dizia, mas sempre fora um bem alimentado e formoso rapaz.

Algum dia Lanny visitaria os estabelecimentos Budd de além-mar e se inteiraria dos seus segredos. Enquanto isso, ele devia conhecer a Europa, suas diferentes raças e classes de que armas precisavam e como chegar até os "grandes" e suborná-los.

Robbie disse:

— É um assunto sério, imaginar que milhares de trabalhadores, suas esposas e filhos dependem do nosso negócio. Se Zaharoff tivesse conseguido

O FIM DO MUNDO

o contrato de fuzis com a Bulgária, seriam os operários ingleses, franceses ou austríacos que iriam ter trabalho e salários; não seriam só os filhos dos trabalhadores de Connecticut que iriam passar fome. Os guardas de armazéns se arruinariam e os fazendeiros não teriam mercado para as colheitas.

Assim, não era só para si e sua família, mas para toda uma cidade cheia de gente, que Robbie Budd tretava como um contrabandista e perdia grandes quantias, no pôquer, ou apostando que era quinta-feira quando sabia ser sexta!

Certamente era horrível que os homens chegassem à guerra e se matassem; mas por isso devia culpar-se a natureza e não a família Budd. Robbie e seu filho puseram os óculos e mergulharam entre os peixes por algum tempo. Quando voltaram e se sentaram nas rochas para descansar, o pai falou da vida que decorre nesse estranho e escuro mundo. Milhões incontáveis de formas microscópicas criadas à superfície do sol são alimento para pequenos peixes, camarões e outros seres. Os grandes peixes devoram os pequenos, e monstros semelhantes a tubarões os devoram por sua vez. Todos se reproduzem incessantemente e isso se dá há dez milhões de anos com diferenças tão leves que mal se pode notar. Tal era a vida ali, e tão facilmente se podia mudá-la, como fazer parar o movimento do sol.

— Você pode, apenas, compreender o seu andamento e adaptar-se a essa vida.

Foi esta a lição que Robbie pregou, e de modo tão convincente, que para Lanny ela se tornou como a paisagem, o clima, a música que ouvia e o alimento que comia. Robbie reforçava-a com pitorescas insinuações: apanhava um peixe defeituoso, que perdera uma barbatana e dizia:

— Veja, este não conseguiu manter a sua indústria de armamentos!

Depois que Lanny ouviu tanta coisa sobre armamentos, decidiu que o que tinha de melhor a fazer era desistir de falar ao pai da sua ideia de tornar-se um dançarino de Dalcroze. E onde ficavam todos aqueles nobres ideais que Kurt Meissner lhe tinha revelado e o haviam impressionado tanto, um mês atrás? Qual a utilidade de pensar em religião e abnegação, se os homens eram camarões e caranguejos, e as nações, tubarões? Eis um problema que os homens tinham debatido antes do nascimento de Lanny Budd, e que lhes tomaria ainda muito tempo para resolver!

3

PLAYGROUND DA EUROPA

I

BEAUTY DEMOROU-SE UMAS DUAS SEMANAS, O MESMO FAZENDO Robbie. Na companhia de Lanny, a vida tornou-se uma contínua ronda de alegrias sociais. Beauty organizou uma partida de tênis; deu um jantar dançante na vila, com uma orquestra de Cannes; enfeitou a casa com lanternas venezianas. Enquanto não estavam preparando essas diversões, passavam o tempo de automóvel, visitando as casas dos amigos ou desciam à costa para corridas de lanchas, *bridge* ou fogos de artifícios.

Lanny tomava parte nesses acontecimentos. As pessoas que tinham ouvido falar de Dalcroze, ansiavam por uma demonstração, e o filho de Beauty Budd os satisfazia, mesmo que não o rogassem. Lady Eversham-Watson punha a *lorgnette* de marfim e ouro e resmungava:

— *Charming!*

A baronesa de La Tourette juntava as mãos, dizendo:

— *Ravissant* — exatamente como Lanny previa.

Essas atenções e aplausos não o envaideciam, porque era seu plano assumir o papel de professor e ali estava um começo. Lanny gostava de agradar aos outros e todos o estimavam por isso; aliás, não escondiam dele o que sentiam. Lanny tomava o mundo como uma coisa alegre e deliciosa e se desdobrava em esforços para ser notado.

O mundo era habitado por pessoas de dinheiro. Lanny sempre tivera como certo de que todos o possuíam. Nunca havia conhecido pessoas pobres, ou melhor, nunca soubera nada a respeito da pobreza dessa gente. As criadas trabalhavam bastante, mas eram bem pagas, tinham comida em abundância e se sentiam satisfeitas em trabalhar nas casas ricas, conhecendo gente rica e tagarelando sobre os seus modos. Os campônios provençais participavam da generosidade da natureza, eram independentes e expansivos. Os pescadores iam ao mar e apanhavam peixe; tinham feito isso durante toda a sua vida e gostavam de fazê-lo; tinham saúde, bebiam vinho, cantavam e dançavam. Se um deles adoecesse ou perdesse seu barco, far-se-ia uma coleta, Lanny falaria com Beauty e ela contribuiria também.

O FIM DO MUNDO 43

Os ricos têm por desígnio exibir a elegância e a graça no mundo — e a Côte d'Azur era um lugar especial para esse fim. Era o *playground* de inverno da Europa. Os ricos e os modernos vinham de todas as partes do mundo e cada um construía a sua casa ou permanecia em hotéis luxuosos; vestiam-se pelos últimos figurinos e se exibiam nos campos de parada e nas praias, tais como o Boulevard de La Croisette em Cannes e o Promenade des Anglais em Nice. Dançavam, jogavam bacará e roleta, golfe e tênis: andavam de automóvel, de barco e comiam e bebiam em público, estendendo-se nas praias, debaixo de alegres barracas listadas. Fotógrafos tiravam os seus retratos, e jornais e magazines de todo o mundo pagavam preços elevados por eles, o que tornava a exibição da elegância um negócio de grande escala.

As damas que emprestavam seus encantos a essas paradas eram tidas como belezas profissionais e aceitavam a profissão com a mesma seriedade com que um médico trata da cura do corpo e um padre da salvação da alma. A ocupação é excitante e deixa às suas devotas pouco tempo para se dedicarem a qualquer outra coisa. Durante os períodos de exibição, conhecidos como "estações", elas têm por norma trocar de toalete quatro vezes ao dia, deixando o *cameraman* logrado. Finda a estação, elas quase não têm chance de recuperar os gastos, tal é o tempo que empregam traçando planos com os costureiros e negociantes de modas que hão de mantê-las à frente da próxima temporada.

Beauty Budd parecia ter sido talhada especialmente para tal carreira. E a mãe de Lanny a podia adotar, não obstante ser tão pobre. Tudo que possuía eram a sua casa e uns mil dólares por mês, que Robbie lhe dava. Robbie era severo com ela e fizera-a prometer não fazer dívidas e nunca jogar, a menos que fosse em casos excepcionais de negócio e em que ele, Robbie, tomasse parte. Certamente que essa imposição não podia ser seguida ao pé da letra. Beauty tinha de jogar *bridge* e não podia insistir em pagar à vista as roupas que encomendava — os fornecedores imaginariam que as coisas não corriam bem para ela.

Assim, do ponto de vista de Lanny, o significado de "ser pobre" era ser a sua formosa mãe desclassificada na parada de elegância. Ela nunca seria alistada como uma das "dez mais bem-vestidas de Paris". Felizmente, Beauty possuía uma forte constituição e não deixava que a decisão dos juízes arruinasse a sua vida; dessas injustiças, ela aprendera a fazer espírito e criara uma virtude. Falava sobre a repugnância de "pagar o preço" — observação que muitas de suas amigas podiam sentir como uma indireta.

44   UPTON SINCLAIR

Mas esses assuntos ainda estavam além da compreensão de Lanny e ele tentava consolar Beauty:

— Estou satisfeito pelo fato de você ser pobre. Se fosse rica, eu não a veria nem um minutinho!

Ela o abraçava e as lágrimas afloravam em seus belos olhos azuis.

— Você é a melhor coisa do mundo, e eu sou uma louca em desviar meus pensamentos para outros lados!

— É assim que eu gosto de você! — dizia Lanny com momice.

II

O motivo de Robbie ter ficado tanto tempo dessa vez, foi a falta de outro negócio que não esse, em que Beauty o estava ajudando. Lanny tomava parte, também, com as suas habilidades, nesse trabalho que era um dos aspectos do que aprendera com seu pai a respeito de munições. Os fregueses deviam ser encontrados de um modo tão hábil que o negócio não pareceria ter sido feito por mera amizade. Na pior das hipóteses, pensariam somente em dinheiro, mas, em geral, acabavam gostando da família Budd. De qualquer forma, eles prometiam aceder e Robbie procurava tornar essa aquiescência real. Era necessário entretê-los, e, para esse fim, que seria mais eficaz do que uma mulher com os encantos de Beauty Budd? Robbie pagava generosamente esse trabalho da difícil arte de venda de munições.

O ministro da Guerra russo estava planejando visitar Paris com sua mulher. Robbie tinha batedores que o punham a par da situação, e telegrafava a Beauty mandando que o incluísse entre seus amigos; para isto procurava alguém que conhecesse o ministro ou sua esposa e convidava-os a se esquentarem ao sol durante alguns dias. Beauty os esperava, preparava um chá e atraía Robbie que chegava num carro novo, cintilante. Robbie instalava os velhos no automóvel, mostrava-lhes a estrada de Corniche e acabava permitindo que eles dessem um pulo até o cassino de Monte Carlo.

Os agentes de Robbie, de posse de um dossiê regular, informavam-no acerca desses hóspedes, seus gostos e tendências. Beauty convidava diversas duquesas e condessas para o chá e, quando o ministro tomasse lugar à mesa de jogo, Robbie passar-lhe-ia sutilmente um pacote de notas de mil francos, dizendo-lhe sorridente para tomar um *flier* delas. O velho *gentleman* aceitava e, se perdia, Robbie lhe aconselhava esquecer aquilo; se ganhava, o pai de Lanny silenciava. Mais tarde, Robbie lhe dava notícias de um novo canhão que sua usina estava lançando nos mercados e o ministro ficaria profundamente interessado: marcaria uma data para Robbie fazer uma demonstração em São Petersburgo.

Mais tarde, Robbie dizia para Beauty:

— Eu não posso ir de automóvel a São Petersburgo, porque me atolarei na neve, como Napoleão.

Sim, havia neve na Rússia, impossível de se ver em Juan-les-Pins, onde todo mundo se estende na praia absorvendo raios de sol.

— Aquele seu carro velho está começando a parecer miserável — e acrescentava: —, é melhor você ficar com o meu. Mas não deixe que a enganem no preço do outro; você deve apurar cinco ou seis mil francos, no mínimo.

Se Beauty protestava pela sua generosidade, ele respondia com a fórmula:

— Isso vai para a conta de despesas gerais.

Um fenômeno maravilhoso, a conta de despesas gerais de um vendedor de munições: pode ser esticada para incluir seus negócios e seus prazeres. Admite o jornaleiro, que inicia o fio da meada e o detetive que prepara o dossiê. Inclui o carro, o *chauffeur* e as perdas de jogo. Inclui o chá e, parece estranho dizer, pode mesmo atingir algumas das duquesas ou condessas, tão importantes que um ministro de gabinete russo chega a considerar uma honra o fato de encontrá-las e de ser, para elas também, outra honra encontrar um ministro russo.

Para obter contratos dessa natureza, era preciso conhecer a fundo semelhantes distinções. As grandes damas conheciam o seu próprio valor e o valor do serviço esperado. O "trabalho" para que a esposa e a filha de um milionário americano fossem apresentadas à Corte de St. James podia ser digno de umas mil libras; mas um simples caso de introdução junto a um político ou financista podia ser arranjado por mil francos.

Certamente havia membros da nobreza que não se vendiam. Alguns milordes ingleses eram tão ricos que lhes podia permitir manter a dignidade; havia nobres de velhas famílias francesas pobres como ratos de igreja, mas que desejavam viver retirados, vestir-se negligentemente e orar pela volta do pretendente Bourbon. Os escolhidos de Robbie Budd, entretanto, pertenciam ao *grand monde*; seu prazer era brilhar em público e as senhoras, principalmente, estavam sempre endividadas e ávidas por dinheiro.

Beauty trabalhava para conhecê-las e, com seu tato feminino, saberia que serviço podiam prestar e o que deviam ganhar. Algumas eram francas: diziam o seu preço e estavam prontas a regatear; outras tomavam uma atitude superior e diziam que admitiam as propostas, apenas para serem gentis com a sua querida Beauty. Essas eram as pessoas que exigiam mais.

Abrindo os olhos para o mundo em que ia viver em tal meio, Lanny chegou à conclusão de que entre a multidão de pessoas elegantes e vistosas que passavam pela sua casa havia gente de todas as espécies, e que cada uma delas devia ser tratada de um modo particular. Eram poucos os amigos de quem sua mãe gostava e em quem confiava; outros eram amigos apenas por causa dos negócios e podiam perfeitamente voltar a ser a "gente horrível" que sairia a dizer coisas sobre ela. Quando isso acontecia, Beauty sofria e Lanny ansiava por dar uma surra nos falsos amigos na primeira vez que os encontrasse. Mas essa era uma outra lição do *grand monde* que se precisava aprender; nunca se brigava com pessoa alguma; a tática era mostrar-se tão efusivo e maneiroso como sempre, e o máximo que se permitia não ia além de pequeninas punhaladas com o agudo estilete do espírito.

III

O novo negócio seria com a Romênia, que necessitava suprir parte de seu exército com pistolas automáticas, e havia urgência nisto, pois a Bulgária já o fizera. Diversos países do sudeste europeu tinham combatido em duas guerras nos três últimos anos e nenhum poderia adivinhar quando seria a próxima luta ou contra quem combateriam. A firma Budd estava lançando no mercado europeu um novo *eight cartridge* de 7.65 milímetros, automático, que se pretendia ser o melhor do mundo. Certamente que Robbie precisava fazer tal afirmação e Lanny a aceitava de bom grado.

Robbie tinha em Paris um companheiro de nome Bub Smith, que fora caubói e era capaz de acertar na cabeça de um alfinete de chapéu de senhora — se houvesse alguma dama que quisesse servir de alvo para esse Guilherme Tell do Texas. Robbie conseguira que este homem estivesse onde fosse preciso; os oficiais do exército ficavam, em geral, tão admirados da sua boa pontaria, que atribuíam tal precisão às armas. Naquele momento era sua intenção trazer Bub à Riviera, a fim de encontrar um certo capitão Bragescu, membro da comissão que estava fazendo as investigações preliminares, anteriores à experiência final em Bucareste. Robbie riu ante a expressão "investigações preliminares", pois significava nada mais nada menos que o capitão tinha desejos de ver o seu livro de notas antes de julgar o valor da sua pistola.

O capitão chegou sem se fazer anunciar, justamente quando Robbie e Beauty tinham saído para um jantar dançante. Um táxi parou em frente da Bienvenu, a campainha soou e Rosine acompanhou à presença de Lanny uma afetada e elegante figura de bigodes pretos, retorcidos nas pontas agudas, metida num uniforme militar azul-celeste, tão apertado e modelado na cintura que se pensaria estar o seu portador metido num colete. Parece difícil acreditar-se que um oficial do exército pinte os bigodes, empoe as faces e se perfume; mas isso se dava com este.

Lanny ficou embaraçado porque estava metido numa roupa de pesca e, embaixo, na praia, Ruggiero, um pequeno pescador, o esperava. Entretanto, cumprimentou cortesmente o hóspede, explicando-lhe que seus pais tinham saído. Mas ofereceu-se para telefonar-lhes imediatamente.

— Ó, não! — disse o capitão Bragescu. — Não desejo perturbar-lhes o compromisso.

Uma ideia ocorreu a Lanny.

— Tenho curiosidade de saber se o senhor se interessaria pela pesca com o auxílio de tochas.

— Como que você consegue isso? — perguntou o oficial.

Lanny deu-lhe pequenos detalhes — o que despertou no oficial o interesse por essa curiosa modalidade da pesca, a ponto de convencê-lo a ir, também, à pescaria. O filho do casal Budd desceu correndo até o ponto dos botes onde ficavam guardadas algumas velhas roupas de Robbie, trouxe-as, e também um suéter, pois a Riviera é fria desde o momento em que o sol desaparece por detrás de Esterel. O capitão despiu o dólman, provando que não era nada afeminado. Embaixo, na praia, encontraram-se com um pescador italiano, um ou dois anos mais velho do que Lanny e forte como a sua profissão requeria. O oficial romeno falava bem a língua francesa, mas ficou embaraçado com a mistura de provençal e liguriano, sendo preciso Lanny auxiliá-lo.

Enquanto Ruggiero rumava o pesado bote em direção ao cabo, o oficial contou como vira na sua infância a pescaria de um enorme esturjão na embocadura do Danúbio. Esse processo antigo era horrível, porque cortavam do peixe as ovas contendo sete milhões de ovos e o lançavam fora, ainda vivo. Assim se apanhava o caviar preto, a delícia dos epicuristas.

48 UPTON SINCLAIR

O mar estava calmo e, quando a tocha começou a arder, clareou até as profundezas, numa distância muito maior do que a que se conseguiria alcançar com o tridente. Embaixo, entre as rochas, apareceu a cabeça cinzento-avermelhada de uma lagosta. Lançaram com firmeza o chuço de três dentes e acertaram-na: a lagosta veio à tona, batendo sua pesada cauda para trás e para a frente. Havia também peixes de cores e tamanhos os mais variados; pareciam deslumbrados pela luz, e mesmo um amador como o capitão romeno podia acertá-los aqui e ali. Em dado momento, o visitante viu entre os galhos de uma planta marinha uma cabeça que flutuava e atirou o chuço. O alvo foi atingido e durante um minuto tudo vibrou dentro d'água.

— Olhe, cuidado! — gritou Ruggiero e saltou em seu auxílio.

Foi uma felicidade que o oficial não estivesse metido no colete que lhe modelava a cintura: naquele minuto teve necessidade de cada partícula de músculo e de todo o fôlego que possuía. À tona foi trazida uma enorme e verde enguia, a maior de todas as enguias e a mais perigosa delas. Ruggiero arpoou-a, gritando:

— Não a puxem para dentro do bote!

O pescador voltou-a para cima e continuou espetando-a até matá-la. Tinha mais de seis pés de comprimento e os dentes eram tão afiados como a lâmina de uma navalha. Quando vista sob a água, dava a impressão de estar envolvida num elegante vestido de veludo verde.

A enguia sempre foi considerada como um bom prato, desde os dias dos antigos romanos. Assim, os dois tinham uma boa história para contar a Beauty e Robbie, na manhã seguinte. A iniciativa de Lanny em divertir os fregueses foi muito louvada, pois o capitão Bragescu podia pensar que o jantar dançante fora oferecido por motivos de negócios, mas não podia duvidar da admiração desse vivo rapaz pela sua proeza na pescaria.

IV

Bub Smith chegou pelo trem da manhã. Um robusto camarada, com uma cara chata, engraçada. O nariz tinha sido quebrado numa queda de cavalo e, não tendo ninguém para o endireitar na ocasião, ficou como estava. Mas seus olhos e suas mãos eram bem diferentes.

— Estou me sentindo esguio esta manhã — disse ele. — Poderia até passar entre as gretas da parede de um celeiro.

O FIM DO MUNDO

Olhou para Lanny com uma cintilação nos olhos azuis pálidos; eram velhos companheiros e Bub tinha ensinado a Lanny canções de caubói. Apresentado ao capitão, quase perdeu a fala diante do espetáculo de um homem pintado com pó de arroz no rosto e apertado num colete sob o uniforme azul-celeste.

Rumaram de automóvel para um pequeno vale onde havia uma espessa floresta de eucaliptos e onde um aldeão, por cinco francos, permitiria que eles esburacassem as árvores. O *chauffeur* arrastou para fora do carro duas pesadas caixas, uma contendo os automáticos de 7.65 mm e outra, os cartuchos. Bub apanhou o alvo de cartão e pregou-o numa grande árvore, cerca de trinta passos de distância. Enquanto isso, Robbie carregava as pistolas.

— Quero mostrar como a carga pode ser feita rapidamente — disse ele.

Tudo pronto, Bub tomou posição e rápido como um relâmpago apontou a arma e atirou. Os projéteis partiram tão depressa que tudo se passou como que num atordoamento; o alvo apresentou o centro completamente arrancado.

O capitão Bragescu ficou arrebatado por tal performance. Pierre, o *chauffeur*, foi buscar o alvo. O centro fora cortado em forma circular e era fácil distinguir os pequenos círculos formados por cada bala.

— Vou levar isto para Bucareste! — exclamou o capitão.

— Espere! — atalhou Bub. — Ainda vou mostrar mais alguma coisa.

Colocaram novo alvo, Bub segurou o fuzil, repetiu a façanha. Estava disposto a continuar sempre enquanto houvesse munição.

Mas o oficial já estava convencido.

— *C'est bon!* — disse ele.

Seria falta de tato mostrar-se entusiasmado, pois isso era uma questão de negócio. Portanto, limitou-se a repetir várias vezes:

— *Oui, c'est bon!*

Também ele fez experiências e salpicou o alvo com alguns tiros. Bub ensinou-lhe o manejo da arma e como evitar os trancos, e então ele atirou melhor. Chegou a vez de Robbie. O pai de Lanny conhecia todos os segredos do tiro, sem dúvida, e se desculpou ao capitão de executá-los tão bem.

— A questão é apenas de adaptação a esta notável arma — disse ele.

Por fim, tocou a Lanny a vez de exibir as suas qualidades. A arma do exército era muito pesada e por isso ele trouxera seu próprio 32. Lanny se portou sofrivelmente, mas também, quem poderia fazer figura depois da performance de Bub Smith? Quando o capitão soube que Bub tinha sido caubói, exclamou:

— *Ça s'explique!* Eu os tenho visto no cinema. Precisamos de homens que saibam montar e atirar. Na Romênia, estamos atrapalhados com montanheses que não gostam de pagar os impostos.

V

Voltaram para o *lunch*, em casa, e encontraram Beauty com alguns amigos; porém, sozinha ela seria companhia suficiente para o capitão Bragescu. Ele mal conseguia desviar o olhar dessa delicada criatura em rosa, creme e ouro. Ela, habituada a essa situação, mantinha-se amável, mas serena e sem coqueteria. Lanny era sempre o alvo das atenções de Beauty nesses momentos e, por ser tão jovem, não compreendia essas sutilezas. Retribuía as distinções e formavam, assim, um doce e sentimental par.

A baronesa de La Tourette era o suposto flerte do capitão, Sophie Timmons era o seu nome de batismo; tinha por pai o proprietário de uma cadeia de agências de ferragens em diversas cidades do Meio-Oeste. Enviava enormes somas para a sua única filha, mas nunca o bastante para o seu marido, o barão, que vivia em Paris e tinha gostos muito dispendiosos. A baronesa ostentava uma dessas cabeleiras pintadas e uma risada também de tintura, por assim dizer. Falava depressa e alto, metade em francês e metade em inglês, e a consideravam como a própria vida de toda festa em que aparecia. Lanny era demasiado jovem para observar que, enquanto ela tagarelava, seus olhos erravam sem descanso, como se seu espírito não estivesse atento ao "trabalho". Era a melhor amiga de sua mãe e tinha um bom coração, a despeito de toda a sua elegância.

O capitão saiu com Robbie, que o levou para explicar-lhe os desenhos da pistola automática. Depois disso, foram a uma excursão marítima e ficaram aguardando que o sol descesse no Mediterrâneo. Trocaram de roupa e jantaram em Cannes, durante um concurso de modas. Voltaram para casa a fim de jogar pôquer e no momento em que estavam regressando, Lanny se

O FIM DO MUNDO 51

recolhia. O rapaz tornou a descer e ficou à espreita atrás da porta, enquanto eles se sentavam à mesa.

Os homens em traje de *soirée*, exceto o romeno vestido com um uniforme azul e ouro, e as damas em formosos e finos vestidos meio decotados nas costas brancas formavam um belo quadro em frente ao grande fogo de pinho que crepitava. Do restaurante, eles trouxeram amigos, inclusive Lord e Lady Eversham-Watson. Ela era uma outra rica americana que se tinha casado com um título, mas fora mais sensata: seu título era alto e respeitado e o marido, um insípido *gentleman* já passado da meia-idade, mas que admirava sua alegre esposa e gostava de vê-la brilhar em sua companhia. A americana era uma mulherzinha loquaz que o manejava e que conseguia sentir-se feliz com certa graça. Seu dinheiro vinha de um uísque de Kentucky, conhecido como Petrie's Peerless.

Lanny nunca aprendera a jogar pôquer, mas já observara esse jogo algumas vezes. Podia ficar-se jogando até de manhã e continuar durante todo o dia; ele estava habituado a ver as garrafas de Petrie's Peerless e de soda na mesa ao lado, e já se acostumara ao cheiro não muito agradável de tabaco velho, fumado, e também aos cigarros. Ouvia como seu pai era sem sorte em matéria de pôquer e ria consigo mesmo, pois era este um dos segredos que ele partilhava com Robbie, que usava tanta habilidade para perder, como os demais para ganhar.

Sempre uma pessoa determinada! Desta vez, o capitão Bragescu seria o afortunado. Robbie, suave e sorridente, daria as cartas e esperaria que o capitão demonstrasse possuir um bom jogo; então, atraía-o e, por fim, perdia sem mostrar as cartas. Depois que isso acontecesse algumas vezes, o capitão imaginaria ser fácil fazer grandes apostas e, quando Robbie propusesse dobrar a parada, ele concordaria. O jogo continuaria por muitas horas, até o momento em que o afortunado oficial tivesse muitas fichas empilhadas em sua frente e pensasse ser dono do mundo. Então, Robbie diria:

— É interessante como vocês descobriram a técnica do nosso jogo americano.

Esse era um modo decente de conseguir um contrato de armas, que o capitão não deixaria de apreciar. As armas eram boas, sem dúvida, e o exército romeno ficaria a salvo dos búlgaros e apto a conseguir dos rebeldes montanheses o pagamento dos impostos.

VI

Robbie foi de automóvel a Marselha para encontrar uma pessoa de sua família que vinha do Egito, e Beauty foi a um baile oferecido por um amigo num dos palácios de mármore branco acima de Nice. A festa duraria até de manhã, ela ficaria dormindo lá e voltaria à tarde. Lanny dispôs-se a ler uma surrada novela que alguém tinha apanhado num sebo e trouxera para casa.

Era a história da vida de um cortiço nos subúrbios de uma cidade industrial americana. No Cabbage Patch, como era conhecido, morava uma lavadeira irlandesa com uma ninhada de filhos, todos terrivelmente pobres, mas tão bons e honestos que Lanny ficou comovido. O filho de Beauty Budd, cujo coração se enternecia facilmente, achou essa história a mais rara e a mais doce de quantas havia lido. Na manhã seguinte, ele carregava ainda o livro e, sentado ao sol do pátio rodeado de canteiros de narcisos, onde uma grande bougainvíllea estendia seu manto de púrpura sobre a entrada da cozinha, desejou ter nascido num cortiço, de modo a poder ser generoso, bom, laborioso e prestimoso para todos que o cercassem.

Nesse momento a campainha tocou e Lanny, indo à porta, deparou com seu tio Jesse, irmão de sua mãe. Jesse Blackless era um pintor de classe, isto é, tinha um pequeno rendimento e por isso não precisava trabalhar. Vivia numa aldeia de pescadores a alguma distância para oeste, num lugar onde "ninguém vai" como dizia Beauty, o que não tinha importância, pois Jesse não se importava com visitas, nem elas com ele. Morava só, num *cottage* que tinha arrumado à sua moda. Lanny estivera lá uma vez, quando o tio adoecera, e Beauty achara necessário cumprir um dever que lhe competia, levando-lhe um cesto cheio de coisas finas. A visita se passara há dois ou três anos e o rapaz tinha uma vaga recordação de pratos sujos, uma frigideira no centro da mesa e um quarto cheio de esboços de pinturas.

O artista era um homem de cerca de quarenta anos; usava camisa esporte aberta ao peito, calça de linho não muito justa, sapatos de tênis empoeirados pela caminhada. Não trazia chapéu e os cabelos caíram completamente, de maneira que sua fronte parda assemelhava-se à de um Buda de bronze. Parecia velho para a sua idade; em torno dos seus olhos já se formavam numerosas rugas. Quando sorria, retorcia ligeiramente a boca. Seus modos eram zombeteiros, o que fazia com que se pensasse estar ele sempre caçoando, o que aliás não era muito polido. Lanny não sabia por que, mas tinha a impressão de haver qualquer coisa dissimulada a respeito do tio Jesse. Beauty o via raramente e se Robbie falava a seu respeito o fazia numa forma que aparentava desagrado. Tudo o que Lanny sabia de definitivo sobre o tio era que ele possuía um estúdio em Paris e que Beauty o visitava na época em que se apaixonara por Robbie.

Lanny convidou-o a entrar e ofereceu-lhe uma cadeira; como o tio Jesse parecesse extenuado pelo passeio, chamou Rosine e mandou-a buscar vinho.

— Mamãe foi ao baile de Mrs. Degenham Price — disse o rapaz.

— Foi? — interrompeu Jesse.

— E Robbie foi a Marselha — continuou Lanny.

— Suponho que ele esteja ganhando muito dinheiro, não?

— Também acho que sim.

Isso era um assunto que Lanny não gostava de discutir e a conversa esmoreceu.

Lanny lembrou-se do Salão dos Independentes e disse que tinha estado lá.

— Eles são ou não charlatães? — perguntou.

— Sem dúvida que muitos deles o são — disse o tio Jesse. — Pobres-diabos, precisam ganhar alguma coisa para poder comer, e que sabem os críticos ou compradores sobre trabalhos originais?

Lanny possuía algumas ideias sobre aqueles assuntos, tão bem quanto os outros. Muitos pintores viviam na Côte d'Azur e reproduziam a beleza e os encantos daquele pedaço da Europa; poucos eram famosos e às vezes Beauty se via persuadida por amigos a convidar um ou outro para o chá, ou a ser levada ao seu estúdio para inspecionar os trabalhos que estavam sendo feitos. Se ela ficava "caída" por alguma tela especialmente célebre, levava-a e a expunha na sua casa. O mais notado dos quadros que possuía era um cintilante nascer do sol, pintado por um certo Van Gogh, que vivera em Arles, local por onde se passava quando se ia de automóvel a Paris, e que enlouquecera e cortara uma das próprias orelhas. Beauty possuía também um quadro de Monet, representando um lago coberto de brilhantes lírios d'água. Essas telas, que pendiam das paredes de sua casa, estavam se valo-

54 UPTON SINCLAIR

rizando tanto que ela falava em segurá-las; mas o seguro ficava tão caro que a ideia vinha sempre sendo protelada.

VII

Há, certamente, limite no tempo que um especialista da arte de pintar pode dedicar à troca de ideias com um rapaz e, portanto, a palestra esmoreceu de novo. Tio Jesse observava as abelhas e os besouros sobre as flores, quando seus olhos depararam com o livro de Lanny, que ficara jogado na grama.

— Que é que você está lendo? — perguntou ele.

Lanny apanhou o volume e entregou-o ao tio, que sorriu com um dos seus mais irônicos sorrisos.

— Isto obteve um sucesso de livraria, há muitos anos!

— Você o leu? — perguntou Lanny.

— É uma droga — replicou tio Jesse.

Lanny desejava ser polido a todo custo e esperou alguns momentos para dizer:

— Pois o livro me interessa, fala sobre cortiços que eu não conheço.

— Mas, nesse caso, não seria melhor — perguntou tio Jesse — que você os fosse apreciar de perto, ao invés de estar a ler tolices sentimentais a respeito deles?

— Seria interessante — replicou o rapaz —, mas certamente não há nenhum na Riviera.

Tio Jesse teve vontade de rir outra vez, mas havia tanta sinceridade no olhar do sobrinho, que se conteve.

— A propósito, vou esta noite retribuir uma visita num cortiço. Gostaria de vir comigo?

O rapaz ficou contentíssimo. Era exatamente o que desejava — e eis que aparecia agora esta oportunidade. Um "cabbage patch" em Cannes — imagine-se tal coisa! — e também uma mulher que morava ali pelas mesmas razões nobres e idealistas nas quais Lanny estivera pensando!

— Essa mulher é pobre — explicou o tio —, mas podia não ser; ela é muito bem-educada e não seria difícil ganhar dinheiro, mas prefere viver entre os operários.

Após o *lunch* de Leese, embarcaram modestamente no *tramway*. Ao chegar, rumaram para a "cidade velha", pitoresca e atraente aos turistas.

O FIM DO MUNDO

Entraram por uma travessa onde se aglomeravam altos edifícios e onde penetrava muita pouca luz. Havia milhares de aglomerações semelhantes nas cidades ao longo da costa do Mediterrâneo; as habitações eram construídas em pedra, possuíam vários andares e tinham sido levantadas há centenas de anos. Havia escadas na rua, e eles deparavam com becos, arcadas e pátios com balcões: talvez, houvesse no fim um muro ou vestígios de alguma velha igreja que convidasse o turista a focalizar a sua máquina.

Naturalmente Lanny sabia que existiam criaturas humanas vivendo em tais habitações. Crianças brincavam nos degraus, com moscas voejando em torno dos olhos doentes; pintos corriam por entre os seus pés, burros carregados atropelavam os transeuntes, e os mercadores anunciavam bugigangas nos ouvidos do vizinho. Mas, quando se pensa em antiguidades, esquece-se dos seres humanos: objetos antigos e artísticos são levados para um outro ambiente. O filho de Beauty Budd podia ter passado por tais "cidades antigas" durante anos, sem jamais ter tido a ideia de entrar para fazer uma visita. Era exatamente o que tio Jesse fazia. Entrou numa dessas estreitas portas, sem se importar com a completa escuridão. Não havia ali nem luz elétrica nem gás. Os degraus pareciam feitos de tábuas podres e recendiam a mofo, como aliás toda a casa. Portas se encontravam abertas e novos odores vinham até aos recém-chegados, cheiros de comida e de roupa lavada.

— Espero, ao menos, que usem panelas separadas — disse o tio, irônico.

Crianças pequenas gritavam e uma chegou mesmo a ficar presa entre as pernas do visitante. Realmente, que espantosa promiscuidade!

VIII

Jesse Blackless bateu numa porta, uma voz respondeu, e eles entraram num aposento abafado. Este aposento possuía uma única janela, junto da qual uma mulher estava sentada. Devia ser velha e trazia um xale; a claridade iluminava-lhe um lado da face emagrecida e ela tinha um aspecto amarelado, como acontece quando o sangue foge da pele dos habitantes morenos do Mediterrâneo. Seu rosto se modificou quando reconheceu o visitante. Saudou o tio de Lanny em francês, dando ao sobrinho a magra mão, na qual se podia sentir todos os ossos aflorando à pele.

O nome da mulher era Bárbara Pugliese. Evidentemente, velhos amigos, mas não se encontravam desde há muito. O tio Jesse preocupou-se com a sua tosse, mas ela disse que estava sempre assim; era bem-cuidada, pois muitos gostavam dela e lhe traziam alimentos. Inquiriu da saúde de Jesse e conversou sobre as suas pinturas; ele respondeu que ninguém dava importância aos seus quadros e que isso o mantinha afastado de preocupações — e até se divertia assim.

Conversavam às vezes em italiano, língua que Lanny conhecia pouco. Talvez pensassem que ele não estivesse compreendendo nada. O rapaz percebeu, entretanto, que conhecia as pessoas de quem falavam e sabia até o que estas faziam no momento. O casal discutia questões internacionais e criticava diplomatas e estadistas de um modo desagradável — mas a maioria do povo francês também agia assim, conforme o rapaz já se convencera. De nome, Lanny conhecia muitos políticos, mas ignorava os partidos e as doutrinas.

Seus olhos vagavam pelo pequeno quarto de móveis simples e modestos. Havia uma cama de solteiro — parecia uma cama de lona coberta com lençóis velhos —; uma cômoda, e sobre a mesa uma infinidade de objetos, na sua maioria papéis e folhetos; vários livros dentro de uma mala aberta; parecia não existir outro lugar em que pudessem ser colocados. Uma cortina cobria um dos cantos, onde presumivelmente se guardavam as roupas. E em tal ambiente se vivia, num bairro pobre!

Lanny passou a observar novamente a mulher. Jamais vira tanta dor estampada num rosto. Ele achava que o sofrimento era um tema para arte e se lembrava de ter visto o martírio dos cristãos pintado pelos primitivos italianos. Ao mesmo tempo tentava recordar-se de um dos santos de Cimabue. A mulher tinha voz suave e seus modos eram gentis; depressa Lanny se convenceu de que ela era, sem dúvida, uma santa. Sim! Ela vivia neste lugar horrível, apenas por amor aos pobres; talvez fosse uma pessoa ainda mais maravilhosa do que Mrs. Wiggs do Cabbage Patch.

Quando partiram, Lanny ansiava que tio Jesse lhe contasse tudo o que soubesse a respeito dela. O pintor, porém, não se sentia com disposição para isso e falou apenas o que achou conveniente.

— Então viu um bairro pobre, hein?

— Sim, tio Jesse; você não acha que devíamos levar-lhe alimento ou alguma coisa? — respondeu o rapaz, ferido pelo seu desinteresse.

— Não resolveria nada. Ela daria aos outros.

O velho parecia preocupado com os seus próprios sentimento; e Lanny hesitava em perturbá-lo. Finalmente perguntou:

O FIM DO MUNDO

— Tio Jesse, por que é que existem pessoas pobres assim?

O outro respondeu prontamente:

— Porque existem pessoas ricas, como nós!

A expressão era um tanto confusa para um rapaz a quem sempre ensinaram que os ricos eram os que davam trabalho aos pobres. Ele sabia de casos em que isto era feito por bondade, casos em que os ricos se compadeciam dos sofrimentos dos pobres.

Lanny experimentou outra vez:

— E por que não há ninguém que limpe e reconstrua lugares como esse que acabamos de ver?

— Porque alguém ganha dinheiro com tais habitações.

— Não quero dizer que os donos das casas devam providenciar, mas refiro-me aos funcionários da prefeitura! — explicou Lanny.

— Talvez sejam eles os donos ou então percebem alguma coisa para permitir que isso se conserve sempre assim.

Lanny sempre ouvira que isso só acontecia na América, e perguntou, admirado:

— Na França também se faz dessas coisas?

O pintor riu com o seu modo desagradável.

— Aqui não se publica dessas coisas — disse.

Passavam defronte da prefeitura e ele apontou o edifício.

— Procure aí dentro que você descobrirá tudo o que deseja. Os mesmos "negócios" da indústria de armamentos — finalizou o tio.

É natural que Lanny não pudesse discutir esse ponto, e provavelmente seu tio o soubesse. Talvez que Jesse Blackless já tivesse discutido demais nesta vida e tivesse se cansado. Felizmente, chegaram ao *tramway* e aí deviam se separar. O rapaz voltaria sozinho para casa, pois a moradia do tio ficava noutra direção, muito distante. Lanny agradeceu, dizendo-lhe que tinha apreciado bastante a visita e que ia refletir sobre tudo quanto vira e ouvira. Tio Jesse esboçou mais um dos seus sorrisos amargos e disse:

— Não se deixe preocupar pelo que acaba de se passar conosco.

De regresso a Juan, mal Lanny atingiu o portão, um automóvel buzinou atrás dele trazendo Robbie. Cumprimentaram-se e Robbie indagou:

— Onde foi você?

A resposta de Lanny contando que "fora a Cannes com tio Jesse", a atitude do pai mudou completamente, de maneira inesperada.

— Esse homem costuma vir aqui? — perguntou ele.

O rapaz disse que fora esta a primeira vez, desde muito tempo. Robbie acompanhou-o dentro de casa, chamou Beauty e fechou a porta. Era a primeira vez que o rapaz via seu pai realmente zangado. Lanny sofreu um verdadeiro interrogatório; quando falava a respeito de Bárbara Pugliese, seu pai explodia numa linguagem sórdida. Finalmente o rapaz ficou sabendo de algumas das coisas que tio Jesse não lhe quisera explicar.

A mulher era uma líder proeminente do movimento sindicalista. Essas palavras eram compridas e desconhecidas para Lanny e ele não sabia o que significavam. Finalmente Robbie explicou que, para fins práticos, o sindicalismo era o mesmo que anarquismo. A propósito de anarquismo o rapaz já ouvira bastante; sempre se lançavam bombas para matar algum governante, algum primeiro-ministro ou general, ou mesmo transeuntes inocentes. Acontecera já na Rússia, Áustria, Espanha, Itália e até na França; era o trabalho de conspiradores enfurecidos, niilistas e terroristas, homens e mulheres procurando destruir todos os governos organizados. Ainda no último ano, alguns assaltaram um banco de Paris, travando verdadeira luta com a polícia.

— Não há gente mais depravada no mundo! — exclamou o pai.

Lanny justificou:

— Mas, Robbie, ela não é assim; é tão gentil e bondosa, parece uma santa!

Robbie voltou-se para Beauty:

— Está vendo você? Aquela cobra venenosa impondo-se à credulidade de uma criança!

Naturalmente não podia censurar Lanny. Controlava a sua raiva e explicava que pessoas desse gênero eram sutis, fingindo ser idealistas, quando no seu coração havia apenas ódio e ciúme; elas envenenavam o espírito dos moços, facilmente impressionáveis.

Beauty começou a chorar, o que levou Robbie a falar de um modo mais calmo.

— Sempre deixei todas as questões da educação de Lanny a seu critério e nunca notei falta alguma no que você tem feito, mas há um ponto em que eu quero minhas ordens obedecidas. A ovelha "negra" da sua família, ou talvez melhor, a ovelha "vermelha" da sua família, certamente não vai corromper o nosso filho.

— Mas, Robbie — chorava a mãe —, eu não tinha a menor ideia que Jesse viesse nos visitar!

O FIM DO MUNDO 59

— Está certo — disse Robbie —, escreva-lhe e diga-lhe que não faça outra visita semelhante, e que deixe Lanny em paz!

Novas lágrimas se seguiram a estas palavras.

— Mas, apesar de tudo, ele é meu irmão, Robbie, e foi sempre tão gentil para conosco!

— Não estou brigando com ele, Beauty, tudo o que eu quero é que fique longe do nosso filho...

Beauty limpou os olhos e assoou o nariz; sabia que era feia quando chorava, e odiava a feiura acima de todas as coisas.

— Robbie, seja razoável. Jessie esteve aqui faz mais de meio ano e a última vez que isso se deu Lanny nem o soube. Provavelmente passará muito tempo antes que ele volte outra vez. Não basta que digamos a Lanny para não se aproximar dele? Tenho a certeza de que esta criança não se interessa por Jesse.

— Absolutamente não! — apressou-se o rapaz a auxiliar Beauty. — Se eu tivesse tido a menor ideia do seu projeto, daria uma desculpa qualquer e não o acompanharia.

Afinal, Robbie foi persuadido e encerrou o caso. O rapaz prometeu jamais se deixar levar pelo tio Jesse a qualquer parte e assim não haveria mais nenhuma excursão aos bairros pobres, fosse com quem fosse. A irritação de Robbie, que geralmente era tão alegre, causou profunda impressão ao rapaz. O pai se portara de modo a fazer pensar que Lanny tivesse estado exposto à lepra ou à peste bubônica; sondava os sintomas mentais do filho, procurando alguma parte contaminada que talvez pudesse ser eliminada antes de haver tempo de evoluir. Que é que Jesse Blackless e aquela mulher Pugliese teriam dito?

Uma voz interna dizia a Lanny para não mencionar a observação sobre as falcatruas na indústria de armamentos; não lhe dava, porém, a mesma explicação do tio Jesse sobre o "por que havia gente pobre, porque havia gente rica" — e isto ele contou.

— Eis um exemplo do veneno! — exclamou o pai, e começou a incutir no espírito de Lanny as suas próprias teorias. — A razão de haver pobres é ser a maioria das pessoas desamparadas e preguiçosas. Não economizam elas o seu dinheiro; gastam-no em bebidas ou esbanjamentos. Naturalmente têm que sofrer. A inveja da boa sorte dos outros é uma das fraquezas humanas mais comuns, e os agitadores o sabem; aproveitam-se desse fato para pre-

60   UPTON SINCLAIR

gar insatisfações e incitar os pobres à revolta. Eis o maior perigo social, que muitas pessoas não compreendem.

Robbie tornou-se um pouco apologético porque tinha perdido a calma e repreendido a mãe de Lanny na presença do mesmo, o motivo eram a necessidade e o seu dever de proteger o espírito ainda não desenvolvido de uma criança. Lanny, que adorava o seu bonito e forte pai, ficou agradecido por esta proteção. Era um alívio para ele, ouvir tudo o que fosse verdadeiro; desse modo ficaria a salvo de qualquer confusão de espírito. E tudo se pacificou novamente: a tempestade passou, as lágrimas foram enxutas e Beauty se tornou linda como pretendia.

4

UM CASTELO DE CARTAS DE NATAL

I

CHEGARA PARA "FRAU ROBBIE BUDD" UMA CARTA SEVERA, QUASE um documento legal do administrador do Castelo de Stubendorf, na Silésia, dizendo em língua alemã que ele ficaria muito satisfeito se ao jovem senhor Lanny Budd fosse permitido visitar a sua casa durante as férias de Natal. O jovem "senhor" dançou de alegria e durante dias carregou a carta no bolso. "Frau Budd" respondeu num papel elegante, que se sentia lisonjeada e que aceitava com muito prazer o gentil convite a favor do seu filho. A hora da partida chegava, e o *smoking* e os ternos quentes de Lanny foram arrumados em duas maletas de mão; Leese preparou uma galinha assada e sanduíches com pão e manteiga, para o caso em que o carro-restaurante estivesse com falta de alimentos. Num bonito terno novo de viagem, resguardado por um pesado sobretudo, com uma tradução francesa do livro de Sienkiewicz *A ferro e fogo* debaixo do braço, Lanny estava preparado como para uma expedição ao Polo Norte.

Como Robbie tivesse voltado para Connecticut, a mãe tomou toda a responsabilidade dessa viagem. A caminho de Cannes, ela renovou os seus conselhos e Lanny, as suas promessas: nunca sairia do trem, a não ser nas

O FIM DO MUNDO

estações necessárias; jamais permitiria a alguém persuadi-lo a visitar qualquer lugar; guardaria o dinheiro no bolso interno do paletó, preso por um alfinete de segurança; enviaria um telegrama de Viena e outro da estação do castelo, e assim por diante. Lanny considerava tudo isso excessivo, pois comemorara há pouco o seu décimo quarto aniversário e já se sentia um homem do mundo.

Limpou as lágrimas dos olhos e viu, desaparecendo, Beauty, o *chauffeur* e a estação de Cannes. As vistas da Riviera passaram voando: Antibes, Nizza, Mônaco, Monte Carlo, Menton, e, de repente, a Itália, com os funcionários da alfândega dentro do trem a perguntar gentilmente se os passageiros tinham declarações a fazer. Em seguida a costa italiana; o trem, atravessando túneis curtos, passava ao lado de pequenas enseadas azuis onde vogavam navios de pesca com velas vermelhas. Gênova e uma multidão de edifícios enormes, aglomerados numa praia escarpada. O trem rumou para o interior do país, passando por um grande vale de onde se via, em frente, os Alpes Meridionais no seu branco cintilamento. De manhã, a Áustria; neve por toda a parte. Casas de íngremes telhados, com pedras por cima para fazer peso e hospedarias com letreiros dourados e cinzelados.

Uma invenção maravilhosa, esses dormitórios internacionais; uma das muitas forças que estavam ligando a Europa, misturando as nações, culturas e línguas. Não havia nenhuma restrição nas viagens, a não ser o preço das passagens; pagava-se e recebia-se em troca um documento mágico que dava o direito de se ir a qualquer parte. Na viagem, encontrava-se com gente de todas as espécies, conversava-se livremente, detalhando os próprios negócios e ouvindo os dos outros. Viajar bastante era adquirir uma educação em negócios, na política, modos, moral e línguas da Europa.

II

Como primeiros companheiros dessa viagem, o destino deu a Lanny duas senhoras idosas, de cuja pronúncia se deduzia serem americanas. Delas, ouviu que no país que considerava o seu, havia um estado e uma cidade com o nome de Washington; o estado ficava no noroeste e fornecia ao mundo quantidades de madeira e de salmão em lata. Na cidade de Seattle, essas duas senhoras lecionaram durante trinta anos na escola secundária e economizaram durante todo esse tempo o necessário para a grande aventura de suas vidas, que era aquela viagem à Europa, onde passariam um ano, vendo tudo quanto tinham lido a respeito durante a vida. Eram tão ingênuas que mais pareciam alunas que professoras; quando souberam que o gentil rapaz vivera sempre na Europa, consideraram-no como uma espécie de mestre.

Em Gênova, as senhoras se despediram e o seu lugar foi tomado por um cavalheiro judeu de bonitos olhos escuros e cabelos ondulados, carregando duas grandes malas cheias de artigos caseiros. Falava francês e inglês e era também romântico como elas, porém, de um modo completamente diferente. As senhoras da terra da madeira tinham sido educadas onde tudo era novo e rude, e assim se interessavam pelas coisas antigas da Europa, os tipos estranhos de arquitetura e os costumes pitorescos dos camponeses. Mas esse cavalheiro judeu — o seu nome era Robin, abreviado de Robinovich — fora educado entre coisas antigas e achava-as sujas e estúpidas. Sua profissão era viajar por toda esta Europa antiga, vendendo novas e modernas invenções elétricas.

— Olhe para mim — disse Mr. Robin, e Lanny olhou. — Fui educado numa aldeia perto de Lodsz, numa cabana de soalho sujo. Na escola, numa cabana igual, assentava-me, coçava as pernas e tentava pegar as pulgas, cantando longos textos hebreus, os quais não entendia nada. Agora, sou um homem civilizado; tomo banho de manhã e visto roupa limpa; compreendo a ciência e não guardo nenhuma tolice na cabeça, como por exemplo pensar que esteja cometendo um pecado se misturo a manteiga e a carne no mesmo prato. O que ganho pertence-me, não preciso mais recear que um funcionário me furte, ou que os polacos me batam por terem sido os meus antepassados aquilo que chamam "matadores de cristo". Portanto, você vê que eu me sinto satisfeito das coisas serem novas e não tenho a menor saudade de qualquer das antiguidades deste continente.

Isso era um novo ponto de vista para Lanny; ele espiava pela janela do carro e via a Europa pelos olhos de um "judeu de malas". As nações estavam se tornando estandardizadas, as suas diferenças desaparecendo. Um edifício para escritórios era o mesmo, fosse ele erguido em qualquer cidade, e assim eram os bondes, automóveis e mercadorias que se compram nas lojas. O vendedor de ferros elétricos continuou:

— Se você reparar nas pessoas deste trem, verá que estão quase todas vestidas do mesmo modo. Até o trem é um produto estandardizado e nele viajamos de cidade em cidade, vendendo produtos que são mensageiros do internacionalismo.

Lanny contou para onde ia e que Kurt Meissner dissera ser a arte o maior dos agentes internacionais. Mr. Robin concordou com isso. Lanny disse que havia um Van Gogh na sala de jantar de sua casa, e, pela conversa, via-se que Mr. Robin morava na Holanda e conhecia algo sobre aquele gênio estranho que só vendera uma única tela durante todo o tempo em que vivera e cujas pinturas, agora, valiam, cada uma, centenas de dólares. Mr. Robin disse:

— Como eu quisera estar certo de que tal gênio tivesse existido!

O vendedor de artigos caseiros era um misto interessante de sagacidade e ingenuidade. Quem tentasse enganá-lo em qualquer negócio, se fosse seu hóspede, acabaria gastando em dobro a quantia conseguida dele. Orgulhava-se do modo por que se elevara na vida e se sentia feliz contando tudo ao jovem americano. Deu-lhe o seu cartão de visita e disse:

— Venha visitar-me, se aparecer algum dia em Roterdã.

O homem levantou as suas pesadas malas e partiu. Lanny ficou pensando bem dos judeus e se admirou de que não conhecesse muitos deles.

III

De Viena para diante, o rapaz teve por companhia uma recatada e sóbria senhorita, um ou dois anos mais moça do que ele. A jovem regressava dos seus estudos musicais; tinha olhos da cor do céu e uma trança dourada de, pelo menos, duas polegadas de diâmetro caindo pelas costas. A tal tesouro não se pode permitir sofrer os acasos de uma viagem solitária e por isso a senhorita Elsa vinha com sua governante. A mulher usava óculos e se sentou tão empertigada e olhando com tanta insistência para a frente, que Lanny decidiu acompanhar Sienkiewicz à Polônia do século XVII e partilhar as proezas de Pan Longin Podbipienta.

Porém, não é fácil evitar falar às pessoas quando se está preso em companhia delas num pequeno compartimento durante um dia inteiro. De acordo com a frugalidade alemã, o par tinha trazido o seu *lunch* e era difícil comer sem nada oferecer ao companheiro de viagem, nem que fosse, ao menos, um ou dois biscoitos de Leibnitz. Lanny recusou gentilmente:

— Não, muito obrigado.

Daí a reserva foi rompida. A governante perguntou para onde o rapaz estava viajando, e, quando ele contou que ia passar as férias no Castelo de Stubendorf, o modo de tratamento da mulher se transformou completamente.

— Ó, realmente? — interrogou, toda gentil, aparentando certo interesse cômico, com o fim de descobrir de quem ia ele ser hóspede.

Lanny, orgulhoso demais para parecer pretensioso, apressou-se a dizer que não conhecia o conde nem a condessa, mas que encontrara o filho mais moço do administrador e que ia ser hóspede da família deste.

Isto foi o bastante para que Fräulein Grobich continuasse a ser muito gentil. Sim, realmente o senhor Henrique Carlos Meissner estava ocupando um cargo de grande responsabilidade e era um homem de ótima família; a Fräulein conhecia tudo o que se dizia a respeito dele, porque o marido da sua irmã iniciara a sua vida funcional no Castelo de Stubendorf. Começou a descrever o lugar e seus moradores. A sua palestra era recheada de eminências, excelências, altezas etc. Uma grande propriedade, a do conde, e ela considerava o jovem cavalheiro muito feliz, pelo fato de passar ali o Natal, pois o castelo estava aberto e toda a família do condo, presente naquele momento. Fräulein Grobich mostrou-se excitada por se achar na presença de uma pessoa que brevemente estaria junto de toda a nobreza reunida de Stubendorf.

Quis saber de que modo Lanny encontrara o filho do senhor administrador, e quando o rapaz falou a respeito de Hellerau, a governante exclamou:

— Ó, Elsa, o jovem estudou os ritmos Dalcroze! — O que permitiu a entrada da acanhada mocinha na conversa.

Os lindos olhos azuis fixaram-se sobre Lanny e a voz meiga e bem modulada lhe fez perguntas. Naturalmente que não podia haver maior prazer para Lanny do que falar de Hellerau, e ele se sentiu infeliz por não lhe ser possível fazer demonstrações no carro, abarrotado, e também por ser o seu alemão um fraco balbucio comparado à eloquência que lhe enchia o coração.

Para falar da alma de Fräulein Grobich, o que a dominava inteiramente, era o forte respeito alemão pela graduação das classes e posições, fenômeno que deveria impressionar Lanny mais tarde, durante a sua visita ao castelo. O que mais se ouvia na Silésia era a palavra "ordem". Todos tinham o seu lugar e sabiam como se portar; cada um olhava para cima, para aqueles que se achavam em melhores lugares, com o devido respeito e sem traços de inveja. Como hóspede de um importante funcionário, Lanny iria partilhar

O FIM DO MUNDO

da dignidade do seu hospedeiro. A mocinha e a governante deram-lhe a primeira impressão desse tratamento agradável e ele se sentiu triste quando precisou despedir-se.

IV

Um outro trem, local, estava esperando ao lado da estação onde Lanny desceu. Só tinha dois carros e o rapaz se viu obrigado a sentar-se num banco apertado, ao lado de um fazendeiro que fora à cidade vender gado. O homem tinha uma cara grande e corada e rescendia muito a cerveja; era bastante sociável e contou ao rapaz forasteiro como se processavam as colheitas do distrito e as divisões mais importantes do mesmo. Quando soube que o rapaz vinha de tão longe da França para visitar o filho do senhor administrador Meissner, o fazendeiro ficou ainda mais impressionado do que a governante de Elsa, e procurou encolher-se para dar maior lugar ao "senhor", conforme passou a chamar o pequeno forasteiro. Daí por diante, esperava que Lanny fizesse perguntas, a fim de estar certo de não o incomodar.

O pequeno trem ia subindo através de um vale; escurecera, e, em dado momento, o fazendeiro mostrou as luzes do castelo numa colina distante. Havia uma cidade construída ao redor, e tudo pertencia ao conde a quem o homem se referia como "Sua Alteza". Grandes florestas habitadas por veados e javalis também faziam parte desta enorme propriedade. Há seis semanas, precisamente, Sua Majestade, o próprio imperador, visitara o castelo e nas suas matas se tinha realizado a maior caçada, jamais igualada nas redondezas. Agora tudo estava coberto de neve e não havia mais caçadas; os animais, tangidos pela fome, vinham a locais determinados, onde encontravam o feno necessário para que não morressem.

Sim, realmente, disse o fazendeiro, ele conhecia o senhor administrador; era o administrador-geral de todas essas propriedades e possuía vários auxiliares ou chefes de departamentos. Tinha quatro filhos, dos quais três estavam no exército. O fazendeiro conhecia também o jovem senhor Kurt Meissner, um belo rapaz, que estudava música e provavelmente tocaria nas festas do Natal. E Lanny ouviu, a seguir, várias coisas a respeito da família do conde, da sua esposa, filhos e filhas e irmãos e irmãs de Sua Alteza. O fazendeiro era rendeiro da propriedade; esta era tão grande, que ele continuou a viagem até duas estações depois da do castelo. No momento em que Lanny

66   UPTON SINCLAIR

devia descer, ele fez questão de carregar as malas até a plataforma; curvou-se e levantou o chapéu e ainda não terminara o cumprimento, quando Kurt apareceu correndo e tomou posse de Lanny.

Os dois rapazes alegraram-se com o encontro; e quantos apertos de mão e pancadinhas nas costas trocavam, cheios de satisfação! A neve caía, fazendo das luzes da estação uma grande mancha. Kurt trouxera um trenó puxado por uma parelha de cavalos; envolveu Lanny num grande manto de peles, deu-lhe um par de luvas grossas para calçar e tocou os animais em direção à casa. Os dois não conseguiam enxergar muito bem, mas os cavalos conheciam o caminho. Lanny falou da viagem e Kurt, sobre as festividades que se aproximavam; tantas novidades e tantos planos para os dez dias em que iam estar juntos! A amizade e a mocidade formam uma combinação deliciosa.

Lanny viu muitos edifícios, grandes e escuros e cheios de luzes; apeou, foi levado para dentro e apresentado a uma grande família. O pai, forte, em posição militar, os cabelos grisalhos cortados rente e um bigode semelhante ao do seu imperador; a gentil e confortadora mãe, com um cordão de pérolas sobre os seus majestosos seios; dois filhos, altos rapazes louros, desempenados como uma vareta de espingarda, os cabelos cortados rente igual ao de Kurt, batendo os calcanhares e curvando-se cerimoniosamente; uma filha, um ano mais velha do que Kurt, delgada, de cabelos bonitos e ainda na fase das tranças, pronta para tornar-se uma mãe temporária para o visitante. Havia outros parentes, em grande número, todos cheios da sentimentalidade do Natal e da boa vontade de partilhá-la com os demais hóspedes.

Kurt crescera uma ou duas polegadas desde a última vez que estivera com Lanny. Transformar-se-ia num belo rapaz à semelhança dos irmãos; usaria ele, também, um monóculo e andaria desempenado como uma vareta de espingarda? Provavelmente, porque Kurt exaltava os irmãos e ia servir, assim como eles, no exército. O seu rosto, um tanto severo, estava pálido porque vinha trabalhando muito, ultimamente. Mas o seu amor pela "ordem" seria temperado com a doçura da música e naquele momento ele era apenas o amigo de Lanny. Mais tarde, no quarto, falaram do que iriam fazer durante esses dias. Kurt, gentil e afetuoso, mas muito sério, falou a respeito do seu trabalho e dos seus planos, da sua devoção à arte e à amizade, algo que não se cultiva facilmente, mas só com fins deliberados e morais.

V

Na manhã seguinte, Lanny olhou pela janela e divisou afinal o grande castelo de cinco ou seis andares, suas torres e telhados cobertos pela neve, brilhando como um cartão de Natal na luz do sol nascente. Essa visão levou--o a pensar em todas as lendas e romances de cavaleiros e princesas. Para um rapaz que passara a maior parte da sua vida na Riviera, a mera presença da neve parecia uma aventura; vestir o grande sobretudo e as luvas, sair, correr e ver a sua respiração no ar, atirar bola de neve e tombar na mesma, tudo isso, parecia uma lenda. Voltar depois para casa, receber *pfannkuchen* e carne de veado grelhada para o primeiro almoço, e supor que este veado tinha sido morto por "Sua Majestade", que outra emoção se poderia sentir, maior e mais pura?

O conde Stubendorf e sua família estavam sendo esperados pelo trem da manhã, vindos de Berlim, e seria melhor para Lanny visitar o castelo antes da chegada dos donos. Assim, depois do primeiro almoço, os rapazes correram ao parque, subiram os degraus do edifício de pedra. Foram admitidos por criados que fizeram profundas inclinações, e usavam uniforme azul, polainas e luvas brancas. O *hall* de entrada tomava a altura de três andares e havia uma sala de recepção tão grande como a de um teatro. Toda a frente do castelo tinha sido construída no último século, mas havia uma parte velha na retaguarda e que já existia, no mínimo, há setecentos anos, e fora conquistada e reconquistada nalgumas daquelas guerras cruéis sobre as quais Lanny viera lendo durante a viagem.

A parte moderna era esplêndida, de madeiramento branco e dourado e paredes estofadas à seda bordada à mão; os móveis eram de brocado escarlate. Havia muitos, antigos e pesados, e o ambiente geral assemelhava-se ao de um museu. A parte velha pareceu mais interessante para Lanny, porque havia lá uma torre e uma guarda antiga, uma sala de armas e na grande lareira do refeitório ainda estava dependurada uma enorme caldeira. Lanny cismava se Pan Zagloba não teria bebido cerveja nesse local. Via grandes machados e lanças e esforçava-se para imaginar de que jeito fora o mundo quando os homens andavam armados como caranguejos e lagostas.

Passearam pelas redondezas do castelo. Conforme o fazendeiro tinha dito, era uma cidade; a parte velha, construída em estilo medieval e habitada, a parte nova de aspecto regularmente melhorado. Stubendorf era um distrito e o conde, um funcionário do Estado, o que significava possuir ele, de fato, sua própria corte de justiça, sua polícia, sua prisão. Era o sistema feudal combinado com reformas modernas. Mas isso não ocorreu a Lanny, que estava vivendo uma linda história de fadas.

Voltaram justamente a tempo de presenciar a chegada de Sua Alteza e família. Os senhores saíram da estação nas suas limusines; todos os criados do castelo, uma centena ou duas, estavam alinhados nos degraus da escadaria, vestidos à antiga, os homens de um lado, as mulheres do outro. Os uniformes dos homens mostravam a sua graduação e as mulheres usavam aventais brancos, colarinhos de renda e meias brancas de algodão, cabelos em trança. Uma vez por semana se exercitavam nas questões da etiqueta completa, desde o abrir das portas até o serviço da mesa.

O conde Stubendorf era tido na Alemanha por poeta e esteta e também como um dos íntimos do Kaiser. Era um homem forte e tinha a barba castanha e o sorriso gracioso. Os seus três filhos personificavam exatamente os tipos do militar alemão com cabeça raspada e bigodes formando duas linhas afiadas; subiram as escadas na ordem das suas idades, observando de modo severo as inclinações dos criados. A mãe, uma elegante senhora vestida pela última moda de Paris, vinha atrás dos filhos, e as filhas seguiam-lhe os passos. Talvez essa ordem fosse apenas acidental ou, talvez, também, por motivo de o Kaiser ter prescrito as preocupações da mulher — cozinha, crianças e igreja.

VI

De tarde, os rapazes calçaram botas e tomaram as espingardas de repetição para irem à caça. O pai de Kurt conseguira licença do primeiro guarda-florestal, uma pessoa importante, de uniforme verde e laços prateados: deu-lhes um caçador para companhia e proteção em caso de necessidade. Não se lhes permitia caçar veados ou qualquer caça grande, mas havia espalhados muitos coelhos e perdizes.

Embarcaram num trenó e seguiram por um dos caminhos da floresta, devagar por causa da neve recém-caída. Passaram pelos lugares onde os veados vinham alimentar-se; os grandes cervos levantavam a cabeça e olhavam, mas não tentavam escapar. Comportavam-se como o gado doméstico e a sua caça não parecia um prazer muito grande. Para isto era

O FIM DO MUNDO

preciso tomar posição numa plataforma de madeira com rifles de alta potência e visão telescópica, os batedores a espantá-los na frente. Quando o pai de Lanny ia à caça, era nas florestas virgens do Canadá onde os animais não se alimentam em estrebarias; ou então nas Montanhas Rochosas, onde o carneiro montanhês corre como um demônio, pulando sobre abismos muito acima das nuvens.

Kurt ponderou que esse modo de caçar seria muito bom, mas que na Alemanha a caça era um privilégio dos donos dos campos e as classes superiores tornavam-na uma cerimônia. O caçador falou-lhes a respeito da recente visita de Sua Majestade. O imperador usava um uniforme especial, de cor amarelada, e tinha um lindo pássaro no chapéu. Subia-se para uma plataforma alta e a corte ficava observando-o enquanto atirava nos búfalos que passavam por ele, nos javalis e veados, escolhendo os maiores, de cabeças mais bonitas. Em seguida fazia-se uma pilha da caça e o Kaiser mandava que tirassem fotografias, ele de pé em frente do monte. Esse era um esporte um tanto caro; calculava-se que, para se criar um só veado gastavam-se muitos mil marcos. Kurt, no entanto, explicava que não se desperdiçava nada; os animais eram distribuídos entre aqueles que tinham direito, e Lanny, pessoalmente, comeria três vezes por dia desses animais.

Nunca Lanny vira um búfalo ou um javali e ficou, portanto, fortemente excitado com tal ideia. O búfalo não era o peludo bisonte americano, mas um animal de pelo liso, antigamente domesticado no Egito e trazido para a Europa pelos antigos romanos; agora corriam livres pela floresta e eram perigosos quando feridos. Os javalis não atacavam os caçadores, mas, apesar disso, era bom carregar um rifle.

Depois de caçarem em quase toda a grande extensão da floresta, vieram dar numa clareira onde estava erguida uma cabana que podia ter sido a casa da feiticeira das lendas de Grimm. Pararam para descansar e encontraram, não uma feiticeira, mas uma fazendeira com meia dúzia de filhos, os rapazes de cabeça raspada e as moças de tranças olharam com os grandes olhos azuis para os "senhores" — como chamavam os caçadores a todo momento. A mulher permaneceu de pé enquanto bebia e se desculpou por não estar em casa; só possuíam um banco duro para sentarem, e tudo mais era assim. Quando os rapazes partiram, Lanny olhou para trás e viu uma porção de rostos de crianças na janela da cabana e esta visão ele a guardou como uma das suas impressões fundamentais da Alemanha.

Voltaram com um grande saco repleto de caça e um apetite ainda maior. Tiveram uma refeição à altura da fome de que estavam possuídos, com uma meia dúzia de pratos de carne e galinha. Quando se levantaram da mesa, deram-se às mãos uns aos outros e dançaram alegremente ao redor exclamando:

— Bom proveito!

Depois, reuniram-se à volta do piano e cantaram canções sentimentais, com vozes enternecidas. Kurt e seu hóspede foram rogados a mostrar o que haviam aprendido em Hellerau. Lanny sentia-se naquela noite "profundamente" alemão e guardou de memória duas linhas de poesia que seu amigo lhe recitou, dizendo que onde se canta pode ficar-se deitado em paz, porque gente má não tem canções.

VII

"Feliz Natal", foi o que disseram todos, na manhã seguinte, véspera do Natal. Os rapazes deram um longo passeio no trenó, olhando os campos, e de tarde executaram música. Lanny dançou com a irmã de Kurt. À noite realizaram-se as festas de Natal e houve presentes para toda a família, inclusive os criados. As surpresas ficavam não debaixo da árvore de Natal, mas em pequenas mesinhas separadas, cobertas com um pano branco. O senhor administrador disse algumas palavras, apertou a mão de cada um dos seus empregados e todos eles beijaram os dedos de sua esposa. Todo mundo mostrava-se afetuoso, todos se desejavam mutuamente as maiores felicidades e cantavam "Noite Feliz", os olhos lacrimosos.

Na manhã seguinte foi servido um *lunch* substancioso; havia um bolo chamado *Dresdner Christstollen* com passas por dentro, coberto de açúcar, além de ovos, diversas qualidades de geleia feita em casa e finalmente café com leite quente. Essa refeição era suficiente para que eles aguardassem até às dez e meia, hora em que tomavam o chamado "almoço de garfo". Parece que a ideia de reforma dos menus, que se estava desenvolvendo entre os amigos americanos de Lanny, nunca fora ouvida nessa província prussiana; tais coisas, como "cabidela de lebre", um assado de porco e diversas qualidades de carne, podiam ser comidas fartamente desde o amanhecer.

Mais tarde houve a festa no castelo e todos se vestiram com suas melhores roupas; os homens em uniforme e com as respectivas condecorações,

O FIM DO MUNDO

as senhoras com suas joias, sedas e rendas. Vieram felizes e solenes como se estivessem participando de uma festa religiosa. Para os rendeiros e empregados, era esta a única vez no ano em que podiam atravessar a entrada principal do grande edifício que dominava as suas vidas; esperavam respeitosamente até que o último dos dignatários entrasse e tomasse o seu lugar. Depois, a multidão espalhava-se no grande *hall*, enquanto os homens tiravam o chapéu antes de subir a escada. As mulheres traziam lenços e *shawls* na cabeça, cumprimentando em todas as direções. Quem não conseguia lugar, encostava-se às paredes.

Sua Alteza e a família vinham por uma entrada particular e neste momento todos se ergueram, dizendo ao mesmo tempo:

— Feliz Natal.

O padre rezou uma oração muito comprida, levantaram-se todos outra vez e cantaram um hino, com tal força que o som do órgão foi abafado. O conde derramou amistosas palavras de saudação e numa conversa paternal prometeu cuidar do bem-estar de todos, citando a origem divina da "fidelidade, essência alemã". Nesta bem-aventurada terra, tão favorecida por Deus, prevaleciam a paz e a ordem, e cada homem e mulher cuidavam da chama sagrada da lealdade que devia arder no seu coração. Agora, na época feliz do Natal, todos renovavam os seus sentimentos de gratidão ao imperador e à pátria. Os aplausos que se seguiram a estas palavras pareciam indicar que Sua Alteza estava plenamente justificado na sua fé.

Um grande carvalho da floresta fora erguido no canto do *hall* e havia presentes para todo o mundo, mesmo para a abatida fazendeira e a meia dúzia de crianças, que tinham olhado Lanny da janela da cabana. Quatro homens uniformizados chamavam os nomes escritos nos diversos pacotes e entregavam-nos. Apesar disso, o tempo levado na distribuição foi bem grande. Ninguém deixava o *hall* e Sua Alteza apertava a mão de cada um dos presentes. Lanny não se sentia aborrecido, porque essa gente era compatriota de Kurt e ele estava interessado em observar as suas faces e os seus costumes.

No dia seguinte, o senhor administrador foi prestar contas dos negócios ao seu patrão. Recebeu convite para uma reunião íntima, naquela mesma noite; o filho mais velho devia acompanhá-lo. Outros vizinhos mais graduados, o chefe de polícia, o chefe dos guardas-florestais e alguns proprietários, também assistiram a essa reunião. Fumando e bebendo, discutiram a posição do país, tanto na sua situação local como nacional. E o conde honrou-os, contando-lhes questões importantes a respeito das quais possuía informações de fontes especiais. Na noite seguinte, o senhor Meissner revelou à sua família o que se falara naquela reunião, formulando a sua própria opinião sobre as questões discutidas. Todos ouviram respeitosamente o que o pai dizia e ninguém ousou fazer perguntas. O forasteiro não entendia todas aquelas compridas palavras, mas ouvia atentamente; mais tarde, Kurt lhe explicou os fatos mencionados.

Sua Alteza contara que outras nações ciumentas da diligência e da habilidade alemã haviam cercado a pátria com um muro — "cerco" era bem a palavra. Ou esse "cerco" ia ser posto abaixo por um acordo comum ou ia ser rompido à força, pois o povo alemão era uma nação em crescimento, e não se lhe podia negar o seu lugar ao sol. O conde falara numa grossa nuvem de barbarismo nos céus orientais e, ao falar disso, queria mencionar a Rússia. A nobreza e os proprietários da Alta Silésia davam-se bem com os seus vizinhos — a nobreza e proprietários do Reino do Tsar — e não tinham tido disputa alguma com eles, mas se sentiam apreensivos com a aliança da França e da Rússia. Os franceses estavam gastando somas enormes com o armamento dos russos, e para que fim? O conde queria saber. Só podia haver uma única resposta: um ataque premeditado à Alemanha.

Sua Alteza falara também a respeito dos inimigos de dentro da pátria; considerava-os como ratos roendo e mordendo. Naturalmente que ele se referia desse modo aos sociais-democratas. Mas eles não tiveram prestígio algum em Stubendorf, onde os bons hábitos antigos ainda prevaleciam; em todos os distritos industriais, porém, jamais tinham cessado as suas agitações odiosas, e nas próximas eleições para o Reichstag, talvez viessem a obter uma eventual maioria. Se tal acontecesse, não restava nenhuma dúvida de que se devia tomar certas medidas para vencê-los pela força.

Lanny foi levado a contar ao seu amigo Kurt a história da visita ao "cabbage patch" de Cannes. Não disse, é claro, que possuía um tio que era uma "ovelha vermelha" — este segredo de família era terrível demais. Contou apenas que uma pessoa o havia levado à presença de uma mulher "vermelha", e que ele tinha pensado que ela fosse uma boa senhora. Kurt respondeu:

— Não há dúvida de que muitos desses agitadores fanáticos são sinceros. Hoje em dia é até elegante dizer-se coisas cheias de graça e cinismo contra o governo. Há mais sentimentos socialistas na Silésia do que imagina Sua

O FIM DO MUNDO

Alteza; nas minas de carvão da província e nas grandes empresas industriais dos campos há muitos trabalhadores malsatisfeitos.

Como sempre, Kurt falava em tom elevado ao discutir problemas sociais. Disse que a arte e a cultura iam ser filtradas e desceriam das classes cultas até atingirem, finalmente, o povo, civilizando-o e regenerando-o. Estava convicto de que o artista deve pairar acima das dissidências políticas; solenemente, declarou:

— Do mesmo modo como o conhecimento é força, assim também o é a beleza; aqueles que criam são os mestres da ideia, a qual precede a tudo nas questões humanas. Do mesmo modo como a ideia da cadeira vem antes da fabricação dela, assim a ideia da beleza, da bondade, da justiça tem de ser acalentada antes nos espíritos criadores.

Lanny não sabia que tudo isso era uma filosofia alemã, com "F" maiúsculo; não sabia que um sábio professor em Köenigsberg permanecera sentado no seu escritório durante vinte anos, com os olhos postos numa torre de igreja, tecendo teias de aranha mentais formadas por estas palavras polissílabas de tão alto som. Lanny não sabia também que há vinte e três séculos um rico cavalheiro de Atenas, de nome Platão, fizera a mesma coisa passeando pelo pátio da sua casa, e que suas doutrinas foram espalhadas em Alexandria. Lanny fazia ideia de que o seu amigo Kurt Meissner imaginava tudo isso sozinho e sentiu-se tomado pela mais intensa admiração.

VIII

Os dez dias passaram rápido e numa bela manhã os dois rapazes arrumaram os seus pertences, despediram-se dos que ficavam e foram levados à estação. Viajaram juntos até o entroncamento da estrada de ferro e reafirmaram as suas promessas de uma lealdade eterna. Na estação determinada as estradas se separavam e Kurt, cujo trem partia primeiro, providenciou para que o seu hóspede se sentasse num lugar seguro e confortável. Depois pediu ao chefe do trem para cuidar dele durante a viagem. Lanny aguardou a partida de Kurt para ir a um café próximo à estação, onde pediu um chocolate quente, por causa do frio.

O rapaz estava tomando o chocolate e pensava nas aventuras do castelo, cuja lembrança sempre o divertia, quando entrou um homem que olhou ao redor e sentou-se à sua mesa. Havia outras mesas, porém, o homem parecia

74   UPTON SINCLAIR

sociável e Lanny estava aflito por conversar com alguém neste agradável país. O estranho cumprimentou:

— Bom dia.

Lanny retribuiu incontinente a saudação, olhando o homem num rápido relancear.

O estranho era alto, um tanto escuro e pálido; seu chapéu, gravata e sobretudo não tinham aqueles toques de elegância que distinguem imediatamente o legítimo *gentleman*. Usava luvas e no seu rosto magro sobressaía um olhar preocupado; os dedos eram encardidos pelo fumo. Pediu um copo de cerveja e perguntou:

— Forasteiro, não é verdade?

Quando Lanny replicou que era americano, o homem passou a falar num inglês um tanto hesitante. Vira Lanny em companhia de Kurt Meissner e disse que conhecia o rapaz; perguntou se Lanny estivera no castelo.

Lanny disse onde tinha estado e passaram, então, a conversar sobre a visita. Lanny preferiu falar, antes, do ótimo tempo que fizera e do modo como todo mundo tinha sido gentil para com ele. O homem parecia conhecer tudo a esse respeito. Sim, sim, ele conhecia também o senhor administrador, bem como os seus filhos, aqueles que tinham voltado para o exército. Lá ninguém perdia tempo: naquela manhã mesmo, uma companhia de artilharia leve fora enviada para a montanha a fim de praticar, os canhões colocados sobre trenós e as tropas aparelhadas com esquis. Lanny disse que vira isso ao chegar; todos trabalhando com rapidez e retirando os canhões dos carros. O estranho contou que essa era uma parte dos exercícios. A pátria tinha muitos inimigos e devia estar sempre alerta.

Lanny achou interessante ouvir isso de um outro alemão. Pelo menos na aparência essas coisas ocupavam o primeiro lugar no pensamento de todos naquele país. Contou ao estranho as discussões políticas que se haviam realizado e o modo pelo qual o Graf Stubendorf chamara a atenção dos seus funcionários sobre a grande nuvem nos céus do Oriente e também sobre os ratos de dentro que viviam roendo e mordendo.

— Com certeza ele queria referir-se aos sociais-democratas — disse o estranho e Lanny replicou que sim, que era isso mesmo que o senhor Meissner explicara à sua família.

O pai de Lanny cuidadosamente o advertia dos perigos de falar a respeito da indústria armamentista, porém, nunca ocorreu ao rapaz que existisse qualquer motivo que o impedisse de discutir os sentimentos patrióticos dos defensores de uma pátria. O estranho quis saber o que Sua Alteza dissera exatamente, onde e quando falara. Assim, Lanny mencionou a reunião íntima e as pessoas que tinham estado presentes; Sua Alteza dissera que se os "ratos" conquistassem maioria na próxima eleição, talvez fosse necessário vencê-los pela força. E o administrador concordara com esta ideia.

Lanny mencionou também as caçadas e o que ouvira sobre a proeza extraordinária do imperador como matador de caça. O homem disse que fotografias a propósito disso tinham sido publicadas nos jornais; havia uma, na revista que Lanny podia comprar no jornaleiro, e pela qual se poderia observar que o imperador colocava o braço esquerdo atrás das costas, o que era notado em qualquer retrato dele, porque esse braço era aleijado. Além disso, era o imperador muito sensível a este defeito.

— Contaram a você que o imperador usava um talher especial, garfo e faca numa única peça, de modo que pudesse comer com uma só das mãos? — perguntou o homem.

Lanny disse que não; não lhe haviam contado coisas como esta. Um sorriso escarninho atravessou a face pálida do homem.

O estranho continuou a contar como no castelo preparavam diariamente um jornal especial para o imperador, impresso em ouro. Lanny ponderou que parecia ser uma leitura meio difícil; o outro concordou. Mas não era possível ao Todo Poderoso, ler um jornal comum de dez *pfennigs*, como qualquer um dos seus súditos. Também não haviam contado a Lanny que qualquer um na casa tinha de levantar-se e bater os calcanhares se o imperador se dirigisse a ele?

Havia uma nota de escárnio na voz do homem, e o rapaz tornou-se um tanto incerto, mudando de assunto. Contou como caçaram lebres e perdizes naquelas lindas florestas, e mencionou a fazendola com a cabana e as crianças bonitinhas; disse também como ficara impressionado com a limpeza e a ordem que vira naquela floresta e em todos os domínios do conde e pelas demonstrações de lealdade e disciplina que presenciara.

— Ó! Sim! — respondeu o homem. — Você vê, as ideias de Napoleão nunca chegaram lá.

O rapaz não conhecia suficientes noções de história para compreender a observação, e assim o outro explicou que por toda parte onde o exército francês penetrara tinha destruído o sistema feudal com a distribuição da terra pelos pequenos lavradores. Se Lanny tinha estado na França, devia saber quão independentes e livres eram os lavradores de lá. Nada de se curvar e se prostrar diante dos mestres, esses eternos "Altezas" e "Excelências". Lanny concordou que notara aquela diferença.

— Talvez eu deva dizer-lhe que sou jornalista — disse o homem. — Fico a dever-lhe algumas informações muito úteis.

Lanny sentiu alguma coisa de vazio e de frio no seu íntimo, alguma coisa que ia caindo até parar no estômago.

— Ó! — Sobressaltou-se ele. — Certamente o senhor não vai citar o que eu estive contando!

— Não se preocupe — disse o outro sorrindo. — Sou um homem educado. Prometo não o mencionar de modo algum.

— Mas eu fui hóspede lá! — exclamou Lanny. — Não tenho o direito de repetir o que me disseram. Seria vergonhoso!

— Havia muitas pessoas ouvindo as palavras do conde e isso de que falamos eu podia ter ouvido de alguma dessas pessoas. Quanto a Meissner...

— Foi na sua própria casa! — interrompeu Lanny. — Nada podia ser mais íntimo!

— Ele vai repetir o mesmo a muitas pessoas e não fará a menor ideia de como tenha chegado aos meus ouvidos.

Lanny estava tão desnorteado e embaraçado que não sabia o que responder. Que fim para suas férias! O outro, observando-o, continuou justificando:

— Você deve compreender que nós, jornalistas, temos de tomar as nossas informações onde quer que as encontremos. Sou um dos editores do *Jornal dos Trabalhadores*, um jornal social-democrata, e devo ter consideração pelos interesses dos oprimidos trabalhadores aos quais estou servindo.

Alguma coisa bateu de novo no estômago de Lanny e agora com mais força do que antes.

— Mas que interesse podem ter os trabalhadores...? — começou Lanny, mas as palavras lhe faltaram.

O jornalista atalhou:

— O nosso povo toma a sério os seus direitos como cidadãos, mas os seus oponentes, assim parece, não partilham esse ponto de vista. O administrador do Castelo de Stubendorf proclama que se os trabalhadores ganharem as eleições, os dominadores não se submeterão a isto e usarão a força e a contrarrevolução. Não compreende você quão importantes são estas novidades para os nossos leitores?

O FIM DO MUNDO 77

Lanny não conseguia achar palavras para responder.

— Você esteve aí como hóspede — continuou o outro — e achou que tudo era perfeito e lindo. Não havia ninguém para levá-lo atrás das cortinas e mostrar-lhe como esta encantadora amostra de bonecas de Natal estava realmente funcionando. Você é criança demais para formar uma ideia do que significa viver na Idade Média; vou mostrar-lhe, porém, alguns fatos que lhe darão matéria suficiente para pensar durante a viagem. Você exaltou a linda cabana na floresta e as bonitas crianças, mas ninguém lhe disse que a primeira delas talvez fosse filha do seu hospedeiro, o senhor administrador!

— Ó, certamente não! — exclamou Lanny, ultrajado.

— Ele, quando mais moço, andou espalhando as suas sementes livremente e vou dizer ainda mais, para o seu próprio bem-estar. Você é um rapaz encantador e, se algum dia voltar ao castelo, em visita, procure não atrair a atenção do conde Stubendorf e sob hipótese alguma permita que ele fique sozinho consigo num quarto.

Lanny, olhando o seu companheiro de mesa, não sabia o que ele queria dizer exatamente, mas percebeu que era alguma coisa terrível e o sangue subiu-lhe ao rosto e à cabeça.

— Não quero ofender o seu jovem espírito com detalhes. Conto-lhe apenas que alguns dos homens do círculo íntimo do imperador têm um modo de vida extremamente corrompido. Há poucos anos houve um enorme escândalo que obrigou um dos melhores amigos do imperador a retirar-se da vida pública. Stubendorf é um homem esquisito, muito sentimental e se julga poeta; porém, avise-lhe que nenhum rapaz ou moça está garantido nesse principado feudal que lhe apareceu como um lindo jogo de cartões de Natal.

Ouviu-se um apito na estação e o chefe do trem veio pessoalmente à porta do café.

— O trem, jovem cavalheiro! — disse com polidez feudal.

O jornalista social-democrata levantou-se rapidamente e saiu por uma outra porta, enquanto o funcionário carregava as malas de Lanny, que colocou cuidadosamente no carro.

Nunca Lanny soube o nome daquele jornalista e jamais conseguiu saber o que tinha sido publicado. Durante algum tempo a sua felicidade ficou envenenada pelo medo de um escândalo. Porém, nada aconteceu, e assim o homem talvez tivesse cumprido, pelo menos aparentemente, a sua palavra. Lanny ficou envergonhado da sua falta de discrição e prometeu a si mesmo não falar a

78   UPTON SINCLAIR

ninguém sobre esse incidente. Um homem amargurado e cheio de ódio, aquele jornalista; repetindo calúnias, ou talvez, aumentando-as. Lanny decidiu que os sociais-democratas tinham o espírito cheio de ódio e de inveja, e que certamente eram tão perigosos como os anarquistas. Mas, assim mesmo, não podia deixar de pensar que talvez estas histórias fossem verdadeiras; quem sabe não teria sido melhor se Napoleão tivesse chegado a Stubendorf!

5

OS FATOS DA VIDA

I

L ANNY VOLTOU PARA CASA COM A IDEIA DE QUE DEVIA CURSAR UMA escola; desejava iniciar estudos superiores e tornar-se disciplinado e consciencioso como aqueles alemães. A ideia alarmou um tanto a Beauty e ela perguntou o que ele pretendia aprender. Lanny apresentou uma lista; queria compreender o que Kurt chamava filosofia e saber por que a ideia sempre precede a ação. Em segundo lugar, queria compreender as compridas palavras alemãs que ouvira, tais como *Erscheinungsphanomenologie* (o fenômeno de ser) e *Minderwertigskeitscomplexe* (complexos de inferioridade); em terceiro, desejava saber como calcular as trajetórias e as forças expansivas dos explosivos para poder compreender Robbie, quando este falasse aos peritos da artilharia; e finalmente desejava aprender a multiplicar e dividir números.

Beauty ficou perplexa; não sabia nada sobre esses assuntos e não estava certa da existência de nenhuma escola nas vizinhanças. Ponderou que, se Lanny entrasse para um internato, não poderia estar presente nas visitas do pai, e também perderia muitas viagens que certamente eram, também, um poderoso meio educacional. Assim, decidiram resolver o problema comprando em primeiro lugar um grande dicionário e uma enciclopédia de vinte volumes, e em segundo arranjando um professor que conhecesse aritmética.

Foi por isso que Mr. Rigley Elphingstone entrou na vida de Lanny Budd. Mr. Elphingstone era um estudante de Oxford com a saúde abalada e resi-

O FIM DO MUNDO

dente numa pensão da cidade. Beauty lhe fora apresentada durante uma partida de *bridge* e, quando a dona da casa mencionara que o moço era pobre, a mãe de Lanny teve a esplêndida ideia de consultá-lo sobre se ele sabia ensinar aritmética. Respondeu com tristeza que esquecera tudo o que tinha aprendido, mas que sem dúvida alguma poderia fazer uma revisão dos seus conhecimentos. Este era o hábito de todos os professores; conseguiam informar-se do que esperavam deles e então faziam uma revisão rápida. Mr. Elphingstone veio à casa dos Budd, fez um inventário dos conhecimentos desordenados de Lanny e disse a Beauty que seria certamente difícil torná-lo um homem de grande saber; mas, como era filho de pais ricos, que mal havia?

O professor passou a vir todas as manhãs, a não ser nos dias em que Lanny estava ocupado em outras atividades. Era um homem magro, de aspecto melancólico, com cabelos e olhos "byronianos", e passava suas horas livres compondo poesias que a ninguém mostrava. À parte o seu código de cavalheirismo inglês, parecia ter apenas uma única convicção que, aliás, não tinha grande importância: era a de que nada estava certo. O seu método de instrução era muito agradável; respondia a Lanny tudo quanto ele desejava saber, e, se não soubesse, recorriam juntos à enciclopédia. Naturalmente Mr. Elphingstone enamorou-se de Beauty, conforme ela esperava. Sendo pobre e orgulhoso, o rapaz nunca pronunciava palavra alguma, tornando o convívio o mais agradável possível.

Até agora a pronúncia de Lanny tinha sido modelada conforme a do seu pai, que era um ianque de Connecticut. O acento de Oxford, porém, era muito mais impressionante e como o rapaz tivesse passado a viver num contato diário com o mesmo, naturalmente acostumou-se a usá-lo. Lanny desenvolvia os seus conhecimentos aristocráticos e, quando discutiam política, tinha frases como estas: "Não devemos fechar os nossos olhos quando é necessário alguém para comandar." Quando Robbie voltou, achou muito divertidas as transformações do filho e informou-o que o som dos "oo" na palavra "loot" vinha do norte da Inglaterra, lugar completamente destituído de elegância.

II

Entre os hóspedes dos famosos chás existia um barão russo, de nome Livens-Mazursky. O amigo que o trouxera, disse que ele era rico e importante, possuía um jornal em São Petersburgo, tinha relações diplomáticas e seria certamente uma pessoa preciosa para Robbie. Era de bela aparência, alto, com florescentes suíças pretas, a face pálida e lábios tão vermelhos que pareciam estar pintados. Os olhos eram salientes e brilhantes e ele conversava com animação em qualquer língua que a companhia preferisse. Gastava prodigamente o seu dinheiro e assim todos gostavam dele.

O barão Livens veio várias vezes à casa de Lanny e parecia tomar um interesse todo especial pelo rapaz. Lanny estava acostumado a isso, pois muitas pessoas se interessavam sempre por ele; também estava acostumado ao temperamento ardente dos russos e pensou que auxiliaria a indústria americana de armamentos tornando-se amigo de um homem importante que outrora fora oficial de cavalaria e que parecia vindo diretamente do *A ferro e fogo*.

Uma tarde Lanny foi em companhia de sua mãe a Cannes, e, enquanto ela fazia compras, ele se dirigiu a um quiosque, comprou uma revista e sentou-se no vestíbulo de um dos elegantes hotéis para ler e aguardar a volta de Beauty. Por acaso, o barão Livens acercou-se do rapaz e se sentou ao seu lado. Perguntou-lhe o que estava lendo, conversou sobre revistas e disse finalmente que possuía algumas lindas produções de pintores russos no seu apartamento do segundo andar. Assim, subiram pelo elevador e o barão introduziu Lanny numa vasta sala de estar; buscando as reproduções, sentaram-se juntos na mesa para apreciar os belos quadros.

No correr da conversa um braço do homem enlaçou Lanny, o que era natural; depois, o homem inclinou-se e beijou o rapaz na face. Todos os rapazes daquela época que tiveram a experiência de serem beijados por homens de suíças não haviam gostado. Quando o barão o beijou novamente, Lanny se encolheu e pediu:

— Por favor, não.

Mas o homem continuou a abraçá-lo e Lanny tornou-se alarmado; olhou e percebeu um olhar semilouco na face do barão. O pânico apoderou-se do rapaz e ele exclamou:

— Deixe-me! Quero ir embora!

Lanny ainda não esquecera o que o jornalista social-democrata lhe contara a respeito do Graf Stubendorf; tentava, às vezes, imaginar o que seria aquilo contra o que tinha sido avisado, e agora a certeza atravessava inteiramente o seu espírito. Reagiu e começou a gritar, o que assustou o barão de tal modo que este o abandonou. Lanny pulou da cadeira e correu para a porta.

O FIM DO MUNDO 81

Esta, porém, estava fechada à chave e semelhante descoberta provocou em Lanny o maior terror que jamais tivera. Gritou o mais alto possível:

— Socorro! Socorro! Deixe-me! Quero sair!

O barão tentou acalmá-lo, mas Lanny colocou uma grande cadeira estofada entre ambos, gritando mais alto ainda.

— Cale a boca, pequeno bobo, e eu abrirei a porta — disse o barão.

— Pois bem, abra-a — ordenou Lanny, ofegante.

Quando a porta foi aberta, o rapaz exigiu que o barão se afastasse e saiu correndo, e desceu as escadas sem esperar pelo elevador.

No vestíbulo ele se sentou pálido e trêmulo; durante algum tempo pensou que ia desmaiar. Então, viu o barão que vinha trazer-lhe a revista que deixara em cima. Lanny saltou da cadeira e continuou afastando-se; não queria deixar o russo aproximar-se. O homem, também bastante agitado, tentou desculpar-se; fora tudo um mal-entendido, não pretendera fazer mal algum, tinha filhos aos quais amava e Lanny o fizera lembrar-se deles.

A situação estava nesse pé quando Beauty chegou. Percebeu que havia acontecido alguma coisa e o barão tentou explicar-lhe; o "querido" rapaz não compreendera bem, fora um incidente cruel, muito embaraçador. Lanny não quis falar sobre o caso; queria, sim, mas era sair dali.

— Por favor, Beauty, vamos, por favor! — pediu ele, e desse modo saíram para a rua.

— Você ficou ferido? — perguntou a mãe, amedrontada.

— Não, fugi de perto dele.

O rapaz não quis falar mais nada na rua nem tampouco no automóvel, porque Pierre, o *chauffeur*, poderia ouvi-lo.

— Vamos para casa — disse ele, e ficou sentado no automóvel, todo o tempo, segurando e apertando a mão de Beauty.

III

Quando chegaram em Bienvenu, Lanny já dominara um pouco a sua agitação e estava cismando se não se teria enganado. Mas quando contou tudo à sua mãe, ela lhe disse que não; que realmente ele havia estado em perigo, que gostaria de voltar e matar aquele russo. E não quis dizer ao rapaz qual a espécie do perigo; sentiu-se embaraçada, e tudo que Lanny conseguiu obter foi um aviso cheio de medo; jamais deveria deixar qualquer homem tocá-lo, jamais deveria ir a qualquer lugar com um homem que não fosse bem conhecido. Talvez Lanny não pudesse ter relações seguras com ninguém; a não ser com alguns amigos íntimos de Beauty — foi o que então lhe pareceu melhor.

Beauty necessitava desabafar com alguém e assim chamou sua amiga Sophie, baronesa de La Tourette.

— Ó, sim — disse aquela senhora, mundana e experimentada.

Todo mundo conhecia Livens e seu gosto; mas que se podia fazer? Mandar prendê-lo? Seria uma festa para qualquer jornalista, mas ele revidaria, difamando os outros com escândalos. Atirar nele? Sim, mas as leis francesas eram muito rigorosas; seria necessário levar o júri até às lágrimas, e os advogados que sabem fazer isso cobram uma fortuna. O que restava fazer era dar a entender ao rapaz do que se tratava, para que não pudesse acontecer nada mais.

— Mas que é que eu posso dizer? — perguntou Beauty.

— Então você ainda não falou com ele do modo como devia?

— Não posso: ele é tão inocente...

— Inocente? Com os diabos! — retrucou Sophie Timmons, aquela loura pintada com a risada de tintura, ela mesma tão resistente quanto os produtos do pai.

— Não sei o que fazer.

— Ele brinca o tempo todo com os filhos dos lavradores, e então você acha que eles não observam os animais como fazem, e que não falam a respeito disso?

— Ó, meu Deus! — exclamou Beauty. — Eu queria que não existisse o sexo no mundo!

— Mas há muitos destes artigos aqui na "costa dos prazeres", meu bem, e o seu filhinho, provavelmente, em pouco tempo estará pronto para reclamar a parte que lhe cabe. Seria melhor que você o acordasse desde já.

— O pai dele é que devia fazer isso, Sophie.

— Pois bem, então mande um cabograma: "Robbie, venha imediatamente para dizer a Lanny os fatos da vida!"

Ambas riram, mas isso não resolvia a situação.

— O professor de Lanny não podia contar-lhe? — sugeriu finalmente a baronesa.

— Não tenho a menor noção das ideias dele a esse respeito.

O FIM DO MUNDO

— Bem, na pior das hipóteses, creio que devem ser melhores do que as de Livens! — admitiu a baronesa.

Naturalmente a baronesa de La Tourette contou a história a várias pessoas, e o barão Livens-Mazursky viu-se subitamente cortado de todas as reuniões. O homem decidiu passar o resto do inverno em Capri, em lugar que não era tão puritano como Cannes. A mãe de Lanny repetia os seus conselhos ao rapaz com tanta solenidade, que ele começou a adquirir a psicologia de um animal bravio da floresta: perscrutava antes de ir a qualquer lugar escuro e se via alguém, macho ou fêmea, mudava de lugar.

IV

Mesmo os animais bravios da floresta gozam a vida, e Lanny não se sentia com bastante segurança para falar sobre o assunto às pessoas e descobrir assim as suas inclinações. Pouco depois desse fato, deu-se a Aventura do Gigolô, que era a última brincadeira da moda, segundo Beauty. A história do gigolô de Lanny realmente fez a ronda entre a alta sociedade da Riviera e passou a ser comum ouvir-se frequentemente a pergunta:

— Então, Lanny, como vai o seu gigolô?

O rapaz sabia tratar-se de uma brincadeira, e não se preocupava, certo de que o seu gigolô era um homem realmente bom; melhor até do que muitas pessoas que procuravam ganhar o dinheiro de sua mãe, jogando cartas.

Lanny conhecera-o numa dessas ocasiões em que Beauty ia cuidar dos seus encantos. Ela fora experimentar um belíssimo vestido de noite, de *chiffon* azul-claro sobre fundo prateado, "criação" de M. Claire, o costureiro de Nice; o preço seria especialmente moderado, devido à propaganda que Beauty devia fazer, exibindo-o em conjunto com a sua própria beleza. Lanny ficara sentado sob uma árvore a observar o tráfego, vendo passar as pessoas elegantes e as empregadas com rosadas crianças.

Caminhando pelo passeio, vinha um homem de trinta anos ou mais, vestido com roupa própria para a tarde, de pequenos bigodes pretos. Além disso trazia uma bengala com bola de ágata polida no cabo. Tinha uma expressão agradável e possivelmente idêntica à de Lanny. Certamente não era difícil observar que o cavalheiro estava vestido segundo a última moda; a estação ia em meio e a cidade vivia cheia de altos e elegantes rapazes da Inglaterra e da América, que usavam camisas esporte, calças de linho e sapatos de tênis ou sandálias.

O homem sentou-se no mesmo banco de Lanny e depois de algum tempo reparou no livro que o rapaz trazia ao colo.

— Conheço esta obra — disse ele.

A sua pronúncia mostrou a Lanny que o homem era um nativo de Provença; eles não pronunciam o "u" como os franceses. Lanny respondeu, então, em provençal, e o rosto do homem se iluminou.

— Ó, então você não é um forasteiro?

Lanny explicou que nascera na Suíça e vivera a maior parte da sua vida em Juan. O homem disse que era natural da aldeia montanhosa de Charaze, onde seus pais eram lavradores.

Isso exigia uma explicação, pois em geral os filhos dos lavradores não passam as manhãs passeando embaixo das árvores da avenida Vitória vestidos de sobrecasaca e calça listrada. M. Pinjon — este era o seu nome — contou que subira na vida por se ter tornado dançarino profissional. Lanny disse que era, também ele, uma espécie de dançarino e que desejava aprender tudo o que fosse possível a respeito daquela agradável arte. M. Pinjon ponderou que antes de tudo era necessário possuir-se o espírito, o fogo interior. Lanny concordou; pouquíssimos possuíam aquele fogo que era a alma de toda arte. Fora Kurt quem dissera isso, e Lanny lembrou-se da frase, usando-a com efeitos esplêndidos.

A aproximação com o gigolô iniciou-se, assim, em plano muito elevado. Lanny sentiu-se obrigado a falar a respeito de Hellerau e do alto templo branco que parecia um lugar de magia, onde M. Pinjon talvez fizesse algum dia uma peregrinação. Explicou a técnica da eurrítmica, e por pouco ia dando uma demonstração no passeio da avenida.

V

Por motivo da sua natureza artística e como filho do sul, M. Pinjon relatou a história da sua vida. Era filho de uma família grande, e o pequeno terreno de Charaze não bastava para sustentar a todos. Assim, ele, o mais moço, saíra a procura da fortuna no mundo e durante algum tempo achara a vida muito difícil. Vivera em habitações horríveis e também num "cabbage-patch" em Nice, onde as sobras de comidas eram atiradas na rua e onde o cheiro era sumamente desagradável para um homem do campo acostumado ao tomilho e à alfazema dos outeiros.

O FIM DO MUNDO

Depois M. Pinjon tornara-se garçom num pequeno café, uma posição subalterna; mas aí economizara o máximo para poder comprar um terno copiado cuidadosamente daqueles que havia observado no *grand monde*. Em casa tinha sido hábil dançarino da farândola e por isto iniciou logo um estudo das danças modernas, o que considerava muito difícil, pois, só na Riviera, o tango era dançado em vinte e oito formas diferentes, além das inovações americanas como o *turkey trot* e o *bunny hug*.

Aprimorado nessa arte, M. Pinjon obtivera colocação num dos cassinos. Era ele, o que chamavam, de um modo pouco gentil, um gigolô. Verdade é que havia muitos homens desprezíveis nessa profissão, prontos a tirar vantagens de todas as oportunidades; M. Pinjon, porém, era um homem sério. No íntimo, continuava a ser um lavrador francês e seu ideal era comprar um pequeno terreno que já escolhera, próximo à casa dos seus antepassados e onde viveria cultivando as olivas e o vinho, e rezando para que os sarracenos não voltassem. Para isso, economizava umas tantas libras.

Senhoras iam em grande número ao cassino, quase sempre desacompanhadas, pelo fato de serem de meia-idade, e os homens, velhos ou moços, sempre preferem dançar com as jovens. Entretanto, as senhoras de meia-idade são relutantes em se despedirem da mocidade e dos prazeres que ela proporciona. M. Pinjon sabia conversar com sentimento e de um modo assaz instrutivo a propósito dos problemas de tais mulheres. Por que não dançar, se nada mais tinham a fazer? Uma vez que os homens não as distinguiam, elas pagavam os seus pares e era por esse meio que ele ganhava a sua modesta vida. Dançava com senhoras desconhecidas de um modo respeitoso e dignificante e, se elas desejavam aprender alguma dança nova, estava pronto a ensinar o que sabia.

O gigolô estava ansioso para que o gentil e inteligente rapaz concordasse que a sua profissão era uma coisa digna e Lanny admitiu que sim. M. Pinjon voltou a conversar sobre Dalcroze e perguntou se não existia algum livro a respeito. O rapaz deu-lhe o nome de uma brochura e ele a anotou.

— Se o senhor for alguma vez a Juan, e quiser dar um pulo a nossa casa, sentirei imenso prazer em mostrar-lhe tudo quanto sei sobre Dalcroze! — convidou Lanny.

O dançarino anotou o endereço e prometeu aparecer; ele tocava flauta e cantaria, então, velhas melodias de Provença para Lanny dançar.

Beauty chegou nesse momento; vinha cansada e um pouco nervosa depois da prova exaustiva. Lanny fez a apresentação do seu novo amigo e, naturalmente, ela teve de ser gentil, apesar de meio reservada. Seu filho não podia perceber as sutilezas sociais, e esta não seria a primeira vez que o seu hábito de fazer relações com desconhecidos acabaria por lhe causar embaraços. Quando entraram no automóvel e seguiram para casa, Lanny falou sobre o novo amigo. Naturalmente Beauty não pôde ficar zangada com o filho e se deixou cair nas almofadas do carro, rindo, e pensando como Sophie deveria rir, e também Margy — Margy era Lady Eversham-Watson. Todos riram, com exceção de Lanny.

O pior é que não havia meios de evitar a visita do homem. A mãe precisou explicar cuidadosamente a Lanny a existência de certas diferenças sociais, que não devem ser esquecidas.

— Naturalmente você pode ser muito gentil com esse tipo, mas não deve convidá-lo a visitar-nos novamente, nem prometer ir apreciá-lo em atividade no cassino. Ainda mais, eu não o quero ver segunda vez.

M. Pinjon viajou num ônibus pelo caminho de Nice, no primeiro dia de folga que obteve. Trouxe a flauta e se sentou com Lanny no terraço. Tocou pequenas melodias como a "Marches des Rois" e Lanny dançou a ponto de aumentar a inspiração do filho do sul, que passou a tocar mais rapidamente e com maior alegria, dançando também.

Por acaso Beauty não saíra nesse dia e espiava através das venezianas de uma janela. Vendo o galante homenzinho dançar com tanta agilidade, teve de admitir que a cena era comovedora.

Rosine levou-lhes vinho e bolo, e M. Pinjon foi tratado com toda a gentileza e polidez; apenas não tornou a ver o rosto da mais linda de todas as mães. As canções de Provença, que falam de trovadores cantando em castelos e levando consigo as princesas, não harmonizavam bem com as circunstâncias do ano de 1914 na Côte d'Azur.

VI

Depois dessa visita, Beauty Budd resolveu não mais deixar o seu filho na inocência dos fatos da vida. Procurou Sophie, a sua amiga que sempre possuía sugestões novas. Havia em Nice um médico austro-judeu, de nome Bauer-Siemans, especialista de um método conhecido como psicanálise, agora em grande moda na Europa e na América. Em senhoras da mais alta sociedade, descobriam-se complexos de inferioridade; senhoras e cavalhei-

O FIM DO MUNDO

ros falavam abertamente sobre os seus complexos de Édipo e seus impulsos de análise erótica; era horrível, mas ao mesmo tempo fascinante. O que mais atraía as senhoras era o fato de poder por dez dólares à hora tomar um homem culto e inteligente para ouvi-las falar a seu próprio respeito.

— Não sei se devo acreditar nessas coisas — disse a baronesa de La Tourette —, mas pelo menos o homem conhece os fatos que ouve e não se embaraça ao falar a respeito deles.

— Mas preocupar-se-á ele com uma criança, Sophie?

— Entregue-lhe um envelope com uma nota de cem francos e não se incomode — disse a baronesa, prática nas questões do mundo.

Ficou assentado que Mrs. Budd iria providenciar e ela telefonou pedindo para lhe serem reservadas uma ou duas horas do precioso tempo do Dr. Bauer-Siemans. Marcada a consulta, Beauty levou o filho consigo e deixou-o na sala de espera, enquanto falava ao especialista a respeito dos casos do barão e do gigolô.

O cientista era um cavalheiro de aspecto imponente, com testa alta e cabelos ondulados, óculos de aro dourado. Falava inglês com ligeiro acento, tirava às vezes os óculos e sabia fazer elegantes gestos.

— Por que não fala a senhora, pessoalmente, com o seu filho, Mrs. Budd? — perguntou ele.

As faces já bastante coradas de Beauty ficaram ainda mais vermelhas.

— Não posso, doutor; já tentei, mas não encontro as palavras de que preciso no caso.

— A senhora é americana?

— Sou filha de um ministro batista da Nova Inglaterra.

— Ah, compreendo. Puritanismo! — disse o cientista, do mesmo modo que diria "poliomielite" ou "doença de Addison", se fosse o caso.

— Parece-me que é hereditário — disse Beauty baixando os lindos olhos azuis.

— O fim da psicanálise é trazer tais repressões à superfície da consciência, Mrs. Budd. Dessa forma, podemos livrar-nos das mesmas e adquirir atitudes normais.

— O que desejo é que o senhor fale com Lanny — disse a mãe rapidamente.

— Gostaria que o senhor considerasse o caso como uma questão profissional.

Beauty passou às mãos do homem um envelope perfumado, apenas com a orla dobrada para dentro.

88   UPTON SINCLAIR

O médico sorriu.

— Em geral, não recebemos pagamento adiantado — disse ele colocando o envelope na escrivaninha. — Deixe o rapaz comigo durante uma hora ou mais e eu direi a ele o que for preciso.

Beauty levantou-se e saiu. O médico passou um rápido olhar pelo envelope e se certificou de que Lanny estava com direito a obter uma dose completa dos fatos da vida.

VII

O rapaz sentou-se numa cadeira, em frente da escrivaninha desse estranho cavalheiro profissional. Quando soube do motivo da sua presença ali, o sangue começou a subir-lhe ao rosto, porque era ele, também, um pequeno puritano, embora tão distante do lar dos seus antepassados. Entretanto, o que se passou a seguir não foi tão chocante como se pensava, e a baronesa de La Tourette estava com razão. Lanny já tinha observado naturalmente a vida dos animais, e os meninos conversavam em linguagem mais crua. O espírito do filho de Beauty era uma confusão enorme de verdades e tolices, na maioria ocasionadas pelas suas próprias especulações. Os meninos lhe tinham contado que os homens e as mulheres também se portavam assim, mas Lanny não quisera acreditar; quando o médico perguntou por que não acreditara, ele respondeu:

— Não parece dignificante.

O homem sorriu, e replicou:

— Fazemos muitas coisas que não parecem dignificantes, mas temos de aceitar a natureza conforme ela é.

Para as explicações, o doutor não citava as abelhas e as flores, mas tinha o auxílio de um livro de medicina cheio de figuras. Depois de passar pelo primeiro choque, Lanny começou a achar tudo de um interesse absorvente; ali estavam as coisas sobre as quais cismara e um homem que lhe dava as respostas exatas sobre elas. Era impossível ao rapaz imaginar que ele próprio pudesse vir a sentir desejos semelhantes, mas o doutor afirmou-lhe que brevemente entraria naquele período da vida; encontraria a época do amor como uma época de felicidades, mas também de perigos e preocupações. Nestes casos, surgiam problemas de naturezas diferentes, os do homem e os da mulher aprendendo a ajustarem-se mutuamente, e necessitando de todos os conhecimentos possíveis.

O FIM DO MUNDO

O doutor passou depois a um assunto de suma importância para Lanny e Beauty.

— Soube que sua mãe é divorciada, e, nesses casos, os problemas da família são inúmeros — observou ele.

— Creio que sim — respondeu Lanny inocentemente, porque nunca descobrira problema algum na sua própria família.

— Compreenda bem: não quero penetrar nos seus segredos, mas, se você quiser contar-me algo que me possa auxiliar a orientá-lo, ficará tudo sob o máximo sigilo.

— Sim, senhor; e fico-lhe muito grato.

— Quando as famílias se dissolvem, mais cedo ou mais tarde, um dos cônjuges ou mesmo os dois contraem outro casamento; então, o filho passa a ser um enteado, o que requer ajustamentos nem sempre fáceis.

— Meu pai casou-se novamente e tem família em Connecticut, mas eu nunca estive lá.

— Há quanto tempo seus pais estão divorciados?

— Suponho que há uns dez anos; aconteceu antes que eu pudesse guardar qualquer recordação.

— Então, deixe-me contar-lhe outra coisa, baseado na minha experiência. Sua mãe é uma linda mulher e sem dúvida muitos homens desejarão desposá-la. Talvez ela já tenha recusado alguns, para não tornar você infeliz. Nunca lhe falou ela a este respeito?

— Não, senhor.

— Naturalmente, você já viu homens em companhia de sua mãe...

— Sim, senhor.

— Você não gosta de vê-los, não é?

Lanny começou a ficar embaraçado.

— Acho que não gosto muito, principalmente quando eles passam a vê-la frequentemente — admitiu.

O Dr. Bauer-Siemans sorriu e confessou que um especialista em psicanálise fala a centenas de homens e mulheres e que todos eles exibem farrapos íntimos, permitindo ao médico reconhecê-los e classificá-los.

— Muitas vezes o cliente sente-se envergonhado com o próprio procedimento e tenta negar as coisas; somos, então, obrigados a arrancar esta verdade à força, e isso é para o próprio bem dele, uma vez que o primeiro passo para um comportamento racional é conhecer-se a si próprio. Está compreendendo o que eu digo?

— Creio que sim, doutor.

— Então, reflita, no íntimo, sobre esta pergunta: ficará você com ciúme se sua mãe amar alguém?

— Sim, senhor; receio que sim.

— Mas pergunte a você mesmo: quando chegar o tempo em que você se enamorar de uma mulher, como certamente acontecerá dentro de poucos anos, acha você que sua mãe sentirá ciúme?

— Ficaria ela enciumada? — perguntou Lanny, surpreso.

— Talvez ela tenha uma forte inclinação para isso, o que significará uma luta moral para colocar o bem-estar do seu filho acima do seu próprio. O meu parecer é que você também talvez tenha de enfrentar a luta, isto é, colocar o bem-estar da sua mãe acima do seu. Acha que poderá fazê-lo?

— Creio que sim, desde que ela encontre um homem direito.

— Naturalmente que se sua mãe se enamorasse de um homem indigno, como por exemplo um bêbado, você protestaria, e não só você, como também os seus amigos. Entretanto, deve levar em consideração o fato de que sua mãe está mais apta a conhecer o homem capaz de torná-la feliz do que você.

— Sim, senhor; suponho que sim — admitiu mais uma vez o rapaz.

— Compreenda bem: nada sei a respeito da sua mãe; estou apenas explanando o comportamento comum dos homens. A situação mais provável, no caso, é que sua mãe tenha um amante e oculte isso como um segredo, porque decerto teme vê-lo chocado.

O sangue subiu com violência às faces de Lanny.

— Ó, não senhor, não creio!

Brincando com o *pince-nez*, o homem continuou inexoravelmente:

— Seria algo completamente anormal para uma mulher nova como o é sua mãe, passar dez anos sem uma vida amorosa. Não seria bom para a sua saúde e muito menos para a sua felicidade. É muito mais provável que ela se tenha esforçado para encontrar um homem capaz de fazê-la feliz. Quando você era criança, foi fácil, para ela, manter-se em segredo; mas agora não será tão fácil. Mais cedo ou mais tarde, talvez, você conseguirá descobrir sinais de que sua mãe esteja amando alguém. Se tal acontecer, deve cumprir o seu dever, que é não atravessar-se no caminho nem humilhar ou embaraçar sua mãe, mas dizer-lhe francamente: "Naturalmente eu quero vê-la feliz; aceito a situação e me esforçarei por tornar-me agradável ao homem da sua escolha." Não se esqueça disso!

— Sim, senhor — respondeu Lanny, a voz um tanto trêmula.

O FIM DO MUNDO

VIII

Beauty passeava pelas lojas, extraordinariamente excitada; sentia-se como se estivessem extraindo as amígdalas do filho. Foi um grande alívio vê-lo de volta, inteiro e sadio, sem corar e sem nada fazer que a embaraçasse.

— O Dr. Bauer-Siemans é um homem bem informado — disse ele com dignidade.

Acrescentou o rapaz que ia aceitar aqueles conhecimentos, tais como acabava de aprender; a este respeito, sua mãe não precisaria preocupar-se futuramente com ele.

— Para casa, Pierre — ordenou Beauty, e durante toda a viagem permaneceram em silêncio.

Alguma coisa se estava processando no espírito de Lanny, algo de extraordinário. Tinha em mãos um quebra-cabeça, uma dessas figuras em que se devia procurar o gato que estava escondido. O gato preenchia grande parte da figura, de tal modo que, depois de achado, não se podia compreender como se custara tanto para isto.

Assim aconteceu com Lanny depois da consulta do Dr. Bauer-Siemans; ele estivera sempre olhando para um quadro, traçava uma linha ou outra, e, subitamente, um grande gato aparecera rindo diante dele.

Na península de Antibes, a uma milha ou pouco mais da casa dos Budd, morava um jovem pintor francês, Marcel Detaze. O artista era alguns anos mais moço do que Beauty, um homem bonito e audacioso, com bigodes e cabelos lisos, que o vento encrespava. Além disso, possuía feições graves e olhos escuros, melancólicos. Morava numa cabana e uma fazendeira das redondezas cozinhava para ele e arrumava a casa. Pintava paisagens marítimas daquela costa variada, e gostava das ondas que se levantavam em grandes massas verdes e vinham se quebrar numa espumarada branca sobre os rochedos. Pintava-as muito bem, mas o seu trabalho não era conhecido e, como tantos jovens pintores, tinha o grave problema de encontrar lugar para colocar todas as suas telas. Às vezes, acontecia vender uma, porém a maioria era guardada num barracão, à espera do dia em que os colecionadores fossem fazer uma oferta.

Beauty gostava bastante do trabalho de Marcel e comprava várias telas, pendurando-as de modo que suas amigas pudessem vê-las. Acompanhava de perto o progresso do homem e muitas vezes, quando voltava de um passeio, dizia:

— Parei na casa de Marcel; ele está melhorando sempre.

Ou então:

— Vou à casa de Marcel; alguns dos seus amigos vão tomar chá com ele.

Havia uma meia dúzia de pintores que tinham os *ateliers* perto uns dos outros, e, às vezes, os artistas se reuniam para comentar os trabalhos. Jamais ocorreu a Lanny estranhar as visitas de Beauty a um pintor, e não convidá-lo a tomar chá em sua casa, como fazia com os outros homens.

Circunstâncias como essa, Lanny nunca notara antes, porque era uma criança, e as relações entre homens e mulheres não tinham proeminência nos seus pensamentos. Mas agora o Dr. Bauer-Siemans colocara a figura na sua frente e lhe mandara procurar o gato; e aí estava ele!

Marcel Detaze era o amante de Beauty! Ela o visitava e inventava pequenas histórias porque desejava guardar segredo. Essa a razão por que o pintor vinha tão raras vezes à sua casa, o que fazia somente quando não havia visitas; e não vinha também quando Robbie estava, e com Lanny pouco se ocupava. Talvez receasse intimidade, o que poderia atrair a atenção do rapaz, ou talvez, mesmo, não gostasse de Lanny pela barreira que este poderia interpor entre Beauty e ele!

Se o rapaz tivesse percebido o segredo sem nenhum aviso, teria sentido um choque doloroso; mas agora o sábio doutor lhe ensinara como enfrentar a situação e ele tinha de seguir o conselho. Mas Lanny não se entregaria sem lutar; queria sua mãe para si mesmo e resolveu heroicamente não odiar aquele jovem francês de calça de couro e boina azul. O homem pintava o mar, mas não sabia nadar como acontece com a maioria dos franceses da Riviera e Lanny fazia ideia de que ele desapareceria quando a enxurrada o apanhasse.

O doutor dissera que Beauty escolheria os seus amantes sem o auxílio do filho, e por isso Lanny se obrigou a admitir o pintor como um bonito homem. Talvez a atração de Beauty fosse motivada pelo fato de ser ele tão diferente dela; o pintor parecia estar sempre cultivando alguma tristeza secreta. Lanny, que já lera alguns romances, imaginou que o pintor estivesse apaixonado por alguma senhora de alta posição em Paris, e que Beauty, sentindo-se compadecida, resolvera cuidar do seu coração amargurado. Seria tão natural para a mãe de Lanny esse desejo de cuidar de um coração ferido!

O FIM DO MUNDO

Uma outra parte do "gato" eram as relações de Beauty com os demais homens. Sempre houvera uma multidão deles atravessando a sua vida. Muitos eram ricos e alguns proeminentes; uns foram apresentados como fregueses de Robbie — oficiais de exército, altos funcionários etc., e continuaram como amigos. Apareciam em uniforme de gala ou em roupa de noite e levavam Beauty para bailes e festas; traziam-lhe presentes custosos, que eram recusados gentilmente; olhavam-na enfim com verdadeira adoração. Lanny se recordou de que Beauty se divertira várias vezes falando a respeito disso, com suas amigas, e pela primeira vez o rapaz compreendeu a observação que ouvira de sua mãe; ela não queria "pagar o preço". Beauty poderia ser rica, poderia ter um título, viver num palácio e viajar em um iate como os seus amigos Mr. e Mrs. Hackabury; preferia, porém, ser fiel ao seu pintor. Lanny decidiu que isto era realmente uma situação romântica. Marcel era pobre demais para casar-se, ou talvez julgasse que Robbie não consentiria. E o rapaz sentiu que era excitante ter uma mãe tão linda e partilhar assim dos segredos do seu coração.

IX

Os dois, de volta do médico, chegaram à casa e Lanny seguiu Beauty até ao quarto. Ela se sentou e ele, ajoelhando-se próximo, colocou a cabeça no seu colo e enlaçou-a com os braços. Em tal posição não podia ver o seu rosto, nem ela o dele, o que tornaria a situação menos embaraçosa.

— Beauty — falou ele baixinho —, quero dizer-lhe uma coisa!

— Sim, querido?

— Eu sei a respeito de Marcel.

Lanny sentiu-a suspirar profundamente.

— Como, meu filho? — e continuou: — Aquele doutor?

— Ele não sabe, mas eu adivinhei. Quero dizer-lhe que tudo está certo para mim.

Passou-se algum tempo e, então, com grande admiração do rapaz, Beauty escondeu o rosto nas mãos e rompeu em pranto. Ela chorava com força e depois murmurou:

— Ó, Lanny, eu tinha tanto medo! Pensava que você ia odiar-me!

— Mas por quê? Sempre nos compreenderemos mutuamente, e assim seremos felizes toda a vida.

6

AS ARMAS E O HOMEM

I

ERA FEVEREIRO, TEMPO DA PRIMAVERA NA RIVIERA. O JARDIM EStava cheio de íris e de anêmonas, e as árvores se assemelhavam a uma verdadeira cascata de ouro. A estação já ia em meio; os *boulevards* florescentes, com alegres guarda-sóis bordados a renda e chapéus floridos. Na praia, as senhoras usavam trajes tão lindos que pareceria pecado lançá-los n'água — e muitas não o faziam. A ópera dava representações todas as noites; jogava-se abundantemente nos cassinos e dançava-se ao som da música de bandas negras, que batucavam na Côte d'Azur como se estivesse na Costa do Ouro da África.

Chegou de Londres um cartão-postal de Robbie, e, em seguida, outro de Constantinopla. Num radiograma de bordo dum navio que devia tocar em Marselha, ele avisou da sua chegada no dia seguinte. Como Beauty tivesse vários compromissos, Pierre levou Lanny no automóvel para se encontrar com o pai. O carro tomou a Route Nacionale, a principal estrada ao longo da costa, que as autoridades estavam prometendo alargar e melhorar; porém, a realização dessas coisas num país burocrata demorava muito tempo. Os viajantes deparavam com paisagens de grande beleza natural, beleza essa aumentada com os cartazes de propaganda de brandes, cigarros e águas minerais. Subiram o Esterel, onde a paisagem era vermelha e a estrada bastante perigosa. Em seguida, passaram pelas montanhas Maures, onde a estrada era mais acidentada ainda, e onde antigamente os bandidos pululavam; mas agora a desordem tinha sido banida do mundo e bandidos só apareciam na ópera.

Pierre Bazoche era um rapaz de bom aspecto e de origem camponesa; entrara para o serviço de Mrs. Budd há muitos anos e parecia não se sentir influenciado pelo contato com a riqueza. Vestia o uniforme e guiava o carro sempre que era necessário; durante o resto do tempo passava a podar as plantas e a cortar os galhos secos quebrados pelo mistral. Falava francês com um forte acento de Provença e fingia não compreender a língua inglesa. Lanny, às vezes, percebia um sorriso no rosto do *chauffeur*, o que lhe dava a impressão de ser Pierre mais inteligente do que parecia ser. Como todos os empregados franceses, exprimia sua opinião com uma liberdade de surpreender os visitantes.

Pierre Bazoche e Lanny eram grandes amigos e conversaram durante toda a viagem. O rapaz sentia-se curioso e queria explicação de tudo o que via. E o *chauffeur* sentia-se orgulhoso da responsabilidade. Podia contar as histórias dos distritos enquanto Lanny colhia informações históricas no guia que sempre carregava consigo. Toulon, a grande base naval francesa: Lanny lia as estatísticas do número dos navios e seus armamentos e cismava se alguns não tinham sido fornecidos pelos Budd.

A viagem não ia além de cem milhas; porém, naquela época os carros não eram tão velozes nem as estradas construídas para grandes velocidades. Quando chegaram ao cais do porto, o navio *Pharaó* ainda não havia entrado na barra, e, portanto, foram a um café das proximidades, onde comeram peixe frito e chicória. Levantaram-se, saíram a observar o movimento de um dos grandes portos do mundo, cheio de navios e de marinheiros de todos os sete mares. Se Lanny tivesse se aventurado a entrar numa das ruas laterais, teria encontrado um "cabbage-patch", mas tais lugares eram perigosos e ambos haviam prometido permanecer nas ruas principais, e não se separarem nunca.

II

O navio ia chegando ao cais e Robbie, vestido com um terno de linho branco, abanou a mão, o aspecto sorridente. Sentou-se no carro e, exuberantes de alegria, os dois passaram a conversar. Robbie não queria discutir questões de negócio enquanto não estivessem sós. Lanny relatou a sua visita à Alemanha e até mesmo o caso do jornalista social-democrata, fato que já se passara há seis semanas. Robbie ouviu-o com seriedade e reforçou a ideia do filho de que os sociais-democratas são tão perigosos como os anarquistas; talvez não usassem bombas, mas preparavam a situação em que elas poderiam aparecer, fomentando a inveja e o ódio que causam às naturezas fracas o desejo de recorrerem à violência.

— Estou no encalço de um outro negócio — disse o pai. — Um homem importante se encontra agora na Riviera e eu preciso convencê-lo da superioridade de uma das metralhadoras Budd.

Até o dia seguinte não conversaram mais sobre o assunto. Pela manhã, navegando num pequeno barco à vela, Robbie mostrou as pequenas ondas que vinham se quebrar contra o casco.

— Eis a ideia que faço da intimidade! — disse rindo o representante da Budd Gunmakers Corporation.

Ancorados aqui e acolá na baía, permaneciam os navios de guerra franceses, guardando também os seus segredos. Lanny ia guardar os segredos do pai, como já estava acostumado a fazer.

Robbie contou que havia uma outra crise nos negócios da Europa. Uma dessas guerras subterrâneas em que os diplomatas se debatem, fazendo horríveis ameaças, mas tudo, naturalmente, num francês muito culto. Essa situação não parecia ser de muita importância, na opinião do pai; a história da Europa vinha sendo de há muito crises sobre crises. Há três anos tinha havido uma grande crise sobre a questão de Agadir e esta chegara mesmo aos ouvidos da imprensa; agora, porém, os poderosos e os sábios discutiam em sigilo, um meio muito mais seguro e sensato.

O jogo era de blefes, e uma das suas exteriorizações era a encomenda dos meios necessários à realização das ameaças; portanto, era a hora da corrida para a indústria de armamentos. Quando a Rússia ouvira que a Áustria estava equipando o seu exército com canhões ligeiros e de maior alcance, compreendeu que esse país estava procurando colocar-se em situação de exigir dela a cessação do auxílio em armamentos à Sérvia. Por isso, naturalmente, os fabricantes de munição que haviam vendido canhões à Rússia e à Sérvia há dois anos passados, correriam ligeiro para São Petersburgo e Belgrado, a fim de mostrarem os melhoramentos realizados nas suas armas.

Robbie contava isso de maneira divertida. Conhecia pessoalmente a maioria dos diplomatas e estadistas e citava-os todos para apresentar um melodrama de avidez e ciúme, receios e ódios. Eram eles as ostras que Robbie abria e comia. Às vezes via-se obrigado a comprá-los e às vezes a lográ-los ou fazer-lhes medo, mostrando o perigo real de permitirem que seus inimigos se tornassem fortes demais para eles.

As conversas de Robbie com o filho eram verdadeiras lições de história, repetidas tantas vezes quantas necessárias, até à perfeita compreensão do rapaz. Contou como na última grande guerra à Alemanha conquistara a França, e lhe impusera uma grande indenização, além de tirar-lhe a Alsácia e a Lorena, com seus tesouros de carvão e minérios de ferro. Agora,

O FIM DO MUNDO 97

sempre que um político francês desejava obter votos, fazia discursos eloquentes incitando a "revanche". O governo francês fizera uma aliança com a Rússia e lhe emprestara enormes quantias para a compra de armamentos. A guerra secreta estava sendo empreendida para auxiliar os pequenos Estados vizinhos.

— Os políticos da Romênia vendem tudo para a França e conseguem empréstimos e armas francesas; por sua vez, os alemães compram outros políticos da Romênia e, quando estes se apoderam do governo, você lê nos jornais que a Romênia está comprando canhões da Krupp — assim falou Robbie, explicando a política da Europa na primavera de 1914.

A Grã-Bretanha achava-se sentada na sua segura e pequena ilha observando a luta, exercendo a sua influência do lado daquele que lhe parecia mais fraco, pois era sua política centenária jamais permitir a qualquer nação tornar-se dona do continente. Justamente naquele momento, a Alemanha cometera o grande erro de construir uma armada, e assim a Grã-Bretanha vinha aliar-se à França, com a qual tinha firmado um tratado secreto em que se comprometia a auxiliá-la caso fosse atacada pela Alemanha.

— A existência de tal tratado foi negada no Parlamento britânico, mas todos sabem que isso não é verdade — declarou ainda Robbie.

Portanto, a indústria de armamentos estava florescendo, e quem quer que produzisse canhões que pudessem dar tiros e bombas que explodissem tinha a certeza de encontrar um mercado. Uma firma americana, no entanto, ficava em pé de desigualdade, pois não recebia, praticamente, nenhum auxílio do seu próprio governo.

— Quando vou a qualquer nação balcânica para fazer oferta contra os fabricantes da Inglaterra, França, Alemanha ou Áustria, não preciso vencer apenas os seus vendedores e banqueiros, mas também os seus diplomatas, que fazem ameaças e promessas e exigem que o negócio seja feito com as suas próprias nações. A embaixada americana tem boa vontade, mas é incompetente em tais situações; e isso prejudica não somente os comerciantes e capitalistas americanos, mas também os operários, que sofrem por falta de empregos e salários baixos, pois o nosso governo não luta para obter o seu lugar no comércio do mundo.

A situação no momento era pior do que nunca; o pai explicou ainda por que um professor de universidade conseguira fazer-se eleger presidente dos Estados Unidos; um mestre-escola sem prática nenhuma, com um sem-número de ideias pacifistas. Como resultado das suas orações, os negócios americanos estavam desanimados, e o país caminhando para o pânico. De qualquer maneira, os homens de negócio ver-se-iam obrigados, mais cedo ou mais tarde, a tomar o controle do país. Foi o que disse ao filho, o representante da Budd Gunmakers.

III

Robbie contou ao filho que o negócio que havia realizado com a Romênia estava perigando e talvez fosse obrigado a ir até Bucareste.

— E Bragescu? — perguntou Lanny, que considerava o capitão como homem de confiança.

— Não — respondeu o pai. — Bragescu foi correto, pelo menos até onde posso julgar. A questão é que alguns políticos estiveram puxando as cordas do Departamento da Guerra e acabei sabendo que Zaharoff está por detrás de tudo isso.

Mais uma vez essa figura sinistra foi trazida à imaginação de Lanny. Zaharoff era a Vickers, a grande indústria de armamentos de Sheffield, e tinha a metralhadora Maxim como o seu trunfo principal. A Maxim não era tão boa quanto a metralhadora de Budd, mas como se poderia provar isto aos oficiais que sabiam depender as suas carreiras da sua própria opinião? Robbie comparava Zaharoff a uma aranha sentada no centro de uma teia que atingia todas as capitais do mundo; atingia até mesmo as câmaras de deputados, os departamentos de Estado e da Guerra, os exércitos e as armadas, os bancos — para não citar os interesses ligados com a munição, tais como a química, o aço, o carvão, óleos e transportes marítimos.

Basil Zaharoff acreditava na "matéria bruta"; aprendera isso na sua mocidade e nunca vira razão para modificar a sua conduta. Nascera de pais gregos na Ásia Menor e, quando rapaz, residira em Constantinopla, onde fora bombeiro e guia, ambas as ocupações de aspecto inofensivo — até ficar sabendo que a primeira delas podia significar o início de rompimento de fogos para a chantagem e o roubo, enquanto a segunda, angariar pessoas para todos os vícios. Zaharoff tornara-se representante de um comerciante de Atenas e perante um juiz londrino fora julgado culpado por se ter apropriado indevidamente de caixas de goma e sacos de nozes pertencentes ao seu patrão.

O FIM DO MUNDO

Voltando para Atenas, representara um engenheiro sueco de nome Nordenfeldt, inventor de uma metralhadora e de um submarino. A guerra estava iminente entre a Grécia e a Turquia, e Zaharoff persuadiu o governo grego a ganhá-la com o auxílio desse submarino; seguiu depois para Constantinopla e mostrou ao governo turco o grande perigo, do que resultou a compra por parte dos turcos, de dois submarinos. Robbie Budd continuou:

— Uma prática de quarenta anos desta técnica tão simples tornou-o rei dos armamentos da Europa.

Novos instrumentos de morte eram inventados, uns depois dos outros, e o grego procurava os inventores, fazendo-os sócios. Robbie riu e contou que uma coisa é inventada apenas uma vez, mas tem de ser vendida muitas vezes e era essa a razão porque o ex-bombeiro sempre obtinha vantagens sobre os seus concorrentes. A noz mais dura que ele precisava quebrar era um ianque do Maine de nome Hiram Maxim, inventor de uma metralhadora melhor do que a de Nordenfeldt. Esta última arma precisava de quatro homens para manejá-la, enquanto a metralhadora de Maxim necessitava apenas de um homem e podia atirar com tanto acerto que ia direto ao centro do alvo, como fazia Bub Smith com a arma automática Budd.

Havia muitas histórias a respeito do duelo entre a Nova Inglaterra e o levantino. Robbie soubera delas pela boca do seu compatriota e assim aprendera a lutar contra o velho diabo grego usando as suas próprias armas. Mais de uma vez, Zaharoff conseguira embebedar os mecânicos de Maxim na véspera de demonstrações importantes; parecia impossível encontrar naquela época um mecânico com dinheiro no bolso que não se embebedasse. Mais tarde, Maxim demonstrou a sua arma aos altos oficiais do exército austríaco, inclusive ao imperador Francisco José, cujas iniciais foram escritas no alvo com os projéteis da arma. Basil Zaharoff colocou-se de fora, observando o espetáculo e assegurou aos jornalistas reunidos que a arma que fizera aquela maravilha tinha sido a Nordenfeldt. Foi desse modo que a história correu mundo. Zaharoff explicou em seguida aos oficiais do exército austríaco que a razão do surpreendente sucesso de Maxim era o fato de ser o homem um mecânico excepcional. Quanto à arma, era impossível ser produzida numa fábrica, uma vez que cada peça necessitava ser exata até a centésima parte de um milímetro. Foi isso que durante muito tempo impediu a venda em grande escala da Maxim.

Como resultado da luta, Zaharoff aprendeu a respeitar a metralhadora e o canhão de Maxim, e Maxim a respeitar Zaharoff. Juntaram-se, combinaram os seus recursos e a metralhadora Nordenfeldt foi posta de lado. Mais tarde, os dois venderam os seus direitos por seis milhões e meio de dólares à Vickers da Grã-Bretanha; Zaharoff foi aceito no truste e em pouco tempo tornou-se o seu dono. A combinação da habilidade mecânica inglesa com a arte de vender do levantino era invencível; porém, tudo isso ia mudar, porque agora o presidente da Budd Gunmakers Corporation fora persuadido a deixar o filho mais moço ir à Europa e mostrar o que um ianque de Connecticut seria capaz de fazer na corte do rei Basil!

IV

Se o chefe de vendas de uma grande empresa perdia tempo a explicar tais detalhes a um rapaz, é porque pretendia confiar em alguém; mas naturalmente estava obedecendo ao plano de preparar o rapaz para a sua futura carreira. Robbie Budd alimentava para o seu filho um sonho nada modesto e às vezes lançava uma observação — o suficiente para não o desanimar. Basil Zaharoff tinha agora sessenta e cinco anos e não poderia durar sempre. Quem tomaria o seu lugar como dono do mais importante de todos os negócios? E onde se localizaria futuramente essa indústria? Em Sheffield, na Inglaterra, numa aldeia francesa de Creusot? No Ruhr alemão ou em Skoda, na Áustria? Seria no Volga como estava ousando sonhar o Tsar? Robbie Budd escolhera um lugar muito mais seguro, próximo do Newcastle River, em Connecticut.

— Não será um prolongamento dos Budd — explicou. — Mas uma nova fábrica completamente moderna. Inimigo algum jamais chegará até lá, e, uma vez em funcionamento, significará três coisas: os operários americanos é que farão o suprimento do mundo, uma família americana arrecadará o dinheiro e a América ficará dentro dos seus muros, preparada para desafiar todas as outras nações juntas. É isso o que precisamos fazer futuramente, e por que não irmos nos preparando desde já?

Robbie continuou a explicação do que estava fazendo Zaharoff na França. A indústria de armamento da França era a Schneider-Creusot e durante anos o velho diabo grego vinha fazendo intrigas para conseguir controlá-la e partilhar os lucros do rearmamento da Rússia. Comprara um jornal semanal popular a fim de poder contar ao povo francês o que bem entendesse. Tinha ofertado uma casa aos velhos marinheiros franceses e

O FIM DO MUNDO 101

fora recompensado com a roseta da Legião de Honra. Comprara um banco belga para poder tornar-se diretor da Schneider e, quando o puseram para fora, iniciou o cerco da Europa numa verdadeira teia de intrigas a fim de conseguir desse modo o seu intento.

Partiu em primeiro lugar para a Turquia, com quem a Vickers Ltda. assinara contrato de fornecimento de navios de guerra e armamentos. Tal contrato tinha amedrontado a Rússia, cujo sonho era conquistar Constantinopla. Assim o velho intrigante dirigiu-se a esse país e demonstrou às altas patentes do exército do Tsar o enorme perigo que havia em ficarem dependentes de armas estrangeiras. Zaharoff oferecia, por intermédio da sua Vickers da Grã-Bretanha, construir uma completa fábrica de armamentos modernos em Tsaritsyn, no rio Volga, e também ceder todas as patentes e segredos comerciais da Vickers à Rússia. Isto por sua vez amedrontou os franceses, que jamais poderiam estar certos da posição da Grã-Bretanha em qualquer guerra futura; além disso, a Rússia, recebendo auxílio da Grã-Bretanha, não mais precisaria da França. Com o intuito de piorar ainda mais a situação, Zaharoff espalhou o boato de que os Krupp estavam comprando as fábricas Putilov na Rússia. Tal situação abalou os nervos franceses e Schneider teve de ceder, permitindo a Zaharoff ganhar parte do dinheiro que a França acabava de emprestar à Rússia.

— Por tais motivos é que se deve sempre observar os jornais — disse o pai mostrando um recorte que tirara naquele mesmo dia.

A Vickers recebera pedidos do governo russo no valor de trinta e dois milhões de dólares.

— Mais de um quarto de todo o empréstimo francês! — suspirou Robbie, entristecido por não ter a América tomado parte no bolo.

As fábricas de armamentos da América eram muito pequenas e os negócios que podiam conseguir na Europa eram as sobras que caíssem da mesa de um homem rico.

— Mas você e eu vamos mudar tudo isso! — afirmou o vendedor ao seu filho.

V

Robbie arriou a âncora do barco por algum tempo e Lanny fez referências a Mr. Elphingstone de cuja pronúncia inglesa o pai fazia zombarias.

Robbie contou que precisava ir a Monte Carlo no dia seguinte para encontrar um paxá turco que estava interessado em metralhadoras Budd. Robbie descobrira que a França estava emprestando dinheiro à Turquia, de quem Zaharoff recebia pelos navios de guerra e armamentos. Assim, os oficiais turcos deviam possuir muito dinheiro em caixa.

— É uma coisa curiosa — disse Robbie. — Não tenho certeza se chegarei a compreender. Embora os franceses estejam emprestando dinheiro à Turquia, parecem desconfiar dela e não querem que ela se arme com grande pressa; os alemães parecem desejar que os turcos estejam armados, naturalmente à custa da França. Estou negociando com oficiais turcos e tenho fortes razões para acreditar que eles recebem, secretamente, dinheiro alemão.

Lanny reclamou que estava ficando aturdido com tantas histórias.

— Mas o engraçado é que o ministro com quem falei em Constantinopla achou os nossos canhões baratos demais e julga que eles não podem ser bons para serem vendidos por tal preço. Naturalmente ele desejava que eu fizesse um preço maior ou então que lhe oferecesse um Rolls Royce. Afinal, aconselharam-me a não abandonar a oportunidade e procurar um outro ministro que está passeando em Monte Carlo.

— Ah! — disse Lanny. — Eu o vi na corrida de botes a motor. Usava uma gravata listrada e sapatos de couro da Suíça, de cor amarela.

O pai sorriu e acentuou que os homens do Oriente gostam de cores vivas.

Robbie contou uma história sobre o que se passara a bordo do navio. Poucas horas antes de alcançar Marselha, alguém forçara a porta do seu camarote e roubara uma pasta que continha os papéis relativos ao negócio turco. Felizmente, a correspondência secreta que poderia custar a vida do ministro turco de Constantinopla estava costurada no forro do paletó de Robbie. Ele mostrou onde, no paletó. Mas tinha sido bem desagradável perder os desenhos de metralhadoras.

— Naturalmente foi Zaharoff — continuou o pai.

— Quer dizer que ele estava no navio? — perguntou Lanny.

O outro riu:

— Não! O velho lobo fazia destas coisas pessoalmente, quando era novo e pertencia aos Tulumbadschi, os gângsteres de Constantinopla, mas agora é oficial da Legião de Honra, e quando quer praticar um roubo paga a alguém para fazê-lo.

O FIM DO MUNDO

Lanny ficou naturalmente excitado:

— Você precisa de um guarda-costas! — exclamou e teve então uma ideia maravilhosa — Ó, Robbie, porque não me leva consigo para Monte Carlo?

O pai riu.

— Como guarda-costas?

— Se você tivesse alguma coisa pela qual fosse preciso um cuidado especial, ninguém suspeitaria de mim; e eu garanto que estaria sempre firme! — falou Lanny.

O fervor do rapaz aumentou e ele continuou:

— Olhe, Robbie, eu tenho estado em casa e não vou à escola com medo de perder a oportunidade de vê-lo. Você vem aqui, fica apenas um dia, e talvez seja obrigado a ir até Bucareste depois do negócio em Monte Carlo. Mas se quiser levar-me consigo, eu o poderei ver sempre; quando você estiver com o turco, eu não aparecerei, procurarei coisas para ler ou irei ao cinema, ou então ficarei dia e noite no quarto do hotel, prometo-o. Por favor, Robbie, por favor, você necessita de alguém para estar sempre junto de si. E quanto eu não aprenderia a respeito da indústria! Você não pode imaginar o que significaria para mim...

E assim continuou, até que o pai disse:

— Está bem.

Lanny sentiu-se tão feliz que se ergueu, de cabeça para baixo na proa do navio, as pernas nuas dançando no ar.

VI

Beauty fez questão de emprestar-lhes o carro, pois assim Pierre poderia auxiliar a tomar conta de Lanny e carregariam, ainda, uma das metralhadoras de Budd, que o *chauffeur* sabia manejar. Robbie riu e disse que Zaharoff não tinha mandado matar ninguém nos últimos anos. Tudo isso dava a um rapaz de catorze anos mais excitação do que qualquer um dos filmes produzidos até fevereiro de 1914.

A estrada de Antibes para Nice segue em linha reta, e viam-se por toda parte cartazes de propaganda e sinais de avisos. Naquela época, o tráfego não era ainda movimentado. De Nice para diante, viaja-se numa das três estradas, todas designadas por Corniche, o que quer dizer "prateleira"; se o viajante deseja extasiar-se com um belo cenário, escolhe a estrada mais alta, e, quando não o interessa isso, segue pela mais baixa, porém buzinando sempre, porque, por maior cuidado que se tome, nunca se pode saber o que aparecerá na próxima curva.

Mônaco é uma pequena província com governo autônomo. O seu "príncipe" daqueles dias estava interessado em oceanografia e construíra um grande aquário. Isso, porém, não era novidade para Lanny, que aprendera a mergulhar até onde os peixes viviam. "Monte", como os homens elegantes a designavam, é uma pequena cidade numa altura rochosa com saliências para o mar. Possui terraços cavados na rocha, e pode-se olhar o mar da janela do quarto do hotel. A não ser a roleta e o bacará, o divertimento favorito dos visitantes é matar pombos. Ouve-se, então, um contínuo atirar.

Lanny já estivera aí e não havia nenhuma novidade para ele na rua das lojas e hotéis elegantes. Hospedaram-se no mais caro dos hotéis, e Robbie enviou ao dignatário turco o seu cartão. A audiência foi marcada pelo secretário do homem para uma hora mais tarde, por motivo de estar o paxá em conferência. À espera da hora designada, Robbie saiu em companhia do filho. Passeou nos lindos jardins do cassino, onde as calçadas são ornamentadas com palmeiras e arbustos floridos. No centro havia um pequeno canteiro de flores vivas e, quando passaram por elas, Robbie disse em voz baixa:

— Aí vem ele.

— Quem? — perguntou Lanny.

— O homem de quem falamos no bote.

O coração do rapaz saltou, e ele viu um alto cavalheiro de cabelos cinzentos que passava junto. O homem não reparou neles e Lanny pôde observá-lo bem.

Basil Zaharoff tinha sido um homem forte na sua mocidade, mas engordara ultimamente. Usava a habitual roupa inglesa para ocasiões formais — casaco preto de corte largo, calças listradas e sapatos com polainas, vestuário feio e que conferia uma suposta dignidade ao portador. O rei da munição tinha bigodes cinzentos e usava o que se chama um "imperial", um chumaço de cabelos na ponta do queixo, com o comprimento de três a quatro polegadas. Passeava com uma bengala, curvando-se levemente para a frente, e o seu nariz adunco, com esse hábito, dava a impressão de que ia farejando o caminho.

Lanny seguiu com o olhar o homem que valia tantos milhões e que os conseguira por ter furtado ou mandado furtar papéis de outros homens.

O FIM DO MUNDO 105

— Vem aqui muitas vezes — explicou o pai. — Fica no hotel em companhia da sua duquesa.

— É casado? — perguntou o rapaz.

Robbie relatou então a estranha história desse dono da Europa que não podia comprar a coisa que mais desejava.

Há vinte e cinco anos atrás, quando o ex-bombeiro já havia melhorado de sorte e se tornara um vendedor de munições, foi à Espanha para conseguir um contrato e encontrou nesta ocasião uma duquesa de dezessete anos de idade, espanhola, possuindo tantos nomes quantas empresas possuía agora Zaharoff. Robbie, que gostava de se divertir falando das pretensões dos povos da Europa, disse que o único caso que ele já ouvira de uma pessoa ter mais nomes era o de um escravo fugitivo que seu tio-avô possuíra. A senhora espanhola chamava-se María del Pilar Antonia Angela Patrocino Simón de Muguiro y Berute, duquesa de Marqueni y Villafranca de los Caballeros. Diziam que Zaharoff a encontrara num carro-dormitório e salvara-a das crueldades do marido na noite de núpcias. Seja como for, o certo é que o marido se tornou completamente louco, e que durante vinte e cinco anos Zaharoff e a duquesa têm vivido juntos, não podendo casar-se por proibição da Igreja Católica que não permitiu o divórcio, e da qual a duquesa era membra devota. Era comum as autoridades eclesiásticas anularem um casamento, mas no caso presente seria embaraçoso, pois o duque louco era primo do rei Alfonso.

O casal dava-se muito bem, e Robbie afirmava que talvez fosse isso uma das razões do êxito comercial do velho grego; ficava, assim, imunizado contra as armadilhas que os homens preparam uns aos outros, utilizando-se das mulheres. Naturalmente, o antigo menino lavrador sentia-se honrado com o amor de uma duquesa, e ela ainda lhe auxiliava na procura das pessoas ricas.

— Assim como você e Beauty, não é? — observou Lanny.

VII

Pai e filho voltaram para o hotel e Robbie foi convidado a subir aos aposentos do paxá. Lanny trazia no bolso uma dessas novelas Tauchnitz e para ler resolvera sentar-se quieto numa das grandes cadeiras. Antes, por mera curiosidade, ele espiou o *hall* desse enorme palácio onde os milionários da Europa vinham à procura de prazeres insaciáveis ou cruéis. Zaharoff vinha caminhando em companhia da duquesa; paxás turcos e seus secretários também passavam, e ainda louros ingleses, marajás da Índia, grão--duques da Rússia. Lanny, pelas informações que tivera de sua mãe, sabia distingui-los perfeitamente. Aí se travavam batalhas, uma parcela dessa guerra subterrânea de que Robbie falara, pela posse de armamentos, carvão, aço e petróleo.

O olhar de Lanny distinguiu lá fora um homem em uniforme de *chauffeur*, que vinha entrando pela porta principal e que, atravessando o tapete vermelho, acercava-se da escrivaninha.

— Mr. Zaharoff — disse o homem, entregando um envelope ao funcionário do hotel e retirando-se em seguida.

Zaharoff! O olhar de Lanny não se desviou do funcionário. O homem colocou a carta num dos pequenos compartimentos embutidos na parede e Lanny observou atentamente o lugar; porque, naturalmente, até mesmo um pequeno compartimento embutido é digno de ser notado, se pertence a um rei da munição.

Lanny não esperava que seu espírito trabalhasse com tanta rapidez. Talvez alguma coisa já estivesse em expectativa no seu subconsciente. Zaharoff roubara a pasta de Robbie, onde ele trazia os desenhos da metralhadora Budd e que eram tão necessários à conclusão dos negócios. Alguém devia castigar o ladrão e nenhuma outra forma seria melhor do que aquela a que Robbie se referia jocosamente: "Lutar contra o velho diabo grego, utilizando as suas próprias armas."

O funcionário, idêntico a um boneco saído de uma caixa de brinquedos, começava a aborrecer-se: batia impaciente com o lápis no balcão. Já havia chegado o trem da tarde e nenhum automóvel aparecia. Dois rapazes em uniforme azul de botões dourados, sentados num canto do vestíbulo, divertiam-se brincando. O funcionário voltou-se naquela direção a fim de vê-los melhor, o que os obrigou a se comportarem melhor, olhando solenemente para a frente.

A telefonista estava próxima, no momento sem nenhuma ocupação, tão raras eram as ligações pedidas. O funcionário dirigiu-se para o seu lado e entabulou conversação com ela. Lanny mudou de lugar para poder vê-los melhor: conversavam alegremente e isso era o que o francês chamava *le flirt*, o que, aliás, prometia durar alguns minutos. Lanny observou ainda

O FIM DO MUNDO

que do lugar em que se encontrava, o homem não podia ver o compartimento das cartas.

Lanny não se movia e também não demonstrava a excitação de que se achava tomado. No momento oportuno, aproximou-se do balcão, levantou a tampa giratória e penetrou dentro, tal qual o teria feito qualquer funcionário do hotel. Dirigiu-se aos cubículos da parede, retirou a carta de Zaharoff e meteu-a no bolso. Retirou ainda uma outra carta de um cubículo qualquer e colocou-a no de Zaharoff; assim, o funcionário julgaria que se tinha enganado. Ainda aparentemente calmo, Lanny saiu vagarosamente e tomou a direção de uma das grandes cadeiras acolchoadas do vestíbulo, sentando-se. O *flirt* continuava.

VIII

Era essa a primeira aventura de Lanny Budd no reino do crime, e ele se inteirou logo de um sem-número de suas consequências. Em primeiro lugar, a tensão nervosa que envolvia a prática — o seu coração batia como o de um pássaro implume, um verdadeiro rodamoinho fervia na sua cabeça. Perdera todo o interesse pelo livro da Tauchnitz, bem como por todas as coisas. Olhava furtivamente em torno, para ver se alguém, escondido detrás de uma pilastra, não o teria observado.

Descobriu em seguida que o furto envolve a mentira, e que uma mentira exige uma segunda. Que diria ele se alguém o tivesse visto? Diria que pensara ser do seu pai a carta daquele compartimento; um mero engano de números, nada mais. Mas por que não pedira a carta e fora entrando onde não devia? Naturalmente porque vira que o funcionário estava distraído com a telefonista e não o quisera incomodar. E haveria possibilidade de o funcionário conhecer o nome Budd e saber que Budd e Zaharoff eram concorrentes nos negócios armamentistas do mundo?

Para arrematar, veio a confusão moral. Lanny fora sempre um bom menino, fazia tudo quanto lhe pediam os pais e, portanto, jamais tinha estado em conflito com a própria consciência. Agora, sentia-se em dúvida — devia ter feito o que fizera ou não? Uma ação má merece uma outra em revide? Seria realmente justo lutar contra o diabo usando as suas próprias armas? Além de tudo, quem castigaria Zaharoff, se ele, Lanny, não o fizesse? A polícia? Mas Robbie já havia dito que Zaharoff podia fazer da polícia o que

108 UPTON SINCLAIR

quisesse — não era ele o homem mais rico da França e ainda por cima um oficial da Legião de Honra?

Ansioso, Lanny aguardava a volta do pai para auxiliá-lo nesse transe. Mas Robbie não vinha; estava discutindo um contrato, e talvez demorasse ainda muito tempo a voltar. Se Lanny tivesse fome bastava ir ao restaurante do hotel a fim de que o servissem. Mas o rapaz nem pensava nisso; pensava, sim, que jamais viria a sentir fome na vida. Continuava sentado e cismava se o caso era de natureza a envergonhá-lo ou a fazê-lo orgulhoso. O que dominava era a célebre consciência da Nova Inglaterra, embora estivesse ele tão distante da terra dos seus antepassados.

Lanny tentou conceber o que poderia estar escrito naquela carta. Sua fantasia estendia-se em excursões tão românticas quanto as noites da Arábia. O homem que roubara Robbie no navio estaria à espera, para relatar o que encontrara na pasta. Talvez pudessem até saber onde se homiziara. Robbie e Lanny iriam imediatamente ao local e com o auxílio de uma metralhadora automática Budd reaveriam o que lhes pertencia. Pelo aspecto, o envelope permitia também a sugestão de que a carta vinha das mãos de uma senhora. Talvez uma espiã — e Lanny pensava nisso por ter visto recentemente um filme americano sobre espionagem.

Mas revelaria alguma coisa a letra do envelope? Depois de olhadelas cautelosas, Lanny tirou a carta do bolso e, colocando-a sob o livro, observou detidamente a inscrição. Sim, sem dúvida alguma era a letra de uma senhora. O rapaz ergueu o livro e a carta à altura do nariz; agora, já duvidava menos. O velho grego, hospedado nesse elegante hotel em companhia de sua duquesa, recebia bilhetes de uma outra mulher! Lanny tinha conhecimento de tais fatos, não somente pelo cinema, mas também por ter ouvido as palestras das amigas de Beauty. Sabia da habilidade com que políticos e outras pessoas importantes eram ameaçadas e furtadas por chantagistas. Assim, Robbie daria a entender a Zaharoff que possuía um documento comprometedor e que os papéis roubados deveriam ser devolvidos a ele por um mensageiro.

Entravam e saíam pessoas no hotel; Lanny observava a todos. Algumas se sentavam e conversavam, e o rapaz se esforçava por ouvir o que diziam; dentro em pouco estaria a par de intrigas e talvez alguma frase ocasional esclarecesse um caso obscuro. Duas senhoras sentaram-se próximo dele, conversando sobre corridas de cavalos, a respeito da moda e do novo corte das camisas com abertura ao lado. Eram criaturas insípidas, completa-

O FIM DO MUNDO

mente apartadas da guerra não declarada que se estava processando na Europa. Lanny levantou-se e foi sentar-se noutra cadeira.

Surgiu, então, aquele que o rapaz ansiava por ver. Através da porta envidraçada, vislumbrou uma alta figura vestida com um casaco preto e de chapéu na cabeça. O porteiro, em uniforme vistoso, abriu-lhe a porta, impedindo-o de fazer o menor esforço físico. Os dois rapazes de uniforme azul levantaram-se incontinente e o funcionário transformou-se numa estátua e em seguida desmanchou-se em gentilezas; o burburinho no vestíbulo decresceu, todo mundo ficou em suspenso quando o rei da munição passou farejando o caminho sobre o tapete de veludo vermelho. O homem parou diante do balcão. Lanny estava distante demais para conseguir ouvir e pôde apenas apreciar o que se passava. O funcionário virou-se, retirou uma carta do cubículo e entregou-a ao grande homem, fazendo uma inclinação respeitosa. O grande homem olhou a carta e devolveu-a. O funcionário olhou-a, então, e se mostrou surpreso. Virou-se rapidamente e retirou todos os envelopes dos cubículos: um por um examinava os subscritos. Afinal, apreensivo, voltou-se novamente para o grande homem e inclinou-se ainda mais respeitosamente. O grande homem dirigiu-se ao elevador e desapareceu.

IX

Robbie chegou finalmente e Lanny chamou-o:

— Aconteceu uma coisa extraordinária. Preciso lhe falar imediatamente.

Os dois subiram para o quarto e Lanny olhou para todos os lados, certificando-se de que estavam sós.

— Aqui está uma carta para Zaharoff — disse ele, e entregou-a ao pai, que se mostrou bastante intrigado.

— Como a recebeu você?

— Tirei-a na caixa. Ninguém me viu.

Antes da resposta do pai, quase antes mesmo de que o pai tivesse tempo para compreender o fato, Lanny sentiu que não devia ter praticado semelhante ato. Desejou então que não o tivesse feito.

— Quer dizer que você furtou isto da mesa do hotel?

— Você compreende, Robbie, ele roubou os seus papéis e eu pensei que isto pudesse estar relacionado com o desaparecimento da pasta...

Robbie olhou o filho, demonstrando não compreender o que ouvia. A situação começava a tornar-se desagradável para Lanny e o sangue subia às suas faces.

— Quem foi que meteu isso na sua cabeça, meu filho?

— Você mesmo, Robbie. Você dizia que na luta contra o velho grego era necessário usar as suas próprias armas.

— Sim, Lanny; mas furtar!

— Ele furtou os seus papéis, pelo menos eu compreendi isso, Robbie.

A questão era sutil, difícil de ser resolvida por um rapaz. Há coisas para as quais se deve arranjar empregados, detetives, ou pessoas capazes de executá-las; nunca, porém, fazê-las pessoalmente. A dignidade de tal pessoa seria ofendida só com o pensamento de semelhante delito. Lanny saíra da sua classe de *gentleman*.

Enquanto a excitação do rapaz aumentava, Robbie permaneceu mirando o elegante envelope escrito com letra feminina.

— Pensei que o estivesse auxiliando honestamente, Robbie.

— Sim, compreendo. Mas você cometeu um engano.

Depois de pequeno intervalo, Robbie, parecendo ter tomado uma resolução, perguntou:

— Sabe se Zaharoff já regressou ao hotel?

Lanny respondeu afirmativamente e o pai disse:

— Acho que você deve levar-lhe esta carta.

— Devolvê-la, Robbie, eu?

— Conte a ele como fez para obtê-la e peça-lhe desculpas.

— Mas, Robbie, isso seria horrível! Que desculpa poderia eu dar?

— Não lhe dê desculpa alguma; diga-lhe apenas os fatos.

— Devo dizer-lhe quem sou eu?

— Isto é um fato, não é?

— Devo contar que você faz ideia de que estejam com ele os papéis roubados?

— Também isto é um fato.

Lanny percebeu que seu pai tomara uma decisão irrevogável; e por mais nervoso que se sentisse, tinha senso bastante para saber o que isso significava. Robbie queria dar-lhe uma lição, a fim de que não se transformasse mais tarde num gatuno.

— Está certo, Robbie. Vou fazer o que você quer.

O FIM DO MUNDO 111

O rapaz tomou a carta e dirigiu-se para a porta. Subitamente, virou-se e perguntou:

— Suponhamos que ele me bata!

— Não creio que o faça — replicou o pai. — Zaharoff é covarde!

X

Lanny desceu pela escada, pois era seu intuito passar despercebido. Sabia o número do quarto; bateu e disse ao moço que veio à porta:

— Trago uma carta para Mr. Zaharoff.

— Posso recebê-la? — perguntou o moço.

— Devo entregá-la pessoalmente.

O secretário mirou-o de alto a baixo e perguntou:

— O seu nome, por favor?

— Preferiria decliná-lo pessoalmente a Mr. Zaharoff. Diga-lhe, por favor, que tenho uma carta e necessito entregá-la em mãos. É coisa de um minuto.

Talvez o secretário notasse em Lanny Budd certos sinais que dificilmente podem ser imitados e que distinguem um moço de qualidades, susceptível de consideração.

— Queira entrar, por favor — pediu ele.

O rapaz penetrou numa sala de estar toda em ouro e pelúcia, cercada de cortinas bordadas a seda.

Lanny esperou, de pé. Ele não se sentia bem nem esperava sentir-se melhor.

Passados um ou dois minutos, abriu-se uma porta e o dono da Europa entrou. Mudara aquela feia sobrecasaca e vestia agora um paletó de *smoking* de seda. Chegou até o centro do quarto e perguntou:

— Tem o senhor uma mensagem para mim?

O rapaz surpreendeu-se com o tom de sua voz, baixa e modulada, num francês perfeito.

— Mr. Zaharoff — disse Lanny, acumulando toda a energia que pôde —, isto é uma carta sua que eu furtei. Trago-a agora, juntamente com as minhas desculpas.

O velho ficou tão surpreso que não estendeu a mão para receber o envelope.

— Furtou-a?

— Soube por meu pai que o senhor mandara furtar a pasta dele. Eu, pensando que devia pagar-lhe na mesma moeda, fiz isso. Meu pai, porém, não aprovou esta ação, e por isso eu lhe estou devolvendo a carta.

A velha aranha sentiu um tremor na sua teia. Tal tremor pode ser causado por alguma coisa que devora as aranhas ou também por alguma coisa que é devorada pelas aranhas. Estreitaram-se os seus frios olhos azuis.

— Então, pensa o seu pai que eu estou utilizando ladrões?

— Diz ele que é esse o seu hábito; porém, não quer que se torne o meu.

— Recomendou-lhe ele que me dissesse isto?

— Ele me disse que respondesse com meros fatos a todas as perguntas que me fossem feitas.

Sem dúvida, isso era alguma coisa de interessante e importante. As feições de Basil Zaharoff demonstravam cautela e concentração. Sabia qual era o modo infalível de obrigar uma pessoa a se denunciar. Mas Lanny disse tudo o que tinha a dizer e continuou com a mão estendida.

Finalmente, o rei da munição tomou a carta, mas não a examinou.

— Posso saber o seu nome, jovem cavalheiro?

— O meu nome é Lanning Prescott Budd.

— Da Budd Gunmakers Corporation?

— Isto pertence à minha família.

— Então seu pai é Robert Budd!

— Perfeitamente.

Fez-se novo silêncio, Lanny sentia que aquele nariz proeminente o estava farejando.

— Sente-se, faça o favor — disse o velho, afinal.

Lanny sentou-se numa cadeira e Zaharoff sentou-se ao seu lado. Um sorriso perpassava pela sua face, e ele, examinando a carta, abriu-a vagarosamente. Entregou-a depois ao rapaz, pedindo:

— Queira ler para mim, sim?

Lanny pensou que o seu dever era ler a carta e assim o fez. Em língua francesa, dizia a missiva: "O marquês e a marquesa Des Pompailles pedem o prazer da companhia de Mr. Zaharoff e da duquesa de Villafranca no chá das cinco, hoje, a fim de se encontrarem com o príncipe e a princesa de Glitznstein."

— Um pouco tarde — disse o rei da munição, secamente.

— Lamento muito, senhor — murmurou Lanny, cuja face começava a queimar.

O FIM DO MUNDO 113

— Também, não teríamos comparecido — concluiu o velho.

Nunca ocorrera a Lanny que o diabo grego pudesse ter senso de humor; agora, porém, não mais duvidava disto. O homem sorria, mas, coisa estranha, Lanny sentia que os olhos azuis não sorriam; observavam ainda.

— Obrigado, senhor — disse Lanny, devolvendo a carta.

Novamente houve uma pausa, depois da qual o velho observou:

— Então Robert Budd pensa que mandei furtar a sua pasta! Posso saber onde aconteceu isto?

— A bordo do vapor *Pharaó*.

— O ladrão ainda não me fez relatório; mas, logo que o faça, prometo-lhe que hei de lhe devolver a pasta sem violá-la, do mesmo modo como fez com a minha carta. Queira dizer isto a seu pai!

— Perfeitamente, senhor. Obrigado.

Lanny sentiu-se desvanecido com isso e só depois é que percebeu que Zaharoff estava zombando dele.

— E você não tentará mais interceptar os meus convites?

— Não, senhor.

— E vai ser doravante um jovem cavalheiro honrado, falando sempre a verdade?

— Vou tentar — respondeu Lanny.

— Também eu costumava ter antigamente este pensamento — disse o rei da munição, e não se sabia se havia sarcasmo ou humor no tom brando da sua voz. — Mas ponderei que para isso seria necessário que eu me retirasse do negócio em que permaneço até hoje, e que, infelizmente, é o único a que me dedico.

Lanny não soube como responder e Zaharoff continuou a falar sobre negócios.

— Meu caro rapaz, você me disse que seu pai lhe mandou contar-me os fatos...

— Efetivamente, senhor.

— Então diga-me: o seu pai deseja encontrar-se comigo?

— Não que eu saiba! — exclamou Lanny.

— E não acha que você foi mandado aqui especialmente para tal fim?

Lanny sentiu-se ofendido, e exclamou:

— Ó, não, senhor! Absolutamente! — E percebendo a finalidade completa de tal pergunta, decidiu aceitar o desafio. — Meu pai contou-me certa vez que Bismarck dizia que o melhor meio para enganar as demais pessoas era só falar a verdade.

— Você é um menino inteligente — disse o velho, sorrindo. — Mas não deixe que Bismarck o engane em bobagens destas. Acha você que seu pai faria qualquer objeção em ver-me?

— Não vejo motivo para ele recusar, senhor.

Zaharoff tinha na mão a carta do marquês Des Pompailles. Encaminhou-se para a escrivaninha, sentou-se e escreveu alguma coisa sobre ela. Trouxe-a e entregou-a ao rapaz, dizendo:

— Queira ler outra vez.

Lanny notou que Zaharoff havia riscado palavras e intercalado outras, e leu em voz alta: "Mr. Basil Zaharoff pede o prazer da companhia de Mr. Robert Budd e filho no chá das cinco, hoje, a fim de discutirem problemas relativos à indústria de armamentos."

XI

A duquesa não compareceu a esse encontro. O garçom trouxe uísque e soda para os dois cavalheiros, chá para Lanny, e retirou-se com profundas mesuras.

O menino da Ásia Menor tornara-se um cidadão de todos os países do mundo; era agora, portanto, um *businessman* americano, usando a respectiva linguagem. Sentava-se aprumado e falava de maneira decidida. Disse que, apesar de nunca se ter encontrado com Mr. Budd, observava-o de longe e admirava-o bastante. Ele, Zaharoff, também tinha sido um "homem enérgico" quando moço. E ponderou que os *leaders* da indústria de armamentos deviam entender-se, porque tal ramo de negócio era o único no qual os competidores se auxiliam mutuamente, e nenhum podia prejudicar o outro: quanto mais armamentos comprava uma nação, tanto mais necessitava de uma outra.

— Estamos, todos, puxando pela mesma corda, Mr. Budd.

Robbie procurava não se sentir muito excitado, apesar da lisonja de ser chamado um dos *leaders* da indústria de armamentos; falou que jamais se apresentara tão auspicioso o futuro da indústria armamentista como naquele instante. E todos poderiam estar coesos. O rei da munição replicou que ainda esperava mais do que isso: deviam começar a ocupar-se com

O FIM DO MUNDO

um novo elemento. Robbie concordou também com isso. Basil Zaharoff esquecia-se às vezes sobre a mesa, para esfregar as mãos vagarosamente, pensativo.

Em breve deu a entender a Robbie o motivo da conferência. Olhou pai e filho, e disse:

— Suponho que este homenzinho inteligente nunca fala a respeito dos negócios do pai!

— Por mais faltas que ele tenha cometido, nunca cometeu essa, posso garantir.

De maneira habilidosa e tecendo elogios, o negociante grego declarou que concebera uma profunda admiração pelos métodos dos ianques da Nova Inglaterra. Queria fazer para Mr. Budd o que havia feito há uns quarenta anos atrás, para o senhor Hiram Maxim, e deu a entender a Robbie que viera preparado para fazer-lhe uma excelente proposta. O homem falava e gesticulava demonstrando generosidade, como se quisesse pôr à mostra o próprio coração.

Robbie respondeu com a mesma cortesia; disse que apreciava muito esta honra, mas que seria infelizmente obrigado a declinar do oferecimento. Não, não era apenas pelo motivo de ficar preso a um contrato; era também uma questão de lealdade e laços patrióticos. Zaharoff interrompeu-o, pedindo-lhe que pensasse cuidadosamente; a sua oferta não ia apenas satisfazê-lo, ia surpreendê-lo também. Os negócios atuais seriam pequenos, comparados com aquilo que poderia vir a fazer, se unisse as suas forças com as da Vickers Limited. E então o mundo inteiro estaria aberto para eles.

— Mr. Zaharoff — disse Robbie. — O senhor deve compreender que nós, os Budd, vimos fabricando armas de fogo há mais de oitenta anos e isso é um fator de prestígio... Não sou apenas um vendedor de munição, sou também membro de uma família.

— Ó, sim — disse o velho. — Ó, sim! — Quereria este moço dar-lhe uma alfinetada? — Dignidade de família é uma coisa muito importante, mas não sei, não haverá possibilidade de uma combinação? Algum *stock* que poderia ser vendido? — Ele dizia isso muito pausadamente, fechando os olhos, fingindo admirar-se.

— Temos um *stock* no mercado — replicou Robbie —, mas não muito grande, creio.

— O que eu queria dizer é que talvez a sua família viesse a compreender as vantagens... Temos Vickers em quase todos os países da Europa, e por que não as podemos ter, também, nos Estados Unidos? Não estaria algum membro da sua família inclinado a vender a fábrica?

Os seus olhares se encontraram; era o clímax de um duelo.

— A minha opinião, Mr. Zaharoff, é que eles prefeririam antes comprar a Vickers do que vender a Budd...

— Realmente! — replicou o rei da munição nem sequer com um pestanejar ele demonstrou surpresa. — Seria uma grande transação, Mr. Budd.

Era Davi desafiando Golias; porque naturalmente os Budd eram meros pigmeus comparados a Vickers.

— Deixemos em suspenso esta questão, ao menos no momento — disse Robbie suavemente. — Parece-me que meu filho e eu temos uma vantagem, embora não tenhamos trabalhado para consegui-la: tenho menos de quarenta anos, e ele não passou dos catorze.

Nunca uma guerra fora declarada com mais gentileza; nunca uma declaração de guerra aceita com mais serenidade.

— Sim — respondeu o rei da munição, cuja duquesa não tinha filhos homens, mas duas filhas. — Talvez eu tenha cometido um engano, devotando-me a uma indústria errada, Mr. Budd. Eu devia ter tentado descobrir o meio de prolongar a vida e não planejar como destruí-la. Talvez daqui a trinta anos o senhor também descobrirá que cometeu o mesmo engano.

Zaharoff parou um instante, e depois continuou, trágico:

— Se, até lá, restar ainda qualquer vida humana.

Um homem que deseje alcançar êxito no mundo da ação necessita manter o espírito preso ao que está realizando; tem de apreciar o que está fazendo e não pode preocupar-se com dúvidas e escrúpulos. Mas na profundeza da alma de todo homem jaz escondida a fraqueza, aguardando a possibilidade de passar pelo censor e guarda de sua conduta a fim de exteriorizar-se. Pelo rumo da conversação, o dono da Europa sentiu-se como que obrigado a levantar um pouco a máscara, talvez porque tivessem sido atingidos os seus problemas de consciência, talvez porque Robbie tivesse tocado nalguma corda, ao referir-se à idade. E ele continuou:

— Já notou, Mr. Budd, a estranha situação em que nos encontramos? Passamos as nossas vidas fabricando objetos de comércio e muitas vezes somos tomados pelo doloroso pensamento de que tais artigos já foram usados.

Robbie sorriu. Se um homem civilizado precisa enfrentar os segredos da sua alma, que o faça, então, com humor.

O FIM DO MUNDO

— Acontece — sugeriu ele — que a sociedade ideal seria aquela na qual os homens empregariam as suas energias em produzir objetos que jamais pretendessem usar.

— Mas, infelizmente, Mr. Budd, quando aperfeiçoamos alguma coisa, o impulso de experimentá-la é forte. Tenho aqui um torpedo — o velho grego o estava mostrando mentalmente — a cujo invento os meus estabelecimentos devotaram vinte anos. Há quem diga que porá fora de combate um navio; há quem diga que não. Devo então ir ao túmulo sem saber a verdade?

Robbie sentiu-se na obrigação de sorrir, mas não de responder.

— E o novo plano em que estamos, todos, trabalhando, Mr. Budd, o de deixar cair bombas do ar! Será isso experimentado? Teremos de levar os nossos exércitos e navios para as alturas e faço-lhe uma pergunta: Suponha que alguma nação decida serem os seus verdadeiros inimigos os fabricantes de munição? Suponha que, ao invés de deixarem cair as bombas sobre navios de guerra e fortalezas, deixem-nas cair sobre os hotéis de luxo?

A máscara estava tirada e Lanny compreendeu então o que queria dizer seu pai quando falara que Zaharoff era um covarde. O magnata que supunha segurar nas suas mãos os destinos da Europa encolhera-se todo e se tornara um velho atormentado cujas mãos tremiam, e que desejaria desistir de tudo e pedir aos povos para não irem à guerra — ou talvez pedir perdão a Deus, se realmente os povos fossem à guerra.

Quando Lanny, mais tarde, fez esta observação ao pai, ele sorriu:

— Não se engane, meu filho! O velho diabo combater-nos-á com mais astúcia ainda a fim de obter o próximo contrato.

LIVRO SEGUNDO
Uma Pequena Nuvem

7

AS ILHAS DA GRÉCIA

I

ROBBIE PARTIU COM DESTINO A BUCARESTE E REGRESSOU EM SEGUI-da a Connecticut. O vácuo que se formou na vida de Lanny foi preenchido por Mr. e Mrs. Ezra Hackabury, proprietários do iate *Bluebird*.

Lanny voltou na companhia do casal, e chegaram ao término da viagem com alguns dias de atraso porque tinha sido péssima a rota através do Atlântico. Seus amigos, porém, não se preocupavam, uma vez que recebiam deles frequentes mensagens. Uma delas, a de Madeira, dizia: "Ezra doente." Outra, de Gibraltar, confirmava a primeira: "Ezra piorou." A terceira mensagem, procedente de Marselha, anunciava que Ezra ainda não melhorara. Afinal, o *Bluebird* penetrou no golfo de Juan, e os passageiros foram conduzidos à terra. Ezra saiu carregado por dois marinheiros de uniforme de lona branca. Era um homem de grande estatura, a face corada, e pela cor da sua pele fazia lembrar a célebre tela de um pintor futurista — *A mulher que engoliu a saladeira*.

Transportaram-no para o carro que rumou imediatamente em direção a Bienvenu, e, chegados, ele pediu que o colocassem numa cadeira de balanço, a fim de, aos poucos, poder acostumar-se novamente à terra firme. E afirmava que as colunas do terraço não estavam bem firmes em seus lugares e pareciam balançar. Era um desses homens que fazem zombaria mesmo nas ocasiões mais graves e quando há razões de formular queixas. Até mesmo água ele receava beber, e argumentava que as gotas poderiam embrulhar o seu estômago. A única coisa que desejava era deitar-se, e lamentava: "Jesus, como é mau o Deus do mar!"

Ninguém poderia oferecer melhor contraste do que o de Mr. Hackabury e sua senhora. O mar e o vento não haviam perturbado nem mesmo um fio dos lisos cabelos de Mrs. Hackabury. A sua pele era branca e veludosa e tinha uma cor que não mudava nunca; na verdade ela não se esforçava para manter a sua cútis em tal estado de perfeição, e isso era comentado com certa inveja pelas outras mulheres. Não precisava demonstrar espirituosidade nem tampouco falar; bastava apenas manter-se em silêncio, procurando assemelhar-se a uma estátua e apresentar uma vez ou outra um daqueles sorrisos misteriosos. Os homens olhavam-na imediatamente, comparando-a com a *Mona Lisa*, adorando-a. Tinha menos de trinta anos, no auge, portanto, dos seus encantos; ela reconhecia que era gentil de um modo todo misericordioso, em particular para este grande ianque do Meio--Oeste que já completara o sexagésimo quinto aniversário e que produzia sabão para vários milhões de cozinhas, com o que conseguia alcançar para a sua bela esposa um ambiente à altura.

Edna Hackabury, *née* Slazens, era filha de um modesto funcionário de jornal americano editado em Paris. Devido à má situação financeira do pai e a vista de possuir um belo físico, servira de modelo para vários pintores, inclusive Jesse Blackless, irmão de Beauty. Casara-se com um pintor e se divorciara por não poder suportar um marido bêbado. Foi Beauty Budd quem a auxiliou na procura de um bom partido: um viúvo aposentado que se encontrava em viagem pela Europa em companhia de um secretário particular, à procura de diversões após uma vida imersa em sabão. A beleza de Edna fascinara o fabricante e ele a desposou com tanta pressa quanto o permitiam as leis francesas.

Em seguida, foram passar a lua de mel no Egito e algum tempo depois seguiram para a cidade de Reubens, no estado de Indiana. Toda Reubens sentia-se honrada com a presença daquela elegante criatura de Paris, mas Edna não correspondia a esse sentimento, porque tinha a intenção de ficar em Reubens apenas o tempo suficiente para ser agradável aos seus três enteados, todos homens experimentados no negócio de sabão, em condições, portanto, de garantirem, com o lucro da indústria, o necessário às suas exigências humanas.

Começou, desde logo, a demonstrar a seu marido a tolice de gastar sua vida naquele "buraco", quando existiam tantas maravilhas a serem gozadas em outras partes do mundo. Não demorou a partida. Quando chega-

O FIM DO MUNDO

ram a Nova York, Edna, jeitosamente, ventilara a ideia de que, em vez de viajarem numa promiscuidade vulgar em navios e trens, deviam comprar um iate e tornar possível o convite aos seus amigos escolhidos para uma excursão a qualquer parte e na hora em que bem entendessem. Ezra ficou abalado; era um péssimo marinheiro e não pôde compreender a razão por que lhe seria "vulgar" encontrar-se a bordo de um transatlântico entre muitas outras pessoas. Sua esposa assegurava-lhe que em poucos dias ele se acostumaria com as elegantes viagens marítimas. Além disso, lhe deveria ser grata a perspectiva de encontrar-se em mar alto, dias seguidos, entre pessoas amigas. O dinheiro era dele, não era? Por que então não se divertir bastante, em vez de deixá-lo para filhos e netos que não tinham a menor ideia do que fazer com o mesmo?

Assim os Hackabury compraram um iate. Podia-se comprar estes objetos de luxo já com a tripulação, os oficiais e mesmo o combustível necessário e a alimentação para vários meses.

Acharam um "jogador" da Wall Street que jogava demais e compraram o seu belo iate, viajando em seguida para a Europa no lindo tempo de primavera, assistindo às regatas de Cowes de 1913 num estilo principesco. Foi aquele verão que Lanny passara em Hellerau. Os Hackabury exploraram os *fjords* da Noruega, levando consigo Lord e Lady Eversham-Watson, a baronesa de La Tourette e seu amigo Eddy Patterson, um jovem americano rico que vivia em toda a Europa, bem como Beauty Budd, seu amigo, o pintor Marcel Detaze, e um casal de ingleses disponíveis, membros das melhores famílias da Inglaterra, para dançar, jogar cartas e fazer número nas conversações. Primeiramente, parecia um tanto chocante a Ezra Hackabury ter como hóspedes dois casais que não eram realmente casados, mas, apesar disso, os visitava nos seus respectivos camarotes e ali ficava horas inteiras. Sua esposa, porém, ao ouvi-lo fazer uma observação pouco lisonjeira à situação de ambos, disse-lhe que era isso um preconceito da província. O "elegante" entre as pessoas mais finas era aquilo que ele observava. Quanto à baronesa, era ela vítima de um casamento infeliz, enquanto Beauty era pobre e naturalmente não podia casar com o seu pintor. Além de ser boa, alegre e agradável, Beauty tinha sido a pessoa que ajudara Edna a encontrar o seu Ezra, motivo pelo qual ambos lhe deviam uma gratidão enorme que procuravam saldar do melhor modo possível. Mais uma vez demonstrando essa gratidão, Ezra comprou algumas paisagens marítimas de Marcel, dependurando-as no salão do *Bluebird*.

II

O cruzeiro tivera um tal sucesso que um outro fora combinado. Os convidados já estavam chegando com suas inúmeras malas, prontos para atingir o Mediterrâneo Ocidental. Quando Edna e Beauty tiveram, nessa ocasião, uma das suas conversas íntimas e Beauty lhe falou a respeito do barão Livens e do Dr. Bauer-Siemans, Lanny começara a perceber realmente qual a espécie de relações que existiam entre Marcel e sua mãe. Surpreendendo-o nesse raciocínio, Edna cultivou um pouco a vaidade de Lanny, considerando-o "um rapaz maravilhoso". Logo em seguida, sugeriu a Beauty que Lanny também deveria acompanhá-los no cruzeiro. "Jamais incomoda alguém e, além disso, a viagem será muito útil para sua educação futura." Beauty disse que certamente Lanny gostaria muito e a dona do iate acrescentou: "Podemos colocá-lo num camarote junto com Ezra."

Ia ser uma aventura deliciosa para todos. Marcel Detaze estava desejando pintar as ilhas da Grécia onde Sapho cantara e amara. Como as poesias de Byron, as de Sapho eram célebres. Todo mundo considerava aquelas regiões como algo esplêndido e os guias todos concordavam que era uma maravilha passar ali as primeiras semanas da primavera. Todos estavam satisfeitos, com exceção de Ezra que somente sabia de um fato: que toda ilha era cercada por água. "O mar é selvagem" — dizia ele continuamente. Antes da partida, recusara-se a seguir, mas, quando viu lágrimas nos belos olhos escuros da esposa, balbuciou:

— Pois bem, irei, mas não antes que tenhamos a bordo muito alimento.

O apetite do fabricante voltava com rapidez. No dia seguinte ao da partida, já desejava explorar o cabo de Antibes; não de automóvel, mas a pé, num passeio de várias milhas. A única pessoa que seria capaz de um tal feito era Lanny, que conversava constantemente com o antigo fazendeiro, e sempre lhe perguntava como os lavradores do Meio-Oeste viviam, o que comiam e quanto lhes custava a vida.

Os dois desembarcaram e logo depois estavam sentados nos rochedos do cabo, olhando a água. Mr. Hackabury admitia que aquilo era interessante do ponto de vista prático. A coloração das águas variava do verde pálido ao purpúreo profundo e viam-se plantas marinhas no fundo do mar.

"Seria capaz de pegar aqueles peixes?", perguntava Mr. Hackabury e continuava: "Eles são bons para comer?" E ainda mais: "Quanto os pescadores recebem por eles no mercado?"

O FIM DO MUNDO   125

Olhava para os navios da armada francesa ancorados no porto e dizia: "Odeio a guerra e tudo o que está ligado a ela. Não sei como o seu pai suporta pensar tanto tempo a respeito de armas." Falou a Lanny sobre o negócio de sabão, de onde vinha a gordura e como era tratada. Referiu-se às novas máquinas que produziam os pedaços com mais rapidez do que antes. Falou sobre a venda do produto, negócio que reputava mais difícil, pois, conseguindo que o público aceitasse a qualidade que ele estava produzindo, fazia um jogo cujas regras variavam tanto que seria necessário uma vida inteira para aprendê-las. Ele estava cheio de uma astúcia divertida. Realmente, ouvir Ezra Hackabury falar a respeito da venda de sabão para cozinha era a mesma coisa que ouvir Robbie Budd falar sobre a venda de armas.

Mr. Hackabury também discorria sobre a América. Considerava deplorável, para um rapaz que desejasse ser alguma coisa na vida, o fato de desconhecer o seu próprio país.

— Somos um povo muito diferente dos outros. Não se deixe enganar; somos o melhor.

Lanny disse que seu pai pensava do mesmo modo, que ele muito lhe falara sobre as fábricas e fazendas dos americanos e sobre os próprios americanos que eram capazes e resistentes. O industrial falou sobre a vida numa pequena aldeia, como Reubens fora no seu tempo de rapaz. Todo mundo era independente e um homem recebia aquilo que tinha direito pelo seu trabalho. As pessoas ainda não eram mundanas, o forasteiro era bem-vindo e ninguém suspeitava dele, nem era incomodado. Falou com saudade da sua pequena localidade e terminou dizendo que aquele era o tempo em que os lírios em Reubens estavam florindo.

— É verdade — disse Lanny. — Conheço os lírios de Reubens. Mrs. Chattersworth, que vive numa das colinas em redor de Cannes, tem alguns no seu jardim e eles vicejam ali maravilhosamente.

A isto o outro respondeu:

— Creio que viverão aí, porque não há outro jeito, porém não hão de gostar...

Enfim, o velho cavalheiro estava saudoso da pátria. Disse que lá em Reubens havia homens que tinham crescido com ele e que agora talvez estivessem jogando malhas no lado sul da grande colina vermelha onde a neve se derretia rapidamente. Lanny jamais ouvira falar desse jogo e perguntou em que ele consistia.

126 UPTON SINCLAIR

— Eu sei onde há um ferreiro e vou levá-lo até lá; talvez encontrássemos algumas malhas.

Assim fizeram na manhã seguinte. Como Pierre tivesse levado as senhoras para fazer compras, Mr. Hackabury alugou um carro e mandou rumar para a casa do ferreiro; com grande admiração do mesmo, Mr. Hackabury pagou-lhe três vezes o preço pedido pelas malhas, dando-lhe ainda como presente uns pedaços de sabão. Quando as senhoras voltaram para casa depois do *lunch*, a fim de mudar de roupa e assistir a um chá, encontraram esse curioso quadro num canto sombreado da relva: Mr. Hackabury, sem o seu paletó, mostrando a Lanny a Mr. Hackabury, sem paletó, mostrava a Lanny a sutil arte de lançar ferraduras pelos ares para que caíssem próximas a uma estaca na terra.

III

Entre Mr. Hackabury e Lanny se estabelecera uma forte amizade, dessas que o rapaz sempre formava com pessoas mais velhas do que ele. Tais indivíduos gostam de palestras longas e Lanny tinha a paciência de ouvi-las. Além disso, gostam sempre de ensinar e Lanny tinha ânsia de aprender. Assim, quando já tudo estava no convés do iate e os passageiros prontos para seguir, Mr. Hackabury chamou à parte o seu novo amigo e lhe disse:

— Ó, Lanny, você gostaria de viajar algumas milhas de automóvel?

Tendo Lanny assentido, o industrial concluiu:

— Estive olhando um mapa e pude assim me orientar. Vamos de automóvel até Nápoles e ali tomaremos o iate no porto. Assim nos livraremos do enjoo durante alguns dias e noites.

Lanny achou esplêndido e o dono do iate revelou esse plano aos seus hóspedes, surpreendidos. Propôs alugar um carro, mas Beauty disse que não haveria ninguém para usar o seu automóvel enquanto estivesse ausente e ela ficaria mais tranquila se Pierre os levasse.

Durante três dias e noites o rapazinho acompanhou o velho cheio de saudades da pátria, absorvido pela sua experiência dos homens e das coisas de Indiana. Ezra contou a história da sua existência, desde o tempo em que criara a sua primeira novilha, órfã, amamentada com o leite sugado dos seus próprios dedos, postos a cada instante na vasilha cheia. Um tolo bebedor que trabalhava na fazenda, durante o tempo da colheita, mostrara ao

O FIM DO MUNDO

pai de Ezra como se poderia fazer uma boa qualidade de sabão e em pouco tempo Ezra passara a fornecer o produto à vizinhança, ganhando dinheiro para as suas pequenas despesas. Desde então começou a economizar com o objetivo de comprar máquinas para fazer mais sabão. Foi este o caminho pelo qual iniciara o seu grande negócio.

Durante cinquenta anos Ezra Hackabury vivera fabricando sabão. Antes de chegar aos vinte anos de idade, o povo da aldeia de Reubens, vendo sua aplicação e inteligência, auxiliara o financiamento da construção de uma pequena fábrica. Todas essas pessoas eram ricas e a sua ocupação quase que se limitava ao jogo de golfe.

O industrial recitava habitualmente versículos das Santas Escrituras. Quase sempre afirmava, num esforço de valorização das próprias atividades industriais: "Um homem aplicado no seu negócio está permanentemente em condições de ser colocado diante dos reis." Tendo alguém estranhado que ele ainda não tivesse conseguido essa honraria, replicou, com orgulho: "Creio que poderia fazê-lo, se realmente o quisesse."

Havia uma caixa de sabão no carro, tendo um grande pássaro azul na tampa e um no invólucro de cada pedaço. Escolhera este símbolo porque o pássaro azul era a coisa mais limpa e bonita que vira na sua meninice e o povo de Meio-Oeste compreendera a sua intenção. Mais tarde, quando certo escritor fizera uma peça com aquele nome, Ezra considerou o fato como ofensa e uma indignidade, pois havia gente pensando que ele dera aquele nome ao sabão devido à peça. A coisa era justamente o contrário, dizia sempre o fabricante.

A caixa, no carro, continha pequenas amostras de sabão. Nunca Mr. Hackabury saíra sem algumas no bolso. Era esta sua contribuição à civilização de todos os países. Sempre que um automóvel parava na Itália, mendigos em farrapos iam rodear o carro pedindo esmolas. O milionário americano jogava então pedaços de sabão e as crianças os agarravam com avidez, cheirando ou experimentando-os e em seguida registravam uma certa desilusão. Lanny dizia: "A maioria deles provavelmente não sabe para que serve sabão." Mr. Hackabury respondia pesaroso: "É horrível a pobreza destas nações antigas."

Era esta sua atitude em todos os pontos da Itália, que agora visitava pela primeira vez. Só tinha a mente voltada para o que considerava conveniências modernas, as quais não estavam presentes ali: novos maquinismos a instalar e negócios que pudesse fazer. Não estava de modo nenhum interessado em sair do carro e olhar os vitrais de uma velha igreja. Tudo isso era superstição, de uma variedade que denominava "catolicismo". Quando chegaram a Pisa e viram a torre inclinada, ele disse:

— Para que serve isso? Com aço moderno se poderá levantar uma mais inclinada, mas de que serviria esse esforço?

Em conversações desse estilo Mr. Hackabury gastou o tempo, durante toda a viagem. Carrara com as suas célebres jazidas de mármore fazia lembrar a Mr. Hackabury o edifício do correio que estava sendo construído em Reubens. Tinha um cartão-postal do mesmo e não se furtou ao prazer de mostrá-lo ao companheiro. Quando via um cachorro deitado na estrada, lembrava-se daquele com que ele ia caçar quando menino. Certa vez, o industrial, vendo um lavrador trabalhando no campo, falou sobre Asa Cantle, que estava ganhando dinheiro cultivando vermes para anzol.

— Havia milhões de coisas que poderíamos aprender com a natureza, a fim de tornar a vida mais fácil para todo mundo na Terra — sentenciou ele certa vez.

Em dado momento, viram o mar, sereno como o poço do moinho de que a fábrica Bluebird tirava a sua força. Porém, Mr. Hackabury não queria deixar-se enganar. Ele tinha a certeza de que, logo que estivessem a bordo do iate, encontrariam o mar subindo e descendo.

— A comida não é muito boa nestas hospedarias italianas — disse ele certa ocasião. — De tudo o que como, guardo sempre o gosto comigo. E através disso posso dizer que vi e senti o país.

IV

Despediram-se de Pierre e foram para bordo do iate, que logo depois se fez ao largo. Não tardou que Mr. Hackabury se recolhesse ao seu camarote, não aparecendo mais senão depois que estavam todos abrigados junto aos rochedos do Peloponeso. Uma nova amizade se oferecia, porém, a Lanny Budd. No convés estava sentado Marcel Detaze, diante do seu cavalete, com uma bonita boina azul e vestindo velhas calças; desenhava a vista da baía de Nápoles, com Capri ao fundo, e um veleiro de velas pretas atravessando o sol que desaparecia. Marcel trabalhava nessa paisagem durante vários dias, tentando conseguir o que chamava *atmosphère*, algo que fosse um misto

O FIM DO MUNDO 129

de arte e de borrão. "Você conhece a atmosfera de Turner?" — perguntou a Lanny. "E a de Corot?"

Marcel era um daqueles pintores que não se incomodavam de conversar enquanto estavam trabalhando. Assim, Lanny, sentado numa cadeira de campo, observava cada pincelada do artista, recebendo instruções sobre a técnica.

Cada pintor tem o seu próprio estilo; se tomarmos um microscópio para examinar as pinceladas de dois artistas, notaremos imediatamente a diferença entre um e outro.

O desespero de Marcel nascia da infinidade de motivos da natureza; um poente como aquele mudava suas cores a todo momento e ele não sabia qual delas devia escolher.

Devia apresentar os efeitos da distância e tornar uma superfície plana de tal modo que parecesse infinita; devia tomar a substância mineral morta em milhares de outras coisas, sem esquecer a alma do pintor que estava olhando para todas?

— Não há paisagem nenhuma antes que o pintor a faça — disse Marcel.

Quando o trabalho não ia indo a seu contento, ele ficava impaciente e passeava ao longo do convés. Lanny acompanhava-o gostosamente. O rapaz estava tão acostumado a ficar em companhia de pessoas adultas que não o surpreendia o fato de um artista sério dar-lhe tanta atenção.

Em dado momento, Marcel imaginou que Lanny estava aproveitando a oportunidade para fazer amizade com ele. Até ali tentara se desviar do rapaz, mas agora já pensava em incluí-lo na sua família — na família de Marcel.

O rapaz estava muito satisfeito por descobrir no pintor uma pessoa que trabalhava com afinco.

Marcel recusava sempre aprender a jogar cartas, e, enquanto os outros ficavam de pé a metade da noite, ele ia cedo para a cama, acordando bem--disposto aos primeiros clarões do dia seguinte, a fim de observar as cores do céu. Lanny também se levantou cedo e ouvia o pintor falar sobre cores e sombras. Foi quando começou a pensar que talvez estivesse perdendo a sua vocação verdadeira; pensava agora no que seu pai e sua mãe lhe haviam dito antes, isto é, que arranjasse um cavalete e tintas e frequentasse uma dessas muitas aulas de arte, tão comuns na Côte d'Azur.

As relações entre Lanny e Marcel podiam causar estranheza a um americano do Meio-Oeste, mas de modo nenhum a um francês. O pintor estava pronto a tornar-se um pai adotivo de Lanny, se tal lhe fosse permitido. O rapaz observara o que havia entre Marcel e sua mãe e compreendera que o homem estava tentando persuadi-la a gastar com ele o seu tempo e a sua energia, que Beauty delapidava com as pessoas elegantes que a cercavam. Marcel deplorava o fato, pois achava que ela vinha se cansando com tantas obrigações sociais, privando-se do sono e excitando-se de tal modo que mal tinha tempo para comer. De vez em quando, essas senhoras "elegantes" estavam ameaçadas de um colapso e eram obrigadas a fazer constantemente estações de cura com o fim de restaurar as forças perdidas.

— É o seu modo tolo de viver — dizia o artista que tinha no trabalho o seu maior prazer.

V

Um vento frio vinha dos picos cobertos de neve do monte Olimpo, e o iate procurava abrigo por trás da grande ilha chamada Eubeia. Aqui se estendia um largo canal azulado, calmo e quente. Mr. Hackabury disse:

— Isto é tudo o que desejo ver das ilhas da Grécia; vamos parar aqui.

O canal corria numa distância de cinto e cinquenta milhas; eles navegariam para outro lugar, onde lançariam âncora e todos seriam levados à costa, em visita a qualquer aldeia enlamaçada. Subiriam as colinas e achariam as ruínas de antigos edifícios, cujas pedras, outrora brancas, eram agora mosqueadas e cinzentas. Via-se uma grande coluna estendida na poeira, os pedaços que a compunham espalhados em redor, de tal modo que agora pareciam um montão de grandes caixotes colocados lado a lado. Ovelhas pastavam entre as ruínas onde o velho pastor bronzeado tinha construído uma cabana de feixes de madeira.

Marcel tinha um guia e falava sobre o templo que existira naquele lugar e sobre o povo que o construíra. A maioria, porém, se aborrecera com essa descrição e passava, aos pares, conversando sobre os seus próprios negócios.

— Uma ruína é igual à outra — disse alguém do grupo. O pintor, entretanto, conhecia a diferença dos estilos e períodos, esclarecendo-os a Lanny, dando lugar a que a educação do rapaz entrasse numa nova fase.

O FIM DO MUNDO   131

Muito pouco sabia ele sobre a Grécia, mas agora estava interessado pela história da arte helênica. Era algo maravilhoso o que se realizara nestas plagas, há mais de dois mil anos. Uma grande nação vivera e sonhara coisas lindas, tais como Lanny divisava às vezes na música e tentara exprimir na dança. Agora, a civilização que as criara se extinguira e Lanny considerava isso desolador. Ali, entre os seus velhos mármores, observando o poente do sol sobre a baía sombreada, o espectador sentia-se presa de uma melancolia infinita.

Diante daquelas ruínas, Marcel sentia que também ele, por sua vez, pereceria e seria esquecido. O pintor tinha consigo um livro de versos de poetas antigos. Eram estrofes melancólicas, através das quais se percebia que o povo previra a decadência que lhe sobreviera.

— Talvez os gregos tivessem visto antes ruínas de nações decadentes — sugeriu Lanny, e o pintor acrescentou:

— As civilizações têm os seus altos e baixos e ninguém foi capaz de encontrar nelas aquilo que as faz desaparecer.

— Acha que isto pode acontecer também a nós? — perguntara Lanny um pouco surpreendido; e quando o pintor disse que assim acreditava, o rapaz observou o pôr do sol com arrepios que não eram somente causados pelo vento do norte.

Marcel Detaze passou a ter um grande interesse pelo filho recém-adotado. Os outros todos pareciam pessoas muito educadas com as quais considerava agradável viajar, mas eram convencionais e pouco compreendiam o que se passava na alma de um artista. O rapaz, porém, sabia compreendê-lo instintivamente. Alguma coisa nele vibrava em consequência com a emoção artística. Marcel substituía vantajosamente o livro de guia por tudo o que aprendera a respeito da arte grega e descobrira que Lanny retinha tudo o que ouvia dele. Mais tarde, quando visitavam Atenas, o rapaz encontrou numa livraria inglesa livros sobre a Grécia Antiga; já era então capaz de ler e comentar os fatos que tinham inspirado os estadistas ingleses, bem como a mitologia de que se utilizavam os poetas da Inglaterra durante três ou quatro séculos. Marcel, Lanny e Mr. Hackabury eram os únicos do grupo que organizavam passeios, o último não tinha interesse pelas ruínas, mas subia as colinas porque não queria aumentar de peso. Enquanto os dois moços examinavam as colunas jônicas ou as de Corinto, Mr. Hackabury falava com os pastores, através de sinais que eles mal compreendiam. Certa vez, comprou uma ovelha; não porque a quisesse, mas para satisfazer a sua curiosidade sobre o preço daquele animal no país. Tirou um punhado de moedas do bolso e deu-as ao pastor. Ezra obsequiou-o ainda com algum sabão, e depois carregou a pequena ovelha debaixo do braço, levando-a para o iate. Quando as senhoras souberam que iriam comê-la no jantar, consideraram aquilo como uma ideia horrível e acrescentaram que não estavam acostumadas a comer carne assada de um animal que antes tinham visto vivo.

VI

Um sol quente reinava sobre o mar Egeu e o *Bluebird* continuava a explorar as ilhas célebres na história. Viam-se os topos de muitas montanhas e, para o homem destituído de poesia, todas elas se nivelavam. O fato de que Phoebus Apolo nascera numa montanha e Sapho numa outra não significava muito para as modernas senhoras da alta sociedade. O que lhes vinha à mente, antes de mais nada, era o fato de que não havia portos e que para se chegar à costa era preciso remar. Além disso, os seus olhos não se contentavam com o panorama que ofereciam as casas de pedras rebocadas, os homens vestindo saias brancas como dançarinas e numerosas crianças acompanhando todos os passos dos forasteiros, olhando-os como se fossem de um circo. Também não era muito interessante comprarem fitas e esponjas de que não precisavam, ou comer pistache quando não estavam com fome. Tendo bebido café numa vasilha de cobre e de cabo comprido, e descoberto que aquilo era pegajoso e doce, as senhoras concluíram que seria mais agradável ficar a bordo e dançar ao som da música de uma vitrola ou mesmo tentar recuperar o dinheiro perdido na noite anterior no *bridge*. Ezra, como dono do iate, propôs uma excursão a um dos "mosteiros suspensos", porém sua esposa não aceitou o convite porque estava cansada e preferia ficar a fim de ler uma novela. Um dos cavalheiros pediu, então, para fazer-lhe companhia. Os outros seguiram-lhe o exemplo, e, por fim, só o trio usual saiu para a excursão: Ezra, Marcel e Lanny.

Vários pequenos dramas estavam se realizando entre os hóspedes de Mr. Hackabury, e Lanny Budd era jovem demais para compreendê-los, ou

O FIM DO MUNDO

mesmo suspeitá-los. Um dos mais jovens ingleses que também faziam parte da reunião, de nome Fashynge, não tinha nenhuma ocupação especial, mas era bem-vindo àquele grupo porque sabia dançar e jogar *bridge*; além disso, conversava num estilo difícil demais para ser atendido, a não ser por um número limitado de indivíduos, nas suas peculiaridades pessoais.

As senhoras da sociedade gostam de conviver com homens dessa espécie e Cedric Fashynge se devotava a Beauty Budd, sem que fosse solicitado para isso, e ainda mais, sem ter certeza de que as consequências lhe fossem agradáveis.

Marcel chamou-lhe certa vez de asno, "asno bastante inofensivo". Lady Eversham-Watson sentia, porém, alguma inclinação por ele. Em certa ocasião, Beauty teria dito por brinquedo, a "Ceddy", que dançasse com Margy e fizesse uma determinada coisa para agradá-la, mas Ceddy não a obedeceu nesse ponto.

De qualquer modo, o Lord estava sempre alerta, atento às atenções que sua esposa recebia. O outro inglês era mais velho e mais sério. Capitão Andrew Fontenoy Fitz-Lainge era o seu nome, abreviado para "Fitzy". Uma bala atravessara-lhe a coxa numa escaramuça com os afegãos, e esta às vezes ainda se fazia sentir quando ele se levantava rápido da sua cadeira. Quase sempre, porém, dizia que não era nada. Alto, usando bigode dourado, possuía uma bela pele rósea, que era motivo de comentários chistosos entre as senhoras. Tinha o diabo nos olhos azuis. Deles disse certa vez Beauty: "Qualquer um que os observe com atenção, notará que sempre estão na direção de Edna Hackabury." E quando os olhos negros de Edna por acaso os encontravam, podia-se notar uma mudança repentina na fácies da bela esposa do velho fabricante. Dos onze passageiros do iate só havia dois que não faziam essa observação — Lanny e Mr. Hackabury... Isso já não era uma novidade, porque Fitzy tinha tomado parte no cruzeiro à Noruega.

Sentindo-se pior naquela ocasião, não tinha tido coragem para ir à terra a fim de visitar os *fjords*. Edna ficara mais uma vez em sua companhia. Tinha permanecido entre aqueles que acompanharam os Hackabury na sua volta aos Estados Unidos, no outono anterior. Estivera com eles no Key West e nas Bahamas, atravessando depois o Atlântico. Isto tinha sido ótimo para Edna, porque, de outro modo, não lhe seria muito agradável a travessia do mar.

VII

Visitaram Atenas — em parte porque todo mundo lhes iria perguntar se tinham estado na capital dos gregos, e em parte, para se reabastecerem.

No porto de Pireu, onde não havia muitas facilidades para acostar, os rebocadores quase viraram o *Bluebird*, amarrado a uma doca de pedra. Abundavam os vendedores de rendas e esponjas. Várias dezenas de motoristas, gritando em todas as línguas, prontificavam-se a mostrar a cidade.

O tempo era agradável e os passageiros deixaram-se conduzir através das avenidas da pequena cidade. Notaram que havia um museu, e, numa colina, distante algumas léguas, várias ruínas. Conforme disse o *chauffeur*, tratava-se do Pártenon.

— Alguém terá desejo de olhar essas novas ruínas? — perguntou uma das senhoras. Marcel e Lanny disseram que sim e Mr. Hackabury fez-lhes companhia. Cavalgaram mulas, acompanhados de magros professores americanos e de gordos turistas alemães. Ezra sentou-se para descansar, enquanto os dois andavam admirando os nobres remanescentes das velhas criações de arte, que tinham voado pelos ares durante uma explosão de pólvora e de onde Lord Elgin levara todas as belas estátuas. Marcel detalhava quais os deuses que ali tinham sido adorados e qual a arte praticada naquele lugar há mais de vinte séculos passados. Agora era um sacrário para os amantes da arte. Ainda não fazia muito tempo que Isadora Duncan tinha dançado entre aquelas ruínas e, quando a polícia veio pedir para que cessasse a sua dança, respondera que era esse o seu único modo de orar.

Os dois companheiros tinham planejado ficar ali o dia todo. O velho Mr. Hackabury não concordou, dizendo que não se sentia bem e que desejava voltar. Atribuiu a sua indisposição ao sol muito forte ou então a alguma coisa que comera. Disse-lhes que podiam ficar. Eles, porém, insistiram em acompanhá-lo, combinando que voltariam no dia seguinte.

Assim que chegaram ao iate, Ezra desceu para o seu camarote, enquanto Marcel e Lanny permaneciam no convés, contando a Beauty e aos demais presentes as visitas que tinham feito. Nesse instante, foram interrompidos por gritos vindos do interior do iate, seguidos de grande barulho. Lanny, o mais ágil de todos, foi o primeiro a partir em direção do corredor de onde vinham os alaridos.

O rapaz estacou diante de um espetáculo extraordinário: o dono do iate, tendo à mão uma machadinha que trouxera da cozinha, batia vagarosamente na fechadura de um dos camarotes. "Abram!" — gritava ele. Então, sem esperar que alguém lhe obedecesse, deu um golpe mais forte. Um *steward* de paletó branco, bem como um outro auxiliar olhavam a cena, atônitos. O primeiro oficial apareceu, correndo e logo depois Lanny, Marcel, a mãe de Lanny, Lord Eversham-Watson, a baronesa — todos, enfim, enchendo o corredor, parados, sem dizer palavra.

Mais dois ou três golpes e a porta cedeu. O dono do *Bluebird* relanceou o olhar para dentro. Os outros nada podiam ver, porque tinham permanecido afastados do machado, cujo manipulador arquejava como um louco. Por instantes, a sua forte respiração foi o único som que se ouviu no ambiente. Ato contínuo, gritou: "Saia!" Sem ter obtido resposta, gritou novamente, num tom mais furioso ainda: — Saia! Ou quer que eu o arraste para fora?

De dentro do camarote veio a voz do capitão Fitz-Lainge: "Ponha o machado de lado!"

— Ó! Não vou matá-lo! — replicou Ezra. — Só queria vê-lo. Saia, sujeito vil!

Fitzy saiu, coxeando, o rosto pálido, a roupa em desordem. Passou pelo grande e poderoso industrial, observando-o cuidadosamente. O outro deu-lhe passagem e ele ganhou o corredor.

— Vocês o viram, agora olhem para ela — disse o industrial com o machado ainda à mão.

Não estava falando para os seus hóspedes, mas aos membros da tripulação. Vários destes tinham descido e o dono do iate chamou-os à porta, insistindo:

— Vocês a viram? Precisarei de vocês para testemunhas.

Obedecendo à voz do dono do iate, eles olharam para dentro do camarote, onde se ouvia agora apenas o choro de Edna Hackabury.

— Vocês a conhecem? — perguntava Ezra, implacavelmente.

Em seguida, dependurou o machado na parede e tirou do bolso lápis e papel.

— Quero os seus nomes e endereços, bem como o lugar onde, a qualquer momento, eu possa encontrá-los — disse.

De cada um deles recebeu todas as informações, anotando-as cuidadosamente, enquanto o choro dentro do camarote continuava e os hóspedes permaneciam sem saber o que fizessem. Todos estavam visivelmente embaraçados, mas, muito embora pretendessem tomar atitudes, continuavam sem dizer palavra.

— E agora? — disse Ezra, quando tinha tudo o que precisava.

Não tendo obtido resposta de qualquer dos presentes, ajuntou:

— Agora? Agora tudo está acabado.

Virando-se para os hóspedes, afirmou resoluto:

— Vou ceder-lhes esta casa de libertinagem. Podem levá-la para onde quiserem. Voltarei ao país de Deus, onde o povo ainda tem algum senso de decência.

A seguir, ouviu-se um grito partido do camarote e Edna saiu com as roupas desalinhadas, arrojando-se diante do marido.

— Não, Ezra, não!

Defendendo-se, disse-lhe que não tinha querido fazer aquilo, que não o faria nunca mais, que fora tentada, que ele deveria perdoar-lhe. Mas Mr. Hackabury gritou:

— Não a conheço — empurrando-a para um lado e descendo rápido pelo corredor.

A primeira pessoa que encontrou na sua passagem foi Lanny, e Mr. Hackabury parou diante do rapaz, pondo-lhe a mão na cabeça, dizendo-lhe: "Lamento que você tenha de assistir a isto, meu filho. Está também numa situação difícil. Espero, entretanto, que saiba livrar-se dela futuramente".

Passou pelos outros sem olhá-los e, rápido, entrando no camarote que tinha partilhado com Lanny, colocou os seus pertences nalgumas malas. Sua mulher seguiu-lhe, chorando histericamente. Arrastava-se aos seus pés, pedia e suplicava. Ezra, porém, cada vez a empurrava para mais longe do seu caminho. Quando pôs nas malas tudo o que precisava, tomou uma em cada mão, saiu do camarote, atravessou as pranchas que se estendiam até o cais e aí entrou num dos automóveis de aluguel. Esta foi a última atitude de Mr. Hackabury que os seus companheiros de jornada do iate *Bluebird* presenciaram.

VIII

Sem dúvida, coisas como estas já tinham acontecido muitas vezes nas ilhas da Grécia, tanto na Grécia antiga como na moderna, mas nenhuma

O FIM DO MUNDO 137

daquelas pessoas jamais tinha presenciado cena igual e todos acharam-na mais excitante do que olhar ruínas ou comprar cartões-postais com vistas do Pártenon.

As senhoras se reuniram no camarote da pobre Edna e tudo fizeram para consolá-la, dizendo-lhe que ela se livrara de um grande peso e que devia ficar satisfeita. Ceddy Fashynge e Eddy Patterson saíram à procura do capitão Andrew Fontenoy Fitz-Lainge, que estava se fortalecendo com alguns uísques, e trouxeram-no de volta ao *Bluebird*.

Depois que tiveram tempo para refletir melhor sobre o incidente descobriram que não fora tão ruim como lhes parecera, pois tinham se livrado de um homem bastante aborrecido e que, sobretudo, se mostrara um desalmado numa situação que não chegara a representar verdadeiramente uma crise. Edna e Fitz não precisavam mais andar escondidos nos seus amores. O capitão, sendo um cavalheiro, naturalmente lhe oferecera a sua mão. Infelizmente, porém, nada possuía além do soldo e este não lhe bastava para manter uma esposa. Talvez o ianque topasse um acerto. De qualquer modo, se cumprisse a sua palavra, deixando-lhe o iate, já lhe seria muito agradável — pensava Edna.

A questão se resumia em saber o que devia fazer agora. Vivera uma quadra boa, e seria uma tristeza dá-la por terminada. Felizmente, havia alguém a bordo que podia se dar ao luxo de manter o cruzeiro. Este era Eversham-Watson, ou melhor, sua esposa. Aceita a sugestão da esposa, Eversham-Watson concordou em levá-los de volta a Cowes, lugar que havia sido escolhido antes como ponto final da excursão.

"A honra da Inglaterra está em jogo" — disse o Lord. A sua inteligente e pequena esposa americana assim lhe dissera, e ele o repetia solenemente, de tal modo que mais parecia um discurso político do que uma brincadeira.

Todos desejavam sair de Pireu, antes que o louco de Indiana mudasse de opinião, voltando e enxotando-os do iate.

Edna deu ordem para que o iate ganhasse o mar alto e refugiara-se no camarote de Fitzy. Essa medida se tornou necessária, desde o dia em que a porta de seu próprio camarote fora arrebentada e que o marceneiro se obrigara a fazer uma outra. Havia agora três felizes casais de amantes no iate e nada mais se tinha a esconder.

Lanny agora passara a viver sozinho num camarote, se bem que sentisse muita falta do seu amigo mais idoso. Nada, porém, dizia a este respeito.

138 UPTON SINCLAIR

Era obrigado a pensar sem testemunhas sobre as cenas estranhas que presenciara. Notava que ninguém desejava falar sobre o ocorrido. Apesar de já ter um bem adiantado conhecimento dos fatos da vida, sua mãe não comentou com ele o incidente. Apenas lhe disse que Mr. Hackabury cometera um ultraje permitindo que uma criança como ele testemunhasse tão escandalosa atitude. Tudo que Beauty afirmou dava a entender que o fabricante não passava de um sujeito rude e grosseiro, "um desses homens que pensam poder comprar o coração de uma mulher, conservando-a numa prisão".

Todos simpatizavam com Edna, com exceção de Marcel Detaze. Pelas observações que fizera a Beauty, Lanny chegou à conclusão de que o pintor tinha ideias próprias e antagônicas às da sua mãe. Marcel, todavia, queria evitar incidentes entre ele e Beauty na sua presença, mas o rapaz era suficientemente inteligente para compreender que jamais, em nenhuma circunstância, deveria intervir entre o pintor e sua mãe, e que seria melhor não tomar conhecimento das discussões que surgissem entre ambos.

O *Bluebird* seguira em direção ao sul e em seguida rumara para a costa da África, o tempo estava quente, o mar azul e calmo, todos sãos a bordo e nenhuma nuvem no horizonte. Eles tinham centenas de discos de músicas americanas e dançavam sob o toldo que cobria a parte traseira do convés. Quando chegaram a Tunes, e às ruínas da que outrora fora Cartago, estavam no meio de uma comprida partida de pôquer. O iate parou para se reabastecer. Marcel e Lanny foram à costa e viram estranhos homens escuros, usando capuzes brancos, e mulheres veladas, de olhos pretos como ameixas. Viram um outro poente sobre as torres de mármore quebradas, e Marcel falou sobre Aníbal, que levara os elefantes através dos Alpes, e Catão, que durante todos os dias da sua vida dissera que Cartago devia ser destruída. Lanny nada sabia de história antiga, assunto que passava a achar interessante. Por isso foi procurar uma livraria em Tunes, estabelecimento de comércio que encontrou com dificuldade.

Depois estiveram na Argélia, foram à costa e pagaram a músicos e dançarinos para diverti-los. Alugaram camelos e rumaram para o interior, onde se extasiaram com a paisagem e os costumes dos nativos. Marcel sentiu-se inspirado e fez vários desenhos em torno de motivos exóticos. Lanny ficara junto dele, crivando-o de perguntas e aprendendo algo a respeito de linhas e sombras. O rapaz agora sentia que gostava da pintura mais do que

O FIM DO MUNDO

das outras artes. A pintura ainda era uma das poucas coisas grandiosas que se podia criar individualmente.

Lanny sonhava realizar um dia aquilo que Marcel já desistira como impossível — exprimir na tela aquela melancolia que se apoderava dele ao observar um poente por detrás das ruínas da velha civilização, e pensar sobre os homens que viveram naqueles longínquos dias e que tinham tentado tornar o mundo melhor. Desejava poder dizer a esses homens que voltassem à terra. Não podia suportar a certeza de que jamais os ouviria. Eles se tinham ido com os seus sonhos, sua música e sua dança, seus templos e os deuses que neles tinham morado!

— Algum dia — disse Lanny —, você também terá passado e os outros homens ficarão para chamá-lo; mas você também não ouvirá a sua voz.

8

ESTE REINO, ESTA INGLATERRA

I

O PORTO DE COWES ENCONTRA-SE DO LADO ABRIGADO DA ILHA DE Wight e é o quartel-general de uma parte da Armada, bem como o cenário das grandes regatas anuais, realizadas no verão. Aí chegou o *Bluebird* no início de maio, a tempo de que os excursionistas assistissem à abertura da "estação" de Londres.

A alegre reunião ali se dissolveu, porque Edna Hackabury recebera notícia dos advogados que representavam o seu marido e dirigiu-se a Londres a fim de saber da sua sorte. Beauty Budd seguiu com os Eversham-Watson para a sua casa da cidade. Marcel Detaze voltou ao seu *atelier* no cabo de Antibes, a fim de pintar as lembranças da África e da Grécia. O plano tinha sido elaborado de modo que Lanny pudesse acompanhá-lo, mas, ao chegar a Cowes, encontraram uma carta de Eric Vivian Pomeroy-Nielson, a quem Lanny escrevera de Atenas. Rick pedira: "Não saia da Inglaterra sem visitar-me! Irei à cidade para encontrá-lo e assistiremos juntos à ópera e ao bailado russo. A minha escola estará em férias e então você poderá

140 UPTON SINCLAIR

acompanhar-me ao campo. Kurt Meissner também virá e assim teremos muitos divertimentos."

Kurt escrevera também da sua escola. Estudara muito e conquistara diversos prêmios. Por isso, seu pai lhe prometera uma recompensa. Possuía um tio que era alto funcionário numa companhia de borracha com filial em Londres e que se prontificara a levá-lo ao bailado russo, à orquestra sinfônica, enfim a facilitar tudo o que pudesse acerca da música inglesa. Desse modo, Lanny insistiu naturalmente em ficar e Lady Eversham-Watson achou isso razoável. "O rapazinho poderá divertir-se o tempo que quiser em nossa casa de campo, e, se desejar vir à cidade, sempre haverá alguém para trazê-lo."

Quem já bebeu um *bourbon* de Kentucky já contribuiu provavelmente para a fortuna de Margy Petries. Se lesse uma certa revista inglesa, observaria os autoelogios a Patrie's Peerless. Lord Eversham-Watson encontrara o criador dessa beberragem numa das corridas e fora convidado a visitar o país dos prados verdejantes para presenciar a criação de cavalos. Foi, viu e conquistou. Ao menos pensava assim. Mas este raciocínio simplista lhe ocorria porque não conhecia as moças de Kentucky. Margy era uma dessas mulheres que falam muito e que dão aos homens a impressão de que são ocas. Mas, apesar disso, possuía uma determinação segura de realizar o que pretendesse. O seu marido — "Bumbles" para seus amigos — era um homem pesado e vagaroso e gostava de coisas confortáveis. Margy era a sua segunda esposa e tudo que exigia dela era que não atingisse exageros nas suas relações com outros homens. Ela pagava as suas próprias dívidas e ele deixava a esposa gastar como bem entendesse o resto do dinheiro de seu pai.

Como resultado dessa liberdade de gastar, o casal possuía aqui uma daquelas casas de campo inglesas, na qual realmente se pode viver confortavelmente. Todos os quartos foram renovados e cada um tinha o seu banheiro ao lado. Os velhos móveis, "com cheiro das guerras das Duas Rosas" — assim dizia Margy, embora não tivesse a menor ideia de como nem de quando estas tinham se realizado — foram vendidos como antiquados e agora tudo brilhava, até mesmo os adornos de cetim de cores vivas, que pareciam dizer: "Colham as rosas enquanto puderem."

Havia leves cadeiras de vime, mesas e camas largas para as elegantes e jovens senhoras. Os velhos tapetes da sala de bilhar tinham sido substituídos por um invento maravilhoso chamado *batik* e havia um bar na sala

O FIM DO MUNDO

de fumo, frequentado especialmente pelas senhoras, com decorações de lendas infantis. Os tapetes eram tecidos com desenhos modernos, e neles estavam deitados dois mastins russos de pelos brancos como a neve e muito sedosos. Quando estes nobres exemplares caninos saíam ao tempo úmido, vestiam capas impermeáveis de cor cinzenta e bainhas escarlates, presas por correias, duas na frente e uma outra ao meio.

Qualquer hóspede de Southcourt podia pedir tudo que existisse no império. A única coisa que se fazia necessário para isso, era indicar o que desejasse a um dos criados silenciosos. Este silêncio era para Lanny o aspecto mais curioso da vida na Inglaterra, porque na Provença os criados falavam quando bem entendiam e até riam e brincavam, mas aqui eles nunca ousavam trocar palavra, a não ser quando fizesse parte do protocolo o terem de perguntar se algum dos hóspedes desejava chá da China ou de Ceilão, açúcar branco ou demerara. Se alguém lhes dissesse uma palavra desnecessária, responderiam tão secamente que se poderia notar, através dessa atitude, um sinal de repreensão pelo rompimento do protocolo... Davam a impressão, antes de mais nada, de que não desejavam que tomassem conhecimento da sua presença. Se algum deles esquecia qualquer coisa ou a fazia erradamente, o habitualmente plácido Bumbles irritava-se tanto contra o pobre culpado, que Lanny se sentia mais chocado com esses modos do que com os do humilde criado.

Alguém que não notasse isso acharia Southcourt um lugar delicioso. Havia ali muitos cavalos e cavaleiros que gostavam de dar demonstração de suas habilidades equestres. Havia também uma boa biblioteca e Margy não se lembrara de renovar os livros. A parte mais agradável da vida numa casa de campo inglesa era poder-se fazer o que bem se entendesse.

A regra do silêncio só se aplicava aos criados da casa, porque o jardineiro falava a respeito de flores, o guarda do canil sobre cachorros e o criado da estrebaria sobre animais. Southcourt estava situado em Sussex e havia colinas em formas onduladas, agora cobertas de relva. Lanny pensara que a Inglaterra fosse uma ilha pequena. Agora, porém, notava a existência no país de grandes extensões de terra que ninguém desejava utilizar a não ser para a pastagem de ovelhas. Os pastores também não eram silenciosos, mas havia dificuldade para compreendê-los porque usavam frequentemente palavras estranhas.

II

Se algum conhecido ia de automóvel à cidade, Lanny acompanhava-o. Os automóveis tornavam-se mais rápidos e seguros todos os anos, bem como mais luxuosos. Subitamente, ocorreu a muitas pessoas que não era necessário andarem em carros abertos com o vento a incomodá-las. Surgiram assim novos tipos de carros pequenos e fechados semelhantes a pequenas salas. O automóvel no qual Lanny fora à cidade era considerado um "carro-esporte". Era pesado e de rodas pequenas, mas Lanny nunca vira coisa tão linda e considerava uma maravilha entrar em Londres num carro particular. O *chauffeur* estava sentado à frente e usava óculos. Seguia pelo lado esquerdo da estrada e Lanny se inquietava ao imaginar que essa irregularidade poderia resultar num desastre.

Rick veio para a cidade, onde passaria o sábado e o domingo, e os dois rapazes gostaram desse encontro. O inglês, apesar de um tanto glacial nas suas maneiras, mas devotado à arte, não deixou de dar a entender ao seu amigo que se sentia satisfeito por vê-lo. Rick era um rapaz simpático, de olhos escuros e cabelos ondulados. Tinha figura e modos elegantes, se bem que traísse um ar fastidioso. Lanny estimava-o sinceramente e orgulhava--se de apresentá-lo aos seus amigos.

Durante muito tempo, os dois amigos palestraram cordialmente. Lanny tinha estado na Silésia, na Grécia e na África, e Rick conhecia apenas o que lhe proporcionavam na cidade nos seus *weekends*, os teatros e a ópera. Ambos estavam na idade de crescer e raros eram os momentos em que não mediam as próprias estaturas e não experimentavam os músculos em desenvolvimento. Dançavam e tocavam várias músicas e, quando falaram a respeito do bailado russo que se ia exibir na semana seguinte, combinaram que iriam à primeira *matinée* do sábado; para isto iriam comprar imediatamente as entradas. Tudo isto se passava na casa dos Eversham-Watson, na cidade, onde Beauty estava hospedada, bem como Edna Hackabury. Esta fora visitar os advogados do seu marido e soubera que Ezra já havia requerido divórcio em Indiana. Se Mrs. Hackabury contestasse a ação, certamente perderia e não receberia nada. Se concordasse em não contestar, Mr. Hackabury lhe daria a escolha do seguinte: ou o iate, posto em ordem, seria de sua propriedade, no dia do julgamento final, ou ficaria com uma renda de dez mil dólares por ano, durante o resto da sua vida.

O FIM DO MUNDO

Edna fez várias consultas e concluiu que os iates representavam uma ótima comodidade e sempre davam bons preços. Estava resolvida a aceitar a proposta que a faria proprietária exclusiva do barco, quando seu militar e cavalheiro lhe disse que, se ela aceitasse tal solução, perderia para o futuro qualquer direito sobre os bens do marido. Ademais, quando Edna recebesse o dinheiro da venda do iate, gastá-lo-ia em roupas e festas num só ano. Quanto às duas mil libras por ano, não se podia negar que representavam uma soma com a qual um oficial reformado e sua esposa poderiam viver confortavelmente numa parte não demasiadamente elegante da Riviera. Aceita a segunda proposta, os amigos de Edna foram unânimes em concordar que ela havia sido muito feliz. Possuía ainda ótimo enxoval para a próxima estação e seria elegantíssima durante a mesma. Devia, antes de tudo, possuir calma e coragem e não se deixar abater por coisa alguma.

Naturalmente, havia muito mexerico em torno do caso, mas não podia evitar que uma tal história entrasse no conhecimento doa jornalistas, os quais "voam sempre como colibris sobre os canteiros das flores sociais", enfiando os seus narizes em toda parte. Havia na página social dos jornais da cidade trechos como este: "Um iate conhecido nos meios elegantes e o seu dono, no papel de marido enfurecido, cortando a porta de um camarote com um machado que era destinado a apagar fogos diferentes."

Não se falava em nomes, mas todo mundo sabia de quem se tratava e as senhoras murmuravam e colocavam os seus *lorgnons* quando a esposa do industrial de sabão e o seu quase aleijado capitão passeavam no Hyde Park. Edna usava uma legítima criação Paquin — era o ano de Paquin, e o célebre costureiro sublinhara a sua macia e branca pele e os seus cabelos pretos com um vestido dos mesmos ousados contrastes. Imagine-se um arrojado chapéu dessas duas cores, com três cantos extravagantes e *aigrettes* em várias direções como cabos de vassouras; um jaquetão esportivo preto, uma blusa branca com colarinho enrolado e gravata idêntica à de um homem; um grande agasalho de peles pretas com caudas até os tornozelos; uma branca bengala como o báculo de um pastor, e, preso por uma correia, a "maravilha do mundo", um daqueles pequenos cãezinhos japoneses de subido valor, célebres pela sua semelhança com um crisântemo, de pequena cabeça preta, com sinaizinhos brancos na testa, o pelo branco caindo quase até ao chão, e um rabo curvado exatamente como as pétalas de uma grande flor. Era a "elegante" da estação de 1914.

III

O mundo social estava em grande atividade. Havia duas ou três danças elegantes em cada noite. Também se dançava durante os chás, jantares, ceias e depois do teatro. O tango argentino e o maxixe estavam em moda. A cidade tinha ficado possuída pela dança, e algumas dessas festas eram de tanta magnificência quanto às dos dias de Maria Antonieta.

A duquesa de Winterton transformara o jardim de sua casa num pavilhão de danças, com uma vasta plataforma e os arbustos e árvores entrando pelos buracos. Com uma banda de música rústica e lanternas coloridas, à noite o ambiente lembrava os bosques de Viena, porém nada de valsas. Preferiam a música de alguma banda negra célebre.

Lanny não fora convidado para tais reuniões, mas havia tantas festas a assistir que estas já lhe sobravam para se manter a par de tudo. Podia passear no Rotten Row e ver as grandes senhoras e senhores na sua roupa de montaria, uma multidão de curiosos olhando para eles, separados somente por uma grade de madeira. Podia ouvir o "tocar dos sinos" no aniversário da rainha. Podia ver a parada das carruagens; cavalheiros e mesmo senhoras elegantes dirigindo carros de quatro cavalos, tendo atrás dois cavalariços sentados como se fossem estátuas. Podia assistir aos torneios militares no Olímpia e ver os cavalheiros correndo na direção de uma cerca, vindos de diferentes pontos, todos saltando no mesmo instante, passando um tão perto do outro que muitas vezes os seus joelhos se tocavam.

Também Lanny fora convidado a andar numa carruagem com amigos da sua mãe, para assistir às corridas do dérbi. Era esta a ocasião em que realmente se podia ver a Inglaterra. Trezentas a quatrocentas mil pessoas vinham para Epsom Downs, de trem, de carro, de automóvel e nos grandes ônibus que davam uma nova feição à cidade. As estradas estavam cheias durante todo o dia. Os carros iam e voltavam rapidamente. Epsom era como uma grande garagem e o povo dizia que em pouco tempo não haveria mais nenhum cavalo no dérbi, com exceção dos das corridas. A massa popular tinha naquele dia um feriado: comia, bebia, ria e gritava sem olhar a etiqueta. Os elegantes estavam lá para serem observados e eles punham à mostra tudo o que de mais belo o dinheiro lhes proporcionava.

Todo mundo concordava que o estilo de verão de 1914 era o mais liberal desde a Restauração, a Grande Monarquia, o Terceiro Império. Os contornos

O FIM DO MUNDO 145

elegantes tinham desaparecido e o termo "gracioso" era a palavra de ordem. As cinturas tinham-se tornado mais apertadas, as saias largas tinham desaparecido, franjas e babados de todas as espécies estavam de volta. As saias eram tão apertadas que causavam dificuldades às senhoras quando subiam as escadas, e os moralistas comentavam severamente a exibição que resultava disso. Também se queixavam de que quase não havia mais diferença entre os vestidos da noite e os usados durante o dia. Realmente o *chiffon*, cor de carne, era íntimo demais para o ar livre. Os vestidos para as festas e corridas tinham decotes exagerados e o pano que cobria os braços era tão diáfano que dificilmente podia ser percebido.

Aquelas que faziam questão de ser realmente elegantes não atendiam aos moralistas, mas ao tempo que escandalizavam com essas roupas exíguas, acossadas pela baixa temperatura, usavam capas que lhes cobriam as deficiências de pano. Todo mundo concordava que era a época do renascimento das capas, capas venezianas, capas *à la chevalier*, capas militares e de todos os feitios e do material mais esquisito, de seda e cetim brocados e às vezes bordados com grandes flores de combinações delicadas. O forro era de veludo, sempre em cores mais vivas, e as capas tinham nas barras ornamentações de diamantes e outras joias, para que caíssem bem e ficassem seguras por correias de seda e fivelas em forma de borboletas ou flores, também encrustadas de joias.

Enfim, a fantasia dos costureiros estava solta por muitos meses e toda a produção ia ser mostrada prazeirosamente nas carruagens e nos automóveis abertos, para que o povo pudesse admirá-la. A sociedade elegante se divertia com a duquesa de Gunpowder, uma velha viúva que se vestia com tafetá cor-de-rosa e usava um grande chapéu de palha cheio de rosas e de *chiffon*, conhecido como *confection à la Watteau*. Num aperto do tráfego, o seu carro ficou detido e alguns homens que trabalhavam na margem da rua, apoiando-se nas suas pás, olharam-na por muito tempo. "Olha, Bill " gritou um deles, um pedação de carne vestido como ovelha!"

Do lado da pista estavam enfileirados grandes ônibus. O tempo transcorria esplêndido e todos se sentiam felizes. A família real chegou cedo. O rei e a rainha ficaram no camarote oficial, recebendo cordial ovação. Bumbles mostrava a Lanny as precauções que tinham sido tomadas para impedir que as sufragistas interferissem na corrida. No último ano, uma delas se lançara debaixo dos pés dos animais e fora morta. "Era filha de uma família muito distinta" — disse o Lord, com desprezo. Para evitar a repetição desse fato, a pista fora cercada com três fileiras de grades e a polícia estava vigiando em toda parte. Cada dérbi tinha o seu nome, e este era apelidado "o dérbi silencioso", porque um cavalo francês ganhara e dois outros desconhecidos tinham sido colocados no segundo e terceiro lugares. Os favoritos foram assim desclassificados, resultando todos perderem dinheiro, exceção dos *bookmakers*.

IV

No último *weekend,* Rick viera para a cidade e ele e o seu amigo assistiram ao bailado russo do *Le Coq d'or*, executado por Rimsky Korsakow. Viram o bobo do rei, Dodon, com uma coroa de ouro e barba preta até a cintura, parecendo um guerreiro vestido de malhas, com uma espada curva, quase tão grande quanto ele próprio, e olhando para o sol. Era o dançarino imperial russo, treinado para a dança desde a primeira infância. Londres inteira ficara encantada. O entusiasmo de Lanny pela dança voltava e tanto ele como Rick se cansavam tentando reproduzir aqueles maravilhosos saltos moscovitas.

Também foram ouvir Chaliapin, um alto homem louro, com uma voz que enchia o firmamento. Foram visitar Westminster Abbey e ali assistiram a um casamento da moda, ouviram o ruído dos sinos afinados e conseguiram olhar os noivos, ela emergindo de uma nuvem de tule, ele de rosto pálido, usando chapéu coco. Rick parecia não pensar com muito respeito sobre as velhas famílias que governavam o seu país. Ele disse que o noivo provavelmente era um tolo, enquanto a noiva seria a filha de um cervejeiro ou de qualquer "rei" de diamantes da África do Sul.

Mais tarde, assistiram à parada do regimento imperial, por ocasião do aniversário do rei. Uma cerimônia grandiosa, durante a qual os soldados usavam altos chapéus de pele de urso. O rei cavalgou na sua frente. Um homem de aparência frágil, com bigodes escuros e barba bem cortada. Trazia também um daqueles chapéus, bem como um uniforme que era grande demais para ele, uma cinta dourada, uma larga fita azul e uma variedade de estrelas e ordens. O jovem príncipe de Gales parecia sentir-se pouco à vontade, e era com visível dificuldade que agitava a espada que faiscava ao sol.

O FIM DO MUNDO

Nomearam a rainha coronel de um regimento. O seu uniforme era azul e dourado e seu chapéu de pele possuía uma sacola azul pendente do mesmo e um grande pompom branco voltado para o alto. Lanny vira numa revista norte-americana a fotografia do chefe de uma banda de música metido em idêntico uniforme. Disse isso a Rick e este respondeu que a influência da família real era muito ruim para a Inglaterra. "Entregam-se exclusivamente aos alfaiates e costureiros" — disse o severo admirador da arte. "Os seus amigos são os grandes esnobes do dinheiro. Se um artista recebe qualquer honraria é, sem dúvida, um pintor, retratista em moda. Títulos são apenas uma questão de dinheiro. Pagando um tanto na caixa do partido, o rico se torna 'Sir Snuffley Snokes' ou 'Marquess of Paleale'". Enfim, como Sir Alfred Pomeroy-Nielson não recebera nenhuma honraria pelos seus esforços em promover pequenos teatros na Inglaterra, o seu filho mais velho pensava mal do governo. "Vai vê-lo trabalhar" — disse ele ao companheiro. Assim, Lanny, num dia da semana, foi a Westminster e conseguiu ser admitido na galeria dos visitantes da Casa dos Comuns, cujas aberturas estavam cobertas por uma rede de ferro devido à tentativa das sufragistas que queriam jogar-se das galerias. Lanny olhava os membros do Parlamento, quase todos usando chapéus coco, com exceção dos trabalhistas. Os que estavam sentados nos bancos da frente estendiam os pés sobre o banco defronte. Qualquer um dos membros, quando não gostasse do que ouvisse no recinto, poderia gritar em voz alta. Os trabalhistas odiavam os tóris; os tóris, os liberais; e os irlandeses, todos os outros. Havia naquela época um forte combate em torno da questão da autonomia da Irlanda. Os homens de Úlster juravam que nunca aceitariam o governo de católicos e Sir Edward Carson estava organizando um exército, ameaçando com guerra civil. Enfim, a "Mãe dos Parlamentos" estava dando um exemplo muito pouco lisonjeiro aos seus filhos do mundo inteiro...

V

Havia duas "cortes" às quais toda senhora elegante aspirava ser apresentada, menos Beauty Budd, mulher divorciada. Esta classificação se aplicava ao "Stateball" e ao "Lever" do St. James Palace. Mas havia muitos bailes particulares — era a grande moda do momento — nos grandes hotéis do Westend, onde existia espaço para todo mundo. Antes dos bailes sempre se realizavam grandes jantares.

Lady Eversham-Watson preparava-se para dançar no Savoy. Lanny Budd, tão orgulhoso da sua mãe, viu-a, nervosamente aprontando-se para a festa, bem como as suas amigas Margy e Sophie, ambas no mesmo estado de espírito.

Lanny possuía noção demasiado precoce sobre os hábitos das mulheres, pois estava quase sempre no meio delas, ouvindo-as falar o tempo todo, acompanhando-as às festas ou vendo-as trabalhar em casa. Tal qual os colecionadores de pintura que esperam sempre encontrar telas de artistas de gênio a preços de quadros de pintores de parede, Beauty Budd, obrigada a fazer economia, vivia à cata de costureiras de talento que lhe pudessem fazer vestidos baratos e tão perfeitos quanto os adquiridos nas casas mais célebres. E quando o conseguia, não se limitava às perguntas necessárias. Atormentava a costureira com indagações indiscretas e o próprio filho, que sabia os nomes dos tecidos, queria saber o modo de cortar e quais as cores que mais se combinavam.

Beauty ia sair agora com um vestido sobre o qual Lanny ouvira falar durante semanas. Um vestido de baile, de tule cor-de-rosa, com diamantes colocados na saia, em três fileiras. O corpinho era um pequeno paletó de renda bordado com ametistas e ouro. Estava cortado num tal estilo, que, de certo cavalheiro, durante um jantar, se ouvira que não podia dar sua opinião sobre as roupas das senhoras presentes, porque não as tinha observado debaixo da mesa. O lindo busto alvo de Beauty surgia do corpinho como a Vênus das ondas. Os seus pequeninos sapatos eram de fazenda dourada e os saltos faziam lembrar os dias do Terceiro Império.

"Está gostando?" — perguntou Beauty ao filho, e este respondeu afirmativamente, e de tal modo, que se ela quisesse dançaria com a mãe a noite inteira. Beauty deu-lhe umas pancadinhas amigas na cabeça pedindo, porém, que não a beijasse por causa da sua pintura.

Depois o rapaz se deteve a admirar o vestido da baronesa de La Tourette, também feito depois de muito trabalho e consultas. Vestia uma linda criação de brocados. Rosas e folhas de rosas bordadas em prata numa fazenda azul-claro, muito flexível, e caindo graciosamente. Assim se expressara o seu criador, um *couturier* que estava presente para assistir à prova final e que esfregava as mãos com delícia. O vestido ia estreitando da cintura para baixo, e nele se via uma cinta de um veludo azul-escuro bordado com renda prateada até as mangas largas. Ao lado havia uma capa *à la cavalier*, de linda renda de Bruxelas, bordada com diamantes e ouro, e sapatinhos, também de veludo, para combinar, igualmente bordados com diamantes. A única diferença era que as pedras de Sophie eram verdadeiras, enquanto as de Beauty não o eram.

— E se o povo notasse a diferença?

Sophie, porém, boa como era, atalhou:

— Bobagem! Nenhum desses ricaços usa hoje as suas joias. Guardam-nas na caixa forte e usam as imitações.

— Sim, naturalmente — disse Beauty. — Mas todo mundo sabe que eles possuem legítimas e que eu não as tenho!

— Não seja tola — redarguiu a filha do fabricante de ferragem. — Você tem o que nenhuma, entre cem, possui; e a maioria delas tudo daria em troca dos seus predicados.

Sophie sempre dizia coisas como estas a sua amiga.

Agora Beauty passava mais um pouco de pó de arroz no seu pequeno nariz branco, justamente no instante em que Harry Murchison, que esperava por ela, apareceu na sala como se tivesse surgido de um figurino. Lanny, depois de ver a mãe tomar o automóvel do rico e jovem americano, voltou para casa, pensando no tempo que ainda levaria até que ele, vestido de fraque, fosse capaz de conduzi-la aos bailes do Hotel Savoy.

VI

Lanny, sentindo-se só, saiu para dar um passeio. Gostava de andar e nada o seduzia tanto quanto as ruas de Londres. Naquela época do ano, apesar de não escurecer senão depois das nove horas, o céu permanecia sempre nublado. Lanny caminhava ao lado do rio Serpentine, no Hyde Park, observando os lindos cisnes brancos e pretos, os diques, as nuvens se refletindo sobre as águas e os rebocadores e lanchas deslizando à superfície. Às vezes tomava um dos grandes ônibus, de onde, em troca de um *threepence*, se podia ver tudo o que havia em Londres: sete milhões de pessoas e as casas que ninguém jamais contara, bem como os carros, carroças e automóveis.

A cidade tinha sido construída pelos antigos saxões e romanos e não tinha nenhuma rua correndo em linha reta. Uma aldeia misturava-se a outra e ninguém sabia mais onde havia sido o Bandbox Lane High Court ou o Old Pine Hill New Corners. Talvez se encontrasse a um quarto de milha de distância dali, porém, dificilmente se podia achar uma alma que tivesse ouvido falar sobre o fato. Poucas ruas tinham o mesmo nome num longo percurso. Começava-se a andar no Strand, surge, então, a Fleet-Street, em seguida Ludgate Hill, Canon Street, Fanchurch, Aidgate etc. Esta mesma peculiaridade era também comum aos velhos edifícios. Descia-se um corredor de três escadas, virava-se à esquerda, atravessavam-se três portas e subia-se uma escadaria já gasta pela idade. Virava-se novamente à esquerda, andavam-se uns doze passos e então surgia uma porta que não fora aberta durante os últimos cem anos.

Lanny estava naquela noite disposto a fazer aventuras e ia numa direção nova. Depois de alguns minutos, achou-se numa grande passagem onde os automóveis estavam esperando pelos passageiros e onde muita gente olhava as vitrines alegremente decoradas. Então, pouco a pouco, o ambiente mudava; as lojas se tornavam mais pobres, os homens vestiam bonés e as mulheres, xales sujos. A rua começava a serpentear e Lanny também. Continuava na mesma direção para o oeste, porém isto não tinha muita significação para ele, pois jamais ouvira falar do East End de Londres. Ele tinha a ideia geral de que a população de sete milhões era composta principalmente de senhores e senhoras, tais como vira em Mayfair com os seus empregados, comerciantes e algumas pequenas floristas, jornaleiros espertos e velhos mendigos pitorescos tentando vender "uma caixa de fósforos".

Mas agora Lanny atravessara uma porta de vidro que saltara para o centro da Terra, ou para o fundo do mar. Dir-se-ia que tomara uma droga e caíra num estado de transe, e que alguma coisa o transportara para outro mundo. Não podia acreditar no que via diante dos olhos. Todavia, continuava a andar, fascinado, olhando o panorama estranho. Não podia ser real, pois não acreditava que pudessem existir tais criaturas na Terra! Os homens e as mulheres inglesas eram altos, andavam de cabeça erguida e com passos largos, tendo uma face fina, às vezes até comprida demais, especialmente as mulheres. Robbie classificava-os com muita pouca polidez: "rostos de cavalo". Tanto os homens como as mulheres que Lanny encontrara tinham cútis rosada, às vezes até rosada demais, fazendo ao espectador recear que tivessem sido atacados de apoplexia. E, subitamente, havia aqui criaturas tristes e curvadas, que andavam num passo vacilante. As suas pernas eram curtas e os braços compridos — mais pareciam macacos do que seres humanos. Criaturas de feições esquisitas, falhas de dentes, de cútis descorada ou pastosa. Não, isto não podia ser a Inglaterra!

O FIM DO MUNDO

E a roupa que vestiam? Lanny nunca vira tais farrapos e nunca supusera que pudessem existir sobre a Terra. Roupa que não era feita para formas
humanas, que flutuava como se fosse vestimenta de espantalhos. E, quando esses farrapos ameaçavam cair em decomposição, eram seguros com
alfinetes ou pedaços de barbante ou mesmo com pontos de madeira. Eram
roupas sujas impregnadas de toda espécie de gordura e imundice, e des-
prendiam o irritante cheiro deteriorado do suor dos homens. Esse cheiro
enchia as ruas e poluía os ventos que sopravam do mar do Norte.

E a multidão destas criaturas! De onde vinham e para onde iam? Os
passeios estavam cheios, de modo que só com dificuldade se podia passar.
Não havia ali automóveis e carros, nem carruagens; somente existiam
carrinhos de mão, chamados *barrows*. Muitas pessoas vendiam alguma
coisa, provavelmente objetos tirados do lixo: farrapos como aqueles que os
homens vestiam; sapatos velhos, deformados, colocados ao longo da rua;
verduras mais baratas, já estragadas; peixe apodrecido, pedaços de carne já
meio podre, velhas chaleiras enferrujadas, louça quebrada, todo o entulho
do mundo. As lojas tinham espalhado esta mercadoria pela rua, e os donos
estavam olhando, enquanto as mulheres sujas, com saias enlamaçadas,
procuravam, cheiravam, regateavam e argumentavam. Operários cansados estavam sentados na escadaria fumando cachimbo. Por toda parte,
viam-se crianças assemelhando-se a cabeça de esqueletos, amamentadas
com gim. Havia inúmeras latas com restos de comida e todos pareciam
procurar algo para comer.

Cada loja assemelhava-se a um bar. De dentro vinham murmúrios e, às
vezes, gritos; a cada momento via-se um bêbado empurrar as portas move-
diças, cambaleando a caminho de casa, trazendo consigo o cheiro do álcool
além daquele fedor de animal. Ouviam-se gritos e maldições numa linguagem que não se assemelhava à que Lanny usava. Ele ouvia e se esforçava por
compreender cada palavra.

VII

O sol descera e a penumbra estava lançando seus véus sobre este pesadelo estranho. Um pintor, talvez, notasse os efeitos interessantes da escuridão e da sombra; escuras moradias de tijolos, de três a quatro andares,
enegrecidas pela fumaça secular; florestas de chaminés soltando o fumo

negro; míseras figuras humanas, vestidas de xale e curvadas, mais escuras ainda na penumbra, desaparecendo nas sombras das paredes e das portas; montões de lixo cheios de imundice, eis o quadro que se oferecia aos olhos de Lanny, que não pensava mais em arte. Estava sentindo emoções mais reais, mais humanas. Nunca imaginara que existisse um mundo como aquele, tão perto do luxuoso hotel onde sua mãe e as amigas dançavam metidas nos ricos vestidos ornamentados de joias! Que existissem criaturas de sangue inglês caídas nesse estado de degradação!

Lanny estava começando a sentir-se incomodado. O subúrbio parecia ser infinito, e não sabia como sair dele. Disseram-lhe que sempre que se perdesse, devia dirigir-se a um guarda-civil, porém não havia nenhum neste canto perdido, e o rapaz não sabia se era razoável falar a qualquer destas infelizes personagens. Os homens pareciam olhá-lo com olhares hostis e as mulheres também o amedrontavam.

— Dois *shillings*, meu bem! — disse-lhe uma menina, estendendo-lhe a mão com um gesto repassado de sedução.

Crianças famintas acompanhavam-no, mendigos lamentavam e mostravam as suas chagas, mas ele continuava rapidamente o seu caminho, receoso de puxar uma moeda do bolso.

A escuridão chegava rapidamente. Parte das vendas do bairro estava cerrando as portas e Lanny, tentando encontrar uma melhor vizinhança, continuava caminhando numa rua que era um pouco mais larga.

Estava coberta de tábuas e pedras soltas. Notava em alguns dos bancos pessoas sentadas — as mesmas figuras terríveis vestindo farrapos fedorentos, homens, mulheres e crianças.

Uma criança estava deitada de costas e ninguém se lembrava de cobri-la.

Famílias inteiras sentadas em grupos; um homem barbudo com a cabeça para trás, roncando; uma mulher apoiada em seus ombros; um homem e uma mulher, deitados num abraço singular. Um vento soprou fortemente e Lanny sentiu frio, embora estivesse andando. Todavia, as pessoas que estavam sentadas ou deitadas não se moviam. Não teriam lugar para onde ir? O rapaz observava as formas humanas, deitadas ao lado de latas de lixo e tábuas, e supunha que deviam estar todos bêbados. Mas, não; é que eles estavam ali agasalhados, e ali mesmo dormiriam a noite inteira. Ele continuava a andar, sentindo-se realmente amedrontado. Quebrara a promessa que dera à sua mãe de nunca ir a lugar algum sem que houvesse muita gente

O FIM DO MUNDO

nas vizinhanças. Estava numa rua escura e as figuras que passavam eram doentias e furtivas, muitas pareciam observá-lo. Viu duas mulheres lutando, gritando e puxando-se pelos cabelos; algumas crianças as rodeavam, observando-as, apáticas e silenciosas.

Seguia agora numa rua de pequenos edifícios; aqui e acolá se encontrava um bar com luzes acesas e um estranho barulho vinha do lado de dentro. Um homem, saindo de um desses bares, ao abrir a porta, a luz caiu sobre Lanny. Então o desconhecido dirigiu-se a ele no estreito passeio.

— Alô, pequeno cavalheiro! — gritou.

Lanny pensou em ser gentil respondendo no mesmo tom à saudação do desconhecido. O homem notara imediatamente a diferença na sua linguagem e ato contínuo perguntou ao rapaz para onde se dirigia.

— Não sei — replicou Lanny, hesitando. — Receio que eu me tenha perdido.

— Ó! Pequeno dândi! — exclamou o outro. — Será que vem a estes subúrbios procurar os lírios do vale?

Era um homem forte e, à luz do bar, o rapaz vira que tinha a face suja como a de um carvoeiro; ou como se não tivesse sido barbeado durante muitos dias. Tresandava a álcool.

Aproximando-se um pouco mais de Lanny, com ar de ameaça, pediu um *shilling*, porque "a garganta estava seca, queimando" e precisava beber. O rapaz pensou: "Se tirasse o seu porta-níqueis, o homem certamente lhe tomaria à força."

— Lamento muito, mas não tenho dinheiro comigo — disse por fim.

— Bobagem! — gritou o outro, ameaçando o pequeno.

E ajuntou:

— Um dândi não sai à rua sem dinheiro.

Haviam chegado a uma parte escura da rua e Lanny se decidira a fugir, quando, de repente, o homem segurou-o pelo braço.

— Vamos! — berrou.

Lanny lutava; vendo então que o homem o segurava com mais força, arriscou alguns gritos de socorro.

— Cala a boca — disse o homem —, senão eu te quebro os ossos!

Em seguida deu-lhe uma bofetada. Esta foi a primeira vez que Lanny sofrera tal humilhação em toda a sua vida e o golpe teve um efeito terrificante sobre ele. Tornou-se furioso, e, agarrando-se ao homem, lutou bravamente, gritando ao mesmo tempo com todas as suas forças.

O sujeito arrastava-o para uma entrada escura que dava para um pátio. Os gritos de Lanny atraíram curiosos às portas e janelas, mas ninguém se movia para auxiliá-lo. Olhavam-no apenas. O incidente interessava não somente como um espetáculo a que já estavam habituados a assistir, mas porque era participante do mesmo um personagem estranho ao East End. Subitamente, porém, abriu-se a porta do pátio e uma luz forte caiu sobre a cena. Ato contínuo, apareceu uma jovem de aspecto selvagem, os cabelos desarranjados e trazendo uma blusa que parecia ter sido vestida às pressas. Quando viu o homem e sua vítima, ela se lançou entre os dois.

— O que está fazendo, homem? — perguntou numa visível inquietação.

O brutamonte afastou-a com violência, intimando-a a calar-se. A moça começou a gritar então, mais alto ainda:

— Você enlouqueceu, idiota? Não vê que o rapaz é um dândi? E logo na frente da sua própria casa!

O homem continuou a arrastar Lanny para o pátio, ela se lançou contra ele como um gato selvagem.

— Pare, estou dizendo! A polícia virá e nós todos teremos de sofrer as consequências.

Ambos trocaram desaforos enquanto o homem ainda insistia em arrastar o rapaz; como uma louca, a mulher passou a arranhar as faces do companheiro. Assim, o homem foi obrigado a usar uma das mãos para afastar a mulher. Isto permitiu a Lanny, que, afinal, com grande esforço, conseguisse se libertar e corresse para a rua. A multidão dava-lhe passagem; enquanto Lanny corria, o homem vinha ao seu encalço, amaldiçoando-o. Não fora em vão que Lanny aprendera a subir montanhas, nadar no golfo Juan e dar saltos moscovitas. Corria como um animal. Enquanto isso, o homem, movimentando-se com menos agilidade, acabou desistindo. O rapaz, porém, não parou antes de ter atingido o local onde se encontravam judeus barbados e crianças de cabelos crespos. Ali pôde ler, ainda cansado e medroso, num letreiro: WHITECHAPEL HIGH STREET.

Todavia, os seus receios só desapareceram quando divisou um homem de uniforme azul. Os guardas-civis de Londres não usam armas como os seus colegas franceses, mas são o símbolo do Império. Lanny descansou um pouco antes de se aproximar do policial, a quem pediu a indicação de um ônibus que o conduzisse ao seu bairro.

O guarda trazia um grande capacete azul, preso ao queixo por uma correia. À pergunta do rapaz, respondeu como um autômato: "A primeira para direita, a segunda para esquerda". Falava muito rapidamente e quando Lanny pediu para repetir a informação, deu-a novamente, dessa vez ainda mais rapidamente.

O rapaz refletiu um instante e depois disse delicadamente:

— Por favor, se for até ali, posso acompanhá-lo?

De certo não era aquela a linguagem adequada a Whitechapel, por isso o policial examinou-o com mais atenção e então respondeu: "Perfeitamente, meu rapaz".

Andaram silenciosamente pela rua. Quando se despediram, Lanny não tinha certeza de que o "símbolo do Império" aceitaria uma gorjeta, mas resolveu tentar a experiência, oferecendo-lhe o *shilling* que negara ao rufião. O "símbolo" recebeu a moeda com uma das mãos, tocando com a outra o seu duro capacete.

— *Kew!* — disse, e Lanny já sabia que esta palavra significava a segunda metade da expressão *thank you*.

VIII

O filho de Beauty decidira nada contar a sua mãe sobre o incidente. A revelação do mesmo daria somente incômodos. Ele aprendera bem a lição e não a repetiria jamais. A visita àquele bairro de Londres e as consequências que dela resultaram não tinham se afastado do seu pensamento. Em silêncio, refletia sobre a vida dos homens de East London. Quando sua mãe o convidara para assistir a um *garden-party* em Kensington Gardens, a presença de senhoras esquisitas sob as árvores daquele jardim levou-o a pensar nas famílias que ficavam deitadas à noite nos bancos das ruas sujas de East End, porque não tinham onde descansar as cabeças. Em vez de tule cor de neve e musselina de seda cor-de-rosa, as mulheres vestiam trapos repugnantes; em vez da concentração dos jardins floridos na Provença, ele sentira no bairro miserável o cheiro dos corpos doentes e tresandando a gim.

Beauty e seus companheiros foram para Ascot no segundo dia da corrida, chamado o "Dia do Vaso de Ouro". Esse dia era conhecido em Ascot como "preto e branco" devido às lindas toaletes, feitas pelos ditadores da moda. Viam-se vestidos de tafetá em listras pretas e brancas, com sombrinhas de cores pretas e brancas para combinar.

O rapaz ouvia a conversa da sua mãe e das amigas, comentando a parada elegante, e durante todo esse tempo parecia estar vendo o bebê de East End deitado de costas sobre os bancos duros, com farrapos para cobri-lo. Via a procissão real, o rei e a rainha entre os turfistas, recebidos com ovações prolongadas, e pensava: "Se eles soubessem..."

A pessoa a quem Lanny falara sobre o nefasto passeio era Rick, e Rick disse que tudo isso já lhe era familiar. As autoridades sabiam do que ali se passava, mas não queriam se incomodar. Disse mais que as condições de East End eram tão velhas quanto a própria Inglaterra. Os políticos pensavam em melhorar a situação, mas depois de serem eleitos, só voltavam a falar nos monstruosos bairros quando se preparavam para a reeleição. Disse ainda que era um problema difícil o de educar os habitantes daqueles locais, tão difícil quanto o de levantar o nível intelectual e artístico do país.

Rick e Lanny foram assistir, logo depois, a uma peça de Bernard Shaw. Tratava-se de uma página de leve humorismo, na qual havia uma pequena florista que falava exatamente o *slang* ouvido por Lanny durante a sua descida ao "inferno". Um professor de fonética conseguira melhorar o seu acento prosódico, tornando-a uma elegante senhora de Mayfair. Tudo era muito divertido e parecia enquadrar-se ao corpo das ideias que haviam sido esboçadas por Rick relativamente ao East End.

Kurt Meissner chegou e, logo depois, também tomou parte na discussão. Afirmou que na Alemanha não se deixava o homem do trabalho à mercê dos azares da sorte. "Os alemães são eficientes e fornecem casas decentes para os seus trabalhadores, bem como seguro contra doença, velhice e desemprego". Kurt talvez estivesse demasiadamente satisfeito com as condições da sua pátria e, assim se manifestando, fosse um pouso arrogante em relação às falhas inglesas. Rick, que estava disposto a fazer qualquer observação sarcástica sobre a civilização inglesa, não ficara satisfeito de ouvi-las da boca de um estrangeiro. Em consequência, os dois agora não se entendiam tão bem em Londres como o haviam feito em Hellerau.

Lanny também falara com sua mãe a respeito da pobreza e Beauty lhe assegurara que os ingleses não estavam esquecidos desse problema. Em breve ele teria a prova disso.

O dia 24 de junho era conhecido como "Alexandra Day" e as senhoras elegantes da Inglaterra honravam a sua Rainha-Mãe vestindo roupas e chapéus elegantes e saindo à rua para vender rosas artificiais em benefício dos hospitais. Lanny via sua mãe, a mais linda vendedora do Picadilly Circus, aceitando inúmeras moedas. Três vezes fora num dos carros de Lord Eversham-Watson buscar para eles novos estoques de flores. Observando o movimento de filantropia, Lanny pensava que algum dia pudesse ser capaz de conseguir acomodações para todas aquelas crianças que estavam dormindo, estendidas, sobre bancos ao ar livre.

9

O CAMPO VERDE E AGRADÁVEL

I

O LAR DE SIR ALFRED POMEROY-NIELSON CHAMAVA-SE THE REACHES e estava perto das margens do Tâmisa, um pouco aquém de Oxford. Era uma casa muito velha e ele nada fizera para modernizá-la, porque, como Rick explicava, seu pai era pobre demais. Mal tinham o suficiente para manter a propriedade e pouco lhe dava a arte que tanto admirava. As arquiteturas de todos os períodos deixavam o seu perfume na casa: uma velha torre, um telhado inclinado, janelas pequeninas, uma parede quase ruindo, um lindo arco através do qual se ia para o pátio interno.

As construções dessas diversas partes estavam ligadas entre si e sobre todas elas havia chaminés, às vezes três ou quatro numa só parte. Isto significava que durante o ano inteiro, a não ser no verão, os criados estavam ocupados em carregar carvão.

Como havia pouca água corrente, terminado o carregamento daquele combustível, eles passavam a carregar água.

Naturalmente, no verão, toda gente ia ao rio, atravessando uma linda relva e passando por velhos carvalhos. Era essa uma nova espécie de natação para Lanny, e ele nunca pensara que um rio pudesse jamais reunir tanta água. Os rapazes viviam metidos nas suas roupas de banho e remavam em canoas delgadas. Tratava-se de um lindo rio, nem muito largo, nem muito fundo. Pequenas casinhas para os botes povoavam as suas margens, lanchas alegremente decoradas passavam, bem como botes de casca finíssima, carregando estudantes que iam treinar para as corridas próximas. Por toda parte ouviam-se risos e cantos e os três mosqueteiros da arte cantavam todas as canções que conheciam.

Rick tinha uma irmã dois anos mais velha do que ele, e, portanto, velha demais para os dois visitantes. Ela, porém, tinha amigas com irmãs mais moças, e, dessa forma, havia sempre ali muitas meninas inglesas, de faces coradas e bonitas, interessadas em tudo o que os rapazes faziam. Lanny estava justamente na idade em que se começa a descobrir o que há de interessante nas mulheres.

Sir Alfred Pomeroy-Nielson era um *gentleman* de meia-idade, alto e magro, com bonitos bigodes escuros, feições marcantes, um nariz aquilino e olhos ousados. A mãe de Sir Alfred era espanhola, com algumas gotas de sangue judeu, como Rick dizia. Era um amante de todas as artes e amigo de todos os artistas. Conhecia muitas pessoas ricas e agia como uma espécie de intermediário no mundo boêmio, dizendo aos ricos o que valia realmente a arte e levando os gênios lutadores ao encontro da fortuna. Se um escritor pobre lhe trazia uma tragédia em versos, Sir Alfred achava que era uma maravilha e desenhava um lindo cenário em perspectiva. Então ia procurar um financista e, se falhava a investida, ele se vingava dizendo que a Inglaterra estava se estiolando. Tinha um ponto de vista muito elevado e aliviava cada desapontamento compondo epigramas irônicos. Era livre e fácil o mundo que construíra para si no seu castelo. Ali as opiniões mais extremas podiam ser emitidas e todos faziam questão de não se mostrarem chocados. Todavia, era melhor não cometer nenhum lapso na etiqueta. Isto dava uma mistura interessante de convenção e desprezo por ela. Devido ao fato, o menino de pais americanos às vezes tinha de pedir conselhos ao seu amigo. Rick naturalmente dava-os, desculpando-se: "Os velhos sempre se esforçam para se tornarem modernos".

Kurt Meissner ainda encontrava maiores dificuldades porque era muito sério e pouco ágil e não podia agradar à sua sensibilidade o fato de dizer coisas que não queria dizer. Admirava-se do hábito dos ingleses diminuírem o seu próprio país. O que diziam sobre as coisas da Inglaterra, era o que ele já

O FIM DO MUNDO

observara, mas não podia acostumar-se à ideia de que os ingleses também o dissessem. "O Príncipe de Gales será um bom dançarino", disse certa vez Sir Alfred, acrescentando ser ele "um homem das mulheres, igual ao seu avô". E as sufragistas? O filho do administrador-geral do Castelo de Stubendorf já lera nos jornais algo sobre essas criaturas maníacas, as quais estavam pondo ácido nas caixas do correio e se amarravam às grades da Casa dos Deputados a fim de provar a sua aptidão em ter votos. Nunca, porém, mesmo nos seus raciocínios mais exóticos, Kurt teve a ideia de ficar sentado ao lado de uma dessas criaturas, durante o jantar, ou a levar para remar no Tâmisa. Ali estava Mildred Noggyns, de dezenove anos de idade, filha de um antigo subsecretário do governo. Bonita, mas meio pálida e um tanto carrancuda, Mildred vinha de ser posta em liberdade depois de ter passado alguns meses na cadeia de Holloway por haver feito um buraco na face de Vênus de Velázquez, um dos tesouros da Galeria Nacional. Ela falava calmamente sobre o ato, bem como sobre o modo de agir do governo no sentido de evitar as greves de fome, o governo deixava as moças saírem da prisão quando estavam quase morrendo, prendendo-as novamente quando readquiriam a saúde. A irmã de Rick, Jocelyn, instigava o prussiano, e as duas mocinhas ao descobrirem o que se estava passando na alma fidalga do Junker da Silésia, se divertiam em atormentá-lo além do possível. Elas não permitiam que ele lhes auxiliasse a entrar numa canoa.

— Não, muito obrigado; são tolices, cavalheirismos e curvatura que hoje já não se usa mais diante das senhoras. Estamos aptas a entrar sozinhas nos botes e nós também queremos nossa parte de manejar os remos, se assim o permitir. O que quer dizer quando afirma que o homem é um animal gregário e ao mesmo tempo um ser espiritual? Refere-se nesses casos a seres fidalgos como o senhor, ou se digna de incluir, nessa classificação, também, as mulheres? E se nos inclui, porque não o diz? Naturalmente sabemos que é apenas um modo de falar, porém, um modo especial, imaginado pelos homens e decerto nós lhes antepomos o nosso.

— Sim, Miss Noggyns — disse Kurt —, mas, infelizmente, não aprendi palavra alguma da sua língua que exprima o conceito "homem e mulher". Quando uma feminista criar tal palavra — disse Kurt seriamente —, acharei muito difícil o novo aprendizado da língua inglesa.

II

Os três rapazes discutiam esta questão entre si: Kurt pensava que a revolta das mulheres significava a ruína da sociedade inglesa. Era como "a guerra dos diversos membros", de uma das fábulas de Esopo. Lanny esperava que, caso as mulheres obtivessem voto, a sociedade talvez se tornasse mais amável e assim não falaria tanto a respeito da guerra. Rick disse: "Não fará tanta diferença, nem de um lado nem do outro". As mulheres também se dividiriam como fazem os homens, e haveria mais votos dispersos a computar.

Enquanto discutiam, os três manifestaram, desde o início, opiniões diferentes e mantiveram essas mesmas opiniões quando terminaram a conversação. Também falaram sobre moças e sobre o que soe classificar-se o "problema do sexo". Nenhum dos três tinha, na realidade, qualquer experiência sexual. Kurt disse que tivera várias oportunidades. As filhas dos pequenos lavradores cediam de boa vontade. Elas consideram isso uma honra que um *gentleman* lhes faz. Kurt, porém, teve a ideia de guardar-se para um grande e digno amor. Lanny lembrava-se do que o editor social-democrata dissera sobre o pai de Kurt, mas naturalmente não disse palavra a respeito.

Rick ajuntou com despreocupação:

— Se uma experiência sexual vier ao meu encontro, provavelmente não a rejeitarei. Creio que o povo faz mais barulho a respeito disso do que é necessário, muito principalmente depois que se tornaram conhecidos os médicos que controlam os nascimentos. Quer-me parecer que as mulheres estão acordando e esperam também que nós mudemos de ideia.

— Não quero que Miss Mildred Noggyns seja encarregada de controlar as minhas ideias — disse Kurt e todos acharam graça na observação.

Lanny, desejoso de contribuir também com alguma coisa na conversação, referiu-se à sua desagradável experiência com o barão Livens-Mazursky.

Rick, de temperamento acentuadamente mundano, opinou que a homossexualidade estava se espalhando devido à falsa moralidade do puritanismo.

— Este mal é muito comum em nossas escolas públicas, onde os meninos escondem dos professores a sua parte fraca, o mesmo fazendo os professores em relação aos alunos.

O FIM DO MUNDO

Era esta a única vez em que Kurt não tentava provar a superioridade da Alemanha sobre a Inglaterra. Lanny, então, resolveu contar como, involuntariamente, entrara numa conversa com um editor social-democrata numa estação de estrada de ferro. O homem insinuara boatos malévolos a respeito de altas personalidades do país.

— Um tal editor acreditaria sempre no pior relativamente às nossas classes superiores — disse Kurt.

Também fizeram referência aos acontecimentos do dia anterior. Em Sarajevo, capital da província de Bósnia, o herdeiro do trono imperial da Áustria, estando numa visita oficial com sua esposa, fora assassinado, bem como a sua companheira, quando ambos atravessavam a cidade.

Rick e Lanny ouviram os mais velhos do grupo falar sobre o incidente, mas não tinham prestado muita atenção. Kurt agora explicava que a Bósnia era província da Áustria, habitada principalmente por eslavos, "povo inferior e agitado sempre contra as autoridades austríacas".

— Dizem — continuou ele — que os assassinos foram insuflados pelos sérvios e que o crime foi cometido por estudantes. Naturalmente os austríacos serão obrigados a tomar fortes medidas contra os conspiradores.

Os outros dois estavam interessados na história, mas esta não devia ter significação para eles, por se tratar de uma questão de política interna de um país que lhes era estranho. Ademais, a política era uma atividade que devia ser olhada com desprezo pelos artistas. Além disso, os três agora se dedicavam unicamente ao serviço do Ideal. "Viver na Verdade e no Bem" — assim Goethe ensinara e Kurt repetira esta legenda com entusiasmo aos amigos.

Os diplomatas dos Balcãs continuariam a discutir o caso, mas os homens de espírito passariam por estas páginas dos jornais e dariam sua atenção apenas ao que se referisse à revista de Ravel, *Daphnis e Chloé*, que, no momento, estava sendo representada com o concurso do bailado russo.

III

Um outro grande acontecimento do momento era a regata real em Henley. Remadores e amadores de várias partes do mundo ali se reuniam e o acontecimento fora tratado durante três dias em todos os jornais do mundo. Havia duas equipagens americanas entre os remadores. Lanny pôde assim dar largas ao seu espírito patriótico. Os exercícios finais foram realizados no sábado e nesse mesmo dia Beauty veio com amigos de Londres, encontrando-se entre eles a família que hospedava o seu filho. Gente livre e moderna, pouco se lhe dava que a mãe do rapaz fosse uma mulher divorciada. Metida no seu vestido branco combinado com um grande chapéu coberto de rosas e um véu de *chiffon*, Beauty estava maravilhosa. Usava ainda um broche de diamante, em forma de arco, engastado em platina.

Harry Murchison tinha levado todos no seu carro e os criados seguiram num segundo veículo para assentar as mesas e oferecer um rico almoço sobre as relvas do The Reaches. Seria uma festa sem uma falha, a não ser que os mosquitos persistissem em ficar presos à marmelada...

Depois foram para Henley, onde os Pomeroy-Nielson lhes arranjaram um lugar privativo de sócios num clube de remo, do qual podiam ver o final das competições. O percurso da corrida tinha sido marcado com estacas e barragens e não havia nem lanchas nem vento para incomodar os remadores, como sempre acontece nos grandes rios da América. Era um lugar tão quieto que os remadores, no meio do rio, podiam ouvir a conversa dos espectadores de ambos os lados.

Num deles, havia um caminho onde a multidão andava a pé, de carro ou de bicicleta; do outro lado, atrás da barragem, havia pontões e botes a remo como nos rios chineses.

Era uma cena alegre; os homens de paletós de esporte, com as cores dos seus clubes, enquanto as senhoras, nos seus bonitos vestidos de cores vivas, se encostavam sobre as almofadas de seda. Naturalmente não se podia esperar que a multidão inglesa agisse com o mesmo espírito infantil dos americanos.

Aconteceu que no final da corrida dos botes de oito remos, para a disputa da grande taça, tomaram parte duas equipagens americanas, uma composta de estudantes inferiores de Harvard e a outra de estudantes das classes superiores da mesma universidade. Casualmente, as corridas se realizaram no dia 4 de julho e, por isso, os americanos tiveram de ser muito cautelosos para não ofender os ingleses.

Só uma única coisa diminuía um pouco o entusiasmo esportivo de Lanny Budd: era a atenção que Harry Murchison estava dando à sua mãe. Harry auxiliara-a a sair do automóvel e a entrar novamente no carro, ao regressarem. Fora Harry ainda que a socorrera, quando Beauty escorre-

O FIM DO MUNDO 163

gara. Tratava-se de um rapaz elegante e agradável, e os Pomeroy-Nielson não tinham nenhum motivo para criticar o interesse de Harry pela sua amiga divorciada. Além disso, eles nada sabiam a respeito de Marcel Detaze. Lanny, porém, pensava no pintor, que se achava no seu *atelier* de cabo de Antibes, criando as suas imagens eternas e à espera da sua Beauty que algum dia, pensava ele, se livraria do seu cativeiro e voltaria para a sua arte e para o seu amor.

Ela voltaria à França logo depois das regatas, mas ainda desta vez não iria para casa, pois aceitara um convite para passar uma quinzena com Mrs. Emily Chattersworth, uma amiga americana que vivia durante o inverno na Riviera e durante o verão num castelo perto de Paris. Pela conversa, Lanny compreendera que Harry Murchison a levaria para lá no seu automóvel, ficando em Paris, com o objetivo de acompanhar sua mãe a uma festa campestre. Lanny não podia abandonar este pensamento que o perturbava: o herdeiro da fábrica de vidro na Pensilvânia estava tentando conquistar o amor da sua mãe. E, se assim fosse, o que seria de Marcel? Beauty começava a desprezar o seu pintor? E o rapaz passou a enfrentar um problema para cuja solução sentia minguadas as experiências até então adquiridas.

IV

Dentre as moças que se encontravam no The Reaches, se destacava a filha de um oficial do exército, chamada Rosemary Codwilliger. Tinha os olhos cor de avelã e lindos cabelos cor de palha. As suas feições eram tão regulares que poderiam servir de modelo para a feitura de uma Minerva, deusa da sabedoria. Era um ano mais velha do que Lanny e em face do rapaz traía sempre uma atitude maternal que ele gostava de constatar, como o menino que se agarra à mãe.

Rosemary estava fascinada pelo Dalcroze e ali o seu prazer consistia em imitar o que Rick e Lanny faziam. Como o segundo, estivera na Riviera e conhecia os lugares que eram familiares a Lanny, de modo que tinham muito assunto para conversar.

Quando os moços passeavam, Rosemary e Lanny ficavam à parte. Sentavam-se perto do rio, observando as últimas cores do dia que desaparecia. Nem uma única estrela nem um som em torno, a não ser os que vinham do interior da casa, onde Kurt executava os movimentos vagarosos do concerto em dó menor de Mozart. Uma melodia admirável, terna e comovedora chegava até eles, ora diminuindo ora alteando-se em tonalidades diferentes, numa variedade infinita. Falava de amor e beleza, prendia as almas, elevando-se num êxtase puro.

Era um daqueles momentos raros em que as novas possibilidades do espírito se fazem sentir. Quando, finalmente, a música desapareceu, os dois ainda ficaram em silêncio por algum tempo. Lanny sentiu, nesse instante, que a mão da moça tocava a sua; correspondendo ao gesto, continuaram silenciosos e enternecidos. Uma fraca brisa movimentava levemente a superfície da água e o reflexo das estrelas começou a tremer. Na alma de Lanny algo semelhante se passava e uma estranha delícia encheu o seu ser. Chegou para mais perto da moça e sentiu que ela correspondia ao seu instante de lirismo.

A música começou novamente. Kurt estava tocando alguma coisa que Lanny não conhecia. Parecia algo de Beethoven, vagaroso e triste, uma lamentação pela humanidade e pelo sofrimento que os homens infligem uns aos outros. O mágico da arte, porém, transforma a tristeza em beleza, a dor em êxtase. Os dois ficaram presos a uma nova emoção que obrigara as suas mãos a se apertarem mais e a tremerem; lágrimas descerem pelas suas faces moças. Quando a música acabou, Lanny, olhando nos olhos de Rosemary, balbuciou: "Ó, como era lindo!" O rapaz fez essa observação sem eloquência, porém o som da sua voz estava repassado de emoção. A resposta de Rosemary assustou-o: "Você pode beijar-me, Lanny" — disse ela. Ele não pensou imediatamente em beijá-la. Provavelmente não teria ousado pensar nisto, mas, ao apertar com mais ardor as mãos da namorada, uniu, afinal, aos dela os seus lábios trêmulos. Quando as suas bocas se tocaram, ela o abraçou doidamente e assim ficaram juntos por muito tempo. Essas emoções estranhas se tornaram mais intensas e encheram toda a natureza sentimental do rapaz. Parecia sentir todo o poder da música do mundo através da emoção deliciosa daquele instante. Nada mais queria do mundo, agora, senão ficar inteiramente quieto, abraçado a Rosemary, ouvindo as doces e tristes melodias de Kurt.

Alguém passou, interrompendo-os. Levantaram-se e foram para casa. As faces de Lanny estavam avermelhadas, porém Rosemary permanecia serena como a infantil Minerva, deusa da sabedoria.

O FIM DO MUNDO

Quando olhou para Lanny, sorriu mansamente, como se estivesse confiante numa felicidade que nunca mais se extinguiria.

Depois daquela noite, sempre que as circunstâncias o permitiam, os dois namorados vagavam sozinhos pelas alamedas ensombradas da vivenda. Logo que se encontravam a sós, suas mãos se procuravam e, se achassem um lugar abrigado ou a escuridão para protegê-los, os seus braços se uniam e seus lábios se encontravam. Nunca foram, porém, além disso. Lanny ter-se-ia chocado se lhe ocorresse essa ideia.

Estavam ambos numa fase em que tudo vinha ao seu encontro, com uma abundância de promessas felizes.

Só muito tempo depois Lanny perguntou a si mesmo se essas emoções se relacionavam com a questão em voga denominada "sexo", sobre a qual os seus amigos falavam frequentemente. "Não, isto era algo raro e admirável, uma felicidade secreta, que só eles descobriam e a respeito da qual não falaria nada a ninguém." Ao menos era o que ele dissera a Rosemary e ela, ao ouvi-lo, abria o seu sábio e eterno sorriso dizendo: "Ó! Meu querido!"

Ambos mantiveram o segredo e, quando chegou o tempo de Lanny voltar à cidade, a moça disse que seria apenas um *au revoir*.

— Minha mãe pretende passar o próximo inverno na Riviera. Trocaremos correspondência e certamente não esqueceremos quão felizes temos sido aqui.

Lanny respondeu que se lembraria sempre dela quando estivesse ouvindo música ou quando estivesse tocando.

— E isto será muitas vezes!

V

Uma outra aventura sucedeu antes dos rapazes se separarem. Kurt tinha ido a Londres para encontrar um amigo do seu tio e Rick ficara estudando um pouco de matemática, pois tinha de fazer exame dessa matéria no outono.

Lanny também leu por algum tempo e depois foi passear.

O panorama daquele recanto da Inglaterra era maravilhoso com a sua grande variedade de perspectiva. O dono da fazenda tinha o direito de impedir a entrada de qualquer pessoa na sua propriedade, mas geralmente não o fazia. Dentro dela havia prados e pequenos caminhos com cancelas

166   UPTON SINCLAIR

em certos trechos e regatos de água límpida, atravessando-os. O verão estava na sua culminância; o sol fazia a sua ronda de longas horas e as plantas aproveitavam o mais possível a luz e o calor. Ali estava um mundo muito diferente de Provença. As árvores eram mais verdes e as paisagens mais íntimas, mais simples e mais quentes, não para o termômetro, mas para o coração.

Lanny vagava, passando por toda parte onde visse algo que lhe interessasse a sensibilidade e não se preocupando para onde ia. Conhecia os nomes de aldeias perto de The Reaches e todo mundo podia lhe indicar a rota.

Ao regressar, passou por um caminho através de bosques, em cuja entrada ficava uma cancela. Aí descansou por alguns instantes. Ao levantar os olhos na direção oposta, notou que alguém vinha na sua direção. Percebeu logo que era uma jovem, mas não pôde vê-la distintamente. Carregava alguma coisa ao ombro. Subitamente a moça desapareceu. Que lhe teria acontecido? Teria caído num dos precipícios do caminho? Ato contínuo, Lanny seguiu na direção em que ela desaparecera. Mais adiante o rapaz encontrou-a estendida à beira do caminho, um saco de verdura ao lado, algumas espalhadas pelo chão. Lanny correu imediatamente ao seu encontro e viu que a rapariga era mais ou menos da sua idade. Estava descalça e usava uma indumentária miserável. Tinha os cabelos em desalinho e a sua figura nada possuía de atraente. Parecia estar desmaiada, mas a moça caíra em consequência de grande fraqueza provocada pela fome.

Lanny ouvira dizer que, quando alguém desmaiava, devia-se-lhe jogar água fria na face e esfregar-se-lhe as mãos. Quis tentar a experiência, mas não teve energia suficiente para fazê-lo. Olhou e viu em redor casas a se estenderem além da floresta e correu na sua direção. Eram algumas cabanas iguais às que aparecem, tão pitorescas, nas águas-fortes dos pintores antigos. Talvez fossem tão velhas quanto a rainha Ana ou Isabel. Tinham uma cobertura de capim, as janelas pequenas e portas tão baixas que mesmo Lanny, para entrar, tivera de inclinar a cabeça. Ao deparar uma mulher à frente de uma das cabanas, correu para ela e disse-lhe que havia uma menina deitada na floresta. A mulher, que tinha os cabelos desgrenhados e a face vermelha, disse displicentemente:

— Com certeza será a menina dos Higgs, daquela cabana ali.

Lanny, dirigindo-se ao lugar indicado, bateu à porta e, depois de algum tempo, surgiu uma mulher de cabelos em desordem e três dentes visíveis.

O FIM DO MUNDO

167

Os pobres ingleses, sempre que têm dor de dente, arrancam-no simplesmente; não resta a menor dúvida de que muitas mulheres como esta foram antigamente enforcadas ou queimadas por serem feiticeiras.

— Ó! Será Madge? — disse ela sem nenhuma excitação.

Foi buscar um pouco d'água num balde e voltou à estrada. Depois de jogar um pouco do líquido no rosto da menina, esta abriu os olhos. Levantaram-na e a mulher auxiliou-a a ir para a cabana, enquanto Lanny apanhava os nabos. Em seguida, deitaram a menina numa cama, que era constituída de um colchão cheio de palha estendido sobre uma tábua. A pele da menina era transparente como cera. De repente, fechou novamente os olhos, deixando Lanny na incerteza se ela tinha ou não desmaiado outra vez.

— O melhor será arranjar alguma coisa para ela comer — disse ele, mas lhe responderam que não havia nada em casa, fato que o desagradou sobremodo.

— Então, o que vai fazer?

E a mulher respondeu:

— O homem trará alguma coisa quando voltar, pelo menos acredito nisto.

Isto não satisfazia o bom samaritano. Queria saber se não existia ali perto qualquer lugar onde pudesse comprar alimentos, e a mulher lhe indicou uma loja. Era um estabelecimento mal-arranjado, em cujas vitrinas se viam balas de hortelã sujas de mosquitos. Mesmo assim, animou-se a comprar um pão, uma lata de feijão e uma outra de salmão, de acordo com as suas ideias a respeito de dietas. Quando voltou para a cabana, descobriu que ali não havia nenhum abridor de latas e ele foi obrigado a abri-las com uma faca e um pedaço de madeira.

Quando deu a comida à menina, esta a engoliu de tal maneira que parecia um animal faminto.

Lanny observava-a boquiaberto. Lembrava-se de ter lido uma poesia chamada "A tarde de sábado do lavrador". Nunca tivera certeza do que era realmente um "lavrador", mas agora estava na casa de um, que não tinha muita semelhança com o da poesia.

Um barro de cor escura tapava as fendas da parede e o assoalho era feito de tábuas muito velhas e gastas. A lareira estava enegrecida com a fumaça de anos. Havia uma outra cama igual àquela em que estava a menina deitada e uma mesa feita por mãos de amador, bem como três cadeiras. Ainda se viam umas prateleiras com poucas panelas e pratos e alguma roupa velha dependurada nas paredes. Um balde para água completava o mobiliário.

Um lugar no assoalho estava molhado e a mulher via que os olhos de Lanny se demoravam várias vezes sobre as manchas.

— É o telhado. O dono da casa não vai mandar consertá-lo — disse ela.

Lanny perguntou, então, quem era o dono da casa e a mulher respondeu: "Sir Alfred". A revelação deixou o rapaz atônito. "Sir Alfred Pomeroy-Nielson?" A mulher confirmou, acrescentando:

— Ele é um dos ruins. Não faria nada por nós, nem mesmo se a casa se desmoronasse.

VI

Quando voltou para The Reaches, Lanny teve motivos para pensar em alguma coisa. Não estava certo sobre se deveria contar ou não a aventura ao dono da casa. Considerou, porém, que certamente o ouviram com indisposição e achariam mais razoável que ele ficasse calado.

Somente a Rick confiou o segredo e este, sem outra observação a fazer, foi logo dizendo:

— Ah, já sei. É aquele trabalhador Higgs, que não vale nada. Trata-se de um pobre-diabo que gasta com a bebida todo vintém que ganha. O que é que se pode fazer por tal família? Papai está pensando em livrar-se dele e de há muito já devia tê-lo feito.

Rick disse ainda que tudo levaria ao conhecimento do seu pai. Não convidaria Lanny para assistir à conversa. O rapaz, em face disso, foi tomado por um pensamento de tristeza e teve a sensação de que, com as suas próprias mãos, abrira uma porta em cujo interior estava o esqueleto do que fora uma família...

Os Pomeroy-Nielson agradeceram a sua boa ação e a Rick foi dado o encargo de explicar melhor a questão ao amigo. O terreno sobre o qual aquelas cabanas estavam construídas pertencia à família, porém, os seus inquilinos tinham liberdade de trabalhar para outras pessoas. Rick disse ainda, que todos estavam atrasados no aluguel, mas que seu pai não os incomodava. E acrescentou que aquelas moradias não estavam mais em condições de ser habitadas e que era desejo de seu pai demoli-las e mandar arar o terreno. Rick disse, ainda, com um dos seus sorrisos enigmáticos e frios, que essa medida naturalmente não resolveria a questão das casas. Todavia, concluiu, não era justo esperar que um só homem fosse ao mesmo tempo autoridade em arte e em questões de economia.

O FIM DO MUNDO   169

Lady Pomeroy-Nielson era uma senhora corpulenta que cuidava maternalmente dos rapazes, obrigando-os a trocar os sapatos quando estes estavam molhados. Era muito bondosa e dissera a Lanny que iria levar em seguida uma cesta de alimentos para a pobre criança.

— Receio, porém, que não adiante muito — disse ela —, a não ser que eu fique assistindo à menina comer. Aquele Higgs é um brutalhão e não se espante em saber que ele, podendo, venderá os alimentos para munir-se de bebida.

Rick discutia com seu hóspede o problema da pobreza nos belos e verdes campos da Inglaterra. Declarou que, quando os seres humanos atingiam a um baixo nível social, difícil se tornava o problema de auxiliá-los. Na existência deles, bebidas e drogas substituíam os alimentos e, as mais das vezes, abreviavam a própria destruição. Lanny disse que seu pai já lhe explicara o fenômeno. Entretanto, supunha que a tese só tinha aplicação entre os habitantes da cidade, pois jamais lhe ocorrera que também existissem famintos e miseráveis no campo.

Rick, porém, afirmou existir pouca diferença nesse ponto entre o campo e a cidade.

Na estação da colheita do lúpulo, centenas de milhares vinham de Londres, espalhando-se nas fazendas à procura de trabalho e, se encontrassem melhores condições do que na cidade, permaneciam no campo.

Era um problema insolúvel — assim concordavam Rick, o pai de Rick e o pai de Lanny. Apesar de tudo isso, Lanny não conseguiu esquecer o sentimento de dor que lhe invadira a alma ao ter tocado no mísero corpo da menina, nem tampouco o seu olhar, quando ela comia os alimentos que lhe trouxera. Também não pôde evitar a insistência de um pensamento meio agressivo contra o cavalheiro inglês, dono daquelas terras, que gastava o seu dinheiro em futilidades e deixava de consertar os tetos das cabanas dos seus pobres inquilinos.

VII

De repente chegou um cabograma de Robbie. Partira de Nova York no *Lusitânia* e estaria no Hotel Cecil em breves dias. A mensagem de Robbie tivera prevalência sobre todos os compromissos da família. Lanny fora à cidade e, na noite anterior ao dia marcado, telefonou ao escritório da empresa de vapores para saber a hora em que o navio atracaria. O menino ficou sentado no salão de entrada do hotel, a ler um livro, mas a todo instante olhava para a porta e, quando apareceu finalmente a forte figura de seu pai, ele saltou da cadeira para abraçá-lo. Era uma quente manhã de julho e Robbie estava suando, porém, o seu aspecto era ótimo e vigoroso como sempre, e tudo que ele usava era limpo e bem-cuidado.

Havia passado quatro a cinco meses ausente do filho, desde a sua última viagem, e eles naturalmente tinham de trocar muitas novidades. Durante o *lunch*, Lanny falou sobre a Grécia e a África e sobre a cena a bordo do *Bluebird*. Em seguida, contou sua aventura no *slum* de Londres e de Berghshire.

— Isto é a praga da Inglaterra — disse o pai. — A coisa mais deprimente que vi durante toda a minha vida foi quando os habitantes desses bairros pobres de Londres se espalharam no Hampstead Heath num feriado; homens e mulheres deitados na rua, numa promiscuidade dolorosa e em plena luz do dia.

Robbie Budd viera a negócio. A sua firma construíra um novo tipo de canhão de ângulo elevado, para ser usado contra-ataques de aviões; Robbie dizia que eram os best-sellers nos negócios armamentistas dos últimos anos. Significavam uma nova batalha contra Zaharoff. A Vickers também havia construído um, porém era inferior em qualidade e não atirava com tanta rapidez.

— Vamos vencê-los esta vez? — perguntou o rapaz com interesse, e Robbie disse que este certamente seria o caso se existisse justiça no mundo.

Com um dos seus sorrisos joviais, confiou ao rapaz que receava muito que na Inglaterra não existisse essa justiça de que falava.

Ficaram à vontade no seu apartamento. Robbie tirou uma garrafa de uísque da sua mala e mandou vir gelo e soda. Os hotéis de Londres tinham se "americanizado" e o gelo era um dos sinais. Para Lanny, havia uma garrafa de cerveja de gengibre, pois o pai lhe dissera que esperasse mais alguns anos para poder tocar em qualquer bebida alcoólica, fumar ou jogar pôquer. Lanny achava interessante notar que as mais das vezes os pais esperavam que os seus filhos fossem mais sábios do que eles próprios.

Robbie telefonou para o representante dos Budd em Londres, e, enquanto esperava a sua chegada, pai e filho falavam sobre os ingleses e o Império. Lanny conhecia o país e tinha um interesse especial pela questão. Descobria, porém, que seu pai não partilhava do entusiasmo. Robbie estava em

O FIM DO MUNDO

competição comercial com os ingleses, coisa, aliás, diferente do fato de ser apenas convidado a participar do conforto das suas casas bem dirigidas.

Robbie Budd considerava muito espertos os negociantes ingleses.

— Nisso estão certos — disse —, mas o que neles aborrece é a máscara de retidão que sempre usam. Ninguém mais, a não ser os ingleses, vende armamentos pelo amor de Jesus Cristo. O Império — continuou ele — é dirigido por um pequeno grupo da City: o distrito financeiro. Não existem comerciantes mais inflexíveis do que os ingleses; estão sempre atrás da força e dispostos a conquistar novas fontes de exploração que conservam em seu benefício.

Lanny tinha a impressão de que os ingleses gostavam dos americanos. Robbie, porém, afirmou que o filho estava absolutamente enganado. "Os ingleses têm ciúmes de nós; a melhor coisa que eles pensam a nosso respeito é que estamos a três mil milhas de distância da Inglaterra."

Lanny contou uma conversa que teve com Sir Alfred durante a qual o barão tinha lamentado a grande corrupção na vida política norte-americana, exprimindo satisfação por não ser nada semelhante à da Grã-Bretanha.

— Eles têm muito mais — disse o pai —, a diferença existe só na classificação. No nosso país, quando os chefes políticos desejam encher a caixa do partido, nomeiam qualquer homem rico para um lugar de destaque, chamam-no "Uma vaca gorda", e ele paga as contas e é eleito por alguns anos. Na Inglaterra o homem paga uma soma maior na caixa do partido e é nomeado marquês ou lorde, e ele e os seus descendentes governarão o Império para sempre. Não chamam a isto corrupção, mas "nobreza"!

Pode-se observar o efeito deste sistema na indústria de armas. Robbie continuava, explicando que, neste caso, não precisava adivinhar nada; no lugar que ocupava podia observar o trabalho do maquinismo de um modo perfeito.

— Cheguei à Inglaterra com um canhão muito melhor do que os que Vickers está fabricando. O governo inglês vai comprá-lo? Tentarei tudo, mas lhe afianço que serão os alemães os primeiros a adquiri-lo. A razão são Zaharoff e seus sócios. Trata-se de gente do melhor sangue, como se diz na Inglaterra. No conselho administrativo da Vickers se encontram quatro marqueses e duques, vinte cavalheiros e cinquenta viscondes e barões. O Império fará exatamente o que eles disserem, e ninguém ousará falar em "corrupção".

VIII

Robbie tratava dos seus negócios enquanto Lanny visitava a coleção de quadros da National Gallery. Conhecera o tio de Kurt, homem forte, que lhe falara sobre a plantação de borracha nas Índias Holandesas. Certo dia levara os rapazes para um *lunch* à moda holandesa. Rick viera à cidade passar o *weekend* e todos foram à ópera e a um jogo de críquete. Almoçaram com Robbie, que estava satisfeito porque Lanny escolhera dois rapazes tão inteligentes para amigos. Disse que ia levá-los para um lugar que certamente lhes interessaria muito — a parada dos aviões militares, realizada na Salisbury Plain. Robbie tinha sido convidado por um capitão do exército que estava negociando com ele.

Os rapazes naturalmente estavam satisfeitíssimos. Já tinham ouvido falar frequentemente sobre batalhas travadas no ar. No dia marcado os quatro levantaram-se de manhã, tomando um trem para Salisbury, umas oitenta milhas distante de Londres, onde o capitão Finchley os esperava com o seu automóvel, levando-os para o campo. Passaram o dia inteiro andando e observando. O Royal Flying Corps construíra barracões para setenta aviões e a maioria estava voando ou alinhada no campo; um espetáculo como ainda não tinham visto antes. Naturalmente os oficiais estavam orgulhosos em poder demonstrar o poderio da Grã-Bretanha.

A maior e mais nova máquina de todas era um Farman e os soldados chamavam-na "a vaca mecânica". Era de uma estrutura forte, embora de aparência frágil; um biplano medindo cerca de quarenta pés, de asas metálicas, revestidas adequadamente e à prova d'água. O aviador ficava sentado numa cabine aberta e um vento enorme soprava ao seu redor enquanto voava. O serviço principal, a ele destinado, era obter informações sobre os movimentos das tropas inimigas e a posição da artilharia; alguns aviões estavam providos de rádios e outros de aparelhos fotográficos. O homem, no ar, tinha de trabalhar muito, porque, além do leme, manejava uma carabina com a qual devia defender-se; ou carregava bombas amarradas a um cabo de aço, com ordens de atacar o avião inimigo e sobre ele deixá-las cair. Muitos aviões faziam evoluções em todos os sentidos. Outros estavam aprendendo a fazer voos de formação e outros ainda deixavam cair objetos sobre alvos marcados.

O FIM DO MUNDO

173

Sempre que um novo avião subia, a todos ocorria a certeza de haver sido realizado o sonho secular do homem através da conquista daquele novo elemento.

Os visitantes foram apresentados a alguns dos aviadores, rapazes fortes e que se haviam acostumado à nova arte de voar.

Já não consideravam o voo um problema difícil; ao contrário, achavam aquilo muito simples, uma vez acostumados ao exercício. Um lugar no céu era igual a um outro, e a terra embaixo não tinha, para eles, maior interesse do que o tapete de uma sala de visitas.

Agora estavam praticando voos noturnos — e isto, diziam, já era alguma coisa mais interessante. Estavam também muito orgulhosos porque haviam conseguido fazer pela primeira vez o *looping the loop* num biplano.

Lanny estava interessado em ver o efeito de tudo isso sobre o seu amigo inglês. Eric Vivian Pomeroy-Nielson, moço mundano, de pouco entusiasmo, não escondeu, todavia, a sua admiração pela aviação militar. O pai de Lanny observou que, apesar de tudo, a Inglaterra não era tão atrasada quanto os americanos pensavam. Passou a fazer perguntas técnicas ao capitão Finchley e aos aviadores; queria saber se não seria possível montar uma metralhadora num avião, e eles lhe contavam que os franceses estavam tentando resolver esse problema.

— Esta será uma luta na qual o homem terá de mostrar o seu valor! — exclamou Rick.

O capitão Finchley gostou do seu entusiasmo.

— Queria que outros meninos ingleses estivessem pensando assim — disse e acrescentou: — O fracasso do recente recrutamento é uma questão séria para todos os amigos do Império.

Robbie Budd aproveitara a ocasião para falar sobre o efeito que essa nova espécie de arma iria ter, sem dúvida nenhuma, sobre a condição da Inglaterra.

Tirava-lhe a vantagem da sua posição de ilha.

Aviões estavam atravessando o canal e os americanos trabalhavam para a construção de uma catapulta que poderia lançar um avião de um navio.

Não restava dúvida nenhuma de que, na próxima guerra, os aviões serão lançados sobre os centros industriais. Necessário, portanto, será armar canhões que possam combater aviões; estes canhões antiaéreos certamente serão montados em todos os pontos vitais. Lanny compreendeu que seu pai estava falando em negócios. Além disso, o capitão Finchley fazia parte do conselho que resolveria sobre o novo canhão dos Budd. Robbie contara ao filho, na noite anterior, que o capitão estava tentando "encurralá-lo". O conselho não dissera que queria comprar o canhão, porém estava preocupado com a ideia de que Robbie o levasse para qualquer outro país.

IX

Na volta para casa, os quatro falaram sobre as possibilidades que estas invenções perigosas iriam oferecer à humanidade. Kurt Meissner estava preocupado com uma carta que recebera da família, na qual se fazia referência à situação dos Balcãs, que era mais séria do que se pensava na Inglaterra. Robbie confirmara a observação e concluíra que os ingleses nunca se deixavam apaixonar pelos problemas dos outros povos. O incidente de Sarajevo era apenas uma crise a mais.

— Mas será possível — disse Kurt — que os ingleses ou outro povo qualquer da Europa permitam que os piratas sérvios instiguem o assassínio de governantes austríacos em território austríaco?

— Os diplomatas certamente se reunirão e darão um jeito — disse Robbie de um modo suave.

— Noticia-se que os russos estão apoiando os sérvios!

— Sei disso. O jogo é este: um empurrando os outros... Os russos dizem: "Deixem os meus amigos sérvios em paz!" Os alemães intervêm: "Que querem vocês com os meus amigos austríacos?" Os franceses, por sua vez, também se manifestam, desejando a paz dos seus amigos russos. E assim por diante. Estão fazendo caretas um para o outro e isso data de centenas de anos.

— Eu sei, Mr. Budd, mas também as guerras sempre resultaram dessas caretas e dessas discussões...

— O mundo mudou tão rapidamente que não vale mais a pena uma guerra, Kurt. As nações não podem financiar uma guerra; seria a bancarrota para todas.

— Mas — argumentou Kurt —, se o povo fica irritado, não para mais para fazer cálculos.

O FIM DO MUNDO

— A influência da massa é quase nula. São os financistas que decidem, e eles são homens de um cálculo exemplar. O que está acontecendo é o seguinte: fizemos armas tão destrutivas que ninguém mais ousa aproveitá-las. Basta possuí-las. — Robbie parou por um instante, sorriu e prosseguiu: — Nunca lhe falei sobre o meu encontro com Zaharoff? O velho estava preocupado com a perspectiva de que as armas por ele fabricadas fossem algum dia postas a serviço da destruição. Disse-lhe, então, que o ideal da civilização era o de gastar todas as nossas energias fazendo coisas que jamais pretendêssemos usar.

Robbie ria e todos riam com ele, embora com alguma dúvida.

Poucos dias depois, Lanny foi à França para encontrar sua mãe. Robbie estava encaixotando o canhão Budd, que seria levado para a Alemanha, com a intenção de "acordar os ingleses" — assim dizia ele ao filho. Naquele dia, o rei George V estava revistando o poderio da armada britânica em Spithead. O navio capitânia era o *Iron Duke*, um *dreadnought* que num só minuto podia atirar pelo ar cinquenta mil dólares. Incluídos em seu armamento havia dois canhões antiaéreos. Naquele dia... Era o dia 20 de julho de 1914.

10

LA BELLE FRANCE

I

MRS. EMILY CHATTERSWORTH ERA A VIÚVA DE UM BANQUEIRO DE Nova York que outrora tivera muita força controlando estradas de ferro e outras grandes companhias; fora envolvido numa investigação do Congresso, já há muito tempo, e ninguém sabia mais do que tinha sido. Essa viúva herdara boa fortuna e, sendo ainda de agradável aparência, segundo a descrevia Sophie, baronesa de La Tourette, dava a impressão de uma "ilha cercada completamente por pretendentes franceses". Talvez as leis do país em relação aos direitos de propriedade das mulheres casadas não satisfizessem Mrs. Emily; seja como for, ficara durante anos a única dona de Les Forêts, como sua propriedade rural era chamada.

O castelo obedecia ao estilo da renascença francesa e era um edifício de quatro andares e pedras cinzentas, construído em frente a um pequeno lago artificial. Havia uma esplanada em frente, assemelhando-se com as docas de um porto com candelabros, os quais, acesos, davam uma ótima impressão de noite. Em frente da casa, além do portão da entrada, havia um jardim em cujo centro se via um canteiro de lindas flores das mais diversas cores. Rodeando o lugar todo encontravam-se prados sombreados por castanheiras e, mais além, ainda, grandes florestas de faias, das quais o lugar tomara o seu nome. Nas florestas encontravam-se veados e perdizes; no canil, cachorros amestrados para caça durante o outono. Entre outras coisas interessantes, havia uma casa de orquídeas, onde se podia estudar os produtos estranhos vindos da América do Sul. Os quartos do castelo eram esplêndidos, cheios de tapetes e obras de arte admirados pelos conhecedores. Mrs. Emily sabia o que tinha e falava com autoridade. Vivia conforme os hábitos franceses, mantendo o que se denominava nos salões "uma empresa árdua". Frequentemente convidava homens célebres, dando-se o luxo de arejar o seu espírito com a erudição e a inteligência dos outros. Cada um destes personagens era consciente da própria importância. Saber como tratá-los e reconciliar todas as vaidades e ciúmes exigiam bastante habilidade e energia num grau tão elevado que daria para um diplomata guiar o destino das nações...

Beauty Budd tinha pouca pretensão de ser espirituosa e ainda muito menos de ser erudita. Porém, possuía um tesouro apreciado por todo mundo — a beleza física. Também possuía bastante tato feminino e era de uma gentileza natural; não disputava com outras senhoras nem tentava tirar-lhes os homens. As reuniões não se espalhavam em pequenos grupos, como era o costume nos salões ingleses ou americanos. Havia sempre uma celebridade de primeira categoria que determinava o tema que era exposto do melhor modo possível. As outras celebridades teriam o que deviam ter e a função da dona da casa era observar tudo e guiar a conversa. As outras senhoras ouviam, não interrompiam nunca, a não ser que tivessem a certeza de que sua observação seria realmente apreciada. Geralmente se lembravam tarde demais da frase que deveria ter sido dita. Os franceses chamam essa desgraça de *esprit d'escalier*...

Naturalmente não era possível para uma americana, por mais rica que fosse, manter um salão de primeira categoria na França. Os elegantes e

O FIM DO MUNDO

intelectuais desse país eram intimamente ligados entre si e era necessário uma vida inteira para se tomar conhecimento das sutilezas que os diferençavam. Havia salões de monarquistas e de republicanos, salões católicos e salões de livres pensadores, salões literários e de arte, cada um deles formando o seu próprio e pequeno mundo com muito pouco interesse para os estrangeiros. Em todo caso, era motivo para uma americana formar ambiente no qual os seus compatriotas pudessem encontrar os franceses de fama internacional. Mrs. Emily, senhora bonita e inteligente, estava consciente dessa contribuição social que prestava aos norte-americanos em Paris.

Ofereceria jantares conforme o hábito francês; a dona da casa sentada no centro da mesa, ficando os hóspedes mais importantes na sua frente e pondo as pessoas menos importantes no fim da mesa. Para justificar isto, existia uma frase francesa: *le bout de table*. Nos jantares, não se conversava com as pessoas sentadas ao lado, mas ouvia-se falar aqueles cuja importância era indicada pelas cadeiras que ocupavam. Um deles tinha o privilégio de manter por alguns minutos o assunto e depois esperava-se que a dona da casa indicasse um outro para continuar a palestra. Um povo civilizado vinha evoluindo, durante séculos, apegado a esse hábito que era de uma importância extrema para ele.

II

Não havia muito lugar para crianças em Les Forêts e raramente eram elas convidadas. Mrs. Emily, que encontrara Lanny na Riviera, confiava que ele limparia os pés antes de pisar nos lindos tapetes de veludo que cobriam o *hall* da entrada da sua vivenda. Ele olharia por muito tempo, silenciosamente, um quadro e, se fizesse uma pergunta, certamente seria inteligente. Jamais interrompia a conversa dos mais velhos e de tantas ouvir ele mesmo já tinha um ar de velho também. Mrs. Emily sugerira a Beauty que o rapaz também viesse e ficasse até que ambas pudessem voltar para Juan-les-Pins. Daí o fato da presença de Lanny na vivenda de Mrs. Emily, jogando tênis com as crianças do gerente da propriedade, nadando no lago, cavalgando os belos cavalos, tocando não muito alto ao piano e lendo na biblioteca onde um literato pálido, vestido de preto, passara uma vida inteira catalogando e cuidando de livros preciosos. Ali estava uma pessoa com a qual valia a pena conversar e ouvir horas inteiras. Uma semana com M. Pridieu significava tanto para Lanny Budd quanto a permanência de um semestre na universidade. O velho auxiliava-o a orientar-se no mundo dos livros, citando-lhe os escritores mais interessantes, modernos ou clássicos. Era como dar-lhe um mapa das florestas para que pudesse sair e fazer as suas próprias explorações.

Uma outra que tinha influência mental sobre o rapaz era a mãe de Mrs. Emily. Ela tinha sido uma Baltimore Belle, e contava que fora linda e como os homens a tinham rodeado. Agora estava com quase oitenta anos, possuindo lindos anéis dourados no cabelo, que pareciam naturais. Lanny ficou surpreendido quando sua mãe lhe contou que, certa vez, a alegre senhora, num ataque de riso, deixara os seus anéis caírem no prato da sopa. Estava pintada de rosa e branco nas suas muitas rugas e automaticamente sentia-se obrigada a exercer os seus encantos sobre qualquer coisa que vestisse calças...

Lanny caiu sob sua influência, e ela lhe contara que sua filha Emily nascera entre os sons de uma batalha, quando o quinto regimento de Nova York marchava sobre Baltimore, no seu caminho para defender Washington, no início da Guerra Civil Americana.

— O episódio histórico que fixa a sua idade em cinquenta e três anos não lhe agrada; por isso mesmo, acho que você deve guardar essa revelação em segredo. Creio, porém, que Emily não será capaz de esconder a idade por muito tempo mais, a não ser que se permita doravante tingir o cabelo.

Depois de curta pausa, a velha exclamou, repentinamente:

— Meu Deus, como eu estou longe daqueles tempos! — Mrs. Lee Sibley, depois de conter uma lágrima, concluiu: — Que coisa horrível foi aquela guerra e como somos agora felizes, nós que não tornamos mais a assistir a tanta barbaria!

Lanny passou a dizer-lhe que, na véspera, ouvira o príncipe Kobelkov afirmar que a Rússia devia começar imediatamente a guerra, porque estava pronta e nunca mais chegaria a tão alto poder bélico como o que atingira.

A velha senhora olhava horrorizada para o menino e não conteve uma observação:

— Ó! Não! Não deixe os outros falarem sobre estas coisas! Ó! Que gente ruim!

Mrs. Sally Lee Sibley vivia na Europa porque era este o seu destino, mas, intimamente, odiava esse continente.

III

Naturalmente, um rapaz como Lanny, embora meio crescido, não era convidado para o salão ou para jantares cerimoniosos, mas havia hóspedes e visitantes ocasionais em grande número e ele os encontrava ouvindo a sua conversa sobre o estado da Europa, assunto sobre o qual as pessoas que ali estavam intimamente ligadas falavam livremente, pois eram do número dos que possuíam o direito de saber tudo. Havia uma missão militar russa em Paris e o célebre general, príncipe Kobelkov, era um dos seus membros; encontrava tempo para tomar um automóvel e comparecer a chás com suas amigas, mesmo no meio de uma crise que sacudia o mundo. Também lá estava o senador francês Bidou-Lascelles, que dissera certa vez, usando a linguagem do pôquer, estar a Alemanha tentando usar a Áustria como blefe contra a Rússia e que isso continuaria indefinidamente até que os outros ficassem resolvidos a presenciar o blefe.

O príncipe concordou com a observação e esclareceu: "Nossa informação oficial é a de que a Áustria não está preparada e será provavelmente uma aliada muito fraca."

Lanny ouvira tudo e estava começando a pensar que não simpatizava com os dois velhos. O russo era um homem alto, de rosto vermelho e usava uniforme muito apertado, falando um francês agitado. O senador era calvo e barrigudo e, quando falava, a pança parecia tomar parte na palestra. Católico ardoroso, lutava pelo partido da sua Igreja dentro do Senado.

Aos olhos de Lanny não parecia um homem religioso, mas, antes, um gnomo tramando coisas horríveis. Lanny lembrava-se do lindo país austríaco por onde passara, as cabanas das montanhas com os tetos inclinados, cobertos de neve, e as hospedarias com belos letreiros dourados. Pensava em Kurt Meissner e seus irmãos que estavam no exército alemão. Kurt devia vir nos próximos dias para Paris, a fim de encontrar o seu tio e voltar, então, com ele, para casa. Lanny pensara em pedir que ele fosse convidado para Les Forêts, porém resolveu que não valia a pena trazê-lo a conviver com pessoas que externavam tais opiniões.

Mrs. Emily abrira toda sua casa, bem como os jardins, a fim de realizar um bazar de caridade; barracas foram construídas, decoradas com panos cheios de bandeiras e flores. Todo mundo dava objetos que deviam ser vendidos e a multidão vinha para comprá-los. Tinha-se a impressão de que ainda existiam muitas pessoas com dinheiro suficiente para adquirir lindos vestidos, mas que nunca podiam chegar à sociedade que desejavam; havia ali, porém, agora, uma possibilidade não somente de olhar o *gratin*, como era chamado o círculo interno, mas mesmo de falar com os elementos mais finos do *grand monde*.

Era este um plano inventado para transformar a fraqueza humana num fim útil. Havia "cabbage-patches" também em Paris, e os pobres que neles moravam às vezes adoeciam, sendo, então, levados para os hospitais. Fazia-se disso o meio mais inteligente para levantar dinheiro. As mais distintas das senhoras da sociedade ofereciam-se como vendedoras; duquesas e condessas da velha nobreza punham-se em exibição e, acima de tudo, tinha-se a possibilidade de dirigir-se a elas. Essa honra não se conseguia, porém, com pouco dinheiro. Os preços eram graduados conforme as leis da precedência, a qual era observada durante os jantares oficiais. Uma prima do Tsar estava encarregada da tenda onde as orquídeas de Mrs. Emily eram vendidas; pela mais comum, tinha-se de pagar, no mínimo, uma nota de cem francos ou vinte dólares americanos. Acompanhando a flor, o comprador recebia ainda um sorriso encantador de uma pessoa de sangue real; e se alguém pagasse o preço duplo ela talvez até desse a sua mão para ser beijada.

A festa, para Lanny, era como uma espécie de estreia na sociedade, iria agir como mensageiro, levando as encomendas das moças e senhoras. Sendo a primeira vez que vestia calças compridas — um bonito terno de linho branco feito especialmente para essa ocasião —, sentia-se muito orgulhoso, mas sabia que não devia dar mostras desse sentimento. Passeava pelos prados verdejantes, era apresentado a muitas pessoas e fazia-se útil de todos os modos possíveis. O aspecto da festa era alegre e essa alegria crescia também em razão do grande número de sombrinhas listradas e chapéus cheio de flores e plumagens que as senhoras traziam.

Beauty estava vendendo pequenos buquês como fizera em Londres. Era notável no seu vestido de tafetá amarelo, bordado com grandes flores verdes. O corpinho se prolongava numa *polonaise* e nela realçava a saia de *mousseline* branca. Com o vestido bastante decotado e de mangas curtas, Beauty dava à festa o melhor dos seus encantos e estava num estado de exaltação que, de resto, lhe era natural quando se via entre muitas pessoas e quando sabia que estas a estavam admirando. Sorria para todo mundo e

O FIM DO MUNDO

saudava com extrema gentileza os cavalheiros que ainda não tinham uma flor na lapela. Em casos tais oferecia as suas flores com uma sedução toda especial, dizendo: *Pour les pauvres*. Quando perguntavam pelo preço, ela respondia: "Apenas o que tiver." Se alguém lhe entregava uma nota de dez francos, ela agradecia com tanta calma que o comprador tinha de esquecer o troco, porque Beauty sempre não tinha nenhum...

Harry Murchison também estava lá, acompanhando-a com seus olhares. Era algo querido pelas senhoras, porque todas o conheciam como "o americano rico e bonito". Levaram-no às suas tendas e ele comprava tudo que lhe ofereciam. Fazia-se um brinquedo de tudo isto — nem podia ser de outro modo —, porque havia pessoas presentes que poderiam ter construído hospitais para todos os pobres de Paris, se assim o quisessem. Mas o que queriam era vestir-se com elegância e mostrar as belas indumentárias. Sentavam-se em pequenas mesas e as criadas de Mrs. Emily traziam-lhes chá e bolos; bebericavam e mordicavam, enquanto conversavam, e pagavam o duplo por tudo de que se serviam e, se davam qualquer gorjeta, esta também era *pour les pauvres*.

IV

Um ou dois dias depois haveria uma reunião mais seleta. Os amigos de Mrs. Emily ali encontrariam um célebre escritor. Este não era um desconhecido para Lanny Budd, porque, possuindo uma vila em Antibes, era visto frequentemente pelo rapaz em passeios na vizinhança, trazendo uma pequena boina de seda ou veludo, sempre de uma cor viva e diferente. (Devia ter um grande número dessas boinas.) Era um velho cavalheiro, alto e magro, com a cabeça comprida e a face longa como um cavalo. Seu nome era Thibaut, porém seu pseudônimo era Anatole France. Todo mundo falava a respeito dos seus livros, mas Lanny tinha a impressão de que estes não eram para crianças.

Agora ele chegava vestindo um paletó de veludo, de cor azulada, e um grande chapéu de feltro marrom. Desceu vagarosamente de um automóvel e todos o acompanharam até a sombra de uma grande castanheira, onde ficou sentado numa cadeira de balanço, cercado de senhores e senhoras, ansiosos por ouvi-lo. Logo que ele começou a falar, os outros ficaram calados. Principiou a fazer observações irônicas, numa voz muito baixa, o rosto sério, com exceção de um piscar impertinente dos olhos. Às vezes fazia um gesto com a mão, a fim de impressionar mais ainda a assistência.

A sua palestra era sutil demais para um menino. M. France lera tudo e seu espírito era um armazém de anedotas e alusões a história, religião e arte. Ouvindo-o, tinha-se a impressão de que ele ia fazendo um passeio através de um museu em que dificilmente se encontrava espaço para andar e tempo para ver alguma coisa com mais atenção. Provavelmente só havia uma única pessoa desta reunião que podia compreender tudo que o grande homem estava dizendo; era M. Pridieu, o pálido e cético bibliotecário, que ficara humildemente nas imediações e não fora apresentado ao grande escritor. Lanny notara certa dor na face do velho, pois ele era um estudioso que venerava todas as formas de pensamento, enquanto M. France zombava de tudo, e tudo fornecia motivo para sua verve. Ao silenciar por momentos, alguém perguntou ao mestre em que estava pensando e ele respondeu rapidamente:

— Estou me esforçando para curar-me do hábito do pensamento, pois é uma grande enfermidade. Que Deus vos guarde desta doença do mesmo modo que preservou os seus maiores santos e todos aqueles a quem ama e destina para uma felicidade eterna!

Logo depois senhoras e cavalheiros franceses passaram a tratar de um assunto menos transcendente — o amor. Também sobre este problema o velho autor se manifestou com o mesmo ceticismo. Uma jovem lhe falou sobre o amor na América do Sul e ele deu uma resposta risonha que divertira toda a reunião. Lanny não a compreendera, mas depois ficou sabendo que M. France viajara até à Argentina, onde fizera conferências, e que, no navio, encontrara uma jovem artista. A todos apresentava-a como sua esposa. Mais tarde, quando voltou à França, não quis a continuação da farsa; a jovem, porém, estava disposta a insistir e disso resultou um grande escândalo.

Lanny também ouviu referências a respeito de uma senhora rica de Paris que muito se preocupara com essa história. Chamava-se Mme. de Cacaillavet e dizia-se que fora ela que fizera a fama e a fortuna de Anatole France, criando um salão para que ele pudesse mostrar os seus talentos; também tinha sido ela que conseguira que esse homem indolente escrevesse livros. Ela e o seu marido mantiveram com France as relações conhecidas como *la vie à trois*. O que desejara a artista argentina fora um lugar

O FIM DO MUNDO

no grupo; quis ser o número quatro e toda gente considerou isso como um excesso...

Com a morte de Mme. de Cacaillavet, Anatole France perdera o salão. Era essa, talvez, a razão por que tinha sido possível a uma senhora americana persuadi-lo a aceitar um convite para um chá. Depois que se despedira, todos tagarelavam a seu respeito, dizendo coisas maliciosas, no mesmo tom das que ele mesmo dissera a respeito de Cícero, Cleópatra, São Cipriano, Joana d'Arc, Luís xv, Catarina da Rússia e tantas outras personagens históricas.

Todos, porém, concordavam que era um homem muito divertido. Com ele, passaram duas horas tão agradáveis que esqueceram as notícias perturbadoras a respeito do governo austríaco, que entregara um ultimátum ao governo sérvio.

V

Beauty foi dar um passeio de automóvel com Harry Murchison. Passaram o dia inteiro fora e, na volta, ela estava toda enrubescida e feliz. Logo depois Lanny foi ao seu quarto para conversar. Ela sempre tivera o hábito de, ao regressar de qualquer parte, contar ao filho onde tinha estado, não esquecendo de citar os cumprimentos que recebera do príncipe x e do embaixador tal.

Desta vez, porém, queria falar a respeito de Harry. Era um rapaz gentil e generoso — começou dizendo — e sua família, na Pensilvânia, era muito antiga; um dos seus antepassados fora membro do primeiro Congresso. Disse mais que Harry gostava muito de Lanny, considerando-o um dos rapazes mais educados que até então conhecera, mas achava-o um tanto displicente relativamente às coisas dos Estados Unidos, pois pouco se referia à sua própria pátria.

— Isto Mr. Hackabury já me disse também — observou o rapaz.

Beauty, porém, não queria falar a respeito de sabão; estava atualmente interessada em negócios de vidro.

— Diga-me — disse ela —, você gosta realmente dele?

— Ó! Sim; considero-o um cidadão muito bom.

Lanny era um tanto reservado e, muito embora Beauty desejasse arrancar dele mais alguma coisa, nada obteve. Vendo-o silencioso, arriscou uma pergunta:

184 UPTON SINCLAIR

— Que diria você se eu me casasse com ele?

Lanny deveria ter sido um diplomata muito treinado para poder esconder o desânimo que o invadira. O sangue subiu-lhe à face, e olhou sua mãe com visível espanto até que ela baixou os olhos.

— Ó, Beauty! — exclamou. — O que será de Marcel?

A mãe percebera a sua indisposição repentina e procurou acalmá-lo:

— Venha cá, meu bem — disse ela. — Não é fácil explicar estas coisas a um rapaz tão jovem como você. Marcel não espera casar-se comigo. Ele não tem dinheiro e sabe que eu também estou em iguais condições.

— Mas eu não a compreendo. Robbie nunca mais lhe daria dinheiro se você tornasse a casar.

— Não, meu caro, não quero chegar a isto. Ademais, deve convir que não poderei viver sempre com o que Robbie me dá.

— E por que não, Beauty? Não estamos vivendo muito bem?

— Você nada sabe a respeito dos meus negócios. Tenho muitas dívidas; elas me levam a um estado de loucura.

— Mas por que não podemos viver calmamente em Bienvenu? Lá não gastaremos tanto dinheiro.

— Não posso ficar sempre nessa casa, Lanny; não nasci para vida tão insípida. Além disso, teria de afastar-me de todos os meus amigos, não poderia viajar para qualquer parte nem convidar ninguém. Você também não teria nenhuma educação. Não veria o mundo como viu até agora.

— Ó! Por favor, não faça nada disso por minha causa! — interrompeu o rapaz. — Serei muito mais feliz se ficasse em casa, a ler os meus livros e a tocar piano.

— Assim pensa, porque não sabe o suficiente a respeito da vida. Pessoas como nós precisamos de dinheiro e de oportunidades para encontrarmos as coisas que desejamos.

— Se assim for, posso trabalhar e tudo arranjar com o meu próprio esforço. Posso ou não posso?

Beauty silenciou, porque naturalmente não era este o ponto do seu verdadeiro interesse. Depois de alguns minutos de silêncio, Lanny disse em voz baixa: "Marcel será tão infeliz!"

— Marcel tem a sua arte. Está satisfeito em viver numa cabana e pintar durante o dia inteiro.

O FIM DO MUNDO

— Talvez assim ele pensasse se você estivesse sempre ao seu lado. — Mas sem você, mesmo com sua arte, a vida lhe será uma coisa vazia.

— Você gosta tanto dele assim, Lanny?

— Gosto e nunca deixei de pensar que lhe tivesse o mesmo afeto que eu. Pensei mesmo que era este o meio de ser honesto para com você!

— Era, meu caro; e era tão bom. Apreciei o seu modo de agir mais do que lhe disse. Mas existem circunstâncias a que não posso fugir.

Depois de instantes de silêncio, a mãe começou a falar novamente a respeito de Harry Murchison. Amava-a desde muito tempo e pedira-lhe que se casasse com ele; o seu amor era verdadeiro e destituído de qualquer egoísmo. Era um homem excepcionalmente bom, podendo oferecer-lhe o que outros não podiam — não somente o seu dinheiro, mas proteção e ajuda na lida dos seus negócios, tratando com mais acerto do que ela com outras pessoas que tantas vezes se aproveitaram da sua credulidade e falta de conhecimentos comerciais.

— Harry tem uma linda casa na Pensilvânia e podemos lá viver ou viajar; podemos fazer tudo que quisermos, enfim. Ele está disposto a fazer tudo por você; poderá frequentar uma escola ou ter um professor em casa; poderá até levar Mr. Elphingstone para a América, se assim você entender.

Lanny, porém, não se importava nem com Mr. Elphingstone nem com a América. Gostava da sua casa em Juan, dos amigos que tinha lá e do ambiente.

— Diga-me, Beauty — insistiu ele —, você ama ainda Marcel?

— De um certo modo — respondeu —, mas...

Beauty nada mais pôde acrescentar. Os seus olhos ficaram parados, olhando, através da janela, as árvores distantes, como se quisesse apagar da lembrança um pensamento feliz...

Lanny, aproveitando esse momento de introspecção, disse a Beauty quase em surdina:

— Ele fez alguma coisa para ofendê-la, mãe?

Lágrimas afloraram nos olhos de Beauty. Recompondo, porém, a feição habitual, prosseguiu:

— Com essas perguntas um tanto arrevesadas, você está perdendo tempo se pensa que me convencerá a fazer o que não quero.

— Mas eu apenas estou querendo compreender, Beauty!

— Você não pode compreender, porque ainda não tem bastante idade. Essas coisas são complicadas e difíceis. É difícil para uma mulher conhecer o seu próprio coração, quanto mais explicar a um filho o que deve fazer, estando em jogo a sua própria felicidade.

— Queria muito que você me explicasse essas coisas — disse Lanny gravemente. — É possível a uma mulher amar dois homens ao mesmo tempo?

— Isto é o que eu estou a perguntar a mim mesma há muito tempo. Aparentemente, posso.

Beauty não pretendia fazer esta confissão, mas estava num estado de grande perturbação íntima e era da sua natureza não esconder ao filho os seus sentimentos mais íntimos.

— O meu amor para com Marcel sempre fora o de uma mãe; sempre me aproximei dele como de uma criança indefesa que precisasse de mim.

— E agora ele não precisa mais de você? E se ainda precisar, o que será dele?

As lágrimas voltaram novamente aos olhos de Beauty. Ela nada respondeu e Lanny também silenciou, porque receava magoar a sua mãe e ao mesmo tempo provocar qualquer palavra menos amável relativamente a Marcel. Observara os dois no iate, e a impressão que tivera do amor que a ambos ligava deixara uma lembrança inesquecível no seu espírito. Marcel a adorava; e agora o que faria sem ela?

— Diga-me, Beauty, você aceitou o pedido de Harry?

— Não; não disse exatamente isto. Mas não o desanimei, porque me parece que ele me ama sinceramente.

— Bem, assim foi melhor. Acho que não deve resolver com tanta rapidez. Se você vai dar esse passo apenas por causa das dívidas, melhor seria falar antes a Robbie.

— Ó! Não, Lanny! Prometi-lhe que nunca faria dívidas.

— Bem, mas não acha que devia esperar e falar com Marcel?

Lanny parecia estar crescendo rapidamente de importância durante essa crise.

— Ó! Não, não podia fazê-lo de modo nenhum — disse a mãe.

— Mas o que pretende fazer? Sair e deixá-lo? Isto seria honesto? Quer-me parecer que seria muito pouco gentil!

Beauty olhou o filho com certo ar de indisposição e não conteve esta censura:

— Não fale desse modo. Lembre-se, antes de tudo, de que sou sua mãe.

O FIM DO MUNDO

— E a melhor mãe do mundo — declarou o menino com ardor. — Mas não quero vê-la fazer alguma coisa que nos fará a todos infelizes. Por favor, Beauty, não prometa a Harry nada até que tenhamos bastante tempo para pensar. Chegará o dia em que, talvez, eu também queira fazer qualquer coisa errada e então será você que virá pedir-me para esperar.

Beauty começou a chorar novamente.

— Ó, Lanny, como estou metida em dificuldades! Harry ficará contrariado e terá razão, porque, afinal, eu o deixei esperar tanto tempo!

— Fez bem; deixe-o esperar — insistiu o rapaz.

Via-se subitamente na posição de chefe de família e, como tal, chegou a dizer que não podiam "decidir o assunto imediatamente".

A mãe continuou silenciosa. Depois de um intervalo de alguns minutos, Lanny insistiu:

— Diga-me, mãe, Harry sabe alguma coisa a respeito de Marcel?

— Sim, naturalmente; ele sabe tudo sobre nós.

— Mas ele sabe como é, afinal, o que há de real entre vocês?

— Sabe e não se incomoda, Lanny! Ama-me simplesmente e creio que isso é tudo.

— Bem, se ele sabe, por que tenta tirá-la de nós? Por quê?

VI

Lanny Budd, apesar dos seus quinze anos, foi obrigado a refletir sobre esta questão complicada. Tinha colecionado fatos da vida de diversas pessoas em toda a Europa. Encontrara no seu próprio caminho e estudara-as, desde o barão Livens-Mazursky, o Dr. Bauer-Siemens, o editor social-democrata, Beauty, Marcel e Harry, Edna e Ezra Hackabury, Miss Noggyns e Rosemary, Sophie e seu amante até Mrs. Emily com o seu velho amigo M. France e as suas ironias a respeito das mulheres e homens do passado. Mal começara a viver e já se via em face de um caso que o inquietava verdadeiramente. Lembrava-se de Luís V, que dissera a um dos seus cortesãos que uma mulher era igual a outra qualquer; apenas deviam mandá-las tomar banho e tratar dos seus dentes.

No mundo em que Lanny Budd nascera, o amor era um jogo executado por divertimento; um passatempo mais ou menos colocado no mesmo nível do *bridge*, do bacará e das corridas de cavalos ou polo. Às vezes também era um duelo entre homens e mulheres no qual cada um tentava aumentar o seu prestígio aos olhos uns dos outros. Por esta razão existiam os salões, os jantares, as roupas elegantes, as belas casas, as obras de arte. Lanny não podia ter formulado tudo isto, porém observava os fatos e na hora das reflexões veio-lhe a compreensão.

O segredo era um dos aspectos principais do amor, como Lanny observava. Isto parecia indicar que muitas pessoas não aprovassem essa prática — a igreja por exemplo. Nunca estivera numa igreja a não ser para assistir a um casamento elegante ou para olhar a arquitetura e os vitrais. Porém, sabia que muitas pessoas da sociedade pretendiam ser religiosas e às vezes se arrependiam dos seus casos amorosos, tornando-se muito fervorosas. Era este um dos aspectos familiares da vida na França e da ficção francesa. A sogra de Sophie, uma senhora idosa da velha aristocracia, com um filho indigno e dissipador, vivia só, usava somente roupa preta, cercando-se de padres e freiras, rezando dia e noite pela alma do filho pródigo.

Naturalmente, havia pessoas casadas que conseguiam permanecer unidas e criar famílias. Robbie, aparentemente, pertencia a esta espécie. Nunca andou atrás de mulheres; ao menos Lanny jamais ouvira qualquer referência a respeito dele sob esse aspecto, mesmo porque raras vezes se mencionava algo sobre a sua família, em Connecticut. Aparentemente também os Pomeroy-Nielson estavam vivendo juntos de um modo regular; Lanny, porém, ouvira falar tanto de aventuras extramatrimoniais que supunha que todas as criaturas possuíssem, indistintamente, os seus casos amorosos escondidos.

As pessoas elegantes tinham um código sob cuja proteção faziam o que bem entendiam e jamais ouvira qualquer delas discutir esse direito.

Os estranhos, evidentemente, discutiam os fatos, e isto parecia colocar os elegantes numa posição difícil. Sempre eram obrigados a acautelar-se contra aquilo que eles mesmos denominavam "um escândalo". Lanny discutia este fato com Rick e o seu amigo explicava que o escândalo assumia às vezes proporções vexatórias, principalmente nos casos amorosos divulgados pelos jornais. Nas casas de campo inglesas, todo mundo sabia que Lord Black e Lady White eram amantes e que eles sempre se encontravam em quartos lado a lado nos hotéis. Jamais, porém, os jornais publicariam uma palavra a respeito, porque a lei não lhes assegurava o direito de tornar público certos atos alheios.

O FIM DO MUNDO

Lanny possuía alguns ensinamentos acerca dos "fatos da vida" e agora começava a conhecê-los praticamente na sociedade. Já sabia qual a sua situação, o que representava, enfim, perante os amigos da sua mãe e ao mesmo tempo tinha a convicção de que todos esperavam que ele não tomasse conhecimento dessa particularidade. Havia coisas que não devia dizer a eles e outras que não devia dizer a ninguém. As pessoas do seu conhecimento talvez fizessem coisas reprováveis, mas, se certos fatos não resultassem num escândalo, continuariam sendo recebidas na sociedade e não era privilégio seu criar um novo código de moral. Nunca lhe ocorrera antes achar em qualquer falta séria a sua querida Beauty, porém agora a sua inteligência não podia deixar de aceitar os fatos em si. Durante anos, ouvira-a falar que não desejava "pagar o preço..." E, agora, como podia deixar de acreditar que estava mudando de opinião? Era doloroso imaginar que sua adorada mãe talvez estivesse se vendendo a um bonito e jovem milionário para ser capaz de mandar fazer os seus vestidos por Paquin ou Poiret e usar longos colares de pérolas legítimas como fazia sua amiga Emily Chattersworth! Lanny dizia a si mesmo que devia existir alguma razão para que Beauty não se considerasse mais feliz com Marcel. A única coisa que podia imaginar eram os esforços do pintor para evitar que ela jogasse, que fizesse dívidas e perdesse sono. Lanny, porém, achava que em todas estas questões Marcel tinha razão.

VII

— Devo visitar Isadora — disse Mrs. Emily. — Talvez Lanny queira acompanhar-me.

— Ó, sim, obrigado — disse o rapaz. — Gostaria mais de fazer isso do que qualquer outra coisa.

Durante anos, ouvia falar a respeito de Isadora e uma vez a vira num jogo de tênis em Cannes, mas nunca tivera ocasião de vê-la dançar. O povo tinha tanto entusiasmo por ela que o menino pensava que se tratasse de uma fada.

Harry Murchison telefonou e, quando Beauty lhe falou sobre o passeio projetado, ele permitiu levá-los no seu carro.

Mrs. Emily aceitou imediatamente a sugestão; parecendo que estava a proteger o romance entre Harry e Beauty, dando à divorciada o que considerava "conselhos da experiência".

Afinal, todos seguiram. Lanny sentado ao lado do jovem filho do industrial de vidros, que se esforçava para ser agradável. Lanny, porém, permanecia reservado, pois sabia que não estava sendo cortejado por causa dos seus lindos olhos. O rapaz trajava-se otimamente. Fora aluno de um bom colégio e viajava há muitos anos, porém nem mesmo os seus melhores amigos podiam dizer dele que era um hábil conversador. Quando se discutia qualquer questão de arte, ele ouvia durante muito tempo e só dizia alguma coisa quando tinha segurança da opinião que emitia.

Agora afirmava que tinha visto Isadora Duncan dançar. O que poderia dizer a este respeito?

Todos reprimiram um certo sorriso malicioso quando ele afirmou que a vira dançar num palco vazio, descalça, e que o povo de Pittsburgh considerara isso decididamente um tanto *risqué*. Lembrou-se de que ela trazia uma orquestra e dançava música clássica, como se alguém pudesse imaginar que Isadora dançasse sambas! Quando lhe perguntaram se ele se lembrava de alguma coisa mais sobre a dança a que assistira, disse que nunca mais se esquecera de uma cortina de veludo azul que estava no fundo do palco, que Isadora usava túnicas de cores diferentes, de conformidade com a música, e que as pessoas a aplaudiam gritando, obrigando-a a voltar frequentes vezes à cena.

"Como Marcel Detaze falaria a respeito de Isadora?", pensava Lanny.

Em primeiro lugar, diria que ela era única na sua arte e qual a relação entre a sua e as outras danças. Falaria sobre as diferenças entre os gestos livres e qualquer espécie de formas convencionais. Diria os nomes das composições que dançava e que exprimiam dor pungente, alegria da natureza, revolta contra o destino, a primavera que acordara — e, se Marcel falasse a respeito de tudo isso, ele também sentiria a dor, a alegria e todas as outras formas de interpretação da dança de Isadora. Usaria muitos gestos, tentaria demonstrar o que realizara a figura dessa mulher, sozinha, sem o auxílio de cenário, personificando as emoções mais profundas da alma humana; abatida pela dor, elevada ao êxtase, passava pelo palco num tal tumulto da sensibilidade, que o espectador parecia estar sentindo e observando, através da sua arte maravilhosa, uma grande procissão de sentimentos, os mais variados. Apesar da sua insuficiência de raciocínio sobre coisas de arte, Harry tinha as suas preferências pelo gosto francês e se manifestava abertamente contra o *commonsense* americano. Naturalmente, o vidro lhe era útil, talvez até necessário à civilização; mas o que o ligava ao mesmo era

O FIM DO MUNDO

unicamente o fato de ser neto de um homem que fizera sua fortuna vendendo aquele produto. Harry recebia grandes dividendos e estes lhe viriam às
mãos em maior quantidade depois da morte dos seus pais; e isto era tudo
para ele. Tinha, porém, bastante senso para considerar Pittsburgh um lugar desagradável, com a sua vida simples e excesso de fumaça. Chegara em
busca de cultura e beleza. Tudo isso estava certo, pensou o filho de Beauty,
mas que ele fosse procurar uma outra beleza que não aquela sobre a qual
Lanny e seu amigo Marcel tinham fixado as suas exigências! Enquanto
Mrs. Emily contava os casos amorosos de Isadora, Lanny virou-se para ela
numa grande curiosidade. A dançarina estava fazendo uma escandalosa
experiência da vida sexual. Era do "amor livre" — uma expressão nova
para Lanny. Ele compreendeu que aquilo significava que Isadora recusava
esconder o que fazia, desafiando aquilo que se denominava "escândalo". Ela
tivera dois filhos, um do filho de Ellen Terry, a artista, e outro de um milionário americano a quem chamava de "Lohengrin". O mundo elegante naturalmente não podia deixar passar esta oportunidade de poder divertir-se.
Contava-se que Isadora se oferecera uma vez para ter um filho de Bernard
Shaw, dizendo-lhe que tal filho teria sua beleza e o cérebro do escritor. Ou-
vindo-a, o humorista teria respondido: "Que fazia se sucedesse o contrário,
isto é, se o menino tivesse a minha beleza e as excelências do seu cérebro?"

O destino, quase sempre implacável nos seus objetivos, não permitiria a
uma mulher acreditar demasiadamente na sua felicidade ou praticar o que
imaginasse mais razoável. No ano anterior, uma tragédia pavorosa enlu-
tara o coração de Isadora Duncan. Aquelas duas crianças tinham perecido
num desastre de automóvel. O carro rolara de um outeiro e caíra sobre um
rio de onde as crianças foram retiradas mortas. A mãe desolada andara por
toda a Europa numa ronda longa de desespero. Agora, o seu amigo Lohengrin cuidava dela e, para amenizar o seu sofrimento, dera-lhe uma enorme
casa nas vizinhanças de Paris. Isadora ali estava tentando restabelecer-se,
ensinando as crianças das vizinhanças a dançar e, incidentemente, assim
dizia Mrs. Emily, esperando um novo filho.

VIII

A casa de Bellevue era muito espaçosa, com várias dezenas de quartos;
era um edifício comum, mas possuía lindos jardins, a grama descendo para

192   UPTON SINCLAIR

o rio, e do terraço tinha-se uma vista de danças e ali ficavam as cortinas de veludo azul de Isadora. Dos lados havia várias fileiras de cadeiras onde os alunos ficavam sentados enquanto as aulas eram dadas. Os professores eram os alunos mais antigos. A escola fora aberta apenas há alguns meses, mas os alunos já eram capazes de dar um festival no Trocadero e arrancar aplausos da assistência.

Isadora Duncan não era uma mulher muito alta, mas possuía abundantes cabelos castanhos, as feições regulares, a expressão delicada e triste e uma figura graciosa e linda. Viera da Califórnia, desconhecida e sem recursos, a não ser os que vinham do seu gênio, e criara uma arte que encantava os povos das capitais da Europa e da América. Mesmo agora, esperando uma criança em poucos dias, ela vinha ter diante dos seus alunos para ensinar alguns movimentos simples contra o fundo azul, e algo mágico acontecia. Um espírito se revelava como se obedecesse à intimação da glória. Mesmo encostada num divã, fazendo movimentos com braços e mãos, Isadora era nobre e inspiradora.

Ouvia-se a música de um piano e um grupo de crianças começava a dançar, irradiando alegria. Todo o ser de Lanny acompanhava-as; via-se novamente em Hellerau, porém, era diferente, porque mais espontâneo, faltando-lhe apenas a base do exercício. No sistema Dalcroze, havia uma ciência; essas crianças, porém realizavam algo diferente, que Lanny não sabia explicar mas sentia. Só com dificuldade se manteve no seu lugar, porque dançar não é alguma coisa para ser observada, mas simplesmente para ser feita.

Depois houve um *lunch* no jardim, de que participaram os visitantes, professores e crianças. Lohengrin demonstrava sua prodigalidade e para Lanny aquele lugar parecia uma espécie de céu dos artistas. As crianças, meninos e meninas de todas as idades, usavam túnicas de cores vivas; viviam como vegetarianos e todos estavam de ótimo aspecto, cheios de amor por Isadora e pela arte que estavam tentando.

Em dado momento, Lanny, cheio de entusiasmo, exclamou:

— Como eu gostaria de viver aqui, Beauty! Você acha que Isadora me aceitaria?

— Talvez — disse a mãe.

Mrs. Emily prontificou-se a perguntar se isso era possível. A milionária americana auxiliara Isadora a tornar-se conhecida. Os lindos pés brancos

O FIM DO MUNDO   193

da formosa dançarina mais de uma vez haviam dançado sobre a relva entre as castanheiras de Les Forêts.

De repente, porém, Lanny lembrou-se de que não estava livre para poder pensar sobre a dança. Não devia ficar com Beauty, cuidando dela e tentando poupar ao pobre Marcel a ruina da sua felicidade? "Ó, este terrível problema do sexo!", pensou consigo mesmo.

Os artistas vinham para Bellevue sentando-se no centro do *hall*, fazendo desenhos das crianças dançando. Em Meudon, não muito longe, estava o *atelier* do célebre escultor Auguste Rodin, um robusto filho do povo com uma grande barba, feições largas e formas grosseiras.

Era agora um homem velho, enfraquecido, porém ainda sabia fazer coisas admiráveis. Estava sentado perto de Lanny e, quando a dança terminou, falou sobre a beleza de todas as artes e disse que desejara ter tido crianças como aquelas para modelos das suas obras — modelos que viviam e se moviam, trazendo na harmonia da dança um conjunto de formas variadas. Lanny pensava que o velho escultor tinha sido capaz de fazer viver e mover o mármore e o bronze. Ao tentar explicar isso, Rodin pôs a sua grande mão sobre a cabeça do rapaz, dizendo-lhe que fosse visitá-lo algum dia no seu *atelier* e ver as obras que ainda não tinham sido dadas ao mundo.

Voltando a Paris, as senhoras falavam sobre Rodin, que também tivera os seus casos amorosos. Entre as suas muitas extravagâncias, conta-se o caso de ter se apaixonado por uma mulher americana, casada com um francês que usava um dos nomes mais antigos e orgulhosos da história.

— Isto, porém, não impede que tenham péssimo caráter — disse Mrs. Emily.

Ela contou como esse casal explorava o velho artista, obrigando-o a dar-lhe a maioria das suas obras preciosas.

— Ó, meu Deus! — exclamou Beauty Budd. — Que criaturas tristes são os homens!

Ela fez essa observação para Harry ouvir e acrescentou que as pessoas que desejavam fazer do amor uma fonte do prazer criavam para si novas fontes de tormentos. Disse ainda que o caminho das flores continha também espinhos, e que, ao passar do tempo, "esses espinhos se tornavam secos e duros e mais afiados do que os dentes de uma serpente".

Todos voltaram para Paris na hora que as lojas e fábricas cerravam as suas portas e as ruas estavam cheias de povo. A multidão não parecia correr como usualmente; estava formando grupos e falando. Os pequenos jornaleiros gritavam por todos os lados e as manchetes dos jornais eram tão grandes que podiam ser lidas do automóvel nos pontos de venda sem que este parasse. *La guerre!* Todos diziam a mesma coisa. A Áustria declarara guerra à Sérvia naquele dia. E o que fazia a Rússia? E a Alemanha? A França? A Inglaterra? Os populares se entreolhavam, admirados, incapazes de compreender o horrível espetáculo que se ia lançar sobre o mundo.

11

C'EST LA GUERRE

I

LINDAS FLORES COBRIAM TODOS OS CAMPOS DA EUROPA. ESPALHAVAM suas pétalas brancas à luz do sol, confiando na segurança dos lugares quentes e abrigados. Acima deles, voavam borboletas de formas esplêndidas, amando o sol, voando na paz e na quietude das paisagens. Subitamente, porém, uma tempestade, áspera e cega, rasgou as asas frágeis das borboletas, lançando-as contra as árvores e os terrenos alagados.

Era este também o caso de Lanny Budd. Durante a semana seguinte, o mesmo acontecia a todas as pessoas que conhecia e com milhões de outros seres, desde Finisterra até Vladivostok, desde Arcangel ao cabo da Boa Esperança. Era a pior semana da história da Europa.

Lanny esperara o seu amigo Kurt Meissner em Paris. Poucos dias antes, porém, veio uma carta do amigo, escrita durante a travessia do Canal, dizendo que seu pai lhe telegrafara convidando-o a voltar imediatamente para casa, tomando o primeiro navio via Hoek van Holland. Kurt ficou muito preocupado pensando que havia qualquer doença no seio da sua família; Lanny, porém, em face do telegrama, compreendia agora o que ia acontecer. O senhor Meissner estava a par dos acontecimentos. Em Londres e Paris, ouviam-se boatos de que os alemães haviam recebido tais avisos determinando que tomassem medidas de segurança pessoal e de ordem financeira.

Lanny e sua mãe chegaram a Paris e Robbie também lá apareceu no dia imediato ao da declaração de guerra da Áustria à Sérvia.

O FIM DO MUNDO   195

Certamente possuía informações seguras! Disse que chegara a hora em que um vendedor de armas e munições não precisava de fazer qualquer viagem; os governos o encontrariam onde quer que estivesse.

Tornou-se verdadeiro aquilo que Robbie sempre dissera ser impossível. "Está certo. Se é isto que a Europa quer, que ela faça a guerra." Os Budd iam continuar a produzir e todo mundo podia comprar se fosse com dinheiro à vista. Alguém fez referência a Robbie sobre a peça de Shaw, *Major Barbara*; falava-se, portanto, agora, de um modo impressionante sobre o *Credo dos Armadores*.

Robbie era um homem consciente de si mesmo, cheio de conselhos e com um livro de cheques à disposição dos amigos. Ele, Beauty e Lanny combinaram uma conferência e, subitamente, apareceu também Harry Murchison, que queria discutir o seu problema com Robbie. Ambos só se haviam encontrado uma vez antes e mantinham relações amistosas, pois Harry era a espécie de homem que Robbie admirava.

— Mr. Budd — disse ele —, não sei por que o senhor e Beauty se separaram, nem estou interessado em sabê-lo; porém, sei que o senhor continua ainda como amigo dela e bem sei que lhe ouve as opiniões com prazer. Desejo, agora, que o senhor lhe dê um conselho razoável. Quero casar-me com ela, agora mesmo, hoje, e tirá-la deste inferno que vai iniciar-se. Ela pode ter uma vida nova na América, farei tudo que ela quiser, tudo o que possa imaginar. A respeito de Lanny, cuidarei do rapaz ou o senhor o fará, como quiser. Gosto muito dele e creio que seremos os melhores amigos se ele assim o permitir. Certamente é uma oferta razoável.

Robbie concordou imediatamente e toda a situação veio à baila.

Lanny falou ao seu pai não somente a respeito de Marcel, mas também sobre o barão Livens-Mazursky, o Dr. Bauer-Siemens, os Hackabury, Isadora, Anatole France e várias outras pessoas. Precisava explicar a Robbie como chegara a possuir a experiência que demonstrava a respeito do amor e porque estava querendo evitar que um pintor francês não perdesse sua linda amante loura. Robbie não tinha muito interesse nem em franceses, nem em pintores. Porém, estava ao lado de Lanny e não podia deixar de sentir o cômico da situação: um sensitivo menino idealista esforçando-se para tornar-se o herói do amante da sua mãe; e aparentemente conseguindo realizar o seu desejo. Não restava dúvida de que Beauty continuava amando o seu pintor; do outro lado estava a ideia de tornar-se uma respeitável

II

O instante era propício a declarações abertas. Numa época em que ruíam reinos e impérios, as fraquezas humanas eram de somenos importância.

Beauty levou seu filho para o quarto ao lado e contou-lhe uma história que nunca dissera a ninguém. À medida que ia falando, não podia olhá-lo nos olhos e corava. Afinal, começou a falar: "O seu pai e eu nunca estivemos casados, Lanny. A história de que nos divorciamos foi inventada para proteger a nós dois. Não desejava que o mundo soubesse que você era filho ilegítimo, pois isto dificultaria a sua vida."

Beauty continuou a contar os detalhes, perdendo um pouco o acanhamento, defendendo tanto a si, como a Robbie. Encontraram-se em Paris, quando ambos eram muito moços e, amando-se realmente, tinham planejado casar-se. Beauty, porém, tinha sido o modelo de um artista e fora pintada completamente nua. Um dos quadros fora exibido num salão e muito admirado. Alguma pessoa maliciosa, porém, enviara uma fotografia do mesmo ao pai de Robbie, chefe de uma velha e orgulhosa família de puritanos da Nova Inglaterra. Para ele, significaria somente uma coisa: que Beauty era uma mulher indecente. Ele era um homem rude e enérgico; não permitiria de modo algum que seu filho se casasse com uma mulher que tinha sido o modelo de um pintor. Que vergonha para ele quando os jornais, em vez de publicarem a fotografia da noiva de Robert Budd, estampassem a de um modelo despido? Foi isto o que resolvera: se Robbie casasse com ela, ele o repudiaria, deserdando-o.

Mesmo assim, Robbie queria; porém, Beauty não aceitou a solução. Amava-o e não queria estragar a sua vida.

Viveram juntos por muito tempo. O pai consentiu em ignorar que o filho a tinha como amante, fato já por si fora do comum entre os puritanos de Nova Inglaterra. Criara-se assim uma situação difícil para um filho que os amantes não pretendiam ter. Lanny fora um acidente — disse sua mãe no auge da confusão.

Beauty pensava que nunca teria a coragem de contar toda a sua história ao filho e estava convencida de que ele iria recebê-la com vergonha e talvez até com raiva da mãe. Lanny, porém, que já se acostumara a assistir à flora-

O FIM DO MUNDO

ção do que se denominava amor livre, quase não estabelecia distinção entre essa forma de união e a chamada legal. Tranquilizou a mãe, afirmando que pouca importância dava ao fato de ser filho ilegítimo. Isso não prejudicaria a saúde e certamente não ficaria ofendido nos seus sentimentos se alguém o proclamasse bastardo. Lera a respeito desses homens em Shakespeare e obtivera a impressão de que eram todos eles sempre pessoas muito vivas e capazes. O que o incomodava era a ideia de ter sido um "acidente".

— Onde eu estaria e o que seria se você e Robbie não me tivessem tido?

As lágrimas vieram aos lindos olhos de sua mãe. Ela via que Lanny estava se esforçando para poupá-la; era um *darling* como sempre.

Apressava-se em explicar a situação que agora se ia resolver e as razões por que sua decisão era tão importante. Se ela casasse com Harry Murchison, todo seu passado estaria esquecido e passaria a ser uma senhora "respeitável"; o seu matrimônio não tornava Lanny um filho legítimo, mas impediria que os outros o humilhassem com insinuações indiscretas. Além disso, era pensamento de Robbie reconhecê-lo como seu filho.

Lanny entendeu tudo muito bem, mas não escondeu a sua decepção, dizendo:

— Que bem fará a você tornar-se respeitável, se, afinal, nesse estado não encontrará felicidade?

— Mas, Lanny, eu pretendo ser feliz com Harry.

— Talvez — disse o rapaz —, mas não creio que esquecerá que deixou Marcel sem nenhuma razão. Suponha que ele não suporte a separação e se lance ao mar?

— Ó, Lanny, ele não fará semelhante loucura!

— Como pode ter certeza? Admitamos que a França decrete a mobilização. Marcel terá de ir à guerra, não é?

Beauty empalideceu; não lhe teria sido possível encarar sem horror essa perspectiva. O filho, percebendo que estava começando a levar vantagem, continuou:

— Você poderia abandoná-lo, sabendo que ele estaria lutando pela pátria?

Tudo o que Beauty podia fazer era tapar as faces com as mãos e chorar. Lanny então disse:

— Será melhor você esperar e ver o que vai acontecer.

III

Ninguém tinha de esperar muito tempo. Naqueles dias do fim de julho de 1914, não se podia queixar da lentidão dos acontecimentos. Em primeiro lugar foi a mobilização na Rússia de um milhão e duzentos e cinquenta mil homens; em seguida foi o imperador alemão enviando um ultimátum à Rússia, a fim de parar a mobilização. Paris fervia como uma colmeia na época dos enxames; porque a França era aliada da Rússia e seria assim obrigada a ir à guerra se a Rússia fosse atacada. Robbie dissera que os governos o encontrariam, e era verdade. Por qualquer incidência, fora conhecido que o representante dos Budd estava morando no Hotel Crillon, ocupando um belo apartamento com linda vista para a Champs-Élysées. Militares representando a maioria dos governos da Europa vinham para gozar dessa vista e partilhar das bebidas, que ficavam no *buffet*, ao lado da sala de recepção de Robbie — tudo isso naturalmente por conta das despesas de um vendedor de munição. Esses cavalheiros uniformizados vinham para descobrir qual o estoque disponível dos Budd no momento.

Robbie sempre sorria em resposta, dizendo que lamentava que os Budd tivessem uma fábrica pequena e não possuíssem senão diminuta quantidade de material bélico.

— O senhor sabe como são estas coisas. No ano passado pedi ao general para fazer uma grande encomenda de tais e tais armamentos. Lembrem-se de que avisei a todos os senhores o que estava acontecendo...

— Sim, bem o sabemos — responderam os militares com certa tristeza.

— Se a decisão tivesse estado conosco, os senhores estariam agora preparados. Mas os políticos e os parlamentos encolheram os ombros e nada pudemos fazer. Robbie sabia tudo a respeito de políticos e parlamentos; estes, no seu país, eram chamados congressistas e, continuamente, também, vinham recusando medidas acauteladoras que a segurança do país exigia. Naturalmente, agora, a situação seria outra; os bolsos estariam abertos. A política dos Budd estava firmada; era "quem vem primeiro será servido primeiro". Os termos, na crise atual, seriam cinquenta por cento do preço da compra à disposição do First National Bank of Newcastle, Connecticut, antes do pedido ser aceito; o resto seria pago à disposição da empresa, uma semana antes de ter completado o pedido, o qual deveria ser pago mediante

O FIM DO MUNDO 199

a apresentação dos documentos de embarque. Os fabricantes de munição tornavam-se agora muito exigentes. Robbie dizia a todo mundo que tinha enviado um cabograma à sua firma, recomendando um aumento imediato de cinquenta por cento sobre os preços anteriores, para enfrentar o aumento inevitável do custo do material e do trabalho.

Os visitantes então se retiravam e, enquanto os outros o esperavam no vestíbulo, Robbie tirava seu pesado cinto de couro de jacaré, que sempre usava, abria o lado interior e tirava daí uma longa fita de papel na qual estava escrito algo em letras miúdas. Em seguida, sentava-se diante da sua máquina de escrever portátil, a mais nova invenção do gênio ianque, e fazia cabogramas, utilizando-se daquelas letras que encerravam o código particular dos Budd.

Esse código permanecia há vários anos como uma das grandes hesitações da vida de Lanny. Era mudado cada vez que Robbie fazia uma viagem, e só existiam duas cópias; uma no poder de Robbie, a outra no do seu pai. A única pessoa além de ambos que sabia da existência do mesmo era o empregado de confiança da empresa que o inventara e que decifrava os telegramas para o presidente da companhia. O cinto no qual Robbie guardava a sua cópia jamais saíra da sua cintura, a não ser quando estivesse na sala de banho ou nadando. Nadava habitualmente, mas antes de dar qualquer mergulho procurava assegurar-se de que não havia gente de governos estrangeiros nas vizinhanças.

Robbie falava muito a respeito de cifras e códigos. Qualquer cifra podia ser resolvida por um especialista; o código era mais seguro porque dava sentido arbitrário às palavras. O especialista mais inteligente teria dificuldades em descobrir que "Agamenon" significaria a Turquia, ou que "Hyppogrifí" significava o chanceler da Romênia. Robbie empregava o código da companhia para as frases mais importantes da sua mensagem. Expressões como "Prometi entrega imediata" ou "Aconselho aceitar pedido", e outras desse feitio, eram enviadas quase em linguagem clara. Entretanto, mercadorias encomendadas eram sempre enviadas pelo código particular. Essas precauções foram utilizadas depois da perda de um negócio porque Zaharoff tinha um espião no escritório dos Budd, que recebia cópias das mensagens de Robbie.

Vendo que seu pai estava ocupado, Lanny perguntou se podia auxiliá-lo e o pai respondeu:

200UPTON SINCLAIR

— Que pena que você não saiba escrever à máquina...

— Posso encontrar as letras no teclado — respondeu o rapaz. — Embora não com tanta rapidez quanto os outros...

— Você vai achar isto muito desagradável...

— Mas se realmente posso auxiliá-lo, para mim será um ótimo divertimento.

Robbie escreveu seu cabograma em inglês e mostrou ao rapaz como procurar as frases na chave do código regular, sublinhando as palavras que estavam no seu próprio código. Enquanto Robbie conversava com um amigo do capitão Bragescu, chegado naquele dia da Romênia, Lanny trabalhava pacientemente, escrevendo um grande número de palavras de dez letras.

O avô de Lanny, que tanto fizera para que ele não nascesse e que se recusara a reconhecer o fracasso desse esforço, iria certificar-se, por este meio complicado, que o governo da Holanda receava muito a possibilidade de uma invasão e que estaria disposto a pagar trinta por cento acima dos preços da tabela, a título de prêmio, se durante o mês de agosto lhe fossem entregues vinte mil fuzis.

Quando Robbie terminou a entrevista, a mensagem estava pronta. Ao examiná-la, encontrou somente dois ou três erros, dizendo a Lanny que esse era um grande auxílio para ele, o que tornou o rapaz muito satisfeito. Robbie queimou a mensagem original, deixando a cinza cair na bacia de água. Então Lanny perguntou:

— Você vai acrescentar mais alguma coisa, sem o código?

— Às vezes faço isto — respondeu o pai. — Por que pergunta?

— Então diga: foi Lanny que fez o código desta mensagem.

Robbie riu-se, acrescentando:

— Espere até que eu venda os fuzis e os canhões e receba o dinheiro!

IV

Depois de terem enviado o cabograma, os dois saíram a passear a fim de respirar um pouco ao ar fresco. "Os militares que esperassem", disse Robbie; não valia a pena matar-se. Os Budd estavam cheios de pedidos; nas últimas semanas, acumularam tantos que teriam trabalho garantido para seis meses.

O FIM DO MUNDO 201

Durante vários anos, Robbie tinha desejado aumentar a fábrica, porém, o seu irmão mais velho, Lawford, que estava encarregado da produção, sempre se opusera ao plano. Todavia, o pai, depois de longa meditação, resolvera adotar a ideia de Robbie. Agora não precisava ter preocupações.

— O que era, afinal, que o preocupava? — perguntou Lanny.

— Os banqueiros! Se Wall Street entrasse nos negócios dos Budd então nossa fábrica deixaria de ser uma propriedade da família.

Era uma sexta-feira, o último dia de julho. Os meninos estavam gritando *"La guerre!"* A Alemanha decretara a lei marcial. Ia guerrear contra alguém e só podia ser com a aliada da França. O povo parecia ter perdido interesse pelas questões ordinárias; parava nas esquinas da rua ou na frente das bancas de jornais, charutarias e cafés, para falar sobre os acontecimentos. Pessoas que nunca se tinham visto antes agora falavam como se fossem velhos conhecidos. O assunto era a guerra.

— Eles todos estão sofrendo — disse Robbie. — A dor aproxima os homens.

Ouvia-se o ruído das cornetas; um regimento marchava naturalmente na direção de leste. Os soldados suavam debaixo do equipamento; carabina e baioneta, mochila, um grande cobertor, uma cantina e uma pequena pá. Seus paletós azulados eram compridos e pesados, suas calças vermelhas, grandes, em forma de saco. A multidão corria para vê-los, porém, não os saudava. Nem os soldados nem o povo tinham aspecto feliz.

— A França está mobilizando? — perguntou Lanny, e seu pai respondeu dizendo que as tropas marchavam na direção da fronteira. Logo depois, ambos voltaram para o hotel e, enquanto almoçavam, foi entregue um cabograma a Robbie.

— De Newcastle — disse.

Estava em código e Lanny pediu insistentemente para decifrá-lo. O pai pronunciou um "o.k." de satisfação.

Quando subiam para os aposentos, Robbie tirou o cinto e Lanny fechou-se no quarto de dormir com o cabograma e a chave, deixando a seu pai tempo disponível para outras entrevistas. O cabograma dizia que a Turquia estava atrasada vinte e quatro horas com o primeiro pagamento dos canhões. Não seria aconselhável cancelar o pedido e dispor daquele material para o exército britânico? Robbie devia comunicar imediatamente qual o aumento de preço que os ingleses aceitariam.

O negócio parecia tão importante que Lanny levou imediatamente a mensagem decifrada ao seu pai e este abreviou a entrevista, tentando falar

202 UPTON SINCLAIR

ao telefone com um dos membros da missão militar britânica, naquela hora em conferência com o ministro da guerra francês. Lanny voltou para pôr em código o cabograma seguinte: "Aconselho cancelar o pedido da Turquia, fazendo consulta à Grã-Bretanha."

Um homem, com funções de responsabilidade como a que possuía, deveria ter um secretário que o acompanhasse nas suas viagens. Robbie, porém, era ativo e sempre preferia cuidar sozinho dos seus negócios e escrever pessoalmente as cartas ao seu pai. Agora estava preso a uma súbita tempestade e, por isso mesmo, muito menos inclinado a confiar em alguém. Entretanto, a ocasião era propicia àquele menino de quinze anos, que poderia preencher o lugar de secretário — para cuja tarefa possuía certas aptidões.

Robbie conferiu a mensagem e não encontrou nenhum erro. Vestiu novamente o cinto e foi ao encontro do oficial britânico, que já o esperava. Lanny escreveu o cabograma e foi à rua comprar as últimas edições dos jornais. Quando voltou, encontrou uma carta para sua mãe — com a letra familiar de Marcel Detaze e o carimbo de Juan-les-Pins. Era uma carta muito grossa e Lanny não precisava adivinhar que Marcel estava nela revelando a sua alma. Levou a carta ao apartamento da sua mãe. Ia descansar por algum tempo da luta já bem iniciada da decifração de cabogramas e reassumir junto à sua mãe o papel de conselheiro em questões de coração.

V

Beauty almoçara com sua amiga Emily Chattersworth e estava com a cabeça cheia de conselhos razoáveis a respeito do problema que a torturava.

Mal vira a carta, pressentira que todo o trabalho da sua amiga estaria desfeito. Empalideceu repentinamente e, ao iniciar a leitura, as suas mãos tremiam. Quando terminou a comprida missiva, continuou sentada olhando a quietude da paisagem que se descortinava através da janela, mordendo os lábios como se estivesse sofrendo.

Lanny sentiu impulsos de dizer: "Posso ler?", porém, receava que fosse pouco gentil. Todavia, arriscou uma pergunta:

— Ele está em dificuldades?

Beauty apenas murmurou:

— Parece nada saber a respeito do que se passa.

Em seguida, leu a carta ao filho. Estava a mesma escrita em francês e começava com o suave vocábulo: *Chérie.*

O FIM DO MUNDO 203

Antes de terminar a leitura, Beauty, com a voz quase sumida, pediu ao filho para continuá-la dizendo que a lesse sozinho. Lanny prosseguiu:

"Esperava todos os dias ter notícias tuas ou ver-te; agora, porém, receio que seja tarde demais. Parece que vai haver mobilização geral e, sendo assim, não poderei ir a Paris, porque podem pensar que eu queira fugir ao meu dever de cidadão francês. Não tenho ainda certeza, mas creio que a minha classe será chamada entre as primeiras. Se eu for, escrever-te-ei. Não sei onde estarei, porém, poderás escrever-me ao cuidado do meu regimento.

"Lembro-me de que és americana e não posso ter certeza como sentirás tudo o que está acontecendo. Sabes, porém, que sou francês e que não posso pôr em dúvida a razão que levará o meu país ao conflito. É cruel que a nossa felicidade seja rompida assim, e que milhões de outras mulheres venham a ser, como tu, acometidas de iguais sofrimentos. Talvez não seja uma tragédia menor do que a homens de talento arrancados ao seu trabalho, à sua tarefa de criar o belo, para, afinal, fazer o quê? — apenas destruir outros nos campos de batalha. Este, talvez, seja o nosso destino; se o apelo vier, não se há de esperar que a minha coragem seja enfraquecida por lamentações. Neste ponto é que espero o teu conselho e o teu conforto.

"Uma ideia lamentável não foge da minha cabeça. Talvez o pai de Lanny possa levá-lo deste inferno em que a Europa vai mergulhar-se. Se assim for, certamente será teu desejo acompanhá-lo. Refleti sobre isso dia e noite, bem como sobre o que devia dizer-te. Escrevi uma meia dúzia de cartas, rasgando-as todas. Nelas discutia contigo, pensando no direito que nos dá o nosso amor. Decidi, porém, que eu era egoísta em pensar no meu próprio bem-estar, querendo enganar a mim mesmo e fingir que estava pensando no teu. Escrevi uma carta de renúncia ao nosso amor, mas cheguei à conclusão de que, lendo-a, poderias pensar que eu estivesse frio como as aras das catedrais nas manhãs invernosas, quando na realidade eu estava tremendo tanto que a minha mão dificilmente conseguia segurar a pena.

"Se eu pudesse ter o prazo de uma hora para conversar contigo, poderia explicar tudo. Pensei que isto seria o meu direito e que me darias permissão de pensar assim. Porém, adiaste a tua vinda — e senti que já conhecias a crise, bem como as possibilidades de eu ser chamado a defender a minha pátria. Não digo isso como queixa, porém somente para explicar a minha situação.

"Através das linhas que vais ler encontrarás o perfume da saudade das nossas horas de êxtase. Lembra-te das nossas lágrimas e das pulsações dos nossos corações. Tudo o que fui para ti, ainda sinto que sou hoje e sê--lo-ei para sempre, se o destino me poupar. Amo-te e todo o meu ser treme quando me lembro de ti. Nesses instantes, a minha coragem desaparece, amaldiçoo a guerra, os homens, o destino e o próprio Criador que nos concede tal felicidade, para em seguida tirá-la. Tudo isto eu sinto e tudo isto eu sou. Mas sou também um cidadão da França, com um dever a que não posso fugir. Sou também um homem racional, sabendo o que é o mundo e o que pode acontecer a uma mulher sem defesa. Às vezes, pergunto a mim mesmo: 'O que tenho a oferecer a uma mulher nascida para as coisas agradáveis da vida?' Poderia responder-me coisas agradáveis, porque, afinal, tenho consciência do valor dos meus próprios trabalhos e o mundo bem poderia conhecê-los e apreciá-los.

"Mas se isto me ocorre, vem-me à lembrança Van Gogh, que só conseguiu vender uma única tela durante a sua vida, e esta mesma a seu irmão.

"Tenho alguma coisa mais do que ele? Sei que existem centenas, talvez milhares de pintores, cada um tão certo dos seus méritos quanto eu. Mas quem poderá dizer que haverá qualquer possibilidade de o verdadeiro ser reconhecido pelo mundo? O que vemos é o homem de gênio sufocado pela indiferença, do mesmo modo que a vida é aniquilada pela loucura da guerra.

"Penso que, se fores para a América, certamente casarás e nunca mais nos encontraremos. A dor me sufoca ao pensar nisso, mas a perspectiva da guerra estanca este resto de lirismo, ao lembrar que minha vida pode terminar em poucos dias, ou, pior ainda, de que posso ficar mutilado, tornando-me algo que melhor seria não conheceres nem veres. Quantas vezes digo a mim mesmo: 'Se ela levar seu querido filho para a América, será este o caminho mais feliz para ambos. O seu amigo americano também deve ter falado assim. Que razão tenho eu de querer aumentar ainda as dores do seu coração?'

"Talvez tudo isto seja uma fantasia, *ma Chérie*. Se assim for, deves chamar tudo isto de pesadelo de um amante. É agradável escrever loucuras quando se mostra aberto em ânsias o coração. Se eu for chamado às fileiras, tudo que eu escrever depois será censurado.

"Peço-te, pois, não te preocupares a meu respeito. Esse é o destino dos homens da nossa época. A França deve ser salva da insolência de um autocrata,

O FIM DO MUNDO

e tudo o que vier deve ser suportado por cada um. Minha querida, a minha bênção te acompanha, bem como as minhas orações pela tua felicidade."

Enquanto Lanny fazia a leitura da carta de Marcel, as lágrimas iam descendo pela sua face. Ao terminá-la, ficou na mesma postura da mãe, olhando as coisas em torno, como se nada visse e nada soubesse dizer. Não supunha que Marcel acreditasse em orações, nem em bênçãos. Seria aquele, talvez, um modo de falar ou apenas um grito escapado do fundo da sua sensibilidade em face da insuficiência das próprias forças para enfrentar as suas necessidades? Talvez estivesse satisfeito em seguir para a guerra e ser morto — o único meio de escapar à sua dor.

Mesmo sem o querer, Lanny passou a pensar no problema de Beauty. Veio-lhe à mente a conversa que a respeito tivera com o pai.

— Ela deve resolver sozinha o seu próprio caso — dissera-lhe Robbie. — É um engano aconselhar qualquer pessoa a esta ou àquela decisão, porque mais tarde nos considerará responsável pelas consequências. Que ela tome a sua própria decisão.

Por essa razão, o rapaz não dissera uma palavra, apenas deixara as lágrimas correrem.

— Ó, Lanny, que devo fazer? — perguntou Beauty, finalmente.

Este nada respondeu e ela começou a chorar.

— É monstruoso que um homem como Marcel deva ser forçado a ir à guerra!

— Ele não é forçado a ir à guerra! A sua situação, como a dos demais, é uma contingência natural e, como consequência, nada podemos fazer. Como você, a maioria das mulheres da França terá de suportar o mesmo transe.

Robbie dissera isso e o filho o compreendera perfeitamente.

Beauty, porém, era uma mulher diferente, pertencendo à classe das que não estavam dispostas a sofrer. Pelo menos até aquele momento se recusara a fazer isso. Era essa a razão, porque lhe parecia uma solução perfeita do seu problema a sua ida para a América, acompanhada por um homem que não tomara parte nos ódios e matanças da Europa. Era, sem dúvida, o mais razoável — como Robbie e Emily e todas suas amigas lhe aconselhavam.

Como era antipático e nada racional que ela, que dera o seu coração a Marcel, fosse abandoná-lo justamente no momento do seu maior sofrimento, insistiu em ouvir novamente o filho.

— Diga-me o que devo fazer? — repetiu ela.

— Robbie não quer que eu diga coisa alguma sobre isso — respondeu Lanny. — Todavia, você bem sabe o que estou pensando a respeito.

— Harry vai levar-me para o jantar — continuava a mãe. — O que devo dizer-lhe?

Lanny viu-se na contingência de dizer qual a resposta. Nesse instante, veio-lhe à mente o que o seu pai lhe dissera durante o encontro que tivera com Zaharoff.

— Diga-lhe os fatos — respondeu.

VI

Lanny voltou às suas novas ocupações. Robbie escreveu uma longa mensagem ao pai, relatando que os oficiais turcos estavam envolvidos em intrigas com a Alemanha e que o resultado disto seria talvez um bloqueio de todos os portos turcos. A missão militar britânica disse que certamente compraria todos os canhões disponíveis. Robert era contrário ao aumento de preço para esses canhões, a não ser que se fizesse uma modificação geral na lista dos preços. Aconselhava, entretanto, se necessário fosse, fazer essa modificação imediatamente. Os pedidos futuros deveriam estar sujeitos ao aumento correspondente ao que tivesse a matéria-prima, o que fatalmente dentro em pouco se verificaria.

Era uma mensagem extensa que levaria muitas horas para ser posta em código; por isso Robbie não quis entregá-la ao filho, mas este insistiu dizendo que, até aquele momento, não fizera coisa alguma. Iria começá-la imediatamente e esperava fazê-la com exatidão. Se Robbie a transmitisse sem o seu controle, ele se sentiria tão orgulhoso quanto se tivesse recebido a cruz da Legião de Honra.

Assim começaram a trabalhar, Lanny na sua mesa e o pai conversando com militares. Isso até depois de dezenove horas, quando Robbie lhes disse que deviam comer e se preocuparem um pouco menos com os acontecimentos da Europa.

— Iremos a um lugar onde os verdadeiros parisienses comem. Um homem a quem conheço provavelmente lá estará.

Tomaram um automóvel e ele deu ordem para que o carro rumasse na direção da rua Montmartre.

O FIM DO MUNDO 207

— Vamos encontrar um jornalista, um homem que tem relações importantes e que muitas vezes me ajuda. Dou-lhe umas notas de cem francos. É o costume do país.

Tratava-se de um lugar sobre o qual Lanny ainda não ouvira falar. Havia muitas mesas na rua, porém Robbie entrou, olhou para todos os lados e seguiu na direção de uma pequena mesa onde estava sentado um homem de grande barba e bigode, óculos e gravata escuros. Logo que viu o vendedor de armas, o estranho personagem aprestou-se para recebê-lo.

— Ó, Mr. Budd! — exclamou, esforçando-se por imprimir à saudação um estilo americano, sem, porém, consegui-lo.

— Bonjour, M. Pastier — respondeu Robbie e, apresentando Lanny, concluiu — Mon secrétaire.

O homem olhou um pouco embaraçado o rapaz, achando esquisito, naturalmente, que um poderoso industrial tivesse um secretário de tão pouca idade. Robbie percebeu a sua admiração, acrescentando:

— É também meu filho.

— Ah! Seu filho! — exclamou o francês com entusiasmo, abraçando o rapaz.

— É o Kronprinz, não é verdade?

— Assim o espero — respondeu Robbie.

M. Pastier convidou-os a sentar, pediram o almoço e Robbie mandou buscar uma grande garrafa de vinho, sabendo que seu amigo o auxiliaria na ingestão daquela bebida.

O francês era dono de certa facilidade de expressão e sua loquacidade impressionara Lanny. O menino ainda não tinha bastante idade para compreender que pessoas da profissão de M. Pastier às vezes pretendiam conhecer mais do que na realidade os assuntos que discutiam. Ao ouvi-lo, acreditava-se que ele era amigo íntimo de todos os membros proeminentes do governo e que conversara com alguns deles ainda naquela tarde.

Contava que a Alemanha fizera esforços desesperados para desligar a França dos seus compromissos com a Rússia.

— O embaixador alemão insistiu esta tarde com amigos meus no Quai d'Orsay. "Não havia necessidade de duas nações tão civilizadas lutarem como inimigas. A Rússia é um estado bárbaro, um império tártaro, essencialmente asiático." Assim falou o diplomata germânico, porque o seu país pretende devorar-nos como o segundo prato — continuou o francês.

— Naturalmente, outro não seria o objetivo — disse Robbie.

— Temos, porém, uma aliança; a palavra da França está empenhada! Imaginem os senhores a insolência desses teutônicos: exigem de nós as fortalezas de Toul e Verdun, como garantia da nossa desistência da aliança russa. É possível que as construíssemos; para este fim?

— Não o creio! — respondeu o americano.

— Se o povo francês tomar conhecimento dessa exigência, levantar-se-á como um só homem! — exclamou o jornalista, gesticulando com ambos os braços.

— O que farão os trabalhadores, os socialistas? — perguntou Robbie.

Era uma pergunta que a todos incomodava. O outro, fazendo um movimento com os olhos em certa direção da sala, disse:

— Olhe lá, aquela mesa perto da janela. A questão será resolvida hoje à noite.

O americano viu oito a dez homens sentados para jantar. Todos conversando entre si. Talvez fossem jornalistas como M. Pastier, talvez médicos ou advogados. Na cabeceira da mesa, estava um homem grande e forte, de barba grisalha, face ampla e aparência paternal.

— Jaurés — murmurou o francês.

Lanny já ouvira esse nome; sabia que era um dos *leaders* socialistas que faziam discursos eloquentes na Câmara dos Deputados. O que via, ali, agora, era um velho cavalheiro de roupa malpassada, falando com excitação e fazendo muitos gestos.

— São jornalistas e deputados socialistas — explicou M. Pastier. — Acabam de voltar de uma conferência em Bruxelas.

Os três observaram o grupo por algum tempo, o mesmo fazendo os demais que se achavam no restaurante. Os socialistas eram homens do povo, tratavam de questões do povo e não tinham necessidade de viver escondidos.

— Este é um problema sério para eles — explicou o jornalista. — São internacionalistas e contra a guerra. Dizem, porém, que Jaurés falou claramente com os alemães em Bruxelas. Se eles obedecerem ao seu Kaiser e marcharem — frisou —, nada mais restará aos operários franceses do que defenderem a sua pátria. Leu a *Humanité* esta manhã?

— Não compro nunca este jornal — disse Robbie.

O FIM DO MUNDO

— Jaurés fala da "necessidade irremediável de todo homem da França salvar a sua família e o seu país, mesmo que tenha de filiar-se ao nacionalismo armado".

— Que pena que não tivessem descoberto esta fórmula antes de começarem a defender a greve geral em caso de guerra!

— Jaurés é um homem honesto. Digo isto, embora eu o tenha combatido por muitos anos. Gostaria de conhecê-lo?

— Não, obrigado — disse Robbie friamente. — Ele não está me interessando.

Querendo mudar a palestra, falou sobre as possibilidades de uma intervenção britânica na próxima guerra. Tinha as suas razões para dizer algo a esse respeito, pois essa intervenção valeria muitas notas de cem francos para a Budd Gunmakers Corporation.

Depois do jantar, pai e filho passearam pelas ruas olhando a multidão. Quando chegaram ao hotel, já um outro cabograma os esperava para ser decifrado. Lanny, vendo que o pai queria poupar-lhe novo esforço, insistiu em que não estava cansado; certamente poderia continuar a trabalhar — disse — até a hora de recolher-se aos seus aposentos. Nesse instante, tilintou a campainha do telefone e Robbie atendeu.

— Ó! Será possível? E, então, meu Deus, que significa isso?

Permaneceu ao telefone alguns segundos e, desligando-o, disse a Lanny:

— Jaurés foi assassinado a tiros!

— Em que lugar? — perguntou Lanny, nervosamente.

— No lugar em que o deixamos. Um homem da rua afastou a cortina da janela e atirou com uma pistola automática contra o chefe socialista.

— Ele está morto?

— Assim o disse Pastier.

— Quem o matou?

— Algum patriota; alguém que pensa que Jaurés ia se opor à guerra.

O pai sacudiu os ombros como se fosse um francês.

— É só uma vida sacrificada, por enquanto. Se a guerra começar, serão milhões de outras. *C'est la guerre*. Pastier informa ainda que se espera que a Alemanha declare guerra à Rússia amanhã. E, se assim for, a França também entrará.

VII

Era difícil a um rapaz que acabava de assumir uma posição importante e de responsabilidade ficar isolado dos problemas do sexo.

Lanny aprendera, através das experiências, que o sexo tinha a sua influência, às vezes decisiva, em certas formas de negócios e em várias modalidades da ação do homem no tempo e no espaço.

Na manhã seguinte, confortavelmente sentado ao lado da janela do seu dormitório, com o código e a chave, o filho de Robbie tinha diante de si uma longa mensagem de Connecticut, muito atrasada, devido ao congestionamento dos cabos. Em vez de procurar a expressão "sem mercado", ele estava parado, perdido em pensamentos. Nesse instante, interrompeu o pai, que lia a correspondência.

— Robbie, não acha que um de nós devia estar com Beauty por alguns minutos?

— Haverá para isso algum motivo especial? — perguntou o outro, sem prestar muita atenção ao que o filho dizia.

— Harry disse-lhe à noite passada que Beauty devia tomar hoje qualquer resolução, pois pretendia voltar para os Estados Unidos, mesmo sem ela. Beauty considera isto um ultimátum.

— Justamente agora há muitos ultimátuns. Um a mais não tem importância.

— Não brinque, Robbie. Ela está muito triste com a sua situação.

— E o que está fazendo para resolvê-la?

— Olhando a vida e o mundo sem coragem de tomar uma diretriz.

— Então, deixa-a nessa atitude que um dia encontrará o caminho ditado pela inclinação da sua natureza ou pelas conveniências.

Lanny notou que seu pai estava firmemente resolvido a não se envolver nessa questão. Desse modo, voltou a procurar a palavra no código correspondente à expressão "sem mercado".

Antes, porém, de iniciar a procura de outra palavra, interrompeu novamente o pai, dizendo:

— Robbie, acontece muitas vezes que uma mulher pense que está amando a dois homens ao mesmo tempo e não decida a qual dos dois deva preferir?

— Sim. O caso sucede frequentemente e dele são vítimas não somente as mulheres, mas também os homens.

O assunto pareceu interessar a Robbie. Subitamente, colocou a carta que lia sobre a mesa e continuou:

— O mesmo aconteceu a mim quando tive de decidir se devia casar ou não.

Era a primeira vez que Robbie falava a esse respeito com Lanny e o rapaz esperava com certa curiosidade que o pai aproveitasse a ocasião para fazer a confissão que a mãe já recentemente lhe confiara.

— Tinha de resolver e resolvi. E agora Beauty terá de fazer o mesmo. Não vá interrompê-la na sua quietude e no seu silêncio. Ela mesma é que deverá decidir o problema através das suas reflexões, sem influências de terceiros.

Lanny continuou a decifrar a mensagem, porém, a certa altura, não pode se furtar à tentação de voltar ao assunto.

— Robbie, você não quer que eu dê conselhos a Beauty; mas quando me falou, eu já os havia dado; sei que eles valerão muito para ela. Você acha que teriam sido bons os meus conselhos?

— Não foram os que eu lhe teria dado; mas talvez sejam os certos para ela. Beauty é muito sentimental e parece estar muito apaixonada pelo pintor.

— Ó! Isso é verdade, Robbie! Eu os observei durante o tempo todo que passamos no iate.

— Mas ele é muito mais moço do que ela e, algum dia, se ambos se unissem em caráter definitivo isto, fatalmente daria em tragédia.

— Quer dizer que Marcel deixaria de amá-la?

— Não inteiramente, talvez; mas poderia futuramente sofrer do mesmo modo que ela agora.

— Quer dizer que ficaria interessado em alguma mulher mais nova do que Beauty?

— Seria um santo se não o fizesse, e por enquanto ainda não encontrei um santo entre pintores franceses.

— Você devia conhecer Marcel mais intimamente; é um dos melhores homens que tenho encontrado.

— Di-lo você, porque lhe falta a experiência. Há ainda muita coisa que deve aprender, meu filho. Casada com Marcel, Beauty ficaria reduzida à extrema pobreza. Todo mundo sabe que a pobreza dificulta a continuidade de uma afeição. Esse aspecto do problema do amor ainda se torna mais precário com o envelhecimento da mulher.

— Você acha certo que homens e mulheres se casem sempre por interesse e, sobretudo, visando ao dinheiro?

— Acho que se fala muitas tolices a respeito. Os homens se enganam a si mesmos e tentam enganar aos outros. Observei casamentos, centenas deles, e sei que o dinheiro sempre foi o elemento mais importante na maioria deles. Estava escondido em suas palavras, nas classificações "família", "posição social", "cultural", "refinamento" etc.

— Mas estas coisas não são reais?

— Certamente que são. Cada uma como uma bela casa. Todas construídas sobre uma base: o dinheiro. Se construir uma casa sem base, ela ruirá.

— Compreendo — disse o menino.

Lanny ouvia atentamente as palavras de Robbie. O pai, percebendo o interesse do rapaz, prosseguiu resoluto:

— Não permita que alguém o engane em causas que se liguem às finanças, meu filho. Os homens que falam com entusiasmo sobre aquelas tolices nunca acreditam nelas. Dizem sempre que o dinheiro não pode comprar isso, nem aquilo. Entretanto, eu te digo, meu filho, o dinheiro compra muito, muito mesmo, principalmente se fores um bom comprador. Compreendeu o meu ponto de vista?

— Ó! Sim, Robbie.

— Tome Edna Hackabury como exemplo. O dinheiro comprou-lhe um iate, e o iate deu-lhe muitos amigos. Agora perdeu seu iate, e ela e seu capitão têm de viver com duas mil libras por ano. Quanto aos seus antigos amigos, irão visitá-los? Se isso se der, entretanto, o que não acredito, ela ficará embaraçada, porque não lhes pode oferecer a hospitalidade costumeira. E compreenderá que será obrigada a escolher alguns amigos mais modestos.

— Eu sei, Robbie, que existem inúmeras pessoas como estas; mas outras há que são interessadas em arte e música, em livros e outras manifestações do espírito.

— Concordo. Digo-lhe até que estimo muito saber que você prefere tais amigos. Mas, quando estes amigos envelhecem e seu sangue passa a correr mais devagar, precisam de uma lareira e sem dinheiro não hão de comprar combustível para se aquecerem. O dinheiro não concede a ninguém capacidade de compreensão dos livros, mas com ele se compram os livros. De que vale essa capacidade de compreensão se não se tem os meios de usá-la? Não,

O FIM DO MUNDO 213

meu filho; o único meio de ser feliz sem dinheiro é viver num túnel como Diógenes, ou tornar-se hindu com um pano em redor do corpo e uma tigela para pedir arroz. E mesmo assim, não poderá viver senão às expensas de outra pessoa, com suficiente interesse pelo dinheiro, que tem o bom senso de plantar o arroz e levá-lo ao mercado.

— Então você acha que não há nada a fazer por Beauty?

— O que eu acho, meu filho, é que um de nós dois tem de decifrar esse cabograma; além disso, estamos numa época de crise em que muitas mulheres têm preocupações mais sérias do que a da simples escolha do homem que desejam.

VIII

Estávamos em 1º de agosto e já às primeiras horas do dia se espalhara a notícia de que a Alemanha declarara guerra à Rússia. Pouco depois soube-se que tanto a Alemanha como a França haviam ordenado a mobilização geral.

Paris modificou-se dentro de uma hora. Antes de mais nada, o mundo estava perplexo; o povo parecia receoso, amedrontado, horrorizado. Agora, porém, os dados eram lançados. Era a guerra! Aquele Kaiser detestável, com seu bigode petulante, aqueles militaristas que o cercavam — todos eles haviam lançado a Europa numa fornalha. Assim, ao menos o povo de Paris o compreendera; os negócios se fecharam naquele dia e toda gente correu para as ruas. Cornetas por todos os lados, a multidão marchando, saudando os militares, a "Marseillaise" em todas as ruas, bem como canções militares inglesas.

Lanny terminara os seus trabalhos de secretário e saíra à rua para ver o movimento da cidade tomada pela inquietação da luta que se avizinhava. Oficiais andavam por todas as partes explicando as ordens de mobilização; moços se reuniam, dirigindo-se aos trens; mulheres e moças os acompanhavam, cantando, chorando histericamente ou rindo movidas pela excitação da multidão. Jogavam flores sobre os homens, colocavam-se rosas nos bonés dos soldados e nos cabelos das meninas. E os regimentos marchavam para as estações ou seguiam em caminhões; não levaria muito tempo para que nenhum automóvel pudesse ser encontrado em Paris.

Lanny voltou, então, para o Hotel Crillon. A Champs-Élysées, aquela ampla avenida e as grandes praças, a Praça da Concórdia, a Praça do Carrossel pareciam agora acampamentos militares; regimentos marchando, cavalos galopando, artilharia passando, o povo cantando e gritando: "*La guerre, la guerre!*"

No interior do hotel, havia uma outra espécie de tumulto, pois parecia que milhares de americanos estavam em Paris, desejando sair com a maior urgência. Muitos ficaram presos, sem recursos, desejavam alimentação e abrigo, bilhetes de estrada de ferro e passagem de navio, tudo imediatamente. Haviam lido a respeito das novas armas e inúmeros aviões alemães já tinham jogado bombas sobre Paris naquela mesma tarde. Pessoas que não conheciam Robbie Budd agora o procuravam, pedindo conselho ou dinheiro emprestado ou pleiteavam a sua influência junto à embaixada e consulado americanos e escritórios de passagens marítimas e terrestres.

Quando não conseguiam aproximar-se de Robbie, iam à procura de sua antiga companheira, que ainda era capaz de conseguir dele o que quisesse.

Beauty, que desejava apenas refletir sobre o seu destino, que desejava chorar sem ser perturbada, era obrigada a pôr um pouco de *rouge* e pó de arroz e vestir o seu lindo vestido chinês para receber seus amigos e os amigos da sua amiga Emily, da sua amiga Sophie e da sua amiga Margy, para dizer--lhes o que Robbie tinha feito, isto é, que não havia nenhum perigo imediato, que a embaixada certamente adiantaria o dinheiro logo que tivesse tempo de ouvir Washington, que Robbie pessoalmente não podia fazer nada, porque estava cercado por militares, os quais tentavam comprar o que ele não tinha e que não podia produzir senão depois de muitos meses.

Os interessados dirigiam-se até ao recém-nomeado secretário de Robbie para perguntar o que ele sabia e pensava. Lanny jamais tivera emoções tão fortes. Era como se tivesse ido pessoalmente à guerra. Procurava o pai quando pensava que algum caso necessitasse de solução urgente. O rapaz, então, encontrava em Robbie aquele sólido rochedo humano, sincero, sereno, sorridente, que lhe dizia:

— Lembre-se, meu filho, de que houve muitas guerras nesta velha Europa e que esta passará como as outras.

Robbie observara que Lanny, sempre que olhava pela janela e via as tropas marcharem, as bandeiras a tremular, ouvindo as cornetas tocarem e a multidão a gritar, sentia um forte entusiasmo que ia dia a dia crescendo.

Vendo-o assim, Robbie lhe dissera certa vez:

O FIM DO MUNDO   215

— Tenha sempre em mente que esta não é a sua guerra. Não cometa qualquer engano apaixonando-se por ela, incluindo-a nos seus sentimentos e no seu coração. Você é um americano!

IX

Era este o ponto de vista de Robbie. Os Budd nunca se interessavam pelas guerras, senão como fornecedores de munição; não tomavam partido. E Robbie sempre achava tempo, no meio de todas as excitações e confusões do momento, de firmar essa sua orientação no espírito do filho.

— Terei de voltar para Newcastle a fim de ajudar a meu pai e a meus irmãos, e não quero que você caia em qualquer armadilha. Saiba que nunca houve uma guerra na qual toda razão permanecesse de um lado só, e lembre-se ainda mais de que, em toda guerra, as duas partes mentem por necessidade. A metade da batalha consiste em levantar o entusiasmo do povo e conseguir aliados. A verdade em política e, principalmente, em política de guerra, é tudo que pode ser apresentado como verossímil. Lembre-se disso toda vez que ler um jornal.

O pai ilustrou com fatos essas afirmações. Contou que Bismarck havia forjado um telegrama que precipitara o início da guerra franco-prussiana, quando ele já tinha terminado os seus preparativos. Falou sobre as intrigas do governo do Tsar, o "governo mais despótico e corrupto da Europa". Explicou como os grandes interesses financeiros, os trustes do aço, do petróleo e da eletricidade, bem como os bancos, controlavam tanto a França como a Alemanha. Essas organizações possuíam grandes propriedades em ambos os países e a única preocupação dos seus dirigentes era sempre a de conseguirem milhões de lucros resultantes da guerra; comprariam novas propriedades e seriam mais do que nunca os donos das economias desses países, fosse qual fosse o fim que a luta tomasse.

— E tudo isto está muito certo — continuou o pai. — É o negócio deles e não o seu. Lembre-se de que entre as propriedades desses grupos estão todos os grandes jornais. Tente descobrir a quem pertencem estes que você está lendo.

Robbie tomou vários jornais que estavam sobre a mesa.

— Este pertence aos de Wendel — disse ele —, o Comité des Forges que é o truste de aço que governa a política da França. Aquele é de Schneider-Creusot, e aqui temos o do nosso velho amigo Zaharoff!

O pai abriu um dos jornais e perguntou:

— Você leu esta pequena história?

Mostrou-lhe a descrição de uma cerimônia oficial que se realizara no dia anterior. Zaharoff fora promovido a comendador da Legião de Honra. Era um pouco esquisito que essa festa se tivesse realizado justamente no mesmo dia em que Jaurés fora assassinado!

— Eu não sinto inclinação nenhuma pelos socialistas — disse Robbie —, mas talvez esse homem fosse honesto como você ouviu Pastier dizer. Mataram-no e concedem uma das maiores honrarias a um velho negociante levantino que não se envergonharia de vender a França inteira por cem milhões de francos, se isso lhe fosse possível.

Quase todos os americanos praticamente simpatizavam com a França, porque acreditavam que esse país desejava a paz e porque era uma república. Robbie, porém, não participava dessa opinião. O que lhe interessava hoje eram o seu negócio e os homens poderosos da indústria de armamentos, petróleo e aço da França que desejavam aquilo que os outros também queriam.

— Significa ato de paz, por acaso, o fato de emprestar milhões de francos à Rússia e obrigá-la a gastar esse dinheiro em compra de armas a fim de combater a Alemanha?

— Creio que você tenha razão — admitiu o rapaz.

— Ponha-se no lugar do povo alemão, do seu amigo Kurt e sua família e de milhões que, como eles, olham para a fronteira oriental!

— O conde Stubendorf chamava a essa ameaça uma grande nuvem de barbarismo — disse Lanny subitamente.

— A diplomacia russa almeja uma única coisa: conquistar Constantinopla, e isto significa impedir que a Alemanha se aposse da capital dos turcos. A Rússia é considerada um compressor e este compressor foi construído para rolar em direção do Ocidente; os franceses pagaram para isto e ensinaram aos russos como pôr a máquina em movimento. Os alemães terão naturalmente de lutar como demônios para deterem esse compressor.

— Quem vai ganhar, na sua opinião, Robbie?

Era interessante ouvir a opinião do pai, mesmo do ponto de vista esportivo.

— Ninguém pode prever. Os franceses estão se movimentando na direção de Berlim e os alemães na de Paris; vão se encontrar e um dos dois será obrigado a encolher-se e retirar. A única coisa de que se pode ter certeza é de que não será uma guerra longa.

O FIM DO MUNDO 217

— Quanto tempo durará na sua opinião?

— Três a quatro meses. Ambos os contendores ficarão extenuados, se forem além desse prazo.

— E qual será a posição da Inglaterra?

— Poderia fazer uma fortuna se o soubesse. Os homens que terão de decidir essa questão estão correndo como formigas quando passam por uma pedra. Se a Inglaterra tivesse feito entender antes que defenderia a França, não teria havido guerra. Penso que uma das maiores dificuldades com que contam atualmente os países da Europa são os parlamentos; estes nunca podem tomar uma decisão rapidamente.

X

Harry Murchison tinha retirado o seu dinheiro do banco e obtivera um camarote de luxo para duas pessoas, no vapor que ia partir no dia seguinte; também tomara um camarote para Lanny. Já fizera isso antes de começar a crise europeia, e agora essa circunstância fazia parte do seu "ultimátum". Ele e Beauty poderiam casar naquela noite, ou no dia seguinte, diante do capitão do navio.

Harry viera duas ou três vezes, durante o dia, para defender a sua causa e argumentar contra a loucura de Beauty em hesitar ainda.

Fechara a porta a chave, de modo que ninguém pudesse interrompê-los nem permitir a Beauty atender ao telefone. Era moço que estava acostumado a ter vontade. Não tinha muita consideração pelos sentimentos de Beauty; dissera mesmo que ela era um pouco nervosa e que realmente não sabia o que queria. Uma vez o casamento realizado e restabelecida a sua tranquilidade, ela ficaria grata a quem tivesse agido de modo a levá-la a aceitá-lo.

Harry usava uma técnica conhecida nos Estados Unidos: "Alta pressão na arte de vender".

Beauty então pedira tempo para refletir, porém, Harry insistiu com energia e segurança:

— Tenho de tomar o navio. Durante esta guerra tanto vidro será destruído que devo estar em Pittsburgh o mais cedo possível para ver se a minha fábrica se munirá em tempo do *stock* necessário à substituição das ruínas da Europa.

— Não me deixe, Harry — pediu a pobre mulher. — Certamente você pode adiar a sua viagem por mais uma semana.

— Se você não for agora, talvez só possa seguir depois de finda a guerra. Telefone para as companhias de vapores e veja o que elas dizem. Todas as passagens estão tomadas para vários meses e fala-se até que o nosso governo vai mandar navios para buscar os americanos que estão passeando na Europa.

Robbie também decidira subitamente que seguiria no primeiro navio. Os cabogramas estavam atrasando e possivelmente doravante seriam censurados. Dissera a Harry que, se Beauty desistisse da chance, ele ficaria com o camarote que a ela estava destinado.

— Se ela, porém, não desistir — disse Robbie —, creio que conseguirei de qualquer modo um lugar no navio.

Robbie era amigo de todos os oficiais das linhas de navegação e conhecia os meios secretos para conseguir o que desejasse.

— Eles podem pôr uma cama de lona no camarote do capitão — observou, sorrindo — e nesta me arranjarei.

Era uma situação pouco interessante para Lanny não saber se iria parar na Riviera Francesa ou num dos vales enfumaçados a três mil milhas de distância de Paris.

Não se queixava, porém. Não acreditava que a situação de Marcel estivesse perdida. Era um princípio elementar de justiça pensar que os dois caminhos, um dos quais deveria seguir a sua mãe, deveriam ser defendidos pelos interessados, direta ou indiretamente. Lanny sentia fortes impulsos para proteger o pintor, porém, Robbie lhe pedira que não se metesse na questão; e o desejo de Robbie era uma ordem para o filho.

Nos momentos que lhe sobravam do ofício de cifrar e decifrar cabogramas, Lanny ia visitar a mãe para dizer-lhe que a amava; só isso, porque não podia dizer mais nada. À noite, encontrava Mrs. Emily na companhia de Beauty; numa dessas ocasiões, encontrou duas senhoras elegantes com os olhos cheios de lágrimas. Não era por causa do problema de Beauty, nem porque milhões de mulheres francesas estavam dentro das suas casas, ameaçadas de perder o que lhes era mais caro: os seus filhos. As lágrimas nasciam de uma história terrível que Mrs. Emily contara. Enquanto as tropas estavam marchando e a multidão gritava e cantava em todas as ruas, o destino desfechava um novo golpe contra Isadora Duncan. Depois de muitas

O FIM DO MUNDO

horas de sofrimento para dar à luz o filho esperado, finalmente este nascera e, quando fora colocado nos seus braços, ela sentira que a criança ia a pouco e pouco se tornando fria. Nesse instante pedira o socorro dos assistentes, porém estes, apesar de tudo tentarem para salvá-lo, viram-na em poucos minutos morrer, assistindo à nova desolação daquela mulher infeliz.

— Ó! Meu Deus, o que teria acontecido ao mundo? — murmurou Beauty.

Parecia que o gênio do mal havia, ao menos temporariamente, se apoderado de todas as coisas. Ali, poucos dias antes, tudo permanecia num estado de felicidade. O recreio na Europa era sumamente agradável; subitamente, porém, tudo fora transformado num sepulcro.

— Vejo estes homens marchando — disse Mrs. Emily — e penso como os hospitais e os túmulos ficarão cheios; tudo isso parece tão trágico que é quase intolerável para uma mulher.

— Eu sei — disse Beauty —, essa é uma das razões por que sinto intensa vontade de fugir da França.

— Se os alemães rompem as linhas — falou a outra mulher —, a minha casa estará no caminho dos vândalos.

— Certamente os alemães não irão profanar aquele lugar maravilhoso! — exclamou a mãe de Lanny.

No momento, porém, lhe veio à mente que já ouvira falar que os turcos usavam o Pártenon como depósito de armas e munições.

XI

Robbie e seu filho foram jantar. Beauty não aceitou o convite; dizia que não podia comer coisa alguma. Ambos concluíram que Harry ia voltar mais uma vez. O tempo estava ficando escasso e, se ela resolvesse seguir, teria de arrumar muitas malas ainda. Notava-se que estava querendo embarcar, isso porque Mrs. Emily a aconselhara novamente a respeito. Ademais, Robbie também tinha estado com ela e não estava seguindo o conselho que dera a Lanny.

Pai e filho voltaram para o hotel e ali encontraram mais cabogramas atrasados. Em seguida, receberam um telefonema de Beauty; queria falar com Lanny, só por poucos minutos, assim prometeu, e Robbie dissera que sim, que ele pessoalmente faria o trabalho dos códigos.

Beauty chegou pálida, parecia mais desolada do que nunca; passava pelo quarto e apertava as mãos nervosamente.

— Marcel foi chamado às fileiras — disse ela.

Ato contínuo, mostrou um telegrama que Lanny leu. Dizia simplesmente: "Fui chamado às fileiras. Deus te abençoe, amor." E nada mais dizia.

Beauty, depois de haver sentado alguns segundos, enquanto o filho lia o telegrama, levantou-se dizendo:

— Tenho de resolver agora. Decidirei neste instante sobre o meu futuro!

— Sim, Beauty — disse o menino calmamente.

— Quero pensar sobre a sua e sobre a minha felicidade.

— Não se incomode comigo, Beauty. Terei o melhor de tudo o que você resolver. Se for esposa de Harry, serei seu amigo e não lhe darei razão para queixa.

— Significará que vai viver na América. Gostaria?

— Não sei, porque não sei o que vou encontrar: mas hei de me arranjar.

— Diga-me o que você realmente prefere.

Lanny hesitava. Vinha à mente o conselho do pai. Marcel lhe aparecia, também, todo embebido na sua arte e no seu amor por Beauty, mas a figura do pai vinha de novo e ele sentia o peso das suas palavras. Afinal, falou:

— Robbie não quer que eu interfira, Beauty.

— Eu sei; mas estou perguntando. Tenho de pensar por nós dois. Se você tivesse de escolher, se não tivesse de considerar, senão os seus próprios desejos. O que faria?

Lanny pensou por instantes. Seu pai não poderia aborrecer-se se ele respondesse a uma pergunta clara como esta. Finalmente arriscou:

— Voltaria para Juan.

— Você gosta tanto de lá?

— Ali sempre fui feliz. É o meu lar.

— Mas agora vai haver guerra. Talvez não estejamos muito seguros em Juan.

— Os navios de guerra ficarão no golfo, assim o creio, e não é provável que alguma frota venha a derrotar as armadas inglesas e francesas.

— Mas a Itália tem um tratado com a Alemanha e a Áustria. Ela não será obrigada a ir em auxílio dos dois países?

O FIM DO MUNDO

— A Itália acaba de anunciar que vai tomar uma medida defensiva. Robbie disse que isto significa que o governo italiano se dispõe a esperar para ver qual o lado que melhor possibilidade oferecerá de vitória. Fatalmente será o grupo que aderir à Inglaterra, porque ela tem recursos que os outros não possuem.

— Todos os nossos amigos estão falando em voltar para a América. Ficaríamos muito solitários em Juan...

— Talvez isto sucedesse só a você — disse o rapaz. — Quanto a mim, bastaria a companhia de minha mãe. Lá poderíamos ler, tocar piano, nadar e esperar a volta de Marcel.

Lanny arrependera-se de chegar a esse ponto. Não tinha certeza se estava agindo corretamente, falando sobre tal aspecto da questão.

A voz de Beauty tremia quando disse:

— Talvez ele não volte nunca mais, Lanny.

— Naturalmente existe esta possibilidade. Robbie disse, porém, que a guerra não durará muito tempo. Marcel talvez nem chegue a lutar. Robbie pensa que os regimentos de Provença ficarão de guarda na fronteira italiana, ao menos até que se saiba o que a Itália vai fazer. E ainda há a possibilidade de que Marcel volte ferido e é natural que ambos queiramos cuidar dele. Não seria honroso sabermos que ele estava ferido, precisando de auxílio, e que nós lhe poderíamos ser úteis.

— Eu sei, Lanny, eu sei.

As lágrimas voltavam outra vez aos lindos olhos de Beauty.

— Justamente este pensamento está me torturando.

Em seguida, sentou-se, as mãos apertadas numa dolorosa atitude e o menino viu que os seus lábios tremiam novamente.

— Então é isso realmente o que queres fazer, Lanny?

— Você me pediu para dizer-lhe.

— Eu sei. Não podia decidir sozinha. Se eu fizer o que você me aconselha, talvez me torne uma velha abandonada e triste. Não se cansará de mim, Lanny?

— Fique certa de que isso não se dará, mãe.

— E você vai ficar ao lado de Marcel? Ajudar-nos-á em todas as eventualidades que possam ocorrer?

— Assim o farei.

— Você será um menino francês, Lanny. E não americano.

— Serei de todos, como sou agora, e isso nunca me fez mal.

Ele tentou esconder a sua alegria, mas não o conseguiu.

— Você realmente pretende ficar, Beauty? — perguntou ainda receoso.

— Sim. Ou antes, deixei que você resolvesse em meu lugar. Sou uma mulher tola e fraca, Lanny, não devia ter chegado a este aperto. Você tem de tomar conta de mim e tudo fazer para que eu me comporte melhor.

— Muitas vezes tenho pensado em agir assim — admitiu o rapaz.

A sua emoção era tão intensa que ele não sabia ao certo se devia rir ou chorar.

— Ó! Beauty, creio realmente que agora estamos certos!

— Muito bem. Acreditarei em você. Agora preciso de escrever algumas palavras a Harry. Depois dessa resolução, não tenho coragem bastante para enfrentá-lo.

— Está bem. Se ambos agora se defrontassem, sofreriam. Diga-me: Harry possui, realmente, algum direito sobre você?

— Tem, Lanny, muito mais do que pode supor. Vou dizer-lhe, porém, que tudo desapareceu entre nós e que não iremos mais para Pittsburgh.

— Creio que posso passar muito bem longe de tanta fumaça — declarou, sorrindo, o rapaz.

— Melhor será falarmos primeiramente ao Robbie — disse a mãe. — Talvez ele possa ajudar a diminuir o choque que naturalmente Harry sofrerá. Robbie lhe dirá inicialmente que não sou nem de longe tão boa quanto ele supõe.

— O sofrimento do rapaz será pouco, Beauty; ele é um arguto conhecedor do mundo; depois, é possível que encontre a bordo dezenas de moças dispostas a casar com ele.

— Harry é muito bom, Lanny. Você não está na posição de poder apreciá-lo. Vou escrever-lhe dizendo que poderá partir amanhã, e que você e eu voltaremos imediatamente para Juan. Vou fazer economias, pagar minhas dívidas e desistir de querer brilhar na sociedade. Ou você acha que vai ainda haver uma sociedade na Europa, Lanny?

O que ficou resolvido foi feito. Robbie e Harry partiram no dia seguinte sem ninguém se despedir deles. Beauty estava arrumando as suas malas, com o auxílio da criada que contratara durante sua estada em Paris, mas que ela não levaria para a Riviera. Lanny ajudava-a o mais que podia.

O FIM DO MUNDO

Escreveu uma carta a Rick e outra a Marcel, com a esperança de que este a recebesse já no acampamento das tropas.

O exército estava numa intensa movimentação naquele dia. Naquela mesma data, as tropas do Kaiser invadiram Luxemburgo e a França.

LIVRO TERCEIRO
Bella Gerant Alii

12

JÁ NÃO AMAVA A HONRA

I

O SOL DE AGOSTO NA RIVIERA TEM UM FULGOR INTENSO E UM CALOR de fornalha. As uvas amadurecem e o óleo de azeitona começa a amarelar. Os homens e mulheres nascidos e criados no Midi têm a pele protegida por pigmentos escuros e podem trabalhar nos campos sem que o sol prejudique a sua cútis. Mas, para uma loura filha da fria e nebulosa Nova Inglaterra, o excesso de luz e calor assumiam um caráter hostil e ameaçador; um cruel inimigo tentando secar o líquido dos seus nervos, cobrir sua linda pele com horríveis manchas marrons e privá-la daqueles encantos pelos quais e para os quais sempre vivera.

Desse modo, Beauty precisava ocultar-se, e se abrigava no interior de uma casa, o ventilador ligado para amenizar o calor de estufa do quarto. Raramente saía antes do pôr do sol, e, uma vez que não havia ninguém para apreciá-la, durante o dia usava vestidos velhos para economizar os novos, e deixava que Lanny a visse de cabelos em desalinho. Tinha pouca ocupação e quase nenhum exercício fazia numa casa onde havia empregados suficientes; o resultado disso era o terror que persegue as senhoras da sociedade, o monstro conhecido como *embonpoint*, um inimigo insidioso que fica de atalaia, semelhante ao gato diante de um ratinho. Jamais dorme e jamais esquece, sempre pronto ao ataque, preparado para tirar vantagem de qualquer momento de fraqueza ou de descuido. Inimigo que se aproxima aos poucos, em miligramas de cada vez — o seu progresso na luta não pode ser medido no espaço, mas em *Avoir du poids* — e, por mais que ganhe e lucre, nada perde, porque sempre mantém o que conquista. A luta contra esse inimigo tornara-se a principal preocupação da vida de Beauty, e era esse o seu assunto quando conversava intimamente com as pessoas da família.

E de nada valia esperar o auxílio do governo; no decorrer da guerra, os habitantes das grandes cidades seriam mantidos em ração, mas nos vales quentes da Riviera havia muito gado, bastante leite e as adegas se mantinham abarrotadas de óleo de azeitona. Abundância por toda parte e, com guerra ou sem ela, uma senhora que recebia um crédito de mil dólares ao câmbio invulnerável da América do Norte merecia receber em sua casa quantidades ilimitadas de todas as matérias gordurosas e adocicadas.

De nenhuma das suas empregadas podia a pobre Beauty esperar auxílio. Leese, a cozinheira, era gorda e sincera, e Rosine, a criada, também o seria no devido tempo; e ambas se capacitavam de ser esse o caminho certo para uma mulher. *C'est la nature*: era o dito de todas as pessoas do sul da França, em desculpa às fraquezas da carne; dessas pessoas que olhavam as senhoras americanas e inglesas e ficavam penalizadas de vê-las tão esguias. Era esse um meio de se parecerem belas, mas tal tratamento causava todas as dores de cabeça, crises de nervos ou outras doenças de que aquelas senhoras eram comumente acometidas. Leese fritava o peixe no óleo de azeitona e as suas sobremesas levavam, sempre, creme; colocava invariavelmente manteiga nas verduras, e os doces, gostosos, eram preparados com substâncias gordurosas em abundância. Se lhe ordenassem não usar tais ingredientes, ela abusaria do direito de toda velha criada de família, isto é, esqueceria as ordens.

Por isso mesmo, Beauty pedia ao filho:

— Lanny, não me deixe comer tanto creme!

E tomava leite quente com café, enquanto Lanny puxava para junto de si o pequeno jarro de Sèvres e servia-a com muita parcimônia.

— Não, só o que já ganhou! — dizia ele quando percebia que ela olhava o frasco, desejosa.

De pouco adiantavam, porém, os esforços do rapaz, uma vez que Beauty guardava caixas de chocolate no quarto e ia comê-los no intervalo das refeições. Em breve, ela sentiu que aquele monstro de *embonpoint* a atacara e para isso tanto podia tê-la atingido utilizando-se de legumes, como da secreção mamária de um *Bos doméstica*. E Beauty ficou desnorteada.

— E eu, que não comi nada! — dizia ela.

II

A explicação de tudo isto era óbvia. Beauty Budd, uma criação social, não podia viver sem o estímulo da rivalidade. Quando se encontrava no meio de outras pessoas, tornava-se reservada e, se lhe ofereciam alimento, ela se apaixonava pela conversa e comia pouquíssimo. No interior de sua casa, porém, sozinha ou em companhia de pessoas a quem não precisava impressionar, ela demonstrava a sua fome. Nem mesmo o pensamento de um mundo em guerra e a lembrança do sofrimento de milhões de homens conseguiam salvá-la de tal declínio moral.

Havia amigos que Beauty podia visitar e receber, mas, no tumulto do medo que assoalhou o mundo, ela preferia permanecer dentro de casa. Todos os americanos estabelecidos ou em passeio na França passaram a odiar os alemães. Beauty, porém, odiava a guerra com tal intensidade, que pouco se incomodava em saber qual a nação causadora de tamanha desgraça e qual a que sairia vencedora; o que lhe importava é que a luta terminasse. Lanny portava-se conforme lhe aconselhara o pai. Mantinha-se estritamente neutro, nem mesmo com os criados falava a respeito do terror que se estava apoderando de Paris.

O rapaz devia fazer companhia à sua adorada mãe. Convidou-a para dançar, pôs os discos na vitrola pedindo-lhe para mostrar os passes extraordinários das danças modernas, e, por sua vez, lhe ensinou Dalcroze, obrigando-a a contrapontos plásticos. Em seguida, convidou-a para um concerto em que tanto seriam artistas como espectadores; tocavam em dueto e Lanny obrigava-a a estudar, pois, como dizia, era necessário que ela se mantivesse em forma de poder representar, se isso fosse preciso. Colocou uma partitura diante dela e recriminava-a tal qual faria um professor de música.

Mesmo exausta, Lanny não lhe permitia deitar-se no divã ao lado da caixa de chocolate. Não, agora deviam ir para a praia, praticar a natação. Ela vestiu a roupa de banho, e Lanny, ficando para trás, apreciava as suas belas e bem torneadas pernas.

— Não pode haver dúvida de que você não esteja engordando! — disse ele, palavras essas que a incomodaram.

A água não estava fria e Beauty desejava ficar boiando enquanto Lanny nadasse em torno; ele, porém, não estava de acordo e desafiou-a para uma corrida ao longo da praia.

230UPTON SINCLAIR

Terminado o banho, recolhiam-se para as leituras, e cada um lia uma parte para o outro, em voz alta. Beauty não se apaixonava por leituras, porque ficava impaciente ou sentia sono. Mas se alguém lesse para ela, em voz alta, isso seria até um complemento da sua vida social. Ela interrompia o leitor e discutia a respeito do livro para ter o estímulo das reações de outra pessoa sobre as suas ideias. Com o correr dos anos, muitos livros se haviam acumulado em sua casa; amigos lhe haviam presenteado ou Beauty os havia comprado sob recomendação de outras pessoas. Raras vezes, porém, conseguia tempo para lê-los. Lanny encontrou na estante *Le Lys rouge*, uma elegante história de amor, descrita com toques de mundana zombaria. O livro, que fizera sucesso, provava ser também um sucesso para Beauty; levou-a de volta aos dias felizes, quando a elite do mundo se deixava levar pelos impulsos dos seus corações. Facilmente, Beauty se via num papel de heroína que conquistara três homens e não sabia o que fazer. Beauty já havia visitado Florença e lembrava-se das suas admiráveis paisagens, e ambos discutiam os tesouros e as ideias descritas no livro.

Lanny lembrou-se de que M. Pridieu, o bibliotecário, lhe falara a propósito de Stendhal. Entre os livros encontrava-se também uma cópia da *A cartuxa de Parma*. Novamente, Beauty viu-se transformada em heroína, uma mulher para a qual o amor perdoava tudo. Ficou encantada pela análise detalhada e precisa da grande paixão.

— Exatamente isto! — interrompeu ela, e passou a contar ao filho a respeito dos homens e mulheres, e como se portavam quando eram felizes no amor, ou quando não o eram; os diferentes tipos de amantes e o que diziam e se queriam mesmo dizer aquilo que exprimiam ou não: como se sentia o desapontamento, o ciúme e a dor de ser traído; como se confundiam o amor e o ódio; a parte que a vaidade representava no amor, o amor do domínio, o amor egoísta e o amor do mundo. Beauty Budd tinha tido muita experiência, e o assunto era de encanto extraordinário.

Talvez que nem todo moralista aprovaria tal conversa entre uma mãe e um filho. Mas, em Paris, Beauty dissera ao rapaz que, se eles voltassem para Juan, ele seria um rapaz francês. Portanto, devia conhecer a arte do amor, nem que fosse apenas o necessário para saber proteger-se. Há mulheres perigosas capazes de arruinar a felicidade de um homem, velho ou moço, e que absolutamente não se preocupam com isso. Era necessário saber-se como diferençar as boas das más, e geralmente isso era impossível a não ser já tarde demais.

O FIM DO MUNDO   231

Havia mais uma razão para tudo isso; Beauty estava defendendo-se, bem como a Marcel e Harry. Talvez que sua consciência estivesse doendo, pois falava muito no jovem americano e cismava com o que lhe teria acontecido em Pittsburgh. O amor é algo desconcertante e muitas vezes não nos sentimos felizes se amamos, assim como também não nos sentimos infelizes se não amamos. Beauty poderia tomar a resolução de terminar tudo e não pensar mais no amor; os homens, porém, lhe tinham recusado tal atitude, e, certamente, um dia virá em que também as mulheres não permitirão a Lanny fazê-lo.

Outra leitura foi a de Henri Boyle, soldado, diplomata e homem do mundo, que escrevera sob o pseudônimo de Stendhal e que contava como o amor agira por ocasião da última guerra mundial, justamente há uns cem anos passados, não muito tempo na longa história da Europa.

III

Marcel Detaze enviava cartões-postais; estava bem, ocupado, e feliz em saber que Beauty e Lanny estavam seguros em Juan. Não tinha permissão de dizer onde se encontrava, mas Beauty poderia responder-lhe pelo número do seu regimento e batalhão. A censura era severa, porém nenhum censor francês faria objeção às declarações de um pintor dizendo que amava sua linda amiga loura nem às respostas dela de que tais sentimentos eram recíprocos. Beauty alimentava sua alma com essas mensagens, bem como com a garantia de Robbie de que a guerra não se prolongaria além de três ou quatro meses. Talvez Marcel nem chegasse a ver qualquer luta, e voltaria para casa com uma interessante história de aventuras; a vida reiniciaria onde havia paralisado ao início da guerra.

Todo mundo com quem haviam conversado em Paris e todo mundo que agora encontravam estava esperançoso de que os exércitos franceses detivessem os alemães, enquanto o compressor russo rolaria sobre a Prússia e sufocaria Berlim. As autoridades militares francesas tinham tamanha confiança, que planejaram um movimento gigantesco das suas forças através da Alsácia e Lorena; romperiam as linhas alemãs no sul e então, correndo para o norte, cortariam as comunicações do inimigo que estava avançando através da Bélgica e da França Setentrional. Os jornais falavam do início desse contra-ataque, e o que pretendiam fazer os franceses; subitamente, porém, silenciaram, e as notícias da luta em tal distrito passaram a vir de outros lugares da França. Quem compreendia assuntos militares sabia o que isso significava — que os exércitos de La Patrie haviam sofrido uma grande derrota.

O que estava acontecendo no norte do país era impossível ser escondido do público pela censura. Quem quisesse, bastava pegar um mapa e marcar os lugares de onde se recebiam notícias da luta, e certificar-se de que era o compressor alemão que estava correndo, e com uma rapidez de dez a trinta milhas por dia! O pequeno exército belga lutava desesperadamente, mas fora atacado pelo flanco; as suas fortalezas tinham sido atingidas pela artilharia pesada, e cidades e aldeias que ficavam no caminho da invasão estavam sendo destruídas e incendiadas. O exército britânico, ainda menor, que atravessara o Canal, aparentemente sofreria o mesmo destino. O Kaiser estava a caminho de Paris!

IV

Sophie, baronesa de La Tourette, aquela dinâmica senhora, estivera metida numa aventura e mandou uma carta para Beauty relatando o fato com todas os detalhes. Ela se encontrava hospedada num hotel de quarta categoria, em Paris, e se sentia aborrecida por nada ter que fazer; por isso foi passear durante o mês de agosto em companhia de amigos e chegara até uma casa de campo às margens do rio Mosa, que atravessa o coração da Bélgica. Sophie era uma criatura desinteressada em política — apenas se ocupava em diversões — e raramente olhava para jornais; quando ouvia falarem de ameaças de guerra, não prestava atenção, pois não admitia a ideia de que alguém pudesse ser capaz de perturbar o conforto de uma pessoa da sua posição social.

As senhoras a quem visitava compartilhavam esta atitude. As novidades chegavam vagarosamente no país, e, quando ouviram que os alemães tinham atravessado a fronteira, não se preocuparam; o exército caminhava para a França e talvez fosse interessante vê-lo passar. Ao perceberem, porém, o barulho do canhoneio, elas se compenetraram de que estavam em perigo; mas então já era tarde demais. Uma companhia de ulanos veio correndo pela estrada e tomou conta da residência. Os automóveis e animais foram requisitados, e pouco depois chegavam várias limusines das quais

O FIM DO MUNDO

desciam elegantes oficiais, participando com um bater dos calcanhares e uma inclinação profunda, que se viam na necessidade lamentável de ocupar o prédio e aproveitá-lo como quartel-general temporário do estado--maior. Todos tinham cintura de vespa e usavam monóculo, compridos dólmãs cinzentos, pulseiras de ouro e sapatos e cinturão brilhantes; os seus modos eram impecáveis e falavam muito bem o inglês, e pareciam sentirem-se lisonjeados por serem apresentados a uma senhora que se chamava Sophie Timmons, do longínquo estado de Ohio.

Subitamente, lembraram-se os seus amigos de que, por lei, tendo Sophie casado com um francês, tornara-se francesa e talvez viesse a ser internada durante o período da guerra. Nessa mesma noite, Sophie despachou sua criada para a aldeia a ver se conseguia um carro, e mais tarde ela, a criada e um lavrador saíram num carro puxado por um velho e ossudo cavalo branco, em direção de Bruxelas. A luta estava sendo travada no sul e no leste, e as estradas repletas de refugiados arrastando carros de mão ou carregando os seus pertences nas costas. Por mais de uma vez, foi necessário abandonarem a estrada para dar passagem ao exército alemão, e a carta de Sophie estampava o horror pela perfeição da máquina de guerra do Kaiser. Durante uma hora inteira eram obrigados a observar a passagem da artilharia motorizada: grandes canhões próprios para o sítio, pequenos canhões de campo, metralhadoras, caixas de munição, caminhões carregados de bombas, trens de bagagem, trens de pontões, cozinhas de campo etc. "Minha querida, eles se vinham preparando para tudo isto, durante uma vida inteira", escrevia a baronesa de La Tourette.

Ela observava os homens marchando nos seus simples uniformes cinzentos, muito mais discretos do que o azul e vermelho dos franceses. Os alemães marchavam unidos, em fileiras quase cerradas, sempre, sempre e sempre — tinham contado a Sophie que numa aldeia passara uma procissão de soldados durante trinta horas, sem intervalo algum. "E todos eles de cigarros acesos! Não sei se não teriam sido pilhados das lojas!", escreveu.

Os fugitivos pernoitavam no carro, receosos de que o furtassem. Ao fim de dois dias e duas noites, alcançaram Bruxelas, ainda não conquistada pelos alemães. Daí rumaram para Ostende, porto onde os ingleses estavam desembarcando tropas, e tomaram lugar num vapor para Boulogne. A viagem para Paris fora feita por trem. "Você devia ter visto Paris", escrevia Sophie. "Todos aqueles que puderam abandonaram a cidade. O governo requisitou todos os cavalos e caminhões. Talvez sobrem os táxis que tenham sido alugados pelos refugiados, eu espero que ao menos um volte. Todos os grandes hotéis estão fechados, todos os homens foram chamados às fileiras. A Praça da Concórdia está atopetada de soldados que dormem sobre palha. De tudo, o mais estranho é que as moedas de ouro e prata desapareceram completamente da circulação; dizem que o povo as está escondendo, e é impossível obter-se qualquer troco porque só há dinheiro graúdo. Estou na expectativa de uma oportunidade para seguir para o sul de algum modo que não seja a pé, e espero que os alemães não cheguem aqui antes. Seria um tanto embaraçador encontrar-me novamente com aqueles oficiais."

V

Antes de partir para juntar-se ao exército, Marcel deixara a chave da sua cabana em Bienvenu para ser entregue a Mme. Budd. As criadas choraram e imploraram a Deus que o protegesse, o que fez brotarem lágrimas nos olhos do rapaz. Marcel disse que era *pour La Patrie* e recomendou-lhes cuidar de madame quando ela voltasse, se é que voltaria; uma vez expulsos do solo da França esses malvados alemães, ambos tornariam a viver felizes como numa lenda antiga.

Leese e Rosine naturalmente sabiam de tudo a respeito dos dois. Para elas, isso era um romance, delícia, o vinho e o perfume da vida; proporcionava-lhes prazer e felicidade, necessitavam disso para a existência, como as mulheres nos Estados Unidos necessitam dos romances, reais ou imaginários, das estrelas de Hollywood. Elas comentavam o fato, não somente entre si, mas com todas as outras criadas da vizinhança. Todo mundo observava, todo mundo partilhava a ternura, a delícia; todos se penalizavam de ser o jovem pintor tão pobre!

Beauty recebeu uma carta de Marcel na qual ele lhe pedia que ficasse com todos os seus quadros caso lhe acontecesse alguma coisa. "Eu não sei se terão algum valor", escrevia ele. "Mas você foi sempre interessada por eles, enquanto para os meus parentes nunca tiveram valor. Talvez seja melhor você carregá-los todos para a sua casa, onde estarão mais seguros, e faça deles o que achar melhor."

Beauty, deparando o perigo em cada linha, levou a mão ao coração.

— Lanny, acha você que isso significa a ida dele para algum lugar onde ficará em perigo?

O FIM DO MUNDO   235

— Absolutamente, não! Quanto aos quadros, temos os nossos no seguro e certamente devemos cuidar também dos de Marcel.

Beauty rumou para a pequena casa e sentou-se, a rememorar os tempos em que fora feliz e censurando-se por não ter aproveitado suficientemente essa felicidade. Mais tarde, levou Lanny a fim de executarem as ordens de Marcel. Empilhadas numa espécie de barracão nos fundos da casa, havia mais de cem telas. Uma a uma Lanny ia buscá-las, estudando-as todas — aqueles aspectos do Mediterrâneo e da costa que conhecia mais do que qualquer outra coisa. O rapaz entusiasmava-se com a beleza de muitas dessas obras, e estava disposto a defendê-las como crítico de arte contra o mundo inteiro. Beauty enxugava as lágrimas dos seus belos olhos e amaldiçoava a crueldade de uma guerra que levara tal amante, que paralisara a tal trabalho, e que até tornara impossível a vinda de Sophie para a Riviera, a não ser que a sua amiga caminhasse a pé!

Havia um grupo de pinturas que recordava o passeio pela Noruega. Lanny nunca tinha visto estas telas, pois tudo se tinha passado antes dele perceber a respeito de Marcel. O rapaz já tinha ouvido tanto a respeito desse frio país, e agora se encontrava diante dele pela magia da arte. Aqui no sul havia mais flores e montanhas e as antigas fazendas tinham aberturas no telhado em vez de chaminés; aqui estava a alma de todas as coisas; aqui os homens amavam a beleza e maravilhavam-se no seu eterno renascimento. Havia também telas da Grécia com as lembranças do seu passado, e da África com os seus austeros homens do deserto, silenciosos e eretos. O *Bluebird* servia agora como navio hospital, mas os seus dois cruzeiros com o rei do sabão estavam ali e viveriam para sempre!

VI

A estada de Marcel devia ser um segredo de cuja guarda dependia a segurança da pátria. Mas, quando se removem milhares de homens e estes homens são colocados na vizinhança das suas próprias residências, em acampamentos a menos de cem milhas da cidade, esse segredo se transforma naquilo que os franceses chamam "segredo de Polichinelo", alguma coisa que todo mundo sabe. Os *chauffeurs* dos caminhões comentavam o fato quando vinham à cidade buscar suprimentos, e em pouco tempo Leese e Rosine estavam a par de tudo e capazes de revelar à patroa que o regimento do pintor permaneceria de atalaia nos Alpes Marítimos.

A Itália tinha declarado a neutralidade nesta guerra, mas não se podia esquecer que ela fizera parte da chamada tríplice aliança ao lado da Alemanha e da Áustria. Havia um partido influente na Itália, conhecido como triplicista, que desejava manter a fidelidade ao pacto, e, naqueles dias de rápidas mudanças políticas, a França não ousava deixar desguarnecidas as suas fronteiras de Provença. Assim, Marcel se encontrava num lugar agradável. O mal, porém, era que o compressor alemão continuava avançando, e homens e mais homens eram removidos dos lugares disponíveis para o norte. Beauty decidiu visitar imediatamente o acampamento; não podia limitar-se a escrever, pois não estava certa de que a censura deixaria passar a sua carta. Iria simplesmente até o local e convenceria todas as autoridades que acaso tentassem interceptá-la. Beauty possuía artifícios em que confiava, mas que de modo algum poderiam ter efeito por via postal.

A dificuldade toda era o transporte. O automóvel permanecia na garagem, mas Pierre Bazoche partira também para as fileiras — era sargento e dava ordens ao amante da sua antiga patroa. A esta patroa, tal situação aparecia como uma das atrocidades da guerra; Lanny, porém, divertia-se com isso e ele estava certo que Marcel também pouca importância daria ao caso: Pierre era um homem razoável e as suas ordens seriam, sem dúvida, acertadas.

Leese poderia encontrar entre os seus inúmeros parentes alguém para executar o necessário, e de fato arranjou um idoso *chauffeur* para auxiliar nesta viagem de tanto interesse romântico. O homem tomou um banho e vestiu o uniforme de Pierre. Saiu, e conseguiu arranjar bastante gasolina que se havia tornado subitamente rara e de preço muito alto por ser necessitada em grandes quantidades para movimentar as tropas e canhões em direção de Paris.

Lanny acercou-se do *chauffeur* e travou conversação. O velho Claude Santoze era moreno e, sem dúvida alguma, descendente dos antigos invasores sarracenos; os seus cabelos pretos já começavam a se tornar grisalho e ele deixara em casa uma meia dúzia de filhos, o homem não queria outra coisa senão lutar e falar a respeito da guerra, e indagava de Lanny tudo quanto o rapaz pudesse saber. Lanny compenetrou-se da posição em que estava sendo colocado, aquiescendo em relatar ao homem os fatos de que tinha conhecimento, pois a sua intenção era convencê-lo e até mesmo obrigá-lo a dizer que um rapaz tão inteligente e sensato já estava passando

O FIM DO MUNDO 237

do tempo em que devia aprender a guiar um automóvel, e que ele, Claude, se oferecería, em troca de um pagamento razoável, para ensinar-lhe todos os segredos desse mister.

Conseguido isto, Lanny correu para junto de sua mãe e iniciou a segunda batalha. Ponderou que sabia os segredos do manejo de uma lancha ou de um navio a vela, e que com um automóvel a coisa não seria difícil; como todos os rapazes, ele se achava fascinado pelo maquinismo, metia-se na conversa dos donos de automóveis e de *chauffeurs* e indagava de tudo. E agora, quando até as mulheres da França estavam aprendendo a guiar, certamente o filho de Robbie Budd, fabricante de máquinas, deveria obter a permissão de aprender também. Assim, Beauty aquiesceu; esse era um dos momentos em que ela achava difícil dizer outra coisa.

VII

Viajavam num cenário que obrigava os pensamentos a se desligarem das preocupações, atravessando, lá no alto, o rio Var. Antes, por várias horas, tinham subido as montanhas, e constataram que o velho *chauffeur* era tão desembaraçado quanto parecia. O frio do outono pairava nos ares e o vento trazia perfumes deliciosos das florestas vizinhas. Encontravam-se agora percorrendo uma região que parecia desabitada, quando, subitamente, chegaram ao acampamento. Beauty ficou surpresa, pois achava natural que durante a guerra os soldados dormissem em buracos cavados na terra como fazem os coelhos; o que ela não esperava era encontrar uma cidade com bons edifícios de um pavimento, construídos de madeira, lojas e ruas bem traçadas.

Havia uma barreira na estrada, e os encantos femininos eram insuficientes para convencerem os homens da guarda a permitir a passagem de um carro cujos ocupantes não possuíam credencial alguma. A senhora seria obrigada a explanar os seus desejos por escrito; e por isso o carro dirigiu-se a uma pequena aldeia das proximidades, onde Beauty ocupou os dois únicos quartos de um albergue. Aí ela escreveu um bilhete — pode-se imaginar a quem? Respeitosamente e com a devida formalidade, ela se dirigiu ao sargento Pierre Bazoche — teve a brilhante intuição de que uma pessoa de certa influência seria mais capaz de prestar auxílio do que qualquer um dos humildes soldados rasos. Beauty escreveu ao sargento informando que era noiva do soldado Detaze e pedindo o obséquio especial de lhe ser dada licença para ele poder visitá-la.

Lanny entregou a carta na barreira e depois disso nada mais restava fazer, senão esperar. Já escurecia quando veio a resposta. O próprio sargento, de aspecto distinto na sua longa capa azul e calças vermelhas, apareceu, inclinou-se e disse que se sentia muito satisfeito de ver os patrões. Assim como os demais, o seu primeiro desejo era saber notícias dos horríveis acontecimentos do norte; seria possível que Paris estivesse em perigo? Seria verdade que a capital fora transferida para Bordeaux? Somente depois disto, ele se referiu ao assunto tão querido ao coração de Beauty. Nada se podia fazer naquela noite, mas ele providenciaria o necessário pela manhã, de modo que os desejos da madame seriam atendidos.

Mas Beauty e o filho iam pernoitar naquela miserável aldeia onde só havia algumas cabanas de lenhadores e carvoeiros, e suportar a noite com velas nos seus quartos? Lanny teve uma sugestão original, que bem correspondia à sua própria disposição: por que não permanecerem sentados na sala do albergue e conversar com quem por acaso chegasse? Tal modo de se passar uma noite jamais teria surgido à cabeça de Beauty Budd, mas o rapaz argumentou que os lavradores que frequentavam o albergue seriam tão boas pessoas quanto os das redondezas de Juan e com os quais ele sempre conversava. Viriam tomar vinho, jogar dominó e cantar canções antigas. Talvez mesmo aparecessem soldados desejosos de notícias da guerra como Pierre, companheiros de Marcel, e, quem sabe, um dia viessem a salvar a vida do artista?

Esta última observação convenceu Beauty. Ela decidiu que devia conhecer todos os soldados! E os dois jantaram numa tosca mesa de madeira: coelho assado com cebolas e azeitonas, pão com queijo e vinho seco. Terminada a refeição, continuaram sentados, pediram um jogo de dominó e, quando chegavam os soldados, que sensação! Lanny dirigia-se a todos, eles murmuravam: *"Des americains!"*, e assim tudo era desculpado. Pois naquela terra de milionários e estrelas de cinema devia ser costume das ricas e lindas senhoras sentarem-se na sala e conversarem com soldados rasos. Depois de algum tempo, Lanny revelou o motivo da sua estadia ali e foi enorme a sensação: *"Sapristi c'est la fiancée de Marcel Detaze, il est peintre! Il est bon enfant! C'est un diable heureux!"*

O FIM DO MUNDO 239

Conforme previra Lanny, todos queriam notícias da guerra. Ali estavam duas pessoas ricas, viajadas, que tinham estado em Paris por ocasião da declaração da guerra — que tinham visto elas? E também uma amiga que tinha estado na Bélgica — que tinha ela presenciado? Era verdade, madame, que os alemães estavam cortando as mãos das crianças belgas? Que roubavam recém-nascidos e carregavam-nos na ponta das baionetas enquanto marchavam? Beauty respondeu que sua amiga não relatara tais acontecimentos. E mãe e filho não exprimiram nenhuma opinião própria; não tinham ido até ali para fazer propaganda a favor da Alemanha, nem para provocar excitamento entre as tropas!

VIII

Na manhã seguinte, veio Marcel, jovem, ereto e feliz, caminhando alegremente. Estreitou Beauty nos seus braços, beijando-a diante de toda uma assistência, inclusive Lanny e a dona do albergue, além de vários lenhadores, todos sorrindo. Era o romantismo que vinha nos Alpes Marítimos, e os homens não achariam a cena mais interessante, mesmo que a tivessem visto num filme americano!

A vida militar agradava a Marcel, e por que não? Naquela atmosfera esplêndida da montanha, na mais deliciosa estação do ano, vivendo ao ar livre! Marchando e fazendo exercícios, alimentando-se bem e não se preocupando com outra coisa no mundo que não a sua amada!

— Olhe! — exclamou ela, apontando as montanhas. — Você tem de pintar alguma coisa nova!

E Lanny também apreciava os longínquos picos cobertos de neve e os vales nublados.

— Isto é uma outra espécie de atmosfera — respondeu Marcel, já desejoso de iniciar a pintura.

Ele estava regressando da sua hora de guarda; tinha percorrido a parte leste daquela montanha e isso era bom, porque dava-lhe o tempo necessário de imaginar e elaborar a sua filosofia da vida e do amor. Se Beauty falava em perigo, ele sorria; conversava com os sentinelas italianos e trocava até cigarros com eles.

Almoçaram no albergue e Marcel portou-se como os demais soldados; não falava de outra coisa que não fosse a guerra.

240 UPTON SINCLAIR

— Trouxeram algum jornal? — perguntou.

Lanny tivera esta ótima ideia, e Marcel quis vê-los imediatamente. O rapaz observou que sua mãe sofria; então o pintor ia agora apaixonar-se pela leitura de um jornal velho, estando Beauty na sua frente! Mas é isso mesmo o que se deve esperar, pensava ela — "O amor do homem é uma coisa à parte na sua vida; na existência da mulher, sim, ele é tudo!"

Pior ainda do que isso ia acontecer: antes mesmo de terminado o almoço, Marcel revelou não se sentir satisfeito com esta vida idílica nas montanhas; desejava partir para o norte, para o inferno da morte e da destruição. E continuou defendendo sua atitude, apesar de ver surgirem as lágrimas nos lindos olhos de sua bela amiga.

"*La Patrie est en danger!*" tinha sido o grito de guerra da Revolução Francesa, e, agora, mais de cem anos depois, sacudia a alma de Marcel Detaze. Como todo francês, ele devia compenetrar-se de que a marcha "a passo de ganso" estava às margens do rio Marne, a algumas milhas apenas de Paris; e quem não desejaria correr para lá e colocar o seu corpo entre a mais bela cidade do mundo e o mais odioso de todos os inimigos?

Lanny percebeu que eles desejavam ficar a sós; os seus olhares revelavam tal desejo e ele avisou que ia dar um passeio e apreciar tudo quanto pudesse daquelas maravilhosas montanhas. Marcel apontou o oeste e falou:

— A França inteira fica nessa direção.

Apontou para leste e disse:

— Todos os caminhos desta direção estão proibidos!

Lanny tomou o rumo indicado e, já cansado de tanto caminhar, sentou-se a conversar com um pastor de ovelhas. Bebeu a água de um límpido riacho montanhoso, viu as trutas saltando aqui e acolá e também um grande pássaro, talvez uma águia, voando acima das suas cabeças. Quando regressou, já de tardinha, notou pela face dos dois amantes que eles tinham sido felizes, e, pelos sorrisos insinuantes da dona do albergue e de todos os outros, que o mundo amava sempre aqueles que amam. Madame mandara preparar uma espécie de bolo de casamento para a ocasião e todos comiam e bebiam, cantando canções de amor.

IX

Quando regressaram, souberam que Sophie, baronesa de La Tourette, voltara para Cannes. Ela e a criada tinham conseguido meter-se num trem

O FIM DO MUNDO 241

e viajaram sentadas a noite inteira — mas isto era de somenos importância à vista das dificuldades por que já haviam passado. Sophie falava a respeito da situação de Paris que já estava prestes a ser sitiada. O exército invasor alemão tinha vindo até perto da cidade, girando como os raios de uma roda cujo centro era Verdun; mas, quando chegou perto de Paris, voltou-se para leste, aparentemente planejando cercar os exércitos franceses em Verdun e nas outras fortalezas. Os comandantes encontravam-se ainda obcecados pela lembrança de Sedan; se conseguissem estender tão grande cerco, poderiam terminar esta guerra da mesma forma como haviam terminado a última.

Ao redor de Paris existe uma convergência de águas, conhecida como "os sete rios". Rios suaves que cortam territórios florestais e aldeias e vilas, com muitas pontes e deliciosas margens. O Marne juntava-se ao Sena antes da entrada deste em Paris pelo lado leste. Era ao longo do Sena que von Kluck estava expondo a asa direita do seu exército, e isso de maneira leviana; e o general Gallieni, reunindo todos os automóveis e caminhões da grande metrópole, lançava suas reservas para a frente, arremessando-as contra as forças inimigas.

Durante aqueles dias odiosos da batalha do Marne, dificilmente se via um moço em Paris. Os homens velhos, as mulheres e as crianças ouviam o eco dos canhões que não paravam dia e noite; e permaneciam sentados nas amuradas do rio, vendo passar os destroços de árvores e edifícios, de tudo que podia flutuar, inclusive corpos de animais mortos — os corpos humanos eram retirados antes de entrarem na cidade. Por sobre as cabeças, às vezes aparecia um espetáculo de fascinação irresistível: um avião. Um avião observando o movimento de tropas ou possivelmente trazendo bombas. Os aviões inimigos eram conhecidos como *taube* — "pomba" —, fantasia excêntrica para tornar o sinal da paz um instrumento cruel de assassínio. Eles já haviam deixado cair bombas sobre Antuérpia, que causaram a morte de mulheres e crianças. Apesar disso, a curiosidade era demasiado grande, e por toda parte via-se, nos lugares abertos, multidões olhando para o céu.

O troar dos canhões se afastou e o povo soube que uma das maiores batalhas da história tinha sido travada e ganha. Porém, não gritavam nem festejavam: Paris sabia quanto custara a vitória e aguardava a volta dos automóveis que trariam suas cargas de feridos e as notícias dos mortos. Os alemães tinham sido expulsos para o Aisne, trinta milhas mais ao norte;

portanto, paralisara-se a corrente dos refugiados que chegavam a Paris — e finalmente fora possível a uma senhora elegante rumar para a Riviera de outro modo que não a pé.

Em companhia de Sophie, veio também o seu agradável amigo Eddy Patterson, cuja grande distinção na vida tinha sido a boa escolha de um avô. Aquele velho senhor conseguira passar na câmara dos deputados do seu estado uma lei que lhe concedia o privilégio de construir uma ponte de estrada de ferro e cuja empresa lhe dava um *cent* por passageiro que atravessava o rio. Eddy era um perito jogador de bilhar, tendo já conquistado várias taças e prêmios, e apreciava também os passeios de lancha a motor. Falava em oferecer a sua lancha mais veloz ao governo francês para ser utilizada na caça aos submarinos, e brevemente teria oportunidade e orgulho de vê-la navegar no golfo Juan, dia e noite, com um canhão de quatro libras instalado na proa.

Eddy Patterson era um rapaz alto de ombros um pouco inclinados e falava de um modo muito sério e respeitoso, e jamais dera qualquer prova de possuir espírito inconstante. Agora, porém, sentia um ódio imenso dos alemães e falava em apresentar-se como voluntário, disposto a qualquer serviço. Sophie ficou bastante amedrontada, e naturalmente pediu o auxílio da sua amiga Beauty, a qual concordara com ela que os homens haviam enlouquecido e que nenhum deles sabia mais apreciar o amor de uma bela mulher.

A toda hora do dia e da noite, Sophie e Eddy estavam conversando e discutindo.

— Isso que dizem sobre as atrocidades alemãs é apenas propaganda — ponderava a baronesa. — Então não estive eu lá, vendo tudo? Naturalmente os alemães fuzilavam os cidadãos civis que atiravam sobre eles das janelas das casas. Talvez tomassem, mesmo, os prefeitos das cidades belgas em custódia; mas não se faz isso, sempre, durante a guerra? Não é de acordo com as leis internacionais?

Sophie falava como se fosse uma autoridade no assunto, e Eddy respondeu com uma palavra americana pouco gentil:

— *Disparate.*

Depois de tantas discussões, Lanny se certificou de que nenhum dos dois sabia realmente a respeito dos fatos, mas que ambos repetiam apenas o que se podia ler nos jornais. E como só havia jornais franceses e ingleses, era difícil para ele, que desejava manter-se neutro a todo custo, saber a verdade.

X

A tática das mulheres para prender o seu homem quando ele é teimoso e irrequieto é entretê-lo. Assim, Lanny deveria auxiliar e levar Eddy Patterson à pesca ou a passeio pelas florestas com o fim de explorar as antigas ruínas históricas. Porém, era impossível desviar o pensamento de Eddy da guerra ou mesmo da França.

Em um planalto batido pelo vento, eles pararam para observar o destilar da alfazema. Ali estava uma instalação curiosa, montada sobre rodas, com fogo no centro e uma cúpula redonda de onde saía um cano comprido. Uma multidão de mulheres e homens idosos estavam colhendo as plantas, alimentando o fogo e colocando a essência em barris. Lanny puxou conversa com alguns deles e em breve todos abandonavam o trabalho para perguntarem a respeito da guerra. Os americanos eram ricos, e, naturalmente, deveriam saber mais do que os pobres lavradores do Midi.

— Que acham os senhores? Serão os alemães expulsos do nosso solo? E quanto tempo levará? Que farão os italianos? Certamente que não nos vão atacar, a nós seus primos, quase seus irmãos.

O cultivo de flores para perfumes era a principal indústria no cabo de Antibes, e isto se fazia sob redomas de vidro. Calculava-se que só naquele promontório havia mais de um milhão de redomas, e naturalmente que as pessoas que as possuíam estariam sentindo-se apreensivas de ouvir falar em bombas que caíam do céu e em armas perigosas e mortais que se elevavam no mar, lançando torpedos. Tais coisas pareciam lendas, mas deviam ser reais porque navios de guerra estavam vigiando as costas e às vezes notava-se também um hidroavião; os pescadores, por sua vez, deveriam dar aviso às autoridades de qualquer coisa extraordinária que notassem.

Aí estavam os cultivadores desejosos de indagar sobre a guerra. Qual a opinião desses dois estranhos sobre as possibilidades de o inimigo bombardear o cabo? E, supondo-se que o torpedo extraviado viesse arrebentar nos rochedos, qual seria o efeito? Seria o abalo capaz de provocar a quebra de todas aquelas redomas? E que se poderia deduzir do fato de que pessoas que pareciam civilizadas e que até tinham vindo à Riviera em grande número, como os alemães sempre fizeram, fossem pagar aos seus hospedeiros de modo tão terrível?

Beauty recebeu uma carta de Mrs. Emily Chattersworth. Aquela senhora fugira de Les Forêts quando os alemães se estavam aproximando e voltou depois da grande batalha para se certificar do que restava da sua casa.

Ela escreveu: "Acho que posso considerar-me feliz, porque apenas uma meia dúzia de balas e bombas atingiram a casa, e note-se que não eram do maior calibre. Os alemães não conseguiram trazer até aqui os seus canhões pesados, e os franceses se retiraram sem oferecer grande resistência. Os ulanos vieram em primeiro lugar, e é bem possível que entre os seus oficiais houvesse algum especialista de arte, porque carregaram os melhores tapetes e os quadros mais preciosos. Jogaram muitos móveis pelas janelas — não sei se por puro vandalismo ou se para levantar barricadas. Para esse fim, usaram a mesa de bilhar, mas sem grande êxito porque várias balas a atravessaram. As salas principais foram usadas para serviços de cirurgia e do lado externo da janela deixaram pilhas de botas ensanguentadas e roupas cortadas dos feridos. Invadiram naturalmente a adega e só há lá agora um montão de garrafas quebradas e vazias. No centro do meu lindo canteiro de *fleurs de lys* ficou um enorme buraco de bomba, e uma roda quebrada de algum canhão ainda está naquele lugar.

"O que mais me fez sofrer, porém, foi o destino da minha linda floresta. Imagine que uma divisão alemã, completa, estava escondida lá e os franceses incendiaram a mata em vários pontos; o inimigo viu-se na contingência de sair e lutar e desse modo os franceses mataram o mais que puderam. A floresta continua queimando, e nunca mais será a mesma durante a minha vida. O fedor de milhares de corpos ainda não encontrados enche o ar à noite, e isso é a coisa mais pavorosa que se possa imaginar. Não sei se conseguirei jamais viver outra vez no meu castelo; o que posso fazer é orar para que os bárbaros não obtenham uma segunda possibilidade de estarem aqui. Felizmente, é opinião dos nossos amigos e vizinhos que eles estão completamente vencidos e que serão expulsos da França em mais um ou dois meses!"

Tal missiva fornecia naturalmente mais água para o moinho de Eddy Patterson! Os militaristas americanos, um a um, alistavam-se corajosamente; alguns na legião estrangeira, outros nos serviços de ambulância, muitas mulheres nos serviços da Cruz Vermelha. O serviço da Aviação francesa era o mais popular entre os moços que andavam à cata de aventuras — mas para Sophie esta era a mais horrível de todas as ideias, porque aqueles homens-pássaros caçavam-se mutuamente nos céus e os casos de

O FIM DO MUNDO

morte entre eles eram espantosos. A França inteira ficara entusiasmada nos primeiros dias pela bravura de um aviador que varou a estrutura de um zepelim, penetrando de um lado e saindo pelo outro. O hidrogênio explodiu, e a grande aeronave caiu envolta em chamas. O heroico aviador tinha partilhado naturalmente deste fim.

Tal acontecimento induzira Beauty Budd a abraçar o filho e exclamar:

— Ó, Lanny! Não quero que você entre jamais na guerra!

E um dia ela recebeu uma carta que fez o seu coração parar.

"*Chérie*, a sua visita é a joia mais preciosa que guardo de todas as minhas recordações. As notícias que lhe venho dar, certamente lhe trarão tristeza, assim o receio, mas a isso sou obrigado — porém, tenha coragem pelo nosso amor. A sua vinda ofereceu-me oportunidade de travar conhecimento com o meu comandante e de me oferecer como voluntário para um serviço especial. E serei enviado para receber o treino necessário e a respeito do qual não tenho permissão de escrever. Doravante, você poderá escrever-me aos cuidados da École Superieure d'Aeronautique em Vincennes.

O seu amor é o sol da minha vida que não conhece nuvens nem a escuridão da noite. Eu a adoro. Marcel."

13

AS MULHERES DEVEM CHORAR

I

CERTAMENTE IRIA DEMORAR BASTANTE A OCASIÃO EM QUE LANNY poderia ver novamente seu pai. As nações em luta mantinham missões em Nova York com o fim especial de adquirir suprimento militar; o quartel-general de Robbie estava instalado naquela cidade e ele, sem dúvida, iria ganhar muito dinheiro. Diversos governos estavam enviando apólices para os Estados Unidos, e as pessoas que depositavam confiança na sua estabilidade financeira compravam tais títulos. O dinheiro seria empregado em tudo quanto fosse de utilidade para os exércitos. Estas questões eram explicadas por Robbie nas suas cartas e ele frisava que a Inglaterra e a França

246 UPTON SINCLAIR

tinham feito grandes pedidos à Budd Gunmakers Corporation, o que justificava o enorme aumento (das instalações) da fábrica.

Robbie escrevia um tanto reservado, cauteloso, pois sabia que a correspondência seria passada pela censura francesa: "Lembre-se do que eu lhe disse a propósito da sua atitude e não permita que alguém tente influenciar o seu espírito; isso é a coisa mais importante da sua vida, no momento!" Tal lembrete era suficiente para que Lanny fizesse o máximo esforço em resistir às forças em seu redor. Robbie enviava revistas e jornais cujos artigos poderiam mostrar a ideia exata dos acontecimentos; não assinalava os tópicos para não facilitar o serviço da censura, mas escrevia alguns dias depois, avisando ao filho que lesse tais e tais páginas.

"Uma coisa em que me enganei", dizia numa das cartas, "foi no prazo de duração desta guerra; ela vai levar muito mais tempo do que eu pensava." Na ocasião em que Lanny recebeu esta carta, os exércitos gigantescos estavam empenhados em luta mortal às margens do rio Aisne; os franceses tentando empurrar os alemães mais para trás, e os alemães procurando firmar-se nas posições ocupadas. Lutavam dia e noite, os mantimentos e munições eram levados em caminhões e carros e os exércitos continuavam em luta. As batalhas não duravam dias, mas semanas, e dificilmente se poderia saber o término de uma e o início de outra. As tropas avançavam e recuavam, tornavam a avançar, lutando em terreno completamente devastado. Entrincheiravam-se os soldados dentro da terra, e, quando a chuva enchia as trincheiras, ali eles permaneciam, porque ainda era melhor molhar-se do que ser morto.

A mesma tática de luta estava sendo utilizada na frente ocidental. O compressor russo tinha alcançado algum sucesso contra os austríacos, mas na Prússia Oriental metera-se pelos terrenos pantanosos dos lagos masurianos, ficando de tal modo presos e atolados os seus soldados que foram sitiados e trucidados a granel. Novos exércitos, porém, acorreram, e batalha após batalha era travada naquelas regiões.

E isso continuaria ainda por muito tempo — a mais violenta luta, inspirada pelo maior ódio que a Europa já presenciara em todos os séculos. Cada nação ia mobilizar os seus recursos em todas as partes do mundo; recursos humanos, financeiros, comerciais, bem como fatores intelectuais e morais. Cada facção utilizava tudo ao seu alcance para tornar a outra odiada, e ninguém tinha paciência com os que se mostravam indiferentes ou que

O FIM DO MUNDO

tinham dúvidas sobre a baixeza do adversário. Uma mãe e um filho americanos, desejosos de se manterem neutros, eram açoitados por todos os lados como aves numa tempestade.

II

Durante a viagem para o seu novo posto de dever, Marcel ficaria livre da censura. Escreveu no trem e colocou no correio de Paris uma carta eloquente e apaixonada, inspirada nas horas ainda recentes que tinha passado juntos. Beauty alegrou-se e teve medo, porque o rapaz contou-lhe também, que ele, o tesouro do seu coração, iria servir numa das missões mais perigosas; já fora chamado para um treinamento intensivo de várias semanas, a fim de estar apto a agir como observador num aeróstato cativo.

Oferecera-se para este posto por estar certo de que a sua profissão de pintor o tornava especialmente indicado para tal. A sua habilidade em distinguir as sombras das cores facilitaria a tarefa de perceber a "camuflagem". Estudara as paisagens postado nos píncaros das montanhas e poderia ver o que não distinguiriam olhos comuns. "Você deve acostumar-se à situação, e se sentir feliz em saber que serei de máxima utilidade para o meu país", recomendava a Beauty, e era bem possível que acreditasse ser realmente útil, uma vez que era um homem. Beauty amarrotou a carta e sentou-se escondendo o rosto para ocultar as lágrimas.

Depois dessa missiva, aumentaram as apreensões em Bienvenu. Beauty andava por toda parte com a morte estampada no rosto; Lanny ouvia os seus soluços durante a noite e corria a consolá-la.

— Você escolheu um francês, Beauty! Não pode esperar, portanto, que ele se torne indiferente à situação da sua pátria.

O rapaz tinha lido uma antologia de poesias inglesas que Mr. Elphingstone abandonara quando partiu para oferecer os seus serviços ao governo. E por ser jovem, Lanny tentava confortar Beauty citando os nobres sentimentos exprimidos em palavras imorredouras:

— "Não te poderia amar, querida, se não amasse mais ainda a honra." — Assim declamava Lanny o que concorria para aumentar a mágoa de Beauty.

— Que quer dizer você com "honra"? Outra coisa não é senão o desejo de homens poderosos de governarem os outros; foi idealizada com o fim de conseguir que milhões de pessoas os seguissem e morressem pela glória deles.

248   *UPTON SINCLAIR*

Passeando pela casa, cismando, ter-se-ia Beauty Budd arrependido da escolha que fizera? Se tal acontecera, nada dissera, porém, ao filho. O que ela reclamava era contra a crueldade da vida impossível de ser suportada. Não era admissível que existisse um Deus — tal ideia era absurda. Estavam todos sendo enganados por algum diabo — ou por muitos deles; um diabo integrado no coração de cada homem, que procurava matar o seu semelhante.

Eddy Patterson e a amiga Sophie chegaram para auxiliar Beauty. Trouxeram na sua companhia um velho diplomata aposentado, de nome Rochambeau, que havia trabalhado por trás do cenário da Europa durante a maior parte da sua vida, e a quem não era fácil enganar com propagandas. Também não se sentiria ofendido pelas alocuções antimilitaristas de uma egocêntrica senhora americana. Os quatro dedicaram-se ao jogo do *bridge*; jogavam com uma espécie de desespero durante o dia inteiro e parte da noite, parando somente quando Leese servia as refeições. O jogo era de pequenos lances, mas todos se absorviam nele com a maior serenidade, cada qual jogando a seu modo e discutindo as partidas com interesse. Nunca falavam nem pensavam ou tentavam ao menos pensar que homens estavam sendo trucidados por balas e bombas, enquanto eles, ali, discutiam apostas e jogadas.

O entretenimento dos maiores proporcionava a Lanny o tempo necessário para leituras. Podia também ir jogar tênis com os jovens da vizinhança ou manter o suprimento de peixe da cozinha de Leese. Para isso deveria, porém, prometer não se afastar da baía, porque Beauty receava que algum submarino alemão pudesse chegar e sem aviso algum torpedear os iates no golfo Juan.

III

Lanny continuava mantendo correspondência com Rick e se compenetrava mais uma vez de como era difícil permanecer neutro durante a guerra. Rick contou que o modo por que os alemães se tinham comportado na Bélgica privava-os de todo direito de serem considerados um povo civilizado. O jovem inglês não se impressionava tanto pelas palavras de Kurt como Lanny, e indagou deste qual o valor do emprego de uma filosofia de palavras tão sonoras, como fazia Kurt, se essa filosofia não era adotada na vida cotidiana. Rick disse mais ainda, isto é, que a segurança da América dependia

O FIM DO MUNDO 249

da armada britânica e, quanto mais cedo os americanos compreendessem isso, tanto melhor seria para eles como para o mundo inteiro.

Lanny levava desvantagens com tais argumentos; também, se fosse repetir para Rick as ideias que Robbie lhe incutia lá da América, a censura não permitiria que a carta chegasse ao seu destino. Assim, relatava apenas os fatos que se passavam ao seu redor e também as leituras a que se estava dedicando. Um hidroavião francês, um aeroplano que podia pousar na água e atirar em todas as direções, sofrerá uma pane e descera na baía de Juan; Lanny observou os consertos e viu-o decolar. O avião carregava uma metralhadora, uma Hotchkiss — Lanny conhecia todos os tipos de metralhadoras, como outros rapazes conhecem automóveis. Rick, por sua vez, contava como os ônibus de Londres estavam sendo utilizados para o transporte de tropas, e a satisfação com que o povo e empregados no comércio se exercitavam em Hyde Park, vestidos à paisana e utilizando paus em vez de fuzis.

O principal interesse de Rick era o ar. Escreveu que tinha encontrado um dos aviadores com quem conversara naquela excursão a Salisbury, e esse oficial já tinha abatido um inimigo em duelo nos ares. Também os ingleses estavam adaptando metralhadoras aos aviões, mas isso constituía um problema, porque a maioria deles tinha a hélice na frente e era pela frente que se desejava atirar. Estava sendo planejado o medo de se atirar através das hélices, e os ingleses inventaram hélices com abas que abriam para os lados quando um projétil atingia as lâminas.

"Este é o meio de servir à pátria, é o que me agrada", escreveu Rick. "Prometi, porém, a meu pai, esperar até o próximo ano. A idade mínima para o alistamento em tal serviço é dezoito anos; muitos rapazes, no entanto, têm mentido, e eu poderia fazer o mesmo, porque sou bastante alto. Numa época destas é difícil estudar, e não há dúvida de que para um americano é muito mais fácil."

Lanny mantinha correspondência também com Rosemary Codwilliger. Sempre achava graça quando escrevia este nome, mas sabia que muitos nomes ingleses eram esquisitos, especialmente os elegantes; e os seus portadores faziam tudo para manter esta esquisitice como uma forma de distinção, como um meio de mostrar que não se incomodavam de modo algum que os outros concordassem ou não com eles sobre o modo de pronunciar e soletrar os mesmos. Não ocorreu a Lanny que pessoas de tal categoria tal-

250   UPTON SINCLAIR

vez não tivessem a mesma ideia de outras questões; tudo o que lhe ocorreu era que Rosemary lhe parecia uma bonita moça e que tinha sido agradável sentar-se ao lado dela, abraçando-a durante as noites de luar.

Nada escrevia a este respeito. Trocavam cartas platônicas e cheias de distinção, próprias a serem lidas tanto pelos censores como pelos pais. Ela contou que o pai estava comandando um regimento nalguma parte da França, e que o sobrinho da sua mãe, o *honorable* Gerald Smithrotten, tinha sido morto em combate, após ter defendido o canal Mons-Condé, situado nas proximidades de Mons, contra sete ataques inimigos. "Esta guerra tem sido cruel, especialmente para as nossas melhores famílias", explicava a filha do capitão Codwilliger, "porque eles devem dar o exemplo e seguir na vanguarda. Desejo fazer um curso de enfermagem, mas minha mãe quer que eu termine primeiro o ano letivo. As mães sempre pensam que somos mais moços do que na realidade somos! Também pensarão assim as mães americanas?"

IV

Lanny não conseguia desviar seus pensamentos de Kurt e ansiava por saber o que poderia estar acontecendo ao seu querido amigo.

Kurt, naturalmente, seria patriota. Censuraria ele a Lanny por não tomar o partido da Alemanha? E que motivos poderia o seu amigo invocar contra a sua atitude? O jovem americano desejava comunicar-se com Kurt para saber, por ele próprio, os seus sentimentos, mas isso não lhe era permitido; não havia troca de correspondência entre os países beligerantes.

Um dia, por acaso, o rapaz estava remexendo na gaveta da sua escrivaninha onde guardava os carretéis de pesca, cartuchos, fotografias, cartas e tudo mais, quando deparou com um pequeno cartão. Segurou-o e leu: "*Johannes Robin, agente, Maatschappij voor Electrische Specialiteiten, Rotterdam*". Quanta coisa já havia acontecido no mundo desde que Lanny conhecera aquele cavalheiro judeu no trem, por ocasião do último natal! E o rapaz pensou se tornaria algum dia a encontrá-lo. Recordou-se de que tinha desejado por várias vezes escrever a Mr. Robin, e isto lhe forneceu um pensamento ainda melhor; isto é, que possivelmente o vendedor de artigos elétricos teria a gentileza de enviar uma carta para Kurt. Lanny tinha escutado numa conversa de amigos de sua mãe que era esse o meio

O FIM DO MUNDO 251

de se comunicar com os alemães; a lei não permitia, mas muitos negócios continuavam a ser feitos por intermédio de países neutros. O rapaz pesou bem o que ia fazer e concluiu que não prejudicaria a Mr. Robin, uma vez que não escrevesse nada que a censura pudesse fazer objeções. "Nem terei necessidade de dizer que estou na França!", pensou ele. E iniciou a carta para o seu amigo, começando habilidosamente de modo até a agradar à censura alemã:

"Avisou-me o meu pai de que é dever de todo americano manter-se neutro, e estou obedecendo a esta ordem. Não quero perder o contato com você e por isso lhe estou escrevendo a fim de que saiba que minha mãe e eu estamos passando bem e que continuamos residindo em nossa casa. Meu pai está em Connecticut; quanto a mim estou estudando bastante e lendo os melhores livros que tenho conseguido obter; também não esqueço os ideais de uma vida mais nobre. Apesar da minha técnica da música ser muito embrulhada, estou praticando na sua leitura. Atualmente não tenho professor, mas minha mãe encontrou um jovem americano que veio em navio à cata de aventuras, e que decidiu ficar porque está interessado numa pequena da vizinhança. Talvez que ele queira ganhar algum dinheiro e então consinta em ensinar-me o que aprendeu no colégio, se é que ainda não o esqueceu. Peço recomendar-me a toda a sua família e escrever ao seu fiel amigo, Lanny."

Certamente tal carta não prejudicaria nação alguma e Lanny escreveu ao negociante de Roterdã, lembrando-lhe do encontro no trem, fazendo votos para que Mr. Robin estivesse gozando boa saúde e esperando que seus negócios não tivessem sofrido em virtude da situação bélica. Lanny explicou que juntava uma carta que devia ser enviada a um amigo que visitara na Silésia. Mr. Robin poderia lê-la e Lanny assegurava-o de que não continha nenhum segredo de guerra. E esperava que tal pedido não lhe trouxesse qualquer incômodo; se isso acontecesse, poderia destruir a carta livremente; em caso contrário, que escrevesse, por obséquio, o endereço, e enviasse a carta para Kurt Meissner, Castelo de Stubendorf, Alta-Silésia.

Lanny meteu as duas cartas num envelope e ficou aguardando a resposta. Em poucos dias veio uma carta de Mr. Robin cordial, conforme esperava Lanny. O homem ficara bem satisfeito em poder ser útil ao seu pequeno amigo e se prontificava a remeter quantas cartas fosse necessário. Recordava-se com satisfação do seu companheiro de viagem e alimentava

252 UPTON SINCLAIR

a esperança de encontrá-lo em breve. A guerra não estava prejudicando os seus negócios; até pelo contrário. Estava prosperando, trabalhando num novo ramo não muito diferente daquele em que o pai de Lanny era especialista. Mr. Robin citou também a sua família — possuía dois meninos, um de dez anos e outro de oito, e tomava a liberdade de enviar uma fotografia para que Lanny tivesse a gentileza de conhecê-los.

Lanny mirou a fotografia que tinha sido tirada no verão e que apresentava a família de pé na entrada de uma pérgola, tendo na frente, deitado, um cachorro belga. Mr. Robin estava vestido com uma camisa de esporte semelhante às que Lanny possuía, e era um homem forte e de aparência bondosa; quanto aos dois meninos, fixavam Lanny serenamente. Os seus cabelos eram ondulados como os do pai e tinham grandes olhos gentis. Por baixo estavam escritos os seus nomes, Hans e Freddie, com a informação de que o primeiro deles tocava violino e o segundo clarinete. Novamente, Lanny pensou que devia gostar dos judeus e perguntou a Beauty o motivo por que não conheciam nenhum. Beauty respondeu que nunca tivera ocasião de encontrá-los, e além disso Robbie não gostava muito de tal gente.

Ao fim de algumas semanas, chegou uma carta da Suíça, sem o nome do remetente. Era de Kurt — evidentemente possuía amigos em quem podia confiar. Estava escrita no mesmo tom cauteloso da de Lanny. "Apreciei muito o que você escreveu a respeito da atitude americana. Naturalmente, você compreenderá que o meu ponto de vista é diferente. Você deve considerar-se feliz em poder continuar os estudos musicais; para mim, as coisas mudaram, sinto-me na obrigação de cuidar de uma carreira mais ativa. Aconteça o que acontecer, hei de lembrar-me sempre de você com profunda amizade. A minha alma continua inalterável e eu conto com a sua. Sempre que puder, escreverei, e espero que você faça o mesmo. Todos os membros da minha família estão bem, por enquanto; como você deve imaginar, estão todos muito ocupados, e aqueles que ficaram em casa enviam as melhores lembranças. Kurt".

Lanny mostrou a carta a Beauty e ela deduziu que Kurt estava se preparando para algum serviço militar. O rapaz tinha apenas dezesseis anos, mas os alemães já estavam à cata de todos os reforços militares. Os seus irmãos, sem dúvida, achavam-se empenhados na luta. Lanny estava esperançoso de encontrar alguma coisa escrita nas entrelinhas e procurava atentamente. Aquela frase a propósito da alma do seu amigo tinha por

O FIM DO MUNDO   253

objetivo revelar-lhe que, embora Kurt partisse para a guerra, persistiria
acreditando na importância do ideal e da arte, como instrumentos de elevação da humanidade. A guerra não iria transformar a amizade de ambos.

V

Uma vez que Kurt confiava na inalterabilidade da alma de Lanny, o rapaz achou que deveria mostrar-se digno disto. E concluiu que perdia demasiado tempo lendo histórias de amor e que deveria iniciar qualquer leitura
elevada. Estava meditando sobre o que escolher para início dessa sua nova
deliberação, quando ouviu M. Rochambeau, o diplomata aposentado, observar que os padres e bispos não estavam externando bem o espírito de Jesus
e da Mãe de Jesus, dos apóstolos, de anjos e de santos; mas Lanny nunca
lhes dera muita importância, pois sabia pouco a respeito da religião cristã.
Tanto sua mãe como seu pai tinham sido obrigados durante a mocidade a
assistir os ofícios religiosos, e por isso detestavam-nos. Mas, apenas como
uma questão de educação artística, não deveria Lanny ler a respeito dessa
religião?

O rapaz perguntou ao velho diplomata onde poderia encontrar aquilo
que Jesus dissera, e este lembrou que as palavras estavam gravadas num
velho livro, chamado Bíblia. M. Rochambeau não a possuía, e os amigos de
Beauty, aos quais Lanny andou procurando, divertiram-se à larga com a
ideia do rapaz. Finalmente Lanny conseguiu um exemplar desta obra antiga numa livraria.

Aproximava-se o inverno. Em Flandres e por todo o norte da França, um
milhão de homens permaneciam ao ar livre, no meio de trincheiras e buracos de bombas cheios de água suja que se tornavam geladas à noite. Devora-
dos pelos vermes e meio paralisados pelo frio, esses homens comiam pão e
carne enlatada, quando esta podia ser levada através das estradas, que se
tornavam intransitáveis. Dia e noite, balas assobiavam por cima da suas
cabeças e bombas caíam do céu, esmagando corpos e soterrando outros
sob a lama. Os feridos ficavam estendidos onde caíam, até que a morte os
aliviasse ou que chegasse a noite, cujas trevas tornavam possível aos seus
companheiros arrastá-los para as trincheiras.

Enquanto se passava tudo isto, a cem milhas do local em que estava
Lanny, este lia a história de Jesus; releu-a depois quatro vezes. Comoveu-se

profundamente e chorou por causa do tratamento que fora dado ao pobre; amou-o pelas palavras e pelos atos que tivera. Se nessa ocasião aparecesse alguém angariando adeptos para qualquer seita religiosa, tal pessoa poderia conquistar facilmente uma alma. Lanny não tinha ninguém a quem pudesse fazer consultas, a não ser o ex-diplomata que lhe havia dito: "Se você deseja seguir a Jesus, faça-o no seu íntimo, porque nenhuma igreja segue os seus passos, nem de longe."

Portanto, Lanny não foi à igreja. Em vez disso, estudava aritmética, álgebra e história moderna com o seu novo professor, Jerry Pendleton, um rapaz feliz e despreocupado que Beauty descobrira, do mesmo modo como conhecia a maioria das pessoas, isto é, numa reunião ou num chá; gostava dele porque tinha cabelos vermelhos, disposição alegre e bons modos. Viera para a Europa com um companheiro, tendo trabalhado durante a viagem; não pudera regressar por causa da guerra e agora estava preso por uma senhorita cuja mãe era dona da pensão em que estava morando. Em vez de tentar regressar, Jerry preferiu ficar, e o emprego de professor apresentou-se-lhe como uma feliz solução de vários problemas.

O rapaz não apoiava o método de educação adotado nos Estados Unidos; dizia que a principal escola era conviver com rapazes e moças. Confessou, tal qual Mr. Elphingstone, que esquecera todas as matérias que ia ensinar, mas ele e Lanny poderiam ler juntos, além disso havia ainda aquela esplêndida enciclopédia, que fatalmente nunca se enganaria. Pelo menos Jerry distrairia Lanny, evitando que ele fizesse assim alguma coisa de mal, enquanto Mrs. Budd poderia dar-lhe a ele, Jerry, conselhos sobre a mais desnorteadora questão de amor que jamais defrontara. Mademoiselle Cérise fora educada segundo os costumes franceses, o que significa que não poderia estar na companhia de um rapaz sem a presença da mãe. Jerry não podia trazê-la para a casa de Beauty sem trazer também uma companheira. Nos Estados Unidos, podia levar-se uma moça para passeios de automóvel, ou, se não havia um carro, fazia-se uma excursão em bicicleta; aqui na França, porém, todas se assemelhavam a freiras até o casamento — e então, pelo menos ocasionalmente, poder-se-ia encontrá-las todas nas salas de jogo dos cassinos.

— Nem todas! — exclamou Beauty, iniciando a educação do professor de seu filho.

VI

Novamente Marcel Detaze conseguiu livrar-se da censura; estava de viagem para o seu novo posto de dever e expunha o seu coração à bem-amada. Desta vez não lhe escondeu os perigos que iria enfrentar. Aproximava-se a hora, e ela devia fortalecer a sua alma. Marcel revelava-se alegre como sempre; este era o modo pelo qual se devia tomar a vida, se não se queria ser derrotado. Faça da vida uma obra de arte; tente o melhor, represente o seu papel e esteja pronto a sair do palco antes que o público se canse. Marcel descreveu um aeróstato em forma de salsicha, como um objeto grotesco e divertido, em luta contra os homens que o haviam criado e que tentava fugir do seu controle. Era enorme e gordo e tomava formas diferentes, dançava e sacudia-se no ar. O cabo era preso a um motriz e dois animais o arrastavam, fazendo-o subir e descer.

Tanta coisa por causa de um observador que subia sentado numa cesta e que ficava dependurada do aeróstato, equipado de binóculos, instrumentos de medição e telefone. A sua tarefa era observar e descobrir as trincheiras do inimigo e os movimentos das tropas e canhões. Devia possuir uma boa visão e saber distinguir um galho de árvore de uma galhada transformada em cenário e montada sobre um canhão pesado. Devia ser um homem que já tivesse viajado pelos *fjords* da Noruega e pelas ilhas da Grécia sem ter adoecido, porque os ventos que vinham do mar do Norte bafejavam-lhe à vontade.

Tal balão era, naturalmente, um ótimo alvo para o inimigo. Aviões submergiam das nuvens com uma velocidade de cem milhas por hora, vomitando fogo quando passavam. "Possuímos canhões antiaéreos para afugentá-los", escreveu Marcel, "canhões com ângulo elevado que atiram sobre aviões em voo; receio, porém, que não sejam muito bons, e Lanny devia escrever ao pai para inventar outros mais aperfeiçoados, a fim de proteger-me. As bombas de tais canhões fazem brancas lufadas de fumaça quando explodem, de modo que o artilheiro pode melhorar a pontaria." E assim continuava a carta, em tom humorístico.

Beauty perdeu as forças e não pôde continuar a leitura. Parecia-lhe horrível que os homens pudessem zombar da morte e da destruição. Naturalmente que eles riam, para disfarçar o desejo que tinham de chorar; Beauty, porém, podia chorar e ela chorou. Estava certa de que seu querido partira para sempre, e as suas esperanças tornavam a morrer cada vez que pensava nele. Lanny, palestrando com M. Rochambeau, certificou-se de que sua mãe tinha razão de recear e sofrer tanto, porque o posto que Marcel escolhera representava o cúmulo do perigo naquela guerra. Uma observação bem-feita, seguida por uma bomba mirada, era suficiente para colocar fora de ação toda uma bateria de canhões; por isso, o inimigo lançava incessantemente os seus aviões sobre os aeróstatos cativos. Até agora, os franceses estavam com a supremacia do ar, mas a luta continuaria, e a proporção dos casos fatais era bem alta. "As mulheres devem chorar", era o título de uma poesia da antologia de Lanny.

VII

Mrs. Emily Chattersworth enviou notícias frescas. Tendo tido conhecimento dos pavorosos sofrimentos por que passavam os feridos depois da grande batalha do Aisne, ela emprestara o Château Les Forêts ao governo, para ser utilizado como hospital. Em seguida, desejosa de apreciar o que estavam fazendo com a sua propriedade, foi até lá e ficou tão alarmada pela visão dos corpos feridos e mutilados levados em número incontável e pelo esforço e dedicação de médicos e enfermeiras extenuados, que abandonou a sua carreira de dama de salão e aceitou o cargo de diretora do hospital. Agora estava auxiliando a organização de uma sociedade em Paris cuja finalidade seria socorrer os feridos; era por isso que escrevia a todas as suas amigas e amigos, implorando contribuições. Iria Beauty auxiliar com alguma coisa? Mrs. Emily ponderou que Marcel poderia ser trazido um dia para Les Forêts, e isto convenceu Beauty. Apesar das suas promessas de economizar para pagar suas dívidas, enviou um cheque à sua amiga.

Lanny começou a perceber um curioso fenômeno. Tendo contribuído com o seu amante e com o seu dinheiro, Beauty não pôde mais recusar a contribuir também com o seu coração. Até agora viera odiando a guerra, mas, pouco a pouco, passou a odiar os alemães. Naturalmente que nada sabia a respeito da política mundial nem tentava discuti-la — o sentimento de Beauty era exclusivamente pessoal, e ela se recordava das hordas de alemães que tinham vindo nos últimos invernos para a Riviera, e profanado a calma do seu retiro. As mulheres eram abrutalhadas, enormes, e as suas vozes pareciam de valquírias; os homens tinham faces gordas e camadas de

O FIM DO MUNDO

banha nas costas e no pescoço, barrigas espantosas e nádegas majestosas que se mostravam despudoradamente ao sol de inverno. Bebiam e comiam salsichas publicamente, faziam seus ruídos guturais, e agora ficara patente que, durante todo aquele tempo, tinham estado espiando e intrigando, preparando máquinas enormes de destruição e morte!

Sim, Beauty decidiu odiar todos os alemães e isso veio trazer desarmonia naquela pequena ilha de paz que ela criara em Bienvenu. Sophie não queria odiar os alemães, para evitar que Eddy fosse arrancado de seu lado. M. Rochambeau também não queria, porque era velho e cansado, e sofria ataques de coração quando se tornava irritado.

— Querida senhora — dissera ele —, neste continente nós já nos temos odiado durante tantas centenas de anos! Não traga mais óleo para o nosso fogo...

A voz do ex-diplomata era branda, e os seus modos os de um velho prelado. Lanny se certificou de que as coisas iriam tornar-se mais difíceis para ele se sua mãe se transformasse numa criatura belicosa; isto levou-o a fazê-la lembrar-se de Kurt e dos grandes alemães, como Goethe, Schiller e Beethoven, que pertenciam a toda a Europa. E repetiu-lhe tudo quanto Robbie lhe havia dito, e que sempre recordava de um modo velado. Quando Beauty respondeu que Robbie estava pensando era no dinheiro que ganharia com a guerra, Lanny sentiu-se um pouco chocado, mas se manteve discreto; não pagaria a pena lembrá-la de que estavam vivendo com esse dinheiro e que era ainda do mesmo aquele com que ela fizera doações a Mrs. Emily.

VIII

Jerry Pendleton era um ótimo companheiro. Tinha os mesmos desejos e gostos de Lanny. Os dois galgavam as colinas, jogavam tênis, nadavam, pescavam, e Jerry procurava conquistar a mãe de Mademoiselle Cérise, trazendo mais peixes do que a pensão podia consumir. Gostava muito da pesca com auxílio de tochas, e aos poucos os dois tornavam-se exímios lanceiros; porém, nunca tinham fisgado um peixe tão grande como aquele do capitão Bragescu. Certa noite, tiveram uma aventura curiosa; passou-se justamente aquilo que Beauty sempre receara e que provocara risos de todos. Aliás, seria sempre assim durante esta guerra; a verdade longe da ficção e, se alguém dissesse que uma coisa não podia existir, logo se certificaria de que estava enganado.

Numa noite silenciosa, muito comum no mês de dezembro, os dois, vestindo velhas roupas de pesca e pulôveres, estavam num bote, ambos debruçados sobre a água, perscrutando o fundo cristalino. As ondas batiam levemente, e tudo tinha uma expressão encantadora. As lagostas mostravam a cabeça por entre os rochedos e peixes nadavam por todos os lados, alguns camuflados, como os alemães. Lanny pensava em Marcel, que estava fazendo a mesma coisa, porém, no ar e não no fundo do mar.

O farol de Cannes projetava luzes vermelhas e verdes. Não se distinguia muita luz na costa, porque a vida noturna do golfo Juan estava muito diminuta neste inverno. Não se ouviam muitos sons, apenas o murmúrio do tráfego distante e às vezes o motor de uma lancha. Subitamente, porém, ouviram um barulho estranho, como se fosse o movimento de um grande volume de água; depois, uma série de ondas lançaram-se contra o bote, agitando-o tanto que não mais podiam os rapazes ver o fundo como minutos antes. Olharam na direção do som, e gradualmente conseguiram distinguir uma forma diminuta. Parecia impossível dar crédito, porém era impossível também duvidar: um objeto redondo, semelhante a uma caixa, emergiu do mar e imediatamente tornou-se paralisado!

— Um submarino! — murmurou Lanny, e seu companheiro exclamou:

— Apague a tocha!

Lanny estava próximo da proa e apanhou o fogo, atirando-o n'água. Apenas se ouviu um pequeno chiado; a escuridão e o silêncio tomaram conta dos rapazes. O bote continuava batido pelas ondas.

Os dois ficaram em expectativa, com o coração em sobressaltos.

— Devem ter nos visto — murmurou Jerry.

Ambos já haviam lido histórias sobre submarinos que afundavam navios e não se preocupavam em salvar a tripulação. Talvez que esse fosse inimigo, mas podia, por um acaso, ser também francês ou inglês. Agora ouviam perfeitamente os ruídos, depois, passados, pessoas movendo-se e, então, claramente, o barulho de remos dentro d'água.

— Estão no nosso encalço! — exclamou Lanny, e ambos seguraram os remos e tocaram a toda pressa em direção à praia que estava a uma distância de menos de cem pés.

Iriam os homens do submarino acender um holofote e atirar sobre eles? Era nisso que ambos estavam pensando e tinham razão de ficarem assustados. Nada disso, porém, aconteceu. Eles chegaram à praia e saltaram do

O FIM DO MUNDO

bote; então, escondidos atrás dos rochedos, tornaram o ouvir, distintamente, os remos que se aproximavam. Sentiram pararem as remadas e depois
de passado cerca de um minuto, serem elas reiniciadas; o bote, ou fosse o
que fosse, estava regressando ao submarino.

— Eles vieram para fazer alguma coisa — murmurou Jerry.

— Ou talvez para deixar alguém na praia.

— Deve ser algum inimigo; nenhum navio francês teria tido tal procedimento. É preciso cautela, porque pode ser que estejam nos vigiando.

Lanny nada respondeu e ambos saíram à procura da escada.

— Talvez isso seja muito sério; devemos comunicar o fato à polícia. Se
alguém foi deixado na praia, certamente estará armado e com intuito de
praticar alguma ação má — falou Jerry.

— Isto é verdade — respondeu Lanny, excitado.

— Sabe onde existe um telefone?

— Em quase todas as vilas, ao longo da estrada.

— Então vamos calmamente, e se alguém tentar interceptar-nos, nós
nos separaremos, você vai por um caminho e eu, por outro. Dificilmente
conseguirão pegar-nos os dois.

Desceram pela estrada e entraram numa residência qualquer, pedindo
permissão para telefonar ao posto policial mais próximo. O delegado pediu-
-lhes que esperassem, e nesse ínterim os dois contaram a história à família
de ingleses que ficou, naturalmente, na maior excitação. Pouco depois, chegava um carro com policiais e um outro com soldados. Os rapazes foram
levados à praia e crivados de perguntas. Não havia sinal algum de submarino, apenas o bote de Lanny que já ia sendo carregado pela maré. Vieram
lanchas e homens procuraram por toda a praia, sem achar, no entanto, nenhuma pista. Os rapazes, porém, relatavam a história com tanta convicção
que conseguiram convencer as autoridades da sua boa-fé, e um oficial disse,
por fim, que deveria ter sido um submarino austríaco vindo do Adriático.

E foi tudo que disseram. Um silêncio cobriu toda a história, nada foi
publicado, mas foram mantidos patrulhas e hidroaviões nas vizinhanças.
M. Rochambeau, conhecedor das questões militares, disse que o inimigo
certamente trouxera para a costa um espião importante, já bastante conhecido para conseguir atravessar a fronteira, mesmo com passaporte
falso. E, sem dúvida, já tinha um esconderijo preparado. O serviço secreto
dos Aliados, entretanto, iria descobrir quem era e para que tinha vindo.

Ao lado da guerra das armas, havia a guerra subterrânea da espionagem e sabotagem. Ambos os lados possuíam espiões em todos os serviços do adversário e gastavam fortunas para corromper e destruir tudo quanto possível. Os franceses tinham reunido os inimigos estrangeiros conhecidos no Midi, internando-os na ilha de St. Marguerite, situada em frente a Cannes e que fora a moradia pacífica de umas cinquenta freiras —, lugar este em que os turistas se sentavam sob grandes pinheiros para tomar chá. Mas naturalmente devia haver muitos alemães livres na França, passando por suíços, dinamarqueses, cidadãos dos Estados Unidos; podiam observar o movimento das tropas, planejar a destruição de pontes e estradas de ferro, ou colocar bombas em navios mercantes e até em navios de guerra. Se eram pilhados, jamais se tornaria a ouvir qualquer coisa a respeito deles; eram levados para um forte, colocados contra a parede, de olhos vendados, e fuzilados.

IX

A notícia que Beauty esperava apreensivamente durante tantas semanas chegou afinal. Veio escrita por um companheiro de Marcel e o soldado lamentava informar Madame Budd que seu amigo tinha sido gravemente ferido; o seu balão fora atacado por dois aviões inimigos e, apesar de arrastado para o solo, não executaram esta operação com a rapidez suficiente, de modo que a quinze metros do chão o fogo alastrara-se na aeronave. Marcel viu-se na contingência de saltar, o que lhe acarretou graves fraturas, além das queimaduras que já tinha sofrido. Fora levado para o hospital de Beauvais e ele, seu companheiro, não sabia notícias sobre o seu estado, no momento.

Passado o primeiro desmaio, a obsessão de Beauty foi partir para Beauvais; não conseguia deter o pranto e sentia tremores e convulsões. Devia ir, devia ir agora mesmo! Não poderia esperar nem ao menos que arrumassem as malas. Tinha visões do seu amante mutilado, desfigurado — estaria agonizante? Talvez estivesse morrendo naquele momento!

— Ó, meu Deus, acuda-me! Ajude ao meu pobre Marcel!

Jerry, M. Rochambeau e Lanny estavam em casa e tentaram confortá-la, mas que poderiam fazer? Esforçaram-se por acalmá-la, mas Beauty não os queria ouvir.

O FIM DO MUNDO   261

— Deve procurar apanhar o próximo trem — disse o diplomata.

— Eu vou no automóvel.

— Então é preciso providenciar para que arranjem gasolina.

— Hei de encontrar um meio — respondeu Beauty. — Pagarei o que for exigido; sempre se consegue tudo quando se paga.

— Mas, Madame Budd, talvez a senhora não chegue nem próximo à cidade; não permitem, nunca, visitas dentro da zona de guerra...

— Eu saberei agir. Vou a Paris e pretendo sitiar o governo.

— Atualmente muitas pessoas estão sitiando o governo, inclusive os alemães.

— Preciso auxiliar Marcel, e tenho de conseguir um meio; vou aceitar o lugar de enfermeira com Emily Chattersworth. Ela, com certeza, auxiliar-me-á. Quem quer vir comigo?

Lanny já sabia guiar automóvel, porém não suficientemente para uma viagem que se apresentaria bastante acidentada. Jerry Pendleton era um *chauffeur* de primeira qualidade e sabia como colocar os carburadores; além disso, conhecia bem o motor de um carro. Jerry iria acompanhá-los. As criadas foram arrumar a roupa nas malas; Beauty havia declarado que se não a deixassem entrar na cidade, teria de permanecer dentro do carro. Era este o motivo por que não queria levar suas roupas bonitas; mas mudou de opinião, pois lembrou-se de que talvez necessitasse visitar autoridades e, portanto, deveria apresentar-se de maneira elegante — nada de ostentação, porém com aquela simplicidade que é o segredo da arte de vestir-se. Interessante observar uma mulher tão abatida pelos próprios sofrimentos que dificilmente se fazia compreender, decidindo ao mesmo tempo qual o vestuário adequado a aproximar-se do ministro da guerra de um governo em tal perigo que fora obrigado a transferir-se de Paris para um longínquo porto marítimo!

Lanny aprontou suas malas, apanhou um pulôver e um sobretudo que tinha usado na Silésia; também levava um bom terno, pois talvez se visse na obrigação de entrevistar qualquer pessoa de influência. Beauty enviou um telegrama a Mrs. Emily para que ela fosse agindo; M. Rochambeau comunicou-se com um oficial amigo, que poderia arranjar alguma coisa se o conseguisse, por sua vez, com alguém.

— "Somente uma mulher pode fazer o impossível" — disse o velho diplomata, parodiando Goethe.

262UPTON SINCLAIR

Empilharam roupas e cobertores no carro, ao lado de Beauty, que se sentara transfigurada, uma verdadeira máscara de terror, fixando um pesadelo eterno. Passaram pela pensão de Jerry, e ele correu até o quarto para apanhar seus objetos. Embaixo estavam Mademoiselle Cérise em companhia da mãe e da tia, todas chocadas pelas novidades. O professor de cabelos de fogo abraçou a linda francesa, beijando-a em ambas as faces.

— *Adieu! Au revoir!* — gritou ele, correndo.

— Ó, estes americanos!... — exclamou a mãe.

— Uma gente completamente louca — disse a tia.

14

AS FÚRIAS DA DOR

I

A PEQUENA CIDADE DE BEAUVAIS FICA A CERCA DE CINQUENTA MIlhas de Paris, em direção norte. Teria o mesmo destino de Paris, caso lá tivessem chegado os alemães. Os seus habitantes tinham escutado o eco dos canhões, ainda o continuavam ouvindo dia e noite, semelhante a uma tempestade longínqua. As tempestades são caprichosas, e o assunto apreensivo de todas as horas era a possibilidade do desencadeamento de uma nova. O povo comentava os boletins afixados nas paredes da antiga prefeitura, na esperança de que aquilo que liam fosse verdadeiro.

Para afastar a luta, estavam todos trabalhando dia e noite. O Chemin de Fer du Nord passava através da cidade, e o leito da via férrea fora transformado em base: os soldados desembarcando, canhões e munições colocados em ordem de combate, depósitos para armazenar alimentos e forragem, a fim de enviá-los para a frente de batalha, e tudo que poderia ser necessitado, se a linha fosse mantida e o inimigo, expulso. Não se conceberia esperar conforto algum em tal lugar; até se poderia considerar-se muito feliz o fato de encontrar-se em vida.

Beauty Budd chegou até aí, porque pertencia àquela classe de pessoas habituadas a conseguir sempre aquilo que desejam. Defrontara ministros

O FIM DO MUNDO 263

do governo, dera um cheque para o auxílio dos feridos; além disso, possuía o nome de uma família de industriais que no momento eram suplicados para aumentarem as instalações de suas fábricas a fim de auxiliarem a salvar a pátria em perigo. E por causa disto, quando aparecia à porta de um alto funcionário, o secretário imediatamente a recebia, levando-a diante do seu chefe, que respondia "Certamente, Madame", e assinava o papel pedido.

Assim, o automóvel com o *chauffeur* e Lanny passou pelos sentinelas de Beauvais, e as autoridades da cidade esforçaram-se por facilitar as coisas para uma senhora cujo sofrimento juntava a dignidade aos seus inúmeros encantos.

— Sim, Madame, faremos tudo para encontrar o seu amigo; não será fácil, porque não possuímos um registro geral.

Uma nova batalha estava começando; os canhões faziam centenas de vítimas, e elas eram assistidas ali mesmo, porque não havia tempo de transportá-las para trás.

— Nós mesmos vamos procurá-lo — disse Beauty e as autoridades avisaram-lhe que todos os edifícios disponíveis da cidade tinham sido transformados em hospitais.

Os rapazes levavam-na de um lado para outro; e ela ficava esperando, enquanto o funcionário olhava o nome dos vivos e dos mortos. As mãos de Beauty tornavam-se frias e os seus lábios tremiam, e as duas escoltas ao seu lado estavam prontas a ampará-la no caso de um desmaio.

Finalmente, acharam o nome de Marcel Detaze. O pintor estava numa velha e escura hospedaria, tão atopetada de leitos pelos corredores que mal havia lugar para se caminhar. Beauty Budd, acostumada ao luxo, embarafustou-se neste inferno mal iluminado, angustiante, nauseabundo, recendendo a sangue e feridas supuradas. Ambulâncias e automóveis chegavam e descarregavam corpos na calçada. Às vezes, os feridos morriam antes de se lhes conseguir um lugar, e então eram despejados em covas abertas do lado de fora da cidade.

II

Marcel estava vivo, e era isso, tudo quanto Beauty desejava. Não lhe podiam dizer muito a respeito do estado do rapaz. Suas pernas estavam quebradas e tinham sido postas no gesso. As costas estavam feridas, mas não se sabia exatamente a extensão dos ferimentos: sem dúvida que ele devia ter lesões internas. As queimaduras tinham sido pensadas, e o médico acreditava que o pintor não ficasse cego. "Não temos tempo", diziam todos; "não dormimos, estamos exaustos."

Beauty podia certificar-se de que era verdade; os médicos, enfermeiros e auxiliares estavam pálidos, abatidos, e muitos deles caminhavam cambaleando. "C'est la guerre, Madame", e Beauty respondia: "Eu sei, eu sei."

Conduziram-na até Marcel; o pintor se encontrava estendido sobre um leito; no mesmo quarto, estava ainda mais de uma dúzia de homens. Não havia possibilidade alguma de reconhecê-lo; a cabeça completamente envolta em gazes, apenas com aberturas para a boca e o nariz, que pareciam feridas abertas. Ela ajoelhou-se a seu lado e murmurou:

— É você, Marcel?

Ele não se mexeu, apenas pronunciou:

— Sim.

— Querido, eu vim para auxiliá-lo — disse Beauty, e aproximou o ouvido dos lábios do ferido, escutando fracamente:

— Deixe-me morrer!

Havia alguma coisa estranha na sua voz, alguma coisa errada, mas Beauty, entretanto, compreendeu as palavras.

— Não queira salvar-me, eu serei um monstro para o resto da vida.

Beauty nunca tinha aprendido psicologia, a não ser observando as pessoas conhecidas. Nunca ouvira falar no "desejo da morte", e se alguém falasse de auto-hipnose ela acreditaria ser alguma ferramenta de automóvel. Mas possuía um pouco de senso comum e deduziu que deveria colocar o espírito de Marcel sob suas ordens. Deveria convencê-lo a desejar de novo a vida. Precisava encontrar alguma coisa naquelas gazes que parecesse uma orelha e ter assim a certeza de que o som das suas palavras seria ouvido; e então falou firme e compassadamente:

— Marcel, amo-o. Amo a sua alma e não me preocupo com o que possa acontecer ao seu corpo. Pretendo permanecer aqui e conseguir a sua cura. Você deve continuar a viver por amor a mim. Não importa o que lhe venha a custar, mas você deve aguentar e deve querer viver! Está me ouvindo, Marcel?

— Estou!

— Então, está resolvido. Não me diga que não. Deve fazer o que eu quero! Pelo amor do nosso amor! Quero levá-lo daqui, cuidar de você, e estou

O FIM DO MUNDO

certa de que ficará curado brevemente. Porém, acima de tudo, você precisa convencer-se bem intimamente de que deseja viver! Você precisa ter desejo da vida e deve amar-me bastante, está compreendendo?

— Não é justo para você.

— Não diga isso. Não discuta comigo, e não desperdice as suas forças. Você me pertence e não tem o direito de deixar-me, de privar-me do seu amor. Não me importo com o que está dizendo, não quero ouvi-lo, eu quero é você! Tudo aquilo que restar da sua pessoa, tudo o que os médicos puderem salvar, é meu, pertence-me, e você não deve querer tirar-me. Você só poderá viver se se esforçar por isso, e eu quero que faça o máximo. Quero que me prometa. Quero que diga o que pretende fazer! Preciso sair e providenciar a sua remoção para Paris; mas não posso ir enquanto não souber que lutará e não desistirá! Disse-me você uma vez que eu precisava ter coragem, Marcel. Agora eu a tenho e deve pagar-me na mesma moeda. Está compreendendo?

— Sim!

— Quero a sua promessa. Quero estar certa de que, quando eu sair para buscar auxílio, lutará também com todas as forças para manter a esperança e a coragem, pelo meu bem e para o nosso amor. Não vale a pena falar a respeito de amor, se você não está inclinado a fazer tudo isto por mim. Responda-me e diga que sim!

Ela aproximou o ouvido da abertura e percebeu um murmúrio:

— *All right.*

Beauty acariciou gentilmente as costas do soldado-pintor, sem saber qual a parte ferida, e disse:

— Espere por mim. Voltarei logo que conseguir um transporte. Há alguma coisa que você deseje?

— Água! — disse ele.

Ela não sabia como satisfazer-lhe o pedido, pois receava suspender a sua cabeça, e não tinha copo. Assim, molhou o lenço que trazia e espremeu-o na boca do pintor, continuando a fazê-lo até que ele dissesse já ser bastante.

III

Os médicos não protestaram que o doente fosse tirado das suas mãos. Disseram que não podia ser colocado num automóvel, pois isto certamente seria fatal e além disso não havia nenhuma ambulância disponível. A remoção teria que ser feita no próprio carro de Beauty, uma daquelas novas e modernas limusines, em forma de caixa quadrada. Talvez fosse possível retirar dois lugares, os do lado direito, e preparar desse modo um canto para colocar um colchão. Jerry apresentou uma sugestão: por que não prender um estrado largo em cima dos dois lugares com um colchão sobre o mesmo?

Encaminharam-se para uma garagem e aí depararam com a esposa do proprietário e um velho mecânico; ambos se mostraram muito espantados com a ideia de se cortar um pedaço das costas de um automóvel de luxo para que um soldado ferido pudesse ser transportado. Jerry chamou de parte a proprietária e disse-lhe palavras mágicas.

— Trata-se do amigo desta bela senhora.

— Ah, é o amor!

O amor transformava todas as coisas, explicava tudo. E eles iniciaram o serviço com entusiasmo. O amor sempre encontrará caminhos! Finalmente prepararam tudo sem estragar muito o carro, e Beauty telefonou a um cirurgião que conhecia em Paris, a fim de conseguir um lugar para Marcel num hospital particular. Quando voltou, o estrado já estava preparado e colocado dentro do carro, num lugar relativamente confortável para que um soldado ferido pudesse permanecer deitado durante a viagem.

Dois enfermeiros carregaram o ferido para fora, depositando-o cuidadosamente no colchão. Beauty distribuiu dinheiro a todos que a haviam auxiliado, e Jerry lhes deu cigarros, o que os tornava ainda mais estimados. Já escurecia quando partiram, mas isso não tinha importância. Marcel estava vivo e Beauty, sentada de tal modo que a sua boca ficava à altura da cabeça do pintor. Durante duas horas, ela falou baixinho:

— Marcel, amo-o. Você deve continuar a viver para meu bem!

Beauty dizia isso de mil maneiras diferentes, e Lanny, que a ouvia, aprendeu mais coisas a respeito do amor. O rapaz estava sentado em má posição, por baixo do estrado, e nada podia ver, mas era fácil ouvir e ele compreendeu que o amor não é só prazer, mas que pode ser também agonia e dor no coração, martírio e sacrifício. E aprendeu o significado das palavras divinas do padre, quando dizia o sacramento do matrimônio: "para os dias bons ou ruins, ricos e pobres, na doença e na saúde, devem se amar e querer-se bem, até que a morte os separe".

O FIM DO MUNDO

IV

O corpo humano é um maquinismo complicado, possuindo muitas milhas de tubos elásticos, grandes e pequenos. Para que a máquina desenvolva o máximo de força por libra de peso, os tubos são feitos de matéria frágil e a estrutura que os cerca e suporta é de um material poroso e também frágil. Se se suspender tal corpo a uma altura de cinquenta pés e explodir sobre o mesmo um volume de hidrogênio e deixá-lo então cair em terra firme, em um ou dois segundos as consequências seriam tais que cirurgiões e enfermeiros só o conseguiriam pôr em funcionamento depois de muito tempo.

Não havia em Paris médico que não estivesse sobrecarregado e hospital que não estivesse cheio; porém, a senhora com o nome mágico de "Budd" fazia sentir a sua influência, e Robbie, ao saber dessas notícias por cabograma, respondeu: "Não poupe dinheiro." Portanto, Marcel foi submetido a um exame detalhado de raio x, e as suas queimaduras foram tratadas de acordo com a técnica moderna de se tirar o tecido ferido. Depois de vários dias de observação, os médicos concordaram que ele poderia viver se não se desanimasse com o tratamento que teria de aguentar, e se seu amor-próprio não ficasse ferido pela certeza de que teria o aspecto de um espantalho.

Tudo, portanto, dependia de Beauty. Ela poderia ficar com esse espantalho se assim quisesse — e ela o queria. Agora, não haveria mais pensamentos de Pittsburgh; tinha tomado sua resolução e não pretendia fugir — ia ficar no próprio hospital a fim de tratar de Marcel. Arranjou um uniforme de enfermeira e todos ficaram satisfeitos pelo seu auxílio, pois já havia casos demais, além desse doente tão perigoso. Mandou colocar um leito num dos cantos do quarto e raramente saiu, durante semanas. Não estava disposta a deixar solto o amor-próprio de Marcel, que poderia levá-lo a lançar-se pela janela. Permanecia junto dele para lembrá-lo de que pertencia a ela e que a sua ideia de propriedade era muito forte.

Pequeninos demônios vinham sentar-se nas grades da cama de Marcel, nos pés e à cabeceira. Os seus olhos físicos estavam envolvidos; porém, ele os via a todos, com os olhos espirituais. Alguns demônios usavam elmos, outros tinham bigodes eriçados e ainda — eram diabos comuns, com rabo vermelho. Vinham sempre, picavam a carne ferida do pintor, espetavam-no com agulhas; torciam seus membros fraturados, puxavam os tubos —

enfim, não o deixavam em paz dia e noite. O suor escorria de toda parte do seu corpo onde havia ficado ainda um pouco de pele.

Ele se torcia e esforçava-se para não gritar, por causa daquela pobre mulher que permanecia no canto do quarto, falando quando ele não queria ouvir, tentando auxiliá-lo onde não havia possibilidades.

Havia feridos que necessitavam de um tratamento ininterrupto; ossos mal colocados que deviam ser quebrados novamente; várias vezes foi o rapaz levado para a sala de operações a fim de sofrer exames. Os médicos davam-lhe morfina, mas naturalmente dentro de um certo limite, pois queriam salvar-lhe a vida. Ele tinha de suportar tudo isso; tinha de aprender a viver com dor e fazer pilhérias acerca de tudo. Os médicos distraíam-no contando anedotas, e ele também chalaceava, chamando-os de "embusteiros" e ameaçando-os de arranjar um médico americano, porque os franceses não entendiam bem de medicina. Eles respondiam que certamente ficariam sabendo muito mais antes que terminasse a guerra. Beauty, dificilmente, conseguia aguentar essas brincadeiras, mas aos poucos tornava-se mais corajosa.

— C'est la guerre!

V

Lanny e seu jovem professor hospedaram-se num hotel próximo ao hospital. As paredes do quarto eram forradas de madeira e seda e as cadeiras estofadas com o mesmo tecido. A vida transformava-se num cenário de luxo extraordinário para Jerry Pendleton, cujo pai possuía apenas uma drogaria no Kansas.

Arranjaram livros e estudavam fielmente todas as manhãs. Depois do almoço passeavam, visitavam os museus, ou iam ao hospital para distrair a mãe de Lanny. Os dois rapazes eram um conforto para Marcel; porque os homens têm de estar sempre juntos, assim parece; não podem suportar constantemente mulheres na sua convivência. Os homens compreendem por que se deve seguir pelo mundo afora, apesar do perigo de morte. Quando Marcel se sentia em condições de prestar atenção, divertia-se ouvindo coisas a respeito da vida colegial americana, a respeito do futebol, da viagem de Jerry num vapor de carga e da sua aventura na Europa, errando através de vários países e dormindo sobre o feno. Sentia não ter feito algo semelhante, tão original.

O FIM DO MUNDO

Naturalmente queria ouvir também coisas a respeito da guerra. Beauty esperava nunca mais ouvir esta palavra, mas era obrigada a ler as notícias e aprender a pensar em estratégia em vez de corpos mutilados. Os exércitos se enfrentavam como dois animais selvagens que estivessem presos pelos chifres e que se vissem obrigados a dar marradas pela floresta até caírem. Durante todo aquele inverno, tinham avançado aqui e recuado acolá, até irem gradualmente se estabelecendo por baixo da terra. Os alemães cavaram linhas e linhas de trincheiras, e, para defendê-las, iam fazer tudo quanto possível; a Inglaterra e a França faziam a mesma coisa do outro lado da "terra de ninguém". Cada exército se preparava freneticamente para a arrancada da primavera, quando deveria terminar a guerra. Isso afirmavam todos os "conhecedores da situação", e somente não chegavam a um acordo sobre o termo da luta. Certamente não seria tão cedo.

Os invernos em Paris eram sempre desagradáveis e as pessoas de recursos só permaneciam ali quando obrigadas. Beauty, porém, saía raramente, e os rapazes não se incomodavam, porque eram moços e tudo era novo e diferente. Iam ao cinema, viam filmes americanos e franceses; iam ao teatro e Jerry aperfeiçoava o seu francês. Tinham um piano no quarto, porque Robbie escrevera que estava ganhando muito dinheiro e que Lanny poderia ter tudo quanto desejasse, contanto que não bebesse, não fumasse, nem procurasse mulheres da vida.

Os amigos iam visitar Beauty e Marcel; Emily Chattersworth, agora muito séria, completamente voltada às questões dos seus feridos; Sophie e Eddy, ela esforçando-se por manter o amigo de bom humor e ansiando para que a visão do pobre Marcel lhe mostrasse a crueldade e a maldade da luta. O efeito, porém, não era esse; os homens pareciam sentir-se atraídos para a morte como os insetos para a luz; pensavam mais em vingança que em segurança. Lanny escreveu a Rick relatando o acontecido, mas não o dissuadindo; pelo contrário incentivando-o ainda mais a subir aos ares para caçar aviões alemães.

Chegou o momento em que as feridas se cicatrizavam e era necessário retirar as ataduras, e vieram novos sofrimentos para Beauty — os médicos avisaram-na de que devia se preparar para o pior, e que não devia deixar Marcel perceber o menor vislumbre de horror do seu rosto. Não havia nenhum espelho próximo, mas naturalmente o rapaz levaria as mãos às faces e sentiria o que estava impresso lá. Os amigos deveriam auxiliá-lo, acostumando-se a isso e fazendo-o acreditar que não havia diferença para eles.

Beauty, que era célebre pela sua beleza e que a apreciava tanto em si mesma como nos outros, tinha escolhido um homem de lindos cabelos louros, feições graves e melancólicas e uma expressão de ternura romântica. Tal homem não possuía agora nenhum cabelo, somente um crânio vermelho, e as suas faces nada mais eram do que uma cicatriz flamejante. Uma parte dos lábios tinha desaparecido e o rapaz era obrigado a fazer um esforço para pronunciar as letras bê e pê. Surgindo de uma verdadeira ferida aberta, os seus dentes se mostravam de um modo horrível e a gengiva inferior achava-se inteiramente exposta. Talvez algum dia um cirurgião plástico conseguisse recompor o lábio — era o que lhe diziam os médicos. Felizmente os seus olhos não tinham sido afetados, mas uma pálpebra fora retirada, bem como as duas orelhas.

Beauty se via na contingência de olhar aquela máscara e sorrir com afeição. A mão direita de Marcel podia ser beijada e ela não a deixava. Uma vez que ele gostava tanto de pilheriar, ela lhe revelou que iria fazer trabalhos de agulha como outras senhoras idosas, para aprender a remendar o seu queixo. Com serenidade, ela insistiu que era a sua alma tudo quanto desejava, e esta não mudara. Depois de dizer tudo isso, Beauty retirou-se para o pequeno quarto onde mudava de roupa, e chorou histericamente, amaldiçoando Deus e o Kaiser.

Lanny e Jerry, avisados a tempo, entraram cheios de jovialidade.

— Acham vocês que podem suportar-me assim como me veem? — perguntou Marcel.

Lanny prontamente respondeu:

— Não seja tolo, Marcel; você sabe que nós o apreciaríamos mesmo que você estivesse em pedaços.

Jerry disse:

— Li um artigo a respeito das possibilidades de os cirurgiões fazerem rostos novos. Pareceu-me inacreditável!

— Arrancaram-me quase tudo; só me deixaram o fôlego — respondeu o pintor.

— Deixaram os seus olhos e as suas mãos; agora voltaremos para Juan, e você pintará melhor do que nunca! — falou Lanny, e isso foi o melhor que pôde dizer.

O FIM DO MUNDO

VI

Que poderia fazer Beauty contra o golpe com que o destino a ferira? Acreditava em felicidade e discutia o direito de gozá-la. Filha de um pastor, criada numa casa abafada, aprendera a detestar os eternos sermões do cumprimento do dever. Fugira dessa obrigação e evitara sempre qualquer menção desses símbolos. Subitamente todas essas coisas odiadas surgiram de novo à sua frente, apoderavam-se dos seus pensamentos, ligando-a, envolvendo-a em laços que jamais poderiam ser desfeitos.

Lanny era a personificação da ternura e da bondade, e, quando ela ia chorar, lá estava ele para consolá-la. Na sua presença, ela chorava por Marcel; nunca sabia, porém, se ia para o quarto chorar também por si mesma. Sempre e sempre travava em si esta luta feroz. Não valia a pena tentar livrar-se, porque nada mais poderia fazer. Não era possível abandonar este homem; e a única felicidade que ainda poderia encontrar seria ao seu lado. Ela, que tinha sido sempre tão melindrosa, teve de acostumar-se ao sangue e ao cheiro ativo das feridas; tinha de comer, dormir, passear e falar na presença daquilo que para outras pessoas era um pesadelo.

Mesmo para o seu filho querido, ela precisava dissimular o ódio que sentia pelo seu destino. Para si mesma, envergonhava-se de admitir o secreto arrependimento da escolha que fizera, de sonhar com a felicidade que poderia ter tido na longínqua terra de abundância e de paz. Sentia-se na obrigação de ser leal à sua escolha; mas esta compreensão moral associava-se na sua mente a uma religião impassível e melancólica, cheia de frases que pareciam ter sido prenunciadas para tirar a alegria e o encanto da existência. Mabel Blackless, de dezessete anos de idade, cheia de alegria da vida, não quisera colocar o seu fardo aos pés da cruz. Nem quisera ter qualquer sangue redentor derramado por ela. Tinha desejado ver Paris e pedira dinheiro emprestado para fugir e encontrar-se desse modo com seu irmão.

Agora, ela se sentia como que voltando à sua situação primitiva, aprendendo, porém, a suportar o peso da cruz. Os seus melhores amigos não deveriam perceber nada a este respeito, porque, se o soubessem, iriam condoer-se dela, e tal pensamento lhe era intolerável. Devia firmar-se de uma vez para sempre! Isso decidido, ela se dirigiu a um funcionário chefe do distrito, contou-lhe a sua história e contratou-o a vir até ao hospital. Voltou e disse a Marcel o que fizera, recusando-se a ouvir as suas objeções, a fim de que os seus sentimentos não fossem feridos por suas palavras. Com duas enfermeiras por testemunhas, eles se casaram de acordo com as leis francesas.

Adivinharia Marcel o que se passava dentro do coração da mulher amada? Ela precisava combater os sentimentos e mentir vigorosamente; como ficaria ele persuadido a continuar a viver? Ela, o filho e o professor do filho necessitavam tornar real para si mesmos o jogo que estavam fazendo. Para Lanny, isso não era difícil, porque a arte esperava bastante dele; também estavam em guerra, e cheios de fervor; as feridas eram como que medalhas ou insígnias de glória. O casamento tornava Beauty, pela primeira vez, uma "senhora respeitável". Porém, fato curioso, significava uma diminuição social, pois o nome Budd era um dos mais poderosos que existiam. Urgia, portanto, que ela se ocupasse bastante em elogiar as pinturas de Marcel, e conseguisse tornar-se, outra vez, "alguém"!

VII

A primeira coisa a descobrir era um meio de esconder a sua face. Herói ou não herói, ele não poderia aguentar que alguém olhasse naquela máscara de horror. Ia cobrir a cabeça com um boné e deixar cair sobre o rosto um véu espesso, com pequenos orifícios para os olhos e o nariz. Beauty saiu e comprou uma seda leve; Marcel não queria usar a cor rosa, desejando cinzento, para que a poeira não fosse visível; concordou finalmente em usar seda branca, pois Beauty se comprometera a fazer ela mesma muitos véus e a lavá-los com as suas próprias mãos. Agora, teria alguma coisa em que se ocupar enquanto permanecia sentada ao seu lado.

Antes que o rapaz pudesse andar, chegou a primavera, e levaram-no para Juan. A viagem foi feita de carro e durou dois dias, para que ele não se cansasse. Não era tão ruim assim a aparência de Marcel coberto com o boné e o véu; o mundo começava a habituar-se à visão dos mutilados — e ainda não estava cansado de vê-los. Jerry e Lanny amparavam-no, e assim conseguiram conduzi-lo sem inconvenientes até Bienvenu.

Estava lindo o pequeno pátio banhado pelo sol; o cheiro ativo dos laranjais em flor e o canto dos rouxinóis produziam uma deliciosa sensação de felicidade a Marcel. Ali estavam três mulheres para adorá-lo e atendê-lo, e ninguém para importuná-lo; Beauty queria que ele passasse em Juan o resto dos seus dias pacificamente, e pintasse aquelas lindas imagens que

O FIM DO MUNDO 273

ainda guardava na memória. Acabaria com toda a vida frívola, excetuadas apenas as relações que poderiam auxiliá-la numa campanha para conquistar os louros merecidos, a recompensa do gênio.

Marcel desejava ver poucos amigos e esses poucos pintores como ele; estes vinham trazendo-lhe trabalhos para deslumbrá-lo e, se os quadros eram grandes demais, Marcel ia examiná-los no automóvel. Dentro em pouco, o doente pode levantar-se e começar a ler; na casa existiam muitos livros e revistas. Às vezes, todos reunidos liam em voz alta, uns para os outros, ou então Jerry ensinava a Lanny, e Marcel ficava atento para aperfeiçoar o seu inglês. Outras vezes fazia música e, quando se sentiu mais forte, Marcel iniciou os passeios pelo jardim. Nunca mais as fúrias da dor iriam abandoná-lo completamente; mas ele aprendera a excedê-las em astúcia. Tornou-se mais silencioso do que sempre fora; no seu íntimo passavam-se coisas de que não falava nem desejava ser inquirido a respeito delas, por ninguém.

VIII

A situação militar conservava-se a mesma, na "frente". Durante todo o inverno, os Aliados aproveitaram as suas forças, tentando conquistar trincheiras defendidas por metralhadoras — uma arma que os alemães possuíam em grande quantidade, que Robbie Budd lhes havia recomendado e que tentara em vão vendê-las aos franceses e ingleses. Robbie não podia escrever livremente a este respeito, mas fazia observações nas suas cartas, e Lanny compreendia o que significavam. O jovem americano já se tinha divertido tantas vezes com essas histórias cômicas que o pai contava a respeito de oficiais do Ministério da Guerra inglês, com os quais tentara fazer negócio... Tinham sido tão insolentes, tão descorteses, quase divinos no seu orgulho, e sobretudo tão tolos! Nenhum simples americano poderia saber algo para lhes contar, e agora os jovens e fátuos oficiais marchavam à frente das suas tropas, rodopiando as bengalas, enquanto os metralhadores alemães liquidavam-nos como se fossem perdizes no campo. Era sublime, mas certamente não ganhariam esta guerra de máquinas...

Todas as nações começaram a compreender que estavam enfrentando uma guerra que se ia prolongar. O velho M. Rochambeau visitava constantemente Beauty e o marido e dizia uma frase terrível: "Esta é uma guerra de contrição." A luta semelhava-se a um jogo de xadrez, no qual se tem uma peça a mais do que o adversário, de modo que, cada vez que se lhe tira uma, perde-se também uma, porém com a vantagem de lhe ser sempre superior.

— Sim, minha senhora — disse o ex-diplomata respondendo às palavras de horror de Beauty —, é nessa base que se calcula a estratégia militar, e ninguém paralisa os seus exércitos para saber o que a senhora ou eu estamos pensando a respeito.

A força humana auxiliada pela força industrial é que iria pesar na balança. A Grã-Bretanha sacrificara o seu pequeno exército profissional para salvar os portos do Canal, e agora estava aprontando um novo exército, com voluntários em número superior a um milhão.

Haveria um segundo milhão e até mais, se se tornasse necessário; e esses homens seriam desembarcados nalguma parte da linha de frente e liquidariam com os alemães, homem por homem.

Os políticos turcos haviam jogado a sua pátria na guerra, ao lado da Alemanha; isto significava o fechamento do mar Negro e a impossibilidade de comunicações com os portos do sul da Rússia. Assim, uma expedição inglesa foi enviada para conquistar os Dardanelos. Rick escreveu a Lanny, participando que um dos seus primos estava engajado num dos regimentos como soldado raso; Rosemary escreveu que seu pai tinha sido promovido ao posto de coronel e que ia comandar um regimento. Rosemary obteve de sua mãe a promessa de fazer um curso de enfermagem. Talvez, um dia, conseguisse penetrar num desses navios-hospitais. Se tal acontecesse, mandaria uma participação a Lanny.

Não havia passado muito tempo desde que a Itália fora comprada pelos Aliados, e isso era muito importante para a população de Provença. Aliviava-os de um medo e terminara a inquietação dos regimentos que guarneciam as fronteiras ao sudeste.

— Vê você? — disse Marcel à esposa. — Apenas economizei alguns meses, oferecendo-me como voluntário.

A saída de um lugar seguro para um outro em que fora despedaçado, tinha sido sempre um ponto melindroso nas conversações. Agora, Beauty podia estar satisfeita.

O FIM DO MUNDO

IX

As pinturas de Marcel estavam guardadas num quarto espaçoso da residência, e agora ele ia apreciá-las todas, uma a uma. Queria ver que espécie de pintor tinha sido realmente, naqueles dias que lhe pareciam agora de uma vida tão diferente. Lanny, Jerry e M. Rochambeau acompanhavam-no e faziam comentários mais ou menos convenientes. Lanny e seu professor consideravam as pinturas maravilhosas, porém o artista sacudia a cabeça cada vez com mais força. Não, não valiam muito; era tão fácil pintar coisas semelhantes! Nelas não havia alma. Lanny protestava, e até mesmo o velho diplomata falou uma vez:

— O senhor tornou-se um homem diferente.

Os pintores, poetas e músicos são sempre suscetíveis de transformações, que às vezes se fazem até por completo. Verdi mudara o seu estilo completamente quando estava na meia-idade; Tolstói chegou à conclusão de que os seus maiores e melhores romances eram destituídos de valor e até possíveis de corromper os leitores. Van Gogh pintara tudo de um modo melancólico e discreto na Holanda, mas no sul explodira em coloridos.

— Vai reiniciar os seus trabalhos — disse o velho. — Procure então um novo meio de interpretar o que sente.

Aqueles que não compreendiam a arte — como a esposa de Marcel, por exemplo — iam sentir-se bastante infelizes durante o tempo em que o artista iria sondar o caminho no novo estado da sua vida. Tornou-se inquieto e insatisfeito; via faltas em tudo e em todo o mundo; a sua vida tinha sido destruída. Tomou por hábito sair à noite, perambulando pelas estradas no cabo de Antibes, quando ninguém podia olhar a sua máscara. Beauty estava amedrontada, porém não ousava demonstrar o seu sentimento. Vivia perseguida pelo pensamento de que não o fazia feliz. Temerosa de que ele tentasse voltar ao exército ou que num ataque de melancolia procurasse aliviá-la do fardo, lançando-se ao mar. E nunca mais esqueceu a sugestão de Lanny sobre tal possibilidade, quando pensava em ir a Pittsburgh, na Pensilvânia.

Mandou construir para o marido um pequeno *atelier* na parte exterior da sua propriedade; lá havia luz dirigida do norte e todas as comodidades modernas, inclusive um compartimento onde poderia guardar as telas. A casa era inteiramente de pedra e não havia perigo de incêndio. Arranjou um cavalete novo e uma almofada de borracha para a cadeira, a fim de poupar as suas feridas. E tudo ficou preparado para ele, tudo, menos o seu próprio espírito. O pintor ia ao *atelier*, sentava-se e punha-se a cismar. Depois de muito tempo, colocava uma tela sobre o cavalete, esboçava algumas pinceladas, mas não ia além; queimava a tela, alegando que não prestava para nada. O que desejava exprimir não podia ser expresso em língua conhecida.

O verão estava quente e Lanny, agora com quinze anos, passava o dia inteiro em roupa de banho, hábito que apreciava muito. Marcel permanecia sentado no *atelier*, vestido do mesmo modo, uma vez que ninguém veria o seu corpo deformado. Adquirira o hábito de ficar só, pintava ou lia o dia inteiro, tomava sozinho as suas refeições, e somente saía com a escuridão. Então, ia fazer um passeio demorado ou, se havia visitas que lhe agradavam, sentava-se no terraço longe da luz. Às vezes, acercava-se do piano para ouvir Lanny.

X

A guerra já durava um ano. Uns pensavam que terminaria empatada, outros que a Alemanha estava com vantagens. O Kaiser mantinha suas linhas de defesa em território francês, obrigando os Aliados a retrocederem diante das mesmas, e ao mesmo tempo quebrava a resistência russa. Utilizaram os alemães um novo recurso de guerra que horrorizou o mundo: o gás. Estavam respondendo ao bloqueio britânico com o auxílio de submarinos; as águas inglesas eram uma área militar, e todos os navios em trânsito estavam sujeitos a serem afundados sem qualquer aviso prévio.

No decorrer do mês de maio, fora atacado o *Lusitânia*, fato este que repercutiu fortemente nos Estados Unidos, acendendo as maiores paixões, e horrorizando o povo. O importante transatlântico, trazendo a bordo mais de duas mil pessoas, navegava pela costa irlandesa num mar muito calmo. Às duas horas da tarde, os passageiros, já almoçados, conversavam passeando pelo convés, jogavam cartas, liam ou dormiam, quando um submarino emergiu das profundezas do mar e lançou um torpedo que atingiu o enorme navio. Em poucos minutos, ele desapareceu no meio das ondas, provocando o afogamento de mais de mil e duzentas pessoas, inclusive crianças em número superior a cem.

Os americanos, quando liam notícias sobre a destruição dos navios mercantes ingleses ou neutros, e o afogamento das tripulações, não co-

O FIM DO MUNDO 277

nheciam os mortos, e por isso os seus sentimentos não eram atingidos profundamente. Mas neste caso, havia pessoas que "todo mundo" conhecia, pessoas da sociedade, pessoas ricas, algumas proeminentes e populares, escritores como Justus Miles Forman e Elbert Hubbard, pessoas do teatro como Charles Frohman e Charles Klein, milionários como Vanderbilt. Os seus amigos tinham ido ao cais de Nova York para vê-los partir, ou apenas para saudá-los, e logo depois liam esta pavorosa história. No momento em que se recolhiam os botes com os sobreviventes, os jornais do mundo inteiro salientavam as notícias de famílias arrancadas umas das outras, e pais e mães oferecendo suas vidas para salvar os filhos, um heroísmo silencioso, sereno, ao enfrentar a morte.

Os americanos na França sentiram ainda mais o choque, porque quase todos tinham amigos a bordo. Duas das mais velhas amigas de Mrs. Emily deram a vida para salvar crianças que não eram suas; a irmã de Edna Hackabury, agora Mrs. Fitz-Lainge, também se encontrava entre aqueles de que não se tinha notícia. Beauty contou uma meia dúzia de conhecidos na lista de passageiros e dois deles na lista dos sobreviventes. E o espírito de "neutralidade" não pôde continuar perdurando na mente de senhoras e cavalheiros que discutiam esses fatos durante o chá.

Desse modo, a América entrou no centro da discussão mundial. O presidente Wilson protestou, e o governo alemão respondeu que os submarinos não podiam dar aviso prévio sem correr o risco de serem destruídos, e era óbvio que nenhum submarino podia receber passageiros e tripulação. Os alemães alegaram que o *Lusitânia* carregava munição, e os ingleses negaram. Os alemães prometeram não mais afundar navios de tal categoria, porém não cumpriram a promessa. Todos os navios mercantes carregavam carga e passageiros, e os navios de passageiros também carregavam munição; como poderia um submarino verificar estas condições durante a guerra? Pediram os alemães ao presidente Wilson que dissuadisse os ingleses de matá-los pela fome, e que insistisse em obter licença para navios americanos entregarem mercadorias à Alemanha, mercadorias compradas e pagas.

Se o presidente Wilson escrevia cartas denunciando a barbaridade alemã, os Aliados ficavam satisfeitos; se escrevia denunciando as violações inglesas dos direitos comerciais da América, todos aqueles que simpatizavam com os Aliados, censuravam-no.

278 UPTON SINCLAIR

Durante um ano, Robbie continuou a escrever ao filho, não deixando, nunca, de avisá-lo para que não perdesse a cabeça. Robbie tinha determinado que nenhum Budd deveria ser arrastado àquela luta europeia; os Budd eram comerciantes e não estavam dispostos a tirar para os outros, as castanhas do fogo. Robbie estava a par das maquinações e sabia que todas as nações queriam apenas aumentar os seus territórios, sua influência, seu poder. Por duas vezes, graças a um empregado que viera à França, foi possível a Robbie enviar cartas longas a Lanny, evitando a passagem pela censura. "Estude e pense, e fortaleça o seu espírito, para evitar que seja obscurecido por toda esta neblina de ódio e propaganda." Lanny fazia tudo para obedecer, mas não era fácil nem agradável discordar de todos aqueles que encontrava.

XI

Durante vários meses, Marcel trabalhou nos seus quadros, e queimava tudo quanto produzia. Lanny teve a ousadia de protestar e conseguiu o apoio da sua mãe. Num dia em que estava no *atelier*, pediu permissão para espiar a tela no cavalete coberta por um pano. Tão interessado se achava na evolução do seu padrasto que até poderia aprender alguma coisa com os seus fracassos.

— Por favor, Marcel; deixe ver agora!

O pintor alegou que não havia nada que valesse o trabalho de ser visto; apenas um brinquedo; pintara fugindo de algumas horas de aborrecimento. Isto, porém, fez Lanny insistir mais ainda, a ponto de dizer que também ele já se achava aborrecido. Marcel permitiu-lhe, afinal, tirar o pano. O rapaz olhou e começou a rir, ficou tão satisfeito que passou a dançar.

Marcel tinha pintado a si mesmo, deitado naquele leito do hospital, a cabeça envolta em ataduras, os olhos cheios de medo espiando para fora; e à sua volta, por cima do leito, estavam amontoadas pequenas fúrias de dor, tal qual as sentira durante tantos meses. Mr. Robin tinha enviado a Lanny uma revista semanal alemã, estampando fotografias de alguns heróis nacionais, e Marcel transformara-os numa multidão de pequenos demônios carregando instrumentos de tortura nas suas garras. Ali estava o ríspido oficial prussiano com sua face magra, nariz proeminente e monóculo; acolá, Hindenburg com a cabeça raspada e o pescoço taurino; lá estavam o

O FIM DO MUNDO 279

Kaiser de bigodes eriçados, o professor com a barba espessa e a severa face dogmática. Toda a "cultura" alemã ali estava, e era admirável notar-se as diferentes expressões de malícia que Marcel conseguira fixar naquelas faces e em si mesmo, mantendo a ironia e a graça.

Lanny discutiu como nunca. Se ele sentia tanto prazer em ver o quadro, por que não devia a família partilhar da satisfação? E carregou com a tela para casa, onde Jerry começou uma dança alegre, M. Rochambeau esqueceu sua serenidade habitual e até Beauty riu. Lanny disse que devia ser mostrado ao público, mas Marcel não consentiu; aquilo era apenas uma caricatura, e não desejava ser conhecido como caricaturista. O diplomata, porém, veio em auxílio de Lanny; ponderou que havia muita propaganda alemã em todo o mundo, e assim, por que não deveriam os franceses usar os seus gênios para ridicularizar tal propaganda? Após uma longa disputa, conseguiram os quatro persuadir o teimoso artista a obter uma fotografia do quadro e a remeter cópias aos amigos.

Chamaram um bom fotógrafo e obtiveram uma ótima fotografia, em que colocaram a legenda "soldados sofredores". Lanny enviou uma a seu pai e outra a Rick, cujo pai estava agora chefiando o serviço de contraespionagem e sabotagem na Inglaterra. Beauty também remeteu cópias a várias amigas e recebeu logo um telegrama de Mrs. Emily, participando que uma das grandes revistas semanais de Paris oferecia duzentos francos pelos direitos de reprodução do quadro. Veio um cabograma de um grande jornal de Nova York oferecendo cem dólares pelos direitos americanos, e depois uma consulta de uma fábrica de cartões-postais pedindo o preço da cessão do direito de reprodução.

O jornal relatou uma história a respeito do pintor, dizendo que sofrera pessoalmente um acidente aéreo, e que o quadro era a revelação da sua própria experiência. Marcel ficou aborrecido durante algum tempo; odiava essa espécie de publicidade. Para Beauty, porém, isso era uma maravilha; todo mundo ia começar a falar do seu marido, e novas visitas teriam, e a ocasião seria ótima desculpa de tornar a envolver-se nos seus vestuários bonitos. Teve uma visão do seu marido, transformando-se num célebre e muito bem pago ilustrador de revistas. Marcel, porém, disse que não, colocou o boné na cabeça e retirou-se para o *atelier* a fim de cismar e de recriminar-se. Beauty seguiu-o, então, até lá, ajoelhou-se e confessou que era uma criatura tola. Marcel devia pintar o que queria e não precisava ver nem falar com nenhum desses curiosos visitantes — se ele quisesse, ia mandar desligar a campainha.

Uma coisa, porém, Lanny obteve: a promessa de Marcel de não mais queimar nenhum dos seus trabalhos. E o rapaz citou fatos históricos de pintores, exaltando-os ao seu padrasto.

— Temos todos os desenhos de Michelangelo e Leonardo, de Rembrandt e Rodin; por eles podemos seguir a evolução da sua arte e aprender o que pintavam e sentiam. Inteiramo-nos daquilo que rejeitaram e também daquilo que aceitaram.

Assim, combinaram que tudo quanto Marcel desenhasse daquela data em diante seria posto de lado, nas prateleiras do quarto, ao lado do seu *atelier*; e mais ainda: que Lanny teria permissão de vê-los às vezes, mas nada de publicidade.

15

AMOR INTER ARMA

I

POUCO ANTES DO NATAL MRS. EMILY CHATTERSWORTH VOLTOU para Cannes e reabriu a sua casa de inverno. Necessitava de umas férias, assim disse aos seus amigos, mas não conseguiu descansar bastante tempo. Havia soldados franceses feridos em grande número por toda parte do Midi; milhares e milhares, e muitos tão atingidos quanto Marcel. O cassino de Juan — naquela época uma pequena construção — tinha sido transformado em hospital, como acontecera com quase todos os edifícios públicos da França. Porém nunca havia lugar bastante, nunca havia suficiente auxílio. As senhoras francesas, que em regra limitavam suas atividades às próprias residências, estavam agora dirigindo hospitais e casas de saúde; e naturalmente estimavam muito receber auxílio de quem o quisesse prestar. Desse modo, não demorou muito que Mrs. Emily se pusesse em agitação, imaginando improvisações, obrigando os seus amigos americanos da Riviera a sentirem-se envergonhados de desperdiçar tempo jogando *bridge* e dançando; contou-lhes histórias de homens privados das mãos, pés e olhos e muito mais, enfrentando o problema de como continuar a viver. Impaciente pela demora de auxílio, Mrs. Emily transformou a sua própria casa numa instituição para aquilo que chamou de "reeducação", isto é, ensinar novos trabalhos a homens mutilados. O homem que tinha perdido a mão direita, por exemplo, aprenderia a fazer alguma coisa com o auxílio de um gancho, e os homens que tinham perdido as pernas aprenderiam a fazer cestos e vassouras. Mrs. Emily instalou-se num quarto de empregadas e encheu a casa de "alunos"; quando os cômodos ficaram inteiramente ocupados, mandou construir barracões no quintal.

A esposa de Marcel Detaze viu-se especialmente exposta aos ataques desta senhora vigorosa:

— Não se ocupa de outra coisa a não ser do seu próprio marido?

Beauty sentia-se envergonhada em dar uma resposta falsa e, um dia, depois de se ter certificado de que Marcel estava absorto nas suas pinturas, Lanny levou-a a Sept Chênes, como era chamado o lugar, e lá prestou todo o auxílio que pôde. Não sabia como fazer vassouras ou cestos e não servia muito bem para "reeducar". Mas, quando era necessário levantar o moral e a alma dos homens, fazia maravilhas. Tratava o sofrimento de um modo gentil, juntando um toque de mistério às suas graças; se entrava numa sala, todos os mutilados desviavam o olhar das vassouras e dos cestos, e, se ela dirigia palavras a um pobre-diabo, decerto este se recordaria do fato durante o resto do dia.

Depois do que passara ao lado de Marcel, não mais se preocupava com a visão de cicatrizes; habituou-se mesmo a sentir a mesma sensação que a tocava nos áureos tempos em numa sala de baile, percebendo pessoas importantes olhá-la e inquirir coisas a seu respeito. Também, isso seria bom para Lanny, porque o mundo em que iria viver não era composto exclusivamente de pessoas importantes que manifestam graça e encanto.

Ao visitar Mrs. Emily, assaltaram-no os mesmos sentimentos de quando visitara os bairros pobres, e Robbie, na certa, não teria feito objeções a esta visita; levava alguma vantagem sobre sua mãe, pois conhecia o dialeto provençal e podia conversar com os lavradores e pescadores tão bem como havia feito durante toda a sua vida. Vários deles já eram seus conhecidos, pais ou irmãos mais velhos das crianças com as quais costumava brincar.

Um dos encontros mais inesperados foi o do gigolô de Lanny, aquele dançarino feliz e gracioso que conhecera em Nice e que tinha ido a Bienvenu passar uma tarde tocando flauta e demonstrando os passos da farândola! Ali estava, com falta de ar, motivada pela prisão numa trincheira cheia de fumaça de bombas; certamente não mais poderia dançar, porque sua perna direita fora amputada acima do joelho. Estava aprendendo a esculpir pequenas figuras de madeira e, quando estivesse perito, voltaria à fazenda do pai, onde havia bastante madeira; além disso, a organização de Mrs. Emily tentaria vender os seus bonecos durante as festas de Natal. M. Pinjon continuava o mesmo amável e gentil sonhador de que Lanny se recordava, e o rapaz teve a satisfação de ver sua mãe conversando, agora, com ele, e ouvi-la dizer que era uma boa alma e que certamente nunca fizera mal a ninguém durante toda a sua vida.

II

Uma das luminosas ideias de Mrs. Emily foi que homens que tinham mãos e olhos, mas não tinham pés talvez gostassem de aprender a pintar. Naturalmente era tarde para eles se iniciarem, mas deviam ser lembrados dos casos de Gauguin, de Van Gogh e nunca se poderia saber se não havia um gênio oculto entre estes homens. Não seria possível a Marcel dar lições a estas pobres criaturas?

Marcel importava-se cada vez menos com os homens, principalmente os sãos, que o faziam sentir a sua própria condição; somente quando estava sozinho, aferrado ao trabalho, a vida se tornava tolerável para ele. Porém, ouvia Beauty falar tanto a respeito de Emily Chattersworth, que acedeu em auxiliá-la; também era um mutilado, companheiro de infortúnio de todos os outros. Não poderia ensinar porque não falava; mesmo Mrs. Emily tinha dificuldade em compreendê-lo e nessas ocasiões Beauty servia-lhe de intérprete. Ofereceu-se, entretanto, a distrair os mutilados, fazendo desenhos no quadro-negro, como por exemplo aqueles pequenos diabos alemães que pareciam divertir os homens; e um dos assistentes, então, talvez explicasse e comentasse os desenhos.

E assim foi uma noite a Sept Chênes. Mrs. Emily mandara colocar um quadro-negro na sala e arranjou um dos mutilados para fazer a palestra, um jornalista que perdera os dedos da mão direita e que estava aprendendo

O FIM DO MUNDO

a escrever com a esquerda. Era um comentador divertido, e Marcel, com o boné e o véu, parecia uma figura misteriosa. Com habilidade e rapidez fazia os desenhos, e os seus diabos prussianos obrigavam a assistência a rir freneticamente. Os surdos podiam vê-los e os cegos ouvir a seu respeito. Se o jornalista descuidava de um ou de outro ponto, Marcel escrevia uma palavra no quadro-negro, abaixo do desenho.

Dentro em pouco, os homens exigiam mais, e Marcel desenhava outra figura. Tinha estado bastante tempo na frente de combate e conhecia os pequenos pontos que tornavam as coisas reais aos seus companheiros.

Desenhava a figura heroica do *poilu*. O *poilu* era um rapaz poderoso, usando boné vermelho com uma depressão no cume redondo, em forma de pires. Quando Marcel desenhava uma tosca cruz de madeira no campo, colocando um destes bonés no topo da mesma, todo mundo na sala sabia o que significava, porque tinha visto milhares. O *poliu* usava um sobretudo comprido e, quando marchava, abria as abas da frente, abotoando-as atrás para dar lugar às pernas; assim, ao ver tal desenho, todos sabiam que ele estava marchando. Se a sua face mostrava-se séria, sabia-se que ele ia dizer *"Nous les aurons"*, isto é, "Nós os teremos"!

Depois desenhava o *boche*. Esta, era uma outra palavra da guerra. Os ingleses chamavam-no *jerry* e os ianques, quando chegassem, iam chamá--lo *heines* e às vezes *fritzi*; para o *poilu*, porém, era *boche*. E quando Marcel o desenhava, não o fazia de um modo feio ou odioso, apenas estúpido e desanimado e isto correspondia bem aos desejos dos ex-combatentes. Se Marcel desejava desenhar alguma coisa odiosa, tal coisa usaria uma capa comprida, apertada na cintura, um monóculo e uma pulseira de couro com uma expressão de insolência.

III

Tais lições tornaram-se importantes para o pintor porque concediam--lhe um lugar onde passar o tempo. Junto a estes pobres-diabos, nunca precisaria sentir-se envergonhado, humilhado. E voltou várias vezes para diverti-los; ou ia somente para conversar com eles, isto é, deixá-los conversar consigo. Um deles tinha estado no mesmo regimento de Marcel nos Alpes Marítimos e por ele soube o pintor que os seus camaradas tinham sido removidos para a frente dos Vosges e o que tinha sucedido a todos.

284   UPTON SINCLAIR

Os homens não falavam aos desconhecidos a respeito da guerra; era terrível demais; desanimava a todos, mas entre eles não havia importância e o rosto mutilado de Marcel era até uma espécie de desabafo para todos os corações. Assim, o pintor ouviu falar a respeito das lutas no inverno, com as trincheiras inimigas apenas a poucos metros de distância, de modo que se podia ouvir a conversa lá e lançar desaforos e desafios; se alguém levantava o boné uma polegada acima do parapeito, era perfurado pelas balas em um ou dois segundos. O lançar de bombas era frequente dia e noite, e granadas de mão eram arremessadas; apenas pouquíssimas sentinelas estacionavam para vigiar, enquanto as demais se escondiam nas trincheiras subterrâneas. As florestas tinham sido destruídas, e, no posto de socorro instalado numa trincheira abrigada do outro lado da colina, doze médicos tinham sido mortos no pequeno espaço de um ano. Ninguém podia andar durante o dia, mas, apesar de tudo isso, ouvia-se o sino da igreja repicando numa aldeia atrás das linhas. Uma das histórias que ouviu foi a de um homem que achara um velho órgão numa casa destruída, carregara-o para a trincheira e ficara parado na chuva, tocando-o, enquanto todos os outros começavam a cantar, centenas deles, espalhados por toda a trincheira, embora as bombas caíssem de todos os lados.

Entre outras coisas, Lanny soube o que acontecera ao seu antigo *chauffeur*, o sargento Pierre Bazoche. O rapaz tomara parte numa das inúmeras tentativas fracassadas; eram linhas e linhas de homens que avançavam num lugar exposto da estrada; se uma bala os atingia, ficavam estendidos onde caíam. Não havia possibilidade de buscá-los e aqueles que não estavam mortos morreriam vagarosamente. Permaneciam os corpos no mesmo lugar o inverno inteiro, e o cheiro que se desprendia produzia uma nuvem invisível que passava lentamente sobre as trincheiras, às vezes para os lados dos *poilus* e outras para o lado dos *boches*.

Depois de conversas como estas, Marcel voltava para os seus pincéis. Fez um quadro que chamou *O Medo*, e durante algum tempo não quis que ninguém o visse; talvez fosse a confissão de alguma coisa no seu íntimo. Era tão orgulhoso, tão sereno e cheio de ardor pela sua amada França... Seria possível que ele jamais se amedrontasse? A verdade é que os tubos e tecidos que compõem um homem são tão frágeis, tão macios e tão facilmente afetáveis que a natureza providenciara um impulso automático para protegê-los. Existem partes do corpo que quando atingidas proporcionam tal estado de

O FIM DO MUNDO   285

apatia e desfalecimento no indivíduo, que ele não se importa mais de ser ferido noutras partes por um pequeno cilindro de aço com uma rapidez de meia milha por segundo.

Os *boches* tinham o mesmo sentimento, e muitos católicos entre eles carregavam fórmulas mágicas implorando as mais variadas condescendências: "Que Deus me preserve contra todas as espécies de armas e punhais, tiros e bombas, espadas compridas ou curtas, facas, carabinas, lanças e tudo o que corta, contra feridas de armas cortantes, enfim, contra todas as armas que têm sido forjadas desde o nascimento de Cristo! Contra todas as espécies de metais, seja ele ferro ou aço, chumbo ou latão, cobre ou mesmo madeira!"

Os pobres-diabos jaziam mortos nos campos de batalha trazendo no bolso orações semelhantes.

Marcel desenhou uma forma escura e misteriosa, a parte superior de um ser humano, e não se podia ter a certeza do sexo a que pertencia; estava oculto sob uma espécie de touca escura, via-se apenas a face, e em primeiro lugar somente os olhos, que tinham um fraco brilho e olhavam fixamente o espectador, formando como que uma atração mútua. A face não era retorcida, mas tinha uma expressão mais sutil do que isso; era a alma conhecedora há muito tempo do medo, e não somente um medo físico, mas um horror moral por uma sociedade, onde os homens se infligiam tais sofrimentos.

No mínimo, representava as palavras que M. Rochambeau expressou depois de apreciar o quadro por muito tempo: era uma tela extraordinária e certamente pessoa alguma jamais a esqueceria quando a visse. Marcel, porém, guardou-a; disse que não era um quadro para o tempo da guerra, pelo menos até que o inimigo também o pudesse ver!

IV

Os ingleses falharam na conquista dos Dardanelos. Em primeiro lugar, porque não quiseram sacrificar grande número de homens com uma vitória incerta. Agora, estavam iniciando um ataque a Tessalônica, um porto não longe dos lugares onde Lanny tinha estado há pouco tempo; o rei era germanófilo e as lindas ilhas há pouco frequentadas pela esquadra inglesa e também pelo *Bluebird* transformaram-se em esconderijos para os subma-

286 UPTON SINCLAIR

rinos alemães que tentavam afundar a armada britânica e os transportes de tropas que vinham da Índia e da Austrália. Todo o Mediterrâneo servia de palco de uma contínua guerra naval, e Lanny não precisava acompanhar os acontecimentos pelos jornais, porque conhecia bem os lugares em que se desenrolavam, e ainda possuía gravuras e mapas dos mesmos.

Quando ele e Jerry iam à pesca, observavam todos os navios que transitavam, na expectativa de que a qualquer momento pudesse haver uma explosão e elevação de uma coluna de fumaça negra. E era a única oportunidade que tinham de assistir a uma luta naval, mas também poderiam subir ao telhado da casa e com um binóculo observar os navios afundando, ou acompanhar as lanchas que saíam em busca dos náufragos. Por toda a costa contavam-se histórias de navios-hospitais afundados com pessoas a bordo, e navios de transporte afundados ou enroscados nas redes estendidas na frente dos portos.

A luta de Galípoli foi de importantes consequências para Lanny. O pai de Rosemary tinha sido ferido e estava num hospital em Malta; assim, a mãe da moça resolveu passar o inverno na Riviera, onde o marido poderia encontrá-la depois do restabelecimento. Rosemary escreveu: "Ela diz que está necessitando de um descanso; porém, parece-me que a finalidade é me fazer desistir da ideia de tornar-me enfermeira. Ela receia que eu venha a conhecer pessoas fora das nossas rodas sociais."

A família desejava um lugar quieto, disse ainda Rosemary e, por casualidade, a baronesa Sophie possuía uma pequena casa no cabo, não aquela em que vivia. Lanny enviou uma fotografia da mesma, e a casa foi alugada e fixada a data da chegada da família: a mãe, uma tia viúva e a própria Rosemary. O pai viria quando os médicos lhe dessem licença e os submarinos o permitissem.

Lanny já tinha dezesseis anos completos e estava bastante velho para saber que se sentia interessado em moças. Esta era a doce rapariga inglesa que cativara a sua imaginação, e sempre o fazia recordar do rio Tâmisa e seus lindos prados verdejantes como alguns dos seus mais felizes momentos. Encontrara outras moças na Riviera e tinha mesmo nadado, remado e dançado com elas, mas todas apenas o interessavam porque o faziam recordar-se de Rosemary.

Já havia passado ano e meio e agora ele ia revê-la, e esperava ser incluído na sua "roda social". Beauty era uma senhora casada e respeitável, e seu

O FIM DO MUNDO 287

padrasto dera tudo, menos a vida, nesta guerra que era também a guerra da Inglaterra. Lanny nunca se avistara com a mãe ou a tia de Rosemary, mas esperava ser bem-sucedido, tal como acontecera no caso da senhora Dr. Hofrat von und zu Nebenaltenberg — e que, por coincidência, estava agora provisoriamente internada na Ilha de St. Marguerite, que Lanny podia avistar do telhado de sua casa.

O rapaz descreveu à sua mãe a moça inglesa e confessou-lhe que gostava dela; teria sido cruel para Beauty o desconhecimento de tais novidades, ela, a quem tal assunto era dos mais interessantes. Avisou-o, então, de que não devia esperar muito dos ingleses, porque eram um povo singular, rigidamente aferrado às suas próprias convenções. Com os americanos, ainda era possível ir até um certo ponto, mas não além.

E, justamente agora, Beauty estava cuidando de mais uma questão de amor, a de Jerry Pendleton, que lhe pedia conselhos a respeito das jovens francesas. Numa delas, encontrara uma miscelânea tão curiosa de fervor e reserva... além da complicação de mães e tias! Achava Beauty que um rapaz americano pudesse ser feliz com uma esposa francesa? E tal esposa seria feliz na América? A situação estava complicada pelo fato de Jerry não estar bem certo do que queria. Partira resolvido a não mais voltar ao armazém do pai; sonhava ser um jornalista, talvez um correspondente estrangeiro. E que fazer com uma mulher nestas condições? O professor de Lanny, indeciso pelo seu próprio destino, assemelhava-se a Beauty quando tivera de escolher entre Pittsburgh e o cabo de Antibes. As lições de Lanny eram assim sacrificadas, mas sempre ainda podia lia a enciclopédia.

V

Chegaram as três damas e uma empregada, e Lanny aguardava-as na estação, levando-as em seguida para a casa. As chaves estavam com ele, e conhecia bem todo o prédio. Passara a vida neste lugar, e podia indicar-lhes as lojas, os serviços e todas as questões práticas. Também sabia a respeito de empregadas — os parentes de Leese estavam à disposição e as senhoras apenas teriam que escolher. Qualquer família, por mais sisuda que fosse, dificilmente poderia rejeitar a assistência de um rapaz tão gentil.

Mrs. Codwilliger era uma senhora alta, de rosto fino, e Lanny podia observar nela o que seria Rosemary aos quarenta anos de idade, mas isso

288 UPTON SINCLAIR

nem lhe passava pela ideia. Ela e a irmã, mais magra e mais alta ainda, eram filhas de Lord Deathoarpe e exultavam por tal fato. Quando a mãe de Lanny ofereceu-se a visitá-las, não puderam dizer não, e, ao ouvirem a romântica história do pintor que vivia em reclusão no seu *atelier* não aparecendo nunca em público sem o véu, os seus recalcados instintos ingleses de autossuficiência relaxaram-se, e elas se sentiram comovidas. Lanny insistiu para que aceitassem algumas das paisagens marítimas pintadas por seu padrasto, com o fim de remediar o gosto artístico um tanto fraco da baronesa, e elas acabaram admitindo que isso proporcionava melhor aparência à casa.

Rosemary era um ano mais velha do que Lanny, o que significa dizer que era ela, naquela ocasião, uma jovem senhorita. Tinha maneiras perfeitas, ponderadas, e pertencia à roda daqueles que sabem como impressionar os outros. Lanny já se havia habituado a adorá-la de longe, mas agora passeavam e sentavam-se a observar a lua atravessando as nuvens, brilhando no mar calmo. Ouviam os sons distantes da música dos grandes hotéis, todas aquelas coisas lindas das margens do Tâmisa de que se recordavam.

Lanny sentia-se inclinado, muito timidamente, a chegar mais para perto desta criatura deliciosa, e ela não demonstrava ter desejos de zangar-se. Quando gentilmente tocava sua mão, ela não a recolhia e depois de algum tempo reataram no mesmo grau, natural e simplesmente, as relações que tinham mantido outrora. Lanny abraçou-a e beijou-a logo; depois permaneceram sentados, absortos, à espera da felicidade. Dessa vez, porém, não se limitaram àqueles doces e prolongados beijos.

Rosemary Codwilliger era amiga e admiradora daquela "sufragista" ardente, Miss Noggyns, que tanto havia incomodado Kurt Meissner no The Reaches. Com o advento da guerra, estas senhoras abandonaram as suas ocupações, mas esperavam ver os seus desejos atendidos antes de acabada a luta, porque senão que iriam fazer depois com a sua liberdade? Queriam ir para o parlamento frequentar as universidades e labutar em todas as profissões, o que eram coisas razoáveis. Mas que fariam a respeito do amor, do sexo e do casamento? Como agiriam a respeito do chamado "estândar duplo", que permitia aos homens ter relações sexuais antes do matrimônio sem qualquer estigma social, e negava às mulheres este privilégio?

Obviamente só havia dois meios: ou as mulheres adotavam o mesmo estândar duplo ou então exigiam que os homens se conformassem com um

O FIM DO MUNDO

289

estândar simples. Logo ficou patenteado ser esta última alternativa muito difícil, enquanto a primeira era facílima. A questão tornava-se ainda mais complexa pelo fato de não serem iguais todas as mulheres. O que agradava a algumas não agradava a outras. Nas revistas e livros do Movimento Feminino, estas questões eram discutidas com bastante veemência, e as ideias eram explanadas por um número razoável de pessoas, com resultados que nem sempre concordavam com a tese.

A jovem Rosemary era inclinada a tais teorias. Em primeiro lugar, tinha aprendido a ser franca. Não se devia ser franco com as pessoas mais velhas, mas os jovens em amor, antes mesmo de estarem amando, tinham de ser honestos um com o outro e tentar compreender-se mutuamente; o amor deve ser um "dar e receber", cada qual respeitando a personalidade do outro etc. Os problemas do sexo tinham sido aparentemente modificados pela descoberta do controle de nascimentos, o qual Mr. Bernard Shaw chamava "a descoberta mais revolucionária do século XIX". Desde que se podia conseguir não ter mais filhos, a questão a ser considerada era se o amor continuaria proporcionando felicidade aos amantes.

Rosemary era loura, de feições regulares, modos gentis e serenos. Em muitos pontos, fazia Lanny lembrar-se de Beauty e era talvez esta a razão por que o seduzia tanto. Fora sempre um menino apegado às mulheres, habituado a ser mandado, e Rosemary estava disposta a tratá-lo assim. Aparentemente, isso era o que elas entendiam por "direitos da mulher". Os dois estavam sentados na parte mais afastada e sombreada do jardim, abraçados, e parecia inevitável que o rumo da conversa seguiria para o terreno das questões íntimas. Lanny falou a respeito do problema do amor que tanto o perturbava e Rosemary expôs as ideias que colhera de uma revista semanal, chamada *A mulher livre*.

Quando Lanny ouvira, há tempos, as exposições de Kurt Meissner sobre a filosofia alemã, tinha atribuído tudo ao cérebro maravilhoso do amigo. Assim, pensava agora que Rosemary tinha criado para si mesma uma teoria de igualdade sexual. Naturalmente ficou profundamente impressionado, e a princípio um tanto amedrontado. Mas, depois que tais ideias foram explanadas durante dois ou três dias, não mais lhe pareceram tão chocantes; o menino que se tinha tornado homem no último ano começou a cismar se todas estas palavras a respeito de liberdade e felicidade não poderiam ser adotadas por ele e sua linda amiga. Isto lhe provocou um verdadeiro pânico;

uma onda de excitação o avassalou e seus dentes começaram a bater e as mãos, a tremer de tal modo que não as conseguia controlar.

— Que tem você, Lanny? — perguntou a moça.

A princípio não ousou responder, mas acabou dizendo-lhe:

— Receio estar me apaixonando por você.

E foi para ele como se jamais tivesse acontecido coisa igual no mundo inteiro.

— E qual seria o problema, Lanny? — perguntou ela, gentilmente.

— Quer dizer que então você não ficaria zangada?

— Você sabe que o acho um bom rapaz.

Assim, Lanny beijou-a na boca pela primeira vez. Permaneceram sentados juntos, e um calor subia nele. Abraçava-a mais, beijava-a cada vez com maior impaciência. Percebia que a experiência, de que já ouvira falar tanto e que tinha sido sempre um mistério para os seus pensamentos mais íntimos, estava prestes a realizar-se.

O rapaz apertou a mão de Rosemary e ela reagiu, falando-lhe:

— Não deve, Lanny; aqui não seria seguro...

Em seguida, murmurou baixinho:

— Eu vou até em casa e volto logo.

Em seguida, levantaram-se e puseram-se a caminho. Lanny percebeu que seus joelhos estavam tremendo, o que o admirou muito; devia ser, com certeza, aquilo que os novelistas franceses chamam *la grande passion!* Esperou a alguma distância da casa enquanto Rosemary esteve lá dentro, e, logo que ela voltou, perderam-se na parte mais retirada do jardim, onde ela lhe ensinou aquelas coisas pelas quais tinha estado tão curioso. Inicialmente, a sua agitação foi dolorosa. Mas depois sentiu-se dissolvido numa onda de bem-aventurança que parecia justificar as teorias das "mulheres novas". Se ele era feliz e se também ela era feliz, porque iria o vago e remoto mundo dos seus pais e parentes preocupar-se com os seus amores?

VI

Não passou muito tempo até que Lanny contasse a Beauty a sua questão de amor. Tornava-se impossível não relatar-lhe os fatos, porque ela fazia perguntas engenhosas e fugir a elas seria ofender seus sentimentos. E a reação de Beauty foi toda especial; ela tinha sido o que se podia chamar uma

O FIM DO MUNDO

feminista prática, porém sem nenhuma teoria; teve suas ideias próprias sobre o amor, mas sempre com a dúvida de que fazia algo de mal. Era difícil explicar a necessidade de tal sentimento, mas assegurar que agia com discernimento seria uma ousadia. E quando uma menina só tinha dezessete anos...

— Ela era virgem? — perguntou Beauty, e continuou com certo desprezo:
— Certamente não agiu como tal!

Lanny não sabia e não podia fazer um inquérito a este respeito. Assim mesmo Beauty não podia deixar de gostar de Rosemary, porém jamais tivera a ideia de que havia uma coisa alarmante a seu respeito, representando um mundo novo que ela, Beauty, não compreendia. O sentimento de mãe dizia-lhe que seu querido meninozinho tinha sido seduzido e que ele era moço demais. Quis solucionar o problema com o auxílio do marido, mas Marcel pouca atenção lhe deu.

— A natureza sabe muito mais a respeito disso do que você — disse o pintor, continuando a trabalhar.

Para Lanny, a primavera que chegou foi a mais maravilhosa que jamais conhecera. A sua carne estava despertada e tal descoberta obscurecia tudo em sua vida. O mundo e as visões comuns apareciam-lhe sob uma visão celestial. Era a glória e a frescura de um sonho. Agora, pela primeira vez, sabia que a música, as poesias, as danças, o canto dos pássaros, as borboletas: todo o belo, enfim, existia. As flores tinham as cores de Rosemary e ela possuía o seu perfume. Para ele a moça era um sonho; se estava com ela não desviava o olhar da sua figura e, quando não estavam juntos, desejava que tal acontecesse.

Naturalmente não podiam estar assim todo o tempo; porque senão, que diria "o mundo?" — aparentemente, "o mundo" ainda valia alguma coisa para ele. Com toda a serenidade, Rosemary cuidava de tudo. Lanny devia continuar os estudos e não fazê-la sentir que tinha má influência sobre ele. Quando remavam, nadavam ou jogavam tênis, deviam estar com outros moços, e faziam isso apenas para salvar as aparências, mas arranjavam sempre um pretexto, uma dança, uma reunião qualquer, uma excursão marítima. Todos os moços, porém, compreendiam isso, todos tinham os mesmos desejos, as mesmas inclinações, e passeavam aos pares, aparentando casualidade e inocência. Protegiam-se uns aos outros numa conspiração romântica contra os mais velhos.

Conseguia Rosemary enganar sua mãe e sua tia? Naqueles primeiros dias da revolta da mocidade, os velhos estavam num estado peculiar de paralisia emocional. Não ousavam indagar; era horrível demais, mas naturalmente sempre acabariam sabendo. Iam olhar os moços com o medo transparecendo nos olhos, e raras vezes tinham coragem para falar, pois não saberiam o que dizer. Rosemary já lhe havia dado a resposta adiantadamente: queria sair e ganhar a sua própria vida. As moças estavam servindo como enfermeiras, iriam arranjar colocação nas fábricas de munição, vestindo macacões e enchendo as bombas com explosivos. Sairiam à rua, fazendo propaganda, incitando os homens ao recrutamento. E as "coisas" que estavam lendo! Deixavam-nas em casa, abertas sobre a cama, despreocupadamente, sem dar importância se alguém as veria ou não!

Foi antes da guerra que Rosemary caiu sob a influência de uma dessas sufragistas, que havia sido professora. Ainda criança, de tranças, ela tinha ido à Galeria Nacional com um pequeno machado escondido por baixo da saia, entregando-o depois de um sinal previamente combinado a uma daquelas mulheres célebres; esta não ousara levá-lo pessoalmente, porque, conhecida demais, talvez fosse revistada. E isto, não por uma mania louca ou por simples brincadeira, mas como um meio de reformar o mundo! Alguma coisa que aceitavam como uma religião pela qual estavam prontas a morrer! Podia-se retê-las na cadeia, mas elas ficariam lá procurando morrer à fome; sentia-se vontade então de mandá-las ao diabo, mas não se tinha para isto a necessária coragem.

VII

O alto-comando alemão resolveu que seria necessário romper a linha de frente oeste a fim de que a guerra fosse ganha e escolheram a fortaleza de Verdun como o ponto do ataque. Era esta fortaleza a cabeça da defesa francesa, e a parte que ainda não havia cedido; compunha-se de um complexo de fortificações ao longo de ambas as margens do rio Mosa. A guerra já estava durando um ano e meio quando o plano da conquista de Verdun foi finalmente aprovado. Era necessário reunir bastantes canhões pesados e armazenar munição suficiente para reduzir as trincheiras inimigas a poeira e cascalho. Então utilizariam o que se chamava uma "barragem arriscada", de bombas que explodiam em pequenos fragmentos, a fim de

O FIM DO MUNDO   293

destruir os homens que talvez estivessem escondidos em subterrâneos, e que voltariam depois do bombardeio pesado. Esta barragem ia movimentar-se em frente das linhas de infantaria, que assim poderiam avançar em relativa segurança e tomar à baioneta o que ainda restasse das trincheiras. Uma operação conhecida como "limpeza". O inimigo tinha linhas e linhas de trincheiras e era necessário repetir sempre o mesmo processo, na expectativa de romper finalmente todas elas e transformar aquela guerra de posição numa guerra de movimento.

Para cessar tal ofensiva, a artilharia francesa precisava ser melhor do que a alemã e dispor de mais bombas, enquanto a aviação francesa teria que manter o domínio do ar e trazer informações sobre tudo o que estivesse acontecendo. Porém, mais do que qualquer outro, o *poliu*, soldado raso, tinha que suportar o fogo na sua trincheira, e, aqueles que continuassem vivos mover-se-iam rapidamente em determinados momentos, escondendo-se do lado de fora em qualquer abertura feita pelas bombas. Depois, atirariam por sua vez com a máxima rapidez sobre os alemães, continuando a avançar para fazê-los desanimar. Só isto esmoreceria o inimigo! Se acabassem as balas, tirariam-nas de um companheiro morto que estivesse no mesmo esconderijo. Se a noite chegasse e ninguém trouxesse alimento, deixar-se-iam morrer de fome. Se chovesse, os soldados ficariam na lama e, se caísse geada, precisariam manter suas mãos sempre em movimento para que pudessem continuar atirando.

A área de Verdun cobria umas cem milhas quadradas, e, durante a luta, esse terreno foi transformado num caos de crateras de bombas e nada mais. Lugares como a fortaleza Douaumont eram tomados e retomados uma meia dúzia de vezes, e os vivos lutavam amparados pelos mortos jogados a seu lado. Esta grande batalha começou em fevereiro de 1916 e durou até julho, sem tréguas, e depois prosseguiu durante um ano inteiro. Os alemães trouxeram sessenta e quatro divisões, constituídas de mais de um milhão de homens. Os franceses enviaram mais de dez milhões de tiros de canhões leves, e cerca de dois milhões de tiros de canhões médios e pesados.

O Kronprinz alemão comandava a batalha, e era esta uma das razões por que os franceses queriam ganhar. O mundo inteiro observava e esperava, enquanto os exércitos progrediam e retrocediam.

O rompimento das linhas pelos alemães significava a conquista da França, e ninguém sabia disto melhor do que o *poliu*. Eles inventaram para si uma

294 *UPTON SINCLAIR*

canção, que se tornou uma espécie de feitiço, uma melodia para animar as almas dos homens que desfaleciam, esgotados pelos ferimentos, mas que tinham ainda forças para matar mais um inimigo antes de morrer.

"*Passeront pas, passeront pas!*", cantavam.

VIII

Tais eram os acontecimentos, ao norte, há umas trezentas milhas distantes, enquanto Lanny Budd aproveitava a primavera brincando com o amor. Não podia evitar que a guerra incomodasse a sua consciência, mas ainda não havia nada que pudesse fazer, especialmente enquanto estivesse sob promessa de manter-se neutro. Era a única pessoa que agia assim. Eddy Patterson engajara-se como *chauffeur* de uma ambulância, atrás das linhas de Verdun, e, portanto, Sophie já não tinha motivos que a impedissem de odiar os alemães. Odiava-os, sim. Tudo o que Lanny fazia era dizer:

— Perdão, prometi a meu pai não falar sobre a guerra.

Os Budd estavam agora fabricando armas e munições em grandes quantidades e exclusivamente para os Aliados. Não havia possibilidade de fazer qualquer coisa para os alemães; o bloqueio inglês estava muito rigoroso, e, ademais, ingleses e franceses estavam à sua disposição para comprar tudo o que fosse possível fabricar, pagando preços elevadíssimos e adiantados. Os grandes bancos de Wall Street recebiam ações da dívida inglesa e francesa, vendendo-as aos americanos, e Budd recebia dinheiro batido. Pelos contratos, Robbie tinha direito a uma comissão sobre qualquer venda. Gastaria esse dinheiro livre e alegremente, como sempre; mas era teimoso e ninguém seria capaz de obrigá-lo a dizer que uma das nações da Europa tinha razão sob todos os pontos de vista, mesmo que entre essas nações se contasse o Império Britânico. Robbie tinha visto tais questões pelo lado de dentro e sabia que todos estavam errados.

Por esse motivo houve a primeira discussão entre Lanny e sua amiga. Rosemary não estava satisfeita de vê-lo calado; começou a sondá-lo e perguntou o que realmente pensava. Quando ele repetiu a sua fórmula, ela indagou;

— Você é realmente um homem? Ou é um mudo? Será que é obrigado a pensar do mesmo modo que seu pai? Se eu pensasse da mesma forma que os meus, não estaria aqui ao seu lado!

O FIM DO MUNDO

Lanny tornou-se preocupado, pois tinha julgado que esta deliciosa rapariga era realmente tão gentil quanto parecia. Aparentemente, porém, uma língua afiada fazia parte de todas as feministas, e o primeiro entre "os direitos da mulher" era dizer ao seu homem o que dele realmente se pensava.

Tanto ingleses como franceses mostravam-se ressentidos com os americanos, porque estes não tomavam parte na guerra, e ainda ganhavam dinheiro, fazendo ao mesmo tempo objeções contra o bloqueio. Quase todos os americanos que moravam na França estavam pensando do mesmo modo e se envergonhavam da sua pátria. As palestras em Bienvenu eram todas a respeito desses assuntos; e embora Marcel tivesse cuidado de nada dizer na presença de Lanny, este sabia que Robbie era censurado por ele, porque estava fazendo muito dinheiro com os franceses e ao mesmo tempo assegurando suas simpatias. O pintor esteve nervoso durante todo o desenrolar da batalha de Verdun; falava com expressões desprezíveis sobre os "hunos", e Lanny não dizia nada; parecia que um desânimo caíra sobre toda a casa. As relações de um padrasto e um enteado são muito complicadas, mesmo na melhor das hipóteses, e esta não era a melhor delas.

O rapaz iria refletir sobre tais problemas da guerra. Lembrar-se-ia do que Robbie lhe havia contado sobre as trapaças da diplomacia dos Aliados. Justamente agora comentava-se que estes tinham feito um tratado secreto, dividindo os despojos da guerra que ainda não estava ganha; pior ainda: tinham prometido territórios a outras nações. Robbie enviou ao filho artigos sobre tais assuntos, encontrando meios de fugir à censura.

IX

Marcel pintou um quadro do *poilu*, o salvador da pátria. Tentou pôr neste quadro todo o amor que sentia pelos homens, com os quais se exercitara e lutara. Quando terminou, disse que não estava bom, que não criara ainda o que desejava; seus amigos, porém, pensavam de modo diferente. A tela foi exposta num salão em Paris e chamou a atenção, sendo reproduzida em milhares de cartões-postais. Beauty pensava que seu marido ia ficar satisfeito pelo serviço prestado à pátria. Porém, aparentemente, nada mais podia agradar-lhe. Não desejava ser um pintor popular, e, ademais, arte era uma futilidade num tempo como aquele.

296 UPTON SINCLAIR

Assim, nasceu uma crise entre o casal. Como é raro que duas criaturas humanas, com todas suas diferenças de fraquezas e temperamentos, possam viver sem discutir! Beauty vinha carregando o fardo do modo mais evangélico possível; derramando o seu próprio sangue redentor no íntimo do coração. Mas não podia ser feliz naquela situação trágica, e a amargura que a sufocava tinha que escapar nalgumas horas da vida. Não conseguia reprimir seu aborrecimento sobre a atitude contrária de Marcel. Por que um homem se daria ao trabalho de pintar, se não queria que outros vissem os quadros, zangando até com aqueles que desejavam uma chance de admirá-los? Por que era necessário dizer alguma coisa contrária sempre que seu nome era mencionado com louvor? Em vão Lanny, jovem crítico, tentava explicar à mãe que um artista verdadeiro está sempre em luta com a visão de alguma coisa mais alta e melhor, não podendo suportar a admiração de alguém por aquilo que, na sua opinião, não é o que podia oferecer de mais perfeito!

Nesse choque de temperamentos, deu-se uma coisa horrível: Lanny, voltando uma noite para casa, depois de ter estado na companhia da sua amiga, encontrou Beauty deitada na cama, em soluços. Marcel expusera-lhe seu desejo de voltar ao exército. Tinha uma noção tola de que devia estar auxiliando a defesa da linha de Verdun; era um homem treinado, e a França precisava dos que o fossem. E estava em ótima situação física; podia marchar, e para certificar-se dessa possibilidade fazia longos passeios a pé. Sabia manejar um canhão e a única coisa que não estava certa para ele era ser tão feio; mas isto não importava, pois no meio da lama e da fumaça das trincheiras, quem se iria incomodar com isto?

Beauty teve um ataque de histeria, ofendendo-o com uma série de "nomes feios". Se ela valia tão pouco assim, ele poderia ir, mas nunca mais voltasse para vê-la.

— Eu o procurei uma vez, Marcel, mas não farei isso novamente.

Pensava realmente desse modo, assim declarou Lanny. Chegara ao limite das suas forças. Se Marcel fosse, a pátria poderia cuidar dele na próxima vez, em qualquer hospital. Disse isso, com certa aspereza no belo semblante, algo novo para Lanny; mas não se luta para cumprir o dever, sem voltar aos modos e mesmo às expressões faciais de um dos antepassados puritanos. Cinco minutos depois, Beauty teve um colapso. Seus lábios começaram a tremer, e ela perguntou a si mesma se não teria sido a sua falta de sentimento da arte e sua impaciência, a razão de Marcel tornar-se malsatisfeito com o próprio destino.

O FIM DO MUNDO   297

Assim, até o fim do verão não houve paz na alma desta mulher, pelo menos até o momento em que os ataques alemães à grande fortaleza diminuíram. Então, conseguira reter o marido, obrigando-o a pensar noutro projeto: um novo quadro, tendo-a por modelo. Era costume cada pintor fazer mais cedo ou mais tarde um *portrait* da mulher amada. Se Marcel podia fazer qualquer *portrait*, ela seria o modelo escolhido. Beauty mudara, e o que Marcel via era aquela mulher medrosa que reclamava a sua alma, a mulher de piedade que falava aos soldados mutilados, auxiliando-os a sentir novamente o amor à vida.

Vestiu um dos uniformes de enfermeira e foi para o *atelier*, posando durante várias horas por dia, o que para ela era algo natural e desconhecido. Marcel pintava-a sentada numa cadeira, as mãos dobradas e toda a dor da França estampada na face. Ia chamá-la *Irmã de Caridade*, e Beauty não precisava modificar sua verdadeira fisionomia, pois sentia realmente o terror dominar-lhe o coração. Não podia dizer qual o fim da próxima batalha; só podia instar com Marcel para que aproveitasse o tempo e não desanimasse; queria que ele fizesse alguma coisa na qual ele próprio acreditasse — para continuar a ser pintor e não mais ter desejos de ser soldado!

X

O sonho de amor de Lanny morreu no mês de maio, e este não era um mês feliz para ele. Naquela época, o pensamento dos ingleses da Riviera voltava-se para a sua linda ilha verdejante, com seus ventos frios. Ademais, ficou resolvido pelos médicos que o pai de Rosemary precisava ser examinado em Londres; assim, ele foi levado para Marselha e daí para o norte.

— Meu querido, ver-nos-emos novamente — disse a moça. — Você vai à Inglaterra, ou então eu voltarei até cá.

— Esperarei sempre por você — disse Lanny com fervor. — Quero que você se case comigo, Rosemary!

Ela olhou-o, admirada.

— Ó, Lanny. Não creio que nós possamos casar. Se eu fosse você, não esperaria por isto.

Foi a vez do rapaz ficar admirado.

— Mas por que não?

— Somos muito jovens para pensar nisso; ademais, não quero casar senão daqui a muitos anos.

298 UPTON SINCLAIR

— Eu posso esperar, Rosemary!

— Meu querido, não pense assim, por favor. Não seria justo para com você!

Vendo o desnorteamento nos olhos do rapaz, ela continuou:

— Tornaria meus pais muito infelizes, se me casasse fora do nosso mundo.

— Mas... mas... — Ele tinha dificuldade em achar as palavras exatas. — Eles não se tornariam infelizes do mesmo modo se soubessem em que pé está o nosso amor?

— Não vão saber nada a este respeito, e isto é uma coisa bem diferente. O casamento é muito sério! Você vai ter filhos, arranjos de propriedade e inúmeros incômodos; e ainda seria outra questão saber se nossos filhos seriam americanos ou ingleses... Talvez você queira ir para a América, viver lá...

— Realmente não sou tão americano assim, Rosemary; nunca estive na América e talvez nunca vá até lá.

— Você não pode ter certeza disso, e a minha família também não quereria ficar em dúvida. Só isso provocaria uma discussão tremenda!

— Muitas inglesas se casam com americanos — argumentou o rapaz. — Lembre-se de Lord Eversham-Watson; eu os visitei, e eles pareciam muitos felizes.

— Eu sei, meu bem; já aconteceu isso muitas vezes, e por amor a mim não deixe que os seus sentimentos fiquem magoados. Você sabe que eu o amo, e, se nós temos sido tão felizes até agora, sem dúvida que o seremos ainda mais. Mas se nós nos amamos e as nossas famílias começam a discutir, tudo isso será uma maçada!

Lanny não estava acostumado a essas ideias modernas e não podia ver as coisas bem claro em seu espírito. Queria a sua adorada Rosemary para sempre porque a amava e não podia compreender que ela não desejasse o mesmo. Por que estava tão ligada à sua família num ponto, e tão indiferente e até provocadora em outros? Pediu-lhe que explicasse isso e ela se esforçava, tentando pôr em cada palavra coisas instintivas e não formuladas. Parecia que as jovens senhoras das classes sociais inglesas se uniam ao movimento pelos direitos iguais e desejavam certas coisas definidas, como por exemplo poder escrever M. P. atrás dos seus nomes e obter o divórcio em igualdade de condições com os homens. Porém, não pretendiam interferir nos hábitos pelos quais as suas famílias governavam o império! Aceitavam

O FIM DO MUNDO

a ideia de que, chegado o tempo do casamento, cada uma devia adotar um nome honrado, tornar-se dona de alguma casa de campo e mãe de futuros viscondes e barões, ou pelo menos de almirantes e ministros de governo...

— Talvez não seja tão fácil encontrar um inglês de classe superior... Pelo modo como estão sendo mortos nesta guerra... — ponderou o rapaz.

— Alguns hão de sobreviver — respondeu Rosemary tranquilamente.

Ela apenas precisava mirar-se no espelho para saber que possuía vantagens especiais, e por certo já havia feito essa inspeção milhares de vezes. Lanny meditou um pouco e depois perguntou:

— A sua recusa é motivada por eu não tomar partido na guerra?

— Esta é apenas uma das razões, Lanny. Você me leva a acreditar que não seríamos felizes. Nossas ideias são tão diferentes como os nossos interesses. Aconteça o que acontecer à Inglaterra, terei que apoiá-la, e assim farão os meus filhos, se os tiver.

"Elas vão somente até um certo limite", foi o que tinha dito Beauty ao seu filho. Quando se despediu de Rosemary Codwilliger, fê-lo com lágrimas e suspiros e uma íntima certeza de que teria uma linda e adorável amante por tempo indefinido, contanto que lhe acompanhasse os passos e lhe satisfizesse todos os pedidos. Lanny expôs a Beauty suas impressões sobre a angústia em que se achava, e ela por sua vez transmitiu-as a Marcel. O pintor observou que o menino tinha sido utilizado tal qual se faz às cobaias numa experiência científica e, quando soube que o rapaz sentia-se infeliz, ele frisou que nenhuma experiência científica é feita em benefício das cobaias.

16

NEGÓCIOS USUAIS

I

QUANDO OS ALEMÃES CHEGARAM A LES FORÊTS, M. PRIDIEU, O velho bibliotecário, ficou em guarda aos tesouros de sua patroa. Tinha permanecido ao lado dos soldados, pálido de horror, enquanto estes, bêbados, cortavam os quadros preciosos nas paredes, enrolavam os tapetes, atiravam as ricas cadeiras pela janela e retiravam livros das prateleiras por mera brincadeira. Não faziam mal algum ao velho; porém, tanto feriram a sua sensibilidade, que ele foi para a cama, morrendo calmamente, poucos dias depois.

Mas seu espírito continuou a viver em Lanny Budd. Durante toda a sua vida ia lembrar-se do que o velho sábio lhe contara sobre o amor dos livros. Era alguma coisa que nenhuma desgraça ou tristeza poderia tirar do homem, e o dono deste amor sempre encontrara nele um refúgio para todos os males do mundo. Montesquieu dissera que "amar a leitura, era transformar as horas de aborrecimento em horas de delícia"; La Harpe, por sua vez, havia dito que "um livro é um amigo que nunca engana". O bibliotecário de Les Forêts aconselhara Lanny a procurar a amizade dos clássicos autores da França, deixando-os ensinar-lhe dignidade, graça e perfeição das formas.

Agora, a desgraça e a tristeza chegaram; o amor brincara com Lanny Budd por algum tempo e o afastara depois para o lado. Esta crise veio encontrá-lo sem companheiro, porque Jerry Pendleton também chegara a uma conclusão com sua bela amiga, que prometera esperar por ele quando voltasse de Kansas, para onde partiu a completar sua educação. Durante esse intervalo procurou a amizade de um certo Jean Racine, que morrera a mais de duzentos anos passados, mas vivia ainda pela magia de páginas impressas. Reunira emoções desordenadas convertendo-as em dramas bem-feitos, onde indivíduos exaltados caminhavam pelo palco, derramando seu sofrimento em versos tão eloquentes que um moço de dezesseis anos sentia-se inclinado a procurar lugares solitários, no mar e nas florestas, para recitá-los aos tritões ou hamadríades.

Lanny procurou também a amizade de um espírito sereno e justo, chamado Pierre Corneille, que transformara o teatro francês e que, durante sua vida, teve uma época difícil. As personagens aristocráticas que saíram do seu cérebro, completamente armadas em orgulho e devendo fidelidade somente ao dever, lembravam a um moço sensitivo como o filho de Beauty que a vida do homem nunca fora fácil, e que o destino parecia ter outro fim que não somente sorver o prazer com lábios ávidos. Já que se deve morrer mais cedo ou mais tarde, que se morra, então, com magnificência, acompanhado pelos versos que tiveram a música majestosa de uma orquestra: "*Je suis jeune, il est vrai; mais aux ames bien nées, la valeur n'atend point le nombres des années.*"

O FIM DO MUNDO

Depois que Lanny leu *Le Cid*, *Horace* e *Cinna*, lembrou-se das grandes horas que passara entre as ilhas da Grécia, onde estes personagens talvez também pudessem ser encontrados pela magia da palavra impressa. M. Pridieu lhe havia falado a respeito de Sófocles, e Lanny arranjou uma tradução francesa das sete peças deste grande espírito, lendo-as em voz alta ao seu padrasto. Juntos, estudaram mais intimamente o ponto de vista grego sobre a vida, cujo povo se iniciara com a adoração da beleza patética e acabara satisfazendo-se, pela imposição do tempo, com a defrontação de uma sentença tão pavorosa e inexplicável. Pois que restava deste povo alegre e culto, senão colunas de mármore e alguns milhares de versos melodiosos representando a resignação orgulhosa e o desespero?

Como resultado de tais influências nesta idade impressionável, Lanny Budd tornou-se conservador no seu gosto artístico. Gostava de um escritor que, tendo alguma coisa a dizer, fazia-o com clareza e precisão; gostava do músico que revelava os seus sentimentos e ideias na música e não nas anotações do programa; gostava do pintor que apresentava trabalhos que se assemelhavam a alguma coisa. Detestava a confusão e a obscuridade, cultivadas como forma de exclusividade. Tudo isto significava que Lanny era um rapaz antiquado, antes mesmo de começar realmente a vida.

II

Inspirado por exemplos sublimes, o pintor ministrava ao seu enteado conselhos úteis a respeito do amor. Era bom poder amar. Era melhor, porém, ser capaz de poder passar sem o amor. Nesta, como em todas as outras questões, a gente devia ser sempre senhor de si mesmo. Havia milhares de razões por que o amor pudesse fracassar e se devia ter sempre recursos no íntimo para ser capaz de enfrentar os choques do destino. Lanny sabia que Marcel falava com autoridade; Marcel, este amante que desejava deixar o amor a fim de ir à guerra, este admirador da beleza que agora era forçado a falar escondido sob um véu para que seus amigos não lhe vissem a fealdade. Quando o pintor disse que também Lanny, um dia, talvez pudesse ouvir uma voz que o chamasse da música ou da arte do amor, o filho de Beauty tremeu até às profundezas da sua alma.

Lanny falava a respeito destes problemas do amor e da felicidade como sua mãe também falava. Os moralistas severos que ficassem chocados,

302 UPTON SINCLAIR

mas Beauty estava disposta a saber de todas as complicações amorosas de seu filho e a sancioná-las. Sua conduta, porém, teve a devida compensação: quando o rapaz sentia-se em dificuldades, ia procurar sempre o conforto da sua experiência.

Agora tentava explicar-lhe coisas que ela mesma não compreendia bem. Não acreditava que Rosemary fosse cruel; era evidente que a moça tinha aceitado ideias de mulheres mais velhas e que, por certo, haviam sofrido demais com os homens e, revoltadas, tinham chegado a extremos, num esforço supremo para se protegerem. Beauty disse a seu filho que as pessoas bondosas frequentemente sofriam pelas que não o eram. Do mesmo modo como Kurt Meissner e outros alemães bondosos iriam sofrer pelos homens cruéis e arrogantes que tinham arrastado a nação àquela guerra pavorosa.

Era este um outro problema com o qual Lanny se ocupava continuamente. Iria a Europa, realmente, ser uma nova Grécia, destruída por guerras exterminadoras? Seria possível que no futuro viajantes viessem a Juan e Cannes ver as ruínas de lindas vilas como Bienvenu e fazer escavações para estudar a vida daqueles que as haviam construído e o destino fatal que tinha conduzido aqueles homens a uma autodestruição?

Lanny escreveu várias vezes a Kurt por intermédio daquele negociante judeu, que agora comprava nos Estados Unidos magnetos para automóveis e aviões, revendendo-os à Alemanha. Lanny escreveu a Kurt sobre a ternura de Racine, o orgulho severo de Corneille e a moral sublime de Sófocles; e Kurt respondeu que seu amigo era feliz em poder devotar-se a estas leituras elevadas. Ele, Kurt Meissner, estava atualmente ocupado com deveres práticos e em breve seria aproveitado num trabalho que considerava o mais importante do mundo. Lanny não teve dificuldade em compreender que seu amigo alemão estava a caminho da guerra e que não desejava ou talvez não tivesse licença de avisar para onde e quando seguiria.

O jovem americano pensava em Kurt metido em roupas de soldado e também em Rick, que terminara o último ano escolar e brevemente realizaria o desejo do seu coração. "Sófocles é belo", escrevia o jovem inglês num cartão-postal para Lanny, "mas agora estou lendo Blériot!"

Blériot era o tipo de avião que os ingleses usavam naquele momento. Rick não disse onde estava, mas Rosemary deu notícias dele, e Lanny sabia que seu amigo encontrava-se com aquele capitão Finchley, que tinham conhecido na revista de Salisbury Plain, e também que ele estava esperando

O FIM DO MUNDO 303

pelo momento de servir na aviação sob o comando deste oficial. Lanny sabia que o treino era intenso e rápido, pois a necessidade de aviadores novos para os Aliados era premente. Um primo de Rosemary fora mandado para a França depois de um exercício de apenas vinte horas de voo prático, e no seu primeiro voo àquele país fora derrubado e morto por um aparelho alemão. Kurt e Rick iriam defrontar-se; iriam encontrar-se nos ares! Lanny resolveu, no seu íntimo, servir, ao menos em pensamento, como mediador entre os dois. Era óbvio que, se dois moços tão idealistas discordavam tanto, devia haver verdade de ambos os lados e um meio termo onde mais cedo ou mais tarde deviam se encontrar. Essa guerra cruel terminaria e, quando isso acontecesse, seria necessário um amigo que pudesse falar aos dois, conseguindo harmonizá-los novamente.

III

Não era fácil manter sempre esta atitude em seu espírito, pois vivia cercado de pessoas que odiavam os alemães violentamente. Lanny tentou amenizar um pouco as coisas, dizendo que os governantes alemães eram homens ruins, enquanto o povo alemão tinha sido enganado. Sua mãe, porém, disse-lhe que não, que era uma raça sanguinária, que gozava ao fazer sofrer os outros; nunca seria possível a um marinheiro inglês afundar navios e deixar mulheres e crianças ao sabor das ondas. Lanny viu que era inútil discutir; continuou tocando a música de Mozart e de Beethoven, que falava diretamente à sua alma; sabia que estes não eram sanguinários e que também não o tinham sido aqueles que os tinham amado e cultivado, tornando-os uma parte da tradição nacional.

Não, alguma coisa devia estar errada no pensamento do mundo, e o espírito interessado do rapaz tentava descobrir o que poderia ser. Desejava muito ter tido o auxílio de seu pai, a quem não via já há dois anos. Muitas vezes era tentado a escrever pedindo a Robbie que o visitasse; lembrava-se, porém, dos submarinos perigosos navegando ao redor da Grã-Bretanha e da França, e então escrevia: "Estou passando bem e teremos muito que dizer quando você voltar, depois de tudo terminado." Todo mundo dizia que a guerra devia acabar dentro de poucos meses. Nunca desejos tinham sido tão auspiciosamente aguardados. Cada nova ofensiva ia ser a última destruição; os alemães iam ser expulsos da França e o moral do povo enganado ia ruir. As autoridades alemãs diziam a mesma coisa, com a única diferença de que seriam as linhas francesas que haviam de ceder e que Paris ia ser conquistada. Os dois contendores estavam chamando seus filhos às fileiras, treinando-os rapidamente e lançando-os nas linhas de combate; fabricavam quantidades enormes de bombas, que eram empregadas em bombardeios que faziam tremer a terra, a fim de preparar os ataques da infantaria. A batalha de Ypres foi iniciada pelos ingleses, atirando balas de canhão e bombas, num valor de cento e dez milhões de dólares.

Os alemães tinham oferecido o gás como contribuição ao progresso da ciência militar; e agora era a vez dos ingleses lançarem uma nova ideia. No início da guerra, um oficial tinha reconhecido a impossibilidade da infantaria atacar contra metralhadoras, e idealizou uma espécie de fortaleza de aço, bastante pesada para ser exposta à prova de balas, e movendo-se sobre rodas especiais, que pudessem passar sobre as crateras das bombas e até sobre as trincheiras. Com uma infinidade destas máquinas era fácil limpar as linhas dos ninhos de metralhadoras, sendo talvez possível restaurar a guerra de movimento.

Levou quase um ano até que o oficial inglês conseguisse ver realizada a sua ideia; e quando, depois de mais de um ano, ela foi experimentada, não o fizeram de maneira eficiente: não construíram tanques bastantes e eles não estavam sendo usados conforme tinha sido planejado. Tudo isto enquadrava-se exatamente às descrições do Ministério da Guerra conforme Robbie sempre tinha demonstrado ao filho, muito antes do início do conflito.

Lanny, uma vez que não tinha o pai para conversar sobre esses assuntos, elegeu M. Rochambeau para substituto. Este bom e sensível cavalheiro representava uma nação que mantivera sua liberdade durante quatrocentos anos no meio de uma Europa constantemente em luta, e o homem considerava tal privilégio como devido ao grande número de montanhas, e também a felicidade de não possuir o seu país nenhuma mina de ouro ou poços de petróleo.

M. Rochambeau observara a Europa do topo de uma alta torre: alegava que a maioria dos suíços falavam a língua alemã, e que franceses e alemães tinham aprendido a viver lá juntos e pacificamente, e que algum dia a Europa deveria aproveitar tal exemplo. O ideal seria uma federação de estados semelhante aos cantões suíços e sob um governo central com suficiente força para manter as leis e a ordem. Era esta uma ideia vital, e Lanny

O FIM DO MUNDO

acumulava-a entre as outras, no seu cérebro; talvez viesse mais tarde a precisar delas.

IV

Já se tinham passado três anos desde que Robert Budd proibira o filho de conversar com o tio Jesse Blackless, e durante esse tempo o pintor tinha vindo uma meia dúzia de vezes visitar a irmã. Quando, por acaso Lanny o encontrava, cumprimentava-o com muita polidez e imediatamente se retirava. Não tinha razão alguma para se interessar particularmente por esse parente de aspecto um tanto curioso, e só se lembrava dele quando o via. Passavam-se coisas tão importantes no mundo, que Lanny não fazia mais do que admirar-se superficialmente daquilo que pudesse ser perigoso e chocante nas ideias do tio.

Jesse e Marcel conheciam-se. Marcel não o admirava como pintor, mas tinham amigos em comum, e ambos interessavam-se por tudo aquilo que se realizava no mundo artístico.

Assim, quando Jesse aparecia, rumava em direção ao *atelier* de Marcel, permanecendo lá durante algum tempo, enquanto Lanny ia pescar ou nadar.

Certa vez, depois que Jesse tinha estado lá, Marcel observou para o rapaz:

— Seu pai e seu tio deviam encontrar-se agora. Iam se dar muito melhor.

Lanny precisava dizer alguma coisa e então perguntou:

— Como?

— O caso é que têm, ambos, os mesmos preconceitos a respeito da guerra. Jesse não consegue distinguir nenhuma diferença entre franceses e alemães.

— Não creio que seja exatamente este o pensamento de Robbie — disse o rapaz hesitante, pois não gostava de falar sobre o pai em tais ocasiões e continuou: — Nunca compreendi as ideias do meu tio, mas sei que Robbie as despreza.

— É um caso de extremos que se tocam, suponho — observou o outro. — Jesse é um revolucionário completo. Atira a culpa de tudo isso aos financistas que, diz ele, tentam assenhorear-se das colônias e monopolizar o comércio, servem-se dos governos para seus próprios desígnios, provocam a guerra quando desejam obter alguma coisa e findam-na quando veem satisfeitos os seus interesses.

— Mas parece que esta guerra não está nas mãos deles! — observou o rapaz.

— Pois Jesse não pensa assim — falou o outro. — Ele acha que os magnatas de óleo da Inglaterra desejam a Mesopotâmia e que prometeram Constantinopla aos russos e a Síria aos franceses. Têm também o propósito de afundar a frota alemã e depois disso os seus óleos e petróleos estarão seguros e eles farão a paz imediatamente.

— Você acredita em alguma coisa destas histórias, Marcel?

A voz que saiu detrás do véu branco tinha um tom de horror.

— Eu odeio o pensamento de que minha face esteja queimada e ferida deste modo por ter ajudado a Royal Dutch Shell a elevar o valor das suas ações!

V

Lanny escreveu ao pai: "Estou achando dificuldade em continuar pensando como você quer." Naturalmente Robbie compreendeu isto. Tinha estado com americanos de volta da França e observara que os seus sentimentos eram de revolta contra os alemães; sabia quantos moços se tinham incorporado à Legião Estrangeira ou à Esquadrilha Lafayette, uma frota de aviadores americanos que lutava pela França. Um dia, Lanny recebeu uma longa carta do pai, com carimbo de Paris. Compreendeu que tinha sido trazida por qualquer amigo ou empregado da firma.

"Se estivesse ao seu lado", escrevia o pai, "poderia responder a todas estas coisas que o povo lhe está contando. Em tal circunstância, peço-lhe acreditar que tenho as respostas, e você sabe que tenho fontes de informações e nunca digo que sei alguma coisa sem ser isso realmente verdade. Faço esta observação pela sua felicidade e, na verdade, talvez o seu futuro esteja dependendo da sua posição atual e jamais poderia desculpar a mim mesmo se você fosse atraído a alguma destas armadilhas colocadas para pegar os americanos. Se eu pensasse haver a menor possibilidade de isto acontecer, iria buscá-lo imediatamente!" Em seguida a estas palavras solenes, o chefe de venda da Budd Gunmakers Corporation continuava a lembrar ao filho que esta guerra era uma guerra de lucros. "Eu mesmo estou ganhando mui-

O FIM DO MUNDO 307

to", dizia ele. "Os Budd não podem deixar de ganhar, a não ser que cedamos as nossas fábricas. Os oficiais vêm aqui e dão-nos o lucro livremente. Mas não lhes dou o direito de pensarem por mim."

"A Alemanha está tentando abrir caminho para leste, principalmente em busca de petróleo, a maior necessidade numa guerra moderna. Existe petróleo na Romênia e no Cáucaso, e ainda na Mesopotâmia e na Pérsia. Procure estas regiões no atlas, para inteirar-se do que estou falando. A Inglaterra, a Rússia e a França, todas têm uma parte, e a Alemanha não, e é este provavelmente o primeiro motivo de todas estas lutas; peço-lhe colocar esta observação ao lado do seu espelho, lê-la atentamente e observá-la durante o dia. É uma guerra dos homens do petróleo, e todos os homens são patrióticos porque, se perderem a guerra, perdem também o petróleo. Os homens do aço e do carvão construíram trustes internacionais de modo que não precisam ser patrióticos. Eles têm meios de comunicação através da 'terra de ninguém' e fazem estas complicações muitas vezes. Eu, por exemplo, sou um homem do aço, e, quando eles falam comigo, ouço notícias que jamais serão impressas nos jornais.

"O que os homens do aço estão fazendo", explicava Robbie, "é vender para ambos os lados, e assim endividando o mundo inteiro." A renda dele, Robbie, durante este ano de 1916, era cinco vezes maior do que o tinha sido antes da guerra. E os lucros dos grandes trustes químicos de pólvora podiam ser multiplicados por dez. "O cavalheiro que você encontrou quando estivemos em Monte Carlo, está muito silencioso agora; não quer atrair as atenções e está guardando dinheiro em todos os esconderijos. Seria capaz de apostar que, caso esta matança continue, Zaharoff sairá com um lucro de duzentos e cinquenta milhões de libras. Ele está em situação idêntica à nossa, e nada pode fazer senão ganhar dinheiro."

Isto, porém, não era tudo. As indústrias internacionais foram transformadas devido à guerra. Os militares tinham permissão de destruir o que quisessem, mas nada que pertencesse a Krupp, Thyssen e Stinnes, os três reis da munição da Alemanha, que também tinham relações e capital franceses, nem destruir qualquer coisa que pertencesse a Schneider, a Wendel ou ao Comité des Forges, onde os alemães tinham interesses.

O pai continuava: "Poderia contar-lhe uma centena de fatos diferentes que conheço e que concordam com minhas afirmações. A grande fonte de aço tanto para a Alemanha como para a França está na Lorena, no distrito

308 UPTON SINCLAIR

de Briey; apanhe um mapa, procure, e verá que a linha de batalha atravessa exatamente esse distrito. De um lado estão os alemães tirando anualmente uns vinte ou trinta milhões de toneladas do minério, transformando-o em aço, e do outro lado os franceses, que fazem a mesma coisa. No lado francês, os lucros vão para as mãos de François de Wendel, presidente do Comitê des Forges e membro da Câmara dos Deputados; no outro lado, vão para as mãos do seu irmão, Charles de Wendel, súdito alemão naturalizado e membro do Reichstag. Aqueles enormes alto-fornos e os fundidores são visíveis por toda parte. Nenhum aviador tentou, porém, jamais bombardeá-los, a não ser uma vez, recentemente; e este ataque foi executado por um tenente, ex-empregado do Comité des Forges, redundando em completo fracasso!"

Robbie continuava narrando que a mesma coisa acontecia relativamente aos quatro ou cinco milhões de toneladas de minério de ferro que a Alemanha obtinha anualmente da Suécia; a linha dinamarquesa que fazia o transporte para a Alemanha jamais perderá um navio neste serviço ou em qualquer outro, e as estradas de ferro suecas que transportavam o minério para os portos queimavam carvão inglês. "Se não fosse assim", escrevia o pai, "a Alemanha, já no ano passado, teria saído da guerra. Não é exagero dizer que cada homem morto em Verdun e todos os que têm morrido desde então foram sacrificados a estes negociantes, a quem pertencem os jornais e aos políticos da França. Esta é a razão por que lhe digo que, se você quiser ser patriota, que o seja, então, a favor dos reis do aço da América, dos quais fará parte futuramente. Não seja a favor dos Schneider, dos Wendel, de Deterding e dos Zaharoff!"

VI

Lanny guardou a carta, estudando-a e refletindo muito tempo sobre as ideias que expunha. Não falhara o que Marcel tinha dito sobre a semelhança dos pontos de vista do pai e do tio banido. O tio e o pai concordavam com os fatos e concluíam o mesmo — que ninguém devia ser patriota. O ponto em que discordavam, era que Robbie afirmava a necessidade de encher os bolsos porque nada mais restava a fazer, enquanto tio Jesse — Lanny já o percebera — queria, ao contrário, esvaziar os bolsos de Robbie!

Lanny levou a carta a Beauty, que ficou em pânico com os seus dizeres. Política e alta finança não significavam muito para ela. Porém, pensava so-

O FIM DO MUNDO 309

bre o efeito que estas linhas deviam ter sobre seu marido e obrigou Lanny a não mencionar a carta a Marcel. Justamente naquele momento o pintor estava terminando a sua "Irmã de Caridade", inteiramente absorvido nas suas tintas. Se os franceses não iam ganhar a guerra, ao menos não a estavam perdendo — e Marcel podia ser racional e calmo, como queria Beauty. Tinha sido justamente naquele distrito de Briey que Marcel estivera no aeróstato, vigiando os altos-fornos e os fundidores que eram a fonte da força industrial do inimigo; lá havia rezado para que não tardasse o dia em que a França tivesse bastantes aviões a fim de destruir tudo aquilo. E se agora lhe fosse sugerida a ideia horrível de que La Patrie tinha tal força, mas não podia utilizá-la devido a traidores, qual a fúria que naturalmente não o possuiria?

Assim, Lanny levou a carta ao seu conselheiro em questões internacionais, M. Rochambeau. Este velho cavalheiro representava uma pequena nação que era obrigada a comprar o seu petróleo por preços do mercado e que jamais estivera empenhada em despojar os seus vizinhos. Podia, portanto, contemplar os problemas da alta finança sob o ponto de vista dos Oitavo e Décimo Mandamentos.

Quando Lanny exprimiu seu desnorteamento sobre esta concordância aparente entre seu pai conservador e o tio revolucionário, o diplomata aposentado respondeu com um sorriso silencioso que cada negociante tinha alguma coisa de revolucionário. Cada um procurava e exigia os seus lucros, tentando remover o fator que ameaçasse seus negócios ou privilégios.

Lanny, cujo espírito investigava tudo, precisava pensar muito para resolver se queria ser como o pai, seguindo as suas pegadas e tornar-se o rei da munição da América, ou se desejava apenas ocupar-se com arte. Era este o motivo por que procurava aquele velho que conhecia o mundo e que lhe poderia mostrar a diferença entre negócio e arte. Bem se podia admirar um quadro de Rembrandt ou ouvir uma sinfonia de Beethoven, sem privar outras pessoas de fazer o mesmo; porém, nunca se poderia tornar-se um rei da munição ou do petróleo sem tirar munição ou petróleo de alguém.

— Meu pai argumenta que o negociante cria riquezas sem limite!

M. Rochambeau respondeu:

— A única coisa que eu observei é que o desejo do comerciante de ter lucro, é sem limite. Ele deve ter matéria-prima e patentes e, se tiver competidores demais, o seu lucro desaparece.

— Robbie, porém, argumenta que se ele inventa uma metralhadora... — o rapaz parou subitamente como se duvidasse dos seus próprios raciocínios.

— Cada invenção tem um elemento intelectual — concordou o outro. — A metralhadora é obviamente, porém, inventada para limitar os privilégios e possessões dos outros homens. Agora, é utilizada pelos reis do petróleo a fim de tornar impossível a alguém obter petróleo senão sob as suas condições. Não será isto uma espécie de revolução?

Tendo assim apresentado Robert Budd como "vermelho", o antigo diplomata continuou a demonstrar como era pacifista; observou com o mesmo sorriso gentil que já se havia passado o tempo desde que os reis eram homens de músculos, cavalgando na frente dos seus exércitos, rachando crânios com o machado de batalha.

A invenção das máquinas produzira uma nova espécie de homens que ficavam sentados nos escritórios, ditando ordens, enquanto outros trabalham por eles. Se viam que os seus interesses exigiam a guerra, conseguiam-na pessoalmente, mas ficariam bem seguros.

— Conhece você alguma coisa de latim? — perguntou M. Rochambeau.

Lanny respondeu que não, e o velho recitou um verso de Ovídio, que começava assim: "deixa que os outros façam a guerra", e sugeriu que estas palavras bem poderiam servir como lema de uma das grandes famílias da indústria de munição: "*Bella gerant alii!*" Era delicado demais mencionar a família Budd, mas Lanny compreendeu e refletiu que se seu pai tivesse escutado esta conversa talvez viesse a escrever o nome de M. Rochambeau na lista "negra", ao lado do tio Jesse!

VII

Rosemary tinha chegado à Inglaterra e escrevia, às vezes, cartas frias iguais a ela mesma. "Gostei tanto dos nossos encontros", escrevia e nada mais! Podia-se sentir Miss Noggyns ou qualquer outra destas senhoras feministas dizendo-lhe: "Não leve as coisas muito a sério, Rosemary; era assim que as mulheres sofriam! Deixe os homens sofrer!"

Assim, Lanny aprendera a sua lição. Não mostrar seu coração abertamente, não dar pouco valor a si mesmo; entre as elegantes moças de Juan havia uma pequena americana que dava provas evidentes de que estava disposta a consolá-lo. Era bonita, elegante e vestia-se sempre de acordo com

O FIM DO MUNDO 311

os últimos modelos. Lançava olhares sedutores a esse bonito companheiro, mal emergido para a virilidade. Corando facilmente, Lanny sentia estas mensagens estranhas relampagueando pelos seus nervos. O mundo estava em guerra e nada estava certo. E os jovens e velhos estavam aprendendo a aproveitar os prazeres que encontravam.

Lanny, porém, sonhava com as coisas maravilhosas do amor. Pensava sobre tudo isto e descrevia à sua mãe as atitudes da jovem americana. Beauty perguntou:

— Ela está interessada no mesmo que você está pensando? Tem dito alguma coisa que lhe interesse especialmente?

Quando o rapaz admitiu que por enquanto nada disso tinha acontecido, Beauty indagou:

— Qual é, então, o assunto das suas futuras palestras? Como vai você evitar o aborrecimento?

O rapaz desinteressou-se, então, do caso, e reiniciou os seus estudos de piano. Encontraria coisas excitantes na música e na poesia. Na sua antologia, deparou com uma poesia de Bobby Burns que falava com autoridade sobre a prodigalidade sexual. Lanny resolveu então esperar mais um pouco; talvez Rosemary descobrisse que sentia falta dele mais do que julgara ao se separarem.

Ela escreveu relatando que Rick havia terminado o treino e partido para a França. Tivera uma licença de dois dias e fora despedir-se dela em sua própria casa. Era um rapaz bonito em seu uniforme. Sentia-se tão feliz em conseguir aquilo que almejara! Nem uma palavra lhe dizia se o rapaz se mostrara triste ao partir e Lanny compreendia que não devia ter havido grande troca de palavras; este era o hábito inglês.

Poucos dias depois, chegou uma carta de Rick. Naturalmente não mandava endereço. Só o número da sua unidade na Royal Air Force. "Ótima a instalação aqui. Queria poder descrever-lhe tudo. Companheiros esplêndidos. Espero conseguir igualar-me a eles. Mande-me notícias. Como vai o velho Sófocles? Quando vocês, americanos, se decidirão a entrar na luta?"

Lanny bem podia imaginar esses rapazes alegres no campo, umas poucas milhas atrás das linhas. Devia ser mais ou menos um campo como aquele que visitara no Salisbury Plain. Rapazes ardentes, de faces vermelhas, bem barbeados e, às vezes, com finos bigodes, recebendo tudo com um sorriso; dispostos sempre a morrer e nunca a derramar uma lágrima. As

revistas inglesas estavam cheias de fotografias desses moços, uns sorrindo, outros sérios, mas todos bonitos; cada um com uma fileira de velhos nomes ingleses. "Tenente Granville Fortescue Somers, R. F. C. Morto em ação,
Vimy, 17 de outubro de 1916." E assim por diante...

VIII

Por toda parte, em redor de Lanny, havia luto; mulheres de preto em todas as ruas. Mulheres aterrorizadas, tremendo cada vez que ouviam bater à
porta; receosas de ler os jornais com suas histórias de destruição infinitas.
A pobre Sophie de La Tourette visitava Sept Chênes para ajudar a reeducar
as vítimas; não os lamentando muito, mas sentindo que devia fazer alguma
coisa, porque Eddy e todo mundo faziam o mesmo e todos necessitavam de
ação, a fim de não enlouquecer.

Eddy escrevia e a baronesa mostrava as cartas a Beauty, dando também
a Lanny oportunidade de lê-las. A excitante ocupação produzia um efei
to inesperado sobre o jovem americano, cujos únicos atos até o momento
tinham sido jogos de bilhar e corridas de bote a motor. Queria que Sophie
partilhasse das suas aventuras e escrevia numa linguagem muito viva.
Dormia num celeiro meio demolido e o montão de estrume do lavrador
francês tornara-se algo importante na sua vida: era o menos desagradável
de todos os cheiros da guerra. Estava se alimentando de carne enlatada e, se
por acaso comia galinha, era motivo para uma grande festa. Na sua frente
estavam as trincheiras e por trás a artilharia francesa. E ele tentava contar o número de tiros por minuto, porém sem nunca conseguir, porque se
sucediam rapidamente. O serviço durava sempre vinte e quatro horas a fio,
e a ambulância podia ser chamada a qualquer momento do dia ou da noite.
Viajava às escuras num lamaçal interminável, às vezes com profundidade
de três pés, e via por toda parte, o que já se tornara um fato familiar, um
boné caído ao lado da estrada; aí a ambulância se detinha para ir apanhá-lo
e descobrir se havia um homem junto. Conseguia fazer passar a ambulância em certas estradas perigosas, e a necessidade de evitar à noite as crateras das bombas, fazia nascer no *chauffeur* o desejo de possuir olhos de gato.

"Já viu Old Bill?", perguntava Eddy, remetendo um dos cartões-postais
do capitão Baimsfather, com os quais os ingleses tentavam fazer pilhéria.
Old Bill era um inglês com grande bigode e expressão séria que era visto

O FIM DO MUNDO 313

agachado numa cratera, rodeado por bombas que explodiam, dizendo aos seus companheiros: "Se você conhece uma caverna melhor, vá procurá-la." E havia ainda o velho coronel que, voltando para casa numa curta licença, descobria, então, que não mais podia andar, senão nas trincheiras. Mandou, portanto, fazer uma no seu jardim e permanecia lá nas noites de chuva, meio coberto pela água e com um guarda-chuva aberto.

Era este o espírito humorístico dos ingleses. Os americanos estabelecidos na França estavam envergonhados de si mesmos e da sua pátria. Não era possível que ficassem jogando cartas e dançando no meio de tanta dor, visitando os costureiros e os cabeleireiros, como era o costume nos bons dias passados.

A situação tornava-se cada vez mais aborrecida para Lanny e, às vezes, pensava escrever a Robbie pedindo que o desobrigasse da sua promessa de neutralidade. Entretanto, auxiliava a si próprio lendo livros alemães e tocando música alemã e lembrando-se de Kurt e outras pessoas afetuosas que encontrara no castelo de Stubendorf. Já não tinha notícias de Kurt há muito tempo, e pensava se ele não teria ido para a linha de frente e morrera, ou se estaria apenas desgostoso com os americanos por estes nada fazerem para aliviar ou cessar o bloqueio dos Aliados, que estava matando à fome as mulheres e as crianças da sua pátria. Lanny escreveu outra carta, mandou-a aos cuidados de Mr. Robin, e recebeu umas linhas do mais velho dos dois filhos Robin:

"Meu caro senhor Lanny Budd. Papai mandou a carta que o senhor enviou. Estou aprendendo a escrever inglês, porém, ainda não o sei bem. Tenho o retrato que o senhor mandou a meu pai e, como se o conhecesse, espero poder encontrá-lo quando não houver mais guerra. Saudações. Hansi Robin. P.S.: Tenho doze anos e estou tocando agora a sonata em dó maior de Beethoven, para violino."

IX

O fim do ano de 1916 foi uma época de desânimo amargo para a causa dos Aliados. A Romênia entrara na guerra e tinha sido conquistada. A Rússia fora posta fora de combate rapidamente e a Itália pouco havia conseguido. Os exércitos franceses desanimavam por terem marchado demais contra as redes de arame farpado e por serem mortos aos punhados pelas

314 UPTON SINCLAIR

metralhadoras. E, acima de tudo, vinha o desânimo da guerra submarina sem limites. O alto-comando alemão decidira que, mesmo que a América entrasse na guerra, a destruição do comércio dos Aliados seria tão grande, que a Grã-Bretanha estaria vencida antes que pudesse fazer algo decisivo. No fim de janeiro foi comunicado ao público que todos os navios em águas territoriais da França e da Inglaterra, bem como no Mediterrâneo, seriam sujeitos a ataque sem qualquer aviso. Em janeiro, a destruição total dos navios alcançava duzentas e oitenta e cinco mil toneladas e no mês de abril chegou a oitocentas e cinquenta e duas mil.

Ninguém duvidava mais de que a Grã-Bretanha não podia aguentar continuadamente estas perdas e o povo americano foi obrigado a enfrentar a questão, uma vez que não estava disposto a ver o Império Britânico substituído por um Império Alemão. Ao menos todos aqueles a quem Lanny conhecia diziam que era esta a questão, e que não valia a pena enganar-se a si mesmo. O rapaz achava difícil resolver todos estes problemas e mais do que nunca desejava que o pai estivesse a seu lado. Leu trechos dos discursos do presidente Wilson e das notas diplomáticas que este homem tinha enviado ao governo alemão, e lhe parecia que o único meio de poder cumprir as ordens do pai era iniciar um novo e acurado estudo de música.

Os submarinos iniciaram o ataque a navios americanos; logo em seguida foi dada a público uma carta do governo alemão interceptada, convidando os mexicanos a entrar na guerra ao seu lado, prometendo-lhe uma tentadora recompensa, que incluía Texas, Arizona e Novo México. Estes fatos levavam os americanos a compreender melhor a situação e houve um desejo geral de desafronta no país.

Foi uma temporada de excitação para os americanos na França e especialmente para Lanny. Quereria ainda o pai que ele continuasse neutro? Não teria ele, agora, licença de sentir do mesmo modo que todos ou, ao menos, como ele quisesse? Kurt Meissner parecia-lhe mais distante do que nunca, e as vozes de Mozart e Beethoven enfraqueciam cada vez mais. A França estava por toda parte e sua pergunta incessante era: "Por que vocês, americanos, não nos auxiliam?" Lanny ouvia isso tantas vezes que não mais saía de casa. Tornou-se uma espécie de eremita moço, nadando e pescando sozinho, lendo livros de outras épocas e de outros lugares. Escreveu ao pai a respeito de todos estes problemas: "Diga-me, se a América entrar na guerra, que devo fazer?" E então, em março, recebeu um cabograma —

O FIM DO MUNDO   315

um daqueles a que já se tinha habituado outrora mas que não recebia há muito tempo: "Parto amanhã para Paris. Desejo que me encontre naquela cidade. Telegrafarei na chegada. Robert Budd."

17

O MUNDO DE UM HOMEM

I

LANNY PASSOU UMA SEMANA INTEIRA PENSANDO EM SUBMARINOS. Era a época em que a campanha alemã chegara ao máximo, afundando trinta mil toneladas por dia; cada um de quatro navios que saíam das Ilhas Britânicas jamais voltava. Lanny não precisava imaginar um submarino vindo à tona, porque já o havia visto. De testemunhas oculares ouvira como os torpedos explodiam, como as pessoas corriam para os botes, e como os homens davam sua vida para salvar mulheres e crianças. Robbie era desses homens capazes de tal coisa e Lanny receava constantemente pela vida do pai.

Finalmente, recebeu um telegrama do Havre. Graças a Deus que ele chegara bem, e no dia seguinte Lanny recebeu a carta mais importante da sua jovem vida. Robbie propunha levá-lo para Connecticut!

"Acho que já é tempo de você conhecer a sua pátria. Parece certa a nossa entrada na guerra, e o serviço que tiver de desempenhar deverá ser feito na própria América. Minha esposa convida-o para ficar conosco este verão; arranjarei um professor que o prepare para cursar a escola secundária ainda este ano e deste modo ingressar na universidade." A universidade seria, naturalmente, a de Yale, que tinha sido a que Robbie frequentara, bem como os seus antepassados por mais de cem anos.

Veio também uma carta para Beauty; Robbie escrevia nesta que certamente ela concordaria em que o rapaz devia aproveitar a oportunidade de conhecer o seu próprio povo. Beauty tinha estado de posse do filho durante trinta e dois meses — Robbie tinha um espírito votado à aritmética — e este era um argumento. Dizia que, uma vez que a guerra ia continuar, seria melhor que Lanny estivesse em Connecticut, onde ele poderia arranjar-lhe oportunidade de prestar serviços na produção de armamentos. "Pode ficar despreocupada, num ponto: Lanny não irá para as trincheiras. É precioso demais para mim, e eu serei de grande valor para o governo. *Bella gerant alii!*"

— Que quer você fazer? — perguntou a mãe depois de ler as cartas.

— Naturalmente, gostaria de ver a América — disse o rapaz.

O coração de Beauty parou. Tinha construído um ninho seguro em Bienvenu, e o rapaz não queria ficar; a segurança lhe parecia ser a última coisa no mundo que os homens desejavam.

— Parece que devo conformar-me — disse ela. — Todos são contra nós, mulheres.

— Não se preocupe, Beauty. Vou ser muito cauteloso e voltarei quando a guerra estiver terminada. Creio que não desejo viver senão aqui, em Bienvenu.

— Você vai encontrar lá alguma moça que lhe dirá o que deve fazer.

— Mas eu serei resistente — respondeu o rapaz.

— Eu sabia que isto ia acontecer, Lanny. Porém, pensava que Robbie esperasse ao menos que as viagens marítimas se tornassem menos perigosas.

— Muitas pessoas continuam viajando, e tanto ele como eu somos bons nadadores. — O rapaz silenciou por um instante e então continuou: — Estou pensando no que Robbie terá contado aos amigos a meu respeito.

— Ele falou à esposa sobre a nossa situação, antes de casar. Creio que dirá aos outros que você é seu filho, e não se preocupe quanto a isso.

— Se não me quiserem perto, posso, então, ir para outro lugar. Você vai sentir muito a minha ausência, Beauty?

— Não tem importância, se eu souber que é feliz. Vou dizer-lhe uma novidade: vou ter uma criança.

— Ó, meu Deus! — E um sorriso apareceu no rosto de Lanny. — Isto é magnífico! Vai alegrar Marcel, não é?

— Os franceses são assim — respondeu ela.

— Todos os homens o são, não é? — perguntou ele e, depois de algum tempo: — Foi um outro acidente ou você resolveu fazê-lo?

— Eu e Marcel resolvemos.

— Aqui é um lugar maravilhoso para se criar uma criança, Beauty.

Beijou-a na face e ela chorou de alegria e de tristeza.

O FIM DO MUNDO

II

Era cruel ver um moço ficar tão excitado com a ideia de abandonar a própria mãe; porém, não podia ser de outro modo, e ela compreendia. Ia encontrar Robbie em Paris, viajar num grande navio, ver Nova York, que conhecia através do cinema, e as fábricas maravilhosas dos Budd, a base econômica da sua vida — as fábricas Budd eram o centro de suas imaginações, uma forja de vulcão, um milhão de vezes mais magnífica, uma caverna de Fafnir e Fasolt, onde forças monstruosas eram geradas. E, acima de tudo, ia encontrar aquela família misteriosa cujos nomes eram tão difíceis de se pronunciar e cujos membros eram tão diferentes e estranhos.

Arrumou as poucas coisas que levaria consigo e preparou-se para embarcar no trem da noite. Beauty chorava aos soluços; era tão querido por sua mãe, e quem mais o amaria tanto quanto ela? O mundo era cruel, habitado por pessoas más, especialmente mulheres — ela as compreendia e as considerava frias, egoístas, interesseiras! Tantas coisas lhe devia ter ensinado, e agora era tarde demais; já não tinha mais tempo de lembrar-se de tudo quanto lhe precisava recomendar. Lanny se sentia impaciente para ir ao encontro daquilo que parecia a ela tão doloroso. Deu-lhe os últimos conselhos, obrigou-o a mil promessas e sentiu que o filho se aborrecia por isso.

A despedida de Marcel foi mais agradável: ele era descendente de respeitáveis burgueses da província e a família desejava vê-lo advogado, talvez juiz, mas, apesar disso, ele a abandonara e partira para Paris e se dedicara às tintas. Deram-lhe uma pequena mesada, mas não pretendiam gostar do seu trabalho, mesmo que tivesse valor.

— Você é feliz — disse Marcel. — Seus pais são muito razoáveis, apoiá-lo-ão sempre, mesmo que você não obtenha êxito. Mas não fique surpreso se não gostar dos seus parentes da América. Não lhes mostre seus sentimentos facilmente.

— Por que diz isto? — perguntou o rapaz, intrigado.

— Pessoas ricas são mais ou menos iguais no mundo inteiro. Só acreditam em dinheiro e, se você não se esforçar por obtê-lo também, acharão alguma coisa errada na sua pessoa. Se você não olhar a vida como eles, achá-lo-ão crítico, e, de antemão, você já é um forasteiro. Se o caso fosse com a minha família, por exemplo, é este o conselho à altura.

— Escreverei para você enviando minhas impressões.

318 UPTON SINCLAIR

— Se gostar, está tudo bem. Apenas o estou avisando. Até agora você teve uma vida feliz, tudo muito fácil, mas dificilmente ela lhe será assim indefinidamente.

— Em todo o caso, Robbie diz que os americanos vão ajudar a França.

— Diga-lhes que se apressem — respondeu o pintor —, a minha pobre pátria está sangrando por todas as veias.

III

Lanny tinha dezessete anos e crescera quase um pé naqueles trinta e dois meses, desde que vira o pai. Para muitos moços, esta idade é desagradável; ele, porém, era forte, queimado pelo sol e bem alimentado. Quando saltou correndo do trem para saudar Robbie, havia alguma coisa na sua atitude que fez o coração de Robbie transbordar. "Carne da minha carne, porém melhor do que eu, sem as minhas cicatrizes e segredos dolorosos!", pensava Robbie enquanto o rapaz beijava-o na face. Havia uma leve penugem nos lábios de Lanny, e seus olhos eram claros e vivos.

Queria saber tudo a respeito do pai, logo nos primeiros momentos. Aquele grande homem, do qual todo o mundo podia depender, ia resolver todos os problemas, aliviar todas as ansiedades e tudo o mais neste primeiro instante. Robbie parecia o mesmo de sempre. Tinha pouco mais de quarenta anos e o seu vigor estava intacto; se havia nuvens que pudessem turvar o seu moral, nada se percebia. Era um homem bonito no seu terno marrom, com gravata e sapatos que combinavam. Lanny, cujo terno era cinzento, decidiu imediatamente que "marrom" lhe assentaria melhor.

— Então, que pensa sobre a guerra? — Essa era a primeira pergunta, aquela que todos os homens faziam sempre.

O pai olhou-o bruscamente, sério.

— Vamos entrar, não há dúvidas sobre isso.

— E você vai auxiliar?

— Que posso fazer?

Era quase o fim de março, as relações com a Alemanha tinham piorado durante as últimas semanas e o presidente Wilson declarara uma situação para o país que chamava "neutralidade armada". A América ia armar os seus navios mercantes enquanto a Alemanha continuava afundando-os dia após dia. As partidas eram adiadas e os navios receavam sair dos portos americanos.

O FIM DO MUNDO

— Que posso fazer? — refletia Robbie. — A única saída é declarar um embargo e abandonar totalmente os nossos negócios da Europa.

— E qual seria o resultado?

— Produziria pânico dentro de uma semana. Os Budd teriam de fechar e despedir vinte mil homens.

No caminho do hotel, Robbie explicava a situação. Uma grande empresa industrial sempre era ajustada a um certo sistema. Uma quantidade de mercadoria saía diretamente da fabricação, era encaixotada e posta nos carros de carga ou caminhões ou — no caso de Budd que tinha suas próprias docas — diretamente nos navios. Estes eram carregados e levados para fora, deixando lugar para outros. Se por qualquer circunstância esse ritmo fosse interrompido, a fábrica sofreria abalos, porque seus armazéns só podiam guardar a produção de poucos dias. A mesma coisa ia acontecer do outro lado, onde a matéria-prima devia também entrar, de acordo com um sistema anteriormente fixado — tinha sido encomendada e devia ser aceita e paga, e só havia espaço para armazenar um suprimento limitado, na suposição de que a matéria-prima entrasse na fabricação e saísse do outro lado.

Era esta a situação, não somente das usinas de aço e fábricas de armas, mas também das fábricas de conservas, de sapatos, de automóveis e de caminhões, de tudo enfim que se possa imaginar. Direito ou não, sábio ou não, os negócios americanos se tinham dedicado à tarefa de suprir as necessidades das nações da Europa. As finanças americanas entraram em acordo para receber e negociar as suas apólices de dívida. Se tudo isso tivesse de parar subitamente, haveria uma bancarrota como nunca fora conhecida antes no mundo.

— De dez a vinte milhões de homens sem trabalho! — declarou o chefe das vendas da Budd Gunmakers Corporation.

Lanny já tinha ouvido muitas pessoas testemunhar seu desagrado contra os que estavam ganhando dinheiro nesta guerra; Kurt, Rick, Beauty, Sophie, Marcel e M. Rochambeau. Mas quando ouviu seu pai falar, tudo isto desapareceu como nuvens defrontando o sol da manhã. Via que as coisas só poderiam ser assim; se ia produzir máquinas em grande escala, devia fazê--lo de um modo previamente fixado. Os artistas, sonhadores e moralistas, falavam sobre estas coisas sem as compreender.

320 UPTON SINCLAIR

Isso era o que Lanny pensava antes de conseguir ficar só para refletir. Então, começou a duvidar de tais ideias. Robbie era todo dos Budd, defendendo o direito de conquistar os negócios que pudesse e de manter seus operários no trabalho. Mas Robbie não gostava de Zaharoff e tinha tendência a se ressentir também contra os negócios da Vickers. Robbie censurava a Schneider-Creusot que vendia mercadoria a países neutros, os quais, por sua vez, revendiam-na à Alemanha; e censurava os de Wendel, franceses, por protegerem a propriedade que tinham na Alemanha. Suponha-se, porém, que os Budd possuíssem fábricas também na Alemanha — Robbie não procuraria cuidar delas, demonstrando o prejuízo que causaria se fossem bombardeadas?

Enfim, não eram iguais todos os negociantes, fossem eles alemães, ingleses, franceses ou americanos? Lanny sentia-se obrigado, por um dever íntimo, a ser honesto para com seu amigo Kurt e a família do rapaz que o tratara tão gentilmente. Jamais podia esquecer o senhor Meissner, usando os mesmos argumentos sobre a necessidade dos fabricantes alemães de conquistarem matérias-primas nos mercados estrangeiros, para que continuassem os seus trabalhadores a ganhar o seu sustento e suas fábricas a trabalhar de acordo com um sistema estabelecido. Seria embaraçante para Lanny, falar sobre isto, e ele silenciava; durante dois anos e meio aprendera a guardar para si mesmo os seus pensamentos. Durante o tempo de guerra, ninguém procurara olhar ambos os lados de uma questão.

IV

Naturalmente, pai e filho não podiam passar todo o tempo a discutir a política mundial; Lanny falou a respeito de Beauty e Marcel; sobre as feridas do pintor, seu modo de vida e seu trabalho; sobre a criancinha que eles iam ter e que na opinião de Robbie era um acontecimento um tanto raro naqueles tempos. Falou sobre Sophie e Eddy Patterson e o trabalho deste como *chauffeur* de uma ambulância; sobre Mrs. Emily e Les Forêts, sobre o velho M. Pridieu e sua morte; sobre Sept Chênes e as vítimas da guerra que eram ali reeducadas, inclusive o gigolô, que nunca mais poderia dançar. Falou também sobre Mr. Robin, as cartas de Kurt e os pequenos Robin. A propósito dos judeus, Lanny indagou se Robbie gostava deles, e em caso negativo, por que não? Depois falou sobre Rosemary, um importante assunto;

O FIM DO MUNDO 321

sobre Rick e seus voos — logo que Lanny soubera que ficaria alguns dias em Paris enviou uma carta a Rick, pois talvez ele conseguisse um dia de folga para visitá-lo.

Robbie fazia perguntas e Lanny descrevia certos detalhes que por acaso esquecia de mencionar. Havia a pintura de Marcel; o pintor estava melhorando cada vez mais, e todo mundo concordava com essa transformação. Atualmente estava pintando uma velha mulher que cultivava flores no cabo e que perdera três filhos, um após outro, fato que se refletia na sua face e ainda melhor estampado no quadro de Marcel. Aquele que fizera posado por Beauty, chamado "Irmã de Caridade", ia ser exposto no salão do Petit Palais, e uma das coisas que Lanny desejava era saber onde ficava o Petit Palais. Se Robbie fosse vê-lo, encontraria uma mulher diferente, muito mais séria e realmente triste.

— Naturalmente ela não está sempre assim — continuou o rapaz. — Mas é assim que Marcel vê as coisas; ele não pode perdoar ao destino o que fez com a sua face, e muito menos o que está fazendo à França!

Robbie também tinha muito que contar. Na maioria, questões de negócios, pois não era desses homens que têm estados d'alma que necessitam explicações. Ganhava dinheiro quase que ilimitadamente e vivia de bom humor. Achava isso agradável não somente para si, mas também para muitas outras pessoas. Agora, estava triste por serem tão modestos os desejos do filho; pensava que deviam celebrar esse encontro comprando alguma coisa bonita, e era um quadro de Marcel a única coisa de que Lanny se lembrava de querer levar para a América. Robbie, porém, não achava que tal ideia fosse boa.

— Não vale a pena, logo de início, dizer algo a respeito do padrasto.

Lanny contou como Beauty mostrava-se dedicada a auxiliar a reeducação dos mutilados, e Robbie mandou-lhe um cheque de alguns milhares de dólares, dizendo-lhe que podia gastá-los naquele fim, se quisesse. Juntou uma mensagem amistosa para Mrs. Emily; desse modo, o dinheiro daria crédito a Beauty junto àquela tão poderosa dama na vida social. Robbie explicava como ia agir, para que o filho aprendesse o meio de preparar o seu caminho no mundo. Não valia a pena ter dinheiro sem saber usá-lo; e também o modo de tratar os homens por meio dele. Havia alguns aos quais se devia dar o dinheiro com gesto despreocupado e outros aos quais se necessitava dar a importância com muita cautela.

322 UPTON SINCLAIR

Robbie observou, com um sorriso, que tinha também razões pessoais de se opor à entrada da América na guerra; os Budd iam agora começar a fabricar para os Estados Unidos, e ele não receberia comissão alguma sobre as vendas.

— Isto será uma grande satisfação para meu irmão Lawford, sempre ressentido por eu ganhar mais dinheiro do que ele.

Lanny iria conhecer este irmão e, portanto, era tempo de Robbie lhe contar alguma coisa a respeito.

— Será muito gentil com você, mas não espere mais nada, porque a natureza o fez assim. Estará tudo bem, se você lhe der importância; infelizmente nunca fiz isso. Desde que nasci atraí todas as atenções no meio das crianças. Eu era mais bonito do que ele e nossa mãe fazia muito reboliço por minha causa.

Robbie falava de um modo alegre, mas dava a entender que havia uma espécie de prevenção entre ele e o irmão mais velho. Quando Robbie se tornou moço, ofereceu-se a aprender os segredos das vendas e dos negócios, e o pai concedeu-lhe uma chance, além de comissão e despesas pagas. Isto tinha originado muitas questões, porque Lawford discutia um ou outro dos itens; se Robbie perdia dinheiro para o capitão Bragescu, o irmão chamava a isto "Pagar as suas dívidas de jogo à custa da companhia!"

— E agora veio esta guerra — disse Robbie. — Foi sorte para mim, mas de modo algum sou eu o culpado. O resultado é que tenho uma renda duas ou três vezes superior à dele, e ele trabalha bastante na direção da fábrica enquanto eu nunca mais precisarei trabalhar, se assim quiser.

V

Justamente quando Lanny saiu da Riviera um acontecimento que viria sacudir o mundo estava sendo anunciado — a Revolução Russa e a abdicação do Tsar. Todo o mundo ficou na expectativa do que ia decorrer, e qual seria o efeito relativamente à guerra. A maioria das pessoas na França acreditava que os russos auxiliariam os Aliados; lutariam com mais ardor, agora que eram livres. Robbie, porém, ponderou que a Rússia estava fora de ação por causa da sua incompetência e pela desorganização das suas estradas de ferro. Disse que os carregamentos tinham sido desembarcados de centenas de navios em Arcangel, no longínquo norte, e em Vladivostok no Pacífico,

O FIM DO MUNDO   323

e não havia possibilidades de se enviarem armas para a zona de guerra. Mercadorias no valor de dezenas de milhões de dólares permaneciam empilhadas ao longo do leito das estradas de ferro, por milhas de extensão, sem nenhuma proteção, apenas com um simples encerado cobrindo as caixas. Entre essas mercadorias havia também metralhadoras Budd, e naturalmente todas as armas dentro em breve estariam enferrujadas e sem valor algum, enquanto os soldados russos precisariam defender-se com chicotes e marchar para a luta com um fuzil para cada cinco homens.

— O que vai acontecer — disse Robbie — é a destruição e o caos; o país talvez seja completamente arruinado, ou tomam-no os alemães. As tropas alemãs serão atiradas para leste e é possível que cheguem diante de Paris antes que os americanos possam levantar um exército e trazê-lo pelo mar. O comando alemão está contando com isso.

O pai contou o motivo da sua vinda à Europa. O Ministério da Guerra dos Estados Unidos enviara um emissário ao presidente das fábricas Budd para perguntar-lhe se queria aceitar propostas para ceder os direitos das patentes de Budd a várias firmas, tais como a Vickers e a Schneider, que estavam trabalhando dia e noite na produção de armas e munições para os governos aliados. Com tais licenças, elas poderiam construir as metralhadoras Budd, os canhões antiaéreos Budd etc., pagando uma importância que devia ser ainda discutida.

Se a América entrasse na guerra, os Budd não mais ficariam em condições de fornecer às nações europeias e nossos aliados teriam o benefício oriundo da ingenuidade e da habilidade ianques.

Essa questão de cessão de direitos já tinha sido assunto de discussões dentro da organização Budd. Governos estrangeiros interessavam-se pela compra, oferecendo grandes interesses. Robbie sempre se opusera a essa política, enquanto Lawford pensava o contrário e cada um se esforçava por persuadir o pai. O irmão mais velho insistia no perigo de se aumentar ainda mais a fábrica; teriam de pegar dinheiro emprestado — e quando menos se esperava, os pacifistas imporiam um plano de desarmamento, os Budd não estariam em condições de atender às suas obrigações, e os sindicatos bancários de Wall Street é que engoliriam tudo. Robbie, por seu lado, ponderava que os fabricantes europeus naturalmente fariam ofertas mais generosas, assinando tudo que se lhes propusesse; mas quem iria vigiá-los e saber quantos fuzis e bombas realmente construiriam?

324   UPTON SINCLAIR

Lanny teve uma melhor visão da relação entre seu pai e o irmão mais velho. O tio era moroso e ciumento, e uma disputa iniciada no quarto de brinquedos tinha sido transportada para o escritório da companhia. Lawford se opunha a tudo que Robbie defendia, atribuindo-lhe motivos egoístas; Robbie, por sua vez, parecia convencido de que o principal objetivo da vida do irmão era impedi-lo de realizar os seus desejos. O Ministério da Guerra fizera propostas, dando uma vitória a Lawford. Patentes iam ser cedidas a vários grandes trustes de munição da Europa, e para remediar a derrota de Robbie, o pai lhe dera "carta branca" para fazer os contratos e negociações.

VI

Robbie telefonou para a casa de Basil Zaharoff, situada na Avenue Hoche. Lanny, no quarto, ouvia metade da conversa. O rei da munição falou qualquer coisa que fez Robbie sorrir e responder:

— Sim, mas agora não está tão pequeno.

Robbie virou-se para o lado de Lanny, enquanto ouvia.

— Muito bem — respondeu. — Ele vai ficar contente, tenho certeza.

O pai desligou o telefone e falou para Lanny:

— O velho diabo me perguntou se "aquele menino muito inteligente" estava comigo e disse para você me acompanhar. Quer vir?

— Naturalmente! — exclamou o rapaz. — Mas que quererá ele comigo?

— Não fique vaidoso. Temos alguma coisa que ele deseja. E talvez queira fazer disto uma questão social e não em tom de negócio. Observe-o e veja como trabalha o velho levantino.

— Ele não tem um escritório particular? — perguntou o rapaz.

— O seu escritório é justamente o lugar onde se encontra no momento; e os homens acham que vale a pena procurá-lo.

Lanny vestiu-se com esmero e à tarde foram à Avenue Hoche 53, nas proximidades do parque Monceau. Zaharoff residia numa elegante e discreta casa, própria para um cavalheiro que não deseja chamar atenção sobre si, mas sim ficar escondido, elaborando planos. Um criado silencioso abriu a porta, levando-os para a sala de recepção muito bem mobiliada e com quadros valiosos, sem dúvida ao gosto da duquesa. Imediatamente foram dirigidos para uma sala de estar no segundo pavimento, onde a primeira coisa

O FIM DO MUNDO 325

que viram foi um lindo serviço de chá em prata, pronto para ser servido aos visitantes. As janelas estavam abertas e um vento agradável balançava as cortinas; os pássaros cantavam nas árvores do lado de fora. Logo depois, o rei da munição entrava, parecendo mais velho e cansado — não se ganha um quarto de bilhão de dólares sem ter preocupações e sem envelhecer.

Mal acabara de cumprimentar os dois, quando uma senhora entrou atrás dele. Conhecia ela a história do menino que teve a ideia tão engraçada de querer ajudar os negócios do pai ou era a importância especial dos contratos que Robert Budd ia explanar, que a levava até ali? Seja como for, aí estava ela e Zaharoff apresentou-a:

— A duquesa de Vila Franca — disse, num tom de orgulho profundo.

A duquesa inclinou-se, mas não ofereceu sua mão. Limitou-se a dizer muito gentil:

— Como estão passando, senhores? — E sentou-se à mesa do chá.

Tinha apenas dezessete anos quando encontrara aquele vendedor de munição e esperara vinte e sete anos que seu marido lunático morresse.

Era uma senhora não muito alta, graciosa, e ainda mais reservada do que o seu companheiro. Os olhos azuis de Zaharoff observavam as visitas e os olhos escuros da senhora permaneciam presos, na maioria do tempo, sobre o marido. Tinha a cor azeitonada dos espanhóis e usava um vestido próprio para a ocasião, simples, porém distinto; trazia um duplo colar de pérolas que lhe ia quase até à cintura.

— O senhor fez uma viagem perigosa — observou.

— Muitos homens estão enfrentando o perigo nestes dias, Madame — replicou Robbie.

— Acha o senhor que o seu país venha auxiliar-nos a terminar esta pavorosa guerra?

— Creio que sim; e se entrarmos, daremos o maior dos nossos esforços.

— É preciso que isso aconteça já — disse o rei da munição e Robbie respondeu que grandes corpos necessitam de tempo para entrar em movimento, mas quando o fazem é com a sua força máxima.

Falaram sobre a situação militar. Zaharoff demonstrou a importância extrema de vencer os alemães do ponto de vista da civilização. Contou o que tinha feito para colocar Venizélos no poder na Grécia e levar aquele país para o lado dos Aliados. Não disse quanto dinheiro havia gasto, mas sim que movimentara o céu e a terra.

326 UPTON SINCLAIR

— A Grécia é o meu país natal — disse. — E se o amor à pátria foi a primeira paixão da minha vida, o ódio contra as crueldades e o fanatismo turcos foi a segunda.

Quando falou nisso, a sua voz tremeu um pouco, e Lanny pensou se não estaria aquele homem apenas representando uma farsa. Se assim fosse, o trabalho estava perfeito. Robbie, porém, disse-lhe depois que era genuíno; o rei da munição realmente odiava os turcos e gastara milhões na compra de jornais e políticos, trabalhando contra o rei Constantino e sua esposa alemã. Zaharoff interessava-se pelo petróleo e desejava a Mesopotâmia para suas companhias inglesas. Usava o seu dinheiro para coisas que os governos aliados desejavam que fossem feitas, mas que eram desagradáveis demais para que eles mesmos as fizessem.

VII

Em seguida, falaram sobre o presidente Wilson, que afirmara serem os americanos "orgulhosos demais para lutar", e que fora reeleito com a frase "Ele nos vai livrar da guerra." Robbie explicou o temperamento dos presbiterianos, que encontravam sempre base de alta moral para tudo o que decidiam fazer, e que o realizavam, então, sob uma espécie de direção divina. Agora, o presidente Wilson falava da "guerra pela democracia" e Zaharoff perguntou se esta também devia ser considerada uma frase moral.

Robbie respondeu:

— Os fundadores da nossa nação não acreditavam em democracia, Mr. Zaharoff; mas, sim, essa parece ser uma boa política por ora.

— Em todo caso, deveriam querer que se escrevesse a definição com certo cuidado.

O velho mostrou um daqueles sorrisos enigmáticos, nos quais seus olhos atentos nunca tomavam parte.

— Estão brincando com o fogo — disse Robbie sem sorrir. — Vimos pela Rússia o caminho para o qual se pode ser desviado, nem mesmo Wilson deseja que a guerra termine de tal modo.

— Que Deus nos acuda! — exclamou o velho e ninguém podia duvidar da sinceridade destas palavras.

Quando se está em companhia de uma senhora de alta linhagem que oferece chá, é necessário prestar-lhe alguma atenção; portanto, Robbie observou:

O FIM DO MUNDO

— É um lindo serviço de chá que a senhora tem aí, duquesa.

— Um bem hereditário da minha família — respondeu María de Pilar Antonio Angela Patrocinio Simón de Muguiro y Berute, duquesa de Marqueni y Villa Franca de los Caballeros.

— Tínhamos um de ouro — disse Zaharoff —, porém, ofereci-o ao governo para auxiliar a salvar o franco.

Houve um leve franzir de sobrancelhas no rosto gentil da prima do rei da Espanha. Trabalhara ela durante um quarto de século para fazer do negociante levantino um cavalheiro, mas talvez essas coisas não se conseguissem no período de uma só vida; talvez que em meio de guerras e revoluções se pudesse desculpar tais lapsos, de um espírito muito preocupado.

Depois que tomaram o chá, falou Zaharoff:

— E agora, vamos conversar sobre os nossos negócios, Mr. Budd.

Imediatamente, a dona da casa levantou-se.

— Tenho certeza de que os senhores não desejam assistentes para a sua conferência — disse.

E dirigindo-se para Lanny:

— Não gostaria de acompanhar-me e ver as minhas lindas tulipas?

Naturalmente Lanny aceitou e assim perdeu a oportunidade de observar o velho negociante em ação. Foi levado para um belo jardim e apreciou dois lindos cães brancos. Ouviu várias coisas sobre as tulipas que iam começar a demonstrar as suas belezas: as *bizarres* eram amarelas manchadas de vermelho, as *bybloemen* brancas com manchas violetas e púrpura, uma nova espécie vinda do Turquistão. O povo holandês cultivara-as por muitos séculos e elas foram a base de uma grande riqueza material.

— Gostará realmente de flores? — perguntou a duquesa.

Lanny contou então alguma coisa sobre Bienvenu e o pátio cheio de flores onde costumava ficar sentado durante a leitura. Estava habituado à convivência com senhoras de linhagem, e nunca sentira temores ao seu lado. Suspeitava que uma que tivesse como companheiro o rei de munição talvez não se sentisse inteiramente segura ou feliz e por isso tornou-se excepcionalmente gentil. Falou a respeito de Mrs. Emily e descobriu que a duquesa a conhecia e até a havia auxiliado nos seus trabalhos; assim, Lanny relatou o que estava fazendo aquela senhora em Sept Chênes, juntando a história de M. Pinjon, o gigolô, que a duquesa achou *sympathique*, e disse ao rapaz

328   UPTON SINCLAIR

que gostaria de mandar um presente para aquele homem e como ele tocava
flauta, nada melhor do que uma nova e de boa qualidade.

O tempo corria e os dois homens de negócio não apareciam. Lanny não
queria aborrecer a dona da casa que naturalmente devia ter muitas outras
coisas a fazer fora o fato de entreter um moço que conhecera casualmente.
Disse-lhe, então, que estava habituado a ficar só, e ela ofereceu-se a levá-lo
para a biblioteca. Lanny já tinha visto muitas salas enormes com as paredes cobertas inteiramente por livros de luxo, os quais raramente eram
tocados, a não ser para a limpeza. Os livros do rei da munição, porém, estavam todos em estantes fechadas, e sobre a mesa havia revistas. A gentil
senhora afastou-se, e Lanny cismou que ela era por demais rica para pedir-
-lhe que fizesse outra visita. Também tudo isto talvez não fosse mais que
uma questão de negócios, conforme Robbie havia dito antes.

VIII

Finalmente, os dois terminaram a conferência; ambos gentis; como
sempre, nada deixando transparecer do que acontecera. Pai e filho desceram à rua, e Lanny indagou ansioso:

— Então, que aconteceu?

Robbie respondeu com um sorriso:

— Pensei que ele fosse chorar, mas não o fez totalmente.

— Por que havia de chorar?

O rapaz sabia que devia parecer ingênuo para que o pai contasse toda a
história.

— Ofendi os seus sentimentos ao sugerir que exigiríamos observadores
nas fábricas da Vickers para fiscalizar a sua produção das nossas patentes.

— E ele vai aceitar?

— Disse que seria uma questão muito séria admitir pessoas estranhas
numa fábrica de munições durante o tempo de guerra. Respondi que não
continuaríamos estranhos por muito tempo mais; que ele sabia os meios de
tornar-se conhecido rapidamente.

Robbie começou a rir; nada mais o divertia tanto do que uma batalha
sobre os direitos da propriedade, especialmente quando se está com todos
os trunfos na mão.

— Eles realmente necessitam das nossas patentes, e pode acreditar-me
que não vão recebê-las sem pagar.

O FIM DO MUNDO   329

— E por que não? — perguntou Lanny.

— O velho, porém, pensava impingir-me uma porção de razões. Mostrou-se horrorizado com a proposta do pagamento de interesses que eu lhe fiz; disse que pensava que os Estados Unidos desejavam auxiliar os Aliados, e não sangrá-los até à morte, ou levá-los à bancarrota. Respondi que nunca tinha tido notícias de qualquer bancarrota entre as cento e oitenta companhias da Vickers na Inglaterra ou entre as duzentas e sessenta de outros países. Ele alegou ter diminuído consideravelmente os preços, como dever patriótico, aos governos francês e inglês. Por meu lado, respondi que se sabia em toda parte que as suas empresas estavam percebendo o lucro permitido pela lei inglesa, que é vinte por cento. Você compreende que essa não era uma conversa que uma duquesa pudesse ouvir. E ela foi gentil com você?

— Muito; gostei dela.

— Naturalmente — disse o pai. — Porém, não se pode gostar senão dentro de um certo limite, em se tratando da companheira de um lobo.

Lanny reparou que seu pai de modo algum e sob qualquer circunstância viria a gostar de Basil Zaharoff. Disse-o a Robbie, e este explicou que um lobo não fazia questão que alguém gostasse dele; o que queria era comer, e quando era necessário dividir com outros a comida precisava-se aguilhoá-lo com um ferrão.

— Pagamos o nosso bom dinheiro americano financiando invenções e aperfeiçoando máquinas complicadas. Não vamos ceder esses segredos a Zaharoff nem mesmo em troca de um convite para chá e dum sorriso da duquesa. Pretendemos participar dos lucros, pagos à vista, e eu fui enviado aqui para dizer-lhe isto e mostrar-lhe o contrato engendrado astutamente por nossos advogados. Falei a ele sobre isto com muita polidez, porém, claramente.

— E que resolveram vocês?

— Entreguei-lhe os contratos e ele vai estudá-los hoje à noite. Amanhã cedo vou encontrar-me com o seu factótum francês, M. Pietri, e ele vai discutir, argumentar, pedir a mudança deste ou daquele item, e eu serei obrigado a dizer-lhe francamente que deve ser aceito como está, ou então que os Aliados continuem com metralhadoras inferiores.

— E eles o farão, Robbie?

— Fique junto a mim durante uns dias, meu filho, e aprenda como se maneja questões delicadas com negociantes e industriais. Se não aceitam os meus contratos, eu conheço uma meia dúzia de jornalistas em Paris e Londres, que, em troca de uma recompensa satisfatória, escreverão com todo o prazer sobre o assunto. Sei também quais os meios a empregar para que os méritos dos produtos Budd sejam discutidos no Parlamento por um membro digno e reto, que jamais aceitaria um suborno, mas que tentará, no entanto, proteger o seu país contra a voracidade dos magnatas da indústria de armamentos e o burocratismo do Ministério da Guerra.

IX

, O próximo encontro de Robbie seria com Bub Smith, o ex-caubói de nariz quebrado, que já anteriormente tinha ido duas ou três vezes a Juan para demonstrar a superior qualidade das pistolas Budd diante do capitão Bragescu e outros. Bub deixara seu emprego em Paris para trabalhar com Robbie, e fizera várias viagens à América, apesar dos submarinos. Fora ele quem trouxera as cartas de Lanny para a França.

Robbie contou ao filho que Bub provara ser eficientíssimo em trabalhos confidenciais, e que ia ser ele o encarregado da fiscalização do emprego das patentes Budd.

— Zaharoff naturalmente é um homem muito honrado — disse Robbie com um sorriso. — Mas há sempre a possibilidade de trapaça por parte de algum dos homens que dirigem as suas fábricas. Bub deverá vigiar as fábricas francesas para mim.

— Pode um só homem vigiar todos os outros?

— Quero dizer que ele será empregado na observação dos fiscais.

Robbie continuou a explicar que não era possível levar uma indústria para a frente sem auxiliares; e sempre havia alguns destes que, em troca de uma boa gorjeta, trariam informações confidenciais. Bub ia organizar um sistema, de modo a estar a par de tudo o que se passasse dentro das fábricas de munição.

— Não é uma situação meio perigosa? Quero dizer: as autoridades não podem tomá-lo por espião?

— O homem terá consigo uma carta minha e a embaixada americana sempre o identificará, caso seja necessário.

— E os grandes fabricantes de munição não vão descobrir o verdadeiro encargo dele?

O FIM DO MUNDO   331

— Certamente. Todos sabem que somos obrigados a mandar vigiá-los.

— E isso não vai ofender os seus sentimentos?

— Os nossos negócios não admitem sentimentos, mas sim, dinheiro! — disse Robbie, em tom de brincadeira.

18

LONGE DE TUDO ISTO

I

LANNY FOI CHAMADO AO TELEFONE, NO CRILLON. ATENDEU E SOLTOU um grito de alegria.

— Onde está? Que maravilha! Venha imediatamente! — Desligou o aparelho e voltou-se para o pai: — É Rick! Conseguiu uma licença!

No fim de algum tempo, Lanny esperava o amigo à porta. Logo que este chegou, abraçou-o, afastando-se para examiná-lo.

— Você está ótimo, Rick!

O jovem oficial crescera e tinha agora o porte de um homem. O uniforme caqui trazia asas brancas bordadas no lado esquerdo, indicando que possuía o seu portador um certificado de aviador. Tinha a pele bronzeada e faces rosadas; os diversos voos não o haviam afetado. Usava os cabelos pretos cortados rentes, e com o boné de serviço, completava a figura de um bonito rapaz. Sentiram-se ambos felizes com este encontro. Iam percorrer Paris juntos, e Paris era o mundo!

— Mas, Rick, como conseguiu esta licença?

— Fiz serviço extra e recompensaram-me desse modo.

— Quantos dias pode ficar?

— Só até amanhã de noite.

— E como é o serviço?

— Não é tão ruim como imaginava!

— Já travou alguma luta?

— Tenho certeza de que já abati dois aviões alemães.

— E não foi ferido?

— Sofri apenas um acidente: o avião virou na lama, mas felizmente nada de anormal aconteceu.

Lanny levou-o para o quarto e Robbie mostrou-se satisfeito em vê-lo; ofereceu bebidas e Rick aceitou. Todos bebiam na aviação e até demais, porque, como diziam, era o único meio para que pudessem continuar a trabalhar. Lanny bebeu soda e nada dizia; apenas ficou sentado, devorando com os olhos aquela figura galante. Estava orgulhoso do seu amigo, pensando que ele, Lanny, jamais faria algo tão excitante e maravilhoso. Robbie não lhe permitiria, porque desejava que ele permanecesse em casa para fazer a munição que outros homens deviam usar. Finalmente, porém, podia ouvir tudo a respeito da guerra. Fazia uma quantidade de perguntas e Rick respondia naturalmente, não falando muito a seu próprio respeito, mas sim sobre a companhia e o que estavam fazendo.

Naturalmente Rick sabia o que se passava no espírito do seu jovem amigo, e aquela adoração e aquela admiração sem dúvida o agradavam. Não dava, porém, sinal disto, aceitando-as como aceitava o seu próprio serviço.

Rick podia, agora, contar tudo aquilo que a censura não lhe permitia escrever. Estava junto ao Terceiro Exército do general Allenby, em frente de Vimy Ridge. Fazia parte do grupo de aviadores que serviam como observadores e usavam aviões de ataque. Possuíam rádio, aparelho fotográfico e voavam com o fito de observar as posições do inimigo. Os aviões de combate sempre escoltavam os de reconhecimento, a fim de protegê-los. Rick pilotava um monoplano, avião mais leve e de maior rapidez, pois a competição dos Fokkers obrigava os Aliados a usar desses aparelhos. Os dois adversários dispunham agora de aviões de "engrenagem interrompida", isto é, aparelhos em que a ação da metralhadora era sincronizada com a rotação da hélice, de modo que os projéteis não eram desviados do alvo. Não precisava mirar a arma, mas apenas direcionar o avião. A meta é chegar junto da cauda do inimigo. Observar dois aviões em combate, manobrando, arremetendo-se de um lado para outro, mergulhando, subindo, executando toda espécie de voltas, era fato que se podia fazer diariamente em Paris e Lanny sempre o tinha feito.

Rick contou-lhe ainda muitas outras coisas relativas à essa luta no ar. No setor onde ele voava era difícil distinguir as trincheiras, porque todo o solo era um caos de crateras de bombas. Voava com uma rapidez de noventa milhas por hora, numa altura de mil duzentos e cinquenta pés. Quando

O FIM DO MUNDO 333

descia subitamente desta altura, sentia dor de cabeça, dor de ouvidos e até dor de dentes, mas tudo isso passava no fim de duas ou três horas. A coisa mais curiosa era que se podia ouvir o zumbido da bala antes de atingir o alvo, e se o avião atacado se esquivava rápido, tornava-se possível escapar. Tudo isto era alguma coisa de inverossímil para Lanny; uma milha e meia por minuto, um quarto de milha acima da terra e brincar assim com balas!

II

A Inglaterra e a França preparavam-se para a grande ofensiva da primavera; todo mundo sabia onde ia ser, mas era uma questão de tato não mencionar o local. "Fique calado", dizia-se em todos os cantos das ruas de Paris, "ouvidos inimigos estão atentos." Rick disse que a ofensiva aérea não pararia nunca; os dois lados estavam lutando incessantemente pelo domínio do ar. Os ingleses conseguiam mantê-lo durante 1916; agora era uma questão local, variando de lugar em lugar e de semana em semana. Os Fokkers eram rápidos e a sua tripulação lutava como demônios. O problema dos ingleses era treinar aviadores em pequeno espaço de tempo, porque eles desapareciam depressa, antes que outros pudessem ser enviados para a frente de batalha. Rick calou-se depois de ter dito isto, porque era falta de tato revelar os fatos desanimadores da guerra. Às vezes, porém, mencionava alguma pessoa:

— Aubrey Valliance; lembra-se daquele rapaz de cabelos louros que nadou com você? Está desaparecido desde a última semana. Não voltou e não sabemos o que lhe aconteceu.

Lanny lembrou-se daquele rapaz de dezoito ou dezenove anos e de outros ainda mais novos, que mentiam em relação à idade, que se ofereciam como voluntários, passando por alguns testes visuais e de senso de equilíbrio, e que logo depois eram levados para um campo de treinamento a fim de ouvir rápidas preleções e subir algumas vezes com um instrutor para aprender os rudimentos e enfim subir sozinhos, praticar isso ou aquilo, talvez durante uma semana ou menos — trinta horas de voo e até apenas vinte — e afinal postos a caminho da França.

"Substitutos" é como eram chamados; uma meia dúzia ia chegar à noite num caminhão e ser apresentada aos seus companheiros; dificilmente tinha-se tempo para se lhes guardar os nomes. Eles liam o boletim e viam que já estavam designados para voar ao amanhecer. Iam tomar um drinque e diriam "muito bem, senhor", quando se achassem instalados no avião. As hélices começavam a girar e eles partiam, uns após outros. Talvez, que dos oito que partiam dois ou três não voltassem; ia-se esperá-los para ouvir as narrativas, esforçando-se por esconder o interesse, e depois de um certo tempo não valia a pena esperar mais pelos retardatários, pois o avião só tinha essência para um tempo determinado de voo. Se eles eram obrigados a descer em território inimigo, nunca se saberia se estavam ainda vivos; só no caso de se tratar de um combatente de valentia especial era que um aviador inimigo às vezes lançava sobre acampamento um pacote contendo a sua carteira e o seu boné.

— Você nunca tem medo? — perguntou Lanny, depois que Robbie saiu para o encontro com M. Pietri.

Rick hesitou.

— Creio que sim, mas não vale a pena pensar nisso. Temos que cumprir o dever e nada mais.

Lanny lembrava-se da mãe de Mrs. Emily Chattersworth, aquela senhora muito idosa que falava acerca da guerra civil americana. Numa das suas histórias, referira-se a um jovem oficial confederado, cujos joelhos tremiam durante uma batalha. Alguém o havia acusado de ter medo. "Naturalmente tenho medo", dissera o oficial, "e se o senhor tivesse apenas a metade do medo que eu sinto, já teria fugido há muito tempo."

Rick disse que era assim mesmo. Às vezes, quando um dos mais novos estava perdendo os nervos, era necessário animá-lo a se tranquilizar. A situação mais difícil era a dos oficiais que tinham de mandar esses rapazes para o combate, sabendo que não eram aptos; mas não havia escolha e eles precisavam continuar a lutar com os alemães. Aparentemente, também, estes tinham as mesmas dificuldades, pois o número de perdas era mais ou menos igual.

III

Os dois foram fazer um passeio pelos *boulevards*. Em Paris, durante a guerra, via-se toda espécie de uniformes que se podia imaginar e Rick apontava-os ao seu amigo; *tommies* ingleses em busca de diversão; australianos e homens da Nova Zelândia, altos, de chapéus de abas levantadas;

O FIM DO MUNDO

escoceses, a quem os alemães chamavam "senhoras do inferno", por causa das saias; italianos de uniformes verdes; zuavos franceses com seu uniforme especial; tropas coloniais da África que lutavam heroicamente, mas se sentiam desnorteadas numa grande cidade. Os *poilus* tinham um novo uniforme cinzento-azul, pois o quepe e as calças em vermelho eram um alvo muito berrante. Os dois almoçaram juntos — pão de guerra e porções muito pequenas de açúcar. O resto, porém, podia ser comprado se tivessem dinheiro. Era uma ocasião especial e Lanny desejava gastar tudo o que tinha. Gostava de ser visto em companhia daquele belo oficial e os seus impulsos pacifistas enfraqueceram quando postos diante de tal teste. Falava a respeito de Kurt, desejando que estivesse com eles em vez de estar do outro lado da terra de ninguém, ou talvez nos ares, lutando contra Rick!

— Sei que ele está no exército, mas não tenho ideia do serviço que faz — disse Lanny.

— Não nos iríamos compreender tão bem — retrucou o inglês. — Sempre pensei que a cultura alemã fosse apenas vento e blefes.

Rick continuou nesse tom durante algum tempo, dizendo que a reputação de Goethe era devido ao fato de que os alemães desejavam possuir um poeta mundial; Goethe, realmente, não era grande causa. Lanny ouvia calado, pensava que se Kurt estivesse ali diria que Shakespeare era um bárbaro ou algo semelhante. Ia levar muito tempo a se apagar a amargura desta guerra no coração dos homens. Se a América entrasse, que iria acontecer ao coração de Lanny?

Há um velho provérbio que diz: "Fale dos anjos e eles baterão as asas." Os dois amigos voltaram do passeio e Lanny encontrou uma carta com um selo suíço, vinda de Juan.

— Kurt! — exclamou ele, abrindo rapidamente o envelope e lendo em voz alta. — Ele foi ferido!

E começou:

"Querido Lanny. Passou muito tempo desde que escrevi a última carta. Estive extremamente ocupado e as circunstâncias não me permitiriam falar mais. Queira acreditar, porém, que a nossa amizade não vai findar, mesmo sabendo eu de certas novidades. Estou num hospital. Não é nada sério e espero ficar bom dentro em pouco. Talvez não seja possível continuar a lhe escrever. Portanto, estas linhas são apenas para animá-lo e externar as minhas esperanças de que nada o obrigue a interromper seus estudos musicais e a leitura dos grandes poetas do mundo. O seu sempre amigo, Kurt."

O envelope mostrava que havia sido aberto pela censura, e qualquer frase velada podia ser motivo para destruição de uma carta. Devia-se ler entre as linhas. As "novidades" eram as notícias da entrada da América na guerra, o que parecia certo, pois o presidente Wilson convocara uma sessão especial do Congresso. Kurt estava dizendo a Lanny que esperava não vê-lo tomar parte na luta contra a Alemanha.

— Não devemos odiá-lo, Rick — disse o americano.

O inglês respondeu:

— Os combatentes não se odeiam! Não! O que nós odiamos é aquela *Kultur* que produziu todas estas atrocidades e também os governos que a impuseram ao povo crédulo.

Lanny podia aceitar este ponto de vista; também o poderia Kurt? Era este, justamente, o problema.

IV

Robbie estava ocupado em conferências com os representantes de uma meia dúzia das maiores fábricas de armamentos, mas ainda encontrava tempo de ir com os dois rapazes à exposição no Petit Palais. Era uma questão de amor-próprio para os franceses não interromper a evolução dos gênios nem mesmo numa guerra mundial; os amadores da arte viriam ver o que havia de novo, em cultura e gosto, mesmo que as bombas caíssem do céu. Os pintores mais moços da França desenhavam esboços da guerra, embora a maioria estivesse nas fileiras. Os mais velhos continuavam seu trabalho como Arquimedes que fazia descobertas científicas durante o sítio de Siracusa.

Quadros de batalhas sempre foram encontrados em todo salão. Os pintores gostavam de desenhar conflitos; cavalos pisando homens, sabres brilhando, espingardas atirando. Agora, havia uma nova espécie de guerra. Dificilmente compreensível. Durante muito tempo era travada à distância e com grandes máquinas — e como se devia dramatizá-las? Como se devia fazer o quadro de um avião, de uma metralhadora, sem que parecesse uma fotografia de revista? Um general a cavalo era uma figura histórica da glória; mas o que se podia fazer com um homem num tanque ou num submarino?

O FIM DO MUNDO   337

A resposta de Marcel Detaze à esta modificação de motivos, fora mergulhar na solidão e pintar a figura de uma mulher abatida pela tristeza. Se os homens foram mutilados por sabres ou *shrapnels*, pouca diferença fazia para as mulheres da França. Assim pensava esse jovem pintor e, aparentemente, os amadores da arte concordavam com ele. *Irmã de Caridade* fora posto numa sala esplêndida, numa posição artística, e sempre havia pessoas paradas diante da tela; as suas fisionomias mostravam que Marcel lhes havia tocado num ponto sensível da alma. Lanny ouviu os seus comentários e sentiu-se excitado. Mesmo Robbie estava comovido. Sim, o rapaz tinha talento, não se precisava ser um conhecedor para ter a certeza disso.

Que pena Beauty não poder estar presente para partilhar dessa sensação! Levaria amigas e amigos e ficaria escutando o que dizia a multidão; então, de repente, alguém a notaria e, em seguida, olhando do quadro para ela e novamente para o quadro faria, excitado, uma pequena reverência, enquanto o sangue apareceria nas faces de Beauty e até mesmo à testa. Este seria um dos grandes momentos da sua vida! Podia chamar-se a isso vaidade, mas ela era assim; as "belezas profissionais" eram artistas amadores, representando num palco com o auxílio de jornais e revistas ilustradas.

— Vou mandar-lhe uma passagem e dizer-lhe que venha — disse Robbie que sempre se divertia com as fraquezas de Beauty. — Lembra-se, Lanny, do que Beauty lhe contou, certa vez, sobre um quadro que muito aborreceu a meu pai?

— Sim, isso é uma das coisas que jamais esquecerei, pelo menos nessa encarnação! — respondeu Lanny.

Robbie continuou:

— Gostaria você de vê-lo?

O rapaz hesitou. A ideia lhe parecia de mau gosto, principalmente por estar na presença de Rick. E disse a si mesmo, que era uma atitude antiquada, indigna de um conhecedor de arte. Certamente Rick sentiria do mesmo modo. Portanto, Lanny respondeu:

— Naturalmente gostaria!...

— Disseram-me onde estava. Se foi vendido, talvez possamos descobrir para onde foi.

Robbie disse o nome de um dos negociantes de objetos de arte na Rue de la Paix, dizendo-lhe que perguntasse pela *Dama do véu azul*, de Oscar Deroulé.

— Não precisa dizer que sabe alguma coisa a respeito do quadro — continuou o pai.

Os dois rapazes dirigiram-se para a loja indicada. Lanny tinha que dar certas explicações, porque Rick, naturalmente, reconheceria o modelo. Lanny não podia dizer que era um filho ilegítimo e que esse quadro era o culpado de tudo. Seria demais, mesmo para os conhecedores da arte, a exibição de sangue tão frio! Então, ele disse:

— Minha mãe posou para alguns pintores quando era moça, e suponho que meu pai já me acha em idade de conhecer esses detalhes de sua vida.

— Certamente não pode censurar os pintores por isto — foi a resposta consoladora de Rick.

V

O negociante de quadros, discreto e silencioso, nada achava de extraordinário no fato de que dois cavalheiros desejassem ver a *Dama do véu azul*, de Oscar Deroulé. Era sua tarefa mostrar quadros; um empregado foi buscá-lo, colocando-o sobre um cavalete, para que os dois pudessem admirá-lo. Foi, então, atender a outro freguês. Assim, os dois estavam sós e não precisavam reprimir os seus sentimentos.

— Ó meu Deus!... — exclamou Rick. E o coração de Lanny bateu desordenadamente.

Lá estava Mabel Blackless, como tinha sido naqueles dias, apenas amadurecida para a feminilidade, uma criatura de tal beleza e de tal encanto, que os homens perdiam até o controle dos seus sentimentos. O artista que a pintara fora um amante da carne e tinha explorado toda a sua doçura; os cremes, brancos e rosas, o tecido aveludado, as curvas macias, a mudança delicada dos sombreados! Beauty estava sentada num sofá, forrado com um pano de seda, apoiando-se-lhe num braço. Um tênue véu azul passava-lhe pelas coxas e seus cabelos caíam sobre um dos ombros, escondendo-lhe um seio; banhava-lhe a luz do sol, e os finos cordões brilhavam como ouro — coisa nada fácil para um pintor.

A época era moderna e quando uma mulher ia nadar em Juan, usava roupas de banho tão leves, que, molhadas, ficavam coladas ao corpo. Por isso, realmente, pouca coisa existia naquele nu que Lanny ainda não conhecesse. Uma delas, porém, nunca tinha visto: eram os bicos dos seios de um

O FIM DO MUNDO

rosa tão delicado, tão sensual; não podia deixar de pensar, então, que fora por eles alimentado, e pensava também: "Que coisa estranha é a vida!", e ainda tinha uma ideia mais desnorteadora: aquilo era a causa do seu acidente ou do seu nascimento. Se isso não tivesse acontecido, onde estaria agora?

Olhou para a data no canto da pintura, 1899, e certificou-se de que tinha sido feita antes da vinda de Robbie à Europa, quando iniciara a sua viagem estranha e aventurosa até o presente. Agora, pela mágica da arte, o filho podia olhar o passado; mágica nenhuma, porém, torná-lo-ia capaz de olhar para o futuro, para saber o que ia fazer com sua própria força de criar vidas. Existiriam também almas de crianças esperando, no oculto, que ele decidisse afinal se deviam viver ou não?

Rick percebeu como Lanny estava profundamente comovido; o sangue tinha subido ao seu rosto, tal qual no momento em que vira o outro quadro de Beauty; e o amigo tentava tranquilizá-lo discutindo o trabalho sob o ponto de vista técnico. Finalmente, permitiu-se a observar:

— Se o quadro me pertencesse, creio que jamais me casaria.

— Acho que devo possuir esta tela — respondeu Lanny, lembrando-se do desejo do pai de comprar-lhe alguma coisa.

Quando o negociante voltou, ele perguntou:

— Qual é o preço desta pintura?

O homem olhou para ele e fingiu olhar depois para as costas do quadro. O artista não era conhecido e o preço seria três mil e duzentos francos ou seiscentos e quarenta dólares.

— Vou comprá-lo — disse Lanny — Dar-lhe-ei uma entrada de duzentos francos e, se o senhor enviar o quadro hoje à noite para o hotel Crillon, receberá o resto.

O negociante percebeu, então, que devia ter feito um preço maior, mas era tarde demais.

Quando Lanny contou ao pai o que tinha feito, este se divertiu muito.

— Quer você levá-lo para a América?

Agora era a vez de Lanny sorrir.

— Pensei que Beauty e eu devíamos possuí-lo. Vou mandar para ela a fim de guardá-lo junto aos trabalhos de Marcel.

— É um presente curioso — disse Robbie. — Mas, se você quiser, o.k. Há uma meia dúzia de pinturas de Beauty espalhadas no mundo, e você deve

340 UPTON SINCLAIR

procurá-las. — Em seguida, Robbie, matreiro comerciante, ponderou: — Vai comprar opções por dois anos, pois desse modo terá uma grande surpresa, o franco foi sustentado artificialmente, mas não durará muito depois da guerra!

VI

As palestras entre os dois amigos se sucediam e, por fim, falaram a respeito do amor. Lanny contou sua aventura com Rosemary, sucedida quase há um ano atrás.

Não tinha direito de dizer até onde haviam chegado, mas descobriu que Rosemary contara tudo à irmã de Rick e que esta, por sua vez, tinha falado com este. Esses jovens tinham poucos segredos; a sua "emancipação" tomava a forma de uma conversa volumosa e era uma espécie de "esclarecimento", para empregar as palavras mais claras.

Quando Lanny disse que não tinha sido capaz de interessar-se por qualquer outra, Rick falou que era má sorte, pois tinha aspirado alto demais.

— Quero dizer — continuou ele apressadamente — sob o ponto de vista inglês. A sua família ainda tem pensamentos muito antigos. Naturalmente tudo isso é tolice; e quem sabe se não acabaremos com essas ideias antes do fim da guerra!

Lanny contou o que seu pai havia dito a Zaharoff, isto é, que talvez acabasse tudo como na Rússia; e Rick respondeu, no seu modo livre e fácil, que então buscaria a sua oportunidade, dentro da nova ordem das coisas. Informou que a família Codwilliger estava planejando o casamento de Rosemary com o neto mais velho do velhíssimo Earl of Sandhaven; o neto era o futuro herdeiro, já que seu pai fora morto na batalha de Galípoli, onde o pai de Rosemary tinha sido ferido. Lanny podia ver como era inútil para ele, ter esperança, isto é, naturalmente sob o ponto de vista inglês. Mas não lhe seria difícil a impressão de que devia sentir-se muito honrado por ter tido a futura mãe de um Earl como amante temporária.

Depois foi a vez de Rick abrir o coração.

— Já tentei dizer-lhe há muito tempo, Lanny, que estou casado.

— O quê?! — exclamou o outro, admiradíssimo.

— Aconteceu numa noite antes de partir para a França... É uma história comprida; quer ouvi-la?

O FIM DO MUNDO   341

— Naturalmente!

— Viera alistar-me na Royal Air Force, e em casa de um dos meus amigos tinha encontrado uma moça de minha idade, estudante num colégio, perto do meu campo de treino. Sempre nos encontrávamos quando eu tinha tempo. Falávamos sobre amor, e eu lhe contei que nunca tivera uma pequena. Naturalmente todos os rapazes desejam ter uma, antes de ir para a frente e as moças também, ao que parece. Ela disse que experimentaria comigo e fomos ambos, muito felizes.

— E então? — interrompeu Lanny, ansioso.

— Eu sabia que viria para a França dentro de uma semana ou mais; e Nina (o seu nome é Nina Putney) contou-me que desejava ter um bebê. Talvez eu não voltasse, pois muitos aviadores não regressavam do seu primeiro voo.

— Eu sei — disse Lanny.

— Perguntei-lhe então: "Como vai você arranjar-se sozinha?", e ela respondeu: "Eu sei o que quero. Posso cuidar dele de qualquer modo." Ela tem uma irmã que a aceitaria, e você sabe que não se dá muita importância à ilegitimidade, durante o tempo da guerra; há esta desculpa.

Lanny ficou embasbacado com estas últimas palavras de Rick. O amigo, então, continuou:

— Ela disse que desejava ter alguma coisa com que se lembrasse de mim. Eu não podia dizer não, está claro.

— E ela vai ter uma criança? — perguntou Lanny, entusiasmado. — Você casou com ela antes?

— Julguei que devia contar tudo a meu pai; se ele havia de ter um neto, queria ter a certeza disso, foi o que ele me respondeu. Procurou a família e viu que tudo estava certo, quero dizer, o que ele chama "certo"... Portanto, achou que devíamos nos casar. Arranjamos uma licença especial e realizamos a cerimônia, à noite, antes que eu viesse para a França.

— Ó, Rick, que história! Acha você que será feliz com essa moça?

— Suponho que temos tantas possibilidades como a maioria dos casais. Nina diz que jamais há de me segurar. Jura que nunca pensou em me prender e, se eu disser que está prendendo, ela me abandonará imediatamente. — O jovem oficial mostrava um sorriso forçado.

— Você é, certamente, algo fora do comum, não é verdade, Rick? Quero dizer, sob o ponto de vista inglês!

Rick podia falar a respeito da posição social da família Codwilliger, mas não da família Pomeroy-Nielson.

— Papai diz que perderemos The Reaches, se eles continuam a aumentar os impostos de guerra, e quanto vale um barão, se tem de viver num apartamento?

VII

Naturalmente Lanny estava muito excitado. Queria saber tudo que dissesse respeito a Nina e qual era o seu aspecto. Rick tinha uma pequena fotografia que mostrava uma moça magra, parecida com um pássaro, de expressão viva. Lanny a admirou, e Rick ficou satisfeito. Lanny indagou sobre o que ela estava estudando, sobre sua família. O pai era advogado, porém sem grande êxito; ela era uma daquelas mulheres novas, com vida própria, mantendo os seus próprios nomes etc. Não era daquelas que prendiam os homens com habilidade.

Lanny disse que dentro de poucos dias iria a Londres, e queria conhecê-la.

— Naturalmente! — assentou o amigo.

— Poderia dar-lhe um presente, não acha? Gostaria ela de um quadro? Poderíamos escolhê-lo.

— Você faria melhor esperando um pouco — respondeu Rick, sorrindo. — Espere pelo que pode me acontecer. Se eu morrer, seria melhor que você lhe desse uma caminha para o bebê.

— Darei as duas coisas! — Lanny lembrou-se logo de que o pai era riquíssimo.

— Nada de histórias de mil e uma noites! — disse Rick. — Compre um livro que possa distraí-la e escreva uma dedicatória, para que ela possa lembrar-se quando você se casar com uma princesa do petróleo em Connecticut.

— Não há nenhum petróleo em Connecticut, Rick.

— Então há noz moscada. Seu pai disse que o seu estado é chamado o "estado das nozes". Nesta guerra vão aparecer muitas novas princesas. Certamente sentir-se-ão aborrecidas e ficarão doidas por você, porque fala francês, dança e tem cultura; vai ser classificado na mesma fileira que um marquês ou um grão-duque russo em exílio.

Lanny divertiu-se com o retrato que o amigo lhe pintava da sua própria pessoa e teve vontade de dizer: "Descobrirão que sou um bastardo", entretanto, seus lábios ficaram selados.

O FIM DO MUNDO   343

Mais um meio dia, uma noite e um outro dia; nunca trinta horas voaram com tanta rapidez! Foram à Comédie Française; cearam à meia-noite e Robbie mandou vir uma garrafa de vinho especial. Passearam nos *boulevards* pela manhã, quando as ruas estavam brilhando ao sol, observando a multidão ou olhando os objetos expostos nas vitrines. Lanny comprou muito chocolate, e era a única coisa que Rick aceitava, pois dizia que os seus colegas na companhia iriam apreciá-lo. Tomaram um dos velhos carros abertos, puxado a cavalo, e passearam pelo Bois e ruas principais, olhando os edifícios históricos e lembrando-se de todos os acontecimentos que tinham aprendido nos livros. Rick sabia um pouco a respeito de tudo; tinha a sua antiga segurança, seus modos mundanos, que tanto impressionavam o amigo mais moço.

Robbie voltou para o hotel de bom humor, porque o factótum de Zaharoff tinha cedido; as outras companhias também faziam o mesmo e ele estava colecionando assinaturas de todas essas firmas. Lanny pediu-lhe que não se expandisse demais enquanto Rick estivesse presente.

— Você compreende por que; ele oferece a vida, enquanto nós ganhamos dinheiro.

— Está bem — disse o pai com um sorriso. — Vou comportar-me um pouco melhor; mas pode dizer a Rick, que se o pai dele quiser vender The Reaches, você deseja comprá-lo.

Não valia a pena pedir a Robbie que lamentasse a aristocracia inglesa. Ela tinha tido a sua chance, e agora os comerciantes americanos procuravam a sua.

Pouco antes da partida, Robbie mandou entregar um grande embrulho no quarto de Rick, com a recomendação de que não o abrisse até que estivesse no campo. Disse a Lanny que eram cigarros; o filho do barão seria abençoado por toda a companhia durante algum tempo. Robbie apertou-lhe a mão, dizendo no seu modo inglês:

— *Cheerio.*

Lanny partiu para a estação com lágrimas nos olhos; não podia evitá-las. Teria sido desagradável para Rick se chorasse também, mas o inglês falou apenas:

— Obrigado por tudo, meu caro. Você sempre foi camarada! Agora, cuide de si e esteja atento com os submarinos!

344 UPTON SINCLAIR

— Mande-me, de vez em quando, um cartão-postal — insistiu Lanny. — Você sabe como é; se não receber notícias suas, ficarei preocupado.

— Não faça isso — disse Rick. — Sempre acontece o que deve acontecer.

Era o máximo que um homem moderno podia dizer para aproximar-se de um pensamento filosófico...

— Está bem. Cuidado com os Fokkers e pegue-os primeiro!

— Perfeitamente!

E ouviu-se o apito. Rick saltou no carro justamente em tempo de manter sua atitude viril. As lágrimas de Lanny continuaram correndo.

— Adeus, Rick, até à vista!

Sua voz desaparecia numa espécie de choro, enquanto o trem se movimentava, e a face de Erick Vivian Pomeroy-Nielson desaparecia, talvez para sempre. Era isso o que havia de horrível na guerra; nunca se podia separar de alguém sem o pensamento de que "provavelmente nunca mais o veria"!

VIII

O rapaz continuou a falar sobre ideias tristes até que o pai se mostrou preocupado.

— Saiba, meu filho, que não se deve ser muito sentimental neste mundo. É doloroso pensar nas pessoas que vão morrer e eu não sei de nenhuma explicação para isto, a não ser que talvez consideramos a vida humana como uma coisa de excessivo valor; queremos fazer dela mais do que a natureza permite. Isto é certo, você é sensitivo demais, o que virá prejudicar à sua própria felicidade e talvez mesmo à sua saúde; e então, que valerá você para si mesmo e para os outros?

A esta explanação, o rapaz não podia deixar de fazer sérias reflexões. Para que, então, praticar a arte, compreendê-la, amá-la, se não se devia sentir demais? Manifestamente o fim da arte era acordar sentimentos: Beauty, porém, dissera que se devia adormecê-los ou pô-los sempre num esconderijo. Faça para si mesmo uma casca como o faz a tartaruga, para que o mundo não possa ter oportunidade de fazê-lo sofrer!

Lanny expôs estes pensamentos em voz alta, e o pai retrucou:

— Talvez o tempo que corre não seja favorável à arte. Ao estudar história, compreendi que estes períodos são frequentes e duram muito tempo.

O FIM DO MUNDO   345

Portanto, você deve armar-se de qualquer modo; a não ser, naturalmente, que queira ser um mártir e morrer na cruz, ou coisa semelhante. Isto dá um bom melodrama, uma grande tragédia, mas é bastante desconfortável quando sucede com a gente.

Lanny encaminhou-se ao quarto a fim de preparar as malas para ir à Inglaterra, e Robbie seguiu-o.

— Sente-se, e deixe-me dizer-lhe alguma coisa do que vi hoje.

O pai diminuiu a voz, como se pensasse que alguém pudesse estar escondido no quarto. "Os ouvidos inimigos estão atentos"!

— Rick vai lutar contra os Fokkers alemães e você vai sofrer, pois talvez perca a vida. Disse-me ele que os aparelhos alemães são rápidos e leves, e que isto muito auxilia ao inimigo, enquanto se torna fatal para os ingleses. Sabe você por que são tão leves e rápidos?

— Disse Rick que estão usando alumínio.

— Exatamente; e onde conseguem os alemães este material? Como é feito?

— É feito de bauxita, segundo me disseram.

— Tem a Alemanha esse material?

— Não sei, Robbie.

— Poucas pessoas sabem coisas como estas; não são ensinadas nas escolas. A Alemanha tem muito pouco e precisa muito, pagando preços elevadíssimos. Sabe quem tem?

— Sei que a França tem muito, porque Eddy Patterson levou-me a um lugar onde existem minas.

Lanny lembrou-se duma excursão à cidade de Brignolles, afastada da costa; o mineral avermelhado era tirado de túneis, numa montanha, e levado para o vale em grandes baldes de aço. A presença de Lanny e seu amigo tinha sido permitida ao lugar e observaram como a matéria era embarcada em grandes carros de carga. Tinha sido a primeira vez que Lanny via uma grande indústria, além da de perfumes, em Grasse, onde as mulheres ficavam sentadas, cobertas por milhões de pétalas de rosas, em meio de um cheiro tão ativo, que bastava um pouco do mesmo para dar-lhe dor de cabeça.

Robbie continuou o seu relatório:

— Para transformar a bauxita em alumínio precisa-se de força elétrica. Estas filas de carros de carga que você viu são levadas para a Suíça, que dis-

346 UPTON SINCLAIR

põe de força barata, obtida com as inúmeras quedas d'água das suas montanhas. Aí fabricava-se o alumínio, que então vai... Pode adivinhar para onde?

— Para a Alemanha?

— Vai para os países que pagam preços mais elevados, e a Alemanha está, atualmente, pagando melhor. Portanto, se o seu amigo for alcançado por um avião mais rápido, você saberá a razão. Também compreenderá porque insisto em repetir que você não deve ser sentimental nesta guerra.

— Mas, Robbie... — a voz de Lanny levantou-se com excitação. — Alguma coisa devia ser feita em relação a essa orientação tão horrorosa!

— Quem é que vai fazê-lo?

— Mas isso é traição!

— É negócio.

— Quais são as pessoas que estão fazendo isso?

— Uma grande empresa com muitos acionistas; as ações estão na bolsa e todo mundo que tiver dinheiro pode comprá-las. Se você olhar os nomes da diretoria, encontrará nomes familiares, isto é, se você souber observar. Quando você vir o nome Lord Bobby, pensará em Zaharoff; se vir Due de Pumpkin, pensará em Schneider, ou talvez em de Wendel; se ler Isaac Steinberg, troque-o por Rotschild. Eles têm seus diretores em centenas de companhias diferentes, formando uma grande rede: aço, petróleo, carvão, artigos químicos, transporte e, acima de tudo, os bancos. Quando você ler nomes como estes, será mais fácil bater a cabeça contra uma parede de pedra do que tentar fazê-los parar, ou mesmo descobri-los ao público, pois também possuem os jornais.

— Mas, Robbie, não haverá nenhuma diferença para estes homens se a Alemanha conquistar a França?

— Estão construindo grandes indústrias e vão continuar a mantê-las, pois qualquer governo que vier precisará de dinheiro e fará combinações com estes reis da indústria; os negócios continuarão como sempre. É como um compressor. E eu lhe digo, meu filho, que a única coisa importante é: estar em cima do compressor e não por baixo do mesmo.

IX

Os ingleses e franceses delinearam uma passagem estreita através do Canal, vigiando-a dia e noite. Todo passageiro era obrigado a estar atento

O FIM DO MUNDO   347

para o caso de perigo. Era proibido acender qualquer luz e somente pela vibração sentia-se o movimento do navio. Ia-se dormir e se se tivesse sorte, estaria na Inglaterra na manhã seguinte.

Londres em tempo de guerra era cheia de ruídos, mas não demonstrava medo. "Nunca pronuncie a palavra morrer!", era o lema. A Inglaterra seguiria a regra usual de perder todas as batalhas, menos a última. Teatros e cinemas continuavam repletos, como em tempo de paz. Todos trabalhavam, sendo que muitos, pela primeira vez na vida; os habitantes dos *slums* tinham apenas o suficiente para comer.

Robbie havia marcado encontros com homens importantes, porém Lanny não precisava auxiliá-lo, já que não era mais permitido enviar cabogramas em código.

Assim, Lanny tinha o tempo inteiramente vago, e a primeira coisa que fez foi procurar encontrar-se com duas jovens. A primeira, naturalmente, era Rosemary. A jovem conseguira realizar o seu desejo e estava trabalhando como enfermeira. Servia num grande hospital, e seu tempo de labor era longo. Licença era coisa muito difícil, mas, quando se é neta de um Earl, sempre se arranja tudo na Inglaterra, mesmo em tempo de guerra.

Lanny foi encontrá-la ao pôr do sol, na esperança de vê-la de uniforme branco. Ela, porém, trazia um vestido de *chiffon* azul e um pequeno chapéu de palha. A visão da moça fez o rapaz corar de alegria. Como podia ser bela a vida, apesar da morte estar dominando o mundo?!

Passearam num parque próximo, e ela esforçava-se para ser fria como sempre. Porém, existia algo entre ela e este jovem americano que não era fácil controlar. Estavam sentados num banco, e Lanny, olhando-a, percebia que ela receava encontrar os seus olhos e que os seus finos lábios tremiam.

— Você sentiu um pouco a minha falta, não, Rosemary?

— Mais do que um pouco.

— Não fui capaz de pensar em outra coisa diferente.

— Não falemos a este respeito, Lanny.

Assim, ele relatou o encontro com Rick e falou da próxima viagem para a América e os motivos da mesma.

— Meu pai diz que vamos entrar na guerra, na certa. O Congresso está reunido e as discussões têm sido violentas; talvez que a declaração de guerra esteja sendo votada agora.

— Antes tarde do que nunca — respondeu Rosemary. — Os ingleses estão se impacientando com as eternas cartas do presidente Wilson.

— Não deve zangar comigo por este motivo — disse ele. — Mas se entrarmos na guerra as coisas mudarão rapidamente.

Ele esperava uma oportunidade razoável e perguntou com um sorriso:

— Se entrarmos, Rosemary, isto alterará o modo pelo qual você e os seus pensam a nosso respeito?

— Tudo isto é tão complicado... Vamos falar de coisas mais agradáveis!

— A coisa mais agradável que sei é ficar sentado num banco, na penumbra, fitando os olhos da minha querida. Diga-me: você amou algum outro rapaz nesses onze meses?

— Vi centenas de homens, Lanny, e procurei ajudar os nossos pobres rapazes a voltar à vida, ou a perdê-la de um modo mais suave.

— Eu sei, querida. Vivi numa casa em companhia de um ferido de guerra durante esses dois últimos anos. Porém, não é possível trabalhar sempre; às vezes é necessário divertir-se um pouco.

Lanny não conhecia a Inglaterra muito bem. Sabia que a gente mais modesta sentava-se pelos parques; porém, não sabia qual o grau de escuridão mais propício para que um membro da nobreza permitisse a um jovem segurar a sua mão e enlaçar o seu corpo. Insinuou-se gentilmente, e ela não o repeliu. Sentavam-se cada vez: mais perto um do outro, e o antigo enleio voltou. Permaneceram talvez uma hora assim, e Lanny perguntou por fim:

— Não podemos ir a qualquer parte, Rosemary?

Robbie lhe tinha dado instruções: "Leve-a a um hotel barato; aí não fazem perguntas." Robbie era prático nos assuntos do sexo, tão bem como nos demais. Dizia ele haver três coisas que um moço jamais deve esquecer: em primeiro lugar não deixar nenhuma moça em dificuldades; depois, não se interessar por mulher casada, a não ser no caso de se ter certeza de que o marido não fazia objeções; e por último, evitar doença. Quando Lanny tranquilizou-o sobre estes pontos, dissera: "Se você não aparecer esta noite, não preciso preocupar-me, então!"

X

Lanny e Rosemary puseram-se a caminhar e quando depararam, com um local onde certamente não encontrariam nenhum dos seus amigos elegantes, entraram. Ele se registrou como Mr. and Mrs. Brown, pagou adiantadamente e ninguém lhe fez perguntas. Quando se abraçaram, com

O FIM DO MUNDO

349

profunda alegria, esqueceram o meio sórdido que os cercava, esqueceram-
-se de tudo, a não ser que o tempo era curto. Lanny ia partir para enfrentar
os submarinos no mar aberto, e Rosemary ia para a França, onde as bombas ruidosas não se preocupam com uma cruz vermelha usada no braço de
uma mulher.

"Colha as rosas enquanto puder" era um velho provérbio alemão e inglês;
a única coisa em que aparentemente as duas nações podiam concordar. Em
numerosos hotéis baratos de Berlim, como de Londres, este lema era seguido; e os costumes do tempo de guerra não eram diferentes em Paris — se
se podia aceitar o dito de Napoleão Bonaparte que, no campo de batalha de
Eylau, observando à multidão de mortos, dissera: "Uma só noite de Paris
vai remediar tudo isto!"

A felicidade dos dois era sublime, e coisa alguma no mundo exterior
podia perturbá-la; nem mesmo os ruídos fortes da cidade, que estavam ouvindo. Lanny brincava e disse:

— Espero que a polícia de costumes não nos esteja perseguindo.

A moça explicou que eram avisos contra-ataques aéreos, e permaneceram imóveis, quietos na escuridão, ouvindo. Naquele momento, deu-se uma
explosão forte e bem perto.

— Canhões antiaéreos — disse Rosemary. Ela conhecia todos os ruídos
inventados pela guerra. — Não há muito perigo; os tolos imaginam que podem fazer-nos medo, destruindo uma casa aqui, outra acolá, ou matando
algumas pessoas nas suas camas.

— Creio que são aviões! — falou o rapaz.

— Vem da Bélgica ocupada. Os zepelins já não vêm mais.

Ouviu-se um assobio mais alto e subitamente quebrou-se uma das vi-
draças do quarto Rosemary prontamente explicou:

— Um *shrapnel*! Não há muito perigo, a resistência os detém.

— Você sabe tudo a este respeito! — falou Lanny, sorrindo.

— Naturalmente; auxilio no tratamento de feridos. Certamente amanhã
cedo vai haver casos novos.

— Mas nenhum hoje à noite, assim espero.

— Beije-me, Lanny! Se temos de morrer que seja assim.

O ruído sumia-se aos poucos e eles dormiram até o amanhecer. Lanny
encontrou um fragmento de bomba junto à janela quebrada e disse:

— Vou guardá-lo como lembrança, a não ser que você o queira.

350   UPTON SINCLAIR

— Temos muitos — respondeu Rosemary.

— Talvez seja dos Budd — Ele naturalmente sabia que os ingleses estavam usando *shrapnels* Budd. — Vou ver se meu pai pode identificá-lo.

— Eles recolhem os pedaços para usá-los novamente — explicou Rosemary.

Ao despedir-se de Lanny, a moça pediu que lhe avisasse o dia da sua partida. Não sabia se poderia conseguir outra noite de folga, mas ia tentar. Saíram para a rua e ouviram os jornaleiros gritando: "A América entrou na guerra." A América entrara. Entrara enquanto o filho da Budd Gunmakers Corporation estava colhendo rosas com a neta de Lord Dewthorpe. O Senado dos Estados Unidos votara uma declaração de guerra entre aquele país e a Alemanha.

XI

O tempo era agradável para se estar em Londres. Festa nas ruas, e o inglês, geralmente tão reservado, procurava os americanos para abraçá-los. Lanny perguntava a Robbie se tal acontecimento não o auxiliaria a obter os contratos. Robbie respondeu que os ingleses, agora, ficariam na esperança de que ele lhes desse as patentes; porém, não tinha recebido nenhuma ordem neste sentido.

Lanny foi à procura de Nina Putney, ainda estudante, apesar de casada. Levou-a para lanchar e conversaram durante muito tempo. Era uma moça morena, delicada, de feições sensuais. Parecia mais uma moça francesa que inglesa. Era tão atirada quanto Lanny, e um tanto impetuosa; dizia o que sentia e talvez que mais tarde se arrependesse do que dizia. Os dois se entendiam esplendidamente, porque partilhavam do mesmo objeto de adoração e desejavam falar a este respeito.

Nina contou como encontrara o mais maravilhoso dos aviadores; receava muito pelo seu destino, e Lanny nada falava a propósito dos aviões de alumínio. Não podia negar o perigo de morte, nem que era conforto definitivo a volta de um aviador, porque a sua volta aos ares era fatal.

Lanny e Nina prometeram trocar correspondência pelo bem de Rick, e assim ela lhe transmitiria todas as notícias que recebesse. A América ia abreviar a luta, e esta horrível guerra seria ganha. Todos, então, viveriam felizes.

O FIM DO MUNDO

— Portanto, passe bem, Nina. Cuide daquele bebê, e se você não tiver uma caminha para ele, diga-me, e lembre-se de que Budd sempre a ajudará!

Budd avisou que todos os seus negócios estariam resolvidos em pouco tempo e não valia a pena ficar servindo de alvo, nem mesmo para o *shrapnel* Budd. Reservou um camarote e Lanny devia prestar-se em colher tantas rosas quanto lhe fosse possível, nesse curto intervalo. Assim, o rapaz telefonou a Rosemary e ela prometeu encontrá-lo; iria sair outra vez, mesmo que tivesse de ser multada. Rumaram para o mesmo hotel e ficaram no mesmo quarto. O vidro partido tinha sido substituído por um pedaço de papel. Mais uma vez, foram felizes, de acordo com os métodos que uma guerra permite — *amor inter arma*: concentrando tudo num só momento, não permitindo ao espírito vaguear ou desviar o olhar para o futuro.

Pela manhã, abraçados, falou Rosemary:

— Lanny, você é o meu querido e nunca hei de esquecê-lo. Escreva-me, para que eu saiba como vão andando as coisas com você, e eu farei o mesmo.

E não falou mais do que isso; nada a respeito de casamento. Ela ia continuar a cuidar dos feridos, e ele, a visitar a casa dos seus pais; talvez que voltasse como soldado, talvez como vendedor de armas — quem o poderia saber?

— Passe bem, querido; ajude-nos a ganhar esta guerra.

Desse modo, tudo estava acabado e era tempo de partir. Os ingleses tinham iniciado a ofensiva da primavera, que ia se desenrolar afogada em lama e arrastada sobre arame farpado; os soldados iam morrer aos milhares, sob as balas das metralhadoras ou de qualquer outra forma. O novo comandante dos franceses, Nivelle, ia levar os soldados para uma tal matança, que as tropas estavam a ponto de provocar motins. E Robbie e Lanny estariam longe de tudo isso!

Tomaram o trem da noite e abordaram o navio em plena escuridão. Sentiam que eram rebocados e que pequenas embarcações estavam retirando redes de aço do caminho. Nada, porém, podiam ver, porque tudo era feito às escuras. Permaneciam sentados, sem nada poder fazer, e todos os passageiros pareciam despreocupados. Alguns fechavam-se nos seus camarotes, bebendo até perder a consciência, outros jogavam cartas, fingindo não preocupar-se com a morte.

— A estrela do império toma a direção do oeste — disse Robbie.

E passou a contar ao filho que agora rumavam para a terra de Deus, a terra na qual se devia ficar, na qual se podia acreditar. Dizia-lhe que não sentisse muita falta da neta de um Earl; na América havia muitas jovens deliciosas e democratas à espera. Dizia ao filho que a Europa ia arruinar-se, devendo todo o seu dinheiro à América, e que colecionar dinheiro europeu era muito mais agradável.

E ambos permaneciam comodamente instalados, na esperança de alcançarem assim a terra de Deus, a não ser que por acaso aparecesse um pouco de espuma à superfície do mar ou se ouvisse uma explosão por baixo do navio!

LIVRO QUARTO
A Terra de Orgulho do Peregrino

19

VELHO COLONIAL

I

A CIDADE DE NEWCASTLE, EM CONNECTICUT, ESTÁ SITUADA NO LOCAL onde desemboca o rio Newcastle; possui um porto confortável, meio lamacento na primavera. Possui também uma ponte alta para a passagem de veículos e uma outra que serve à estrada de ferro, ambas dispondo de partes levadiças, de modo que os navios possam ter livre passagem. As fábricas Budd estão situadas além das pontes e possuem trilhos que conduzem diretamente para lá. Fora do perímetro das fábricas se estendem terrenos pantanosos que foram comprados pelo chefe da família Budd a poucos dólares o metro quadrado, na previsão de que ficariam valorizados em breve tempo.

Naquela época, todo mundo o chamava de doido, mas, como resultado da sua compra, os seus descendentes passaram a dispor do terreno necessário à adaptação das suas indústrias, bem como de um cais, obtido com o simples processo de fazer trabalhar uma draga a vapor, abrindo canais nos lugares pantanosos e secando-os em seguida.

No ano de 1917 não era possível comprar um metro quadrado desses terrenos por dez mil dólares.

Atendendo à sua situação geográfica, a cidade só tinha uma direção para se desenvolver; o que significava que os aluguéis eram altos e os distritos pobres, repletos de pequenas habitações coletivas.

As famílias que possuíam fazendas naquela direção ou as tinham vendido, mudando-se para outras cidades, ou arrendado e, neste último caso, constituíam a aristocracia de Newcastle, possuindo ações de bancos e de companhias de utilidade pública etc. Em virtude da segunda solução, a que foi preferida pela maioria dos proprietários, Newcastle se tornara apenas uma pequena cidade e muitos dos trabalhadores de Budd viviam em localidades vizinhas, de onde diariamente vinham para o trabalho em pequenos vagões de propriedade da empresa dos Budd. De fato, só uma pequena parte das fábricas estava em Newcastle. Num trecho localizado acima do rio, havia represas e ali a companhia fabricava cartuchos e fuzis. As represas tinham comportas; pequenas lanchas levavam a matéria-prima, trazendo na volta os produtos fabricados.

Isto permitia ao avô de Lanny dizer que desaprovava a tendência moderna de se construírem grandes empresas em grandes cidades. Reforçava ainda a sua tese de, nos pequenos centros, poder-se obter uma mão de obra muito mais barata.

No estado de Ohio, antigamente conhecido como "a reserva do oeste", colonizado principalmente por gente de Connecticut, os Budd possuíam uma fábrica de pólvora. No estado de Massachusetts, haviam comprado, recentemente, uma usina de algodão com uma represa e uma fábrica de pólvora; esse estabelecimento estava atualmente fabricando granadas de mão.

Numa fábrica um pouco menor, estavam construindo novas obras para a fabricação de cartuchos. Nos terrenos pantanosos de Newcastle, iam ser construídas novas dependências que tornariam possível dobrar a produção de metralhadoras. A empresa estava em ótimas condições e, além disso, havia a perspectiva de uma ajuda oficial, pois o governo estava adiantando dinheiro às grandes indústrias que possuíam boas instalações e que estavam em condições de fabricar armas de guerra rapidamente.

Essa ajuda já se vinha fazendo há muitos meses e muitos contratos tinham sido assinados mesmo antes da guerra ter sido declarada ou os fundos votados pelo Congresso. Quando Lanny chegou a Newcastle, todos os homens da família Budd estavam trabalhando dia e noite, não falando em outra coisa senão na guerra e na contribuição que eles à mesma estavam prestando. Quase todos na cidade pensavam do mesmo modo, e isso ofereceu ao forasteiro a possibilidade de se introduzir na vida da cidade de maneira a não ser observado, dispondo assim de tempo para adaptar-se àquele ambiente desconhecido. Ninguém o incomodaria e, se seguisse a orientação que predeterminara a si próprio, dificilmente dariam pela sua presença.

II

Até há pouco tempo, Robbie e sua família tinham habitado uma velha casa em estilo colonial, na parte residencial de Newcastle. Ultimamente, porém, podia-se notar algumas transformações nessa parte da Nova Inglaterra.

Os automóveis tornaram-se tão dignos de confiança e as estradas asfaltadas eram tão boas, que se tornara elegante comprar uma fazenda para transformá-la numa linda casa de campo; os vizinhos faziam a mesma coisa, sendo que alguns deles se tinham reunido e construído um country club com terreno para golfe, juntando, assim, às vantagens da vida da cidade às da vida do campo. Nas fazendas, criavam carneiros de raça e porcos, produziam leite, morangos e aspargos.

Estes homens eram considerados "fazendeiros ilustres" e suas propriedades, além do largo espaço para jogos e passeios, bem como do ar puro dos campos e do canto dos pássaros, tinham o lucro fácil que lhes forneciam os produtos do solo.

A população desses distritos formava a "alta sociedade".

Esses senhores de Newcastle tinham rendeiros e muitos criados; eram todos alegres e respeitáveis, votavam no partido dos tóris, embora fossem classificados de "republicanos".

O que Lanny observara na Nova Inglaterra era muito semelhante ao que vira na velha. A paisagem assemelhava-se; via aqueles mesmos terrenos "verdejantes e agradáveis", onde gozara tão belos passeios na primavera, três anos atrás. Havia becos e paredes de pedra, riachos com represas de moinhos, velhas casas de fazenda e igrejas que eram mostradas como interessantes. Não tinha dúvida de que algumas das árvores eram diferentes; elmos brancos e outras misturavam-se na floresta; também o dialeto do povo do campo não era igual ao inglês que ouvira na Inglaterra. "A diferença existe apenas nos pequenos detalhes", pensava.

A nova casa de Robbie Budd estava no fim de uma alameda de lindos elmos, elmos estes que já tinham mais de cem anos de idade. A antiga casa que estava construída nesse lugar havia sido transformada numa garagem com quartos para empregados.

A casa nova tinha sido construída num estilo moderno, conservando apenas a fachada de velho estilo colonial. Constava de dois andares e na

358   UPTON SINCLAIR

frente se destacavam grandes colunas brancas que alcançavam o segundo andar.

O interior da casa era claro. Tudo estava pintado de branco. Os móveis eram como Lanny nunca tinha visto antes; obedeciam ao velho estilo colonial.

Tudo na casa tinha o seu lugar marcado e era proibido mexer em qualquer coisa.

Isso fora explicado a Lanny pelo próprio pai; este tinha ideias severas a respeito de propriedades.

Não devia tocar piano muito alto, a menos que perguntasse, de antemão, se estaria incomodando alguém. Facilitaria muito as coisas, se aos domingos acompanhasse a família à igreja. Acima de tudo devia tomar cuidado em não falar nunca de modo claro sobre qualquer coisa que se relacionasse com o sexo.

Esther tentava, do melhor modo que pudesse, causar a impressão de ser uma mulher moderna, mas na realidade não podia atingir a esse objetivo; talvez fosse melhor que ela o não tentasse, pois assim não se exporia a tantas decepções. E Lanny prometera a si mesmo não exercer a menor influência no assunto.

III

O rapaz já tinha visto retratos da esposa de Robbie; logo que a viu, portanto, pela primeira vez, reconheceu-a imediatamente. Foi esse um momento de importância tanto para ela, como para ele, e ambos tinham consciência disto. Ela ia tornar-se uma madrasta, espécie de relação humana das mais difíceis; ia aceitar um estrangeiro dentro da sua casa perfeitamente arranjada. Um rapaz de cultura estranha para ela e de quem muito suspeitava. Era moço e era fraco, mas dispunha de um poder que não devia ser descurado, pois ele entrara na vida do seu marido muito antes dela, dispondo já de raízes profundas no coração paterno.

Esther Remson Budd estava com trinta e cinco anos. Era a filha do presidente do First National Bank de Newcastle, uma instituição dos Budd.

Vivera a maior parte da sua vida na cidade e suas poucas ideias sobre a Europa tinham sido trazidas de uma rápida viagem que fizera durante certo verão, em companhia de professoras e companheiras de um rico colégio

O FIM DO MUNDO

em Newcastle. Era uma mulher conscienciosa e, como tal, fazia questão de ser considerada justa e correta. Não era fria, porém dava essa impressão, devido ao seu hábito de refletir maduramente sobre tudo quanto fazia. Era caridosa e muito ativa nos negócios da First Congressional Church, onde aos domingos o seu sogro ensinava capítulos da Bíblia a um grupo de homens. Criava os seus três filhos com muito carinho, mas com rigor, e esforçava-se para usar sabiamente o poder que a riqueza e a posição social lhe haviam conferido.

Robbie Budd havia concorrido, quase que inteiramente, para o grande prestígio social do pai. Ia frequentemente ao estrangeiro, onde lidava com pessoas importantes, e, quando voltava com novos contratos, os rumores se espalhavam rapidamente pela cidade, onde ninguém prosperava se os Budd não prosperassem. E quando Robbie vendia revólveres automáticos à Romênia, os negociantes de Newcastle mandavam vir um novo estoque de mercadorias, e o pai de Esther comprava-lhe um novo automóvel. Todos os que a conheciam eram unânimes em desejar que ela se casasse com Robbie. Quase todas as outras moças de Newcastle haviam tentado prendê-lo, mas tinham fracassado no intento e supunham, em consequência, que havia algum mistério na vida do pai de Lanny.

Chegou um dia em que, afinal, Robbie levou Esther para um longo passeio; falou-lhe sobre a mulher misteriosa da França, o modelo de artistas que fora pintada nua por diversos homens, numa espécie de estranha promiscuidade, inteiramente fora do critério de moralidade do povo de Newcastle, que era ainda, na sua opinião, uma aldeia de puritanos. Havia uma criança, filhos dela e Robbie, mas a mulher se recusara a casar-se com ele para não destruir a sua vida.

Acabara com essa ligação infeliz havia já cinco anos. A mulher havia agido desse modo porque não quisera oprimir o espírito do seu pai, de vez que, de modo nenhum, o seu caso poderia adaptar-se às lições que ele dava aos homens que ouviam a sua palavra nas reuniões dominicais da igreja.

Naquele passeio, Robbie pretendia indagar a Esther se ela queria participar de seu destino como esposa, mas só desejava manifestar suas intenções depois que ela conhecesse a situação e compreendesse que ele tinha um filho e que jamais o repudiaria.

As duas famílias estavam trabalhando ativamente para que o casamento se realizasse. Talvez o chefe dos Budd tivesse dito ao amigo, o presidente

360 UPTON SINCLAIR

do First National Bank, o que facilmente pode acontecer a um jovem rico e bonito em Paris!

Revelada ou não a história do filho, o certo foi que o pai de Esther teve uma conversa com ela, um tanto fora do comum nesta Nova Inglaterra puritana.

Falou-lhe sobre a sua experiência em relação aos homens e encareceu a necessidade de um marido para a filha, entre os chamados homens capazes da cidade. Os que se achavam em condições de proporcionar a Esther a paixão a que tinha direito eram mais velhos do que ela; além disso, a filha teria dificuldade em encontrar alguém que não tivesse o seu caso amoroso. A diferença entre Robbie Budd e a maioria dos outros era que eles não consideravam necessário contar às suas futuras esposas a história das suas aventuras...

Esther pediu uns dias de prazo para refletir, mas a sua reflexão durou pouco, pois, após breve tempo, ela e Robbie se casaram. Passaram-se treze anos, desde então; tinham três filhos e Esther era tão feliz quanto podia ser. Robbie jogava golfe, enquanto sua esposa ia à igreja, e bebia um pouco mais do que ela achava prudente; mas era indiferente aos encantos das mulheres sedutoras do Country Club. Enquanto isso, dava-lhe liberdade de sair com as crianças quando bem quisesse e mais dinheiro do que podia gastar. Podia considerar-se uma mulher feliz.

Agora vinha esse filho ilegítimo do seu marido, com outros hábitos, outros sentimentos, tomar parte na intimidade do seu lar. Via-se compelida a enfrentar as circunstâncias que a tinham levado àquela situação. Se Lanny tivesse de ingressar no exército, devia ser naturalmente o exército americano; e se, vindo para a América, a casa de seu pai lhe fosse fechada, seria isto um repúdio e uma afronta. Dizer aos amigos que Robbie fora casado na França seria uma mentira convencional; ninguém a aceitaria. As mulheres poderiam sorrir atrás dos seus leques e murmurar secretamente às companheiras: "Deveria existir um código para limites para escândalos."

IV

Por isso, Esther estava à espera do enteado, na escadaria, branca. Alta e esguia, mantinha-se ereta e grave. Tinha cabelos castanhos, mostrando uma testa alta, desafiando a moda. Seu nariz era um pouco comprido e fino; o resto

O FIM DO MUNDO   361

das suas feições era regular e seu sorriso, amável. Seus olhos sorriram para
Lanny e ela o beijou na face. Tinha resolvido tratá-lo do mesmo modo que a
seus próprios filhos e Robbie dissera a Lanny que este devia chamá-la de mãe.
Esther levou-o para a sala de estar a fim de se tornarem amigos.

O rapaz gostava de falar e se interessava por tudo. Tinha viajado num
navio que enfrentara o perigo dos submarinos. Estivera em Londres quando a cidade fora bombardeada, trazendo consigo um pedaço de *shrapnel* que
atravessara a janela do seu quarto de hotel. (Naturalmente não dizia quem
tinha estado com ele naquela noite.) Esther, ouvindo e observando, via que
ele era inteligente; se qualquer coisa se tornasse difícil, estava disposta
a lhe dar todas as explicações. A carga do seu espírito, por isso mesmo,
tornar-se-á mais leve, pensava.

Levou-o ao quarto que lhe destinara e que ficava nos fundos da casa.
Era pequeno, mas tinha banheiro próprio e ficava ao lado dos quartos dos
seus dois filhos homens. As paredes eram de um azul pálido e percebia-se
em todas as coisas que nele se encontravam, o espírito amável e ordeiro da
dona da casa. Esther mostrou-lhe todos os móveis, contando-lhe a história
de cada um deles e onde os encontrara. Como apreciador de arte, Lanny via
com prazer que tudo obedecia ao senso das proporções.

Do lado de fora vinha um ar quente que entrava pela janela meio aberta.
Uma cerejeira frondejava em frente, prestes a florescer. Um pássaro cantava com vigor extraordinário e Lanny referiu-se à alegria da ave, fazendo
espírito. Esther disse que era um tordo-imitador, que voltava na primavera, e havia chegado apenas há alguns dias. Era um pássaro raro naquela
parte do país. Lanny falou sobre o rouxinol que construía seu ninho no pátio
de Bienvenu e que era tratado como um membro da família. Tinha tentado
escrever todas as notas que o pássaro gorjeava e agora ia fazer o mesmo
com o tordo-imitador. A sua nova mãe concluiu que essa tarefa iria mantê-
-lo ocupado por muito tempo. O pássaro chilreava o seu "kerchi, kerchi,
kerchi, kerchi". Depois parava, tomava fôlego e reiniciava, numa saudável
alegria, a canção interrompida.

V

Após alguns meses, Lanny já tinha entrado em relações com todos os
seus parentes. Em primeiro lugar, conheceu os dois irmãos por parte do

pai, que frequentavam uma escola particular na cidade, para onde eram levados todas as manhãs de automóvel.

Robert Júnior tinha doze anos de idade e Percy, onze; eram rapazes bonitos que sabiam como se comportar numa casa de cerimônia. Estavam ansiosos por conhecerem o novo irmão, vindo de países tão longínquos. Levaram-no imediatamente para mostrar-lhe os seus coelhos belgas e também Prince, seu belo cachorro policial. Prince fora apresentado com toda cerimônia e olhava o recém-chegado cautelosamente, cheirava-o e, finalmente, abanava a cauda. Isto era importante.

Em seguida, veio Bess, de nove anos. Sua escola era perto de casa, mas naquela tarde ia receber uma aula de canto e o *chauffeur* fora buscá-la depois de ter trazido os rapazes. Bess parecia com sua mãe; alta demais para sua idade, possuía o mesmo nariz fino e os olhos castanhos de Esther. Porém, ainda não aprendera a se governar; o interesse pelas coisas transformava as suas feições. Quando ouviu que Lanny se vira entre submarinos, exclamou:

— Conte-nos o que foi que se deu!

Logo que Lanny começou a falar, parecia devorar cada palavra e o rapaz via-se assim transformado num jovem Marco Polo.

— O que você fez? O que disse? Não teve medo?

Lanny tornara a viver a sua própria infância em contato com a sua nova irmã. Esta fazia-lhe perguntas sobre sua casa e sobre o que tinha feito na Europa. Queria saber as coisas da guerra e os nomes das pessoas que conhecia; sobre os castelos da Alemanha; sobre a Grécia e as ruínas de que já vira cópias na sua escola; sobre a Inglaterra e as corridas de lanchas; sobre as meninas famintas da Europa e os aviadores alemães que estavam voando sobre elas e atirando, em vez de pão, balas mortíferas, utilizando-se das metralhadoras que eram feitas pela fábrica Budd. Detalhe nenhum lhe escapava; quando Lanny, ao repetir uma história, não o fazia como da primeira vez, ela intervinha, chamando a sua atenção para o ponto esquecido. E o narrador tornava-se aos seus olhos uma espécie de herói; era tal qual o caso de amor à primeira vista.

Lanny tocava piano para ela mostrava-lhe como dançar Dalcroze e ensinava-lhe as letras de canções antigas. Fazia também declamações em língua francesa. No momento em que, num futuro ainda distante, Bessy Budd tivesse pela primeira vez de admitir que o seu novo irmão era alguma

O FIM DO MUNDO

363

coisa menos perfeito do que supusera, a triste descoberta ficaria marcada como uma das tragédias da sua vida tempestuosa.

VI

Diferente, de um modo cômico mesmo, tinha sido o primeiro encontro com seu avô, Samuel Budd; a apresentação se realizara na segunda noite da sua chegada. Robbie o acompanhou à casa do velho cavalheiro. Era impossível sujeitar o rapaz a uma tal prova sem que o pai permanecesse junto. No caminho, Robbie dissera o que tinha de fazer. Era preciso não falar demais e responder às perguntas com gentileza e ouvir.

— Teria sido melhor para mim, se tivesse seguido sempre estas regras — disse Robbie, com um traço de amargura na voz.

Robbie estava a guiá-lo, portanto, podia falar de um modo franco e era a hora de fazê-lo.

— Os homens são o que as circunstâncias fizeram deles e não mudam muito depois que atingem certas posições. O seu avô é um homem teimoso tanto quanto se possa imaginar.

— Mas eu não quero criar situações difíceis — disse o rapaz. — Diga-me o que devo fazer.

— A primeira coisa é compreender que você é um fruto do pecado.

Por essa observação, Lanny percebeu que o estigma que arruinara a vida da sua mãe e o tinha separado do seu pai, ainda persistia; as suas consequências ainda continuavam a ferir o coração de Robbie.

— Mas ele não me pode culpar pelo que o destino me reservou, nascendo num lar que as suas ideias de moral repudiaram.

— Ele lhe dirá que as injustiças dos pais são pagas pelos filhos até a terceira ou quarta geração.

— Quem afirmou essa barbaridade, Robbie?

— Está escrito em qualquer página do Velho Testamento.

Depois de pensar por instantes, Lanny perguntou:

— Mas o que ele quer que eu faça?

— Dir-lhe-á pessoalmente. Tudo o que você tem a fazer é prestar atenção às palavras que ele disser.

Depois de novo intervalo, o rapaz voltou aos seus receios.

364   UPTON SINCLAIR

— Estou quase certo de que ele não desejava a minha vinda para New-castle.

— Concordou em aceitar você como um dos seus netos. E eu acho que é muito importante o fato de que ele tenha manifestado esse sentimento.

— Perfeitamente. Seja o que você quiser. Quero antes de tudo que o meu pai fique satisfeito. Mas se estiver agindo assim para meu bem, creio que não deve fazê-lo.

— Estou fazendo isto para meu próprio bem — disse Robbie, meio carrancudo.

— Já se passaram tantos anos, Robbie! Ele não pensará mais no que aconteceu...

— Na vista do Senhor, mil anos são como um dia.

A maioria das pessoas que Lanny encontrara na sua vida jamais tinha falado a respeito do Senhor, a não ser em tom de metáfora ou para explicações. Várias lhe haviam dito que não acreditavam na sua existência. Agora, porém, Lanny teve o pensamento de que seu pai era diferente de tais pessoas. Robbie acreditava na existência do Senhor e essa descoberta não o alegrou muito.

VII

O presidente da Budd Gunmakers Corporation nascera numa casa de tijolos vermelhos do bairro residencial de Newcastle.

Ali vivera durante toda sua vida e ali pretendia morrer, não dando importância a automóveis, country clubs e outras inovações.

O seu copeiro tinha sido copeiro do seu pai e não ia ser mudado, embora já estivesse cambaleante.

Havia luz elétrica na casa, porém, as lâmpadas estavam presas a candelabros antigos.

As estantes de nogueira brilhavam e, por detrás das portas, Lanny via livros que gostaria de ter examinado. Sabia que era uma casa muito antiga, ligada à história comercial e política da cidade.

Quando chegaram ao velho solar, o copeiro informou que o patrão estava no quarto de estudos e Robbie levou seu filho imediatamente para lá. Defronte de uma escrivaninha, absorvido na leitura de alguns papéis, estava sentado um homem de setenta anos, de construção robusta e pesada; era

O FIM DO MUNDO

meio calvo e possuía um penacho de cabelos brancos debaixo do queixo, num estilo que Lanny nunca vira antes. Usava óculos e tinha rugas entre as sobrancelhas, o que lhe dava uma expressão severa, cultivada talvez para fins comerciais. Apareceu ao filho e ao neto com um ar em que se denunciava uma autoconvicção extremada, parecendo carregar sobre os ombros todo o fardo da guerra.

— Então, moço? — disse ele olhando para cima.

Não se levantou e parecia que não era seu desejo estender a mão ao neto.

A Lanny, porém, parecia natural que um cavalheiro apertasse as mãos do seu avô, em particular quando o defrontava pela primeira vez. Caminhou diretamente para a escrivaninha, estendendo a sua mão e obrigando o outro a aceitá-la.

— Como vai, vovô? — disse ele.

Como a resposta se fizesse demorar, continuou:

— Ouvi falar muito a seu respeito e alegra-me demasiado a oportunidade de encontrá-lo, finalmente.

— Obrigado — disse o velho, surpreendido pela cordialidade do rapaz.

— Todos foram muito gentis para comigo, vovô — continuou Lanny, como se estivesse pensando que seu progenitor se preocupasse com as palavras que o filho ia proferindo.

— Estimo muito — disse o velho.

Lanny esperava que o avô continuasse falando, mas este queria ouvir as opiniões de Lanny. Olhavam-se mutuamente, numa espécie de duelo dos olhos. Robbie lhe dissera que não falasse, mas Lanny subitamente teve uma espécie de inspiração. Esse velho industrial não era feliz. Tinha de viver numa casa velha e feia, preocupado dia e noite com negócios. Possuía uma enorme parcela de poder, que os outros tentavam tirar dele, e isso o tornara suspeito, obrigando-o a ser inflexível. Não era, porém, inflexível; no seu íntimo era afável e tudo que precisava fazer era tratá-lo também de um modo afável e não pedir nada.

Lanny resolveu seguir essa ideia.

— Vovô — disse ele —, creio, que vou gostar muito da América. Gostei da Inglaterra e fiquei surpreendido por constatar que tudo aqui se assemelha com o que vi naquele país.

— Realmente?

366   UPTON SINCLAIR

— Naturalmente; quero frisar que a comparação é com o que existe de melhor na Inglaterra. Espero nunca encontrar aqui coisas tão terríveis como os *slums*.

O velho industrial ficou animado.

— Os nossos operários estão recebendo salário duplo atualmente. Você vai vê-los vestindo meias e camisas de seda e comprando automóveis a prestações. Se continuarem assim, serão brevemente os nossos senhores.

— Contaram-me há pouco tempo, na Inglaterra, que o povo estava se queixando dos impostos. Os donos das grandes propriedades diziam que eram obrigados a vendê-las. Acha que o mesmo vai acontecer neste país?

— Temos a ideia de financiar a nossa parte de guerra com empréstimos — respondeu o presidente de Budd. — É um processo perigoso.

— Mr. Zaharoff falou a este respeito. Ele não parece ser contra os empréstimos de guerra, seja qual for a altura a que cheguem. Talvez seja porque ele receba a maior parte dos mesmos.

— É! — disse o avô. — Sinto-me orgulhoso em poder dizer que os Budd nunca conduziram os seus negócios numa base tão perigosa como Zaharoff.

Palestras como aquela eram muito comuns na França, e Lanny conseguiu familiarizar-se depressa.

Ouvira da sábia baronesa de La Tourette que o meio mais seguro de interessar um homem era conseguir que ele falasse sobre os seus próprios negócios. Fez a primeira tentativa nessa direção. Convencido de que o avô se interessava pelo assunto, continuou:

— Eu acho que os Budd gozam de ótima reputação nos países estrangeiros.

— Estão precisando da nossa fabricação!

— Sim, senhor; porém, me refiro às pessoas que estão desinteressadas em negócios de armas.

— Quem, por exemplo?

— M. Rochambeau. Ele passou uma boa parte da sua vida no serviço diplomático suíço e, portanto, está muito bem informado. Auxiliou-me muito durante os últimos dois anos e meio, quando não me foi possível encontrar com Robbie. Tudo que eu não sabia sobre as questões do mundo cheguei a compreender com a minha convivência com esse homem ilustre.

— Você foi feliz.

— Sim, vovô. Antes havia Mr. Pridieu, o bibliotecário do castelo de Mrs. Chattersworth. Ele me auxiliou para que eu pudesse encontrar as minhas tendências literárias.

O FIM DO MUNDO 367

— Que livros lhe deu, se posso perguntar?

— Os de Stendhal e Montaigne, Corneille e Racine, e, naturalmente, de Molière.

— Todos escritores franceses — disse o diácono da First Congression Church. — Posso perguntar se um dos seus conselheiros teve ocasião de lhe mencionar um livro chamado a Bíblia?

— Ó, sim, senhor! M. Rochambeau me disse que eu devia estudar o Novo Testamento. Tive alguma dificuldade em encontrar um exemplar na Riviera.

— Você o leu?

— Palavra por palavra.

— E que descobriu com essa leitura?

— Comoveu-me profundamente. De fato, me fez chorar quatro vezes. O senhor sabe que o livro conta a mesma história quatro vezes, não?

— Estou ciente disto — disse o velho cavalheiro, secamente. — Também já leu o Velho Testamento?

— Não, senhor; isto é uma das falhas infelizes da minha educação. Dizem que o senhor está conduzindo uma classe de estudantes da Bíblia!

— Cada domingo às dez horas. Atualmente estou tratando do Primeiro Livro de Samuel e gostaria que meu neto assistisse às aulas.

— Muito obrigado. Certamente irei. M. Rochambeau me disse que a melhor literatura judaica é encontrada no Velho Testamento.

— É muito mais do que literatura judaica, meu caro. Não se esqueça de que é a palavra de Deus Poderoso, o nosso Pai Celeste.

VIII

Durante todo esse tempo Robbie ficou silencioso, ocupado em não deixar transparecer os seus sentimentos. Naturalmente sabia que seu filho tinha muita prática em tratar com pessoas idosas. Coronéis e generais, ministros de Estado, senadores, diplomatas, banqueiros, todos estes iam a Bienvenu, e às vezes acontecia que o rapaz tinha de tomar parte na conversa, até que sua mãe estivesse pronta; outras vezes tinha de levá-los a passeio a fim de mostrar-lhes os encantos do cabo. Toda essa experiência foi muito proveitosa, principalmente naquele momento em que se achava diante do chefe de uma classe de estudantes da First Congressional Church of Newcastle,

368   UPTON SINCLAIR

Connecticut, o qual, tendo sobre sua mesa uma pasta de papéis importantes, abandonava-a por instantes com o objetivo de salvar a alma de um bastardo de dezessete anos, vindo de uma parte meio pagã do mundo, onde tivera dificuldade em encontrar um exemplar da sagrada palavra de Deus. A essa alma quase perdida, ele explicava que a Escritura era a fonte, não somente da doutrina eclesiástica, mas também da política da igreja e que os oficiais da igreja — inclusive o diácono Budd — deviam ser considerados como exemplos da doutrina cristã, através dos quais outros pudessem compreender a natureza da conversão e a realidade da salvação.

O diácono olhou para um dos cantos da sua escrivaninha e tirou um pequeno livro, amarelado pela idade, intitulado: *Um resumo curto da confissão de fé em Boston.*

— Isto — disse ele — foi escrito pelo seu tataravô para uso popular, como simples confirmação da nossa fé básica. Neste livro, você encontrará claramente a verdade central da nossa religião que é a de que não há salvação a não ser pelo sangue da Cruz. Porque aquela culpa, causada pelo pecado de Adão e passada para a humanidade junto com a iniquidade dos pecados acumulados através dos séculos, tornou todos os homens desesperadamente maus aos olhos de Deus, merecendo o Seu justo castigo de morte espiritual. Ofendido pelo pecado humano, a ira de Deus fora somente aplacada pelo sangue expiatório, derramado pelo Seu filho na Cruz; e somente pela fé no sangue de Cristo, um homem pode encontrar a salvação. Nenhum ato bom, nenhuma palavra suave, nenhum serviço prestado, pode oferecer esperança de salvação. É a fé naquele sangue salvador derramado no Calvário que pode alcançar o perdão de Deus e salvar-nos de uma morte eterna. Recomendo-lhe este livrinho como introdução do estudo da verdadeira Bíblia.

— Sim, vovô — disse Lanny, que ficara profundamente impressionado.

Como no caso de Kurt, explicando alguns pontos da filosofia alemã, Lanny percebia que ambos estavam convencidos de que eram reais os objetivos que colimavam, embora variassem os mesmos nos seus aspectos fundamentais.

Tendo assim cumprido o seu dever como guardião de uma doutrina sábia, o velho permitiu-se afrouxar um pouco a sua aspereza.

— Seu pai me disse que você tinha feito uma viagem agradável.

— Ó, sim — respondeu o moço. — Não podia ter sido melhor.

— E agora, rapaz, posso perguntar o que pretende fazer neste país?

O FIM DO MUNDO 369

— Certamente, vovô. Robbie quer que eu estude em St. Thomas e vai arranjar um professor para mim.

— Você pretende realmente trabalhar?

— Sempre trabalho muito, quando resolvo fazê-lo. Desejava aprender música e fiquei muito tempo estudando até que consegui esse objetivo.

— Estes são tempos sérios, e poucos de nós têm vagares para a música.

— Eu vou aprender tudo que meu professor quiser, vovô.

— Muito bem; espero receber boletins satisfatórios.

Houve um intervalo. Então, o velho dirigiu-se a Robbie.

— Robert — disse —, estive estudando este contrato de Vanadium e me parece que é um logro.

— Não resta dúvida — disse Robbie. — Mas não teremos prejuízo; ao contrário, um lucro de dez por cento. Portanto, não precisamos nos incomodar.

— Mas eu não gosto de enganar o governo; acho melhor que você vá a Nova York sondar o assunto.

— Irei imediatamente, mesmo porque, além desse negócio, tratarei ali dos desenhos das novas bombas.

— Eis o que me parece acertado.

Continuavam a falar de questões técnicas, e Lanny esforçava-se por compreender o que ouvia. No solar do avô, aprendera que um velho negociante ainda se orientava por um corpo de doutrinas religiosas de dezoito séculos passados e amava as suas suíças e os candelabros que datavam de, pelo menos, um século. Entretanto, mudava uma bomba ou uma fórmula de liga metálica, assim que os sábios dos seus laboratórios lhe aconselhassem essa medida.

Finalmente, o avô esclareceu:

— Está certo. Mas preciso continuar a trabalhar.

— Você está trabalhando demais, papai — disse Robbie. — Devia deixar uma parte dessas decisões para nós, moços.

— Não vou ficar aqui por muito tempo mais. Vá a Nova York, não se esqueça. Até a vista, moço — disse, dirigindo-se a Lanny — e não se esqueça de vir à minha aula de religião.

— Certamente, vovô — respondeu o rapaz. Os olhos do velho, porém, já estavam presos aos papéis em cima da escrivaninha.

Os dois saíram, entraram no carro, e Robbie começou a pôr o motor em movimento. Lanny esperava que ele iniciasse os comentários; antes de

370 UPTON SINCLAIR

iniciada a marcha, Lanny percebeu uma forte vibração do assento, que não vinha do motor; era seu pai que se desmanchava numa grande gargalhada.

— Comportei-me bem, Robbie?

— Perfeitamente, perfeitamente! — Robbie continuou a rir e, então; perguntou: — Como chegou a conversar tão bem?

— Falei demais?

— Era uma conversa elegante; mas como você chegou a tanto?

— Vou dizer-lhe. Cheguei à conclusão de que os homens não são bastante amáveis uns com os outros, porque não há entre eles uma autopreparação de modo a estabelecerem um prévio e recíproco entendimento.

Robbie refletiu sobre essas palavras e não deixou de aprovar a atitude do filho, acordando na natureza severa de seu pai um pouco da afabilidade que ele possuía, mas que nunca se expandira.

20

PRIMAVERA DE ESTUDOS

I

NORMAN HENRY HARPER ERA O NOME DO PROFESSOR DE LANNY. DE modo nenhum ele se assemelhava ao elegante Mr. Elphingstone nem tão pouco ao feliz Jerry Pendleton. Era um profissional completo e cumpria as suas obrigações com dignidade. Preparava moços para passarem nos exames. Conhecia tudo relativamente à sua profissão e tinha um faro especial para descobrir e aproveitar as possibilidades de cada aluno. Era seguro e preciso nos seus métodos de ensino. Tinha uma norma especial de ação e, a essa norma, Mr. Harper devotava toda a sua atenção de educador.

Eram métodos claros, construídos sobre princípios científicos do mesmo modo que uma metralhadora Budd.

Essa comparação de modo nenhum era fantástica; ao contrário, quanto mais ele a considerava, mais apropriada se lhe apresentava.

Especialistas e técnicos da ciência militar escreveram durante décadas a respeito da eterna guerra entre os fabricantes de canhões e os de defesas

O FIM DO MUNDO   371

blindadas; e do mesmo modo havia educadores, cuja única tarefa era expor conhecimentos aos moços e muitos desses resistiam perversamente a esse processo, procurando todas as possibilidades de fugir. Os educadores inventaram exames e os estudantes estavam se esforçando por usar de meios fraudulentos. Obtendo dos seus pais o auxílio financeiro necessário, era natural que procurassem obter também auxílio do resto do mundo nessa eterna guerra. E foi assim que se desenvolveu a profissão do professor particular.

Isto era a América, para onde Lanny viera, e ele desejava conhecer tudo sobre este país.

Ouvia o que Mr. Harper dizia e depois refletia a fim de descobrir o que significavam as suas palavras.

O moço desejava entrar numa escola de preparatórios o mais depressa possível, para que pudesse ingressar numa escola superior e dela também sair o mais depressa possível.

Mr. Harper não dizia nada sobre isso, pela simples razão de que não carecia de explicações para uma questão tão clara. Se não fosse assim, ele não estaria ali.

O professor era um homem de quarenta anos. Com a atividade que possuía, bem podia ter sido um vendedor de Budd — estava ficando careca e os poucos cabelos que ainda tinha, colava cuidadosamente à cabeça. Durante a metade da sua vida, estivera estudando as matérias para o exame de admissão a uma escola superior do país. Talvez houvesse exagero em afirmar-se que podia falar sobre qualquer assunto de exame, em qualquer escola superior dos Estados Unidos, nos últimos vinte anos. Os seus conhecimentos quase alcançavam um caráter enciclopédico. Conhecia a formação mental e espiritual dos professores americanos e estava a par dos seus métodos de inquirição nos exames; portanto, não lhe seria difícil defrontá-los com certa segurança, se fosse examinado em qualquer das universidades do país.

Ultimamente tinha havido uma espécie de revolução na profissão de Mr. Harper. As autoridades educacionais se haviam reunido e criaram um corpo que chamava "Banca de exame de admissão às escolas superiores." Essa banca iria uniformizar os exames no país inteiro, de modo que servisse para qualquer escola que o aluno escolhesse. Essa era uma parte do processo de estandardização da América; todo mundo estava comendo *corn flakes* da mesma qualidade e todos os estudantes do ano de 1917 iriam entrar nas escolas superiores depois de ter lido o *Alhambra*, de Washington Irving, e o *Discurso de despedida*, de George Washington.

Mr. Harper declarou que Lanny era o problema mais difícil que teria de resolver; entusiasmava-se, como um cirurgião, por um caso complicado.

Levando-se em conta a opinião da banca examinadora, Lanny não sabia nada. O rapaz via que todos os seus conhecimentos eram rejeitados por esse sacerdote da educação. Música? Essa disciplina não era considerada. Coisas da Grécia? São ensinadas depois que o aluno ingressa numa escola superior, nem isto é provável. O mesmo aconteceu com Stendhal, Montaigne e Corneille.

— De Molière usam para os exames *De Bourgeois gentil'homme*. O senhor tem certeza de que ainda se lembra do enredo? No exame de francês valerá três pontos dos quinze que necessita, mas o senhor está convencido de que sabe o francês suficientemente?

— Bem, falei essa língua durante toda minha vida — disse Lanny, com ênfase.

— Estou certo disso, mas o senhor não falará francês e muito poucos dos seus examinadores o compreenderiam, se o fizesse. Como o senhor diz "uma criança cansada"?

— *Un enfant fatigué.*

— E como o senhor fala "um dia lindo"?

— *Un beau jour.*

— Perfeitamente, mas porque num caso o senhor coloca o adjetivo antes e no outro depois do substantivo?

O moço olhou-o com espanto e, afinal, respondeu:

— Não sei explicar. Falo assim, porque assim aprendi.

— Perfeitamente. Os examinadores, porém, vão lhe perguntar as regras e pedir-lhe as exceções. E que fará o senhor, então?

— Acho que tenho de voltar para França — disse Lanny, simplesmente.

II

Mr. Harper decidiu que, num esforço heroico, talvez fosse possível ao aluno excêntrico fazer os exames para ingressar no terceiro ano da escola de preparatórios, no próximo outono. As escolas particulares não estavam tão cheias como as escolas públicas e seria mais fácil cuidar de casos excep-

O FIM DO MUNDO   373

cionais. A primeira coisa a fazer era orientar o rapaz no estudo de geometria, história antiga e da Idade Média.

— Sim — disse Mr. Harper. — Sófocles e Eurípedes talvez o auxiliassem, mas o que é realmente necessário são os fatos. Se um candidato disser aos examinadores que o espírito grego, no fundo, representava uma tragédia, a afirmativa poderá suscitar certa zombaria. Mas, se disser que a batalha naval de Salamina foi ganha no ano 489 A. C., pelo ateniense Temístocles, dirá algo que não pode ser discutido.

— Perfeitamente — disse Lanny. — Experimentarei o método.

— Era o que seu pai, seu avô e sua madrasta desejavam que fizesse; trata-se de uma espécie de teste de caráter, um meio de viver na América. Portanto, ponha os seus livros de estudos na pequena mesa junto da janela aberta do seu quarto, com a porta fechada, para que ninguém possa perturbá-lo, e comece a decorar o conteúdo dos mesmos. Nomes, lugares, datas e nada de tolas fugidas da imaginação; regras, fórmulas e fatos e nada de emoções supérfluas de piedade ou de terror.

A única companhia que Lanny possuía era o tordo-imitador. Essa delicada avezinha gostava de ficar pousada no galho mais alto da cerejeira, onde cantava horas a fio. Era um mistério saber-se quando dormia; porque a qualquer hora da noite que Lanny acordasse, o pássaro estava cantando à luz do luar.

Lanny achava-se tão absorvido nos seus estudos, que não pensava em descanso. Esther, porém, não lhe permitia esforçar-se demasiadamente. Seria do seu agrado que ele, depois que Mr. Harper lhe desse as lições da tarde e de ter discutido com ele os trabalhos do dia seguinte, parasse os estudos e fosse jogar tênis ou nadar. Cinco dias durante a semana ele podia trabalhar todas as manhãs e todas as noites; aos sábados haveria sempre uma pequena excursão, e à noite uma dança. Tinha tantos primos e primas que não precisava sair do seio da família em busca de companhia e divertimento.

Estes Budd eram uma família muito curiosa. Os das gerações anteriores sempre tinham se casado muito novos e as mulheres aceitavam todos os filhos que Deus lhes enviasse — dez e às vezes vinte, e, quando sucedia de alguma delas morrer, os homens casavam novamente e recomeçavam a prole.

Nestes dias modernos, tudo estava mudado; um ou dois filhos era a regra, e uma mulher como Esther, que tivera três, sentia que saía da regra

374UPTON SINCLAIR

para servir à comunidade. Mas assim mesmo havia muitos Budd, e alguns que usavam Budd como primeiro ou segundo nome.

O avô Samuel tivera seis filhas e quatro filhos, todos vivos ainda. O seu irmão mais velho, um fazendeiro ainda forte, na idade de oitenta anos, tivera dezessete filhos, na maioria ainda vivos, pregando e praticando a palavra de Deus para que os seus dias fossem incontáveis na terra que Nosso Senhor, seu Deus, lhe dera.

Muitos daqueles que não estavam pregando a Bíblia exerciam as suas atividades na Budd Gunmakers Corporation e justamente agora cuidavam da tarefa de encurtar o mais possível os dias dos alemães. Os alemães também tinham o seu próprio Deus, que do mesmo modo trabalhava para eles. Isto Lanny lera numa revista alemã que Mr. Robin lhe enviara. Como esses problemas eram um tanto difíceis para Lanny, ele resolvera dedicar toda a sua atenção às datas das antigas guerras greco-romanas.

III

Aos domingos, de manhã, o estudante vestia um terno bem passado e cinco minutos antes das dez horas estava entre aqueles que penetravam as salas da First Congressional Chuch. A igreja ocupava uma posição destacada na praça central de Newcastle; era uma construção de dois andares sem nenhuma beleza estética, parecendo um edifício particular.

A única coisa que indicava que fosse uma igreja era a torre que se levantava no centro, tendo no seu ponto mais elevado um para-raios; nenhuma cruz — isto teria significado idolatra e daria também a impressão de se parecer com a "prostituta de Babilônia", como Samuel Budd costumava denominar a igreja católica.

A classe dos estudantes da Bíblia era um dos fatores mais importantes da vida de Newcastle. Não era em toda a cidade que se podia encontrar a oportunidade de fazer perguntas todas as semanas ao principal industrial do lugar.

E eram muitos os que se aproveitavam dessa oportunidade; por isso, a aula era administrada na parte principal da igreja. Muitos dos negociantes mais importantes da cidade frequentavam essa classe; contava ainda com quase todos os diretores da Budd e com aqueles que nunca esperavam alcançar tal posição.

O FIM DO MUNDO 375

A classe tinha, além do seu caráter cultural, o de simples acontecimento comercial.

O professor dessa aula notável patenteava certo cinismo, pois vários cidadãos da sua cidade desistiam do golfe e do tênis a fim de ouvir a explicação da antiga moralidade judaica e da teologia suíça e escocesa. Sem dúvida nenhuma, ele possuía essa disposição, pois o seu amor ao Senhor não se estendia às múltiplas crianças deste mundo, expostas à destruição das suas metralhadoras.

Bastava para Samuel Budd que eles viessem. Deles dispunha durante uma hora explicando-lhes a mensagem sagrada. Se acontecia a alguns dos ouvintes não aproveitar essa chance, era porque o Senhor o predestinara e outros objetivos que a nenhum mortal era dado indagar.

Se eles demonstrassem certo desinteresse pelas lições e ocupassem os espíritos em coisas como estas: elevação dos seus vencimentos, um convite para si e suas esposas frequentarem as casas dos Budd ou o que fariam com o novo automóvel que iriam comprar, o velho Samuel concluía que tudo isto era arranjado pela Divina Providência. A única coisa que então um diácono da velha fé severa podia fazer era recitar os textos dos Evangelhos, ajuntando às interpretações, a consciência de que o Espírito Santo sempre se lhe revelava às dez horas de todas as manhãs de domingo.

IV

Depois da aula, seguiam-se os serviços regulares da igreja, o que significa dizer que as senhoras tinham uma hora suplementar durante a qual podiam tratar dos seus cabelos e vestuário. A guerra não mudara as modas. Toda aquela elegância que fugira de Paris e Londres estava agora em Newcastle. Os carros de luxo trafegavam das casas à igreja, trazendo as suas respectivas donas, e estas entravam no templo com afetação e piedade, lançando, porém, às vezes, um olhar furtivo para se assegurarem se os homens as olhavam com a devida atenção.

Aquele pequeno pagão, Lanny Budd, jamais estivera antes numa igreja, senão para assistir a casamentos ou enterros; era, porém, discreto, porque não revelava esse fato. A regra era a mesma que Lanny já observara nos jantares; olhar para o anfitrião e fazer o que ele fizesse. Lanny se levantava e cantava um hino do livro que Esther lhe dera, o mesmo cujo número já fora duas vezes avisado pelo pastor. Então, inclinava a cabeça e fechava os olhos, enquanto o reverendo Mr. Silas Saddleback orava. "Conheces, ó Senhor" — era a sua fórmula para começar as orações; em seguida, passava a contar ao Senhor muitas coisas, as quais Ele já conhecia, mas, provavelmente, não estavam no conhecimento da congregação. Também pedia ao Senhor para fazer muitas coisas pela igreja e Lanny pensava que Ele já devia ter conhecimento de todas aquelas necessidades.

Um coro bem treinado cantava um hino e em seguida fazia-se a coleta. Vovô Budd levava a salva pessoalmente aos proprietários dos bancos reservados, vigiando a generosidade ou a sovinice dos companheiros. Finalmente, Mr. Saddleback fazia o sermão. Lanny esperava que o padre explicasse alguns dos pontos difíceis da doutrina, mas, em vez disso, ele falava sobre a vontade de Deus em relação ao Kaiser Guilherme e sua cultura. Tornava o seu púlpito um novo Monte Sinai, lançando palavras tão temerosas que pareciam uma mensagem direta para a Budd Gunmakers Corporation, que na primavera daquele ano de 1917 empregara todas as suas forças ao serviço dos Aliados, do governo dos Estados Unidos e do "Todo Poderoso".

V

Lanny, de vez em quando, escrevia cartas para casa, a fim de contar à sua mãe e Marcel como estava vivendo. Para animá-los, descrevera minuciosamente as atividades bélicas que o cercavam. Beauty lhe enviava respostas afetivas e em certa ocasião lhe dissera que Marcel estava pintando Emily Chattersworth e não queria que ela lhe pagasse; era o seu agradecimento pelo que a americana estava fazendo em benefício dos soldados franceses. Marcel estava num estado de crescente indecisão e receio devido ao fracasso da ofensiva francesa na Champagne, durante a qual o seu velho regimento fora aniquilado. Beauty nada mais podia dizer a esse respeito; porém imaginava que Robbie, sem dúvida nenhuma, possuía meios mais adequados para saber notícias do conflito.

Lanny também escrevera a Rick e sua esposa. Este lhe enviara um cartão-postal. De Nina, soubera que Rick fora obrigado a fazer uma aterrissagem forçada, felizmente, porém, atrás das linhas inglesas; era um aviador de muita prática, aquilo que costumavam chamar um "ás". Nina dissera também que o *baby* era real. Falara sobre os seus exames e Lanny, por sua vez, fizera referências a respeito dos seus estudos.

O FIM DO MUNDO 377

Também escrevera aos meninos Robin, e estes lhe tinham feito referências aos trabalhos escolares da sua preferência. E Lanny pensava que se fosse característico dos judeus o gostar de trabalhos pesados, essa circunstância, por si só, lhes daria uma enorme vantagem sobre as outras raças.

Em tempo devido recebera também uma carta de Kurt e a sua resposta seguira por Roterdã. Não mencionava a sua estada nos Estados Unidos; apenas dizia:

— Estou vivendo na casa do meu pai. Escreva-me para lá.

Kurt sabia algo a respeito de Newcastle e algumas semanas depois chegava a sua resposta, via Suíça, na qual Kurt dizia que estava sentindo-se bem e que voltara às suas obrigações, estimando muito em saber que o seu amigo vivia ocupado em questões interessantes. Só isso. Lanny, porém, podia ler nas entrelinhas e compreendia que, embora Kurt estivesse lutando contra a América, ele não queria que Lanny combatesse contra a Alemanha!

O verão estava no auge e Nina escrevera outra vez. Rick obtivera licença de uma semana e tinha ido para Londres; tinham estado juntos em The Reaches — e como tinham sido felizes! "Poderemos continuar tão felizes assim, mesmo depois de terminada esta matança cruel?" O barão e sua esposa foram muito amáveis, e Rick era muito querido por eles. Tinham passeado, nadado e lido. E as noites poéticas, com a música vinda do rio e as estrelas tremendo na água e o amor nos seus corações! Lanny sentia uma onda de saudade. Ele também tivera os seus casos de coração — talvez ainda os tivesse.

A neta de Lord Dewthorpe, porém, não gostava de escrever. As cartas dela eram imperfeitas, faltava-lhes encanto. O fato de cuidar de feridos dia e noite tornava-a uma pessoa cansada e destituída de romantismo; pelo menos assim parecia. A velha Inglaterra já tivera muitas guerras. Agora era a vez da Nova Inglaterra.

VI

Talvez a carta de Nina e os pensamentos contínuos que a ela dispensava tivessem qualquer relação com a experiência estranha que Lanny atravessou durante algumas noites. Quando ele ia se recolher, sentia-se cansado, tanto de espírito como de corpo, e habitualmente adormecia em seguida, não acordando senão depois que a criada batia à porta. Naquela noite, porém, alguma coisa o fazia permanecer acordado; nenhuma conjectura podia enfraquecer esta certeza.

Estava deitado e parecia-lhe que os primeiros raios da manhã penetravam no quarto, onde havia luz suficiente para ver e reconhecer que era um simples aposento e que dentro dele havia objetos. O tordo-imitador ainda não notara a luz e os grilos estavam dormindo. Esse silêncio prendeu a atenção de Lanny; parecia anormal. Subitamente uma sensação sobrenatural pareceu apoderar-se dele. Alguma coisa estava acontecendo, pensava. Não sabia o que era, porém, o medo começou a perturbar a sua alma, ele sentiu que suava.

Olhou a escuridão e esta parecia tomar formas que ele não distinguia bem — se era a luz do dia ou alguma coisa diferente; parecia transformar-se ao pé da sua cama; e, além disso, aquela massa começava a mover-se. Subitamente Lanny reconheceu que era Rick. Uma pálida figura cinzenta, apenas suficientemente clara para que pudesse ser reconhecida distintamente; Rick, no seu uniforme de aviador, todo manchado de lama. Na sua face uma expressão séria e triste, e sobre sua testa um grande corte vermelho. Lanny teve uma intuição repentina: "Rick está morto!" Levantou a cabeça e olhou para o fantasma. Um arrepio de frio atravessou-lhe o corpo, os seus dentes começaram a bater e os seus olhos abriram-se mais, como se quisesse ver melhor.

— Rick... — murmurou.

Depois de pronunciar essas palavras, veio-lhe repentinamente a ideia de que tudo pudesse ter sido apenas um engano, porque no mesmo instante a figura começou a desaparecer. Lanny disse mais uma vez, num misto de medo e de saudade:

— Rick! Fale comigo!

Porém, a forma pálida desaparecia, ou antes, parecia espalhar-se no quarto todo e, afinal, Lanny pôde ver que era o início do dia. e que os objetos se tornavam distintos no quarto.

O pássaro começou a cantar, mas Lanny permaneceu deitado, cheio de horror, dizendo incessantemente a si mesmo: "Rick está morto, Rick morreu!"

Não adormeceu mais. Assim permaneceu até o nascer do sol, quando, então, se vestiu e foi ao jardim, passeando e se esforçando para controlar os nervos, antes de ir ao encontro da família. Tentava argumentar con-

O FIM DO MUNDO 379

sigo mesmo; porém não valia a pena lutar contra aquela voz íntima. Era a primeira grande perda na sua vida. Tinha de resolvê-la consigo mesmo — e sabia que odiava esta guerra e todas as guerras, agora e para sempre, do mesmo modo que Beauty e Robbie, ainda que este fizesse no íntimo do coração e não pudesse dizê-lo.

VII

Impossível evitar que Robbie e Esther notassem sua preocupação. Dissera que tinha dormido mal, pois não queria discutir a questão diante das crianças. Mas, quando estas saíram para os jogos, contou a Esther e ao pai o que lhe acontecera. Como supusera, Esther odiava a ideia. Tinha um espírito prático e sua fé em fenômenos sobrenaturais era limitada aos que foram ratificados e aprovados pela Bíblia.

A visita a Emaús era possível porque estava na Bíblia, mas isso de surgir uma visão no ano de 1917 — e na sua casa! Nada mais podia ser além de superstição. Somente negros e talvez católicos acreditassem nessas coisas do demônio.

— Talvez fosse apenas um sonho! — insistiu a esposa de Robbie.

— Eu estava tão acordado como estou agora — respondeu o rapaz. — Tenho a certeza de que algo horrível aconteceu a Rick.

Desejava mandar um cabograma a Nina, e Robbie disse que ia enviá-lo. Seu nome era muito conhecido e, portanto, a censura abreviaria tudo. Prometeu que o remeteria imediatamente ao chegar ao escritório e o faria com resposta paga, porque Nina não dispunha de muito dinheiro.

O telegrama dizia: "Que novidade há a respeito de Rick?" — e ainda no correr da tarde o seu secretário telefonou para Lanny dizendo que "A última carta da semana passada era satisfatória."

Lanny afirmou que isto naturalmente nada representava de real e insistiu para que uma segunda mensagem fosse enviada, ainda com resposta paga.

Isto foi feito. Durante dois dias, Lanny esperou, fazendo o possível para estudar e desse modo não perder o respeito de sua madrasta e de seus amigos. Então, veio um segundo telegrama de Nina, dizendo que Rick estava gravemente ferido, que talvez não vivesse e pedindo "orações".

Era esta última palavra fazia Lanny chorar como uma criança. Tinha a certeza de que Nina não era uma criatura religiosa. Queria ser uma cientista. Agora, porém, acontecia-lhe a mesma coisa que tinha sucedido a Beauty naquelas horas horríveis, quando a vida de Marcel estivera presa por um fio.

Ela rezava e pedira por telegrama o auxílio de Lanny.

O rapaz poderia rezar também? Ele não tinha certeza. Quando ouvira o reverendo Mr. Saddleback fazer uma invocação a Deus, estivera inclinado a aceitar este processo, embora com um pouco de humor. Agora, porém, gostaria de ter o auxílio de alguém para que Rick vivesse!

Esther ficara muito comovida com o que acontecera. Durante a crise, as suas duas naturezas tão diferentes chegaram a uma compreensão temporária. O seu orgulho fora humilhado, e ela tinha de admitir que existiam mais coisas no céu e na terra que transcendiam o limite do seu entendimento. Se alguma coisa da alma de Rick fora capaz de viajar da França a Connecticut, por que não seria possível que algo de Lanny voltasse para a França? Como o caso era de orações pelo restabelecimento do rapaz, estava de conformidade com as doutrinas da igreja de Esther.

"Não poupe despesas para ajudar a Rick" — este foi o cabograma de Robbie, o prático.

Providenciou para que Nina tivesse crédito ilimitado. Todas estas coisas eram fáceis de serem arranjadas, porque quem as determinava era um dos príncipes da indústria. Nina respondeu que seu marido estava num dos hospitais da França e que ela não podia ir para lá; a única coisa que podia fazer era esperar — e orar.

Passou-se algum tempo até que ela conhecesse a história e pudesse transmiti-la a Lanny. As tropas inglesas estavam no ataque, e Rick fora incumbido de defender outro avião que fazia reconhecimento aéreo — ou seja, observava o avanço das tropas inimigas e transmitia informações por rádio para que a barragem de artilharia estivesse sempre à frente delas. Fora atacado por três aviões alemães e uma bala atravessou-lhe o joelho, sendo obrigado a aterrissar atrás das linhas do inimigo. Nesse momento, o seu avião virou e assim foi ferido na testa. Enquanto o ataque continuava e os alemães não o achavam, ele arrastou-se até um lugar que tinha sido atingido pelas bombas e aí ficou escondido durante dois dias e duas noites, quase sem sentidos durante todo esse tempo, esperando que os ingleses avançassem e o encontrassem. Enquanto isso sucedia, seu ferimento se infeccionara e ele sofria horrivelmente. Na ocasião em que ela escrevia, ainda

O FIM DO MUNDO   381

não estava resolvido se sua perna seria amputada, pois havia receio de que não pudesse sobreviver à operação.

VIII

Os homens morriam aos milhares, diariamente, e o trabalho do mundo continuava. Assim Lanny tinha de enxugar as lágrimas, esforçar-se para não se lembrar do sofrimento do seu amigo e ir tomando conhecimento das conquistas do rei Alexandre e de outros. "A história era um rio de sangue e quem poderia viver passando toda a vida a chorar às suas margens?", pensava ele.

Lanny ficara interessado pelos seus estudos. Era moço e nada lhe podia ser inteiramente desagradável. Mr. Harper se mostrava satisfeito e, sempre que podia, explicava ao aluno aquilo que no seu entender considerava "método de unidade". História antiga, um ponto; história da Idade Média, um; álgebra, um; geometria, um; francês elementar, dois; francês para curso secundário, três; e assim por diante, até alcançar quinze.

Lanny lia os programas das autoridades da Universidade de Yale, mas Robbie lhe disse que não precisava preocupar-se com as exigências do *training* militar. E assim ele continuou os seus estudos, decorando as datas das conquistas de Carlos Magno e do Santo Império Romano.

Não tinha mais nenhuma visão das coisas. Veio um dia em que Nina voltou a escrever. Comunicara que Rick ainda estava vivo e que fora trazido para a Inglaterra, onde sofreria em breve uma operação — a segunda — e que receava que ele se tornasse um daqueles casos eternos para cirurgiões e hospitais. Lanny havia, naturalmente, escrito tudo a Nina a respeito da sua visão. Rick admitiu que, no momento em que estava caindo, pensara em Lanny, porque sabia que seu amigo tinha muito medo de quedas de aviões e lhe havia contado o que sucedera com Marcel.

Mais tarde, Nina dissera que Rick já havia voltado à casa paterna e que ela estava auxiliando a cuidar dele.

"Escreva-lhe coisas agradáveis, para reanimá-lo", disse ela. "Ferimento em joelho é sempre muito difícil de curar. E, se Rick andar, só poderá fazê-lo novamente com uma cinta de aço em redor da perna."

Pobre, orgulhoso, impaciente, o esteta amigo de Lanny seria um mutilado de nervos arruinados; sua esposa se transformaria numa daquelas almas devotadas que havia aos milhões em toda a Europa.

382   *UPTON SINCLAIR*

Essas ficariam satisfeitas se recebessem, de volta do campo da luta, mesmo uma parte dos seus maridos, que estariam, afinal, a salvo dos seus matadores.

IX

Sempre que Lanny ia nadar, via as grandes chaminés e os altos-fornos vomitando grossas ondas de fumaça. À noite, ao sentar-se no alpendre, divisava um clarão vermelho-escuro no céu. Era a fábrica Budd, a fonte de todas as boas coisas de Lanny e um dos lugares onde a guerra fora ganha. Desde a primeira infância, ouvira falar sobre o seu funcionamento e os seus donos, que possuíam aqueles papéis preciosos chamados ações, os quais garantiam a segurança e o conforto daqueles que os possuíam, bem como aos seus filhos e aos filhos dos seus filhos. Robbie, homem de negócio e dinheiro, estava acostumado a pregar pequenos sermões sobre a utilidade dessas fábricas. Naturalmente Lanny desejava vê-las e Robbie prometeu conseguir a permissão do pai. Logo que os dois rapazes, Júnior e Percy, ouviram esta promessa, também desejaram ir; já tinham estado lá, mas queriam ir novamente. E Bess — por que ela devia ficar esquecida? — Bess também pedira para ir.

Ela festejara há pouco o seu décimo aniversário e tivera notas melhores do que qualquer um dos seus irmãos. Em vista disso, o pai concordou com ela e disse que um dos secretários iria levá-los no sábado seguinte.

Entraram pelas grandes portas de aço, agora vigiadas por soldados, pois houvera muitas explosões em fábricas de munição e os agentes e espiões alemães eram muito ativos. Foram levados a um grande edifício onde viram aço em brasa sendo derramado de receptáculos gigantescos entre faíscas; observavam lingotes de ouro sendo transformados em lâminas que depois eram cortadas por serrotes ou batidas em grandes prensas. O seu companheiro disse que a munição era barulhenta em dois períodos da sua carreira: no início e no fim. Disse também que os homens se acostumavam mais cedo ou mais tarde com as duas coisas.

Os filhos de Robbie foram levados para salas tão grandes como oficinas de locomotivas, onde guindastes traziam as partes pesadas, automóveis elétricos carregavam outras e os homens trabalhavam em longas fileiras

O FIM DO MUNDO

compondo as pesadas metralhadoras. Tudo estava calculado e havia ordem absoluta, embora parecesse um lugar de desesperadora confusão.

Atravessaram as salas onde se terminava a fabricação de bombas para canhões antiaéreos. Mulheres e crianças estavam sentadas numa mesa enorme e sobre esta corria uma cinta infinita, deslizando silenciosamente. O objeto manufaturado começava do nada e cada operário fazia um movimento até que do outro lado a bomba saía pronta. No lugar onde as mesmas eram recheadas, ninguém podia ir, nem mesmo membros da família.

Lanny estava interessado em bombas, porém, muito mais em moças e meninas. Via que todas usavam os mesmos uniformes e que os movimentos das suas mãos eram rápidos e sempre iguais.

A maioria delas não tirava os olhos do seu trabalho — nem mesmo quando um moço bem parecido atravessava a sala.

Estavam comprometidas com a tarefa durante sete horas e quarenta minutos em cada dia, com vinte minutos para o *lunch*, e Lanny queria saber qual o efeito que esse trabalho podia ter sobre os seus corpos e espíritos. O secretário lhe afirmava que tudo tinha sido estudado cuidadosamente e que a velocidade da cinta estava em harmonia com os movimentos de ação dos operários, para que ninguém se cansasse. Era agradável ouvir isto; Lanny, porém, gostaria de ouvir a explicação dada por uma das moças.

Naturalmente ele podia sair de noite e ir às partes da cidade onde ficavam os cinemas, mas estava estudando para conquistar um novo crédito no seio da sua família e na escola de preparatórios. Tudo o que sabia sobre a fábrica era o que o jovem secretário achava conveniente lhe contar. Por ser tempo de guerra, em cada departamento estava se trabalhando com três turmas de oito horas de serviço cada uma.

Aqueles que não aguentassem deviam trabalhar noutros lugares, informava o secretário.

X

Lanny levou todas essas impressões para casa e sobre elas refletia durante as suas horas de descanso. Sentia-se orgulhoso da grande organização que seus antepassados construíram e compreendera o sonho de Robbie de que algum dia o seu filho mais velho se tornasse o dono de tudo aquilo. Lanny fazia a si mesmo esta pergunta: "Que sentido existe em fechar-me num quarto e decorar datas de guerras antigas, quando futuramente o meu destino será o de ocupar-me de novas guerras?"

Parecia-lhe que, se realmente tivesse de tornar-se um fabricante de munição, deveria desde já entrar na fábrica e começar a aprender do seu pai e seu avô tudo o que se referisse ao aço e ao alumínio e das novas ligações metálicas que estavam sendo experimentadas nos laboratórios; a respeito da pólvora de rápida ou vagarosa explosão; das várias matérias-primas, seus preços e fontes; do dinheiro e do modo como devia ser manejado e, acima de tudo, dos homens, como julgá-los e como conseguir deles o máximo de trabalho. Essa deveria ser educação de um capitão de indústria em perspectiva.

Antes de tudo, Lanny tinha de pensar na guerra. Ele concordava com seu pai, que dizia que os homens teriam de lutar em todos os tempos, porque essa é sua natureza, e nada pode transformá-la! Concordava com seu avô, que se convencera de que Deus ordenara todas as guerras e que tudo aquilo que acontecia na terra era de pouca importância comparado com a eternidade. Iria adotar uma destas crenças — ou continuaria acreditando apenas nas palavras do seu pai ou em outras que tivessem relação com a imagem de Rick aos pés da sua cama?

Uma coisa, porém, lhe parecia clara: se alguém quisesse ser feliz em qualquer ocupação teria de acreditar na mesma. Robbie disse que para isto bastava ao indivíduo saber que estava ganhando dinheiro; Lanny, porém, tendo observado o pai mais intimamente, convencera-se de que Robbie estava longe de ser um homem feliz. De temperamento sociável, ele gostava de fazer tudo o que pensava; todavia, agora estava calado. O seu coração não se animava em face de toda essa excitação patriótica que andava percorrendo o país; tinha uma certa aversão aos métodos que haviam sido seguidos para a entrada dos Estados Unidos no conflito e, se dependesse de sua pessoa, o seu país não teria mobilizado recursos para defender o que considerava "o agonizante imperialismo inglês".

Tinha uma atitude que denunciava certa insatisfação, tanto no seu trabalho, como dentro do seu lar. Desagradava-lhe o fato de saber que Esther estava se tornando cada vez mais favorável à guerra; ela acreditava nas histórias atrozes, empregava o seu dinheiro em empréstimos de guerra e auxiliava as mulheres de Newcastle a enrolar ligaduras, fazer cursos de enfermeira e todas as outras ocupações guerreiras. O presidente Wilson

O FIM DO MUNDO 385

fora filho de um ministro presbiteriano e a mãe de Esther tinha sido filha de um deles.

A esposa de Robbie lia as "palavras de ouro" do presidente, acreditando nelas piamente; e quando Robbie disse certa vez que as classes governantes da Inglaterra eram os propagandistas mais sagazes do mundo, um súbito arrepio atravessou a mesa do jantar.

21

OS PENSAMENTOS DE UM MOÇO

I

L ANNY NÃO DEFRONTAVA O SEU AVÔ SÓ DE OITO EM OITO DIAS. VIA-O na igreja, mas não fazia nenhuma tentativa de cumprimentá-lo. Deixava cair apenas a sua nota de um dólar na salva da coleta e sabia, de antemão, que a sua ação seria bem considerada naquele dia. O velho cavalheiro estava sempre absorvido na tarefa que o Senhor lhe dera e permanecia quase todas as horas do dia na sua grande casa, onde morava com uma velha sobrinha solteira; raramente saía, a não ser para trabalhar na fábrica.

Entretanto, observava todos os membros da sua grande família e, se algum deles fizesse alguma coisa que pudesse desagradá-lo, fazia sentir imediatamente a sua opinião.

— Silêncio significa consentimento — observou Robbie, com um sorriso.

E continuou:

— Mostrei-lhe o relatório de Mr. Harper a respeito do seu progresso.

— Ó! E que disse?

— Que você é um rapaz inteligente, mas que fala demais. Naturalmente isto não deve ser levado muito a sério. Não está dentro da sua natureza lisonjear ninguém.

Lanny encontrou alguns dos seus tios e tias; algumas vezes na igreja, outras vezes quando vinham para a casa do seu pai e ficavam para as refeições. Robbie lhe falava a respeito dessas pessoas — sempre que os dois estavam sozinhos, porque os pensamentos de seu pai a respeito dos seus parentes muitas vezes estavam impregnados de certa dose de maldade. Era uma família desequilibrada, uma família antiga, que vinha possuindo dinheiro por muitas gerações e que podia satisfazer todos os seus caprichos por mais extravagantes que fossem. Alguns ficavam satisfeitos em poderem continuar a trabalhar e ganhar mais dinheiro, embora não necessitassem; outros se dedicavam a obrigações especiais, tais como custear serviços de missionários ou andar traduzindo a Bíblia para o torgut ou o basquir ou para qualquer outra língua exótica; outros ainda, exploravam o rio Orinoco e traziam para casa orquídeas negras ou viajavam para a Arábia do Sul, fazendo amizades com sheiks e comprando cavalos de puro sangue.

O seu tio-avô, Theophrastus Budd, viera fazer uma visita de volta de uma convenção de reformadores. Era o mais velho dos irmãos do vovô Budd e se tornara muito conhecido como filantropo.

Defendia a eutanásia, o que significava a morte sem sofrimento das pessoas de idade avançada, já incapazes para o trabalho, e dos doentes incuráveis.

Ele mesmo já estava bastante idoso e Robbie disse que os seus herdeiros estavam esperando que Theophrastus praticasse o que pregava.

A tia-avó Sophronia, uma velha solteirona, vivia numa casa antiga com muitos gatos, e, quando Lanny foi visitá-la, a pedido dela, encontrou-a no *hall* com um pano na cabeça, remexendo quadros e objetos da família numa mala antiga. Encontrara traças e estava combatendo-as com um líquido para matar mosquito. Convidou Lanny a auxiliá-la, o que ele fez com muito prazer. Essa velha senhora tinha um ótimo senso de humor; contou ao seu novo sobrinho que há alguns anos passados perdera o interesse pela vida e, com grande surpresa sua, achara que isso a tornara feliz.

Esta gente curiosa tinha muitas vezes o hábito de discutir acaloradamente e quando o faziam sobre pontos controversos nunca encontravam meios de reconciliação. O tio Andrew Budd e sua senhora viviam na mesma casa há trinta anos e não falavam um com o outro. O primo Timothy e o primo Rufus, não concordando sobre a partilha da fazenda paterna, cortaram-na ao meio e viviam como vizinhos sem nunca se visitarem. A tia Agatha, a irmã mais velha de Robbie, saíra de casa e estava morando há anos num hotel, onde proibira ao porteiro a visita de qualquer pessoa da família Budd. Era isto a nova Inglaterra, dizia Robbie; uma espécie de lugar

O FIM DO MUNDO

onde os seres praticavam exageradamente o culto das próprias individualidades — seres egoístas, teimosos e vazios.

II

Um dos seus parentes, cujo encontro pareceu a Lanny o mais formal possível, era o tio Lawford. A apresentação foi feita na igreja, onde os membros da família trocavam habitualmente saudações à saída, quando se dirigiam para os seus automóveis.

Em ocasião oportuna, Esther, aproximando-se dele, disse apresentando o rapaz:

— Lawford, este é Lanny, o filho de Robbie.

O tio Lawford apertou-lhe a mão, perguntando: "Como vai?", de modo tão delicado quanto era necessário para dois filhos de Deus que se encontravam no Seu Santuário. Disse isso e calou-se.

Era um homem de aspecto curioso, de compleição pesada, com largos ombros e pernas meio curtas. Estava perto dos cinquenta anos, e seus cabelos cinzentos eram finos; tinha uma testa saliente e um olhar que Robbie classificava de "azedo", mas para Lanny esse olhar parecia nascer de uma perene reação contra ofensas imaginárias aos brios excessivos do tio Lawford. Robbie disse que talvez esse fosse o caso; Lawford não podia tolerar a menor oposição a qualquer atitude sua, fosse de quem fosse, e o modo de brincar de Robbie o aborrecia muitíssimo.

Estes dois talvez já tivessem deixado de discutir, porém os negócios não o permitiam. Cada ideia que Robbie advogava era sempre combatida pelo irmão mais velho. O pai dava a última palavra e, se apoiava Robbie, Lawford aceitava a solução, mas não escondia os seus ressentimentos.

Era o vice-presidente da empresa, o encarregado da produção. Vigiava todas as atividades das fábricas; podia-se dizer dele que cuidava das suas atribuições com o mesmo espírito do cachorro que defende o seu osso — ficava no canto e latia à aproximação de outros cachorros.

— Se eu tivesse de fazer qualquer coisa na fábrica, certamente teria de encontrar-me com ele, não é?

— Receio que sim; porém iria apoiá-lo e creio que isso seria bom para nós.

— Dado que vovô Budd venha a morrer agora, qual seria a consequência?

— Dependeria dos acionistas. Todos procurariam os delegados para conseguir votos.

388   *UPTON SINCLAIR*

— Os membros da família possuem a maioria das ações?

— Não, porque a fábrica se desenvolveu demasiadamente, porém temos o suficiente para manter o controle, especialmente se reunirmos os amigos da cidade.

Ao sair, Lanny refletiu sobre tudo isso. Seguir a orientação do seu pai — pensou, significaria manter esses rancores antigos e tornar-se um objeto de ódios contínuos. Ele desejava isto, ou teria de magoar ao pai, recusando-se a seguir a sua orientação?

III

O encontro que o moço teve com seu tio-bisavô Eli Budd, o mais novo e único tio vivo de vovô Samuel, foi importante. Vivia ele numa cidade do interior, chamada Norton, estava com oitenta e três anos e era ainda robusto. Mandara dizer que desejava ver o seu novo parente e, desde que era o chefe da família, o seu desejo fora acatado como uma ordem. Lanny lá chegou num sábado de manhã e voltou no domingo de tarde. Esther não somente lhe falara como devia se comportar, como também lhe chamara a atenção para as casas antigas de estilo interessante que encontraria no caminho, bem como para um velho moinho construído pelo avô de Esther e finalmente para um cemitério onde ficava o túmulo do progenitor de todos os Budd.

— Os cemitérios ficam nos lugares mais interessantes da Nova Inglaterra — disse a madrasta de Lanny.

A rua principal da aldeia de Norton era larga e sombreada por grandes árvores; as casas eram brancas e nenhuma possuía cerca, pois todas ficavam entre gramados bem-cuidados, com elmos, carvalhos e sicômoros, testemunhando o esplendor do verão. Eram casas antigas, valorizadas pelas suas largas portas, e nenhum barulho perturbava a sua paz interior. Numa dessas casas, morava o velho Eli em companhia da sua segunda esposa, uns trinta anos mais nova do que ele, e de uma filha solteira. Havia muitas moças solteiras na Nova Inglaterra, porque quase todos os rapazes haviam emigrado para terras distantes. A família vivia modestamente, tendo uma pequena renda, porque esse pastor aposentado apreciava a independência mais do que qualquer outra coisa no mundo.

— Todos os Budd hão de querer dizer-lhe como deve viver — disse ele a Lanny com um sorriso seco.

O FIM DO MUNDO

389

Era um homem de mais de seis pés de altura e, apesar da sua idade, os seus olhos ainda eram vivos e seu andar, embora vagaroso, ainda firme. Aprendera como viver limitando os seus desejos e mantendo a serenidade do seu espírito.

Quando Lanny entrou na casa, sentiu imediatamente que era um lugar onde o amor imperava. A tia-bisavó Bethesda, que era uma *quaker* gentil e um tanto discreta, disse ao recebê-lo:

— Tiveste uma viagem agradável?

O tratamento trazia algo de novo para Lanny e ele teve imediatamente desperta a sua curiosidade para aquela gente.

Sabia que o velho era unitarista e que esta sua orientação havia provocado certo escândalo entre os demais membros da família, principalmente o seu avô Samuel.

Um olhar pela sala bastava para certificá-lo de que Eli era um estudioso, pois as estantes estavam cheias de livros que tinham sido lidos e relidos.

Sentado diante da sua mesa de estudos, Lanny foi convidado a falar a respeito de si mesmo e, prontamente, atendeu ao pedido. Percebera, imediatamente, que podia interessar ao velho. Falou inicialmente sobre a beleza da paisagem onde vivera e sobre as pessoas cultas que encontrara, especialmente os homens antigos, tais como Mr. Anatole France, Mr. Pridieu e M. Rochambeau. Eli Budd queria saber o que havia lido e, quando Lanny começou a mencionar os autores de sua predileção, ele interrompeu o rapaz dizendo que eram todos escritores franceses e que também os tinha lido, fazendo observações sobre os mesmos. Via, pelas observações de Lanny, que o rapaz interpretava o pensamento daqueles escritores.

Entre os dois se realizava aquele processo químico da alma, quando duas delas se fundem numa, não gradualmente, mas de uma só vez.

Viviam distanciados três mil milhas, mas assim mesmo haviam desenvolvido essa afinidade. O rapaz de dezessete anos falava sobre os seus problemas e dificuldades e o homem de oitenta e três renovava a sua mocidade dizendo palavras que pareciam uma espécie de divinização do seu espírito.

— Não permita que os outros invadam a sua personalidade. Lembre-se de que cada ser humano é um fenômeno à parte, digno de evoluir. Vai encontrar muitos que não possuem em si os recursos necessários; esses tentarão prender-se a você. Encontrará outros interessados em dizer-lhe o que fazer e pensar. Melhor é, porém, afastar-se de tudo isto e aprender a ter a sua própria personalidade.

O tio-bisavô Eli fora um transcendentalista, tendo conhecido a maioria do antigo grupo da Nova Inglaterra.

— Existe algo em nós todos — continuou — que é maior do que nós, que trabalhava através de nós e que pode ser usado para a formação de nosso caráter. O núcleo central da vida é a personalidade. Respeitar a personalidade dos outros é a primeira de todas as virtudes e fazê-la respeitar é o principal dever do indivíduo para com todas as formas de governo, todas as organizações e sistemas que foram inventados pelos homens para escravizar e limitar os seus semelhantes.

IV

O moço e o velho saíram da calma da penumbra para a frescura da manhã. Faziam refeições frugais, porém a maior parte do tempo ficavam sentados na biblioteca, conversando.

Jamais Lanny ouvira alguém cuja conversa o satisfizesse tanto, e o velho Eli via o renascimento do seu espírito neste novo Budd vindo de além-mar.

Lanny falou a respeito da sua mãe e de Marcel; de Rick, de sua família, e de Kurt; falou até sobre Rosemary e o velho pastor não se sentiu chocado. Dizia que os costumes eram diferentes nas várias partes do mundo; e o que servia para uns não serviria para outros.

— O sangue da mocidade é quente — disse. — A paciência coloca armadilhas para nós e prepara arrependimentos que às vezes duram toda a nossa vida. Coisa importante é não fazer mal nenhum a qualquer criatura, principalmente à mulher, e isso não é muito fácil, pois as mulheres exigem muito e não hesitam em invadir a nossa personalidade.

O velho Eli sorria em dizer estas palavras; Lanny, porém sabia que ele falava seriamente.

Embora fosse um livre-pensador, o velho era um produto da consciência puritana e desejava que homens e mulheres se tornassem puros no seu íntimo. Quando Lanny ouviu estas palavras, começou a lembrar-se de uma tarde, nos altos da Igreja de Notre-Dame de Bon-Port. O seu amigo Kurt Meissner não somente manifestara as mesmas ideias, mas as justificava com as mesmas razões metafísicas. Lanny referiu-se ao fato e o velho Budd lhe explicou que não havia nada de estranho na observação, pois o trans-

O FIM DO MUNDO

cendentalismo da Nova Inglaterra derivava diretamente do idealismo filosófico alemão.

Era interessante ver um filho da Nova Inglaterra trazer para a sua casa mais um contingente dessa filosofia, um século mais tarde.

Eli mandava Lanny ter coragem e fé na sua visão. Sem esta, os homens seriam estúpidos e a vida seria apenas uma voracidade cega em busca de prazeres transitórios.

— Deus permita que os Budd não sejam somente fabricantes e vendedores! — exclamou Eli.

Estas palavras penetraram no centro dos pensamentos do rapaz. Quando chegou a hora de se despedir, o velho filósofo lhe deu um volume dos *Essays* de Emerson, escritos pela mão fina e sensitiva desse grande educador. Emerson tinha sido até ali apenas um nome para Lanny; prometeu, porém, ler o livro, e assim o fez.

V

Lanny foi para Sand Hill, onde se encontra a Academia St. Thomas, e passou com sucesso em todos os exames. O fato do nome Budd estar em todos os seus papéis não era motivo para se haver feito algo em seu benefício nesses exames. Nem tão pouco se levaria em condição para favorecê-lo, a circunstância de que os maiores edifícios da escola tinham sido construídos pelos lucros que a Budd Gunmakers tirara da guerra civil americana e da guerra hispano-americana. St. Thomas era uma parte da tradição dos Budd, e o direito da família de mandar os seus filhos para ali, era hereditário. Lanny observou a seu pai que ele não era propriamente um Budd, mas Robbie lhe disse que ele fora matriculado como seu filho e que não era costume na terra mandar-se alguém à França a fim de buscar documentos de casamento.

Os lindos edifícios estavam cercados por extensa grama, parecendo aquelas belas propriedades rurais da Inglaterra. Num dos dormitórios, com banheiro confortável, Lanny se instalara com um dos primos, que encontrara antes, mas por quem não se mostrava muito interessado.

Lanny tinha brincado antigamente com rapazes; nunca, porém, havia tomado parte num grupo.

Descobria que um grupo é alguma coisa que tem uma personalidade própria. Moço e interessado em tudo, dava sempre mostras de intensa

392 UPTON SINCLAIR

curiosidade, e cada hora era para ele uma nova aventura. Acordava ao tocar duma campainha elétrica, ia para o café a novo sinal e depois a campainha governava durante o dia inteiro as suas horas. Aprendera a decorar fatos que esquecia dias depois, tornando a aprendê-los para os testes, esquecen-do-os outra vez para recordá-los na ocasião dos exames — e depois desses esquecia-os para sempre.

O grupo tinha a sua vida própria durante as horas de descanso. Essa vida limitava-se especialmente a três assuntos: proezas atléticas, política da classe e sexo.

Quem pudesse correr, saltar, jogar *football* ou *baseball* teria sucesso; quem soubesse falar de um modo realista sobre mulher, seria auxiliado; se algum deles fosse de família notavelmente rica e célebre, e se tinha feições de anglo-saxão, roupas boas e modos fáceis, todos os problemas lhe seriam facilmente resolvidos.

Ao entrar no terceiro ano, Lanny penetrou no meio da política escolar e teve de ser julgado rapidamente.

O seu primo, fazendo parte da roda elegante, estava pronto para iniciá-lo e ficaria chocado se Lanny não mostrasse respeito pelos próprios pontos de vista, sobre os quais os seus amigos baseavam os seus julgamentos.

— Tome cuidado, senão vão considerá-lo um esquisitão — disse o seu mentor.

VI

Robbie tinha pedido a Lanny para não jogar *football* e isso era mais uma prova de que o pai esperava que o filho fosse mais prudente do que ele mes-mo. Robbie não queria que Lanny bebesse ou fumasse. Tinha desejado que o rapaz assistisse às aulas de Bíblia do seu avô, embora ele mesmo lá não aparecesse. Tudo isso tinha de ser refletido.

Lanny sabia correr e gostaria de ser um bom jogador de tênis; ademais, dando-se a esses esportes, nunca poderia ser taxado de esquisitão. Reco-nhecia, porém, que tinha muitas desvantagens para fazer sucesso em St. Thomas. Acabara de chegar do estrangeiro e só essa circunstância já o tornara objeto de curiosidade. Pronunciava o francês corretamente, o que só podia ser considerado afetação. Lera muitos livros e seus mestres disso fizeram menção aos companheiros, desejosos de acordar naqueles jovens a

O *FIM DO MUNDO*

compreensão pela cultura. Mas tudo isso era desagradável para Lanny. A primeira desilusão que teve foi quando descobriu que as aulas em St. Thomas eram muito estafantes. Consistiam principalmente em recitar o que os alunos tinham decorado na véspera. Raramente havia uma discussão inteligente e poucas vezes era ensinada alguma coisa de interesse. Todos se preparavam para entrar nas universidades e, entretanto, o que se aprendia era limitado e medido.

Lanny constatara que os colegas desejavam que ele fosse assistir às reuniões do grupo do seu primo. Os grupos eram chamados seções íntimas, e em cada um deles se conversava sobre *football* e, mais cedo ou mais tarde, a conversa terminava em torno de questões sexuais. Lanny não era puritano — ao contrário.

Estava ali para estudar os puritanos; já observara nos seus colegas a ausência daquele sentido de mútua camaradagem ou idealismo nas relações com moças da sua idade. Rapazes observadores e sagazes, sabiam como tratar aquelas que denominavam "aproveitadoras" e outros tipos perigosos do sexo feminino. Tanto rapazes como moças pareciam considerar os jogos do amor com o mesmo espírito com que mais tarde iriam agir nas especulações da bolsa.

Uma das características de um grupo é a de não permitir que um dos componentes seja diferente dos demais. Aqueles que discrepam da orientação da maioria são perseguidos.

Havia um jovem muito sensível, de nome Benny Cartright, cujo pai era um pintor bem conhecido. Descobrindo que Lanny se interessava pela pintura, fez-lhe algumas perguntas sobre o movimento de arte do estrangeiro. Também havia o filho de Mrs. Bascome, conhecida *leader* sufragista. Este moço era contrário à guerra, por princípio. Já fazia mais de um ano que Robbie falara ao filho a respeito dos tratados secretos dos Aliados, pelos quais foram distribuídas entre si as sobras da guerra. Agora esses tratados tinham sido publicados no *New York Evening Post*, e esse moço, Bascome, viera trazê-los a Lanny em forma de pequeno fascículo. Portanto, apesar dos avisos do seu primo, Lanny ia se tornando cada mês mais esquisito, e disto fora avisada a sua família.

Entre os professores de St. Thomas, havia um que ensinava inglês, um moço que estava tentando escrever poesias nas suas horas vagas. Por

394 UPTON SINCLAIR

acaso, descobrira que Lanny não somente lera os dramas gregos, mas que também tinha visitado aquele país.

Falavam sobre essas viagens depois das aulas e daí nasceu uma espécie de amizade entre os dois. Dias depois, Lanny foi convidado a ir ao quarto do professor. Essa era uma forma de esquisitice nunca vista antes, e os rapazes não sabiam pensar diferentemente sobre o caso. Diziam que Budd estava "chaleirando" o professor Algernon Baldwin — que apenas recebia oitocentos dólares por ano em troca do seu trabalho na escola, salário destinado não somente às suas despesas, mas, sobretudo, às que ainda tinha de fazer com a mãe doente, que dele dependia.

Em tempo devido, veio um cabograma de Juan, trazendo um pouco de alegria, embora provavelmente, não fosse intencional. Era de Marcel e dizia que a menina e Beauty iam bem. Mais tarde, mandara uma carta — já que ninguém podia garantir o serviço de cabogramas.

A carta tinha sido extensa: Beauty tivera uma linda menina, a quem dera o nome de Marceline. O pintor estava naturalmente muito orgulhoso de si mesmo, conforme sempre acontece a todos os pais. Persuadira Beauty a amamentar pessoalmente a criança; uma questão de higiene e moralidade, da qual fazia muita questão. Tivera a ideia depois da leitura de um livro russo.

Em seguida, veio uma carta de Mrs. Eric Vivian Pomeroy-Nielson, anunciando que também era mãe de um menino. Nina escrevera: "Não vou dizer muito a seu respeito, porque tudo que se disser sobre crianças recém--nascidas, já foi repetido um milhão de vezes."

Mandou uma fotografia. Assim Lanny passou a ter um casal para a sua mesa de trabalho. Escrevia a cada uma das mães sobre a outra, sugerindo que deviam conhecer-se, a fim de aproximarem desde já as duas crianças.

Nina contou que o pobre Rick sofrerá uma outra operação, a terceira, esperando dessa vez ficar livre da dor que ainda persistia no joelho. Estavam vivendo em The Reaches, poupando comida, pois o bloqueio ainda oprimia a Inglaterra.

VII

Lanny foi para casa no Dia de Ação Graça e leu a carta a seu pai. A missiva também dizia que a ação dos submarinos era contrabalançada pelo novo sistema de comboios.

O FIM DO MUNDO   395

Pai e filho falaram também sobre a segunda revolução russa. O governo de Kerensky, tentando continuar a guerra, fora derrubado por um grupo chamado bolchevique — uma palavra russa que nunca tinha ouvido antes.

Eram eles revolucionários que confiscavam toda a propriedade e socializavam as indústrias. Robbie disse que essa queda era o golpe mais horrível que os Aliados tinham sofrido. Significava que a Alemanha ganhara a metade da guerra e que a tarefa dos Estados Unidos fora duplicada.

— Significa até mais do que isto — continuou. — Significa que essas forças do ódio e da destruição existem por toda parte, e serão obrigadas a fazer o mesmo noutros países.

— Você acha que existem bolcheviques neste país?

— Milhares, e não são todos russos. O seu tio Jesse Blackless é um. Foi por esta razão que eu não quis que ele falasse com você.

— Quer dizer que ele é um revolucionário ativo?

— Costumava ser e agora, com essa revolução russa, talvez volte à ação novamente. Talvez até já esteja por trás destes motins que se deram ultimamente no exército francês.

— Mas isto é loucura, Robbie. Eles não sabem que os alemães, num caso assim, tomariam o país inteiro?

— Creio que imaginam que a mesma agitação se encontra entre as tropas alemãs. Se esse fogo queimar de uma vez, é possível que se espalhe por toda parte.

— Você acha que algo semelhante se encontra nas nossas fábricas?

— É claro; mas aqui eles ficam quietos. Meu pai e Lawford têm meios de seguir-lhes as pegadas.

— Quer dizer que temos espiões?

— Ninguém pode manter uma grande indústria a não ser que saiba tudo o que acontece dentro das suas paredes. O caso da Rússia reanimou todos os agitadores.

Robbie pensou por um instante e depois continuou:

— Aqueles tratados secretos dos Aliados deram uma arma poderosa aos agitadores. Podem dizer agora aos trabalhadores: "Olhem por que e para quem estão lutando, olhem o que estão fazendo!"

— Mas você disse a mesma coisa, Robbie!

— Eu sei, mas uma coisa é nós dois sabermos de tais fatos e outra é ficarem eles no conhecimento de revolucionários criminosos.

396 UPTON SINCLAIR

— Há um rapaz na escola que tem uma cópia desses tratados e fala muito a esse respeito. Notei que as suas ideias são iguais às suas, Robbie.

— Observe-o — disse-lhe o pai. — Talvez uma pessoa mais velha e sagaz esteja se aproveitando disto. Estamos vivendo em tempos perigosos. Você deve observar-lhe todos os passos.

VIII

Lanny voltou à escola e não demorou muito em cair na armadilha contra a qual o seu pai lhe avisara. Existia uma Mrs. Riccardi, senhora de bens, que às vezes reunia amigos na sua casa. Soubera que Lanny estudara Dalcroze e pediu-lhe que fosse até sua residência para falarem a esse respeito.

Lanny levou consigo Jack Bascome e Benny Cartright e, dentro em pouco, Bascome conversava com Mrs. Riccardi, manifestando-se contra a guerra. Falou-lhe a respeito dos tratados secretos, dando-lhe uma cópia, que passava de mão em mão. Naturalmente tal assunto estava sendo discutido em toda a parte. O país estava em guerra e aqueles que censuravam a França e Inglaterra, estavam ajudando ao inimigo.

Numa tarde de domingo, Lanny, Benny e Jack foram outra vez à casa da mesma senhora e lá encontraram Mr. Baldwin e um outro professor dado a coisas de arte, bem como várias pessoas, inclusive um jovem pregador metodista de nome Smathers. Lanny jamais ouvira falar sobre ele, mas ficou sabendo que fora o pastor de uma igreja do bairro operário de Newcastle.

Era um cidadão amável e, no correr da tarde, Lanny soubera que fora ele quem organizara uma cozinha de emergência para as mulheres e crianças durante uma greve de operários na fábrica Budd; também fizera discursos, tendo sido depois perseguido na rua e chicoteado pela polícia.

Lanny devia ter adivinhado que seria melhor não fazer perguntas a esse homem. Nas respostas que lhe deu, fez sentir a Lanny que não queria ofender a nenhum membro da família Budd; isso, porém, era um desafio à integridade de Lanny. Ele teve de declarar que de modo nenhum ficaria ofendido se o outro fosse verdadeiro nas suas informações. Mr. Smathers agradeceu a franqueza do outro, dizendo que se ele estava querendo ouvir, que ouvisse. Os outros da reunião permaneciam entorno, desejosos de ouvir o que o jovem ministro poderia dizer ao filho e herdeiro de Budd Gunmaker.

O FIM DO MUNDO 397

Mr. Smathers começou dizendo que os Budd não permitiam que os seus trabalhadores se organizassem. Recusaram permitir que os grevistas falassem nas ruas e tinham suprimido os jornais. Também conseguiram fazer passar uma lei proibindo a distribuição de boletins. Mais tarde, mandaram fechar o quartel-general dos grevistas e os *leaders* trabalhistas tinham sido presos sob várias acusações. Assim acabara, não se podendo falar depois a respeito dela em qualquer das fábricas de Budd; operários que murmurassem uma palavra sequer a esse respeito, seriam despedidos imediatamente.

— Tudo isto é verdade? — perguntou Lanny, e o reverendo Mr. Smathers respondeu que todo mundo em Newcastle sabia que era verdade. Os negociantes justificam essas medidas, dizendo que são necessárias para manter os trabalhadores livres de qualquer violência.

— O que isto significa — disse o ministro — é que a grande indústria particular destruirá o que chamamos na América de democracia política, e as nossas liberdades serão condenadas. Parece-me que esse é um problema sobre o qual os cidadãos americanos deveriam refletir.

Lanny agradeceu a Mr. Smathers por lhe haver falado com tanta franqueza, dizendo que vivera no estrangeiro e que nunca ouvira falar a respeito dessa greve.

Não disse a Mr. Smathers, conforme Robbie admitira, que os Budd mantinham um sistema de espiões. Nem disse o que sabia a respeito do seu tio Lawford. Este "vice-presidente encarregado da produção" era uma criatura sombria; tanto ele como o presidente da companhia sabiam que tudo o que fizessem para proteger as fábricas Budd e os seus lucros resultava da vontade do Todo Poderoso e que todo aquele que se opunha a eles era um agente de Satã ou talvez de Lênin e Trotsky, dois diabos personificados que subitamente apareciam nas primeiras páginas dos jornais da América.

IX

Naturalmente, todos aqueles que estiveram presentes àquela noite saíram fazendo comentários sobre a mesma. Do ponto de vista da dona da casa, fora um grande sucesso; os seus amigos tiveram o prazer de assistir sob o teto da sua casa a um incidente dramático, que teria grande repercussão na cidade.

UPTON SINCLAIR

Os boatos se espalharam em rodas cada vez mais amplas, cada vez mais crescentes. Desse modo, o novo aluno de St. Thomas obteve uma nova experiência.

Uma manhã fora chamado à sala da direção. Mr. Scott, o diretor, era delicado, mas firme nas suas atitudes. Junto dele estavam dois cavalheiros, um alto e pesado, que depois lhe fora apresentado como Mr. Tarbell; Lanny soube mais tarde que era um banqueiro importante da capital do estado e presidente do conselho administrativo do colégio. O outro era um jovem comerciante, tipo pertinaz, também funcionário de uma das grandes companhias de seguro. Mr. Pettyman era o seu nome e ele também fazia parte do conselho administrativo do colégio.

Lanny reconheceu que se tratava de algo sério. O diretor disse que os dois cavalheiros tinham vindo para pesquisar sobre a conduta de Mr. Baldwin e pediam a Lanny para dizer-lhes tudo o que sabia a respeito do professor.

Essa inquirição fez subir o sangue à face de Lanny.

— Mr. Baldwin é um cavalheiro perfeito — disse ele imediatamente. — Sempre foi muito gentil para comigo e auxiliou-me bastante.

— Estimo muito que o senhor diga isto — replicou o diretor. — Há alguma coisa que o senhor possa dizer e que poderia prejudicá-lo?

— Tenho absoluta certeza de que não existe nada.

— Então tenho certeza de que não se recusará a responder qualquer pergunta que estes cavalheiros lhe possam fazer.

Lanny compreendeu que, se hesitasse, ou se deixasse de ser franco, isso importaria num depoimento contra o seu amigo.

Mr. Tarbell, o banqueiro, falou:

— Fui informado que Mr. Baldwin se manifestou certa vez de um modo a indicar que ele não simpatiza com a guerra. Disse alguma coisa nesse sentido ao senhor?

— O senhor quer saber se ele assim se manifestou na aula ou particularmente?

— Em qualquer dessas eventualidades.

— Na aula, jamais ouvi Mr. Baldwin mencionar assuntos de guerra. Particularmente, às vezes concordava com as ideias que lhe tenho explanado.

— E que lhe disse o senhor?

— Eu lhe disse que a guerra é uma questão de lucro, e por esse motivo tenho razões para não apoiá-la.

O FIM DO MUNDO

— Qual a sua razão para afirmar que a guerra é uma questão de lucros?
— Constatei a evidência.
— Realmente! Quem lh'a mostrou?
— Por exemplo, meu pai!
O banqueiro ficou admirado.
— O seu pai disse isto claramente?
— Ele o disse mil vezes. Escreveu-me continuadamente, enquanto eu estava vivendo em França. Avisou-me a fim de que jamais esquecesse que a guerra atual visava proteger os grandes interesses ingleses e franceses e que muitos destes senhores estavam negociando com o inimigo, protegendo as suas propriedades com o prejuízo da sua própria pátria.
— Ó! — disse Mr. Tarbell.
O homem estava espantado com a franqueza do rapaz. As palavras lhe pareciam fugir.
— E ainda mais — continuou Lanny. — Zaharoff admitiu a mesma coisa na minha presença.
— Quem é Zaharoff?
Agora era a vez de Lanny ficar surpreendido.
— Zaharoff é o homem mais rico do mundo.
— Realmente? Ele é mais rico do que Rockefeller?
— Pelo menos controla a maioria das fábricas de armas da Europa, e meu pai diz que esta guerra está fazendo dele o homem mais rico do mundo. Agora está interessado em que a guerra continue: *jusqu'au bout*, até o fim, como ele mesmo disse. O meu pai recebeu uma carta de Lord Riddell dizendo que estas foram as palavras de Zaharoff.
— E esse homem admite que o motivo da guerra é o lucro?
— Não com estas palavras, senhor, mas é esse o sentido claro de muitas coisas que dizia.
— Quer dizer que o conhece pessoalmente?
— Estive na sua casa em Paris, em março último, com o meu pai, e eles falaram muito sobre a guerra, como comerciantes e fabricantes de armas e munições.

X

O banqueiro deixou tombar este embaraçoso assunto de guerra de lucros. Disse que tinha sido avisado que Mr. Baldwin assistira a uma reunião social,

UPTON SINCLAIR

onde houvera uma palestra bolchevique feita por um pregador notório, de nome Smathers. Lanny assistira? O rapaz disse que tinha estado em casa de Mrs. Riccardi, se este era o lugar que eles queriam mencionar. Não ouvira nenhuma conversa semelhante e chegou mesmo a pensar que o reverendo Smathers era um santo, o que era algo diferente de um bolchevique.

— Mas ele não criticou a Budd Gunmakers Corporation e sua conduta durante a greve?

— Disse o que aconteceu, mas somente depois que eu lhe pedi.

— E o senhor acredita no que ele disse?

— Pretendia ouvir meu pai a este respeito. Mas não o vi desde aquele dia.

— Mr. Baldwin tomou parte nessa conversa?

— Não me lembro do que fez. Creio que ficou ouvindo, como os outros.

— E disse alguma coisa depois?

— Não, senhor. Provavelmente receava embaraçar-me.

— Sabia que Mr. Smathers devia estar lá?

— Não sei. Fui convidado por Mrs. Riccardi e não sabia quem mais viria.

— Outros alunos de St. Thomas estavam presentes?

— Sim, senhor.

— Quais?

Lanny hesitou. Afinal continuou:

— Eu preferiria não dizer nada a respeito dos meus colegas. Disse que lhe falaria sobre Mr. Baldwin.

Em seguida, Mr. Pettyman começou a fazer perguntas. Queria saber quais eram as ideias do professor e em que se baseava a intimidade de Lanny com o mesmo. Lanny respondeu que Mr. Baldwin era um amante da poesia, escrevendo belos versos, e que ele tivera a felicidade de ler alguns. Também lhe emprestara livros.

— Que livros?

Lanny nomeou um volume de Santayana. Era um nome que parecia estrangeiro; sabendo de antemão que Mr. Pettyman nunca ouvira falar no mesmo, esclareceu que se tratava de um escritor que havia sido professor de filosofia de Harvard.

De modo gentil e paternal, o banqueiro lembrava ao moço que a nação estava em guerra.

— Os nossos rapazes vão para além dos mares, a fim de morrer por uma causa que talvez não seja perfeita. Mas quantas vezes se encontra perfeição absoluta neste mundo? Jamais houve guerra durante a qual algumas pessoas não tirassem lucros à sombra do governo. O mesmo aconteceu na Guerra Civil, porém, isto não impediu que fosse ela uma guerra destinada a manter a União.

— Eu sei! — exclamou Lanny. — Meu pai já me falou também a este respeito. Disse ainda que foi nessa época que J. P. Morgan começou a fazer a sua fortuna, vendendo fuzis imprestáveis ao governo da União.

Assim terminou o questionário de Lanny Budd. Não pensava ele que tivesse dito uma coisa horrível a Mr. Tarbell. Só mais tarde, quando contou ao pai o que sucedera, Robbie manifestou-se surpreso; ao mesmo tempo, achou divertido o incidente. Contou, então, ao filho, que o grande banco de Mr. Tarbell era conhecido como Banco Morgan e a Casa dos Morgan estava justamente agora num verdadeiro cume de dignidade e poder no mundo financeiro — administrava as compras dos governos aliados, gastando cerca de três trilhões de dólares do seu dinheiro, dentro dos Estados Unidos!

22

ACIMA DA BATALHA

I

LANNY VOLTOU PELO NATAL, A GUERRA NÃO DEVIA INTERCEDER nessa festa. Uma grande árvore com lindas decorações encontrava-se no *hall*. Todo mundo refletiu sobre os presentes que deveria dar aos parentes, alguns dos quais de nada precisavam.

Lanny, um forasteiro, procurou o conselho da sua madrasta, e ambos foram à maior livraria da cidade, procurando adivinhar qual a espécie de livro que mais agradaria em casa.

Dessa forma, os ricos recebem livros que bastam para tomar-lhes o tempo durante um ano inteiro de leitura.

Lanny lembrou-se do seu Natal no Castelo de Stubendorf, onde se comera demasiadamente, mas onde os presentes eram escassos. Na Nova Inglaterra dava-se justamente o contrário.

402   UPTON SINCLAIR

Não era elegante encher o estômago, mas a ingenuidade ianque inventava brinquedos para agradar aos filhos dos ricos e os adultos recebiam toda espécie de presentes. Na manhã de Natal, a base da árvore achava-se coberta de embrulhos de papéis de todas as cores, fechados com fitas. Cachimbos e charutos, chinelos, gravatas — eram os objetos estândares para os homens —, enquanto as senhoras recebiam joias, relógios de pulso, meias de seda, véus, bolsas, caixas de chocolate — tudo em tal quantidade que seria fastidioso abrir tantos embrulhos; podia-se mesmo ler na face de cada um, esta pergunta: "Que poderei fazer de tudo isso?"

Robert Júnior e Percy eram dois rapazes bons, quietos e um tanto caseiros. Esther considerava toda extravagância como um mal, e ensinava os filhos a serem sóbrios. Combatia, assim, a corrente do seu tempo, cuja tendência era para o encarecimento de tudo. Além disso, havia uma larga propaganda no sentido de gastar dinheiro, que era mantida por milhares de agências interessadas. Ali estavam muitos presentes, com cartões dos tios e tias e primos e amigos de escola, e mesmo de empregados; os rapazes estavam tão saciados que não podiam apreciar nada.

Também Lanny teve a sua parte de presentes e de estupefação.

— Meu Deus! Três suéteres, quando já possuo vários!

Viam-se ainda lenços, gravatas, escovas de cabelo, um cinto de pele de jacaré, pesado demais para ser confortável, livros recém-editados e, no meio de todas essas coisas supérfluas, um presente do tio-bisavô Eli — uma edição muito estragada do *Walden*, de Thoreau, aparecendo tão mal colocado, como o seu autor se sentiria se entrasse em contato com esse ambiente elegante. Henry David Thoreau dissera que quem quisesse ter o seu tempo livre e isento do espírito mercantilista, fosse viver numa cabana com mingaus de aveia e frutas silvestres. Duas gerações da Nova Inglaterra se encontravam num dos recantos da casa dos Budd e ambas não se entendiam, porque seus objetivos eram antagônicos.

II

Lanny enviara ao tio-bisavô o mais lindo livro que pôde encontrar na livraria — uma edição ilustrada de *Dom Quixote*. Agora vinha um convite para que passasse o fim da semana com ele, levando Bess consigo. Esther não ficou muito satisfeita com essa intimidade entre sua filha e o enteado.

O FIM DO MUNDO 403

Lanny, porém, prometeu levá-la com cuidado. Bess ficou entusiasmada e Robbie, tão satisfeito que a mãe não pôde proibir a visita.

Entre Lanny e sua madrasta havia uma profunda diferença de temperamento. Lanny era guiado pelo amor à beleza, enquanto Esther pensava minuciosamente sobre tudo o que sentia ou fazia, de modo a não ferir os seus rígidos pontos de vista.

Algumas vezes, à tarde, ela encontrava Lanny tocando piano de um modo extravagante, completamente absorvido; Esther ouvia-o preocupada. Não conhecia tal música, ao menos nunca a ouvira num salão; e isso para ela era, nada mais, nada menos, do que uma desordem. Impossível acreditar que alguém pudesse agir de modo semelhante, sem que mais cedo ou mais tarde não se comportasse mal.

Bess, com sua facilidade em se excitar, sempre parecera um problema à sua mãe, e agora vinha este rapaz de longe para estimular as suas tendências. A pequena ouvia aquela música com uma expressão de encanto, como se fosse levada a qualquer país longínquo para onde Esther não encontrasse nenhum caminho. Bess queria tocar piano como Lanny, queria dançar com ele! Conversava sobre os lugares onde Lanny já estivera, as pessoas que tinha encontrado, as histórias que contara. Livros que Esther tinha lido sobre a educação de crianças aconselhavam às mães que deviam quase sempre atender aos desejos dos filhos, a fim de evitar recalques que poderiam ter consequências deploráveis.

A mãe, portanto, aquiesceu ao pedido de Bess, mas ficou preocupada.

Naquele lindo dia de inverno, Lanny falou à sua irmã a respeito do velho maravilhoso que iam encontrar.

O tio-bisavô Eli ajudara outrora a fuga dos escravos. Seu amigo Thoreau fora preso por ter recusado a pagar impostos a um governo que permitia a escravidão. Thoreau e alguns dos seus amigos fundaram uma colônia chamada Brook Farm, com o objetivo de ficarem independentes e terem uma vida mais saudável.

Na casa do velho Eli, os meninos ficavam sentados várias horas aos pés do antigo pastor, e, embora Bess não pudesse compreender as suas palavras, ela sabia que tudo o que ele dizia era bom. Quando os dois moços voltaram, estavam unidos por esse novo laço.

III

O último inverno da guerra era o mais sombrio e pavoroso de todos. Durante três anos e meio, todo o engenho humano e todas as fontes da ciência tinham sido devotados a fins destrutivos. Os dois inimigos possuíam agora venenos de diversas qualidades.

A visão do poeta se tornava em realidade: um orvalho mortal caía das nuvens. Tudo tinha se tornado mais terrível do que nunca. Os alemães construíram canhões enormes, conhecidos como Big Bertha, e jogavam bombas sobre Paris numa distância de setenta e cinco milhas.

Contra os submarinos, havia bombas de profundidade e uma cadeia de minas formada por setenta mil dessa espécie; ia do mar do Norte, passando pelas ilhas Orcádes, até à costa da Noruega, numa distância de quase trezentas milhas.

A América também estava pronta. Com uma rapidez jamais conhecida na história do mundo, terminara os seus preparativos. Todos falavam sobre a guerra e a idade mínima para o alistamento era de vinte e um anos.

Lanny estava agora com dezoito anos e Robbie mostrava-se preocupado ante a possibilidade do filho, com o seu temperamento emotivo, encher-se de entusiasmo e alistar-se também. Sempre que ele vinha aos domingos, Robbie o examinava e, então, repetia frases como estas: "Já ouviu falar de Lord Palmerston? Foi primeiro-ministro da Inglaterra durante a nossa Guerra Civil. Ele dizia sempre: 'A Inglaterra não tem amizades duradouras. Tem somente interesses duradouros.'"

Robbie e Esther não possuíam a mesma orientação relativamente à Inglaterra, mas o industrial deixava que ela emitisse as suas opiniões livremente.

Às vezes, o velho Samuel pedia-lhe para ser mais reservada nas suas opiniões. Jamais alguém ouvira uma palavra sobre o que o presidente de Budd Gunmakers pensava a respeito da guerra. Tudo o que sabiam era que ele estava fabricando munição durante as vinte e quatro horas de cada dia, inclusive no dia do Senhor.

Como resultado desse estado de coisas, Lanny não se sentia muito feliz durante o período da luta. No colégio, os seus colegas achavam que ele não tinha suficiente interesse pela terra dos seus antepassados. Havia coisa pior: Mr. Baldwin não podia mais conversar com Lanny, pois recebera or-

O FIM DO MUNDO 405

dens severas de cuidar unicamente do ensino, evitando falar com os alunos em particular.

IV

Uma carta que Lanny recebeu comoveu-o profundamente. O envelope fora escrito a máquina, sem trazer no verso o nome do remetente, mas nele se viam selos dos Estados Unidos e o carimbo de Nova York.

Tratava-se de uma longa carta de Kurt Meissner!

Logo que a teve em mãos, Lanny pensou que Kurt a escrevera de Nova York. Refletindo melhor, compreendeu que seu amigo devia ter dado a missiva a alguém que se dirigia para os Estados Unidos.

Seja como for, tinha uma carta de Kurt, a primeira que recebia da Alemanha desde o rompimento das hostilidades. Kurt dava notícias suas e da família. Era capitão de artilharia, fora ferido duas vezes, a primeira vez levemente e a segunda em caráter grave. Não podia escrever o nome do seu regimento, nem onde se encontrava; dizia somente que estava escrevendo de uma cidade que ficava na retaguarda da frente de batalha, dispondo de poucos dias de licença. Seus três irmãos estiveram na guerra, um fora morto durante a invasão da Prússia, e um outro estava em casa, restabelecendo-se de um ferimento. O pai exercia importante lugar na administração. Sua irmã casara com um oficial e ficara viúva com duas pequenas crianças.

Kurt referiu-se ao seu estado, que dizia ser semelhante ao de Marcel e Rick. "Minha pátria está em guerra e a obrigação de todo homem é por todos os seus interesses de lado e auxiliar o país a vencer um inimigo arrogante e traidor." Disse que, apesar de tudo, ainda estava interessado em música e filosofia, mas que suas obrigações de oficial de artilharia não lhe deixavam senão muito pouco tempo para pensar sobre esses assuntos. "Depois que minha pátria vencer esta guerra, continuarei certamente os meus estudos."

Em toda a carta, se entrevia o desejo do rapaz de que seu amigo opusesse toda resistência às fraudes da propaganda inglesa. Kurt não desejava que o espírito do seu companheiro ficasse pervertido pelo que diziam os mentores do imperialismo britânico. Esse povo, que retinha em suas mãos as partes mais cobiçadas do mundo, procurava agora uma chance para destruir a armada alemã, construir a sua estrada de ferro do cabo da Boa Esperança ao

Cairo, a fim de evitar que os alemães construíssem a ferrovia Berlim-Bagdá e assim tentar contrariar os esforços de uma raça vigorosa e capaz de achar o seu lugar ao sol.

Era de se esperar que a França odiasse a Alemanha e fizesse guerra contra ela. Os franceses eram um povo ciumento que enxergava os alemães como inimigos hereditários. Acalentavam o sonho fútil de reaver a Alsácia--Lorena com seus tesouros de carvão e ferro. Os ingleses, porém, eram parentes sanguíneos dos alemães e a sua guerra contra a Alemanha era um fratricídio; o crime de usar tropas negras e amarelas para destruir a cultura mais elevada da Europa representava uma maldição eterna contra os seus autores. Agora os militaristas ingleses estavam gastando fortunas a fim de enviar mentiras sobre os métodos e os objetivos de guerra da Alemanha. Que tragédia representava para a América, uma nação livre com três mil milhas de oceano entre si e as lutas da Europa, deixar-se iludir por essa propaganda e perder o seu dinheiro e trabalho para ajudar a Grã-Bretanha a apoderar-se de mais territórios ainda e acorrentar desse modo outros povos ao seu carro imperial!

V

Às vezes, Lanny escrevia à mãe, contando-lhe as aventuras na terra orgulhosa da América. Falava também sobre todas as pessoas curiosas que ia encontrando, tão diferentes das de Provença. Sabendo que Beauty estava interessada em pessoas, ele as descrevia, começando pela madrasta. Uma boa senhora, dizia, mas tão distante do que ele considerava "sutilezas do espírito". O rapaz dava claramente a entender que preferiria a sua casa em Juan, mas estava cumprindo os desejos do pai.

Beauty escrevia, uma ou duas vezes por mês, cartas bonitas e agradáveis. A pequena Marceline estava se desenvolvendo bem, e Beauty era tão feliz quanto o era possível ser nestes dias de guerra. Viúvas e mais viúvas nas ruas, e novas levas de mutilados para que Emily Chattersworth pudesse encher sua casa. Os preços estavam aumentando o medo por toda parte. Ouvia-se constantemente e em toda parte esta pergunta: "Quando chegarão os americanos?"

Os alemães estavam preparando uma enorme ofensiva, com a qual pretendiam terminar a guerra e, enquanto isso sucedia, a pobre França reunia as suas últimas reservas.

O FIM DO MUNDO   407

Também Marcel enviava uma pequena mensagem ou escrevia uma ou duas linhas no fim de cada carta. Nunca discutia a guerra, nem os seus problemas pessoais; mandava também, às vezes, um desenho, e Lanny mostrava-o ao pai, mas a ninguém mais.

A maior dificuldade de Beauty era evitar que Marcel voltasse ao exército. Argumentava: "Os americanos estão chegando e levantando um grande exército! Vão acabar com a luta!"

Achava, pois, que esses soldados bastavam para salvar a França, e que não seria necessário mais o sacrifício daqueles que, como Marcel, eram criadores de beleza.

VI

Os novos senhores da Rússia, os bolcheviques, tinham feito a paz com a Alemanha em Brest-Litovsk, livrando um grande exército alemão naquele setor e tornando a Alemanha, pela primeira vez, capaz de dispor de superioridade numérica na frente leste. A ofensiva, preparada de há muito, começara em março; em primeiro lugar, contra os ingleses no Somme e, em seguida, contra os franceses no Marne, com sucessos em ambas as frentes.

Essa luta desesperada vinha há três meses e durante todo esse tempo o povo francês vivia numa grande agonia. Os soldados estavam morrendo às centenas a cada hora, e às vezes o morticínio atingia milhares. As esperanças morriam ainda mais depressa — e entre essas, também, as da pobre Beauty.

A notícia desses receios chegara a Lanny pelo correio; não valia a pena enviar um telegrama, pois nada podia ser feito. "Marcel foi-se embora", escrevia a mãe. "Fugiu de noite, deixando uma carta na minha cama. Provavelmente receava que eu fizesse uma cena. Não se preocupe comigo. Estou calma. Nesses dois últimos anos, jamais deixei de pensar nessa possibilidade, e sempre acreditei que não pudesse me livrar dela. Agora não me embalo com esperanças; sei que nunca mais o verei. Vão aceitá-lo no exército e ele morrerá na luta. Tenho de reconciliar-me com essa possibilidade, principalmente porque já me convenci de que, nestes tempos, não há lugar para a felicidade."

"Marceline", continuou a carta, "nasceu para ocupar esse vazio que antevejo; no íntimo do coração eu sentia bem claro o que ia acontecer. Ainda

408 UPTON SINCLAIR

estou amamentando, mas diariamente vou para Sept Chênes. Existem casos tão dolorosos! Não sei o que deva pensar sobre a guerra, nem o que tinha a esperar dela. Parece incrível que os alemães ainda não tenham sido expulsos da França. Tenho de viver para assistir os americanos chegarem e serem sacrificados sem resultado? Tenho de viver para ver o meu único filho arrastado para a luta? Devo ouvir da sua boca as mesmas palavras que ouvi dos lábios de Marcel?"

Enquanto Lanny estava lendo esta carta, sabia que Marcel devia estar na luta. Ele era um homem capaz e a pátria precisava de homens assim.

E assim era. Marcel escrevia cartas à esposa, cheio de uma certeza absoluta de paz; estava fazendo o que tinha de fazer. Não podia dizer onde estava, mas se percebia que estava dentro da luta.

Mas o fim chegou. Não vieram mais cartas. O inimigo avançava e ele não podia estar ainda parado. Ao menos por enquanto. Existia a possibilidade de que Marcel fosse feito prisioneiro; os seus amigos, nesse caso, teriam de esperar até o fim da guerra. O caso, porém, é que nunca mais tiveram notícias dele.

Mais tarde, Lanny fez tentativas para saber algo de definitivo, mas ninguém lhe pôde dar notícias de Marcel. Seu amigo morrera, fora enterrado num túmulo sem identificação, ao lado de muitos companheiros. Nesse caso, o seu pó iria enriquecer o solo da pátria e sua alma inspiraria novas gerações de franceses com o seu exemplo de amor à beleza e seu alto sentido de piedade pelos erros da humanidade.

VII

Lanny voltou à casa a fim de passar o *weekend*, e encontrou uma carta agradável. Era do seu amigo Jerry Pendleton, que agora era sargento num campo de *training* e esperava ir brevemente para a Europa. Ia rever Cérise!

Lanny estava um tanto alarmado, pois ouvira dizer que muitos dos seus colegas e amigos tinham ido para o campo Devens fazer exercícios militares, de onde, depois, seriam levados à guerra. O campo distava apenas três horas de Newcastle, e Lanny, sabendo que seu velho professor ia seguir, desejava revê-lo antes do embarque.

— Mande um telegrama para ver se ele ainda está — disse o pai e Lanny recebeu no dia seguinte uma resposta que lhe era favorável.

O FIM DO MUNDO   409

Estava nervoso. Devia ir no outro dia, que era um domingo. Convidou Robbie. Jerry era um excelente amigo, informou ao pai. Lá talvez estivessem em treinamento os canhões de Budd. O pai aceitou imediatamente a sugestão e ainda aquiesceu na ida, também, dos outros filhos e de Bess.

— Envie um telegrama dizendo a Jerry que prepare chá para cinco! — disse Robbie ao filho.

Depois de uma viagem agradável, chegaram aos portões do acampamento e encontraram Jerry a esperá-los. Os rapazes, no acampamento, estavam satisfeitos e os visitantes eram recebidos com demonstrações de camaradagem.

Jerry estava bronzeado e parecia um pouco mais alto. Demonstrava um legítimo orgulho ao mostrar o acampamento, onde as casas, todas de madeira, tinham sido terminadas em meia hora cada uma delas.

Quarenta mil jovens estavam ali exercitando as metralhadoras e outras armas e agora, naquela tarde de domingo, todos descansavam.

Jerry levou-os à sua própria casa, onde se instalara com trinta companheiros.

Tudo estava limpo e possuía bom aspecto.

Ele e Robbie tiveram uma conversa sobre técnica de guerra, enquanto os outros rapazes ficavam silenciosos, ouvindo-os respeitosamente.

A metralhadora Budd era formidável, dizia Jerry. Afirmava que na Europa não existia outra mais aperfeiçoada.

— Estudei as diversas qualidades — explicou. — Preciso explicar as suas diferenças, pois um soldado nunca sabe o que encontrará no campo de batalha.

O exército americano estava aprendendo com rapidez e iria cumprir sua missão. Treinava somente sobre ataque, como devia ser feito, disse o sargento.

— Não vamos para lá para ficarmos sentados nas trincheiras. Ensinamos aos soldados como capturar uma posição e em seguida a atacar uma segunda.

— Os alemães têm metralhadoras ótimas! — disse Robbie, com precaução.

— Pretendemos achatá-los com artilharia e rechaçá-los com granadas de mão. Esta é uma coisa que eles não sabem, porque não têm prática de jogar o *baseball*. A maioria dos nossos soldados acerta uma granada da primeira vez.

VIII

Durante todo este tempo, Lanny ficou pensando: "Marcel devia estar aqui e ver isto!" Era um pensamento que tinha o poder de diminuir o prazer da sua visita. Sentia-se muito contente por encontrar um velho amigo cheio de vigor, mas ao pensar que ele talvez estivesse dentro de três meses como Marcel ou Rick — então este acampamento tão cheio de vivacidade tomava aspecto diferente. Observava estes rapazes alegres e felizes treinando; ao mesmo tempo, notava o aspecto triste da face da sua pequena irmã e adivinhava que ela estava pensando do mesmo modo. De volta para casa, os dois meninos conversaram sobre o passeio e sobre o que tinham visto no acampamento. Eles eram da família Budd, os mesmos Budd que fabricavam metralhadoras mortíferas, e fantasiavam usar essas armas.

Seu pai não se preocupava com eles, porque eram jovens demais para que pudessem lutar. Queria, porém, ter a certeza de que Lanny não fora seduzido pelos encantos do acampamento. A guerra é um velho espetáculo para a humanidade, mas ela sempre tem algo de impressionante para as naturezas sensíveis. Portanto, Robbie esperava que algum pensamento saísse da mente preocupada do seu filho mais velho, sobre o que lhe fora dado assistir na visita ao professor. Quando Lanny falou, Robbie ficou satisfeito, pois o filho feriu o assunto diferentemente do modo que esperava.

— Você acha que seja possível encontrar um emprego para mim na fábrica, durante o verão, quando a escola estiver em férias?

— Que espécie de emprego quer, meu filho?

— Alguma coisa onde possa ser útil e ao mesmo tempo aprender algo a respeito de negócios.

— Você acha que isto lhe seria interessante?

— Todo mundo está fazendo alguma coisa e não me é agradável ficar somente brincando, numa época destas.

— Se você estudar bem e obtiver boas notas, ninguém vai discutir o seu direito ao descanso durante o verão.

— Se eles souberem quão pouco trabalho real eu faço, talvez, não. E para que você possa dizer à comissão de alistamento que fui requisitado para as fábricas de munição, não seria melhor que eu conhecesse alguma coisa a respeito dessa fabricação?

— Você terá ainda dois anos e meio para não pensar nessas coisas.

O FIM DO MUNDO

— Soube que estão cogitando de diminuir a idade mínima. Portanto, se você não quer que eu seja alistado, melhor será arranjar um meio de evitá-lo.

— Vamos pensar sobre isso depois — respondeu o pai e continuou com um sorriso. — O presidente das fábricas Budd ficará satisfeito!

23

SONHO DE UMA NOITE DE VERÃO

I

OS EXAMES SE REALIZARAM E LANNY OBTEVE BOAS NOTAS NAS VÁrias matérias.

Estava há catorze meses em Connecticut, e durante este período mais de um milhão de americanos foram levados à França.

Jerry Pendleton e cinquenta mil outros sargentos tinham ido realizar suas ideias sobre a destruição de um ninho de metralhadoras inimigas, usando os seus métodos de jogo de *baseball* no lançamento de granadas de mão. Durante esses catorze meses, as fábricas trabalhavam dia e noite sem descanso. Os produtos eram postos em inúmeros lugares diferentes da França, por trás da frente de batalha. Os soldados já tinham tido uma espécie de experiência na batalha de Cantigny e agora estavam sendo lançados contra as tropas alemãs, para impedir o avanço destas na direção de Paris.

Tais eram as notícias, agora que Lanny ia discutir com o pai o modo por que passaria o verão. Ainda queria trabalhar na fábrica; e quando Robbie lhe falou a esse respeito, ele disse:

— Por que não devo aceitar um emprego como qualquer outro e experimentar como é o trabalho de oito horas?

— Quer começar no início da escada? — perguntou o pai, sorrindo.

— É este o modo comum?

— Nos romances. Você vai ser colocado no canto de uma sala, aprender seis movimentos e fazê-los, digamos, oitocentas vezes por dia durante três meses. Se fizesse isso, cansaria depressa...

412   UPTON SINCLAIR

— Talvez eu aprendesse algo a respeito dos trabalhadores.

— Você aprenderia que nove dentre dez nada sabem além desses seis movimentos e que não se interessam pelo resto. Aprenderia que estão ganhando atualmente muito dinheiro e não sabem o que fazer com ele, a não ser comprar meias e camisas de fantasia e automóveis de segunda mão. Tudo isto, entretanto, você pode aprender descendo uma tarde pela rua central.

A Lanny, pareceu desanimadora a revelação, mas continuou:

— Eu nunca pensei em ficar para o escritório, Robbie, porque não sei nada e vi que todos ali vivem muito ocupados.

— Você tem razão. Diga-me, porém, o que fazer. Quer tornar-se um diretor dos Budd e viver aqui em Connecticut? Ou quer aprender o meu negócio? Isto é, prefere aprender a fazer munição ou vendê-la?

— Pensei que devia conhecer tanto um como outro sistema, Robbie.

— Você tem de saber alguma coisa a respeito de tudo, se quiser trabalhar nesse ramo. Nele, há muitas especializações e, portanto, requer o máximo de concentração.

— Se me perguntar se desejo trabalhar com você ou com o tio Lawford, deve saber de antemão a minha resposta.

— Então, por que não começará a trabalhar no meu escritório procurando ver tudo na fábrica do mesmo modo que eu?

— Tem certeza de que não vou incomodá-lo?

— Se você me incomodar, eu lh'o direi, e, se incomodar aos outros, eles também lh'o dirão.

— Está muito bem.

— Então vamos começar; ouça a minha ideia: mande pôr uma escrivaninha na minha sala e estude algo sobre munição, em vez de nomes de reis ingleses. Quando eu conversar com os negociantes, você deve procurar ouvir, e quando eu ditar cartas, tome a correspondência e leia tudo até compreender o negócio. Estude os contratos e especificações, preços e descontos; vá buscar as cópias e, quando não compreender uma coisa qualquer, deve me perguntar. Aprenda a fórmula de aço e, quando souber bastante para compreender o que estiver vendo, desça à fábrica e observe o processo. Quando conhecer as partes de um canhão, tome-o de lado e experimente se pode construí-lo pessoalmente. Vá para os laboratórios e observe todos os trabalhos.

Lanny ouvia-o com exaltação.

O FIM DO MUNDO 413

— Isto é esplêndido, Robbie.

— Dependerá de você a aprendizagem. Uma coisa é certa: em pouco tempo saberá tudo que a ela se relacionar, se realmente estiver interessado nesses negócios. Quer experimentar?

— Perfeitamente!

— Vou dizer aos meus secretários que lhe deem todos os papéis que pedir; deve, porém, comprometer-se a devolver as cartas às pessoas que lh'as der. Nunca deve mexer pessoalmente nos papéis para evitar qualquer desordem na organização. Se de alguma coisa necessitar, peça a mim, porque todos estão trabalhando em funções de responsabilidade e não gostariam que você os incomodasse. Uma coisa saiba desde já: jamais deve dizer uma palavra, seja a quem for, sobre aquilo que aprender.

II

Durante os primeiros dias, Lanny se sentiu como um marinheiro que descobrira uma velha mala cheia de moedas de ouro e de joias. Nos primeiros momentos, não pôde ter capacidade para tomar conhecimento de tudo que o cercava. Todas as coisas misteriosas que ouvira o seu pai discutir com oficiais e ministros de guerra, agora estavam desvendadas diante dele. Um dos primeiros contratos que estudava era um relatório das firmas que tinham recebido patentes dos Budd relativas ao empréstimo de guerra; e também os relatórios secretos que Bub Smith escrevera sobre o mesmo assunto. Lanny pensava no dia em que fosse capaz de chamar a atenção de Robbie para alguma discrepância dos relatórios das companhias de Zaharoff, para alguma coisa que Robbie tivesse deixado passar despercebido devido ao acúmulo dos negócios. Até então, porém, nunca tivera aquela sorte.

O seu novo emprego trouxera-lhe a honra de um convite para jantar com seu avô. Ele e Robbie foram juntos, e o velho disse nessa ocasião:

— Então, meu rapaz, você manteve a sua promessa!

Somente isto e nada mais.

Lanny estava tão absorvido nas suas pesquisas, que desejava ir cedo para o escritório e ficar lá até tarde, sem descanso. Esther, porém, protestava e Robbie concordava. Lanny estava crescendo e, por isso, não devia trabalhar mais de oito horas. Além disso, tinha de jogar tênis e nadar antes do jantar.

O Country Club de Newcastle adquirira duas grandes fazendas e tinha construído a sede num local próximo à cidade, para que os sócios pudessem jogar golfe antes do jantar.

Além dos Budd, eram sócios desse clube os comerciantes mais importantes, banqueiros, médicos e advogados da cidade. As senhoras vinham de tarde para jogar *bridge*, à noite havia danças e, às vezes, uma festa para trazer um pouco de alívio à vida monótona dessa gente, pois todos se conheciam demasiadamente.

Havia certas "rodas" nesse clube: grupos de pessoas que se consideravam mais importantes do que as outras, talvez porque fossem mais ricas, ou porque suas famílias fossem mais velhas, ou porque bebiam menos, ou talvez, ainda, porque bebiam demais. Havia também uns poucos sócios que se consideravam muito inteligentes e se julgavam, por isso mesmo, criaturas modernas.

Tais grupos, naturalmente, estavam muito interessados a respeito de Lanny, que era um rapaz bonito, sempre vivera em países longínquos, falava francês fluentemente e podia discorrer sobre Cannes, Paris e Londres, Henley, Ascot e Longchamps. Tocava piano, dançava bem, e o fato de não beber nem fumar, tornava-o ainda maior objeto de curiosidade. As senhoras, habitualmente tomadas de certo tédio, dele se aproximavam, esforçavam-se por lhe serem agradáveis e estranhavam que preferisse ficar no escritório em vez de comparecer a essas reuniões.

Era um hábito do clube realizar festas durante o verão, nas quais representavam peças teatrais numa clareira dos bosques. Existia ali um "comitê" dramático e havia muitas discussões a respeito das peças que deviam ser representadas. Naquele verão, todo mundo parecia estar tão absorvido pela guerra, que não era provável a realização dessa festa. O comitê dramático, porém, defendia o seu ponto de vista, que era o de continuar as suas festas, argumentando que a vida cultural de uma comunidade não devia desaparecer completamente e que os homens que desistiam das suas férias deviam ao menos ter uma festa qualquer para distraí-los.

Portanto, resolveram os do comitê representar o *Sonho de uma noite de verão*, peça que oferecia uma variedade de diversões ao ar livre e que tinha uma música encantadora. Procuraram os artistas entre os diversos sócios e convidaram Lanny para ser um daqueles dois homens perdidos de amor que atravessavam as florestas da vizinhança de Atenas. Ninguém do comitê

O *FIM DO MUNDO*

sabia, no entanto, que o próprio Lanny fora um cavalheiro apaixonado durante alguns anos. Ainda era, pois recebera há poucos dias uma carta de sua antiga amada, que mencionava de passagem, entre outras notícias, que estava noiva do neto do conde de Sandhaven, reconvocado recentemente do *front* da Mesopotâmia e lotado atualmente no departamento de Guerra em Londres.

Lanny disse que, provavelmente, não teria tempo para ensaiar a peça; a comissão assegurou-lhe, porém, que isto seria feito à noite por necessidade, pois o papel do duque de Atenas tinha sido preenchido pelo ativo vice-presidente do First National Bank, e o papel de Puck fora confiado a um advogado altamente ocupado. A família de Lanny consentiu e, devido ao fato, ele passou a jantar no clube com os outros sócios que iam representar. Seu papel era o de um homem que ora perseguia, ora repelia uma linda dama, cujo pai era encarregado da água da cidade de Newcastle. Ao seu rival pelos afetos da moça, recitara: "Lisandro, fique com Hérmia; não a quero mais: se é que um dia a amei, todo esse amor já se foi." Lanny sabia recitar isso muito bem. Era só imaginar que Lisandro era herdeiro de um condado inglês e que o sobrenome de Hérmia era Codwilliger, pronunciado "culliver".

III

A América é a terra das produções em massa e da estandardização de tudo. Seja o que for que alguém queira fazer, sempre encontrará pessoas dispostas a realizar o seu plano, conforme os métodos mais recentes — principalmente possuindo dinheiro. Portanto, o Country Club de Newcastle mandou vir imediatamente um diretor de cena, diretamente de Nova York; era um homem alto, de boa aparência, que usava óculos. Tinha um ar distraído e o hábito de fazer observações humorísticas. Simpatizara com Lanny e lhe falara sobre uma parte de Nova York, chamada Greenwich Village, onde moravam jovens interessados em coisas de arte. Walter Hayden (assim se chamava esse jovem diretor) era um homem discreto, pois nunca o viram fazer ironia sobre qualquer coisa de Newcastle. As suas observações eram quase sempre sobre a posição difícil de um diretor, cujos atores fossem pessoas ricas, acostumadas a fazer o que queriam — portanto, necessitava de muita paciência e habilidade para conseguir que as coisas não andassem mal-arranjadas.

416   UPTON SINCLAIR

Depois dos primeiros ensaios, sentia-se que alguma coisa estava faltando na representação de *Sonho de uma noite de verão*, no Newcastle Country Club. Uma daquelas senhoras flexíveis achou oportunidade para levar Lanny de lado e perguntar se ele não achava que Adelaide Hitchcock não era justamente a pessoa adequada para o papel de Puck? Adelaide era uma jovem encantadora, com lindos cabelos castanhos e grandes olhos expressivos que iam muitas vezes na direção de Lanny Budd. Tinha uma linda figura e tudo o que era necessário para se tornar uma fada — enquanto ficasse calada e não fizesse nenhum movimento; quando, porém, dizia os versos do imortal Shakespeare, não dava vida às palavras, e, quando subia ao palco, parecia apenas uma jovem senhora entrando numa sala de estar e de modo nenhum encarnava o espírito da dança, a "representação da maldade".

Se Lanny morasse há mais tempo em Connecticut, teria refletido que a família Hitchcock era muito mais importante do que supunha e que a mãe de Adelaide era prima da madrasta de Lanny. Estava pensando, porém, sobre arte e, ao ser interrogado, disse sinceramente a sua opinião sobre Adelaide. "Com asas nos ombros, seria uma grande figura no cortejo da rainha Titânia, mas para o papel de Puck era necessário uma outra moça, que soubesse representar melhor."

Falaram a respeito das várias sócias, mas nenhuma delas satisfazia. Lanny perguntou se não havia uma professora de dança na cidade a quem se pudesse pedir uma sugestão; subitamente, Mrs. Jessup lembrou-se de que vira, há pouco, uma peça representada por alunas da Escola Normal, onde havia uma menina que chamara a atenção pela espontaneidade extraordinária com que se houvera. Lanny achou que se deveria convidá-la a mostrar as suas possibilidades e mais uma vez provou com esse gesto que não fora educado em Connecticut, porque nesta cidade de costumes antigos, as filhas da aristocracia não iam para as escolas normais e as moças que as frequentavam raramente eram convidadas a comparecer aos clubes da sociedade elegante.

Entretanto, Mrs. Jessup foi procurar a moça cujo nome era Gracyn Phillipson, e cuja mãe era proprietária de uma pequena loja. Antes de Mrs. Jessup procurá-la, já tinha contado às amigas que Lanny fizera a sugestão, tornando-o desse modo responsável por tudo que iria acontecer. Mais tarde, diriam que ele era um intrigante e que arranjara tudo isso intencionalmente; mas como Lanny poderia saber dessas coisas?

IV

Gracyn Phillipson veio na tarde seguinte e Lanny lá estava como prometera. Num rápido olhar, viu que a moça fora feita para o papel de Puck; era uma figura magra e pequena, tinha movimentos rápidos, possuía uma voz cheia de sonoridade e os seus pés dançavam sozinhos. Verdade é que os seus cabelos eram castanhos e Lanny sempre imaginara que as fadas fossem louras.

Várias das amigas de Mrs. Jessup ouviram falar que Lanny Budd estava interessado nessa jovem; tinham-se reunido a fim de encontrá-la.

Como o meio mais fácil de mostrar o que sabia era fazê-la dançar, alguém pediu-lhe que fizesse isso. Colocou-se um disco na vitrola e o moço galante naturalmente devia pedir que ela dançasse. Se Lanny fosse discreto, teria encontrado um outro parceiro para ela, e permaneceria sentado, estudando-a com olhar frio e profissional. O rapaz, porém, tinha uma enorme fraqueza pela dança e as intrigantes, dess'arte, puderam aproveitar essa fraqueza.

Seja como for, os dois jovens estavam dançando e algo maravilhoso acontecia. Lanny não dançara, num sentido real da palavra, desde que chegara a Connecticut, e disso sentia muita falta. As danças do clube eram tão formais que não lhe despertavam interesse.

Mas o moço, como era cheio de alegria, dançava de um modo rápido e livre, ao som de qualquer música. Podia dar três passos enquanto outros faziam um; podia inclinar-se e saltar — enfim podia expressar a alegria que estava no seu íntimo, com vantagem sobre os outros. E se na sua frente estivesse uma moça, que é a alma do movimento, e o observasse com alegria nos olhos, ele seria todo movimentos e vibração artística.

Alguns poucos passos de experiência, umas poucas palavras, e os dois estavam deslizando, estavam trazendo graça e encanto — estavam criando uma dança.

As senhoras que assistiam, naturalmente, já tinham visto danças no palco, mas essas danças sempre tinham sido ensaiadas antes; aquelas duas jovens criaturas jamais se tinham visto, senão agora, e podia-se ver que estavam inventando alguma coisa para exprimir o prazer que sentiam nesse encontro.

Era uma dança estimulante, quase imprópria — e pelos boatos que rapidamente atravessaram a cidade de Newcastle, mais inconveniente ainda pareceu aos olhos dos presentes.

Gracyn Phillipson era realmente o que parecia a Lanny naquela tarde? A alegria realmente borbulhava no seu íntimo, como a água numa fonte da montanha? Lanny não dava andamento nenhum a esta pergunta, nem tinha meio de respondê-la. Se Gracyn estava representando — isto significava que era uma artista e certamente ninguém iria esperar da moça que ela tivesse realizado realmente o sonho de uma noite de verão.

Durante a conversa que teve com o jovem, ela lhe revelou que o seu sonho era o de tornar-se uma artista, e que, embora não tivesse estudado todas as peças de Shakespeare, seria capaz de interpretar o papel de Puck durante uma noite.

— Poderia dar-nos uma ideia de como representará esse papel? — perguntou Mrs. Jessup.

A moça respondeu imediatamente:

— Certamente; apenas peço desculpas se, por acaso, vier a aborrecer algum dos presentes.

Ali na sala principal do clube, Gracyn Phillipson parecia uma perfeita atriz. Ela representou, a seguir, a cena na qual Puck responde às ordens do rei Oberon, para atormentar os amantes.

— Meu senhor, isto deve ser feito imediatamente.

A moça deu à interpretação tanta energia e convicção, que as senhoras, sentadas em redor de uma mesa, pararam de beber o chá, e os homens deixaram de jogar golfe. Todos haviam constatado que ela era uma verdadeira artista; mas, por que motivo estava se exibindo no Country Club de Newcastle?

V

Os boatos espalhavam que o filho de Robbie Budd estava interessado por uma menina da Escola Normal; que ele estava tentando tirar o papel de Puck, dado antes a Adelaide Hitchcock, para colocar a sua protegida no lugar. Essa protegida já tinha estado no clube, Lanny dançara com ela, ensaiara uma cena, e agora a comissão artística deveria dizer o que pretendia fazer.

O FIM DO MUNDO   419

Lanny dizia que era uma questão de arte e as mil línguas pronunciavam esta palavra diferentemente de Lanny, dando-lhe um certo acento pecaminoso. O boato chegou até Adelaide Hitchcock no espaço de meia hora.

Ela correu para a mãe, em lágrimas. Que insulto, que humilhação, como a tornava ridícula diante da cidade inteira, arruinando-lhe a existência!

— Eu lhes disse que eu não era uma atriz, mas eles insistiram comigo para fazer o papel de Puck. Obrigaram-me a decorar todos aqueles versos tolos e a mandar fazer um vestido adequado.

Logo que ouviu as lamúrias de Adelaide, a mãe correu ao telefone e chamou a prima.

— Mas o que é isto, Esther? O seu enteado enlouqueceu? Que escândalo, levar uma moça da Escola Normal para o clube e dançar com ela diante de todo mundo!

Esther tinha resolvido que se algo de sério tivesse de dizer a Lanny, não o faria a ele diretamente, mas a Robbie.

Desse modo, logo que o marido chegou, foi pô-lo em conhecimento do que se passara no clube.

— É melhor dizer que você ouviu a notícia por intermédio de algum amigo.

Depois do jantar, Robbie levou Lanny para o quarto de estudo e foi direto ao assunto.

— O que há de verdadeiro entre você e uma certa atriz, meu filho?

Lanny ficou admirado da rapidez com que a notícia chegara aos ouvidos de Robbie.

— Meu Deus! — disse ele — Nunca vi essa moça antes, e somente ontem é que ouvi falar nela pela primeira vez.

— Quem lhe falou a esse respeito?

— Mrs. Chris Jessup.

— Ó, compreendo! — disse o pai. — Diga-me o que aconteceu.

Lanny contou o que havia sucedido e não pôde imaginar como em poucas horas um fato sem grande importância pudesse ter crescido ao ponto de se querer transformá-lo num escândalo. Ao inteirar-se da verdade, Robbie não pôde deixar de rir e foi com essa disposição que falou ao filho:

— Será melhor que você não se meta nessa luta. Digo luta, porque Mrs. Jessup e Esther estão se combatendo ultimamente. Trata-se de uma disputa pelo lugar de presidente de certa organização da cidade.

— Ó, Robbie! Eu não tive a menor ideia disso.

420   UPTON SINCLAIR

— São estas as coisas a que nós, homens, estamos sujeitos, quando nos ocupamos com negócios de mulheres. Ponha Miss Pillwiggle, ou qualquer que seja o nome dela, de lado e deixe as mulheres resolverem o caso entre si.

— Seria um tanto grosseiro — disse o moço. — Eu disse no clube que ela sabe representar e agora vão me perguntar o que devo dizer?

— Naturalmente eu não queria que você violasse a sua consciência artística — respondeu o pai, gravemente. — Quer me parecer, porém, que se você descobriu ainda em tempo que pôs óleo na fervura, creio que tem o direito de dar um passo atrás.

Agora era a vez de Lanny dar gargalhadas.

— Entre nós, Robbie, Adelaide não passa de uma "vareta".

— Sim, meu filho; porém, existem muitas qualidades de varetas, e ela é uma "vareta" muito importante.

— Uma vareta de ouro?

— Talvez mais do que isto.

VI

O comitê artístico se reuniu e Miss Gracyn Phillipson mostrou como deveria representar o papel de Puck. Em seguida, o comitê pediu o conselho de Mr. Walter Hayden e este, experimentado diretor de artistas ricas, respondeu que era sua prática deixar tais decisões aos membros; ele só daria sua opinião profissional. Insistido, porém, pelo comitê, Mr. Hayden disse que Miss Adelaide Hitchcock seria uma linda fada, enquanto Miss Phillipson era uma verdadeira artista, uma revelação que talvez algum dia fizesse honra à sua cidade natal.

Adelaide, ouvindo a classificação, desistiu de ser uma linda fada e saiu da sala num acesso de raiva, declarando que jamais voltaria ao clube. Os ensaios continuaram e, em cada noite, durante dez dias, Lanny ia se convencendo de que Gracyn Phillipson era uma artista perfeita.

Finalmente chegou a noite esperada. Gracyn tremia tanto que era uma lástima. No momento, porém, em que chegou ao palco, alguma coisa se apoderou da menina e o seu papel foi um triunfo, transformando essa representação de amadores em algo de notável.

A audiência fez-lhe uma ovação extraordinária. Veio o dia seguinte e com ele o encanto desapareceu. Lanny era um aprendiz de vendedor de ar-

O FIM DO MUNDO

mamento e Gracyn, uma pobre menina. Os sócios tiveram um divertimento interessante, a Cruz Vermelha ganhara mil dólares, Lanny fizera alguns inimigos e Gracyn, alguns amigos — assim, ao menos, pensava a moça, que esperou, em vão, por um outro convite para ir ao clube.

Ela compreendera então que não lhe bastava ter talento para que lhe fossem abertos aqueles portões de ouro.

Era triste para os Budd constatarem que os boatos que corriam a respeito de Lanny fossem verdadeiros. Agora que não mais havia uma questão de arte, ele não tinha a menor desculpa para continuar a ver essa jovem. O certo é que estava bastante interessado pela moça e o seu maior desejo era levá-la a um passeio de automóvel e senti-la como a um ser humano. Descobrira nela uma criatura devorada pela ambição, uma espécie de presa, ora da esperança, ora do medo. Desejava ingressar no teatro, mas como?

Mr. Hayden prometera introduzi-la, mas essa promessa não seria apenas uma mera gentileza?

Até aquele instante, Lanny vivera uma vida muito reclusa em Newcastle e não encontrara em seu caminho outras pessoas além da sua própria roda.

Agora tinha interesse em entrar em relações com os amigos de Gracyn, jovens com adorações patéticas pela beleza. Para eles, Lanny era um tipo de Oberon, mestre mágico.

Lanny sentava-se ao pequeno piano da casa de Gracyn e ali criava um pouco do belo através dos sons maravilhosos que arrancava do instrumento.

Tocava música espanhola e Gracyn, que nada conhecia sobre a dança na Espanha, ouvia a música, ensaiava os passos de dança e dançava como a artista nata que era.

VII

Lanny saiu tantas vezes à noite, que Esther chegou a notar os seus novos hábitos. Não dizia nada ao enteado, mas falava a respeito com Robbie. Este não partilhava dos pensamentos de Esther, mas, porque compreendia sua esposa, afirmava, para agradá-la, que iria chamar a atenção do rapaz sobre o que estava fazendo; mas o que ele, certa vez dissera, não foi além de um pequeno conselho.

— Espero que você não esteja se interessando demais por aquela menina, Lanny.

422 UPTON SINCLAIR

— Nossa camaradagem é completamente inocente; posso-lhe assegurar, Robbie. Toco piano, Gracyn dança e os seus amigos assistem as nossas horas de arte.

— Mas você não podia fazer a mesma coisa com pessoas da nossa roda?

— Nunca encontrei alguém entre eles que tomasse a sério as minhas danças ou a minha música.

— São pessoas um tanto frias, suponho.

— A questão é que com a maioria deles não posso conversar.

Robbie suprimiu o sorriso e perguntou:

— Você já esteve sozinho com a moça?

— Eu a levei duas ou três vezes a passear. Este é o único meio dela poder ver o campo, mas nós só falamos a respeito de teatro. Indiquei-lhe os livros que devia estudar, pois faz questão de tornar-se artista.

— É uma vida difícil para uma mulher, meu filho.

— Creio que sim, mas quem ama realmente a arte não se preocupa com as suas dificuldades.

— O que geralmente acontece é que a mulher pensa que está amando a arte, mas realmente está amando o homem. Você não lhe deve fazer mal.

— Ó, não, Robbie. Nada disso, posso lhe assegurar. Resolvi não me preocupar com assuntos de amor até que termine a minha educação e venha a saber realmente o que quero ser e realizar. Conversei sobre este assunto com Mr. Baldwin, e ele me convenceu de que é esse o modo mais sábio de viver.

— Talvez seja — disse o pai, cauteloso —, às vezes, porém, as mulheres não nos deixam, e é difícil lhes dizer que saiam do nosso caminho. Preste atenção para não cair no laço antes do tempo chegado.

Em face das palavras do pai, Lanny teve um objeto para meditar — estava enamorado de Gracyn Phillipson ou ela dele? Tinha certeza de que se tivesse pensado em casar, escolheria uma moça como Adelaide, delicada e meiga, afeita a todos os carinhos. Teria sido uma escolha bem inteligente, pois os seus pais ficariam satisfeitos, e os pais dela também. Haveria um lindo casamento na igreja, com damas de honra e muitas cerimônias. Mas ele não teria pensado no amor, fora apenas um interessado na representação da peça, na música, na dança e na poesia. Gracyn era tal qual ele e, como ele, estava interessada nas mesmas coisas. A sua amizade nascera desse convívio, sem outras preocupações que não as da arte pura.

Se ela estivesse pensando de outro modo, talvez já lhe houvesse dito. Era uma artista e talvez fizesse parte do seu papel a parte da franqueza! Repre-

O FIM DO MUNDO

423

sentar é algo difícil, e uma mulher facilmente pode enganar-se bem como aos outros. Gracyn desejava um *start* na vida, e provavelmente não descuidava do fato de que Lanny lhe poderia dar esse destino. O pai dele poderia lhe facilitar esse *start*, se ele assim o quisesse. Gracyn deveria ter raciocinado desse modo? E ela teria pensado que talvez Lanny fosse despreocupado e indiferente às suas necessidades? A moça seria orgulhosa demais para dar isso a entender ou tirar vantagem da sua amizade?

Se assim fosse, poderia ser considerada uma bela pessoa. Em torno disso, Lanny estava fazendo um teste severo.

VIII

Levou-a para um passeio na noite seguinte. Em dado momento, acercando-se da moça, Lanny disse:

— Gracyn, eu estava pensando que, se você quisesse arranjar um papel durante a próxima estação, deveria ir agora a Nova York, enquanto os diretores dos teatros estão terminando os ensaios para as peças do outono.

— Eu sei, Lanny, mas não posso!

— Pensei em pedir a meu pai para conceder-lhe os meios de uma viagem. Ele assistiu à peça e gostou muito do seu modo de representar.

— Ó, Lanny! — exclamou a menina. — Eu não poderia permitir isto!

— Essa ajuda não iria arruiná-lo.

— Eu sei, mas não tenho esse direito.

— Pode chamar à ajuda um empréstimo. Toda gente que começa um negócio pede dinheiro emprestado e devolve-o quando obtém lucros. Certamente você vai ganhar alguma coisa, e eu me sentiria feliz se pudesse auxiliá-la.

— Ó, Lanny, como você é bom!

— Então aceita a minha contribuição para os seus triunfos?

— Como podia dizer que não?

— Ainda não perguntei isso a meu pai, mas ele nunca me recusou fazer nada dentro dos limites do razoável.

— Lanny, vou trabalhar tanto! Tenho mais uma razão, agora, para me tornar uma grande atriz.

— Eu sei que você vai trabalhar. A dúvida que tenho é a de que venha a se esforçar demasiadamente.

O automóvel atravessou uma floresta e chegou perto de uma pequena baía.

— Ó, Lanny, que lindo! — murmurou a menina. — Pare um pouco!

Ficaram sentados à margem do rio e Gracyn pôs a sua mão na de Lanny, murmurando:

— Você é o homem mais bondoso e mais amável que conheço.

— É fácil de ser generoso com o dinheiro dos outros — disse ele.

Ela respondeu:

— Não quero dizer somente isto, quero muita, muita coisa mais.

Percebera que a mão da moça tremia e um sentimento estranho, que já havia experimentado antigamente, começou a apoderar-se dele. Quando ela encostou a cabeça sobre os seus ombros, ele não conteve o desejo de abraçá-la. Ficaram sentados, assim, por muito tempo, até que a moça quebrou o silêncio:

— Lanny, deixe-me dizer o que eu estou sentindo.

Gracyn, porém, esperou alguns instantes para falar, como se aguardasse alguma palavra do companheiro. Afinal, Lanny, compreendendo a sua intenção, adiantou-se, dizendo:

— Sim, querida, naturalmente.

— Acho que você é a criatura mais amável que até hoje tive diante dos olhos. Tudo envidarei, nesse momento, para fazê-lo feliz. Prometo-lhe que jamais lhe pedirei qualquer coisa e que nunca lhe farei a menor exigência, nunca, nunca.

E assim Lanny estava outra vez envolvido no problema do sexo. O seu pai tinha dito: "É difícil dizer não." Lanny descobrira que isso era mesmo impossível.

24

O MUNDO BEM PERDIDO

I

DEPOIS DE ALGUM TEMPO, VEIO UMA CARTA DO SARGENTO JERRY Pendleton, procedente da França. Dizia no começo o seguinte: "Agora já estamos prontos. Tudo corre bem. Observem o nosso trabalho!" E logo

O FIM DO MUNDO 425

depois vinham as grandes notícias. Os americanos haviam encontrado as primeiras linhas das tropas alemãs no seu avanço para Paris, numa pequena aldeia chamada Château-Thierry. Os americanos tinham fornecido duas divisões para o grande ataque de Soissons, que cortou os alemães pelo flanco, fechando as linhas de reserva do exército que estava avançando. Eram os mesmos rapazes que Lanny encontrara; tinham sido treinados para uma nova espécie de luta, que se caracterizava por um ataque contínuo e seguro. Logo após aquela batalha, os alemães enviaram sete divisões para fazer parar a primeira divisão dos americanos, e, quando falharam, os seus chefes se convenceram de que a guerra estava perdida.

Desde esse momento, houve uma só batalha, que continuou dia e noite durante três meses. Os cinquenta mil sargentos levavam os seus soldados sempre para a frente e, apesar da ação das metralhadoras, continuavam o avanço.

O povo lia com entusiasmo e orgulho, e também com estremecimento e dores, o relatório desse combate. Essas sensações variavam conforme o temperamento de cada um.

Lanny, que conhecia mais a guerra do que muitos dos seus companheiros, estava pensando de modo muito diverso. Um poeta tentara exprimir o estado de seu espírito em versos: "Canto a canção dos grandes canhões que enviam a morte à vontade. Porém, ai das mães que lamentam as formas sem vida e a tristeza dos mutilados!"

No Country Club Lanny encontrara oficiais que agora estavam na França, dirigindo essa batalha que durou todo verão e todo o outono, e ele se orgulhava desses homens sérios e capazes da tarefa que cumpriram, sobre as quais dissera o poeta: "Canto o louvor dos generais aclamados que trazem a vitória para a Pátria. Canto também os corpos mortos que jazem imóveis na terra!"

Um dia recebeu carta de Nina: "É horrível o sofrimento do pobre Rick. Não sei como pode aguentar. Vão retirar mais um pedaço do osso. Talvez precisem cortar toda a perna; os médicos, porém, não são unânimes em aconselhar essa medida."

Veio em seguida uma carta de Beauty, pedindo desculpas pelas manchas de lágrimas que a tinham sujado. Eram assim os seus dias, enquanto estava esperando em vão uma mensagem qualquer de Marcel; ainda tinha de passar por um período de espera muito maior, pois imaginava que ele talvez

426 UPTON SINCLAIR

tivesse sido feito prisioneiro. Esperava, todavia, receber qualquer notícia através de uma organização suíça que trocava listas de prisioneiros.

Um dia Lanny recebeu um embrulho cuidadosamente feito, no qual vinha a figura encantadora de um dançarino, cortada em madeira. M. Pinjon, o gigolô, estava de volta à sua aldeia natal e desejava saudar e agradecer ao seu velho amigo. Não sugeriu a Lanny que interessasse alguns americanos ricos em dar pequenos dançarinos como presentes de Natal. Mas, naturalmente, Lanny sabia como o pobre aleijado ficaria feliz se isso fosse feito.

II

Gracyn Phillipson não viajou para Nova York. Na manhã imediata à da conversa que teve com Lanny, recebeu uma carta de Walter Hayden. Tinha falado a verdade, assim parecia. Estava na cidade de Holborn, distante trinta a quarenta milhas de Newcastle, a fim de dirigir ali uma peça. Era uma peça de guerra e havia um papel importante para a principal artista feminina. O comitê estava em dúvida sobre os talentos locais, e Hayden tinha falado sobre a jovem de Newcastle. Não podiam pagar nenhum vencimento. Ele, porém, garantiria cinquenta dólares para as despesas durante duas semanas, se ela resolvesse seguir. Teria uma possibilidade num papel dramático e talvez a experiência lhe fosse útil. A moça ficou satisfeita e telefonou a Lanny dizendo que ia partir no primeiro trem.

Dess'arte o moço teve outras preocupações naquela tarde, depois dos trabalhos no escritório. Não foi jogar tênis no Country Club, mas dirigiu até Holborn e convidou Gracyn Phillipson para jantar — uma proposição bastante em conta já que ela estava excitada demais para comer. Em seguida, levou-a à pequena ópera, onde se realizavam os ensaios, e observou o trabalho, criticando, fazendo sugestões e, naturalmente, só voltou muito tarde para casa. No sábado iria ficar e no domingo levá-la-ia à praia.

Isto ainda era "arte", mas, naturalmente, ninguém queria acreditá-lo. Era muito triste que as piores suspeitas fossem assim justificadas. Havia pessoas que acreditavam na vida ascética. Lanny Budd, porém, fora educado com ideias diferentes e a jovem também parecia pensar do mesmo modo. No palco estava representando uma senhora "virtuosa" com todos os bons sentimentos necessários, mas, quando ela e Lanny estavam a sós, abraçavam-se com ardor e não se incomodavam de serem surpreendidos nessa demonstração de afetividade.

O FIM DO MUNDO

427

Lanny sentia-se livre e feliz, enquanto estava em Holborn; mas, quando partia para casa de Esther Remson Budd, passava a ter a sensação de incômodo e, ao pôr o automóvel na garagem, com todo cuidado, parecia fazer o papel de um arrombador.

Sua madrasta nunca o esperava, mas sabia o pior — e o pior era verdadeiro! Nunca disse uma palavra, mas dia a dia suas relações se tornavam mais formais. Esther achava que estava justificada em tudo que receara quando permitiu que o filho de uma mulher de má conduta viesse morar na sua casa. Ele tinha o sangue dessa mulher e iria seguir os caminhos dela; pertencia à França, não à Nova Inglaterra, e de modo nenhum à sua casa, que se ia tornando num alvo para as flechas do escândalo. Desde aquele dia, Esther ficou contando os dias até a volta de Lanny para a escola.

Esta situação era também desagradável para Robbie. Não sentia como Esther, pois vira a moça e pensava que ele estava fazendo justamente aquilo que devia fazer na sua idade. Não podia dizer isto; tinha de aparentar que nada sabia — convencido, entretanto, de que Esther não acreditava nele.

III

As relações com Gracyn eram uma nova experiência para Lanny. Ela era uma filha do povo e possuía conhecimentos muito limitados.

Não tinha tradição nenhuma, nem cultura. A mãe dela fora uma empregada que casara com o patrão já idoso e lhe herdara a loja. Gracyn passou pela escola do mesmo modo que Lanny, sem muita vontade e esquecendo as matérias rapidamente. Quando era menina, posara para alguns pintores e desse modo descobrira um meio de escapar aos tormentos da vida cotidiana.

Era apaixonada e em tudo que fazia dava esse sinal de seu temperamento. Amá-la era a mesma coisa que segurar um pássaro na mão e sentir o forte bater do seu coração. Os sentimentos vinham como ondas do mar que passavam rapidamente e eram sucedidas por outras ondas diferentes. Lanny notara alguns dias depois do início do seu romance que Gracyn não o amava com a mesma intensidade dos primeiros dias, pois parecia que estava pensando, em vez do seu amor, no que devia ser representado no palco. Era possível que, durante as horas mais íntimas, ela lhe perguntasse se Glória Swanson respirava desse ou daquele modo, ou coisas semelhantes.

428   UPTON SINCLAIR

A moça fora infeliz, porque as duas grandes crises da sua vida chegaram na mesma hora: a vinda do seu príncipe encantado e o início da sua carreira teatral. Como o teatro era mais importante, o amor fora relegado para o segundo plano.

Lanny tinha de lembrar-se de muitas coisas que seus amigos consideravam merecer seu julgamento. Devia lembrar-se de que Gracyn era pobre e de que certas coisas que ele julgava naturais eram completamente novas e estranhas para ela. Era o desejo de independência que a fazia desejar comer nos restaurantes baratos e ficar numa pensão sem nenhum conforto. Se ela falava muito sobre dinheiro, era porque o dinheiro governava toda a sua vida. Se parecia louca pelo sucesso, pouca importância dando à dignidade e discrição. Lanny voltava para casa fazendo comparações e considerando que o fundador dos Budd também devia ter cobiçado o sucesso, o pensamento concentrado nas suas patentes, com o propósito de arranjar capital, fregueses e contratos. Porque o progenitor dos Budd lutara assim, Lanny podia ver, sem reações morais violentas, os que tinham de lutar por um ideal não escolherem meios honestos, desde que tivessem em mente apenas a realização desse ideal.

O rapaz chegou a ser não somente o amante e o possível financiador da pequena artista; era um modelo, uma amostra perfeita do *gentleman* no sentido técnico da palavra. Era o primeiro que Gracyn tivera a oportunidade de conhecer, e ela estava aproveitando bem essa oportunidade. Observava como ele comia, como se vestia, como pronunciava as palavras. Além disso, fazia-lhe perguntas a respeito de tudo. O que era Ascot? O que era a Riviera? Tinha ouvido falar que a moda vinha de Paris, mas não sabia que se tratava da capital da França.

IV

No papel que ela devia representar, o seu príncipe encantado iria auxiliá-la bastante. Tratava-se de uma peça inglesa, cujo papel principal era o de uma enfermeira num hospital da França. Personagem misteriosa, o interesse da peça dependia da revelação que dela o enredo ia fazendo gradualmente, até se poder saber que se tratava de uma senhora da mais alta sociedade. Tornara-se o objeto da adoração de um jovem oficial ferido, de quem conseguira salvar a vida; porém, não cedia ao seu amor, e a assistência não

O FIM DO MUNDO

compreendia a razão até o último ato, quando um outro oficial ferido fora reconhecido como sendo o seu marido. O senso do dever prevaleceu — do contrário a peça não teria sido escolhida pelas senhoras da alta sociedade da mui moralizada cidade de Holborn. O jovem admirador voltou para as trincheiras e viu-se mais uma vez que a guerra oferecia muitas possibilidades de autorrenúncia.

— Existem realmente mulheres que se comportariam assim? — Gracyn queria sabê-lo.

Lanny disse que sim, que tinha a certeza disso; as senhoras que tinham visto a peça pensariam que seria seu dever comportar-se assim, e certamente teriam derramado lágrimas de simpatia em certos trechos do enredo.

Ele disse que sua madrasta seria uma daquelas e imediatamente Gracyn quis saber tudo a respeito de Esther Remson Budd.

O mais importante ainda é que ela teve de aprender os modos de uma senhora inglesa, coisa que lhe era completamente desconhecida. Lanny disse-lhe que conhecera uma enfermeira inglesa, cujo avô era um conde e que brevemente deveria casar-se com o neto de um outro. Imediatamente Rosemary começou a misturar-se com Esther no papel dramático — uma combinação muito curiosa. Naturalmente Gracyn cheirava os romances de longe, e, depois de ter feito muitas indagações a respeito de Rosemary, — perguntara-lhe claramente se ele e aquela moça tinham sido amantes e Lanny achara que não valia a pena negá-lo.

A revelação aumentou a sua autoridade e prestígio.

Lanny tornou-se uma espécie de diretor-assistente, dando conselhos e imprimindo o caráter dos seus amigos aos diversos papéis. O jovem oficial tornara-se Rick com sua perna ferida. O oficial francês, que estava deitado do outro lado, era Marcel Detaze. O pessoal do hospital passara a imitar a pronúncia de Provença. Gracyn Phillipson recebia todo o ardor de Rosemary Codwilliger misturado com a frieza de Esther Remson Budd, que no papel se tornara muito interessante.

Lanny vivia duas vidas, uma cheia de contratos de munição e correspondência, e outra preocupado com os ensaios da peça de Gracyn. Via que a mesma estava crescendo sob a sua direção, e isso lhe parecera uma experiência fascinante, tornando compreensível o nervosismo da moça. Contou a seu pai tudo isso, e Robbie guardou para si as preocupações que talvez tivesse a respeito dessa aventura do filho.

430 UPTON SINCLAIR

V

Finalmente o grande dia chegou. Os artistas amadores recapitularam quase tudo durante a noite anterior; mas Lanny não podia ficar, tendo prometido, porém, voltar a tempo para assistir ao espetáculo.

Convidou vários amigos; Robbie prometeu trazer alguns; Esther, porém, alegou um compromisso prévio.

Lanny, que já conhecia Gracyn Phillipson, estava, entretanto, admirado pela representação daquela noite. Nada de incerteza; ela chegava ao palco, tal qual uma enfermeira exausta pelos trabalhos, dignificada e consciente da sua posição social. Como artista, tinha trocado o seu nome e chamava-se agora Phyllis Gracyn. O diretor achava melhor para o teatro, pois não lhe restava dúvida nenhuma de que, em breve, a moça seria uma grande estrela na Broadway. Lanny ouvia as perguntas da assistência: "Quem é? Donde vem? Como a encontraram?"

Quando a peça terminou, todos foram ao palco para se congratularem com a artista. Lanny não tentou ir. Gracyn lho dissera que ia para casa — tudo o que ela queria era dormir durante quarenta e oito horas.

A próxima notícia viria de Nova York. Walter Hayden lhe aconselhara a seguir para ali sem demora. Não precisava incomodar Lanny por causa de dinheiro, pois economizara a maior parte dos seus cinquenta dólares. Escreveria logo que tivesse de falar alguma coisa de importante. Mas ele sabia que ela não escreveria corretamente, pois já percebera nela certa dificuldade para escrever.

Lanny voltou aos negócios da fábrica e descobriu que ela já não o interessava tanto quanto antes. Satisfizera a sua primeira curiosidade e descobrira que os contratos eram complicados e que, ao lê-los demais, eles ficavam com uma mancha no seu espírito. Ao menos esse era o seu caso.

Quanto a Robbie, parecia que não sofria desse mal.

Voltou a jogar tênis e visitar o Country Club. Tornara-se uma figura romântica aos olhos das jovens; tivera relações com a brilhante artista e mais de uma delas dava sinais de boa vontade para consolá-lo; Lanny, porém, estava desinteressado.

Era agosto, e os jornais anunciaram uma onda de calor em Nova York. Como aquela frágil criatura ia aguentá-lo?, pensava ele.

A guerra também continuava a persegui-lo. Cada vez que voltava para casa, esperava um cabograma de Marcel; nada, porém, vinha.

O FIM DO MUNDO   431

Também pensava na batalha monstro e na agonia e na morte de milhares de homens. E os dias corriam.

VI

Veio setembro e com ele uma carta entusiástica de Gracyn. Teve um papel, um grande papel, uma coisa tremenda. O seu futuro estaria garantido. Infelizmente não podia dizer nada mais; estava comprometida a manter o segredo. "Ó, Lanny, sou tão feliz e tão grata a você; jamais teria conseguido isto se não fosse você. Não se zangue se não escrevo mais. Tenho de aprender o meu papel. Farei sucesso e o meu amigo se mostrará orgulhoso ao ouvir o meu nome."

A carta era meio misteriosa e um pouco desconcertante para um jovem que amava. Passaram-se os dias e chegou o tempo de voltar à escola. Lanny descobriu que estava satisfeito, pois não era agradável viver na casa de Esther, quando sabia que ela não queria que ele ali ficasse, pois ultimamente o observava com certo medo quando brincava com as crianças.

Ele sabia que tinha perdido a estima da sua madrasta e que nada jamais o faria reconquistá-la a seu favor.

Resolveu, subitamente, ver a grande cidade de Nova York. Só tinha estado lá algumas horas no dia da sua chegada e ainda não visitara as grandes pontes, as galerias de arte, os museus e tudo mais. Seu pai concordou e ele seguiu imediatamente para a metrópole.

Teve a ideia de fazer uma surpresa a Gracyn. Tomou um carro e rumou para o endereço que a artista lhe dera. Descobriu que era uma pensão muito modesta e que a moça se mudara dali um mês antes, não deixando o novo endereço. Depois de pensar, Lanny decidiu visitar Walter Hayden no seu escritório. O diretor não estava, porém, o seu secretário disse que Phyllis Gracyn estava ensaiando no Metropolis Theatre e tinha a parte principal em *The Colonel's Lady*, uma nova peça escrita por um autor cujo nome Lanny nunca ouvira falar.

O rapaz foi para o teatro. Não era necessário pedir licença especial para entrar durante os ensaios. Uma porta da frente provavelmente estava aberta e por ali se podia entrar à vontade. Assim Lanny o fez. Estando o salão escuro, ninguém ligou muita atenção a ele. Sentou-se e olhou.

Gracyn estava no palco com algumas outras artistas, sentada numa cadeira e observando o trabalho. Quando veio a palavra de ordem, ela levantou-se e começou a representar. Era uma outra peça da guerra; os homens todos sentados em frente de pequenas mesas, representavam soldados numa taverna em qualquer parte atrás das linhas. Gracyn era uma moça francesa, filha do proprietário — o pai dela a censurava por ser camarada demais com os soldados. Quando ele saía, a artista brincava com os soldados e algumas das suas palavras eram um tanto cruas, realistas.

Gracyn estava interpretando o seu papel com muita verve. Era senhora da arte de representar! Lanny nunca vira soldados americanos na França; lembrava-se, porém, dos soldados franceses, quando ele e sua mãe tinham ido visitar Marcel.

"Eu poderia dar muitos conselhos ao diretor da cena", pensou Lanny, que continuava no seu lugar.

Mas ele não se permitira dizer a Gracyn onde estava. Mesmo assim o secretário de Hayden tinha sabido de tudo e havia falado ao seu patrão sobre a indagação de Lanny.

VII

Lanny não queria incomodá-la. Esperou até que o ensaio terminasse e, quando ela saiu, desceu o *hall*, dizendo;

— Alô, Gracyn.

Ela ficou surpresa ao avistá-lo.

— Lanny! Como veio até cá?

— De automóvel — disse ele.

— Como me descobriu?

— O seu segredo parece ter falhado.

Ela desceu a fim de encontrá-lo. Levou-o ao seu lado, longe dos outros, e assentaram-se numa fileira dos fundos.

— Meu bem — disse ela, rapidamente —, tenho de lhe dizer alguma coisa que é muito difícil. Não podia escrever, mas deve sabê-lo imediatamente.

Suspirou profundamente e continuou:

— Tenho um amante.

— O quê? — disse ele, surpreso ante a revelação.

Quando compreendeu o sentido das palavras da moça, prosseguiu:

O FIM DO MUNDO

— Ó, meu Deus!

— Eu sei que você vai julgar isto de um modo horrível, mas não seja mesquinho. Não podia evitá-lo. Trata-se do homem que está financiando esta peça e que me arranjou este papel.

O rapaz nunca tivera motivo para surpreender-se tanto durante a sua vida. Permaneceu, por isso, muito tempo silencioso. Afinal, a moça, diante do seu embaraço e da sua tristeza, continuou:

— Tive esta chance, Lanny, talvez eu nunca tivesse outra. É um grande comerciante, importador de café, que por acaso viu meu trabalho em Holborn. Ele mora em Nova York e me convidou para vir. Prometeu arranjar-me um bom diretor e garantiu um papel para mim, imediatamente, sem nenhuma perda de tempo. O que eu poderia fazer, Lanny?

O rapaz lembrou-se de uma frase de sua mãe:

— Você pagou o preço?

— Não seja tão bruto, Lanny. Não estrague nossa amizade. Tente ver e compreender o meu ponto de vista. Você sabe que sou uma artista. Disse-lhe que não conhecia nada mais, não ligava para nada mais. Queria ir ao palco e consegui.

— Não haveria um meio honesto para isso?

— Mas, meu bem, seja razoável. Isto é Nova York. Qual a chance de uma moça aqui? Fui de escritório a escritório e os diretores nem me quiseram ver. Considerava-me feliz se arranjasse um papel com três linhas, e então teria de passar um mês ou dois recapitulando, fazendo dívidas enquanto assim trabalhasse. Talvez a peça fracassasse depois da primeira semana, e eu teria uns vinte a trinta dólares para pagar as minhas dívidas. Pode acreditar que conversei com muitas moças do palco durante estas semanas e sei como a vida é.

— Está certo — disse ele. — Desejo-lhe sucesso e o salário mais alto do Broadway.

— Não se aborreça, Lanny. A vida foi fácil para você. Nasceu com uma colher dourada na boca e não tem o direito de zombar de uma pobre menina.

— Farei o possível para pensar bem a seu respeito, sempre que me lembrar disto. Muito obrigado por ter dito a verdade.

— Já lhe teria dito antes, Lanny, mas foi difícil demais. Não quero perdê-lo como amigo.

— Receio muito que tenha perdido — respondeu ele, friamente. — Talvez seu protetor seja ciumento.

— Eu sei que é um choque para você, mas é possível que conheça muito pouco o mundo do teatro. Alguém teria de avaliar no início. Você não poderia ter feito isso, não é verdade?

Lanny não respondeu. Apenas esclareceu:

— Talvez lhe possa interessar em saber que eu estava pensando em pedir-lhe que se casasse comigo.

— Não deixei de considerar isto, mas você tinha de voltar à escola e depois à universidade, onde ficaria durante cinco longos anos e, depois desse tempo, eu não seria mais do que uma mulher velha.

— Meu pai me auxiliaria se eu quisesse me casar antes.

— Eu sei, mas você não compreende? Eu não quero ser mulher casada, quero ser artista. Não podia me satisfazer em ter filhos e ser uma senhora da sociedade, nem em Newcastle nem mesmo em França. Eu quero ter a minha carreira. E o que a vida teria sido para você, sempre viajando com uma celebridade do palco? Você gostaria de ser chamado Mr. Phyllis Gracyn?

Lanny viu que ela tinha pesado todas as circunstâncias e, além disso, agora era tarde demais e não valia a pena dizer palavras ásperas.

— Está certo — disse ele. — Continuarei a ser seu camarada e desejo-lhe toda felicidade possível. Apenas sinto que não tenha podido lhe dar o que você precisava.

— Não, Lanny — disse ela. — Foram necessários trinta mil dólares!

Ao pronunciar essas palavras, não se lhe descobriu na fisionomia e nos gestos o menor sinal de artifício. Talvez fosse verdadeiro o que dizia.

VIII

O sol estava declinando quando Lanny tomou um dos grandes ônibus da Quinta Avenida para fazer um passeio através da cidade. Enquanto olhava a multidão, não lhe saía da memória a lembrança da aventura que tinha vivido. Estava pesaroso da solução que tivera o caso de Gracyn, mas resolvera nada dizer a respeito, a não ser a Robbie, Rick e Kurt, se tivesse oportunidade de rever os dois últimos.

A si mesmo dissera que o caso havia se tornado quase vulgar. Não valia a pena zangar-se, já que a moça tinha certa razão, pois realizava o que sem-

O FIM DO MUNDO 435

pre desejara — a carreira do palco e a possibilidade de nele avançar. Todavia, pensava, nunca mais devia cair numa aventura semelhante, procuraria conhecer melhor a mulher que escolhesse antes de lançar-se nos seus braços. O homem teria de possuir um estândar: teria de aprender a dizer "não" quando fosse necessário. Vieram-lhe à mente, então, todos os momentos em que havia dito "sim" a Gracyn Phillipson, sempre numa linguagem extravagante... Sofria agora a humilhação daqueles momentos que classificava de inconsequentes.

Seu desejo, enquanto assim raciocinava, era o de chegar à sua casa sem esses pensamentos. Também não queria ir para a escola antes do tempo. Em vista disso, foi para o hotel e passou suas horas vazias nos museus e galerias de arte. Via centenas de quadros — e todos os nus femininos lhe pareciam Gracyn, com exceção daqueles que lhe davam a impressão de Rosemary. Pensava, com amargura, que todas as mulheres estavam à venda, fosse por trinta mil dólares ou fosse por três. O orgulho de Rosemary representava apenas um título, porque ela fora vendida do mesmo modo; o rapaz pensara com tristeza que não havia nenhuma diferença entre o que sucedera a ambas e o ato conjugal que fosse celebrado solenemente por um bispo.

Encontraria ele, algum dia, uma que não tivesse um preço? E como o saberia — desde que todas eram igualmente hábeis na arte de enganar?

Fazia um calor intenso em Nova York. Havia mais judeus naquela cidade do que no resto do mundo, e ele poderia ter satisfeito a sua curiosidade sobre essa raça, se tivesse tido tempo. Havia um grande número de soldados e estrangeiros de toda espécie, de modo que Nova York não dava um aspecto diferente do de Paris. Encontrou um restaurante francês, jantou ali e sentiu-se em casa. Desejava que sua mãe estivesse com ele naquele instante, pois lhe falaria sobre o seu caso com Gracyn e o que dela ouvisse dar-lhe-ia motivo para desabafo.

IX

Lanny voltara para St. Thomas e estava estudando seriamente a fim de conquistar boas notas.

Nessa época, os americanos haviam começado o seu ataque no setor de Argonne, que era um dos distritos mais bem fortificados da zona da guerra e considerado pelos alemães como inexpugnável. Os jovens americanos

436 UPTON SINCLAIR

estavam combatendo nesse lugar e cinquenta mil haviam sido mortos ou feridos em três semanas.

Foi a maior batalha da história americana; quase todos os amigos de Lanny estavam ali e ele manifestava muito interesse pelo final da luta. Jerry escrevera alegre como sempre; estava convencido de que nada lhe aconteceria e que certamente iria encontrar Cérise.

Nina também escreveu. Tinha um irmão que lutara na região do Somme; devido a um ferimento, estava se restabelecendo em Londres. Rick fora operado novamente, e desta vez com mais êxito. Ele também escrevera umas palavras amigas a Lanny.

Quem escrevia com mais frequência era Beauty. O filho sentia, através das suas palavras, o mundo de sofrimento que lhe ia na alma. Nenhuma notícia de Marcel. M. Rochambeau escrevera a amigos na Suíça, pedindo informações. Dizia que o povo na Alemanha estava malsatisfeito e que por toda parte do país houvera tentativas de motins. A propaganda do presidente Wilson estava obtendo um efeito enorme; os "Catorze Pontos" deixavam o povo alemão sem razão para continuar a luta. A pequena Marceline estava se desenvolvendo normalmente e toda gente concordava que ela era o bebê mais lindo de Midi.

Lanny sabia que, naturalmente, tudo isso era apenas um esforço da sua mãe em fingir alegria, para esconder a sua dor por causa de Marcel. O que ela iria fazer quando a guerra estivesse terminada? Ele não tinha nenhuma dúvida de que Marcel estava morto; e Beauty não era uma pessoa que pudesse viver sozinha. Algumas vezes Lanny pensava se não teria cometido um erro em forçar esse casamento. O que ele teria feito se antevisse que Marcel se transformaria num mutilado dentro de um ano ou que seria morto em menos de quatro? Se isso lhe ocorresse, teria tomado o partido do industrial de vidro?

X

Os exércitos dos Aliados continuavam o seu avanço mortal. A linha Hindenburg estava quebrada e os alemães se viram obrigados à retirada. Em primeiro lugar, veio o colapso da Bulgária, em seguida o da Turquia e por fim o da Áustria. Depois disso, veio a revolução na Alemanha e o Kaiser fugindo para a Holanda. Logo após essa série de acontecimentos dramáticos, todos corriam para as ruas das cidades americanas, gritando e cantando, pois a guerra estava terminada! Acabara-se a matança! Não havia mais bombas venenosas e torpedos! Os soldados que ainda estavam vivos podiam continuar a viver! A guerra que devia acabar com as guerras fora ganha, e o mundo estava salvo para a democracia! Todos pensavam essas coisas e, imbuídos desse pensamento, dançavam e cantavam cada vez mais. Mesmo na Academia St. Thomas havia festa. Lanny telefonou para Rick. A mesma alegria naturalmente existia na França e na Inglaterra, pois estes países tinham sofrido muito.

Algumas semanas depois, Lanny voltou para casa a fim de passar as suas férias. Uma das primeiras coisas que Robbie lhe disse foi:

— Acho que terei de voltar brevemente à Europa. Vai haver muita coisa para ser discutida.

O primeiro pensamento de Lanny fora o de saber se já era possível atravessar o oceano sem receio de submarinos. Desfeitos os receios pelo pai, disse, numa grande esperança:

— Ó, Robbie, não fique surpreendido se eu lhe disser que quero que você me leve!

— Você quer ir para ficar?

— Pensei muito sobre isso. Serei muito mais feliz na França. Lá posso obter tudo o que desejo.

— Você não se sente feliz aqui?

— Todos têm sido muito gentis para comigo e estou muito satisfeito por ter vindo. Precisava conhecer a sua família e não queria ter perdido, de modo nenhum, esta experiência. Mas tenho de ver a minha mãe também. Ela precisa de mim agora. Eu não creio que veja Marcel outra vez.

— Você poderia visitá-la.

— Naturalmente; mas eu preciso pensar algum tempo num lugar que considere como minha própria casa. Esta sensação só a terei em Juan.

— E o que dizes a respeito dos negócios?

— Se vou continuar a ajudá-lo, isso também poderá ser feito lá. Além disso, você vai continuar as suas viagens e, nesse caso, tanto o verei aqui como na França.

— Mas você não quer ir mais para a universidade?

438 UPTON SINCLAIR

— Acho que não, Robbie. Ouvi de muita gente a informação de que a universidade não é o ambiente de que necessito. Eu iria frequentá-la por causa da guerra e para agradá-lo.

— Mas o que você quer então? Já sabe o bastante para fazer a escolha de uma profissão?

— Não me é fácil uma explicação a esse respeito. Mais do que qualquer outra coisa, desejo a arte. Vivi aqui durante um ano e meio e quase não ouvi música alguma. Não vi nenhuma peça teatral. Naturalmente poderia assisti-las em Nova York, porém não tenho amigos naquela cidade. Os meus melhores amigos estão na França e na Inglaterra.

— Você lá será sempre um estrangeiro, Lanny.

— Serei um cidadão de vários países. O mundo precisa de alguns homens assim.

— Mas o que pretende fazer?

— Quero seguir o meu caminho. A primeira coisa que devo fazer é procurar saber algo em torno de tudo aquilo que eu não devo realizar. No momento, tenho a sensação de que represento qualquer coisa que não foi ajustada ao seu meio e à sua vocação. Obrigo-me por vezes a gostar do que não me apraz, mas sei, de antemão, que todo esforço é inútil. Se, por exemplo, eu deixasse agora a escola e seguisse com você para a França, eu me sentiria como um pássaro que foge da gaiola. Não me entenda mal. Não quero vagabundar, mas tenho dezenove anos e creio que posso dirigir sozinho a minha educação. Quero ter tempo para ler os livros sobre os quais estou interessado. Quero encontrar pessoas cultas e saber o que estão realizando em arte: música, drama, pintura, tudo. Paris vai ser muito interessante, justamente agora com a conferência da paz. Você acha que pode arranjar um passaporte para mim? Ouvi falar que é muito difícil.

— Posso arranjar tudo, se você tiver a certeza de que é isto o que quer.

— Quero saber o que você está fazendo e pretendo auxiliá-lo. Serei o seu secretário, farei tudo o que quiser. Estar na sua companhia e conviver com as pessoas das suas relações deve ser muito mais importante do que viver numa sala de St. Thomas, ouvindo preleções de professores que, comparados com você, nada sabem. Aposto que, viajando agora para a França, aprenderei mais história moderna da Europa que durante todo um ano escolar.

— Está certo — disse o pai. — Acho que não vale a pena querer obrigá-lo a fazer alguma coisa contra o seu gosto.

XI

Lanny voltou à escola para se despedir. Depois iniciou suas visitas de despedida dos muitos parentes da família. A visita que mais desejava fazer era ao seu velho tio-bisavô Eli. O destino, porém, resolvera o seu desejo de modo diferente. Viera um telegrama dizendo que o patriarca falecera pacificamente e que o enterro ia se realizar dois dias mais tarde.

Robbie, Esther e Lanny foram para Norton — toda família dos Budd estava reunida para prestar suas últimas homenagens ao velho pastor que durante mais de cinquenta anos tinha dirigido a pequena igreja unitarista. Os homens estavam sérios: grandes industriais, fazendeiros, banqueiros e pastores. Ouviram em silêncio o louvor que o pastor proferia sobre as virtudes do falecido. Quando voltavam do cemitério, os mais velhos concordaram que os Budd não estavam mais produzindo grandes homens. Quando se abriu o testamento, todos ficaram admirados, porque o velho deixara a sua biblioteca ao seu sobrinho Lanny Prescott Budd. Alguns não sabiam quem era este rapaz e ficaram muito admirados.

Quando Robbie arranjou os passaportes, o navio sairia dois dias depois. Lanny fora ao escritório, ali se despedindo de todos os diretores e secretários com quem tinha estado em contato direto. Tinha visto bastante o seu tio Lawford, e agora, ao despedir-se desse homem silencioso, ele lhe desejava todas as felicidades. Lanny visitara seu avô em casa, e o velho, que envelhecera bastante durante os esforços da guerra, não fez nenhuma tentativa de parecer alegre. Disse que Robbie não haveria de conseguir mais negócios na Europa. Já possuíam munição suficiente por lá para explodir o continente inteiro.

— Vai ser o diabo por aqui — disse ele. — Nossos operários estão ganhando demais e seremos obrigados a despedi-los ao término dos contratos com o governo. Eles estão de olho na loucura da Rússia e certamente vão tentar fazer o mesmo. Siga meu conselho e aprenda algo sobre os negócios, para que você saiba se cuidar num momento de perigo.

— Pretendo ficar junto do meu pai e aprender tudo o que ele me ensinar.

— Se quer ouvir a um velho, melhor fará se esquecer as tolices sobre música e palco. Já existem várias tentações para a vida de um moço e não é justo que ele ainda as procure para complicar o seu problema, já de si tão complexo na época atual.

440 UPTON SINCLAIR

— Sim, vovô — disse o moço. Era uma censura que ele bem merecia. — Não creio que haja muito divertimento na França, por algum tempo ao menos. É uma nação de viúvas e mutilados, e a maioria das pessoas que conheço está trabalhando intensamente para auxiliá-los.

O avô Samuel não estava acreditava muito que havia qualquer coisa de boa na França. Continuou a falar sobre a situação do mundo e as preocupações que ainda tinha.

— Nós, Budd, sempre fomos gente muito simples — declarou. — Poucos de nossa família conhecem línguas e povos estrangeiros, e todos nós desconfiamos dos seus modos e da sua moral. Nos nossos negócios utilizamos sempre alguém que os conhece e que pode aconselhar-nos. Além disso, fazemos todo o possível para que esse alguém que tenha de viver entre eles não se torne tão corrupto quanto eles o são.

— Lembrar-me-ei sempre dos seus conselhos — respondeu o moço. — Aprendi muito durante a minha estada aqui e pretendo aproveitar todas essas lições.

Isto era tudo, o suficiente, conforme determinava o código do velho. Deus iria observar os atos de Lanny e julgá-los; o mesmo faria o velho presidente da Budd Gunmakers.

XII

Veio a despedida da família de Robbie. Os dois irmãos ficaram tristes por vê-lo sair, pois ele tinha trazido um pouco de alegria às suas vidas. Ainda teve tempo de conversar intimamente com Bess, a única pessoa de Connecticut que chorou quando ele se foi. Prometeu-lhe escrever e ele lhe disse que mandaria à irmã, vistas dos lugares da Europa por onde andasse.

— Algum dia virei, mesmo que seja como passageiro clandestino.

Esther beijou-o e talvez tivesse ficado realmente triste. Lanny lhe agradeceu com afeto, dizendo-lhe que havia agido ultimamente de um modo errado e que ele era o único culpado da frieza que nos últimos dias reinava entre ambos. Lanny sempre a admirara e compreendera, enquanto Esther sempre o receara.

Pai e filho foram para Nova York pelo trem da manhã. Robbie tratou de negócios durante a tarde, e de noite Lanny teve tempo de tratar de outra coisa.

O FIM DO MUNDO

Pelos jornais, tomara conhecimento do sucesso do *The Colonel's Lady* e naturalmente queria ver essa peça. Robbie acompanhou-o ao teatro, porque o navio só sairia depois da meia-noite.

O rapaz não desejava falar a Phyllis Gracyn; queria apenas vê-la representar. Arranjaram bons lugares e ambos assistiram à peça cuja personagem principal era a filha do proprietário de uma estalagem francesa.

Lanny viu duas coisas interessantes: primeiramente a representação de Gracyn, demonstrando que, embora não fosse uma artista completa, possuía muita segurança na interpretação, e, em segundo lugar, a personalidade do jovem oficial americano. A peça tinha sido, evidentemente, escrita em ensaios, e Gracyn tivera influência na mesma. Lanny tinha dado as primeiras tintas a Gracyn, e ela outro tanto o fizera ao autor e este aos demais da peça.

Portanto, havia muitos traços nos quais Lanny se reconhecia: maneira, frases, opiniões sobre a guerra, detalhes da França. Havia ainda na peça um tipo meio semelhante ao sargento Jerry Pendleton.

— Você fez um bom trabalho — disse Robbie. — Leve-o à conta da educação e não se enamore mais de qualquer garota de teatro.

— A experiência me foi bastante útil — disse Lanny.

— Se você tivesse tido trinta mil dólares teria derrotado o importador de café!

Estavam já a caminho do vapor e Lanny ria gostosamente.

— Há uma canção inglesa que dizem ter sido adotada pelo diabo. Há nela este *leit motiv*: "Como é agradável ter dinheiro, como é agradável ter dinheiro."

— Está certo — respondeu o pai —, mas pode ter a certeza que esse poeta teve dinheiro, do contrário não teria feito tais versos.

Pai e filho já estavam a bordo do navio. Ficaram no convés observando o movimento das luzes da cidade. Robbie apontou uma luz especialmente forte e disse:

— Eis a Estátua da Liberdade.

Ela viera da França, para onde Lanny agora voltava. Chegava até ele o seu grande foco de luz como um sinal que bem compreendia, porque estava sentindo que vinha renascendo a alvorada que de há muito se apagara no horizonte da sua vida, agitada pelas sensações de todas as artes.

LIVRO QUINTO

Semearam o Vento

25

AS BANDEIRAS DAS BATALHAS
SÃO ENROLADAS

I

SÓ HAVIA UM VAPOR POR SEMANA PARA A FRANÇA, E AQUELES QUE viajavam eram pessoas selecionadas, necessitando provar a importância dos seus negócios, os quais eram aceitos ou não pelas autoridades. Teoricamente o mundo continuava em guerra, e não era possível que os americanos adotassem a Conferência da Paz como plataforma de propaganda ou para fins turísticos. Robert P. Budd, porém, conhecia todo mundo no Ministério da Guerra e, quando pedia passaportes, não tinha dificuldade alguma em recebê-los imediatamente.

A primeira coisa que Robbie fez no navio foi espiar a lista de passageiros. Era um homem jovial e gostava de conversar com pessoas de todas os tipos, e especialmente com os grandes negociantes e industriais. Não existia uma lista impressa, mas pediu emprestada a do comissário de bordo e estudou-a ao lado de Lanny, assinalando-a e dizendo-lhe que tal homem estava trabalhando em "aço", este outro em "cobre", um terceiro representava um grupo financista de Wall Street. Quase no fim da lista deu com o nome de "Alston, Charles T.", e observou:

— Deve ser o velho Charlie Alston, que foi meu colega em Yale. Agora é professor e publicou vários livros sobre geografia da Europa.

— Ele terá de recomeçar — arriscou-se Lanny a dizer.

— Não o conheci bem; lembro-me dele como um rapaz bastante frágil, usando grandes óculos. Era um aluno muito estudioso, e a maioria do pes-

446 UPTON SINCLAIR

soal achava que ele trabalhava demais. Tornou-se um homem importante, creio.

As viagens marítimas durante o mês de dezembro nem sempre eram agradáveis, e, portanto, havia muitos lugares vagos na sala de jantar. Robbie, cujo lugar era, como de costume, na mesa do capitão, leu: "Professor Alston". Perguntou ao capitão, e soube que seu antigo colega de classe era conselheiro da delegação da paz, mas que não pudera viajar anteriormente com a comitiva presidencial devido a um ataque de gripe.

No terceiro dia da viagem, o mar estava mais calmo, e o professor apareceu no convés. Era o mesmo pequeno homem frágil, usando grandes óculos. Mostrou-se muito satisfeito em encontrar o seu ex-colega e ficou naturalmente interessado na nova encarnação do rico, bonito e popular Budd: um moço de dezenove anos, assemelhando-se bastante àquele do colégio. Lanny era um pouco mais leve de corpo e mais ativo de espírito, mais acessível do que seu pai e mais ávido para aprender. O fato de Charles T. Alston ter sido obrigado a ganhar a vida servindo a mesa de pessoas ricas nada significava para Lanny; mas o ser um depositário de fatos vitais, e escolhido para auxiliar a delegação americana nos seus esforços de tornar a Europa um lugar mais sadio, isto, sim, tornava-o um grande homem aos olhos do filho de Robbie Budd. Ouvia a conversa dos dois e, quando Robbie estava interessado na companhia de outros, Lanny ia passear com o especialista em geografia, apoiando-o para firmar os seus passos, se o navio jogava demasiadamente.

II

Não demorou muito tempo até que o professor confiasse ao moço as suas preocupações. Achava que os seus conhecimentos de francês não seriam suficientes, pois, embora tivesse lido bastante, a língua lhe soava diferente quando ouvida.

Lanny compreendeu o que o modesto homenzinho desejava e sugeriu que continuassem a conversa em francês; e desde então podia dispor do tempo do professor e de todos os seus conhecimentos. Mais uma vez, achava alguma coisa melhor do que ir para o colégio.

O Budd mais velho não ficava muito entusiasmado com esta intimidade crescente, e Lanny estava interessado em sondar sua atitude. Que havia de mal contra o professor Alston? Em primeiro lugar, era um democrata

O FIM DO MUNDO 447

com "D" maiúsculo, e os seus sucessos tinham sido sucessos políticos. Alston era um daqueles que Woodrow Wilson tinha reunido a fazer parte do seu programa de reforma do mundo. Antes da declaração de guerra, para distrair o espírito, o presidente presbítero idealizara um programa de reformas nacionais, que, a acreditar na palavra de Robbie Budd, chegavam ao ponto de querer transferir o controle dos negócios das mãos dos industriais para as dos políticos. Era natural que a menor menção destes fatos causasse grandes aborrecimentos a Robbie.

Agora, o presidente estava transportando este método para os problemas internacionais. Ia resolver os problemas da Europa, e para este fim reunira homens de teorias idênticas às dele, homens cujos conhecimentos do mundo tinham sido extraídos de livros. Os diplomatas, estadistas, negociantes e industriais da Europa iam receber conselhos, embora estes nem sempre fossem justos. Na América, isto tinha sido chamado "a nova liberdade" e na Europa tinha o nome de os "Catorze Pontos", e tanto uma designação como a outra desagradavam extraordinariamente o chefe de vendas da Budd Gunmakers.

— Mas, Robbie — dizia o filho —, muitos dos catorze pontos estão conformes a sua própria opinião! Que mal pode haver em se dar conselhos? O professor Alston diz, por exemplo...

E Lanny repetia algumas das estatísticas elaboradas pelo seu novo amigo relativas à unidade econômica da Europa, que tinha sido desmembrada em tantas ocasiões por motivo das subdivisões políticas. Robbie não negava estes fatos, mas não admitia conselhos de um "estudioso de política". O lugar do douto era na aula ou absorto no estudo, onde ficaria à vontade para escrever livros — os quais ele, Robbie, jamais lia.

III

Seja como for, os doutos estavam empenhados na política, e não havia possibilidade de desalojá-los, até à próxima eleição. O antigo presidente da Universidade de Princeton teve subitamente, e, como sua classe, todo o mundo civilizado, centenas de repórteres colecionando todas as palavras que pronunciasse, e gastando fortunas em transmiti-las desde a China até ao Peru. Conseguira reunir-se a outros de igual mentalidade, organizando-se uma espécie de estado-maior da paz, o qual, sob o nome de "Inquérito",

448 UPTON SINCLAIR

vinha trabalhando há mais de um ano a fim de estar preparado para a ocasião em que os tambores da guerra não mais soassem e as bandeiras da batalha fossem enroladas.

A tarefa de organizar este Inquérito fora confiada pelo presidente a um amigo do Texas, coronel House, que, por sua vez, apelou para os presidentes de outros colégios. Assim, duzentos professores foram selecionados e acumularam uma quantidade enorme de elementos para as suas decisões. Mapas detalhados, pormenorizando cada milha da Europa, tinham sido elaborados; estatísticas sobre as populações, línguas, indústrias, recursos — questões que talvez viessem a ser levantadas no decorrer dos trabalhos de reorganização do mundo —, tudo isto tinha sido catalogado cuidadosamente. Este precioso material e muitos dos sábios que auxiliaram ao seu preparo foram embarcados no *George Washington*, comboiado até o porto de Brest sob a escolta de um poderoso navio de guerra e meia dúzia de destróieres.

O professor Alston não pôde acompanhar a comitiva devido à sua doença, e mesmo agora ainda se sentia muito fraco. Robbie Budd, porém, consolava-o, dizendo:

— Não vai encontrar todos os problemas resolvidos ao chegar em Paris. Talvez nem estejam solucionados quando precisar partir novamente. Quanto aos seus conhecimentos, eu achava melhor reservá-los para a conferência vindoura.

O professor não se sentia ofendido.

— Sim, Budd — respondia, pacientemente. — E o que torna a nossa tarefa mais difícil é o horrível peso do ceticismo que as encontra em tantos espíritos.

IV

O último ato do grande melodrama que Lanny Budd tinha observado durante quatro anos e meio ia realizar-se agora. Durante os oito dias da viagem marítima, o seu novo amigo auxiliava-o a espiar um pouco através da cortina, para ver como os personagens mais importantes tomavam as suas posições. Este melodrama diferenciava-se dos demais, por não ter sido descrito; era representado de improviso e numa única vez; depois, seria um precedente e determinaria o destino da humanidade, talvez por séculos.

O FIM DO MUNDO

Cada um dos atores esperava escrever e representar conforme o seu modo, e ninguém era capaz de dizer qual seria o fim.

O professor Alston falava sobre história, geografia e aquelas diferenças raciais e de língua que originavam um complexo tão grande. Como cientista, estava dedicado à verdade. Disse que tinha apenas um pensamento: compreender os homens e as nações e auxiliar a criar uma paz duradoura, uma paz justa e sadia.

Também Lanny desejava isto; era o seu sonho achar um meio de reunir novamente o seu amigo Rick e o seu amigo Kurt, agora que a guerra já estava finda. Durante as horas em que auxiliava o professor na prática do francês, o moço fazia perguntas e mostrava-se tão interessado e compreensível, que no último dia da viagem o homem lhe perguntou:

— Lanny, gostaria de ter um emprego?

— Que espécie de emprego? — perguntou, surpreso.

— O Departamento do Estado não achou necessário que eu tivesse um secretário. Porém, quanto mais me aproximo da França, mais sinto quanto precisarei de um. Ainda levarei algum tempo a recuperar todas as minhas forças, e as obrigações a cumprir são muitas.

— Mas um secretário precisa saber estenografia e datilografia, não é?

— Os seus conhecimentos de línguas e de costumes europeus seriam muito mais valiosos para mim do que isso.

— Não acha o senhor que sou um tanto moço para essa tarefa?

— É mais velho do que parece. O principal é que posso confiar em você. Não poderia pagar-lhe o que se possa considerar um vencimento à altura.

— Mas eu não quereria que o senhor me pagasse, professor Alston!

— Tentarei fazer o Estado custear as despesas. Em todo caso, faria questão que você fosse pago. Seria um desses empregos de dia e noite, sem hora marcada, cuidando de trabalhos interessantes. Você encontraria além disso muita gente importante e poderia ver o maquinismo interior desta conferência. Acho que vale bem a pena. Talvez valha mais do que um ano na universidade.

— A proposta me deixa sem fala. Seria a primeira vez que ganharia dinheiro com meus próprios esforços.

— Que pensa sobre o que o seu pai diria?

— Ele quer que eu encontre muitas pessoas; porém, espera, no íntimo, que me interesse pelos negócios de armamento.

450   UPTON SINCLAIR

— Justamente agora há uma competição entre os negócios do seu pai e os meus — o professor dizia isso, rindo.

— Meu pai não o combaterá — respondeu Lanny, seriamente. — Ele ficará na expectativa, pois sabe que as forças do lado dele hão de vencer as suas.

— Talvez seja melhor que eu lhe faça a proposta — dizia o professor. — Não quero que pense que estou querendo furtar-lhe o filho.

Robbie demonstrou uma visão muito mais larga do que os dois tinham previsto. Via as vantagens que tal trabalho ia proporcionar a Lanny. Era desse modo que os jovens ingleses começavam carreira na política e na diplomacia; e Robbie não tinha medo que seu filho fosse desencaminhado pelos fazedores da paz. Disse que os mesmos homens que a faziam estavam preparando a próxima guerra, e Lanny teria possibilidades de encontrá-los e conhecê-los.

Lanny refletia e respondeu:

— Olhe cá, Robbie. Se eu fizer parte da lista de pagamento dos funcionários do Estado, terei de trabalhar para fazer jus a isso, e talvez haja coisas que eu não possa relatar.

O pai respondeu-lhe com um sorriso:

— Está direito. Esse emprego, porém, não vai durar para sempre. E quando estiver terminado, juntaremos novamente as nossas forças.

V

Lanny aceitou o emprego e, por gostar do seu patrão, não somente tornou-se o seu secretário, mas enfermeiro, criado e amigo; auxiliou-o a arrumar as malas, a embarcar no trem e a chegar ao hotel. Fato curioso: o hotel que Robbie sempre tinha preferido, o Crillon, estava ocupado pelo governo dos Estados Unidos para a comissão da paz e os seus conselheiros. Assim, Lanny e o professor podiam ter aposentos lá, mas Robbie não podia. Era um símbolo da nova ordem das coisas, na qual os homens de negócio tinham sido desalojados dos postos de autoridade e substituídos por estudiosos da política.

Lanny encontrou-se, sem qualquer aviso, no meio de uma multidão de pessoas, todas na mais extraordinária atividade. Sempre tinha sido hábito de especialistas e sábios o encontrarem-se em congressos e convenções, e sempre sentiam que o que estavam realizando era de importância vital;

O FIM DO MUNDO 451

deve-se, porém, duvidar de que toda reunião tenha razões realmente justas para manter esta convicção. Uns cinquenta sábios americanos com seus conselheiros, bibliotecários, secretários e outros auxiliares, somando várias centenas de pessoas, tinham sido designados para remediar os males da Europa, Ásia, África e Austrália, acumulados no correr de várias centenas de anos. O mundo inteiro ouvira a nova de que tais males deviam ser remediados, e todos, com exceção de alguns céticos, acreditavam e confiavam em que a promessa seria cumprida. O destino de centenas de milhões de pessoas num futuro indefinido dependia da orientação que esses sábios imporiam; portanto, eles estavam compenetrados da sua responsabilidade, e jamais na história da humanidade tanto escrúpulo de consciência tinha sido reunido como agora, conforme se podia ver no Hotel Crillon.

As primeiras horas eram, naturalmente, um repetir de nomes, de palavras e de fisionomias. Lanny encontrava tantas pessoas que desistiu de querer guardá-las na memória. Rapidamente, porém, elas começaram a agrupar-se em rodas à parte. Os colaboradores imediatos do professor Alston estavam desejosos de contar-lhe o que acontecera durante as semanas da sua ausência. Alston apresentou-lhes Lanny como seu confidente, e assim o rapaz teve um lugar garantido a fim de poder apreciar o levantar do pano deste último imortal ato do grande melodrama mundial.

A obra de arte que mais se assemelhava à situação atual era a história de Daniel na cova dos leões. O papel principal era representado pelo sábio de Princeton, e os estudiosos de Yale, Harvard, Columbia e de outras universidades estavam reunidos, lutando de fisionomias alegres, porém com os corações doridos nesta arena repleta de leões britânicos, tigres, hienas, chacais, jacarés e outros seres cujas filiações nacionais era melhor não ser especificada. Cada uma destas criaturas tinha as mandíbulas gotejando sangue, e subjugada pelas suas garras estava uma outra igualmente feroz, mas já despedaçada, sangrando e próxima da morte.

Tal era o aspecto do mundo ao findar a maior das guerras, e a tarefa de Daniel e seus auxiliares e conselheiros era persuadir os vitoriosos a abandonar ao menos uma parte da presa e permitir que a mesma fosse hospitalizada, sob promessas solenes de abandonar seus métodos violentos e viver num estado de fraternidade e lealdade. Não resta dúvida que havia uma certa ironia no fato de Robbie Budd estar morando no Hotel Vendôme e encontrando-se com o seu filho para ouvir as descrições que o mesmo fazia dos doutos e das suas atividades. Se tivesse sido uma reunião de negociantes de aço, petróleo e armas com a intenção de se consertar o comércio do mundo, Robbie teria aceito suas decisões com serenidade. Achava, porém, alguma coisa muito cômica nesta reunião de professores de colégios e universidades. A comparação mais gentil que podia fazer era que eles se assemelhavam a um lote de galinhas quando a raposa estava rodeando o galinheiro à noite.

VI

Ao conhecer mais intimamente os membros da comissão, Lanny descobriu que havia vários deles que admitiam as ideias de Robbie — o pequeno grupo dos íntimos de Alston tinha, porém, um ponto de vista que se aproximava muito mais do de Robbie do que este esperava. Eles conheciam as atividades dos grandes industriais de armamentos e a parte que lhes cabia no começo e na continuação da guerra. Sabiam destas atividades tão bem, que de início se sentiam um pouco constrangidos com a ideia de ter junto de si, por ocasião das suas conversas mais íntimas, um filho de Budd.

Precisavam sondar Lanny e observar as suas reações por algum tempo, antes de poderem confiar inteiramente no seu caráter.

Além dos acadêmicos, havia também na comissão alguns jovens ricos que estavam tomando a política e a diplomacia por diversão. Lanny descobriu que estes bem conheciam as atividades de Zaharoff, de Wendel e da Bacia de Briey, que saía da guerra sem nenhum prejuízo material. Também percebiam as atividades dos políticos. Observavam suspeitosos toda pessoa que se aproximava, e eram muito reservados.

A suspeita de muitos ficou alertada pelo fato de ainda não haver nenhuma conferência de paz iniciada, nem sinal algum de que se ia iniciar. O governo francês pedira ao presidente Wilson que chegasse no dia 14 de dezembro, e assim acontecera. Fizeram-lhe uma grande recepção, uma das mais tumultuosas da história. Nada, porém, se falava sobre a conferência; os franceses não tinham ainda nomeado a sua delegação.

Os mais desconfiados da comitiva já se estavam preocupados. Que significava tudo isso? Sem dúvida alguma, os franceses tinham desejado que o presidente viesse, para festejá-lo, cortejá-lo e dizer-lhe que era o maior homem do mundo. Iam levá-lo até a zona de guerra com fins facilmente

O FIM DO MUNDO   453

reconhecíveis. Queriam que o presidente sentisse, tal como eles, o ódio pelos alemães. Por essa ocasião, os militares continuavam a enfraquecer a Alemanha, tirando do país tudo quanto o armistício havia estabelecido — cinco mil locomotivas, cinco mil caminhões e cento e cinquenta mil carros de carga. A Alemanha continuava bloqueada e as suas reservas esgotadas — enfim, aqueles que desejavam uma paz cartaginesa começavam a sentir-se satisfeitos.

Do lado dos Aliados ia começar a discussão entre os que desejavam fazer a paz, e aqueles que queriam preparar a próxima guerra. De um modo geral, os franceses pendiam de um lado contra os americanos, e os ingleses titubeavam entre os dois. Lloyd George, que se tornara primeiro-ministro durante a guerra, tinha apenas um partido atrás de si e reconhecera a oportunidade de fortalecer a sua posição promovendo uma nova eleição geral. Tinha prometido o julgamento do Kaiser, e de início queriam enforcá-lo. O povo alemão devia sofrer como sofreu o inglês, o francês, o belga. Havia, porém, o elemento liberal entre os representantes ingleses em Paris — especialmente os mais moços —, que simpatizavam com o programa americano de paz com reconciliação. Estes, naturalmente, desejavam encontrar e conhecer os americanos. E seria decente encontrá-los? Ou seria também isso "propaganda"?

VII

Logo depois da sua chegada a Brest, Lanny enviara um telegrama a Beauty, comunicando-lhe a grande novidade do seu emprego. Isso significava que não podia ir a Juan — pelo menos até que terminasse o grande problema europeu. Depois, escreveu sugerindo a vinda de Beauty a Paris.

Naturalmente Beauty tinha de ver o seu rapaz; e Robbie achava bom que ela abandonasse um pouco a sua vida monótona de Juan. Não acreditava muito no resultado dos esforços que ela fazia no auxílio aos franceses apáticos. Isso ficava muito bem para certas mulheres, mas não para Beauty, feita para os prazeres da vida. Escrevendo ao filho, ela ponderou que a vida em Paris estava caríssima, o que fez com que Robbie desse a Lanny um cheque. Esse era um dos pontos importantes de Robbie na educação do filho: auxiliava-o a compreender como era agradável ter dinheiro.

Beauty ainda tinha esperanças de saber notícias de Marcel. E imaginava poder continuar as pesquisas com mais eficiência em Paris. Também

454 UPTON SINCLAIR

poderia acordar o interesse pela pintura, um trabalho de piedade, que intrigava o seu espírito. Lanny poderia auxiliá-la, agora que estava conhecendo pessoas importantes. Mais uma vez, a vida começava a brotar no peito de Mabel Blackless, outrora Beauty Budd, e agora Madame Detaze, viúva.

Assim, arrumou as malas, deixou Marceline aos cuidados de Lesse e Rosine e tomou o trem para Paris.

Lanny aguardava-a na estação de Lyon e eles correram um para o outro, abraçando-se, e depois se separavam para observar o que vinte meses haviam modificado neles.

— Ó, Lanny, como você está crescido!

— Ó, Beauty, você engordou dez libras!

Ela corou ao ouvir a observação.

— Mas vou emagrecer rapidamente com os preços que estão cobrando aqui!

Tinham tantas coisas que falar um com o outro! Lanny discorreria sobre Esther e sua família e o resto da tribo dos Budd, uma centena de detalhes que não pudera escrever. Tinha também de contar o caso de Gracyn, aquela criatura horrível, conforme Beauty julgava. Era dessas mulheres que deixavam apreensivo o coração de uma mãe. Ela, por sua vez, tinha de falar do *baby*, como ele era, o que comia e como brincava. Falou-lhe sobre os homens mutilados que visitava em Sept Chênes.

— Não sei o que fazer com eles, Lanny, agora que a guerra está terminada. É como se eu tivesse um grande número de parentes.

Falou sobre Emily Chattersworth, cujo castelo ainda estava entregue aos mutilados.

— Ela está morando em Paris, agora. Você deve visitá-la, pode auxiliar tanto a você como aos seus professores. Conhece todo mundo e gosta de convidar diversas pessoas às suas reuniões. Você sabe que isso é o seu fraco.

— Não se preocupe — disse Lanny, sorrindo. — Os meus professores estão encontrando mais pessoas do que desejam.

— Mas eu quero dizer: pessoas que devem ser encontradas, Lanny. É esse o meio de se conseguir as coisas aqui na França. Emily dará um jeito de levar o seu professor diretamente a Clemenceau, e então ele poderá explicar como acha que deva ser feita a paz.

— Assim, certamente seria fácil.

VIII

O presidente Wilson e sua esposa faziam compras em Paris. Por toda parte onde apareciam, brotavam ovações; o povo da Europa queria manifestar a fé que depositava nele, a sua esperança, a sua adoração. Era algo espontâneo, não previsto pelos políticos, e um tanto vexativo para eles. Pois este homem falava sobre a democracia e não somente diante deles; falava como se realmente acreditasse na democracia — e esse era um momento perigoso, quando as palavras podiam explodir como bombas que ainda jaziam enterradas nos campos da França. Esse homem falava sobre a liberdade dos mares, os quais a Grã-Bretanha se orgulhava de dominar; falava sobre autodeterminação para aqueles pequenos povos, os quais os estadistas da Europa pretendiam conservar submetidos.

O presidente Wilson e sua esposa seguiram para Londres um dia depois do Natal, e o governo ofereceu-lhes um régio banquete em Buckingham Palace, tornando o espetáculo dos mais brilhantes jamais visto naquela terra de oficialismo. A Grã-Bretanha era o único país da Europa que ainda podia oferecer tal espetáculo. O Império do Tsar era agora o território de um povo que morria de fome e o domínio do Kaiser governado por um seleiro. A Grã-Bretanha, porém, ainda tinha o dinheiro e os seus *feldmarechais*, generais, almirantes, além da conservação dos seus antigos costumes. Diante desta brilhante reunião, o magro professor presbítero continuava na sua roupa preta, simples, falando sobre o direito dos povos. Falhara, porém, ao não dizer aos Lords e donos do reino que eles tinham ganho a guerra, uma ofensa de que jamais se esqueceriam.

O presidente Wilson e sua esposa voltaram a Paris, onde ele fez um discurso perante a Câmara dos Deputados e esqueceu-se de louvar o heroísmo demonstrado pela França. Era difícil para seus ouvintes compreender que este homem da paz era o mesmo que se vira forçado a entrar na guerra e o fizera com grande relutância e que agora só tinha um pensamento: tornar impossível, para o futuro, a repetição de tal calamidade. Ele foi à Itália e o povo faminto e atormentado lhe fez tamanha demonstração, que as classes governantes ficaram apreensivas. Por toda parte, através da Europa, era a mesma coisa, tanto nos países derrotados como nos vitoriosos — os lavradores recortavam do jornal o retrato desse novo redentor, pregando-o na parede das suas cabanas, acendendo velas diante dele.

456 UPTON SINCLAIR

Em Viena, as crianças que estavam morrendo aos milhares, de doenças consequentes da má nutrição, sorriam e diziam: "Brevemente tudo estará bem; o presidente Wilson está chegando."

Jamais um homem vivo tivera tanta força nas suas mãos. Jamais um homem vivo recebera tantas ovações.

Entre os conselheiros, havia muitos que julgavam um erro a vinda do presidente dos Estados Unidos à Europa nessa ocasião. O professor Alston formava entre estes; não se expandia muito, pois desejava parecer diplomata, mas Lanny sabia o que ele pensava e porque assim pensava. Se o presidente tivesse permanecido em Washington, e as propostas da delegação da paz lhe fossem submetidas lá, as suas decisões seriam recebidas como se tivessem vindo do Monte Sinai; mas descer à arena, era reduzir-se apenas a combatente e sacrificar o prestígio e a autoridade. Ele, que não tinha treino algum de diplomacia, seria jogado contra homens que nada mais tinham feito durante toda a vida do que se ocuparem com diplomacia. Conheciam mil e uma artes que ele ignorava. Achariam os seus pontos fracos, e fariam imposições magoando-o a ponto de sentir-se obrigado a fazer concessões imprudentes.

Ao ler as notícias da viagem triunfal do presidente, Lanny queria saber se tal apoteose modificava a opinião de Alston. O professor, porém, dizia ser uma coisa trágica, o fato de que milhões de homens confusos e atordoados se sentissem tão influenciados. Desejavam a paz, mas desejavam também lucros nacionais a expensas de outrem e facilmente poderiam ser manobrados e instigados por uma imprensa venal e por políticos que, secretamente, serviam a interesses financeiros particulares. O que poderia ser o resultado de tudo isso, ninguém seria capaz de prever; ia haver, porém, uma luta feroz, e todos deviam se reunir e apoiar o seu grande chefe sem restrições. Assim pensavam os conselheiros técnicos da comissão americana junto à delegação da paz.

26

O PARLAMENTO DOS HOMENS

I

NÃO HAVIA MUITO ESPÍRITO FESTIVO NO NATAL DESSE ANO. A METADE das mulheres vestia luto, e a outra metade substituía no trabalho os seus maridos e filhos, que ainda estavam sob as armas, muitos na Alema-

O FIM DO MUNDO   457

nha, guardando as pontes do Reno. A estação era desagradável, a alimentação e os combustíveis escassos, e a desorganização, geral. Os ricos tinham ficado mais ricos ainda, porém todos os outros tinham empobrecido e olhavam ansiosamente para o futuro, à espera de novas desgraças.

Os americanos do Crillon estavam naturalmente bem alojados, com todos os auxílios, e enquanto o presidente fazia as suas viagens, os especialistas elaboravam o Livro Negro, um esboço das soluções territoriais para que o presidente pudesse resolver facilmente as questões. Esse livro era bastante confidencial e muitas pessoas gostariam de saber o que continha.

Por isso, o cerco ao Hotel Crillon ficava mais apertado ainda, e todo mundo dentro do mesmo adotava como norma ter uma conduta reservada, especialmente no início. Lembravam-se de que não eram negociadores, mas conselheiros.

Lanny Budd era apenas uma pessoa semioficial, e além disso possuía relações em Paris, como poucos dentre eles. O professor Alston não podia exigir que o rapaz se abstivesse de encontrar sua própria mãe ou pai, ou mesmo os amigos que conhecia desde a infância. E, naturalmente, fazia-se a tentativa de considerá-lo uma "via condutora" para o Crillon. Muitas pessoas descobriram que Madame Detaze, viúva de um pintor francês, tinha um filho que era tradutor ou algo semelhante junto aos americanos do Crillon; por isso, Madame Detaze tomava-se uma pessoa muito procurada.

— Ó, Madame. Ouvi falar tanto sobre aquele seu encantador filho! Tão brilhante, tão reservado, apesar da idade! Gostaria de encontrá-lo. A senhora não poderia conseguir isso? Mas agora, nesses próximos dias!

Nada disso surpreendia a mãe; sempre soubera que seu filho era tudo quanto diziam! Portanto, Lanny teve de encontrar sonhadores e propagandistas, caçadores de fortuna e aristocratas empobrecidos, de lugares cujos nomes ele precisava procurar no atlas — Curdistão e Croácia, Iraque e Mingrélia, Cilícia — que não devia confundir com a Silésia ou Galícia —, e Eslovênia, que não devia confundir com a Eslováquia. Forasteiros sérios faziam-lhe apelo em nome da doutrina do presidente Wilson da "autodeterminação de todos os povos", e Lanny levava suas histórias para os especialistas no Crillon — e muitas vezes percebia que estes mesmos homens estavam ocupados em oprimir algum outro povo da maneira mais cruel que era possível.

II

Beauty telefonou para o hotel, dizendo:

— Lanny, acabei de encontrar um oficial inglês encantador. Ele esteve na Arábia durante anos, mesmo antes da guerra, e conta histórias tão interessantes. Dizem que trouxe um Sheik árabe e ambos vão tomar chá em casa de Emily. Você não podia vir?

Lanny, que durante as últimas seis horas trabalhara sem parar num resumo de vários artigos franceses sobre as condições da Ucrânia, acedeu e foi encontrar na sala de visitas de Mrs. Chattersworth uma figura das *Mil e uma noites*: um homem de trinta anos presumíveis, com a face suave e fina, barba e bigodes pretos e lindos olhos escuros. Seu pai era o xerife de Meca e rei de Hejaz — pelo menos disse ele que os ingleses estavam chamando o seu pai de "rei", embora isso fosse uma tolice, pois o velho conhecia os seus ancestrais até o Profeta. Mais de mil e duzentos anos tinham passado, e que era qualquer "rei" do mundo comparado com isso? O Emir Faisal não falava inglês; o que merecia atenção era traduzido pelo oficial, seu companheiro e amigo. Este se chamava Lawrence, e ambos tinham combatido os turcos e alemães nos desertos abrasadores da Arábia, expulsando-os finalmente do país. O coronel Lawrence tinha uns trinta e um anos, e era possuidor de lindos olhos azuis. Ele e seu amigo possuíam o senso de humor e faziam chalaça durante a tradução.

Vieram, porém, a Paris por causa de uma questão séria: queriam relatar a história de uma luta heroica sustentada pelo seu povo a bem da liberdade, e vinham apresentar ao presidente Wilson as exigências de acordo com os seus Catorze Pontos.

Para ser exato, era o "Ponto Doze" que os interessava, aquele que especificava que "as partes turcas do atual Império Otomano deviam ter garantida a sua soberania, mas que as outras nações atualmente sob o domínio turco deviam ter garantidas, também, uma segurança absoluta de vida e uma oportunidade ilimitada de desenvolvimento autônomo".

Parecia impossível não se compreender isso. O Emir pediu a Lanny Budd que explanasse o seu ponto de vista a respeito desta questão, e o tradutor-secretário, falando de um modo não oficial, respondeu que não tinha dúvida alguma de que o presidente Wilson pretendia cumprir as suas promessas. Parecia difícil conceber como por qualquer coisa se levantavam

O FIM DO MUNDO 459

discussões; pois, se os Catorze Pontos, com somente duas reservas, tinham sido expressamente aceitos pelos Aliados como base do armistício com a Alemanha! Dizendo isso, Lanny apertou a mão desse árabe simpático, e ambos se despediram como bons amigos; o moço voltou para o seu inacessível hotel, e contou ao seu chefe esta conversa — justamente o que Faisal e seu companheiro queriam que ele fizesse. Alston mostrou um sorriso um tanto forçado e disse que esta questão do Hejaz era um dos mais sérios problemas da Conferência da Paz. Lawrence prometera, e o governo inglês ratificara a promessa, de que os povos árabes receberiam a sua independência, como prêmio do seu auxílio contra a Turquia e a Alemanha. Infelizmente, porém, havia muito petróleo na Mesopotâmia, e um oleoduto ia ser construído através da Síria. O governo inglês tinha também prometido uma grande parte do território árabe aos franceses — era um daqueles "tratados secretos". O país estava atualmente em poder dos franceses, e ainda não se resolvera como eles deviam sair sem outra guerra. Ademais, havia um outro chefe árabe, Ibn Saud, que expulsara os turcos da Arábia Oriental — e que se ia fazer com as exigências dele?

Tudo isto demonstrava como era pouco aconselhável para um jovem tradutor encontrar figuras de *Mil e uma noites*, fazendo-as acreditar em coisas que talvez não pudessem ser realizadas.

III

A vida é algo estranho! Charles T. Alston fora educado numa pequena fazenda nas proximidades de uma cidadezinha no interior do estado de Indiana, e aqui estava ele em Paris, especialista em geografia, etnografia e ciências correlatas, tentando decidir o destino de homens em países cujos nomes eram até desconhecidos ao povo da América. Na sua cidade, quando menino, tinha frequentado as reuniões dominicais, e um dos pastores que às vezes vinha pregar, auxiliava a despertar nele uma vontade de adquirir conhecimentos. Passaram-se trinta e cinco anos, e Alston nunca mais viu aquele homem, mas aqui, no Hotel Crillon, ele se deparava outra vez o pastor, o qual neste intervalo tinha sido doutor em divindade, professor de cristandade aplicada, agitador socialista e finalmente um dos íntimos conselheiros do presidente Wilson na Europa.

Lanny observava este homem conversando com Alston, e pensava estar diante de uma das pessoas de aspecto mais estranho que jamais vira. Raramente ria e, quando assim fazia, apenas sorria com relutância. Parecia que trazia no espírito a sombra de um destino ameaçador, e era como quem enxergasse mais o futuro da Europa do que qualquer outra pessoa.

George D. Herron chamava-se este homem, e mais tarde Alston relatava a Lanny a tragédia que arruinara sua saúde e felicidade. Tinha sido um dos *leaders* de um movimento chamado Socialismo Cristão, cuja finalidade era levar justiça e sentimentos de fraternidade em nome do Deus Carpinteiro. Pastor e professor num pequeno colégio de Iowa, tinha feito um casamento muito infeliz e namorava a deã das mulheres do seu colégio. Abandonou a esposa — algo em desacordo com os preceitos éticos da sua seita. Os inimigos das suas ideias perigosas aproveitaram esta oportunidade para arruiná-lo, e ele foi expulso do colégio, mudando-se para o estrangeiro com a sua nova mulher.

Isto se passara há muitos anos, e o infeliz professor, bem como seu grande pecado, já estavam quase esquecidos. Na Europa, tornou-se conhecido dos *leaders* operários, pacifistas, humanitários — de todos aqueles cujo espírito não podia descansar, enquanto os seus semelhantes fossem assassinados, mutilados, mortos de fome e frio, afogados na lama e alimentados com ódio e mentira. Morando em Genebra, ele fora acessível aos dois lados de combatentes, e amigos estrangeiros vindos da Áustria e Alemanha iam saudá-lo e utilizá-lo como um dos meios de se comunicarem com os Aliados. Inicialmente fazia os relatórios para a embaixada americana na Suíça e, mais tarde, porém, passou a entender-se diretamente com o presidente. Era um tanto responsável pela elaboração dos Catorze Pontos, e esboçara um plano para a criação da Liga das Nações. Este agitador socialista que fora expulso do seu próprio país, tinha a escutá-lo, agora, o ouvido mais poderoso do mundo e podia ter audiência com o presidente, mesmo quando este estava tão atarefado a ponto de não admitir mesmo sua própria comissão.

Da segunda vez que Lanny avistou Herron, este estava andando na rua em direção ao hotel. Caminhava devagar porque sofria de artritismo. Chegando juntos ao hotel, Lanny gentilmente o deixou passar à frente na porta giratória. Acidentalmente, na passagem, prendeu-se a bengala do velho professor, e, quando Lanny entrou no vestíbulo, viu-o com os pedaços da bengala na mão, exclamando:

O FIM DO MUNDO   461

— A minha bengala de Jerusalém!

— É muito preciosa? — perguntou o rapaz.

— Não, a não ser para mim. Comprei-a quando moço, durante uma visita que fiz à Terra Santa. Era uma lembrança querida.

— Lamento! — disse Lanny, com simpatia.

Herron ainda segurava as partes quebradas.

— Não sou supersticioso — continuou. — Quero contar-lhe, porém, um fato curioso. Quando saí de casa, meu filho de dezessete anos me perguntou porque estava usando esta bengala, e eu respondi em tom de brincadeira: "Vou para Paris auxiliar a criação do Reino do Céu, e esta bengala da Terra de Jesus é o símbolo da minha tarefa." Ao que meu filho respondeu: "Tome cuidado para que eles não a quebrem, papai."

O homem ainda olhou um instante para a bengala partida e chamou então um empregado do hotel para entregar-lhe os pedaços.

— *Absit omen!* — disse ele para Lanny.

IV

No dia 12 de janeiro, o Conselho Superior realizou a sua primeira sessão no *hall* do velho e escuro Ministério do Exterior do Quay D'Orsay, nas vizinhanças do Crillon. Aquele edifício guardava alguns dos segredos mais vitais da França e era cercado por uma grade alta e pesados portões. Somente pessoas importantes tinham sido admitidas à sessão inaugural, e Lanny e seu chefe naturalmente ali estavam, porque era possível dar-se o caso de algum delegado americano necessitar qualquer informação geográfica. O serviço de Lanny era carregar duas pastas pesadas, onde estavam mapas, dados etc.; teria de levar estas pastas para tantas reuniões importantes quantas fossem necessárias, mas raramente iria abri-las — em vez disso, abria os ouvidos e ficava ao lado do seu chefe; às vezes este tocava no seu joelho, e ele então explicava o que um ou outro francês estava dizendo no momento. Esta espécie de auxílio generalizou-se entre os americanos; nem o presidente Wilson nem o seu auxiliar mais íntimo, o coronel House, conheciam francês, e havia sempre um murmúrio atrás das cadeiras.

A sala de reuniões estava esplendidamente ornamentada. No fundo das muitas mesas dispostas em forma de um "u" quadrado, achava-se sentado Georges Clemenceau, primeiro-ministro da França, uma pequena figura

462 UPTON SINCLAIR

com uma cabeça estranha — ombros largos, pescoço curto, bigodes brancos, sobrancelhas reforçadas. Estava colocado perto de um fogo aceso por causa da diabete de que sofria e por já ser muito velho — contava setenta e oito anos — e o seu sangue já começara a esfriar. Em cima, por trás da lareira, uma figura representava a paz.

A seu lado tomara assento o presidente Wilson, com a face ascética e os olhos brilhantes. A seguir, o primeiro-ministro da Grã-Bretanha, com as róseas feições de um querubim, e um pequeno bigode branco. Depois via-se Balfour com seu ar de aborrecimento aristocrático, embora este não fosse adequado à ocasião. Os demais seguiam-se em ordem. No fundo havia generais, usando uniformes e condecorações. Também se viam potentados nas vestes multicores do Oriente. Lá também se encontrava o marechal Foch e o general Pershing e outros militares, pois a primeira coisa que deviam fazer era prorrogar o armistício, que teria sempre o prazo de um mês. Cada vez que necessitasse ser renovado, o marechal apresentava o motivo para apertar ainda mais os cravelhos do inimigo odiado.

Em seguida começava a questão de representações da Conferência e os métodos futuros deviam ser delineados. Por suposição, tratava-se de uma assembleia deliberativa. Ao fim de algumas sessões tornava-se evidente, porém, que tudo já tinha sido resolvido de antemão. Alguém fazia uma sugestão e, enquanto estava falando, Clemenceau ficava sentado com os braços cruzados e os olhos fechados, e ninguém podia saber se estava dormindo ou não. Porém, no instante exato em que o orador terminava, o presidente abria os olhos e perguntava: "Alguma objeção?" E então, antes que alguém pudesse refletir e dar uma resposta, ele batia com o pequeno martelo e dizia: "Adotado."

Numa dessas ocasiões, Alston falou a Lanny:

— Ele está se preparando para a próxima guerra.

V

O primeiro dos Catorze Pontos do presidente Wilson era: "Tratados de Paz, conseguidos em discussões políticas livres e abertas." Dando crédito a tal sentença, centenas de jornalistas, do mundo inteiro, encontravam-se em Paris para poder escrever o que acontecesse. Quando, porém, depois da primeira sessão, receberam um "comunicado oficial", viram que continha

O FIM DO MUNDO 463

exatamente quarenta e oito palavras e não podiam dizer nada mais do que isso. Naturalmente o protesto foi geral e os jornalistas dirigiram-se ao presidente Wilson.

A França tinha guerreado durante quatro anos, sofrendo feridas profundas, e vencera o seu inimigo mortal. Durante esses quatro anos, o povo da França estivera sob uma censura absoluta e agora queriam levantar esta censura, impossibilitando pessoas de revelar segredos e criticar a política!

— Não! — exclamavam os oficiais. — Se as sessões das conferências forem públicas, se os jornalistas ouvirem as discussões dos diplomatas, uma série de novas guerras será a consequência desta imprudência! Os Aliados combateriam uns aos outros!

Os defensores de discussões públicas respondiam, por sua vez, que as questões a serem resolvidas na conferência eram as questões dos povos, e que os povos tinham o direito de saber o que ia ser planejado e discutido. A democracia não podia funcionar a não ser que tivesse informações. O único meio para uma paz duradoura era transformar a conferência num prélio de educação, num fórum aberto onde os problemas fossem discutidos à vista de todo mundo.

A discussão continuava; e tudo nessa conferência era resolvido por compromissos e evasivas. Concordou-se que a imprensa fosse admitida às sessões plenárias; estas, no entanto, apenas ratificavam as decisões já elaboradas pelo chamado Conselho dos Dez. E quando a imprensa começou a protestar contra os segredos do Conselho dos Dez, o trabalho real foi transferido para um Conselho dos Quatro. Finalmente veio o Conselho dos Três, e essa santa trindade não dizia a jornalista algum o que estava fazendo. E para ter a certeza de que tudo permanecia em sigilo, só usava um secretário e só elaborava uma cópia das sessões.

VI

Apenas uma pequena parte da população de Paris estava realmente interessada na Conferência da Paz. Os demais trabalhavam, preocupados com os preços cada vez mais altos. Somente os especuladores prosperavam. Robbie, em passeio com o filho, contava-lhe o modo de agir desses homens.

— A indústria de armamentos está arruinada — dizia o chefe de vendas de Budd.

464 UPTON SINCLAIR

As suas próprias fábricas tinham sido obrigadas a diminuir a produção, e, quando Lanny mencionou os contratos com o governo, o pai respondeu que não valia a pena manter grandes fábricas para atender a poucos pedidos, e assim tinham cancelado os contratos, recebendo uma gratificação.

— Mas que vão fazer os operários, Robbie?

— Espero que eles tenham economizado um pouco. Para nós, a guerra terminou cedo demais. Ninguém podia prever que a Alemanha fosse ruir assim.

— Ainda temos as fábricas, não é?

— Que são fábricas, quando não trabalham? As despesas são grandes demais!

— Nunca pensei nisto — confessou Lanny.

— Pois o seu avô não está pensando em outra coisa.

Robbie estava enviando longos relatórios para casa, sem nenhum vislumbre de esperança. Havia muita gente que queria continuar a luta. Mas onde iam arranjar dinheiro? Quem ia financiar novas guerras? E as lutas seriam feitas com as armas ainda armazenadas. Havia montanhas delas em toda parte da França, na frente italiana, na frente dos Balcãs e na frente da Palestina — por toda parte em que se olhasse o mapa — e podiam ser compradas por um preço ínfimo.

— Tentei convencer papai a comprar armamentos como especulação — disse Robbie. — Ele, porém, disse que não entraremos nos negócios de especulação. Enquanto for o representante europeu da nossa firma, não o posso fazer por minha conta.

Lanny recordava-se de um velho e sobrecarregado comerciante sentado numa velha casa colonial, em Newcastle, e perguntou:

— Que espera fazer o vovô, Robbie?

— Temos de achar um meio de adaptar algumas das fábricas para outros fins; isto vai custar muito dinheiro.

— Mas não ganhamos muito?

— A maior parte foi distribuída como dividendo, e ninguém vai devolver nada, a não ser que possamos apresentar novas possibilidades de ganhar dinheiro.

— Certamente, Robbie, mas vai haver procura de todos os artigos manufaturados! Todo mundo está precisando.

— A questão não é o que estão precisando, mas se têm o dinheiro. Aqueles que o têm não se arriscam, e especialmente sob um governo como este. O

O FIM DO MUNDO

nosso presidente passou tempo estudando latim, grego e teologia, quando devia ter aprendido os elementos das finanças e do crédito.

Robbie afirmou que Clemenceau e Lloyd George também eram tão ignorantes quanto o presidente Wilson sobre questões econômicas. O representante da Budd Gunmakers queria que negociantes e financistas fossem chamados para dar conselhos. Com um terço da Europa em revolução, um outro com um passo distante da mesma; com dezenas de milhões de homens sem saber onde arranjar o pão de cada dia; com o comércio desorganizado, as estradas de ferro arruinadas, o transporte marítimo diminuído, os portos bloqueados e milhões de homens ainda sem trabalho, sujeitos à revolta, a ir para casa ou a começar a atirar uns nos outros novamente — o homem para o qual todos olhavam como guia tinha trazido um carregamento de especialistas em geografia e história e leis internacionais, e somente alguns que conheciam finanças, produção e comércio.

VII

O telefone tilintava no quarto de Lanny, e ele ouvia uma voz falando inglês com acento estrangeiro.

— Sabe quem está falando?

Lanny esforçava-se por adivinhar, mas em vão.

— Cinco anos já são passados. Conhecemo-nos durante uma viagem.

Lanny continuava pensando, sem conseguir saber quem era.

— Tomei o trem em Gênova — disse a voz e subitamente o moço se lembrou e exclamou:

— Mr. Robin!

— Johannes Robin, *Maatschappij voor Electrische Specialiteiten*, Roterdã, às suas ordens — disse a voz, amavelmente.

— Muito bem, muito bem! — disse Lanny. — Que está fazendo aqui?

— Um pequeno negócio, um segredo até que o encontre.

— E como vão os garotos?

— Bem, Lanny, bem. Posso continuar a chamá-lo Lanny, apesar de já ser um moço crescido?

— Naturalmente, Mr. Robin. Nunca hei de esquecer os favores que me prestou.

No correr dos últimos quatro anos, Mr. Robin tinha remetido umas seis ou oito cartas para Kurt, sendo que a última há poucas semanas. Por isso, o negociante sabia que Lanny estava em Paris e conhecia o seu endereço.

Naturalmente o rapaz desejava ver o seu velho amigo por mais ocupado que estivesse.

— Vou almoçar com meu pai — disse ele. — Gostaria de almoçar conosco?

— Certamente! Gostaria de encontrar seu pai.

Despediram-se, e Lanny lhe disse onde devia encontrá-los.

Johannes Robin estava um pouco mais gordo do que Lanny se lembrava, mas era o mesmo homem exuberante que gostava de falar a respeito de si mesmo; Lanny, porém, melhor observador, teve o sentimento de que Robin não estava completamente à vontade. Queria agradar a estes dois ricos americanos e mostrava a sua alegria por tornar a ver Lanny. Naturalmente falou também sobre seus filhos, sobre Kurt Meissner, e Lanny disse que estava um tanto preocupado pelo silêncio prolongado do seu amigo.

Com o pai de Lanny, Mr. Robin tornou-se o *businessman* que viajara por toda a Europa e que conhecia os negócios, podendo contar histórias interessantes de como ganhar dinheiro em tempo de guerra. Apesar do bloqueio britânico, conseguira ganhar muito, nada comparado com os negócios de Budd, porém o bastante para que merecesse ser considerado um sucesso para alguém que nascera numa cabana do *ghetto*. Robbie gostava de tais atitudes. Gostava das pessoas que eram o que eram e que não pretendiam ser alguma coisa diferente; portanto, ele e o importador judeu combinavam bem. Concordavam que os negócios iam se reanimar se os diplomatas desistissem do cerco; concordavam em muitas coisas que deviam ser feitas — e Lanny ouvia, colhendo informações que podia levar ao seu chefe, para recompensar as horas que furtara durante um dia de grande tarefa.

VIII

Antes que os dois homens tivessem terminado a garrafa de vinho, já se conheciam suficientemente para que Jascha Robinovisch, aliás Robin, fizesse uma confissão.

— Mr. Budd, tenho algumas ideias que não me deixam em paz. Talvez que o senhor conheça esta tentação. Pode-se ganhar tanto dinheiro, e eu vejo como o fazer. Mais tarde, porém, será tarde demais.

O FIM DO MUNDO 467

Robbie conhecia a tentação e deu ao seu novo conhecido permissão de dizer o que estava pensando. Por coincidência, era a mesma coisa que tinha agitado o sono de Robbie: toda aquela munição e armas, fabricada com tantas despesas, agora inutilizadas.

— O senhor já viu, Mr. Budd?

Robbie sorriu.

— Meu filho as vê, diariamente, em frente do seu hotel. A praça está cheia de canhões de todos os tipos.

— É horrível, Mr. Budd, toda esta mercadoria: bombas prontas para serem atiradas, botas que iam ser usadas. Agora não sabem o que fazer com tudo isso. Levar tudo de volta para a Inglaterra? É possível, mas para os Estados Unidos, aguentará as despesas de desmontar e embarcar?

— Já fizemos os cálculos e não aguentará — disse Robbie. — O exército criou uma comissão que deve dispor de tudo.

— Mr. Budd, eu sou um homem que sabe como vender as coisas. Conheço negociantes e vendedores em toda Europa e tenho ideias!

— Por exemplo?

— Por exemplo, granadas de mão! Há milhões! Agora estão na lama, em qualquer parte de Lorena. O senhor sabe que aspecto têm. Não preciso descrevê-las.

— Que faria com elas?

— Em primeiro lugar, ia descarregá-las. Dariam, então, muita pólvora preta que seria ensacada. Conheço um homem que a fornece às companhias de minérios do Chile, Peru e outros países. Depois cortaria os cabos e amanhã descobriria alguma coisa para fazer com os mesmos. Resta uma pequena caixa de metal; ela tem uma forma bonita, fica de pé nos dois lados. Mandaria cortar uma nesga num dos lados, e pronto!

— Que seria então?

— Um cofrinho, onde deixarão cair os seus *pennies*, seus *pfennigs*, seus *sous*, seus *soldi*. Em todo país há moedas pequenas para os pobres.

Robbie e seu filho não podiam deixar de rir. Que ideia engraçada: uma granada de mão, a quintessência da destruição, transformada num cofrinho para crianças, o símbolo da economia!

Mr. Robin também riu, mas apenas por um momento.

— O senhor não conhece como é este mercado, Mr. Budd. Não conhece as casas dos pobres como eu.

468 UPTON SINCLAIR

— Mas eles não terão dinheiro algum!

— Eles recebem estas pequenas moedas e preferem comer menos e guardá-las. Talvez para pagar uma hipoteca ou para comprar uma vaca, ou para o dote da filha. Um cofre é algo sagrado, fica perto do crucifixo. Ele ensina virtude, é um testemunho e uma lembrança. A família que possui um tem alguma coisa para viver. Se no próximo Natal houver paz, um milhão de mulheres darão tais cofrinhos aos seus filhos.

— Ainda está longe o Natal, Mr. Robin.

— O senhor não diria isto se conhecesse o mercado de novidades. No próximo verão, começamos a viajar com os artigos para comércio de Natal, e no intervalo temos de achar os representantes, enviar amostras etc. Se eu tiver algumas centenas de milhares destas caixas, que me custarão apenas poucos centavos cada uma, sei que poderei vendê-las quando quiser. E isto é apenas um negócio, Mr. Budd. Encontrarei centenas.

— Já pensou nas despesas do armazenamento?

— Na velha cidade onde moro há centenas de armazéns que agora estão vazios. Poderei alugá-los por preço ínfimo. Estão situados na beira de canais, de modo que também o transporte é barato. Tudo o que eu preciso, atualmente, é ter o dinheiro à disposição para comprar à vista, antes que qualquer outro se apodere destes negócios. Tenho tanta certeza dos lucros, que lhe ofereço meio a meio. Darei todo o meu tempo e experiência, farei o trabalho e lhe pagarei metade dos lucros. Podemos formar uma sociedade e seu nome não será revelado. Sei que não quererá que o mesmo seja declarado em negócios tão pequenos. Será uma coisa rápida, num ano tudo estará terminado e não quero dizer-lhe quanto teremos de lucro, pois o senhor me consideraria um mentiroso, se assim o fizesse.

IX

Lanny observava estes dois comerciantes, divertindo-se em adivinhar o que estavam pensando. Ficava quieto, pois nada disso era da sua conta. Pessoalmente, sentia-se inclinado a confiar no comerciante judeu, pois gostava dele, mas Robbie não gostava de judeus e Lanny adivinhava que este inteligente homem sabia tudo que estava relacionado com ele próprio e os seus negócios, portanto, observava apenas.

O FIM DO MUNDO

469

— Olhe, Mr. Budd — disse o negociante. — Sou um homem estranho para o senhor, e talvez seja petulância minha falar-lhe, de supetão, sobre negócios. Tenho, porém, relações comerciais, uma reputação na minha cidade natal; os bancos lhe dirão. Mais importante é, porém, que o senhor me conheça como homem. Se me permitir falar francamente...

— Sempre me interessei pelo senhor, desde que Lanny me falou a seu respeito, Mr. Robin.

— Talvez ele tenha contado o que ouviu sobre um *ghetto* polonês e que sofri uma terrível miséria, trabalhei muito, que paguei assim por tudo o que ganhei. Agora tive algum sucesso, e, se for prudente, eu e os meus queridos não mais precisaremos preocupar-nos para o resto da vida. Tenho, porém, cérebro, e gosto de usá-lo. É um jogo que jogamos, o senhor e eu, todos nós. O senhor sabe o que quero dizer!

— Sei.

— É um prazer elevar-se no mundo, encontrar novas pessoas, pessoas educadas, pessoas poderosas. Sei que sempre serei um judeu e sempre terei os sinais de um *ghetto*, sei que a minha pronúncia não é perfeita, e que falo com as mãos. Portanto, nunca espero brilhar nas grandes recepções sociais. Espero, porém, que os negociantes me reconheçam, pois serei capaz de fazer coisas que valham a pena. E agora, por chance, encontrei um grande industrial!

Robbie levantou a mão.

— Não tão grande, Mr. Robin!

— Digo o que estou sentindo. O senhor vive num mundo distante, acima do meu e, se eu lhe enganasse uma vez, o senhor diria: "o velhaco!" Seria o fim. Mas, se agir de um modo justo, terei o seu respeito, e o senhor diria: "Não me preocupo com o que dizem a respeito de judeus; conheço um que é honesto, e que tem a minha confiança!"

— Sinto-me comovido pela sua generosidade, Mr. Robin — disse o americano, sorrindo. — Vou esforçar-me por me tornar digno do seu ideal.

— Vou dizer-lhe mais uma coisa, Mr. Budd. Se não o estou aborrecendo...

— De modo algum!

— O senhor viu a fotografia dos meus dois rapazes. Não posso dizer a ninguém como os amo. Daria a minha vida para poupar-lhes qualquer desgraça. Estes meninos não nasceram num *ghetto*, e para eles almejo as coisas mais belas do mundo. O menor é um rapaz quieto e estudioso, talvez se torne um professor. O outro, porém, Hans, já escolheu: vive para o violino. Sei que ele será um *virtuose*, um artista. Talvez o senhor pense que seja apenas o sonho de um pai, e quem sabe, se não é isso mesmo! Para mim, porém, é real.

— Compreendo! — disse Robbie, que também tinha um sonho.

— Se fosse um judeu ortodoxo, teria a minha fé, as minhas leis e costumes antigos, e isto bastaria; não estaria interessado em nada, senão nos judeus, pois sabia que o resto seria amaldiçoado. Mas eu tenho ideias modernas e cheguei à conclusão de que o Sabat é um dia como outro qualquer e que não fará mal a ninguém, e que é tolice não se comer carne e manteiga do mesmo prato. Portanto, acabou-se a velha religião, e procura-se alguma coisa para substituí-la. Nesse caso, deseja-se viver no mundo como as demais pessoas. Ser um homem entre os homens. Se alguém disser: "não o quero em minha casa, porque é um ignorante, um estúpido", está certo, pode ser verdade e não se pode queixar. Mas se alguém disser "não o quero em minha casa, porque é um judeu", não é justo e isso dói. Naturalmente cada judeu já ouviu estas palavras, e ainda mais os judeus poloneses. Cada judeu deseja encontrar cristãos e viver entre cristãos, mas nenhum judeu se sente feliz ou seguro, cada judeu está pensando: "há alguma coisa errada aí?" ou "fiz alguma coisa que não devia?", e não pode perguntar porque isso não se faz. Mas, dizendo isto, receio estar desagradando ao senhor.

— De modo algum — disse Robbie.

— E o pequeno Hans está pensando: "Vou tocar violino cada vez melhor, e algum dia encontrarei o meu grande amigo Lanny Budd, e talvez ele queira tocar duetos comigo. Será capaz de julgar a minha música e não pensará na minha qualidade de judeu!" Foi o que Hans me disse, e posso eu arruinar tal sonho? Poderia eu ouvi-lo dizer: "Não, papai! Lanny Budd não pode ser meu amigo, porque o pai dele diz que o senhor não é honesto nos negócios e que o senhor abusou da sua confiança, quando era seu sócio?" Portanto, Mr. Budd, eu teria de agir de um modo honesto, mesmo que isso fosse contra a minha natureza.

— Uma nova espécie de credenciais de negócios, Mr. Robin — disse o outro, sorrindo. — Quanto dinheiro precisaria para financiar esse negócio?

— É difícil fixar a soma exata. O senhor compreende que a compra será sempre uma questão do momento. Mas acho que uns cem mil dólares precisariam estar disponíveis no banco. Eu lhe comunicaria o que estivesse fa-

O FIM DO MUNDO   471

zendo, e se achasse que outras somas fossem necessárias, o senhor sempre poderia julgar cada proposta de acordo com o seu ponto de vista.

Robbie nunca contara ao filho quanto dinheiro tinha ganho nos últimos anos; portanto, Lanny ficou admirado quando ele disse:

— Acho que poderia dispor de uns cem mil dólares sem grandes dificuldades. Mostre-me as referências das quais falou, Mr. Robin, e eu vou estudá-las. Se elas são o que o senhor diz, vou me meter neste negócio na sua companhia.

Lanny ficou satisfeito, mas não disse nada, até que tivessem deixado Mr. Robin no hotel. Então ele riu e disse:

— Está nos negócios de especulação, Robbie!

27

A FEDERAÇÃO DO MUNDO

I

A CONFERÊNCIA DA PAZ COMEÇARA FINALMENTE SUAS SESSÕES. Houve muitas discussões para se estabelecer se os debates seriam travados nas línguas inglesa ou francesa, e finalmente resolveu-se que ambas as línguas seriam usadas, e que tudo seria sempre traduzido. Havia uma controvérsia muito violenta sobre a questão do julgamento do Kaiser e dos seus crimes — tinham prometido julgá-lo, mas ele estava na Holanda, e este país não queria entregá-lo. Gradualmente, o debate diminuía — havia outros problemas mais urgentes. Os exércitos estavam gastando vários milhões por dia, e várias mulheres queriam a volta dos seus esposos.

O presidente Wilson tinha feito questão de que o primeiro ponto do programa fosse a criação de uma Liga das Nações. Tudo mais dependia disto, pois sem a Liga não se podia ter a certeza de que qualquer combinação feita durasse mais de um ano. Clemenceau tinha zombado publicamente desta ideia; ele acreditava no "equilíbrio da força" — o que significava um grupo de nações bastante fortes para vencer a Alemanha. Ele e o presidente defrontavam-se agora diariamente, experimentando um as forças do outro,

472 UPTON SINCLAIR

enquanto os professores americanos viviam de boatos. Seria Clemenceau ou Wilson, que estaria de cara fechada quando saíssem da sala de conferência naquele dia?

Esta arte de adivinhar aumentou mais, quando o problema da Liga das Nações foi entregue a uma comissão. Significava isto, obviamente, o esforço de Clemenceau para diminuir e fazer esquecer tal projeto. Wilson, porém, contrabalançava esta tentativa, candidatando-se como membro da comissão da Liga das Nações. Naturalmente tornava-se o chefe desta comissão, uma vez que era sua ideia e nela teimava; quando passou a comparecer às sessões diárias, não teve mais tempo de assistir aos demais debates, e Clemenceau ficou de mãos livres. Os americanos estavam satisfeitos, pois o seu grande chefe ia realmente começar a lutar.

Todo mundo na comitiva americana passava a falar sobre a Liga. Quanta soberania devia cada nação perder? Qual a representação que cada uma teria? Deviam as nações pequenas ter a mesma força das grandes? Que resolver a respeito dos povos coloniais? E quanto às minorias nacionais?

O presidente Wilson tinha um plano da Liga. Vários membros da sua comitiva tinham outro. Os ingleses prepararam uma proposta, cujos pontos principais eram que cada um dos domínios britânicos devia contar como nação separada e ter os seus próprios delegados. Os franceses tinham um plano cuja feição mais importante era um exército internacional para se ter a certeza de que a Alemanha nunca mais invadiria a França.

II

Lanny ganhou um quarto no último andar do Crillon, voltado para o pátio interno, juntamente com dois outros secretários. Mas, após algumas semanas, os três foram transferidos para outro hotel próximo, a fim de dar lugar para pessoas importantes que continuavam a chegar dos Estados Unidos. No entanto, continuava a fazer as refeições no Crillon, porque o professor Alston o queria por perto. De acordo com as regras, ele tinha direito a um convidado por dia. Convidava seu pai, para que conhecesse a comitiva e constatasse que as pessoas não eram tão delicadas quanto imaginara. Convidava sua mãe, para que ela envolvesse com seu charme um grupo suscetível de senhores, distantes de suas casas e sem ocasião de conviver com os encantos femininos.

O FIM DO MUNDO   473

Passava apenas um pouco mais de seis meses desde que Marcel desaparecera na fornalha da guerra; a dor de Beauty, porém, estava diminuindo, pois, conforme explicava a Lanny, sofrera tanto antecipadamente! Este sofrimento dera-lhe dignidade, sem privá-la das armas dos bons tempos. Ainda era uma bela mulher, já na casa dos quarenta, deduzindo alguns anos, segundo o seu desejo. Não era possível deduzir mais, pois tinha um filho ao seu lado que era muito mais alto do que ela.

Beauty era mulher elegante demais para pretender demonstrar conhecimentos diante desses professores. Era uma velha prática sua, ao tratar com o sexo masculino, pedir a cada um pormenores a respeito do seu próprio trabalho e exprimir admiração. Este modo de agir também teve êxito entre os sábios, e Beauty podia ter tomado todas as suas refeições a expensas do governo dos Estados Unidos se assim tivesse querido.

Falou a esses doutos de sua amiga Emily Chattersworth; muitos conheciam-na de nome, alguns ainda se lembravam do escândalo financeiro do velho Mr. Chattersworth. Mrs. Emily alugara uma grande casa na cidade, e toda quinta-feira reunia no seu salão as pessoas mais destacadas do mundo literário, político e financeiro. Beauty convidou o professor Alston, e este foi encontrando pessoas importantes, como um membro do governo francês, um general que acabava de voltar de Tessalônica, um estadista inglês chegado naquela tarde de Londres, ou um grão-duque russo que escapara dos bolcheviques, via Sibéria ou Manchúria. Um rapaz que tinha oportunidades sociais como essas devia ser considerado um ótimo secretário.

III

Uma das pessoas que Lanny via muitas vezes era George D. Herron. Esse profeta de uma vida nova vinha ver Alston, e eles conversavam, enquanto Lanny prestava atenção. O velho interpretava os acontecimentos do tempo em concordância com suas próprias ideias.

O único socialista que Lanny encontrara antes tinha sido aquele editor na Silésia. Herron também se chamava social-democrata, e era um dos fundadores do Partido Socialista dos Estados Unidos. Era seu ideal a organização de uma sociedade transformada pelo amor e fraternidade; encontrava estas qualidades personificadas em Jesus e era por esta razão que agora se chamava socialista-cristão, embora rejeitasse os dogmas da Igreja.

474   UPTON SINCLAIR

Para essa alma atormentada, a Liga das Nações representava a última esperança de impor justiça e paz ao mundo, para que as faculdades superiores dos homens pudessem sobreviver e ser propagadas. Na primavera do ano anterior escrevera ao presidente Wilson uma carta urgente sobre esse projeto e em Paris Wilson lhe mostrara o seu plano da Liga, pedindo-lhe sugestões. A comitiva presidencial demonstrava certo desgosto por isso. Talvez que Herron não fosse uma pessoa escandalosa, mas toda a América acreditava que assim o fosse — e que diria a América, se um tal homem lhes fizesse companhia em Paris?

Por acaso Robbie veio almoçar, sentando-se com Herron, Alston e Lanny na mesma mesa. O profeta tinha vontade de falar e disse:

— A salvação do mundo ante o perigo alemão depende da salvação da própria Alemanha do seu antigo barbarismo. O valor final dos nossos sucessos militares (prova de que somos dignos desses sucessos) deve estar na força redentora. Ganhamos uma vitória sobre o povo alemão, e agora devemos ganhar o povo alemão para aquela vitória. Devemos agir movidos por fins espirituais que tornem o povo alemão capaz de reconhecer as razões divinas e de entrar de um modo cooperativo nos julgamentos e trabalhos daquela razão.

Quando Lanny se encontrava só com seu novo conhecido, sempre saía impressionado. Agora, porém, ouvia aquilo através das orelhas do seu cético pai, e sentia-se muito descolocado. Robbie sabia dominar-se e ficar quieto quando necessário; porém, ao ficar sozinho com o filho, perguntou:

— Meu Deus, quem é aquele homem?

E quando Lanny lhe contou que esse orador era um dos conselheiros do presidente Wilson, Robbie teve desejo de voltar para a América e dizer que o país era governado por lunáticos. O Senado dos Estados Unidos — agora sob controle do Partido Republicano — devia enviar um comitê à Europa, a fim de tomar conta da comissão da paz!

Naturalmente Robbie não podia esperar que seu filho ficasse sempre longe de qualquer perigo. Lanny estava no mundo e tinha de encontrar fanáticos e loucos, bem como industriais e grandes comerciantes. Mas tinha de receber os conselhos paternos. Detalhadamente, e contento escrúpulo de consciência como qualquer socialista cristão, Robbie explicava que as classes governantes da Alemanha tinham temido apoderar-se dos privilégios comerciais do Império Britânico, que tinham fracassado. Iam tentar

O FIM DO MUNDO   475

novamente, sempre que tivessem possibilidades — era questão de vida ou
morte para um grupo ou outro, e isso perduraria sempre enquanto os homens utilizassem aço para fazer máquinas e carvão e petróleo — e não ar
quente — para fazê-las andar. Lanny ouvia e decidia que seu pai tinha razão,
como sempre.

IV

O momento era de tensão e angústia, e realmente não parecia fácil pensar
e agir. Lanny partilhara na sua alma as dores da França e bem compreendia
o ódio que sentiam do inimigo. Para Lanny, a alma da França estava per-
sonificada nas memórias do seu padrasto, e sempre tentava imaginar os
sentimentos de Marcel se o pintor pudesse ter assistido à Conferência da Paz.

Uma coisa parecia certa. Marcel não teria aprovado a matança deliberada de mulheres e crianças. Os alemães tinham pensado que o bloqueio ia ser
levantado ao assinarem o armistício; os franceses, porém, não pensavam
assim. Nada devia entrar na Alemanha antes de estar aceito e assinado o
tratado de paz. O tratado, porém, não estava pronto ainda, e nesse ínterim
as crianças choravam de fome.

Para os membros da delegação americana isto parecia uma atrocidade.
Protestavam junto ao presidente, e este, por sua vez, junto a Clemenceau,
porém em vão. Herbert Hoover, que tinha alimentado os belgas, queria
também alimentar os povos derrotados; finalmente conseguiu permissão
de mandar auxílio à Áustria, mas nada para a Alemanha. O marechal Foch
interpunha-se no seu caminho como um bloco de concreto armado. Era o
comandante-chefe dos exércitos aliados e dava as ordens. Coisa singular:
era um católico devoto, ia todas as manhãs à missa, ajoelhando-se diante
do Redentor misericordioso que dissera: "Deixai vir a mim as criancinhas."
Naturalmente criancinhas francesas, não criancinhas alemãs.

Era este um dos muitos problemas que atormentavam Herron. Falava
incessantemente de uma "paz cartaginesa", e se a França impusesse uma
"paz de vingança", isto significaria que o "germanismo" ganhara a guerra;
significaria que a França adotara a falsa religião da Alemanha, e que a velha França da Revolução, a França da "Liberdade, Igualdade e Fraternidade" não mais existia. Herron tanto sofria da fome das nações bloqueadas,
que não mais podia comer seu próprio alimento.

476 UPTON SINCLAIR

Vinha ao Crillon consultar Alston, e um sentimento de impotência agonizante apoderava-se dele; ver o mundo ir para o naufrágio, saber o que devia ser feito e não ter força suficiente; dar conselhos — vê-los aceitos, mas não realizados. Ver a intriga, o ciúme pessoal, lutas de facções bloquearem as esperanças da humanidade! Tudo isso oprimia o velho profeta e fazia-o passar noites em claro.

V

Naqueles dias, muitas vezes, Lanny teve oportunidade de lembrar-se das palavras do Graf Stubendorf a respeito das "nuvens sombrias de barbarismo no céu do Oriente"; durante esses cinco anos aquelas nuvens tinham se espalhado até ameaçar cobrir o firmamento, e o sangue estava gotejando. Não era mais o Tsar russo, não mais o pan-eslavismo, mas o bolchevismo, que não somente formava exércitos, mas empregava um novo e secreto veneno, que penetrava nos exércitos dos seus inimigos, agindo como um ácido violento, criando a desintegração, sempre que atacava. Muitas das conferências secretas de Paris tratavam deste perigo e como enfrentá-lo; havia quem pensasse de nada valerem as resoluções da Conferência da Paz, pois tudo seria arrasado pela revolução vermelha que atravessava a Europa Central.

Dois espíritos do mal tinham sido vomitados da cloaca russa, apoderando-se do poder: Lênin e Trotsky. Tinham apaixonado os trabalhadores e lavradores numa campanha de massacre, e a nobreza, os grandes proprietários do Império Tsarista haviam fugido, considerando-se felizes se conseguissem carregar umas poucas joias e salvar a sua vida. Paris estava cheia de refugiados que contavam histórias tristes e inacreditáveis.

A Europa tinha de proteger-se contra essa ameaça vermelha, e os exércitos aliados estabeleceram o que chamavam um cordão sanitário ao redor do antigo Império do Tsar. Os japoneses e americanos tinham-se apoderado de Vladivostok e da parte oriental da estrada de ferro transiberiana. Os ingleses e americanos ocuparam Arcangel e Murmansque no longínquo norte, bloqueando todo o comércio daquela rota. Nos territórios europeus, tropas aliadas montavam guarda, e os oficiais ingleses e franceses estavam ocupados em arregimentar os russos antibolcheviques, fornecendo-lhes

O FIM DO MUNDO 477

armas e dinheiro e mandando-os para a Ucrânia, Rússia polonesa e as províncias bálticas. Esta nova luta já durava um ano, e diariamente Lanny lia nos jornais as vitórias dos "brancos", obtendo assim a certeza de que a ameaça pavorosa brevemente estaria desaparecida.

Mas era como o fogo de uma floresta, cujas labaredas voavam pelos ares; ou talvez como uma praga, cujos portadores viviam escondidos, transmitindo a doença. Os emissários dos bolcheviques iam atravessar o cordão sanitário e imiscuir-se nos bairros pobres de algumas cidades da Europa Central, relatando aos trabalhadores famintos como os russos tinham feito uma revolução. Os exércitos iam pegar muitos desses emissários, fuzilá-los imediatamente; mas cada vez apareciam mais. Antes do armistício, um judeu vermelho, de nome Kurt Eisner, apoderara-se do governo da Baviera; em Berlim, dois outros nomes, Liebknecht e Luxemburgo — o último, uma mulher conhecida como a "Rosa vermelha" — estavam alimentando uma guerrilha nas ruas, procurando tirar o poder do governo socialista que tinha sido constituído depois da destronização do Kaiser. Na Hungria, a situação era idêntica — um membro da nobreza, que se dizia socialista, o conde Karoliy, entregara todas as suas possessões, num esforço para auxiliar aos pobres daquele desgraçado país, mas um judeu bolchevique estava chefiando um movimento para derrubá-lo e estabelecer o regime soviético conforme o exemplo russo.

Era sempre um judeu, assim diziam a Lanny. E esse fato aumentava a chama dos sentimentos antissemitas, sempre latentes entre as classes elegantes da Europa. "Os judeus não têm pátria, procuram minar e destruir a sociedade cristã. Isto é uma conspiração mundial deste povo arrogante." Robbie, às vezes, dizia coisas semelhantes, e então Lanny ria e retrucava:

— Tome cuidado, você tem agora um sócio judeu!

Robbie sorria de um modo forçado. A sua consciência anglo-saxã incomodava-o, e seus sentimentos aristocráticos ressentiam com o cheiro desses negócios de ocasião. Johannes Robin, porém, comprara várias centenas de milhares de granadas de mão e já tinha vendido a pólvora antes mesmo que fosse retirada. As perspectivas pareciam ótimas; e Robbie Budd não podia suportar o fato de permanecer sentado em cima de muito dinheiro sem usá-lo — o uso era, naturalmente, fazer mais dinheiro ainda.

VI

Um dia, quando Lanny almoçava, tinha ao seu lado um jovem oficial apresentado como capitão Stratton, que fazia parte do Intelligence Service do Exército. Sua tarefa especial era descobrir a insinuação de bolcheviques entre as tropas americanas. Era um assunto confidencial, e o oficial estava, porém, no meio de pessoas que tinham direito de saber o que se passava.

Falava de um modo interessante sobre o seu trabalho; disse que os moradores dos bairros pobres estavam perto de uma loucura coletiva, devido a fome, a febre da guerra e a visão de um poder súbito. Não se podia dizer que esses homens não tivessem traquejo para apoderarem-se do poder; tinham uma espécie de disciplina própria, tinham uma cultura própria, chamada cultura proletária, e esta devia substituir a atual cultura burguesa. Era algo temível, dizia o jovem oficial, e declarava que nunca tinha temido os alemães, mas que receava esses vermelhos.

Justamente nos últimos tempos — assim continuava a contar — chegou a descobrir a evidência das atividades de uma imprensa que distribuíra folhetos aos moradores dos bairros pobres de Paris, incitando-os a levantarem-se contra os aproveitadores e a apoderarem-se dos alimentos que estavam nos depósitos e dos quais a burguesia não queria abrir mão. O capitão trazia consigo um desses folhetos; era assinado pelo Conselho dos Operários de St. Denis.

— Eles não dizem sovietes — observava o oficial —, mas a palavra significa isso.

Tinha ainda novidades mais interessantes. Esperava obter prova de que esses agitadores estavam cogitando em fazer um apelo às tropas americanas para desobedecerem às ordens e voltarem aos seus lares. Essas tropas tinham sido alistadas para vencer o Kaiser, e por que deviam ficar? Para manter os operários da Europa sob a escravidão dos grandes proprietários e barões do dinheiro? Era um argumento plausível.

— Certamente o senhor vai conseguir paralisar essa tentativa! — exclamou um dos professores.

— Teremos de desbaratá-la — respondeu o oficial. — É um tanto desagradável, porque o homem que desenvolve a maior atividade nessa questão é americano.

— E que diferença faz?

O FIM DO MUNDO 479

— Se prendermos um americano vermelho em Paris, não é possível esconder isso aos jornais; e todos os agitadores na América ficarão irritados.

O professor Davison, especialista em línguas das regiões balcânicas, dizia que o patife devia ser julgado de acordo com as leis militares. Alston o interrompeu, perguntando:

— Qual o valor de termos vencido os alemães, se temos de sacrificar a nossa liberdade de palavra dentro de um processo?

— Acha o senhor que liberdade de palavra significa direito de derrubar o governo que protege esta sua palavra? — perguntou Davison.

— Liberdade de palavra não derruba governos — retrucou o outro. — A falta de liberdade, sim, o faz.

— Quer o senhor dizer que admite o fato dos bolcheviques instigarem as nossas tropas à revolta?

— Nada conseguiram, Davison, a não ser que haja algo errado naquilo que o exército está fazendo.

Assim discutiam e se alteravam, conforme acontecia facilmente a todos, naqueles dias, até que um outro, desejando acalmar os dois, perguntou ao capitão Stratton:

— Que espécie de homem é esse que está imprimindo os folhetos?

— Ele se diz pintor, mas não sei se trabalha em tal profissão. Passou aqui a maioria da sua vida e creio que está absorvido naquilo que os vermelhos chamam a sua "ideologia".

— Budd conhece muitos pintores aqui — disse Alston. — Como se chama o homem?

— Creio que não posso dizer — respondeu o capitão. — Talvez não devesse ter dito tanto!

— Tudo é confidencial — disse o professor Davison e os outros confirmavam estas palavras. Lanny fingia grande interesse na comida e não ousava levantar os olhos.

VII

Depois do almoço, quando todos se retiraram, Lanny disse ao seu chefe:

— Eu queria que o senhor me acompanhasse até ao quarto, pois tenho de dizer-lhe alguma coisa importante.

Quando estavam a sós, ele explicava:

480   UPTON SINCLAIR

— Não posso ter certeza, mas penso que o homem de quem o capitão
Stratton falava é o meu tio, Jesse Blackless.

— Que está dizendo?! — exclamou o professor, com admiração.

— Acho que o senhor tem o direito de saber isso imediatamente, porque
talvez seja desagradável, se for conhecido.

Lanny falou rapidamente desta "ovelha vermelha" da família da sua
mãe.

— Não há possibilidade de haver dois pintores americanos nestas atividades. Sei que ele está agora em Paris, porque vinha visitar minha mãe,
a fim de aconselhá-la sobre o melhor meio de conseguir uma exibição dos
quadros do meu padrasto.

— Um tanto desagradável — disse o professor.

— Receio que nada mais me reste senão pedir a minha demissão, antes
que a história fique conhecida.

O professor sorria.

— Não, não vai aliviar-se tão facilmente! Preciso muito de você. Vamos
arranjar uma outra solução.

— Mas qual podia ser?

— Vamos pensar! Acha que poderia encontrar esse tio?

— Creio que deve ter deixado o seu endereço com minha mãe.

— Temos de agir rapidamente, antes que o exército o prenda.

— Que vai fazer?

— Em primeiro lugar, vamos conversar com ele e ver o que está pensando
e quanto sabe. Acho que talvez fosse bom levá-lo perante o coronel House e
possivelmente perante o presidente.

Lanny pensava não ter ouvido bem.

— Você vê! — explicava Alston, notando a admiração do rapaz. — Existem duas maneiras de se tratar com descontentamento social: uma é jogar
os descontentes na cadeia e a outra é tentar compreender as suas razões.
O presidente viu-se obrigado a adotar a primeira durante a guerra, mas
tenho certeza que no seu íntimo prefere a compreensão. Sei que ele está
atualmente muito aborrecido com os franceses por motivo do que pensam
em relação à Rússia. Sabe guardar segredo?

— Naturalmente, professor.

— Soube, esta manhã, que o presidente está pensando convocar uma
conferência com os bolcheviques, em qualquer lugar neutro. Portanto, o co-

O FIM DO MUNDO 481

ronel House ou um outro que o represente, deve procurar entrar em contato com essa gente para sondar a atitude dos mesmos sobre esse ponto. Acha que poderia encontrar, ainda hoje, o seu tio?

— Em primeiro lugar, preciso obter licença de meu pai — explicava o rapaz. — Dei-lhe minha palavra de honra de que nunca mais procuraria o meu tio. Isso já foi há uns cinco ou seis anos, e talvez Robbie tenha mudado de opinião.

— Diga-lhe que é uma ordem do chefe — disse Alston, sorrindo.

VIII

É desnecessário dizer que Robbie Budd não gostou quando seu filho lhe pediu autorização para falar ao tio Jesse. Lanny não podia ser expansivo; só podia dizer que alguns do Crillon desejavam falar com os bolcheviques, a fim de saber quais as concessões que estariam prontos a fazer. Para Robbie, parecia uma ofensa que qualquer governo estivesse pronto a entrar em acordo com tais patifes. Lanny, porém, mostrava que as tropas aliadas estavam desejosas de regressar à casa, e que a habilidade política exigia que se encontrasse qualquer solução.

Robbie não ria, pois desejava que seu filho tomasse as obrigações a sério.

— Está certo — disse ele. — Mas quero que você saiba que me sentiria muito aborrecido se o visse misturado com aquele malvado Jesse.

— Não se preocupe — respondeu Lanny. — Isso é uma ordem, e quero executá-la do melhor modo possível, pois talvez assim consiga chegar até ao presidente.

Beauty deu o endereço do irmão, no Butte Montmartre, onde moravam pintores e boêmios. Bem que percebia um mistério na pergunta do filho, e seria cruel enganá-la; mas Lanny disse-lhe que um dos professores estava interessado em quadros, e talvez comprasse alguma coisa. Não valia a pena confiar segredos a Madame Detaze, viúva!

Mostrando o endereço ao professor, Lanny falou:

— Pensei sobre tudo isso, e talvez não seja muito correto nada falar a meu tio a respeito daquele capitão. Se mais tarde o prenderem, ele pensará certamente que eu concorri para tal coisa.

— Também pensei nisso — respondeu o outro. — Vou com você visitar o seu tio, e falarei depois com o capitão Stratton. Se o Crillon estiver interessado nesse homem, o Intelligence Service desistirá, naturalmente.

482 UPTON SINCLAIR

Tomaram um automóvel. Atravessando a Rue Montmartre, Lanny mostrou a janela do restaurante onde Jaurés fora assassinado. Alston falou que as autoridades francesas talvez desejassem ter o auxílio daquele grande orador, agora que os operários estavam fervendo de insatisfação. Passavam por ruas estreitas e Lanny explicava ao professor que tio Jesse não tinha necessidade de viver num tal lugar, pois gozava de uma pequena renda. Aparentemente, porém, desejava morar perto dos pobres. Alston disse que havia homens assim, às vezes eram santos, outras vezes um tanto malucos, e, não raro, reuniam os dois predicados.

IX

— Entre! — berrou Jesse Blackless, quando bateram à porta.

Estava sentado, embrulhado num roupão velho, escrevendo.

A desordem era a mesma que Lanny já conhecia da pequena casa do pintor, na Riviera. Nada de tintas também, aparentemente, tio Jesse trocara a arte pela política.

Olhou para o sobrinho quando este entrou acompanhado de um cavalheiro desconhecido. Rapidamente escondeu o trabalho que fazia, e os seus olhos voltaram-se em direção à porta, como na expectativa de que entrassem policiais.

— Alô, tio Jesse!

— Alô! — respondeu o pintor, sem se levantar.

— Tio Jesse, este cavalheiro é o professor Alston, meu chefe no Crillon.

— Prazer em conhecê-lo! — disse o pintor, sem oferecer, porém, a sua mão, e sem convidá-lo a sentar-se.

— Tio Jesse — continuou Lanny —, o professor pediu-me que o trouxesse à sua casa, pois deseja fazer-lhe uma proposta importante e espera que você tenha a gentileza de atendê-lo.

O pintor sabia naturalmente que o sobrinho evitava-o há muitos anos, por ordem de Robbie. Sabia, também, que o rapaz trabalhava como secretário junto à comissão americana do Crillon. Lanny olhava o professor, cujo vigor físico não melhorara com os enormes esforços dos últimos meses em Paris. Não havia, porém, abrandamento na atitude hostil do pintor, ao responder:

— Está bem! O que é?

O FIM DO MUNDO

483

De um modo franco, mas ao mesmo tempo diplomático, o sábio expôs os esforços da comissão americana para conseguir, ao menos uma paz justa, a fim de terminar uma guerra louca e sem razão de ser. O presidente Wilson encontrava oposições, não somente devido ao ciúme, avidez e receios, na Europa, mas também de parte dos elementos reacionários da América, dos grandes interessados financeiros e do militarismo recentemente desperta- do. Justamente agora havia uma tensão a propósito da questão da Rússia, e uma decisão precisava ser tomada a qualquer tempo. O presidente desejava reunir todas as facções em luta numa conferência, enquanto os militaris- tas ingleses e franceses queriam uma invasão em larga escala.

— Não sei se o senhor já ouviu ou não — disse Alston. — Mas Winston Churchill está em Paris, com o fim de insistir sobre uma verdadeira guerra contra o bolchevismo. Foch está exigindo o mesmo desde o dia do armis- tício, e todo o estado-maior francês apoia o marechal. Clemenceau está começando a hesitar, e naturalmente Lloyd George hesita o tempo todo.

— Por que me conta tudo isso? — perguntou tio Jesse.

— Posso me sentar? Não estou me sentindo muito bem.

O pintor sabia que não se comportava como cavalheiro e levantou-se.

— Tome a minha cadeira — disse ele.

— Não é necessário — respondeu o outro, assentando-se no canto da cama de lona, enquanto Lanny tirava uns livros da mesa e descansava sobre ela.

— Mr. Blackless, ninguém da nossa comissão do Crillon deseja mais guerras; e entre nós, há um grupo convencido que se deve fazer concessões e que um armistício precisa ser entabulado com a Rússia, a fim de que possa haver uma verdadeira paz. Isso não quer dizer que estamos simpatizando com os bolcheviques, mas significa que estudamos as forças causadoras da revolução, e não achamos possível fazer voltar o relógio da história para trás. A minha própria posição é a de um cientista.

— Que espécie de cientista?

— Sou geógrafo e etnologista, mas ultimamente tenho me esforçado por achar aquilo que alguns dos povos da Europa desejam.

— Então, o senhor está muito ocupado, professor?

— Não há dúvida alguma. Sinto-me no direito de pedir o auxílio de todo homem bem-intencionado.

— Que leva o senhor a pensar que eu seja um homem bem-intencionado?

484   UPTON SINCLAIR

— Penso assim de todo homem, Mr. Blackless, até que ele me prove o contrário. Creio não me enganar ao pensar que o senhor também não deseja ver mais guerras na Europa, não?

— O senhor crê de um modo errado, professor.

— O senhor deseja guerra?

— Eu digo aos operários que lutem pelos seus direitos e espero que o façam isso até terem derrubado o sistema capitalista.

— Mas certamente o senhor não pode pensar que os russos sejam capazes de derrotar os exércitos aliados, se estes resolvem lutar!

— A minha resposta é que se os exércitos aliados acreditassem na derrota dos russos, já estariam lutando. Tomo a sua visita como prova de que os *leaders* aliados já estão começando a descobrir o que os soldados rasos pensam e propalam. Lloyd George e Clemenceau terão de acostumar-se a isso, e mesmo Foch e o nobre descendente do duque de Marlborough.

Assim, Lanny e o professor viram que tinham encontrado um legítimo bolchevique; um que podia dizer ao presidente Wilson exatamente o que estava no íntimo dos homens e das mulheres que arriscavam a vida tentando levar a revolução através da Europa!

X

Jesse Blackless estava denunciando os efeitos dos esforços mentais dos últimos anos. Sempre tinha sido magro, e agora o era ainda mais, e sua voz era rouca, como se tivesse falado muito. Sem dúvida, ainda tinha muito que dizer aos proletários, como os chamava; porém, com burgueses como Lanny e o professor, Jesse não se importava muito — ou assim suas maneiras transpareciam. Ele não argumentava, mas relatava os fatos e sorrindo de um modo que Lanny não gostava. O rapaz sempre tinha antipatizado com este estranho homem, mas era obrigado a admitir que possuía convicções e as defendia a todo custo.

Atualmente, o pintor achava-se convencido de que os bolcheviques seguravam a Europa nas suas garras. Disse isso como desafio, mas Alston, que tinha conhecimentos reais, fê-lo silenciar, retrucando:

— Isto está bem para um discurso ou um manifesto! Mas tem o senhor a certeza de que é esta a atitude de Lênin? Não gostaria ele de ter um pouco de tempo para reunir as suas forças?

O pintor encarava a visita firmemente e resolveu falar de outro modo:

— Qual é a sua proposta, professor?

— Em primeiro lugar, quero que o senhor me compreenda. Sei que o senhor é desconfiado, e, sem dúvida, muitas vezes tem razão. Perde tempo, porém, se suspeita de mim. Sou um cientista que não gosta de derramamento de sangue e que veio até aqui para auxiliar a causa da paz. Nesta visita ao senhor não tenho autorização de ninguém. Vim por minha própria vontade, porque Lanny me falou a seu respeito. Conhecendo a situação do Crillon, achei que alguns dos meus superiores talvez gostassem de conferenciar com o senhor.

— Teria grandes dificuldades em explicar aos meus amigos o que estaria fazendo no Crillon.

— Os seus amigos não confiam no senhor, Mr. Blackless?

— Até um certo ponto, sim; mas não tão longe!

— Não há razão para não contar antecipadamente o que vai fazer, onde vai e porquê. Não há nada de secreto na minha visita. Não farei nenhuma pergunta, nem quais são os seus associados, ou algo semelhante. Aceito como certo que o senhor sabe onde encontrar pessoas que estão em contato com os bolcheviques, e que poderiam discutir conosco as bases para uma conferência.

— Suponhamos que eu fosse ao Crillon e não voltasse.

O professor deu uma risada.

— Seja razoável, Mr. Blackless. Sem dúvida que as autoridades militares sabem o seu endereço e podem vir até aqui, tão bem quanto eu. Não lhe posso dar nenhuma garantia a não ser que, aconteça o que acontecer ao senhor, não o terá sido por minha culpa. De outro lado, se o Crillon o convidasse para uma visita, seria certamente um convite de *bona fide* para uma conferência, e daria ao senhor imunidade durante o tempo do encontro.

— Acho que o homem com quem o senhor precisa conversar é Sazanov.

Sazanov era o antigo ministro do Tsar, agora em Paris, e esta observação era um escárnio.

— Não queremos tratar com os "brancos" — respondeu Alston, paciente. — Eles vêm às centenas. Pedem armas ilimitadas e dinheiro para poder esmagar os "vermelhos". Isto é também a ideia dos militaristas, inclusive dos americanos. Felizmente, porém, as autoridades civis é que tomam as decisões. Tenha confiança em mim, Mr. Blackless, e auxilie-me a levar o seu ponto de vista até o Conselho dos Dez, enquanto o assunto ainda está em discussão.

— O senhor insinua que os bolcheviques têm de vir a Paris para conferenciar com os "brancos"?

— Não em Paris. Clemenceau jamais o permitiria! Teria de ser em qualquer lugar perto da Rússia e longe daqui.

— Acha o senhor que os "brancos" compareceriam?

— Vou falar claro, Mr. Blackless, conforme o senhor parece preferir. Os Aliados são os pagadores.

Tio Jesse mostrou um dos seus sorrisos tortos.

— E acha o senhor que íamos ceder aos "brancos", não é?

— Numa conferência, ambas as partes têm de ceder alguma coisa, senão a conferência é um fracasso. Mas, acima de tudo, deve haver uma conferência: e isto é o ponto mais difícil.

O pintor pensou durante algum tempo e disse:

— Está bem, professor. Vou falar com outras pessoas, e dentro de poucas horas o senhor receberá notícias minhas.

28

O PERIGO VERMELHO

I

HAVIA CINCO MEMBROS DA COMISSÃO AMERICANA JUNTO A CONFErência de Paz. o presidente Wilson era naturalmente o chefe, e o governo emprestara-lhe um palácio para moradia — o palácio da princesa Murat. O segundo membro era Mr. Lansing, secretário de Estado, que não concordava com seu chefe a propósito da Liga, nem sobre as outras atividades do presidente; era advogado e imaginava que tudo, devia ser feito de conformidade com as normas jurídicas que aprendera. Passou o tempo escrevendo suas impressões num diário, e pequenos desenhos cômicos dos outros diplomatas. Ele e seus ajudantes habitavam o segundo andar do Crillon, em apartamentos de luxo.

O FIM DO MUNDO

Um outro membro era o general Bliss, um soldado franco e bondoso, que dava bons conselhos práticos, quando pedidos. O quarto era um ex-diplomata, Mr. Henry White, que devia sua designação ao fato de que a etiqueta exigia a representação do Partido Republicano na Conferência da Paz. Mr. White era tão velho que os republicanos o tinham esquecido, mas o seu nome era escrito em livros de história, e ninguém podia duvidar das suas credenciais. Tinha estado em Paris no tempo da guerra franco-prussiana e da comuna — quase cinquenta anos antes — e gostava de passear com os amigos pela cidade, relatando o que tinha visto. Atualmente, porém, não estava enxergando muito.

O quinto membro era de origem modesta, o que não impedia de ser o seu apartamento o mais frequentado de todos. Dois marinheiros uniformizados mantinham guarda à porta, e nas antessalas podiam ser vistos os grandes do mundo, entrando e saindo a toda hora, muitos esperando durante horas por uma entrevista. O nome desse delegado era coronel House. Não era militar, mas um daqueles homens conhecidos como "coronel de Kentucky", embora viesse do Texas. Era um pequeno e frágil cavalheiro de uns sessenta anos e jamais gozara saúde bastante para ser um guerreiro ou mesmo combater na barafunda da política; não gostava de multidões evitava a publicidade. O que o satisfazia era consultar, aconselhar e persuadir; gostava de ficar por trás da cena e puxar as cordas manipulando os atores. Sendo um homem rico, podia realizar esse ideal; fizera vários governadores do seu estado natal, e finalmente escolhera o chefe de uma universidade para presidente dos quarenta e três estados. Apoiara-o, e agora era seu amigo e representante autorizado na maioria das negociações da paz.

Já tinha vindo à Europa antes do início da guerra. Viera mais de uma vez durante o desenrolar do conflito, procurando descobrir meios de terminá-lo. Era gentil e despretensioso, nada procurando em seu próprio interesse. Podia ser comparado com um pequeno rato branco — e no momento as palavras desse ratinho eram apoiadas pela maior potência do mundo. A América financiara os últimos anos da guerra, e a América teria de financiar a paz a qualquer preço. Que desejava a América? Que aceitaria a América? A resposta era sempre esta: "Ouça o coronel House."

Esta era a razão porque cruzavam a porta do aposento do velho americano, os diplomatas, políticos e jornalistas de quase todas as nações do mundo. Uniformes de todas as cores, trajes típicos de populações longínquas, ca-

488   UPTON SINCLAIR

pas, togas — tudo isso podia-se ver. Aí se encontravam coreanos e malaios, cabardianos e lezguianos, curdos, persas, sírios e todas as variedades de moslemitas, drusos, gregos ortodoxos e Deus sabe que mais. Nunca, na história do Texas, houve uma pessoa com destino tão excepcional! Recebendo visitas dia e noite e sabendo que seu sorriso era questão de vida ou morte para diferentes povos.

II

A essa Meca dos que procuravam a paz, vinha agora o professor Alston com a notícia de que tomara contato com alguns dos mais ardorosos agentes bolcheviques de Paris. Talvez que isso oferecesse ao presidente Wilson e sua comitiva uma oportunidade de sondar os revolucionários e estudar as probabilidades de sucesso de qualquer conferência!

O velho ratinho branco achou o caso interessante. Era justamente do que gostava. Acreditava em conversas e entendimentos entre as pessoas influentes. Era assim que dirigia o Partido Democrata no Texas; desse modo um presidente de universidade tinha sido nomeado presidente dos Estados Unidos; desse modo é que a paz deveria ser imposta à Europa. Uma vez combinados os detalhes, os resultados seriam proclamados e a isso se chamaria "Conferências Abertas em Discussões Livres".

Claro estava que esses revolucionários não poderiam vir ao Crillon. Onde encontrara Alston esse pintor? O professor descreveu o quarto, e o coronel do Texas sorriu e perguntou se não seria possível arranjar naquele local algumas cadeiras. Disse que iriam procurar o homem naquela mesma noite, logo que pudesse sair de uma recepção que prometera assistir, e combinou com o professor o local e hora para encontrá-lo. Não diria nada a ninguém e só levariam o secretário de Alston, que já sabia da história. Infelizmente o coronel não falava francês, e talvez aqueles bolcheviques não falassem inglês.

Era algo extraordinário para um moço que mal entrara na carreira diplomática. Ia estar diretamente em contato com a mais influente das pessoas! Ia auxiliar no problema mais excitante da conferência: resolver os destinos de cento e quarenta milhões de homens! Portanto, correu ao quarto do tio a fim de avisá-lo, e ter a certeza de que o pequeno rato branco não seria obrigado a sentar-se na cama.

O FIM DO MUNDO   489

Tio Jesse disse que poderia pedir emprestado umas cadeiras aos vizinhos e explicou com um dos seus sorrisos forçados:

— Nós, pobres, ajudamo-nos uns aos outros. Abra os olhos, Lanny, e veja se aprende alguma coisa.

— Muito obrigado, tio Jesse. Estou aprendendo bastante.

— Isso não agradará ao seu pai. Conheci-o antes de você nascer e jamais o vi aprender alguma coisa. Ele vai ser um homem muito infeliz com as mudanças do mundo atual.

Lanny não discutia sobre a pessoa do pai com o tio, de quem não gostava. Saiu, refletindo e cismando: "Teria sido Robbie, realmente, um homem tacanho e rígido nas suas opiniões? Ou isto era propaganda bolchevique?"

III

Na mesma noite, Alston e seu secretário foram ao Hotel Majestic, residência da delegação britânica, onde havia uma grande recepção. As onze horas em ponto apareceu o coronel; um homem vigoroso acompanhava-o, sentado ao lado do *chauffeur*.

Recostado no fundo do carro, Lanny ouvia a conversa de um dos homens mais poderosos do mundo. O moço tinha estado curioso em ver esta pessoa de voz tão suave e rosto bondoso. Percebeu que o traço mais característico do coronel House era um desejo incontido de informações; começara imediatamente a sondar Alston, inquirindo-o sobre os problemas da sua especialidade. Talvez que mais cedo ou mais tarde o pequeno rato branco precisasse resolvê-los. Agora estava fazendo perguntas sobre a Geórgia, não o estado da América — cujos problemas já tinham sido resolvidos há muito tempo —, mas a região da Rússia nas montanhas do Cáucaso, célebres pelas suas lindas mulheres.

— A esse povo está reservada uma grande desgraça, coronel House. Habita num dos maiores depósitos de petróleo do mundo.

— Eu sei — disse o outro. — Talvez que um belo dia exploda e nos leve a todos, para o Reino de Deus.

Continuava fazendo perguntas. Depois disse:

— O senhor acha que seria capaz de estudar esta questão mais intimamente a ponto de poder fazer um relatório para mim?

— Naturalmente — respondeu o professor, surpreso e satisfeito.

490 UPTON SINCLAIR

— Embora tenha bastante trabalho?

— Eu sei; mas todos nós temos de trabalhar muito. Essa questão da Geórgia complica o problema russo e precisamos achar uma solução.

— Que disse?

— Estou me sentindo honrado, naturalmente!

— Talvez criemos uma comissão e o senhor faça parte dela. Vou falar com o presidente.

Assim, o destino oferecia outra possibilidade a Lanny Budd. Ia encontrar os montanheses do Cáucaso e conhecer os seus modos e costumes — nada, porém, das lindas mulheres, pois elas não eram trazidas para Paris.

IV

Havia três russos no quarto quando os americanos entraram, pelo menos Lanny supunha que fossem russos, e descobriu depois que um era francês, o outro letão. O único russo era um cientista, não muito mais alto do que o coronel do Texas. Passara vários anos na Sibéria, e seus dedos tremiam quando acendia o cigarro,

Somente o francês falava a língua inglesa. Portanto, a conversa era dirigida, principalmente, na sua direção. O russo sabia francês e o letão russo. Havia muito murmúrio, e quando a conversa era feita em inglês, os outros dois bolcheviques ouviam com uma expressão de interesse, como se compreendessem alguma coisa. Obviamente estavam ansiosos. Também eles sabiam que estavam na presença de um dos homens mais poderosos do mundo.

Lanny auxiliava o francês e às vezes traduzia o que ele queria dizer. Estava muito atento para não perder nada e teve a impressão de que não eram homens malvados, porém honestos e em grandes dificuldades. Relutava em acreditar que cometessem crimes odiosos. Mais tarde, quando falava com seu chefe sobre essas impressões, ouviu que nas guerras civis, as pessoas mais sérias e conscienciosas é que cometem justamente os piores crimes.

Uma coisa estava deliberada: os bolcheviques não iam fazer discurso, pois presumivelmente já tinham discutido antes: apenas iriam mostrar as cartas. Não tinham autoridade para falar em nome do seu governo, nem meios de se comunicarem rapidamente com este; mas tinham certeza de que ele desejava a paz e estaria pronto a pagar qualquer preço para mantê-la. Do

O FIM DO MUNDO

mesmo modo, como tinham ido a Brest-Litovsk há quase um ano, cedendo às forças alemãs, iriam fazer agora o mesmo com os Aliados. Os "brancos" poderiam ficar com o território que tinham conquistado; havia terra suficiente no interior da Rússia, e os trabalhadores russos iam construir aí o seu Estado, para mostrar ao mundo o que podiam fazer — somente precisavam ter liberdade para manter relações com o exterior, a fim de que pudessem importar mercadorias e consertar a sua indústria arruinada.

Falavam com emoção dos sofrimentos dos lavradores e trabalhadores russos sob o chicote do Tsar e sob a guerra civil atual. Contavam que Petrogrado estava morrendo a fome — cem mil pessoas tinham morrido no último mês e não se encontrava viva nenhuma criança de menos de dois anos de idade. Os sovietes desejavam a paz; para isto encontrariam os "brancos" em qualquer parte e aceitariam quaisquer termos razoáveis. Sempre e sempre tinham declarado boa vontade em pagar as suas dívidas às nações capitalistas, inclusive a dívida monstruosa que o Tsar fizera para armar o país no interesse dos militaristas e industriais da França. Pobres como eram, pagariam os juros em matéria-prima. Lanny estava surpreso, pois os jornais franceses escreviam incessantemente que a dívida tinha sido repudiada; era esta a razão do clamor francês a fim de derrubar os sovietes.

V

— Então, Alston, que pensa o senhor? — perguntou o coronel, quando de novo se encontraram no automóvel.

— Se o senhor quer saber a minha opinião, acho que a guerra civil deve ser impedida, custe o que custar.

— Mesmo que isso significasse dar a essa gente uma possibilidade de estabelecer o seu regime?

— Se as ideias não são sadias, fracassarão fatalmente.

— Talvez. Mas não significaria isto uma nova guerra?

— Não sei... Mas até lá temos muito tempo, coronel!

O coronel House virou-se para o jovem tradutor, cuja competência interessada tinha observado durante toda a conversa.

— Que pensa você, Budd?

Lanny ficou vermelho. Era bastante inteligente para compreender que o grande homem queria ser gentil, e que seria inteligente para um moço não falar muito.

492 UPTON SINCLAIR

— O que mais me surpreendeu foi ter esta gente sofrido tanto!

— Não há dúvida! — respondeu o cavalheiro do Texas. — Nós, que vivemos sob um sólido governo democrata, achamos dificuldade em compreender tudo quanto os homens sofreram debaixo do regime do Tsar.

O coronel House não lhes disse o que pensava. Mais tarde, saberiam a razão deste silêncio. Desaprovava a conferência projetada e não acreditava que tivesse sucesso. O presidente, porém, desejava a conferência, e ele era o chefe. O coronel nunca manifestava a sua opinião até o momento que fosse inquirido. Disse que ia relatar o que ouvira e que deviam esperar a decisão.

Todo o mundo soube o que aconteceu. O presidente dos Estados Unidos escreveu o seguinte: "As potências associadas estão ocupadas na tarefa solene e responsável de estabelecer a paz da Europa e do mundo e estão conscientes do fato de que a Europa e o mundo não terão paz se a Rússia não a tiver. Reconhecem e aceitam como seu dever servir a Rússia nesta grande dificuldade, tão generosa, cuidadosa e espontaneamente, como serviriam a qualquer outro amigo e aliado. Portanto, estão prontas a prestar esse serviço do modo que mais agrade ao povo russo."

O documento continuava, solicitava a reunião de todos os grupos da Rússia e da Sibéria, que deviam enviar representantes para uma conferência. O presidente Wilson levou esse documente ao Conselho dos Dez na tarde seguinte, onde se tornou o assunto de muitas discussões. Alguns ainda exigiam que um exército fosse enviado à Rússia a fim de derrubar os bolcheviques; mas, se se chegasse a tomar resoluções definitivas, eles desejariam que fossem os soldados de qualquer outra nação menos os da sua própria. Lloyd George perguntava a todo mundo:

— As suas tropas iriam? As suas?

Mas nenhum dos estadistas ousava dizer "sim", e, portanto, o programa de Wilson foi aceito unanimemente.

Onde realizar-se a conferência projetada? Faziam-se várias sugestões, uma delas de que o lugar devia ser a Ilha de Prinkipo, no mar de Mármara, perto de Constantinopla. Isto daria aos delegados sob encarregados, momentos de descanso. Alguns não acreditavam que pudesse existir um lugar com nome tão divertido. Mostravam-lhes, porém, uma pequena mancha no mapa. Quando o Conselho votou essa proposta, o augusto Arthur Balfour, filósofo e sábio, bem como estadista, disse o seguinte:

O FIM DO MUNDO 493

"Ó, vamos
Para Prinkipo,
Embora não saibamos porque ou onde!"

VI

Essa resolução do Conselho Supremo era um dos fatores decisivos para a ida de Robbie Budd a Connecticut, pois a guerra projetada contra a Rússia oferecia a última possibilidade que ainda restava para um vendedor de munição. Robbie tinha as suas fontes de informação, sondara-as todas, certificando-se que qualquer empréstimo que a América fizesse a uma das nações menores, seria dado com restrições e não poderia ser gasto em armamentos. Se a Inglaterra ou a França desejassem a continuação da guerra, obviamente esta seria feita com as reservas que ainda possuíam. Enfim, os negócios eram ruins, e Robbie faria melhor voltando para casa.

Seria necessário transformar as fábricas para usos pacíficos, mas de que valia isto? Por toda parte havia superprodução e perdia-se muito tempo em aprender os milhares de artifícios, necessários para uma fabricação qualquer. Todo mundo concordava que a Europa seria um mercado ilimitado, logo depois da assinatura da paz. A dúvida era, porém, se a Europa possuía também fábricas necessárias para isto. Dizia-se que no tratado de paz seria exigida a desmilitarização das fábricas de armas da Alemanha, o que significava que também Krupp teria de fabricar automóveis e máquinas de costura!

A indústria de munição era um negócio precário. Na hora do perigo, oficiais e ministros vinham pedir auxílio, esperando o máximo da produção, mas, uma vez o perigo passado, também eles desapareciam. Robbie dizia isso com certa amargura, e Lanny, que encontrara outros homens, compreendia mais claramente a antinomia curiosa na estrutura espiritual do seu pai. Robbie odiava a guerra e chamava louco o povo por deixar-se arrastar; mas, quando paravam a luta, ele ficava sem ocupação, andando como um menino com o qual os outros meninos não querem mais brincar!

— Não podemos transformar nossas instalações procurando fabricar objetos que tenham sempre um mercado firme, e onde não possa haver estas surpresas súbitas? — perguntava Lanny.

494 UPTON SINCLAIR

O necessário eram novas invenções, criando novas necessidades. Mas isso dependia do futuro — e de entremeio só havia negócios de ocasião. Curioso é que o negócio mais prometedor feito por Robbie depois do armistício foi aquele com Johannes Robin, que se revelava um negociante de primeira categoria. O que ele pensava e planejava ia dar dinheiro, mas pelo fato de consistir em pequenos itens, Robbie nunca se orgulharia do mesmo e o consideraria sempre uma espécie de negócio próprio de um judeu.

VII

Antes de partir, Robbie telefonou ao filho e perguntou:

— Gostaria de encontrar novamente Zaharoff? Vou estar com ele hoje, e sempre me pergunta por você.

O velho lobo ainda estava subindo. No último ano, tinha sido nomeado grão-oficial da Legião de Honra e brevemente ia receber a grã-cruz, usualmente reservada aos reis. Tinha convidado Robbie a visitá-lo, e pai e filho dirigiam-se naquele momento ao palácio da Avenue Hoche, perto da moradia do presidente Wilson. Outra vez, a duquesa serviu o chá; e dessa vez, já que Lanny era um moço crescido e um jovem diplomata, não o levou ao jardim, mas deixou-o assistir a conversa.

Robbie adivinhara que o ex-bombeiro grego ainda continuava perseguido pelo sonho de monopolizar a indústria de armamentos do mundo. Zaharoff começou mostrando que tinha chegado o tempo dos sete anos magros, e que aqueles cujos celeiros eram pequenos andariam bem tornando-se amigos daqueles cujos celeiros eram vastos. Zaharoff dedicara-se ao trabalho de acumular muitas informações sobre os Budd. Sabia quais os dividendos que tinham pago e quais as reservas que possuíam; parecia saber dos planos diferentes do velho Samuel Budd para a transformação das fábricas e das despesas aproximadas para tal. O velho Samuel Budd jamais viera à Europa, nem em negócios nem em passeios. Zaharoff, porém, tinha visto um retrato dele e sabia até a respeito da aula de Bíblia, mencionando-a com urbanidade, como uma mania original e encantadora.

O grego explicava que os Budd estavam sós, enquanto centenas de companhias da Vickers espalhavam-se por todos os ramos das indústrias modernas. Ferro e aço, cobre e níquel, carvão e petróleo, força hidráulica, linhas de navegação e finanças.

O FIM DO MUNDO   495

— Ao dispor de uma tal organização, Mr. Budd, facilmente se pode transformar as indústrias de guerra em indústrias de paz, e vice-versa, quando necessário; dispõe-se do dinheiro, das relações, dos técnicos, enquanto um pequeno negócio como o dos Budd, sozinho no seu canto, fica à mercê dos financistas, que nada fazem de graça.

— Eu sei — disse Robbie e não perguntou a Zaharoff se ele estaria fazendo alguma coisa de graça.

O americano mostrava-se mais cauteloso do que o tinha sido cinco anos antes. Ele não ignorava que sua gente encontrava-se numa situação difícil, e sabia que também Zaharoff tinha conhecimento disso. Ouvia apenas, enquanto o velho explicava que tais coisas como orgulho nacional e familiar já estavam fora da moda: o que contava era o dinheiro. Este era internacional. Realizava não o que se queria, mas o que valia realmente. Nos tempos de dificuldade como aqueles que teriam de vir, pequenos negócios seriam levados no tumulto e fábricas estariam à venda "como atualmente os canhões", disse Zaharoff.

O rei da munição parecia ter conseguido a realização do sonho da sua vida. Vickers controlava agora, completamente, Schneider-Creusot na França, Skoda na Boêmia e as fábricas austríacas, turcas e italianas. O seu maior concorrente, Krupp, ia ser posto fora de combate. Se Lanny jamais tivesse estado incerto sobre o motivo por que Zaharoff exigia tão veementemente uma guerra, teria agora a resposta.

— Como o senhor é imprudente, Mr. Budd, ficar à margem dos grandes movimentos mundiais com pequenos negócios isolados. Poderia reunir-se a nós em termos que seriam tão honrosos quanto lucrativos. — O orador mostrava a delicadeza dos seus sentimentos pela ordem com que colocava as palavras. — O senhor nos prestou um grande serviço durante a guerra, e esse é o meio de mostrar a nossa gratidão. Agora é melhor para isto do que mais tarde, porque nos apertos das competições começam a enfraquecer os laços da amizade. O senhor compreende o que quero dizer, tenho a certeza.

— Sim, compreendo. Prometo transmitir as propostas a meu pai e meus irmãos.

Daí o diplomata grão-oficial da Legião de Honra passou a falar a respeito da Conferência da Paz e do que estava fazendo. Disse que o presidente talvez fosse um grande estadista e certamente era bem-intencionado, e acrescentou que alguns dos seus projetos dificilmente se harmonizavam

496 UPTON SINCLAIR

com os interesses de Robert Budd ou Basil Zaharoff. Dirigiu-se ao rapaz e perguntou se estava gostando da sua iniciação nos negócios diplomáticos. Quando Lanny revelou que seu chefe era um geógrafo e que estava ocupado em preparar um relatório confidencial sobre a situação da Geórgia, o rei da munição não pode esconder o seu interesse. Geórgia era Batumi, e Batumi era petróleo! — já Zaharoff estava em cena, pretendendo continuar.

Começou a contar coisas a Lanny na esperança de que o rapaz lhe viesse a contar algo mais importante, inocentemente. Quando estavam prontos para sair, o velho insistiu em chamar a sua duquesa para que esta se despedisse, e disse na sua presença que Lanny não devia permitir que seu trabalho o privasse inteiramente da vida social. Que deveria vir visitá-los às vezes, a fim de encontrar as duas lindas filhas da duquesa. Deviam ter feito qualquer sinal secreto, pois imediatamente a duquesa apoiou o marido no convite. Nenhum deles mencionou que às duas jovens era destinada a fortuna do homem mais rico do mundo, mas Lanny sabia que isso era certo. E ouvia também que todo mundo estava intrigado em saber se eram filhas de Zaharoff, ou se seu pai era o duque de Marqueni y Villafranca de los Caballeros, primo do rei da Espanha, fechado em qualquer sanatório e recusando-se a morrer.

Quando os dois americanos se encontraram na rua, o pai disse, rindo:

— Cuidado, meu filho!

— Era realmente uma oferta, não era?

— Uma ordem real. Você pode fazer maiores negócios do que eu. Tudo o que necessita é conseguir que um ou dois regimentos americanos auxiliem os ingleses a proteger Batumi dos bolcheviques!

VIII

Lanny atirou-se ao novo trabalho de estudar os costumes e hábitos dos georgianos. Várias delegações desse povo estavam em Paris e, quando não conseguiam falar com o professor, o seu secretário tinha de ouvi-los. Todos eles odiavam e receavam os bolcheviques, mas não sabiam como resistir nem quem deveria governá-los depois da vitória.

Havia aristocratas e democratas, grandes proprietários e lavradores, clérigos e intelectuais socialistas, todos grupos em desarmonia, tal e qual na política francesa. Todos conheciam as riquezas minerais do país e al-

O FIM DO MUNDO

guns imaginavam que a civilização nobre poderia ser erguida com o auxílio dessas riquezas. Infelizmente, porém, eram idealistas a quem faltava experiência na produção do petróleo. Por outro lado, aqueles que tinham algum conhecimento estavam a soldo de potência estrangeira interessada, procurando obter concessões. Todos mentiam desavergonhadamente, e Lanny, que não tinha muita experiência em lidar com mentirosos, precisava trabalhar muito para fazer cada relatório.

O pequeno país estava em situação precária. No fim da guerra, a Alemanha o tinha ocupado junto com a Ucrânia, mas o armistício obrigara os alemães a evacuá-lo e os franceses tinham enviado um pequeno exército para a Ucrânia, enquanto os ingleses ocupavam Batumi, no mar Negro, e Bacu, no Cáspio, e assim vigiavam a estrada de ferro e os oleodutos. Os bolcheviques estavam rondando, usando a sua nova arma de instigar as classes, propalando que lavradores e operários deviam lutar contra a invasão do capitalismo estrangeiro. Estavam expulsando os franceses de Kiev e estragando, literalmente, os seus exércitos com propaganda. Por quanto tempo ainda os exércitos britânicos aguentariam a tensão? Os homens que tinham sido enviados para vencer o odiado Kaiser achavam que tinham cumprido sua missão e queriam voltar para casa; que razões tinham seus governantes para mantê-los no Cáucaso? Não seria acaso para proteger os poços de petróleo de Zaharoff, o grego, e Deterding, o holandês?

Tudo era assim na Europa Central e Oriental. Os soldados e marinheiros da Rússia tinham derrubado o seu Tsar, os soldados e marinheiros da Alemanha tinham expulsado o seu Kaiser, e agora os soldados e marinheiros dos Aliados estavam perguntando: "Para que tudo isto? Por que estamos atirando nestes lavradores?" Na Sibéria, as tropas americanas encontravam as tropas vermelhas, condoendo-se da sua miséria, do mesmo modo como Lanny pensara ao ver os russos no quarto do tio. Os exércitos estavam em desintegração, a disciplina relaxada, e os oficiais alarmados como nunca tinham estado durante a invasão alemã.

Apesar disto, os estadistas em Paris, continuavam sofrendo muito. Os seus generais puxavam-os de um lado, e os grandes industriais e financistas de outro. Carvão e petróleo, ferro e cobre — então os vermelhos poderiam apoderar-se destes tesouros, usando-os para provar que os operários também sabiam manter indústrias? Em todo o mundo ouviam-se gritos de guerra, nos Parlamentos e nos jornais, e tudo isso transformava a Con-

498 UPTON SINCLAIR

ferência de Paz num inferno de intriga e traição. Permanecer aí era como andar sobre um vulcão em atividade.

IX

A questão georgiana era das mais difíceis. Como a província tinha sido parcela do velho Império Tsarista, os georgianos foram convidados a enviar delegados a Prinkipo. A conferência tinha sido proposta pelo presidente Wilson, e o Conselho dos Dez aceitara-a unanimemente — o que significava a inclusão dos franceses. Agora esses georgianos estavam contando coisas incríveis a Lanny Budd. Queriam saber se realmente haveria um Prinkipo, se os americanos desejavam a realização da Conferência, se era seguro para os georgianos assisti-la. Quando o moço quis saber as razões destas perguntas, soube que Pichon, o ministro dos Negócios Estrangeiros da França, lhes dizia que tudo era um engano; que não haveria nenhuma conferência, que os bolcheviques não viriam, e que também não se podia ter confiança neles, mesmo que viessem.

Lanny contou isto ao seu chefe e ambos procuraram saber de mais detalhes. Aparentemente, os franceses aconselhavam os russos brancos em Paris a se oporem à proposta e recusarem assistir à conferência: diziam que os vermelhos tinham enganado Wilson, mas que a França não seria ludibriada e que continuaria a apoiar os brancos com armas e dinheiro, e que, se continuassem a luta, seriam brevemente de novo os donos das suas vastas fazendas e fortunas. Mais de uma vez, agentes franceses chegaram a ameaçar os georgianos de serem também eles considerados bolcheviques e expulsos da França, se apoiassem Prinkipo. Apesar disso, esses estrangeiros mostravam-se receosos, não ousando dizer a verdade, até que Lanny prometesse não relatar as fontes das suas informações.

— Que devemos fazer, Mr. Budd? O presidente Wilson vai proteger-nos?

E ali estava Winston Churchill, poderoso homem de guerra, sábio e orador, comparecendo perante o Conselho Supremo, para denunciar os bolcheviques e exigir a guerra contra eles, em nome da humanidade, da cristandade e de seu antepassado, o valente duque de Marlborough. Aí estava Lord Curzon, apelando especialmente para o caso da Geórgia — Sua Alteza visitara aquela terra montanhosa, guardando recordações românticas e não desejando que tais recordações fossem perturbadas pelo materialismo dialético.

O FIM DO MUNDO 499

E Zaharoff! Não apareceu diante de nenhum Conselho, pois não era sábio, nem orador, nem possuía antecedentes dos quais pudesse se orgulhar. Mas tinha vozes poderosas para falar por si. Segundo Robbie Budd, uma dessas vozes era a daquele pequeno francês que se sentara na mesa da Conferência como presidente, terminando a mesma com o seu *"adopté"*! Robbie contava, além disso, que o "Tigre" tinha sido amigo de Zaharoff durante anos, e que tanto seu irmão como seu filho eram diretores em empresas de Zaharoff. Se alguém quiser compreender um político, não deve dar importância aos seus discursos, mas descobrir quais os pagadores do mesmo. Um político não subia na vida pública, na França ou na América, se não tinha o apoio da alta finança, e era em tempos de crises como essas, que ele pagava a sua dívida.

X

Um dia ou dois depois de Robbie ter embarcado, Lanny recebeu uma intimação das "ordens reais": um pequeno cartão de María del Pilar Antonio Angela Patrocino Simón de Muguiro y Berute, duquesa de Marqueni y Villafranca de los Caballeros — naturalmente não assinava todos estes nomes. Pedia o prazer da sua companhia no chá da tarde seguinte, e Lanny mostrou-o a Alston.

— Naturalmente você tem de ir para ver o que há — falou o professor.

E vestido elegantemente o jovem partiu para o palácio do rei da munição. As filhas da duquesa eram tão acanhadas e reservadas quanto Lanny havia imaginado. Possuíam lindos olhos e pestanas compridas; vestiam ambas um vestido de *chiffon* azul e evidentemente achavam interessante a visita. O rapaz tinha vindo há pouco tempo de um país longínquo e realmente parecia poder ser considerado aquilo que os franceses chamam *un parti*, uma pessoa própria para o matrimônio. Esperavam com curiosidade que ele mostrasse suas boas qualidades, e ele assim o fez.

Começou a relatar a essas três senhoras aristocráticas historietas sobre as personalidades principais da Conferência. Assim, contou a história do *premier* Hughes da Austrália, um *leader* que subira na vida por esforço próprio, um pequeno homem violento e surdo. Desafiara o presidente Wilson, declarando que a sua pátria pretendia conservar aquilo que conquistara. Clemenceau ficara encantado, pois se a Austrália fosse conservar o que

500   UPTON SINCLAIR

conquistara, também a França poderia fazer o mesmo. Por isso, no momento em que estavam combinando uma outra sessão, Clemenceau dissera a Lloyd George: "Venha e traga também os seus selvagens!"

XI

O dono da casa entrava e o chá foi servido. Também ele mostrou interesse por estas histórias, e, em breve, as senhoras se levantavam com desculpas, deixando Lanny a sós com o velho lobo.

Realmente, Zaharoff era algo fascinador; de muito valor educacional para um moço com futuro no mundo diplomático. A perfeição da técnica de um grão-oficial, a maciez aveludada dos modos, a gentileza, a cordialidade, a afeição; a voz gentil e insinuante. O lisonjeio sutil de um velho pedindo o conselho de um moço; a atitude paternal, a oferta de segurança do forte para o fraco.

O que realmente desejava o rei da munição era que Lanny se tornasse o seu espião no Crillon; andar no meio da comitiva, fazer perguntas, lembrar-se das coisas importantes e levá-las rapidamente ao seu empregador — ou devíamos dizer, seu amigo, seu apoio, possivelmente seu sogro? Nada disso era dito diretamente; somente nas lendas antigas falava-se francamente; hoje em dia os homens revelavam os seus pensamentos com um olhar ou um sorriso.

Lanny sabia o que Zaharoff tinha para oferecer e sabia, também, que era bom. Estas jovens tinham sido educadas num convento e não estavam estragadas pelo mundo. A única coisa que precisava fazer era trazer diariamente algumas novidades e o caminho seria muito fácil para ele. Deixá-lo-iam sozinho com a moça da sua escolha, olhando fotografias, tocando música, passeando no jardim e murmurando os segredos dos jovens corações.

Tudo que tinha a fazer era ser diplomático. Ele não precisava, por exemplo, dizer: "Aceito a sua oferta; vou trair aqueles que confiam em mim" — não! Sua fala podia ser a seguinte: "Aprecio a sua posição e compreendo como o senhor está incomodado pelos disparates dos diplomatas. Se em qualquer tempo souber de uma informação que lhe possa ser útil, sentir-me-ei feliz em trazê-la! Naturalmente em pura amizade e sem qualquer pensamento de recompensa."

O FIM DO MUNDO

501

Este era o meio pelo qual Robbie arranjava os seus agentes — especialmente os mais classificados, aqueles que recebiam pagamento mais alto.

XII

Tais coisas sempre foram feitas nas rodas elegantes; e por que Lanny não aceitara? Porque sabia o modo por que seu pai desprezava Zaharoff? Não inteiramente; porque o pai de Lanny desprezava também o presidente Wilson, e Lanny chegara a pensar que o presidente Wilson era um grande homem, não talvez suficientemente grande para as tarefas atuais, mas muito melhor e mais bem-intencionado que os políticos com os quais estava tratando. Lanny chegara a pensar bem de alguns membros da comitiva presidencial e tivera pensamentos bons até sobre os bolcheviques!

Seria talvez por não se ter impressionado com as jovens? Não podia dizer isto, pois não as vira o bastante, e moças sempre são interessantes, ao menos para investigações. Não; também esta não era a razão.

Ninguém podia ser mais polido do que Lanny para esse idoso cavalheiro. Disse que realmente ninguém tinha certeza de que a conferência de Prinkipo fosse realizada; os franceses estavam trabalhando contra ela. No íntimo, Lanny ria, pois bem sabia que Zaharoff era um dos mais violentos oponentes daquela conferência.

— Não há dúvida — continuava o moço —, de que o presidente Wilson sustenta o que diz. As tropas americanas vão achar um meio de retirar-se da luta.

E quando Zaharoff mencionou um outro assunto, ele respondeu:

— Realmente, não sei o que está acontecendo em Batumi. Os ingleses parecem não ter ainda resolvido o que querem. O senhor ouviu as más notícias sobre as dificuldades dos franceses na Ucrânia?

Tudo isso era um jogo, e naturalmente Zaharoff bem o sabia. Ele sabia o que Lanny queria dizer, quando explicava que, infelizmente, nas poucas ocasiões em que recebia notícias íntimas do Crillon, estas eram sempre confidenciais e naturalmente nada poderia dizer. O rei da munição compreendeu que desperdiçara a sua tarde. Não demonstrava sinal algum de irritação e terminou a entrevista com tanta polidez e com tais palavras que sempre seria possível à duquesa convidá-lo novamente.

Mas ela não o fez, e Lanny não mais viu aquelas duas jovens acanhadas e bem-educadas, ao menos por algum tempo — até que encontrou uma como esposa de um proprietário inglês de linhas de navegação, que, como diziam, estava auxiliando Zaharoff a rearmar secretamente a Alemanha. Soube que a outra casara com um nobre e estava vivendo em Constantinopla, onde se tornara célebre pela proteção que prestava aos cães abandonados daquela cidade. A roda do destino dera uma volta, e uma parte da fortuna de Zaharoff voltara ao lugar onde nascera, de modo tão pouco recomendável.

29

UM AMIGO NA NECESSIDADE

I

O CONSELHO SUPREMO TRABALHAVA COM URGÊNCIA. OUVIA OS pedidos das pequenas nações, e isto era um processo tedioso.

Conforme diziam os americanos, Dmowski, apresentando o caso da Polônia, começara às onze horas da manhã com o século XIV, e às quatro horas da tarde estava em 1919. No dia seguinte, chegava Benes para apresentar as exigências dos tchecos — ele começou num século anterior e terminou uma hora mais tarde.

O professor Alston tinha de assistir a essas reuniões, pois nunca podia ter certeza de que um delegado americano não o quisesse chamar para fazer alguma pergunta; Lanny tinha também de estar presente por causa das pesadas pastas, e também porque o francês do professor não bastava para compreender a linguagem de Clemenceau, que não somente empregava o *slang* dos *boulevards*, mas o do baixo mundo — muitas das suas palavras eram tão obscenas, que Lanny sentia embaraço em traduzi-las, nem apareciam nas páginas estenografadas.

Era uma tarefa cansativa! Lanny bem queria desviar as suas lembranças para a praia de Juan, para o piano, e suspirava por aquelas caixas de livros que trouxera da casa do tio-bisavô Eli, desejando que já tivesse chegado o tempo de desencaixotá-los. Estava pensando se realmente desejava

O FIM DO MUNDO

ser uma pessoa de distinção e viver no grande mundo, e submeter-se a um aborrecimento eterno...

Mirava as faces dos velhos que estavam decidindo o destino das nações. Clemenceau, sentado na sua cadeira, de mãos dobradas olhos fechados — estaria dormindo? Talvez que estivesse, mas tinha no seu íntimo um despertador, pois no instante em que qualquer um dizia alguma coisa contra os interesses da sua amada pátria, ele estava alerta, arrepiando-se como um tigre, cuja nome era a sua alcunha. O angélico Lloyd George dormitava francamente — dizia a um americano que duas coisas conseguiam fazê-lo passar com vida a tarefa da guerra: uma, os sonetos, e a outra, o hino de Galês.

Woodrow Wilson era um prodígio, e cada semana que passava, sua saúde preocupava mais aos seus colaboradores. Assistia diariamente as sessões do Conselho, e de noite as sessões das Comissões da Liga das Nações. Apressava os trabalhos, porque tinha de embarcar no dia 14 de fevereiro para poder assistir à sessão final do Congresso, e estava resolvido a levar consigo o plano completo do contrato da Liga. Mil cuidados e problemas preocupavam-no, e ele não dormia; tornava-se macilento e podia-se observar uma contração nervosa no lado esquerdo da sua face. Lanny, ao mirá-lo, resolveu jamais aspirar à fama.

Os discursos tornavam-se intoleráveis. Assim, o Conselho riscava os oradores, enviando-os às comissões especiais. Tudo junto, havia cinquenta e oito comissões que deviam tratar dos inúmeros problemas, e estas comissões realizavam um total de mil seiscentos e quarenta e seis sessões. Tudo isto, porém, não remediava os incômodos! Porque todas as comissões tinham de apresentar relatórios, e a quem? Onde estava o cérebro humano que pudesse absorver tantos detalhes? Centenas de conselheiros técnicos reunindo informações e formando conclusões — e depois, ninguém, para fazer valer esse trabalho!

Todos os problemas do mundo tinham sido colocados sobre os ombros de alguns poucos homens idosos, e o mundo tinha de cair em pedaços, depois que um após outro, esses homens não mais aguentassem a tarefa. A influenza estava grassando em Paris, destruindo cegamente como uma outra guerra. Era o meio do inverno, e os ventos tempestuosos atravessavam o mar do Norte até alcançar Paris, acompanhados de geadas e neve.

II

Nos primeiros dias de fevereiro o governo bolchevique declarou que ia enviar delegados à Conferência de Prinkipo. Isto obrigava o presidente Wilson a agir, se é que queria defender o seu projeto. Poucos dias depois, Alston contou a Lanny uma grande novidade: o presidente resolvera nomear dois delegados; um, o jornalista americano William Allen White, e o outro, o velho amigo de Alston, George D. Herron!

A nomeação oficial foi feita um ou dois dias depois e provocou uma tempestade de protestos por parte das pessoas influentes na América. O *New York Times* relembrou o passado do ex-pastor; os eclesiásticos, bem como as mulheres, levantavam-se para defender o lar americano. Já era triste e bastante sério, admitirem sentar-se numa mesa de conferência com bandidos ensanguentados e nacionalizadores de mulheres; porém, enviar-lhes um homem que partilhava dessa moral perigosa, era degradar o nome honesto da Colúmbia, "the gem of Ocean". Tudo isto, naturalmente, foi reeditado em Paris, apoiando os esforços do Quay d'Orsay para torpedear a proposta Prinkipo.

Herron, que tinha voltado para Genebra, tornou a aparecer em Paris, profundamente comovido pela oportunidade que se lhe oferecia. Não mais precisaria ficar sentado observando a ruína do mundo. Via-se como árbitro desta feroz guerra de classes que se espalhara sobre um sexto do mundo e estava ameaçando outra grande parte da Europa. Ocupava-se dia e noite em conferências; os jornalistas rodeavam-no, perguntando coisas, não somente a respeito da Rússia e dos vermelhos, mas também sobre o amor livre em relação à religião cristã, e sobre outros assuntos palpitantes.

O profeta socialista estava pronto para trabalhar. Mas come devia fazê-lo? Jamais ocupara uma posição oficial; a esse respeito, procurou Alston, a fim de pedir conselhos. Como se trabalhava para o governo? Onde se ia? Se tivesse de ir para Prinkipo, devia ter uma comitiva e escolta, e também fundos necessários. Onde ia arranjar tudo isso?

Alston aconselhara-o a procurar Mr. Lansing. Isto era fácil, pois o secretário de Estado não tinha muito que fazer em Paris. Muito formal, os seus sentimentos tinham sido feridos mortalmente, poucas pessoas lhe estavam dando importância. Mas ele não queria a atenção do profeta socialista. Olhando Herron como se fosse qualquer pássaro estranho, disse-lhe que

O FIM DO MUNDO

não tinha recebido instrução alguma sobre a conferência, não a aprovava, e tinha certeza de que não traria resultado algum.

O presidente Wilson trabalhava dia e noite para terminar tudo antes de partir, e Herron não encontrou ninguém que soubesse ou estivesse cuidando da Conferência de Prinkipo. O Conselho Supremo aceitou uma resolução, mas, se não houvesse ninguém para combater, nada seria feito. Alston explicava as intrigas dos franceses. Herron, um homem simples, para cuja natureza a decepção era estranha, nada podia fazer contra tais forças. Todos trabalhavam contra ele, talvez por causa dos escândalos antigos, mas principalmente porque tinha a fama de simpatizar com os vermelhos. Numa questão como esta, era melhor não mexer. Que o marechal Foch e Winston Churchill realizassem os seus planos.

III

A comitiva britânica estava hospedada no Hotel Majestic, e desde o início da conferência as relações eram amistosas entre americanos e britânicos. Os primeiros dificilmente se mostravam reservados, pois descobriam que os ingleses estavam bem informados e aparentemente eram sinceros. Tinham excelentes modos, vozes agradáveis — e ainda mais, podia-se compreender o que falavam. Um francês ou um europeu que se exprimia em francês falava muito depressa e estava sempre pronto a se exaltar; as palavras eram bem escolhidas por intermédio de algum antigo estudante de Oxford, entravam facilmente no ouvido do interlocutor e compreendia-se como os ingleses conseguiam dirigir tão vastos territórios no mundo. Se qualquer território fosse colocado nas mãos de tais homens, tinha a possibilidade de ser bem governado; mas o que aconteceria se os italianos o obtivessem? Para não se falar dos alemães ou dos bolcheviques!

Os membros ingleses da comissão, naturalmente tinham também jovens secretários e tradutores, e Lanny os encontrava regularmente. Lembravam-no de Rick e daqueles alegres rapazes com os quais remara no Tâmisa. Um destes convidou-o a almoçar no seu hotel, e os dois trocaram confidências; cada um querendo sondar o outro, porém numa troca honesta de pensamentos, sem nenhuma deslealdade.

Que era aquela questão de Prinkipo? Lanny contou com que ansiedade o doutor Herron estava querendo descobrir isto. O moço inglês disse que seu governo não tinha nomeado nenhum delegado, e, portanto, pensava que ia ser um fracasso — mais um daqueles "balões de ensaio". Era opinião dos ingleses que o único meio de realizar a conferência seria o presidente Wilson deixar cair tudo o mais e preocupar-se somente com esta questão. E ele não podia fazer isso.

— Não acha que ele receia delegar autoridade a outros? Um só homem não pode tomar tantas decisões sozinho.

Dizia-se, em toda Paris, que três dos cinco membros da comissão americana eram apenas medalhões e o coronel House estava abatido por um ataque de influenza. Estas coisas não eram segredo e Lanny concordava com elas.

— Todos nós — disse o inglês —, ao menos nós moços, esperávamos que Wilson pudesse ter resolvido tudo. Agora, estamos um pouco desiludidos.

Lanny respondeu cautelosamente. Ouve-se falar tanto, que não se sabe bem em que acreditar.

— Mas, definindo bem as coisas, parece que o seu presidente não conhece bastante as questões da Europa. Ele faz as coisas sem pensar no que significam. Desde o início concordou em que os italianos ficassem com Brennero! Não devia ter perguntado a alguém, antes de dizer aquelas palavras? Não resta dúvida que Brennero é importante para a defesa da Itália; mas se formos distribuir o mundo baseados em necessidades estratégicas, onde vamos parar?

— Eu mesmo não sei muita coisa sobre Brennero — admitiu Lanny.

— É uma passagem montanhosa, exclusivamente povoada por alemães; e que vai acontecer a eles, se os italianos ficam de posse desse território? Fatalmente serão compelidos a enviar seus filhos a escolas italianas e tudo mais.

— Você sabe que não fomos nós que assinamos um tratado com os italianos — respondeu Lanny, sorrindo.

— É verdade — admitiu o inglês. — Mas também não fomos nós que inventamos os Catorze Pontos.

Era este o motivo por que era tão agradável encontrar-se com os ingleses. Podia-se falar com franqueza. Era verdade que desejavam que os americanos tirassem para eles algumas castanhas do fogo, mas também era verdade que iam auxiliar a ser decente. Aqueles que tinham acreditado que o presidente americano ia trazer uma nova ordem ao mundo

O FIM DO MUNDO

mostravam-se tristes, pois viam que ele estava mal equipado para aquela tarefa tremenda.

Lanny não relatou ao seu amigo inglês uma história espantosa que os amigos e colegas de Alston estavam contando. O Conselho Supremo planejava reconhecer um novo Estado na Europa Central, chamado Tchecoslováquia, formado principalmente de territórios tirados da Alemanha e da Áustria. Os tchecos, antes conhecidos como boêmios, tinham um *leader* patriótico de nome Masaryk, que fora professor na Universidade de Chicago e amigo pessoal de Wilson. Um jornalista americano, falando com Wilson, perguntou-lhe:

— Mas, senhor presidente, que vai fazer com os alemães deste novo país?

— Há alemães na Tchecoslováquia? — perguntou Wilson, surpreso.

— Há mais de três milhões! — foi a resposta.

— Que estranho! — exclamou o presidente. — Masaryk nunca me falou a este respeito!

IV

Lanny estava preocupado pelo fato de não receber nenhuma notícia de Kurt. Tinha enviado mais uma mensagem por intermédio do seu amigo em Roterdã, e, em resposta, o filho do negociante judeu enviou-lhe uma bonita carta. Portanto, mais ainda se admirava de não receber nenhuma palavra do seu amigo nem dos pais do mesmo.

Pensava muitas vezes no Castelo de Stubendorf e na família de Kurt, tentando imaginar quais as mudanças provocadas por uma guerra de quatro anos e meio. Que estaria fazendo Kurt, depois da ruína de todas as suas esperanças? Ou estaria agora odiando os americanos porque tinham vencido a Alemanha?

Eram estes os pensamentos de Lanny, enquanto passeava e enquanto estava sentado nas salas quentes das conferências, assistindo as sessões intermináveis. Lembrava-se dos dias felizes da Riviera e de Natal na casa paterna do amigo e compreendia cada vez menos o silêncio prolongado do mesmo.

Kurt era apenas um ano mais velho que Lanny, mas demonstrava muito mais. Era tão sério, tão preciso nos seus pensamentos, tão decidido nas suas ideias, que Lanny o considerava como seu mestre. Durante quase seis

508 UPTON SINCLAIR

anos o americano mantivera esta atitude. Kurt, porém, não lhe escrevia, e ele se mostrava preocupado, confuso, ofendido, embora dissesse a si mesmo que não tinha direito algum de pensar assim. Certamente devia haver razões muito sérias, que seriam explicadas futuramente.

V

As ruas de Paris estavam cheias de jovens oficiais elegantes, soldados voltando da frente de batalha, meninas de aspecto doentio. A glória da Cidade Luz estava diminuída, mas ainda havia muitas possibilidades para os estrangeiros se divertirem.

Lanny, que estava passeando, observava esse movimento, até que chegasse novamente o instante de mergulhar outra vez nos problemas da paz. Que ia fazer a Conferência com a Alta Silésia? Aquele território estava cheio de minas de carvão e era muito industrializado; os franceses desejavam tirá-lo da Alemanha e entregá-lo à Polônia, para que na próxima guerra o seu carvão servisse à França e não ao inimigo hereditário e implacável. Havia uma comissão para resolver este assunto, e o professor Alston fora chamado a fim de assistir à reunião. Lanny ouviria falar sobre o destino da família Meissner! Naturalmente um tradutor não podia tomar parte aberta na discussão, mas talvez fosse capaz de influenciar Alston com algumas palavras murmuradas. Assim pensando, Lanny continuava a andar, e subitamente, numa passagem movimentada, viu um automóvel parado, tendo um só passageiro no interior — era um homem, e naquele mesmo instante ele fazia um movimento. Lanny pôde ver o seu perfil e ficou extraordinariamente admirado: era Kurt Meissner!

Naturalmente tratava-se de um fato absolutamente impossível. Kurt, um capitão de artilharia do exército alemão, atravessando Paris de automóvel, enquanto os dois países estavam formalmente em pé de guerra? Devia ser alguém parecido; porém, desde o primeiro instante, Lanny sabia que não era. Tinha sido alguma coisa mais do que um mero reconhecimento físico, era algo psíquico. Sabia que era Kurt, do mesmo modo como sabia que ele era Lanny Budd. Seria uma outra aparição como aquela de Rick? Quereria dizer que Kurt estava morto ou perto da morte como tinha estado Rick?

O automóvel pusera-se em movimento e Lanny voltou afinal do seu espanto. Seu amigo estava em Paris, e ele tinha de segurá-lo! Queria gritar

O FIM DO MUNDO

"Kurt! Kurt!", mas o tráfego era barulhento, e ele evitava sempre tumultos públicos. Assim, pôs-se a correr a toda velocidade tentando não perder o automóvel. Talvez conseguisse alcançá-lo na próxima esquina. Mas agora o carro andava mais depressa. Lanny, desesperado, viu passar um automóvel vazio. Saltou dentro e gritou:

— Siga aquele carro, rápido!

Os *chauffeurs* têm destas experiências. O automóvel começou a andar, e Lanny teve a alegria de observar que se aproximava do carro perseguido.

VI

Entraram no Boulevard Haussmann, e durante o trajeto Lanny teve uma chance de refletir sobre o súbito aparecimento de Kurt. O seu amigo em Paris, à paisana! Não podia estar em qualquer comissão oficial, pois não havia delegação inimiga na França. Tinha-se falado que as potências centrais deviam ser representadas na Conferência da Paz, mas isso ficara só em palavras. Kurt também não podia estar em negócios particulares, pois nenhum estrangeiro inimigo recebia passaporte para entrar na França. A sua presença só podia significar que vinha em missão secreta e com passaporte falso. Se fosse descoberto, levá-lo-iam perante uma corte militar e seria fuzilado como espião.

Outro pensamento de Lanny era que um membro da comitiva do Crillon não tinha direito algum de ocupar-se com estas questões. Devia dizer ao *chauffeur* que fora engano, e voltar. Mas Lanny ainda não aprendera a pensar em si como uma pessoa oficial, e não lhe ocorreu a ideia de que não podia falar com Kurt. Fosse qual fosse o negócio de que estivesse tratando, Kurt era um homem de honra e nada faria que pudesse prejudicar a Lanny.

O carro de Kurt desviava-se para o distrito de Neuilly e o *chauffeur* do carro de Lanny avisou:

— Posso pegá-lo agora.

— Não; siga-o apenas.

Ia esperar até que Kurt saísse, de modo que pudessem encontrar-se sem testemunhas.

Observando, notou que o carro da frente descobrira a perseguição, e começava uma disparada louca. O *chauffeur* de Lanny, porém, era muito bom, e finalmente o auto de Kurt parou em frente a um grande armazém. O carro

510   UPTON SINCLAIR

de Lanny já estava ao lado de outro, Kurt saiu, pagou o *chauffeur* e entrou na loja. Lanny saltou correndo, tendo pago também rapidamente. Compreendeu a cautela e não chamou alto. Caminhava atrás do outro e murmurava:

— Kurt, sou eu, Lanny!

E aconteceu alguma coisa estranha. O outro virou-se e olhou para o rosto de Lanny, fria e insolentemente.

— O senhor está enganado, cavalheiro.

Lanny falara em inglês e a resposta foi dada em francês.

Naturalmente era Kurt Meissner; um Kurt com as feições mais sérias, devido aos cuidados; os seus cabelos, usualmente cortados, estavam compridos. Mas era a face de Kurt e a voz de Kurt.

Lanny, que tivera tempo de pensar, não ia desistir tão facilmente, e continuou:

— Compreendo a sua posição, mas você deve saber que sou seu amigo, e que pode confiar em mim. Ainda penso, e penso como antigamente.

O outro continuava com seu olhar frio.

— Perdão, senhor — disse ele, em muito bom francês — deve ser um caso de confusão de identidade. Jamais o encontrei antes na minha vida.

Afastou-se, mas Lanny continuou andando ao seu lado.

— Está certo — disse, em voz baixa. — Compreendo o que quer dizer, mas lembre-se de que, se estiver em dificuldades, eu estou no Crillon. Mas não pense que eu seja uma pessoa importante. Faço o que posso para auxiliar a criar uma paz decente e nós dois não estamos muito longe um do outro.

Um empregado do armazém perguntou o que desejavam e Kurt pediu luvas. Lanny virava-se e tencionava sair. Mas então pensou: "Talvez Kurt reflita melhor e mude de opinião." E esperou na entrada do armazém, até que o outro passou por ele e disse:

— Pode vir comigo, se quiser.

VII

Os dois saíram à rua, passeando sem dizer palavra. Kurt olhava para trás a fim de se certificar de que não eram seguidos. Afinal, olharam um para o outro. Tinham se passado mais de quatro anos, desde que haviam se visto pela última vez, em Londres. Eram então rapazes, e agora estavam homens feitos.

O FIM DO MUNDO

511

— Lanny! — exclamou subitamente, não mais podendo reprimir sua profunda emoção. — Dê-me a sua palavra de honra que não mencionará esse encontro a ninguém e sob circunstância alguma!

— Faço uma ideia da sua posição, Kurt. Pode ter confiança em mim.

— Não se trata apenas da minha vida. Talvez possa ter consequências muito desagradáveis para você.

— Estou disposto a passar por este risco. Tenho certeza de que você não está fazendo nada desonesto.

Continuaram caminhando e Kurt disse:

— Tem de desculpar-me se atualmente não sou um amigo. Estou preso pelas circunstâncias e nada posso dizer. O meu tempo não me pertence, nem a minha vida!

— Prometo não o compreender mal — respondeu Lanny. — Vou falar-lhe sobre o meu emprego e talvez assim você possa julgar se deve ou não ter confiança em mim.

Falava em inglês, pensando que talvez fosse melhor. Contou como começara a trabalhar no Crillon, explanando um quadro da Conferência da Paz como ele a via.

Kurt não podia suportar tudo isso, e interrompeu-o:

— Você sabe o que estão fazendo ao meu povo com o bloqueio? As rações de alimentos são um terço do normal e a mortalidade infantil duplicou. Nossos inimigos gostariam que todos morressem para que não restasse alemão algum no mundo. Foi isso que o presidente Wilson prometeu?

— Não há um homem na delegação americana que não considere tal coisa uma vergonha. Estão fazendo o possível para remediar e protestaram. Mr. Hoover está em Paris agitando as mãos contra a situação.

— Isso não auxiliará em nada às crianças agonizantes. Porque o presidente Wilson não ameaça abandonar a Conferência, se Clemenceau não quiser ceder?

— Ele não pode ter a certeza do que seria o resultado de tal atitude. Talvez que todos permanecessem e assim tudo continuaria na mesma. É muito difícil conseguir-se uma paz justa depois de uma guerra louca e injusta.

— Sabe você que o nosso povo ainda tem reservas de ouro? Não pedem a ninguém que lhes deem alimentos. Pedem, apenas, a permissão de comprá-lo com seu próprio dinheiro. Não há tanto alimento na América?

512 UPTON SINCLAIR

— Há tanto que não sabemos o que fazer com ele. O governo concordou em comprar as colheitas a preços fixos, mas atualmente não há mercado. Milhões de libras de carne de porco se estragarão se não se obtiver mercado consumidor.

— E assim o nosso povo não pode nem sequer comprar com o seu próprio dinheiro!

— Dizem os franceses que querem esse ouro para restaurar as suas cidades arrasadas.

— Não sabe que nós oferecemos para reconstruir as cidades com as nossas próprias mãos?

— Uma coisa destas não é tão fácil como parece, Kurt. O povo aqui diz que isso prejudicaria os operários franceses.

— Talvez seja; mas talvez também tivessem assim oportunidade de perceber como o nosso povo é decente, como é ordeiro e trabalhador.

Os dois continuavam caminhando, discutindo. Lanny adivinhava que o seu amigo o estava sondando.

— Suponhamos que você soubesse que havia alemães em Paris, trabalhando secretamente para conseguir que o bloqueio fosse levantado! Acharia isso ruim?

— Parecer-me-ia natural.

— Mas compreenda que, aos olhos dos militaristas, tais homens são espiões, e no caso de serem presos, são fuzilados.

— Tive este pensamento logo que o vi. Mas não sei o que você poderá conseguir aqui.

— Ainda não sabe que sempre se pode fazer alguma coisa no mundo com dinheiro?

Lanny compreendeu. Então era isso! Muitas vezes ouvira seu pai dizer que se poderia arranjar tudo o que se quisesse em Paris, caso pagasse o preço.

Kurt continuou:

— Há pessoas que não permitem que as nossas crianças bebam leite, antes de receberem ouro em troca. E mesmo assim não é possível confiar nelas, porque se já têm o dinheiro, podem trair-nos em troca de mais dinheiro. Você vê que o caso é muito complicado, e se alguém se acha metido nesse negócio e tem um amigo a quem ama, seria um ato de amizade ficar calado. Seria muito inconveniente saber coisas a respeito disto.

O FIM DO MUNDO 513

Lanny não hesitou em responder:

— Se fosse só isso que estivesse fazendo, Kurt, acho que todo amigo verdadeiro estaria disposto a obter uma chance para ajudar. Eu, pelo menos, faria isso!

VIII

O passeio prolongava-se. Lanny resolveu que suas obrigações na Conferência poderiam esperá-lo. Seu amigo estava indagando sobre pessoas que talvez estivessem interessadas em ajudar a levantar o bloqueio da Alemanha. Há duas espécies de homens que um agente secreto sempre tem desejos de conhecer; jornalistas e políticos venais, fora idealistas e humanitários que gastam dinheiro na impressão de folhetos. Lanny mencionou Alston e outros membros da comitiva; falou sobre Herron e suas dificuldades. Falou sobre Mrs. Emily, e Kurt deu a entender que ela talvez fosse útil como distribuidora de fundos. Era difícil dar muito dinheiro a um grupo sem que a polícia francesa o notasse imediatamente. Mas se uma rica senhora americana estivesse disposta a auxiliar às crianças famintas da Alemanha...

Finalmente Lanny se lembrou de uma outra pessoa, também idealista e propagandista, embora pervertida. Era seu tio.

— Nunca falei com você a respeito dele, porque sempre me envergonhei do mesmo; parece, porém, que é uma pessoa influente em Paris.

Kurt interessava-se e fez muitas perguntas. Quais as ideias de Jesse Blackless? A que grupo pertencia? Era um homem honesto?

— Realmente não sei. Mal o conheço. A maioria das impressões que tenho, são devidas ao fato de meu pai não gostar dele. Robbie acha que as suas ideias vêm do diabo e o fato de acreditar realmente nas mesmas, torna isso ainda pior.

— Quanto dinheiro tem ele?

— Vive como um pobre, mas talvez distribua o dinheiro. Acho que ele age de conformidade com suas ideias.

— Crê que poderia confiar-lhe o meu segredo?

— Ó, não! — Lanny mostrou-se apreensivo. — Não ouse fazer isto, Kurt.

— Suponha que eu fosse visitá-lo, apresentando-me como músico da Suíça, interessado nas suas ideias. Acha você que isto valeria a pena?

— Provavelmente suporia que você fosse um agente político e não teria confiança.

Continuaram a andar, Kurt refletia e disse:

— Tenho de reter a chance. Pode fazer isto por mim? Vá ao seu tio e diga-lhe que encontrou um amigo interessado em levantar as exigências do bloqueio através de toda a Europa. Diga-lhe que tenho dinheiro, mas que há razões para não desejar ser conhecido. Diga-lhe, também, que você sabe que se trata de um homem honesto. Pode dizer isto, não é?

— Sim, certamente.

— Diga-lhe que alguém irá exatamente à meia noite ao seu quarto e baterá na sua porta. Ao abrir, a pessoa dirá a palavra "Jesse" e ele responderá com a palavra "Tio". Então, receberá um embrulho. Terá, sob palavra de honra, a obrigação de gastar o dinheiro do modo mais rápido e melhor, em folhetos, cartazes, cartões e reuniões. Observarei, e se notar sinais da sua atividade, trarei mais dinheiro de tempos em tempos. Você fará isto?

— Sim — disse Lanny. — Não vejo por que não.

— Você compreende que tanto você como seu tio terão a minha palavra de que sob nenhuma circunstância mencionarei os seus nomes.

— Quanto dinheiro será?

— Para o início, bastam dez mil francos. Será tudo em notas, de cem francos; assim pode ser gasto sem chamar atenção. Você poderá encontrar o seu tio antes de meia noite?

— Não sei; vou tentar.

— Conhece os canhões apreendidos que estão em frente do Crillon?

— Vejo-os todos os dias.

— No canto esquerdo está um canhão grande, que por acaso é aquele do qual eu cuidava no meu regimento. Reconheci-o imediatamente.

— Sei qual é.

— Pode estar você exatamente às onze horas da noite diante do mesmo?

— Creio que sim.

— Se você se encostar ao canhão, significa que seu tio concorda. Se passear diante dele, significa que respondeu com um não; e se você não estiver, significa que não teve oportunidade de encontrá-lo, ou que ele não pode resolver a hora. Neste caso, procurarei por você à mesma hora e no mesmo lugar, amanhã de noite. Compreendeu?

— Perfeitamente. Mas não há uma possibilidade de encontrar você novamente?

O FIM DO MUNDO

— A sua correspondência para o hotel não é censurada?

— Naturalmente que não.

— Vou escrever-lhe em ocasião oportuna, em inglês, dizendo apenas para encontrar-me no mesmo lugar. Assinarei um nome inglês, Sam, por exemplo!

— Perfeitamente, Sam! — disse Lanny, com um sorriso.

Grande coincidência: a mãe de Lanny estava dançando nesta mesma noite para fins de caridade e Lanny conspirava pela mesma causa!

IX

O conspirador fez mais uma visita ao tio Jesse. Como não tivesse muito tempo, perguntou imediatamente:

— Tio Jesse, você concorda em que o bloqueio da Europa Central seja levantado?

— Sou um internacionalista — respondeu o outro. — Contrário a qualquer interferência contra a liberdade humana.

— Você sabe que há pessoas que trabalham para este fim, escrevendo e publicando folhetos e falando, não é verdade?

— Sim, e o que tem isso?

— Tenho um amigo, que por razões importantes não pode aparecer em público. Basta saber que o conheço intimamente e confio nele. Sofre este bloqueio do mesmo modo como você, e dispõe de muitos recursos. Pediu-me que sugerisse um meio de dar dinheiro a alguém que o gastasse neste fim. Tomei a liberdade de propor o seu nome.

— O quê?

— Compreende que não o conheço muito bem; nunca tive permissão de Robbie. Mas tenho a impressão de que você tem convicções reais e não desviaria o dinheiro para outros fins, se se comprometesse a gastá-lo.

— Tem razão quanto a este ponto.

— Não há dúvidas que você tem amigos que estão tentando levantar dinheiro para promover e apoiar o seu partido.

— Conseguimos fundos, persuadindo aos pobres trabalhadores a sacrificar os últimos vinténs. Não temos ricos que nos auxiliem.

— Desta vez poderei auxiliá-lo, se você se comprometer.

— Quanto será?

516 UPTON SINCLAIR

— O primeiro pagamento será de dez mil francos em notas de pequenos valores.

— Jesus Cristo! — exclamou Jesse.

— Você tem de dar a sua palavra de honra de que gastará a soma de modo rápido e eficiente, promovendo movimentos populares para levantar o bloqueio através da Europa. Se houver provas de que trabalha bem, mais dinheiro virá.

— Como o receberei?

— Alguém baterá hoje à noite à sua porta, às doze horas em ponto. Quando abrir, a pessoa dirá "Jesse", e você responderá "Tio" e receberá então um embrulho.

O pintor olhou o seu sobrinho.

— Olhe, Lanny! A polícia e os políticos estão sempre procurando armadilhas para pessoas como eu. Você tem certeza de que não é um plano de alguém do Crillon?

— Não posso dizer-lhe de quem é o plano, porém asseguro que o Crillon nada sabe a esse respeito nem a polícia. Provavelmente a polícia notará que você está gastando dinheiro, mas isto é um risco por que tem de passar.

— Naturalmente — respondeu o tio Jesse, e pôs-se a pensar outra vez. — Creio que isto é o ouro da Alemanha, sobre o qual temos lido na imprensa dos burgueses.

— Não deve fazer pergunta alguma.

— Tenho liberdade de gastar o dinheiro conforme bem entender?

— Se for para o fim combinado, sim!

O pintor pensou durante algum tempo.

— Meu filho, estamos em tempo de guerra. Você já pensou no que está fazendo?

— Você se arrisca por aquilo em que acredita, não é?

— Sim, mas você é novo e é filho de minha irmã, e ela é muito boa, embora não seja muito inteligente. Você poderia encontrar-se em grandes dificuldades.

— Se você não mencionar o meu nome, não há possibilidade de ser descoberta coisa alguma. Ninguém seria capaz de forçar o meu amigo a trair outrem.

Passou-se mais algum tempo, e o pintor disse por fim:

— Traga o dinheiro! Haja o que houver!

O FIM DO MUNDO   517

30

SAINDO DO ABISMO

I

NO DIA 14 DE FEVEREIRO, O CONSELHO SUPREMO RATIFICOU O contrato da Liga das Nações numa cerimônia grandiosa, e imediatamente depois o presidente Wilson embarcou em um trem noturno para Brest, a fim de voltar a Washington e assistir à sessão final do Congresso. Toda a França oficial acompanhou-o até a estação, e depois foi como se tudo se tivesse passado num celeiro, donde o gato saíra e os ratos tinham aparecido para devorar tudo. Os diplomatas dos grandes países apoderavam-se de territórios alemães e russos, e os jornais reacionários de Paris declaravam, a uma só voz, que a utópica e tola Liga das Nações já estava morta, e que os problemas da Europa iam ser resolvidos sobre uma base "realística".

O professor Alston dizia que essa era a voz de Clemenceau, que controlava uma dúzia de jornais da capital e facilmente conseguia modificar as opiniões com um mero movimento dos seus dedos. Alston e seus amigos ficaram decepcionados. Que valia encontrar todos os dias os diversos delegados nas mais diferentes conferências, se era evidente que aqueles que mantinham o poder nas mãos não dariam a menor atenção àquilo que os delegados resolvessem? A delegação francesa sorria cinicamente quando discutia diante das comissões; tinham tido a certeza de que os seus exércitos iam ocupar a Renânia e o Sarre, e que uma série de estados tampões iam ser criados entre a Alemanha e a Rússia, todos devendo a sua existência à França, financiados com as economias dos burgueses franceses, e armados por Zaharoff — aliás, Schneider-Creusot. A França e a Grã-Bretanha iam dividir a Pérsia, a Mesopotâmia e a Síria, concordando sobre a divisão do petróleo e a construção de oleodutos. A Itália ia tomar o Adriático, o Japão, Xantum — todas estas questões eram agora resolvidas entre homens sensatos.

Lanny continuava a assistir às sessões e a ouvir discursos maçantes sobre limites imaginários. O seu chefe tinha de avisar à delegação americana que tentara pacificar os italianos e iugoslavos que estavam combatendo. Os

UPTON SINCLAIR

marinheiros revoltosos da Iugoslávia tinham se apoderado dos navios de guerra da Áustria, e os italianos desejavam estes navios; os iugoslavos, porém, queriam que os americanos tomassem conta dos mesmos. Os italianos queriam ocupar Fiume, uma cidade que nem mesmo no tratado secreto tinha sido prometida a eles. Pareciam-se com aquele homem que dissera não desejar terra nenhuma; só aquele terreno que era vizinho ao dele.

Uma vítima patética deste sistema de confusão era George D. Herron. Era membro oficial da delegação que ia viajar para Prinkipo, mas agora que o presidente Wilson saíra para a América, as potências tinham deixado cair o projeto, sem mesmo se darem ao trabalho de comunicar-lhe o fato.

Observando Herron, Lanny aprendeu como é perigoso defender ideias não populares. No seu íntimo, resolveu jamais lidar com tais assuntos.

II

Dia a dia, Lanny esperava obter notícias de Kurt. Num dos seus passeios diários resolveu visitar o tio e a primeira coisa que este disse foi:

— Agora estou realmente acreditando em milagres!

Acontecera tudo conforme Lanny dissera: o sinal da porta, a troca das palavras, a entrega do dinheiro! Ria disto, como se fosse a coisa mais engraçada.

— Cada vintém foi gasto honestamente; portanto, pode dizer ao seu amigo que volte. E quanto mais cedo, melhor! Não reparou nos cartazes? — continuou o pintor.

Lanny disse que não tinha visto nada com referência ao levantamento do bloqueio contra a Alemanha. Nos quiosques notara um convite para uma reunião naquela noite, a fim de pedirem ao governo medidas enérgicas contra o aumento de preço dos víveres.

— Somos nós — disse o tio. — Não poderíamos escrever nada a favor da Alemanha; a polícia nos teria prendido antes que tivéssemos começado. Não podem, porém, evitar que defendamos os direitos dos trabalhadores e soldados da França.

— Mas se os víveres pudessem entrar livremente na Alemanha, não ficariam mais escassos na França?

— Os alemães não querem víveres da França; podem comprar da América. O que desejamos que o governo francês faça é perseguir os interme-

O FIM DO MUNDO

519

diários e especuladores que estão acumulando os víveres nos armazéns, deixando-os estragar, porque querem ganhar mais, quando os preços estiverem altos.

Jesse Blackless iniciou uma exposição das suas ideias políticas. Fora um "sindicalista", mas os acontecimentos recentes da Rússia tinham-no convencido de que o programa bolchevique representava o caminho para a vitória, embora significasse a perda de liberdade durante algum tempo.

— É necessário ter disciplina, quando se quer ganhar uma guerra — disse ele.

Praticamente, isso era o contrário das opiniões de Herron.

Lanny queria seguir os conselhos do pai; mas como podia ser possível continuar a trabalhar no seu atual emprego sem pensar nos bolcheviques? Era inconcebível discutir qualquer problema da Europa Central sem mencionar o perigo vermelho. Muitos ameaçavam atirar-se nos braços dos russos se não conseguissem ver vitorioso o seu ponto de vista. As classes dirigentes da Alemanha, Áustria e Hungria faziam dessas ameaças para ver se conseguiam escapar ao pagamento dos prejuízos da guerra.

Os franceses, no seu íntimo, receavam muito o enigma russo. E se a onda vermelha se espalhasse na Polônia como se espalhara na Hungria e na Baviera? E se os vermelhos conseguissem apoderar-se de Berlim, com qual dos Aliados poderiam assinar a paz? Os americanos certamente faziam a mesma pergunta, e os diplomatas franceses e ingleses não sabiam o que responder, irritando-se com aquele que tivera tal pensamento. Devia ser também um vermelho!

III

— Gostaria de assistir à reunião de hoje à noite? — perguntava tio Jesse, e Lanny prometeu aparecer, caso não tivesse de trabalhar. — Não me ofereço para levá-lo — continuou o tio. — Será melhor para você e para o Crillon não sermos vistos juntos.

A delegação inglesa estava oferecendo uma festa naquela noite, e Lanny tinha marcado encontro com uma jovem secretária que o fazia lembrar-se de Rosemary. Pensou que ela talvez gostasse de assistir ao *meeting* vermelho e ir dançar mais tarde. Lanny poderia considerar a visita como uma questão de dever, pois Alston lhe pedira que fizesse um relatório sobre o *meeting*.

A sala da reunião ficava no quarteirão dos operários e não era bastante grande para conter todos os que chegavam. Lanny e sua jovem companheira foram convidados a entrar, pois tinham sido reconhecidos como estrangeiros. A sala estava saturada de fumaça e numa plataforma, no meio de uma dúzia de homens e mulheres, Lanny viu o seu tio. O público compunha-se de intelectuais, estudantes e, na sua maioria, trabalhadores e soldados de faces desfiguradas, numa demonstração dos anos de luta.

Lanny poderia explicar ao chefe que os trabalhadores de Paris estavam amargamente insatisfeitos com o seu destino. Davam gritos contra os burgueses e militaristas, que dançavam enquanto havia falta de víveres para os pobres, e os armazéns estavam abarrotados de gêneros que iam apodrecer.

O objeto principal do seu ódio era Clemenceau. "Traidor", "Judas", eram os nomes mais suaves com que o mencionavam, pois, o "Tigre" tinha sido também um socialista quando jovem; passara até anos na prisão, devido aos seus pensamentos revolucionários. Agora, como outros políticos, ele se vendera aos capitalistas. Lanny estava interessado em descobrir o que aqueles operários sabiam a respeito de todos os fatos que seu pai lhe tinha contado. Um dos oradores mencionou Zaharoff, e os gritos de protesto foram tão violentos, que Lanny sentiu-se amedrontado.

A maior surpresa para ele foi constatar que o tio era realmente um orador. Aquele sorriso sardônico e torto transformou-se num desprezo, a sua ironia num ácido cáustico, que destruía tudo que tocava. O pintor estava ali, para assegurar que o verdadeiro tema da noite fosse aproveitado adequadamente; fazia ver que os trabalhadores da França não eram os únicos que morriam de fome, e que o mesmo destino estava deliberadamente reservado aos trabalhadores da Alemanha, Áustria e Hungria. Todos os trabalhadores da Europa estavam percebendo que seu destino era o mesmo, e sua causa também; estavam todos resolvidos a jamais combater uns aos outros e a virar os fuzis e canhões contra a classe capitalista, autora dos seus sofrimentos, agente da sua supressão, o único inimigo verdadeiro do povo no mundo inteiro. A jovem inglesa não sabia que o orador era tio de Lanny, e depois de ter ouvido o discurso, exclamou:

— Que homem horrível!

O FIM DO MUNDO 521

IV

Lanny dissera a si mesmo que estava assistindo a esta reunião como observador. Durante semanas a fio, nada mais tinha feito senão escrever relatórios, rever relatórios, traduzir relatórios. Agora, devia relatar os pensamentos das classes operárias de Paris. Devia dizer que não mais alimentavam nenhuma espécie de inimizade contra os *boches*, mas que toda a sua fúria voltava-se contra Clemenceau e seu governo? Era difícil de resolver.

Ao ouvir os discursos, Lanny lembrou-se da Revolução Francesa. Jean Marat, o "amigo do povo", vivendo nos esgotos de Paris para escapar aos seus inimigos, aparecera também em *meetings* para fazer idênticos discursos, denunciando os aristocratas, exigindo o seu sangue. Também agora as velhas estavam sentadas, tricotando, e ao mesmo tempo ouvindo atentamente, às vezes gritando "morte aos traidores". Lanny olhava para os rostos. Eram fisionomias sinistras, mas cheias de dor, e lhe despertavam piedade e medo ao mesmo tempo. Um moço, especialmente, atraiu a sua atenção, pelos seus gestos violentos. Via-se, pelos trajes que usava, que era um trabalhador. Sua face era pálida, seus cabelos revoltos, mas os seus olhos incendiados pareciam distinguir fantasmas. Tão entusiasmado ficou com o discurso de Jesse Blackless, que agitava não somente uma, mas as duas mãos, gritando freneticamente.

Lanny tentou imaginar que espécie de vida levava aquele moço. Tinha mais ou menos a sua idade, mas como era diferente o seu destino! Não conhecia muito as forças que movimentavam o mundo; só conhecia o sofrimento e sabia que este era causado pelos governos. A jovem inglesa chamara Jesse Blackless de pessoa devassa, e talvez que realmente ele o fosse. Lanny, porém, sabia que aquilo que seu tio estava dizendo era verdade. Quando atacava o governo de Clemenceau pelo fato de ter prendido em Berna um carregamento de fornecimentos médicos da Cruz Vermelha destinado às crianças da Áustria, Lanny sabia que isso era verdade, e que Mr. Herbert Hoover, o mais conservador dos negociantes, usava palavras semelhantes às do agitador socialista.

Ao terminar o discurso, Lanny viu o moço abrir caminho em direção à plataforma. Abraçou Jesse Blackless, e Lanny ficou cismando se este moço seria amigo do seu tio, membro do Partido, ou apenas um convertido.

O casal saiu, tomou um automóvel para o Majestic, e durante o trajeto ela esqueceu a política. Dançaram juntos no salão de baile repleto de homens em uniforme e mulheres decotadas. Eles também tinham sofrido, também precisavam um alívio dos deveres e das obrigações pesadas, e não deviam ser censurados por dançarem. Lanny, porém, sentia-se perseguido pelos rostos dos trabalhadores furiosos; pelas crianças em número incontável que cresciam sem ter o que comer devido às resoluções que estes homens e senhoras, ora dançando, tinham feito ou ainda estavam fazendo.

V

O tenente Jerry Pendleton obteve uma semana de licença e apareceu em Paris. Fora promovido por ser mais feliz do que os outros sargentos do seu regimento; escapara com vida da pavorosa matança das florestas de Argonne. No seu novo uniforme parecia um jovem bonito, o mesmo Jerry do campo Devens. Lanny, porém, notou que Jerry se sentia inclinado a sentar-se e ficar calado, o olhar sombrio. A guerra sempre prejudica o homem nalguma coisa. Lanny desejava ouvir notícias das lutas, mas Jerry pediu-lhe que não falasse a esse respeito. Só desejava voltar para casa e esquecer tudo.

— Não vai ver Cérise?

— Não tenho tempo.

Lanny sabia que não era verdade, pois Jerry podia tomar o expresso noturno e chegar em Cannes na manhã seguinte. O moço não tocou mais nesse assunto, e mais tarde quando contou sua infeliz aventura com Gracyn, o tenente abriu-se e disse:

— A verdade é que não gosto dos franceses. Estou enojado deste país.

— Mas que foi que lhe fizeram?

— Talvez seja porque somos diferentes. Sempre encontro alguma coisa que me desagrada. Não conheço Cérise muito bem, e não tenho possibilidades de conhecê-la antes de casar; e depois, que irei achar?

— Minha mãe casou-se com um francês e ambos foram muito felizes.

— Sua mãe morou aqui durante muito tempo, e provavelmente sabia como escolher. Eu vi tantas coisas na França que não quero saber de mais nada. Lutei para salvar este povo, e agora preciso examinar cada moeda, cada franco, para ver se não é de chumbo.

— Mas isso pode acontecer a todo mundo e em toda a Europa.

O FIM DO MUNDO

Jerry fazia parte das tropas americanas que tinham ocupado um pedaço da Renânia, de acordo com uma das cláusulas do armistício. A Renânia tinha sido uma região rica, mas a guerra a esgotara muito e atualmente a população vivia de escassas rações e as crianças eram pálidas e magras. O americano mencionava também as Fräulein, e Lanny perguntou-lhe se eram estas as razões pelas quais ele não se interessava mais por Cannes.

— Não! — respondeu Jerry. — Mas vou dizer-lhe uma coisa: se os estadistas não se apressarem a fazer a paz, muitos dos nossos soldados passarão a cuidar pessoalmente do assunto e assim voltarão para casa levando as Fräulein. E por que estes velhos nada resolvem?

— Vou apresentá-lo a alguns, e você descobrirá por si mesmo.

VI

Jerry acompanhou Lanny ao *lunch* no Crillon e ficou impressionado; observou alguma coisa de que não se esqueceria nunca: Lanny, seu chefe e outros delegados permaneciam sentados trocando ideias, e um jovem oficial vindo da frente de batalha podia aproveitar para ouvir coisas que lhe eram completamente desconhecidas.

Perguntaram-lhe qual o seu regimento e, quando falou que combatera na célebre luta de Meuse-Argonne, todo mundo passou a discutir sobre a luta de seis semanas, mencionada como uma glória nos jornais americanos. Qual era a verdade a esse respeito? Tinha Foch realmente desejado indicar aos americanos uma tarefa que nenhum exército conseguira executar? Estivera ele castigando o general Pershing por ser obstinado e presunçoso?

O jovem tenente soube que desde o momento da chegada da primeira divisão americana houvera uma guerra entre o comando americano e os comandos inglês e francês, apoiados pelos respectivos governos. Os Aliados pensavam que as tropas americanas deviam lutar em companhia das tropas inglesas e francesas e serem utilizadas para substituir as perdas das batalhas; Pershing, porém, resolvera que devia haver um exército americano lutando sob a bandeira americana. Declarara esta deliberação e não desistiu da mesma. Os outros, também, nunca desistiram dos seus planos, e cada nova derrota era uma desculpa para tentar novas pressões, e tudo faziam junto ao governo americano para conseguir a aceitação dos seus planos.

No verão de 1918, os chefes superiores da França e da Inglaterra estavam profundamente aborrecidos com aquele general cabeçudo de Tio Sam. Quando Baker, ministro da Guerra, visitou a Inglaterra, Lloyd George sugeriu delicadamente a substituição de Pershing; Baker, porém, respondeu que o governo americano não precisava de ninguém para decidir quem devia chefiar as tropas americanas. Clemenceau escrevera uma carta a Foch, dizendo que devia insistir na substituição de Pershing, pois ficara provado que era incompetente na guerra. Alston disse que vira a cópia desta carta, e que era bem possível que o generalíssimo das forças aliadas tivesse pensado: "Se este homem cabeçudo insistir sempre nos seus próprios planos e ideias, acabaremos por oferecer-lhe uma oportunidade que não será tão fácil."

Depois dessa reunião do *lunch*, Lanny e seu amigo saíram a passear pela Champs-Élysées e pela primeira e única vez o tenente resolveu falar.

— Meu Deus, Lanny! — exclamou. — Lembrar-se de que cinquenta mil homens morreram porque dois generais estavam enciumados um contra o outro!

— A história conhece muitos casos assim — observou Lanny, procurando consolar o outro.

Jerry expôs em seguida a história pavorosa do Meuse-Argonne, destes outeiros e rochedos cobertos de florestas e arbustos.

— Hoje, tudo isto está desaparecido, porque fazíamos voar pelos ares o que estivesse numa área de cem milhas quadradas. Os alemães trabalharam nestas florestas durante quatro anos, tecendo um emaranhamento de fios, com ninhos de metralhadoras escondidos por toda parte. A luta foi horrível. Vi homens tombando na minha frente com a cabeça cortada. O inferno era que não havia possibilidades de descanso. De ataque passava-se a novo ataque; deitados nos abismos abertos pelas bombas, na chuva e na geada, ouvindo ao lado o choro dos feridos e agonizantes, sem poder auxiliá-los, esperando um momento de calma para saltar no próximo buraco, e assim interminavelmente. Era isso a guerra moderna, e se os estadistas pensam em fazer outra, digo que já virei bolchevique!

— Tenha cuidado no que está dizendo, Jerry! Existem realmente muitos bolcheviques, e eles estão trabalhando junto ao nosso exército.

— Então diga àqueles velhos do Crillon que andem depressa, senão todo o meu regimento se tornará bolchevique, sem que precise agitadores para convencê-los.

O FIM DO MUNDO

VII

Na manhã seguinte, após o almoço, Lanny foi à sala de estudos do professor Alston. O rapaz estava de pé, ao lado da escrivaninha, discutindo os trabalhos do dia, quando entrou muito excitado, o professor Davison.

— Deram um tiro em Clemenceau!

— O quê? — perguntou Alston, aterrorizado.

— Um anarquista atirou nele, no momento em que ia procurar o coronel House.

— Está morto?

— Dizem que está gravemente ferido.

Outras pessoas entraram no quarto; todo o edifício fervia. Os planos ficavam sem valor; que valia realizar conferências, se tudo devia ser repetido outra vez? Se o Tigre morresse, Poincaré ia tomar o seu lugar e todos aqueles que sempre tinham criticado Clemenceau tiveram a compreensão súbita de que era um homem genial e um estadista, em comparação com o seu provável sucessor, um advogado que vinha de Lorena, e que devia odiar os alemães desde a sua meninice. Se Poincaré tomasse o poder, não mais se falaria em compromissos, mas numa campanha para mutilar a Alemanha para sempre.

Clemenceau saíra de casa, e, quando o seu automóvel entrava na avenida Trocadéro, um jovem operário surgira detrás de um quiosque, dando oito ou dez tiros sobre ele. Duas balas tinham alcançado o velho *premier*, uma no ombro e outra no peito. Pensaram que o pulmão tivesse sido atingido e pouca probabilidade havia para um homem de setenta e oito anos escapar com vida, sendo, além disso, diabético e enfraquecido pelos esforços dos últimos quatro anos.

— É este o fim de quem quer fazer a paz — disse Alston.

Todos concordaram em que isto significava o aparecimento de uma onda de reação na França e a supressão da opinião da esquerda.

O velho, porém, não morreu; comportou-se admiravelmente, mesmo com o pulmão ferido — nem queria admitir que estivesse doente. Boletins médicos apareciam de cinco em cinco minutos. Ele não queria ficar deitado; mal podia falar e uma espuma ensanguentada saía da sua boca. Apesar disso, queria continuar realizando as conferências.

Era realmente o Tigre, animal que custa a morrer! Naturalmente tornou-se o herói da França, e o povo esperava ansioso pelos boletins médicos. Pouco depois, apareciam os jornais com a descrição do fato. O assassino fora preso pela multidão, tinha sido espancado e quase linchado. Os jornais estampavam a sua fotografia entre alguns policiais que o tinham salvo da fúria popular. Chamava-se Cottin e diziam ser um anarquista conhecido. A fotografia mostrava um moço frágil, de olhar cheio de medo. Lanny olhou para a fotografia e lembrou-se imediatamente de que já tinha visto aquele rosto. Certificou-se de que era o rapaz que observara quando assistia a conferência do tio Jesse. Não havia dúvida alguma a este respeito, pois Lanny o observara durante muito tempo, considerando-o um símbolo das massas entusiasmadas e revoltadas.

A última visão que guardara do jovem trabalhador era a de quando cumprimentara tio Jesse. Lanny pensava novamente se ele seria um amigo do pintor ou apenas um admirador, comovido pelo discurso. Este crime premeditado seria a espécie de luta política instigada por tio Jesse? Lanny lembrava-se do que seu pai dissera; que o sindicalismo para fins práticos era o mesmo que anarquismo. Ultimamente, tio Jesse dissera que tinha adotado as teorias dos bolcheviques. Significaria isso que se devia enviar assassinos para matar na rua os seus inimigos políticos?

O assunto era muito intrincado para um moço que se iniciava na carreira diplomática! O seu chefe o enviara ao *meeting* para fazer um relatório. Ninguém, porém, lhe tinha dito que fosse secretamente à casa de um conspirador-sindical-bolchevique e o persuadisse a aceitar dez mil francos em dinheiro alemão, dinheiro que seria usado para incitar os trabalhadores de Paris a cometer crimes. Ninguém tinha aconselhado o assassinato como a salvação, mas isso era um pensamento lógico, espontâneo, derivado dos furiosos ataques contra os estadistas. Naturalmente que os oradores poderiam provar a sua inocência, mas estava fora de dúvida que deviam ter a intuição dos resultados prováveis de tais discursos.

Os pensamentos de Lanny passaram do tio para o amigo. Quando saberia Kurt que era ele o responsável, pelo menos em pequeno grau, por aquilo que acontecera? Lanny compreendia que o dinheiro de Kurt fora usado para muita coisa mais do que tentar o levantamento do bloqueio da Alemanha; tio Jesse explicara isso quando dissera que a polícia não permitiria um *meeting* a favor dos alemães, e, portanto, o assunto tinha de ser discutido

O FIM DO MUNDO

sob *camouflage*. Lanny chegou à conclusão de que tinha sido muito ingênuo. O meio mais natural de aliviar a pressão francesa sobre a Alemanha era amedrontar a França com distúrbios bolcheviques, tal como se fizera na Europa Central. Por esta razão Kurt e seus auxiliares estavam ali. E eles usavam a *camouflage*, do mesmo modo que tio Jesse.

VIII

Tais pensamentos perseguiam Lanny no momento em que devia fazer relatórios sobre os limites da cidade de Fiume com o seu subúrbio Sušak, do outro lado da enseada, habitado por iugoslavos intransigentes. Mas não conseguia fixar sua ideia sobre este assunto, porque o seu pensamento estava sempre ocupado por Kurt.

Era certo que a tentativa contra Clemenceau talvez conseguisse levantar os militares e a polícia francesa para uma ação vigorosa. Naturalmente fariam um cerco a todas as associações anarquistas, iam inquiri-las, esforçando-se por descobrir se tinha havido uma conspiração e se outro estadista estaria ameaçado. Tinham espiões entre o movimento de esquerda, e, sem dúvida, o dinheiro que tio Jesse distribuíra chamara a atenção de todos. Talvez que já o tivessem prendido, indagando-lhe sobre a origem destes fundos! Lanny tinha certeza que seu tio nunca daria o seu nome, mas compreendeu quão perto tinha estado dum abismo. Apesar de tudo, resolveu suprimir sua curiosidade e ficar quieto no hotel.

IX

Passaram-se dois dias e Clemenceau não morreu. Ao contrário, foi oficialmente comunicado que voltaria dentro de meia semana. Uma tarde, alguns dias depois, Lanny recebeu um cartão-postal em que se lia "Encontre-me no mesmo lugar, à mesma hora. Sam."

O professor Alston assistia a uma conferência sobre o problema de Fiume. Provavelmente duraria até às onze horas, mas Lanny tinha trabalhado muito e, portanto, achou justo retirar-se cinco minutos antes da hora. Vestindo seu pesado sobretudo de inverno, o moço saiu do hotel, passou pelo canhão grande de onde surgiu o oficial alemão. Ambos continuaram a caminhar entre aquelas centenas de canhões mortíferos que a chuva enferrujava.

528   UPTON SINCLAIR

— Então, Kurt!... — disse Lanny, vendo que seu amigo não queria falar.

— Não tenho direito de chamá-lo — disse finalmente o outro. — Mas estou em perigo e pensei que talvez você o quisesse saber.

— De que se trata?

— A polícia prendeu o grupo com o qual eu trabalhava. Ontem de noite fui ao local onde sempre permaneço. Tenho como hábito passar do lado oposto, para ver se tudo está em ordem. Vi um carro da polícia parado em frente. Estavam prendendo todos os que se achavam no interior da casa. Continuei a andar e tenho andado quase todo o tempo, desde então. Não sei para onde ir.

Não era necessário dizer a Lanny o alcance do perigo.

— Tem você algum motivo para pensar que a polícia sabe a seu respeito?

— Como posso adivinhar o que sabem? Tenho certeza de que o meu *leader* não fala, e não guardamos nunca nenhum papel naquele lugar. Mas ninguém pode saber o que aconteceu.

— Tenho lido nos jornais. Não relatam nada.

— A polícia não permitiria a publicação...

— Há quanto tempo está trabalhando nisso?

— Alistei-me depois do armistício. Entrei por causa da minha correspondência com você.

— Por minha causa?

— Meu pai tem um amigo na Suíça, o homem pelo qual enviava-lhe as minhas cartas. Depois do armistício, pediu-me que fosse procurá-lo. Disse-me que estava trabalhando para o governo e ofereceu-me uma chance para auxiliar a pátria. Aceitei.

— Quantas pessoas sabem a respeito desse seu negócio?

— Não sei. Talvez os inimigos também tenham espiões entre nós. E a tentativa contra Clemenceau irritou-os naturalmente.

— Deve dizer a verdade sobre isto, Kurt. Tenho estado muito preocupado.

— O que quer você dizer?

— Pergunto se você tem qualquer coisa com este crime!

— Meu Deus, Lanny! Como chegou a pensar nisso?

— Notei que você queria auxiliar a incitar o povo a uma revolta, e é natural acreditar-se que alguns dos seus agentes estejam em contato com homens como aquele anarquista.

O FIM DO MUNDO

— Sobre isso, nada sei; mas pode ter a certeza, Lanny, de que nada teríamos a ganhar com a morte de Clemenceau. O crime dificultou o nosso serviço e talvez tenha arruinado tudo. Posso assegurar-lhe que não somos tolos. Poderíamos desejar que Poincaré tomasse o poder?

— Pode dar-me a sua palavra de honra que nem você nem sua gente estão ligados ao crime?

— Posso.

— É uma questão muito séria para mim, compreendeu?

— Perfeitamente. Por esta razão passei pelas ruas durante o dia inteiro, tentando resolver se devia ou não chamá-lo. Ainda não tenho certeza de ter agido direito, chamando-o. E se você se recusar a auxiliar-me, não o poderei censurar.

— Quero auxiliá-lo, Kurt, e o farei.

— Você sabe o que lhe poderá acontecer, se for preso por auxiliar um agente inimigo!

— Estou disposto a correr o risco, se souber que nem você nem seus amigos destroem vidas ou a propriedade.

— A verdade é que não tenho ideia alguma do que tentaram antes do armistício. Creio que fizeram o possível para auxiliar a pátria. Agora, porém, estão tentando abrandar o governo francês, promovendo a oposição política. Temos tantas preocupações em nosso país... e por que não devem partilhá-las os franceses?

— Então está tudo bem — disse Lanny, com um sorriso.

X

Chegaram até às margens do Sena e puseram-se a passear ao longo do cais, falando baixo, enquanto a chuva caía. Lanny pensava no que devia fazer, pois Kurt não podia passar uma noite destas ao ar livre.

A chuva se transformava em geada.

— Vamos discutir o problema. Não posso levá-lo para o meu apartamento, porque dois jovens secretários moram comigo. Não posso levá-lo ao meu tio, porque talvez a polícia já o tenha prendido.

— É verdade...

— Para onde quer que nos encaminhemos, sempre teremos de incluir um terceiro em nossa confiança. Não seria decente apresentá-lo sob um nome falso. Não se pode fazer tal coisa com um amigo.

530   UPTON SINCLAIR

— Creio que não.

— Acho que Mrs. Chattersworth é a indicada, mas tem gente demais na sua casa, e você precisaria conversar com todo mundo, para não despertar suspeitas entre os criados.

— Em toda parte os criados são muito incômodos.

— Poderia arranjar um carro e levá-lo para Juan; mas as criadas o conhecem e ouviram minha mãe falar a seu respeito durante a guerra.

— Então não serve.

— Pensei em Isadora Duncan, que está em Paris. Ela é uma internacionalista; mas ao mesmo tempo é irresponsável. Dizem que está bebendo... A guerra a teria enlouquecido.

Fizeram uma pequena pausa, enquanto pensavam.

— Acho que a melhor solução seria a minha mãe. Ela não sabe guardar segredos; porém, guardaria este, pois significa perigo também para mim.

— Onde mora?

— Tem um apartamento num pequeno hotel. Passa fora a maior parte do tempo, pois é sempre convidada. Mas não deixa de tomar o café no seu quarto. Não tem criada, a não ser uma jovem que arruma a roupa e com facilidade poderia despachá-la. É o único jeito que encontro para escondê-lo.

— Mas, Lanny, sua mãe quereria ter um homem estranho em seu apartamento?

— Você não é um estranho para ela; você é meu amigo e minha mãe sabe como o estimo. Naturalmente seria inconveniente, mas é uma questão de vida ou morte.

— Mas você não vê, Lanny, que o pessoal do hotel ficaria convencido de que eu era o seu amante? Não seria possível outra suposição!...

— Eles não ligam tanto a estas coisas em Paris, e Beauty está habituada a isto. Viveu anos com Marcel, antes de se casarem. Todos os amigos sabiam e você pode sabê-lo agora.

— Vi sua mãe somente umas poucas horas, Lanny, mas sempre a julguei uma criatura maravilhosa.

— Sofreu muito depois daquilo e está um pouco perturbada e desolada. Somente nos últimos tempos reconciliou-se com a ideia de que nunca mais verá o marido. No momento está pensando num meio de convencer ao mundo do gênio de Marcel. Era realmente um gênio, Kurt.

A chuva gelada batia nos seus rostos e Lanny tomou por uma rua lateral.

O FIM DO MUNDO

— O hotel fica aqui.

— Você vai levar-me sem falar antes com ela?

— Vou telefonar e assegurar-me de que se encontra só. Ela não havia de querer que você ficasse sob esta chuva; isto sei eu. Amanhã, nós três iremos resolver um meio de conseguir levá-lo para fora da França.

31

NO PAÍS DO INIMIGO

I

O PRESIDENTE WILSON ESTAVA DE VOLTA AOS ESTADOS UNIDOS, desincumbindo-se da mais difícil de todas as tarefas: a de persuadir o povo americano a aceitar a sua Liga das Nações. Provocara neles um espírito de fervor militarista e a guerra terminara cedo demais. Nas eleições de novembro, pouco antes do armistício, foi eleita uma maioria de republicanos reacionários, resolvidos a não se preocuparem com o idealismo, mas a pensar na América em primeiro lugar, em último lugar e sempre. Wilson convidou o chefe da oposição para um jantar e todos compareceram, mas nem a ótima refeição nem o fervor moral convenceram-nos de desistir do seu catecismo. Wilson possuía — assim dissera ao mundo — um "espírito de uma só via". Agora estava nesta via, e os *leaders* do Senado abriam uma valeta profunda no fim da mesma.

O resultado das eleições era naturalmente conhecido em Paris, e constituía um dos fatores para enfraquecer a posição do presidente. Tanto Lloyd George como Clemenceau consultaram o seu povo e tiveram pleno consentimento para a realização do programa de "fazer a Alemanha pagar". Os seus jornais zombavam do presidente americano pelo fato do seu povo não estar o apoiando; publicavam os fracassos de Washington e sobre esta base continuavam a refazer o mundo mais de acordo com os seus desejos.

Já havia catorze guerras — "uma para cada um dos Catorze Pontos" —, conforme dizia com amargura o professor Alston. Estavam em preparativos para a maior delas: a invasão dos Aliados na Rússia. O bloqueio estava

532   UPTON SINCLAIR

mais apertado que nunca. Os Aliados se recusavam a levantá-lo, mesmo para a Polônia e o novo Estado da Tchecoslováquia, com receio de que os fornecimentos pudessem entrar na Alemanha, ou que os agentes vermelhos penetrassem nos países da Europa Central.

Clemenceau levantou-se do leito de dor, reassumindo o seu lugar na presidência da Conferência. Encolhido na sua cadeira, apresentava uma figura triste — mas alguém que tentasse subtrair alguma coisa sob a sua vista ouviria rosnar o Tigre! Este estadista envelhecido na amargura possuía algo notável; tudo que tinha de amor dedicava a uma coisa abstrata, à querida La Patrie! Individualmente, desprezava os franceses bem como a todos os demais povos; humilhava os seus subordinados em público, derramando o ácido do seu espírito sobre o idealismo de qualquer pessoa, mas a França era a glória, a França era Deus, e, para a sua segurança, ele estava disposto a destruir tudo o mais na Europa, e se preciso, no mundo.

O coronel House representava o presidente. A sua mentalidade não era a de Wilson, e ele não viera desprevenido para a Europa. Sabia dos ódios eternos que tornavam a vida do continente um constante tormento. Procurava acalmar e persuadir, enviando cabogramas extensos ao seu chefe, sobre os grandes fracassos e os pequenos sucessos. A comitiva do Crillon observava e murmurava, e os cento e cinquenta correspondentes de jornais americanos colhiam rumores e enviavam artigos e mensagens sobre ajustes secretos e secretamente concluídos.

II

Durante este tempo, Lanny ficava livre para resolver o problema do seu amigo alemão. Teve a ideia de que Jerry Pendleton pudesse ser aproveitado. Mandou um aviso ao tenente para procurá-lo com urgência, mas Jerry tinha desaparecido sem deixar endereço algum. Na manhã seguinte, chegou um cartão-postal com carimbo de Cannes. Jerry, apesar de tudo, tinha ido procurar a pequena! A mãe de Lanny não sentiu nenhuma surpresa. Lanny enviou-lhe imediatamente um telegrama em que dizia: "Não deixe de procurar-me antes de voltar ao regimento."

Alguns dias depois, recebeu uma carta do tenente dizendo que nunca mais voltaria e que Tio Sam poderia ir buscá-lo se quisesse. Ia casar-se com Cérise e auxiliá-la na direção da pensão sem pensionista. "Diga àqueles ve-

O FIM DO MUNDO 533

lhos para que se apressem a assinar a paz", escrevia o ex-tenente, "a fim de que os turistas voltem à Riviera!"

Lanny ficou preocupado com o fato, pois sabia que deserção durante a guerra é questão muito séria. Conversou com um militar do Crillon e soube que nas últimas semanas as autoridades tinham sido obrigadas a se mostrarem benevolentes, pois, se quisessem prender todos os soldados e suboficiais que não mais voltavam das licenças, seriam obrigadas a encher todas as cadeias. Lanny escreveu a Jerry dizendo que tirasse o uniforme e que não aparecesse nos lugares públicos até que a paz fosse assinada. Então, presumivelmente, o exército regressaria à pátria e ele ficaria esquecido!

Lanny e sua mãe também se lembravam de Johannes Robin que viajava frequentemente para Paris e outros lugares. E Lanny escreveu-lhe uma carta, muito diplomática, dizendo esperar vê-lo proximamente em Paris. A carta, porém, era tão diplomática, que Mr. Robin não a compreendeu, respondendo que por hora não pretendia viajar para a capital francesa.

III

Devido ao seu "hóspede" secreto, Madame Detaze era obrigada a receber suas visitas no vestíbulo do hotel, uma circunstância que naturalmente ia provocar curiosidade. Duas pessoas somente, seu irmão e seu filho, estavam habituados a subir sem ser anunciados. No dia seguinte, quando Lanny chegou ao quarto de Beauty, encontrou lá o tio Jesse. Kurt não era visível e o rapaz deduziu que estava escondido no *boudoir*.

Jesse contou que os agentes da Sûreté Générale tinham-no prendido poucas horas após o atentado contra Clemenceau. Ainda não havia escutado nada sobre o incidente, e a sua prisão se dera quando escrevia uma carta, na qual, felizmente, tratava de assuntos americanos. A polícia ameaçava expulsá-lo do país, e ele respondera que tal medida valeria muito mais do que cem discursos seus.

— Queriam saber coisas a respeito de minha irmã e meu sobrinho — continuou Jesse — e creio que nada lhes proporcionaria mais prazer do que relacionar o Crillon ao crime contra Clemenceau.

— Eles pensam que estamos a favor da Alemanha — respondeu Lanny. — Pelo menos, é o que dizem.

534   UPTON SINCLAIR

Beauty já sabia tudo a propósito da reunião, portanto, Lanny podia conversar livremente com o tio.

— Conhece aquele Cottin?

— Nunca ouvi falar nele. Não estou muito ligado aos anarquistas. São loucos.

Lanny soubera pelo seu pai que todos os vermelhos eram loucos.

— Lembra-se de um jovem operário que foi saudá-lo depois do seu discurso?

— Foram vários os que me saudaram.

— Mas este falou com você, e você abraçou-o.

— Provavelmente elogiou o meu discurso. Se o fez, naturalmente o agradeci.

— Não se lembra daquele que vestia um terno de brim?

O pintor refletiu.

— Creio que sim. Um rapaz frágil, de aspecto doentio?

— Era Cottin!

Jesse demonstrou a sua admiração — e seu sobrinho observou-o bem de perto. Estava sendo verdadeiro ou fazia apenas uma boa representação? Não restava dúvida que muitos anarquistas estavam se esquecendo naquele momento do rapaz. A desconfiança contra Jesse estava tão fundamente enraizada no espírito de Lanny, que ele nunca tinha a certeza se as emoções do pintor eram genuínas.

Beauty interrompeu a conversa com uma observação sobre a maldade de atirarem naquele pobre velho que estava fazendo tanto pela França. Isto causou uma verdadeira emoção em Jesse, que disse, então, que tentativas de assassinatos eram tolice, pois não alcançavam o fim desejado; mas se quisesse falar de maldade, o que se deveria dizer dos estadistas e diplomatas que tinham causado o assassínio de dez milhões de homens inocentes e a destruição de propriedades no valor de trezentos bilhões de dólares? Que se deveria dizer dos burocratas e políticos que permitiam que as pessoas ficassem horas e horas diante das lojas, para comprar um pouco de alimento meio estragado e pelo dobro do preço de antes da guerra?

Jesse Blackless ia começar o mesmo discurso que fizera no *meeting*. Ia falar sobre o alimento apodrecendo nos armazéns do Havre e de Marselha — porque os especuladores desejavam ganhar fortunas em cada aumento de preço.

O FIM DO MUNDO

— Que significa para você o fato de que o custo da vida tenha duplicado em Paris ou que qualquer alimento custe cinco ou seis vezes mais, se para as suas necessidades basta pedir mais um cheque a Robbie?

— Você está enganado! — respondeu Beauty, corajosamente. — Perdi dez libras desde que cheguei a Paris...

— Provavelmente porque dança todas as noites e não porque tenha passado fome. Não entro nos restaurantes elegantes, mas vejo como estão cheios de homens condecorados e mulheres seminuas.

— Isto é porque Paris está cheia de estrangeiros.

— Mas o povo que conheço sofreu muito. Durante quatro anos não provou um torrão de açúcar, e agora permanece na chuva e na neve durante horas, a fim de poder comprar um pedaço de broa ou uma cesta de carvão. É pior matar um velho e cínico político do que fazer morrer um milhão de homens e crianças de fome, de anemia e de pneumonia?

IV

Jesse continuou nesse tom até que percebeu estar ofendendo a irmã, sem conseguir auxiliar a sua causa. Lembrou-se então de que viera para aconselhá-la sobre a exposição dos quadros do seu falecido marido. Acalmou-se e disse que acharia melhor esperar até que a paz fosse assinada; os jornais teriam então mais espaço. Junho seria um ótimo mês; certamente não demorariam a terminar o tratado da paz. Beauty achou que não poderia ficar tanto tempo longe da pequena Marceline, e Jesse aconselhou-a a voltar para casa. Quando ela disse que queria se avistar sempre com Lanny, seu irmão respondeu que estes problemas eram complicados demais para um homem resolvê-los.

Saiu, e Lanny acompanhou-o até o elevador.

— Meus companheiros vieram procurar dinheiro e eu não sei o que dizer. Voltará o seu amigo?

Que sensação Lanny podia ter causado se tivesse dito que o amigo estava no quarto ao lado!

Ao voltar, encontrou Kurt conversando com Beauty. Kurt ouvira a conversa e estava resolvido a partir, pois não poderia abusar da extrema gentileza da mãe de Lanny.

536 · UPTON SINCLAIR

— A senhora está tentando ocultar o medo, mas eu sei que escândalo arrebentaria se a polícia me prendesse aqui! Estou envergonhado de mim mesmo, por ter permanecido tanto tempo sob este teto...

— Não saia, talvez seja a sua morte — protestou Beauty.

— O pior já passou e, seja como for, é tempo de guerra e sou um soldado...

Havia um outro motivo, que Lanny adivinhou. Kurt escrevera uma carta para a Suíça e a resposta já devia estar na agência do correio. E ninguém poderia impedir que Kurt fosse buscá-la.

— A carta me dirá para onde ir, e ninguém deve correr o risco de procurá-la.

Agradeceu a ambos — e era o velho Kurt que estava falando, o homem de consciência e de sentimentos nobres.

— Eu já lhe disse, Lanny, que a vida é dedicação, lembra-se? Mas nenhum de nós sabia quão cedo devíamos provar esta verdade!...

Havia lágrimas nos olhos de Beauty; ela sentia que estava enviando à morte mais um homem. Revivia a partida de Marcel e, naquele momento, não fazia diferença alguma que Kurt tivesse lutado do outro lado.

— Ó, meu Deus! — exclamou. — Não voltará mais nunca o tempo em que os homens cessem de matar uns aos outros?

Tentou reter Lanny no apartamento — ele sabia o que ela queria com isto. Talvez que a polícia estivesse esperando no vestíbulo do hotel e fosse prendê-los, ambos! E Lanny disse:

— Não vou muito longe. Irei acompanhá-lo um pouco para dar um aspecto natural à sua saída.

O que Lanny queria era transmitir a Kurt a mensagem de Jesse, e também segui-lo à distância, para ter a certeza do que aconteceria no correio. Viu o amigo receber uma carta e caminhar rapidamente pela rua abaixo. Então voltou ao Crillon, a fim de ajudar a deter as catorze pequenas guerras, bem como a grande.

V

O Conselho Supremo resolveu terminar o tratado com a Alemanha; assim, todas as comissões deviam entregar seus relatórios dentro de poucos dias. Os americanos trabalhavam muito, e este trabalho contribuía para elevar o valor destes homens que até então só trabalhavam em universidades ou em aulas.

O FIM DO MUNDO

Agora representavam uma parte no grande mundo. Seus nomes torna-vam-se conhecidos; visitantes e jornalistas procuravam-nos. Que delícia para Lanny Budd, com seus dezenove anos, poder dizer:

— Realmente, Mr. Thomson, eu não devia dizer nada, mas se o se-nhor for discreto e não relatar a origem das suas notícias, não hesito em contar-lhe que os franceses estão fixando a sua indenização de guerra em duzentos bilhões de dólares, e naturalmente consideramos tal coisa um absurdo. O coronel House diz que os franceses estão brincando com bilhões, como as crianças brincam com pedras! Os alemães nunca poderão pagar tais somas!

Lanny falava assim, não por presunção, como talvez pudesse parecer; ao contrário, estava seguindo uma política e uma técnica. Durante um pe-ríodo de dois meses e meio, os perspicazes tinham notado que informações confidenciais apareciam rapidamente nos jornais sempre que eram a favor da França. O mesmo acontecia com os ingleses e agora eram os americanos que estavam aprendendo a manejar a imprensa. Jornalistas sérios sabiam onde procurar as novidades e ocultavam cuidadosamente as fontes das suas informações.

Lanny nem precisava ter instruções especiais. Ouvia o seu chefe dizer que "seria desagradável se o povo americano soubesse que uma das grandes potências estava propondo livrar-se de uma grande quantidade de carne de porco estragada, vendendo-a aos alemães, e substituindo-a por carne nova vinda da América".

Saindo a passeio, Lanny encontrava-se com Mr. Thomson, da Asso-ciated Press, continuava caminhando com ele e no dia seguinte podia-se ler um segredo de estado, cuidadosamente guardado até aquele momento. Um protesto enorme levava o seu eco até Paris e o chefe de Lanny dizia aos colegas: "Parece que este segredo chegou ao público! Não sei como acontece, mas não faz mal..."

VI

Assim o moço trabalhava dia e noite, e pouco tempo tinha para lembrar--se do amigo alemão. Beauty telefonava perguntando se recebera alguma notícia e Lanny reparava que, mais uma vez, sua bondosa mãe estava se interessando por alguém.

538 UPTON SINCLAIR

Também não teve tempo de visitar o tio, mas recebeu uma notícia, dizendo que o amigo tinha aparecido novamente. Isto parecia indicar que Kurt tinha entrado outra vez em contato com sua organização e estava passando bem.

Num dos almoços do Crillon, Lanny encontrou o capitão Stratton e passou a falar da onda de insatisfação em Paris. O oficial dizia que era uma situação verdadeiramente alarmante. A multidão pedia paz imediata, levantamento do bloqueio, alimento para os trabalhadores e supressão dos especuladores.

— Não são exigências razoáveis? — perguntava Alston.

E o capitão respondia que as exigências talvez fossem razoáveis, se consideradas por si mesmas, mas que eram apenas uma *camouflage* de esforços para derrubarem o governo francês e apoderarem-se de fábricas e bancos.

— Mas porque não atender às exigências razoáveis? — perguntou o chefe de Lanny. — Não enfraqueceria isto a posição dos agitadores?

— Isto está fora das minhas atividades, a minha tarefa é descobrir o que fazem os agitadores.

— Creio que eles estão trabalhando com dinheiro da Alemanha — interveio o gordo professor Davison.

— Também o acreditamos, mas não é fácil provar.

— A minha opinião é que o dinheiro alemão está na mira de Maurras e seus monarquistas — falou Alston. — O povo francês está sofrendo e tem razão para se agitar desse modo.

Lanny ria no íntimo. Seu chefe se considerava um "liberal" e queria descobrir o que significavam aquelas coisas. Chegou à conclusão de que um liberal era um cavalheiro que pensava ser o mundo feito à sua própria imagem. Infelizmente, só uma pequena porção da Europa merecia este adjetivo. Era a pequena Dinamarca, cujos delegados tinham vindo à Conferência, resolvidos a não aceitar nenhuma minoria racial. Os outros estavam tentando persuadi-la a aceitar um pedaço da Alemanha até o Canal de Quiel; eles, porém, não queriam território algum, onde a população não fosse preponderantemente dinamarquesa, e insistiam num plebiscito antes de aceitarem zonas nestas condições. Se toda a Europa tivesse sido liberal conforme esta fórmula, como teriam sido fáceis todos os problemas!...

VII

Wilson voltou a Paris em meados de março, um mês após a sua partida. Desta vez não havia recepções tumultuosas. Os diversos povos do mundo tinham percebido que ele não podia dar-lhes o que queriam, e que não o conseguiria, mesmo se quisesse. Voltava um homem derrotado; o Congresso deixou de votar três importantes leis, para obrigá-lo a convocar uma sessão especial do novo Congresso. Chegou a época da Conferência da Paz, que tinha posto de lado todos os seus Catorze Pontos, bem como a sua própria resolução, tomada umas sete semanas antes, de que o projeto da Liga das Nações devia fazer parte integrante do Tratado da Paz.

Os Quatro Grandes passaram a encontrar-se e estavam resolvidos a pôr um fim a tudo isto. Woodrow Wilson era um homem sério, de princípios que ele acreditava terem sido ditados pela Divindade. Mantinha o senso de humor em sua vida particular; em público tinha de fazer discursos eloquentes a favor da retidão e ninguém no mundo podia rivalizar com ele. Em cada sessão elevava o seu grande talento, agindo sobre Georges Clemenceau, que usava uma linguagem nunca ouvida antes.

Este modo de argumentação política era algo incompreensível para o professor presbítero. Crescera com a ideia de que sábio e *gentleman* eram algo inseparáveis; aqui, encontrava um sábio satisfeito por ser velhaco e desonesto. "Sua carreira política tinha sido semelhante à de qualquer político de Tammany Hall", assim dissera Robbie a seu filho.

O Tigre, agora com setenta e oito anos, tinha visto muita coisa no mundo, e aqui estava, porém, um fenômeno como nunca antes defrontara: um político que na presença de outros políticos pretendia dizer realmente a verdade! A princípio, Clemenceau achou isto tão absurdo, que discutia violentamente; contou-se até uma história de que ele tinha batido o presidente no rosto, e que Lloyd George precisara separá-los. Outros diziam que, enquanto as discussões se prolongavam, o Tigre tomava uma atitude humorística. Por fim, começara até a gostar deste fenômeno curioso, como se começa a gostar de qualquer aberração humana, um homem com duas cabeças ou quatro braços.

O mediador destas discussões era Lloyd George, um daqueles superpolíticos que sempre podiam estar de ambos os lados de qualquer questão. Começara como pequeno auxiliar de advogado. Quando subiu ao poder, conseguiu mantê-lo pelo ingênuo processo de vender títulos de nobreza aos barões de cerveja, "Lords" da imprensa e reis de diamantes da África do Sul. Na última eleição, tornara-se o escravo de uma maioria de tóris, e tinha de se dividir entre aquilo que lhe diziam para fazer, e aquilo que pensava que devia divertir o público. Era um homem alegre e de encanto pessoal enorme, possuindo o que se chamava um temperamento "mercurial" — o que significa que não dava grande importância ao fato de dizer o contrário daquilo que tinha dito antes, se neste intervalo descobrisse estar em perigo de perder votos. Nesta qualidade, era irmão gêmeo de Orlando, o *premier* italiano, um velho amável e de boa aparência, cujo único pensamento em todas as discussões era obter qualquer vantagem, por pequena que fosse, para seu país natal.

VIII

Terrível, o mundo onde esta luta de vontades continuava! A guerra contra os sovietes estava de pé numa dúzia de frentes, sem sucesso algum. Uma Hungria vermelha tinha seguido a uma Baviera vermelha e a quase uma Berlim vermelha. Os poloneses combatiam os ucranianos pela posse de Lemberg. Os italianos ameaçavam retirarem-se da Conferência, a não ser que tivessem permissão para lutar contra os iugoslavos pela posse de Fiume. Os armênios estavam em Paris, pedindo para livrá-los dos turcos, e os turcos tentavam resolver este problema matando o último armênio antes que se chegasse a uma decisão. Não um, nem uma dúzia, mas uma centena de problemas semelhantes eram expostos diariamente a quatro velhos esgotados.

Discutiam sobre a questão de Danzigue e o falado corredor para o mar. Resolveram a questão e, quando os gritos se levantaram mais alto, anularam a resolução tomada, enviando o assunto às Comissões. Lanny e seu chefe permaneciam horas no Quay d'Orsay e não podiam evitar de sentir o coração pesado, pois era voz comum entre os americanos que dali ia começar a nova guerra mundial.

A verdadeira finalidade desse corredor ficava bem clara para todos; os franceses estavam resolvidos a colocar uma barreira entre as forças industriais da Alemanha e a matéria-prima russa, o que combinado poderia dominar a Europa. Por isso, concediam aos poloneses um acesso ao mar abrindo um corredor pela Alemanha, com Danzigue como porto.

O FIM DO MUNDO

Danzigue, porém, era uma cidade alemã e o corredor era habitado por mais de dois milhões de alemães. Quando tal coisa foi mencionada ao presidente Wilson, este mostrou um relatório do professor Alston, no qual estava dito que isto tinha sido um distrito polonês, que fora "colonizado" deliberadamente pelos alemães, pelo método tão conhecido na Europa de tornar os antigos habitantes miseráveis a ponto de fazê-los reconhecer a necessidade de emigrar. Numa conferência com seu conselheiro, o presidente Wilson disse que nesta questão havia um conflito de dois princípios.

Lanny ouviu esta observação presidencial por intermédio do seu chefe, e fez algumas perguntas. Podiam duas ponderações ser princípios, quando contradiziam uma a outra? Aparentemente, tais máximas morais eram necessárias aos homens; mas parecia que alguma coisa estava errada, quando falhavam numa emergência. Os cavalheiros conscienciosos do Crillon esforçavam-se por achar um meio de evitar a luta naquele corredor. A maioria simpatizava com os poloneses — talvez por causa de Kościuszko, ou porque tinham lido na mocidade um romance, chamado *Thaddeo de Varsóvia*. As suas simpatias enfraqueceram, porém, ao saberem que os poloneses estavam realizando programas pavorosos contra os judeus. Se eram gente assim, qual seria a possibilidade de vida para os dois milhões de alemães do corredor? O tempo estava fora dos gonzos; um espírito perverso flutuava sobre as coisas, sem que os professores conseguissem dominá-lo.

LIVRO SEXTO
Colherão a Tempestade

32

EU VI O FUTURO

I

ARIS ESTAVA DANÇANDO. A MANIA APODEROU-SE DE TODA A
"sociedade"; nos hotéis e cafés, nas residências particulares, sempre que
homens e mulheres se encontravam, passavam o tempo presos uns nos
braços dos outros, balançando para cá e para lá. Estas danças modernas
pareciam inventadas para poupar habilidade e arte; se alguém soubesse
passear e fosse bastante sóbrio para cambalear um pouco, então podia ter
a certeza de que dançaria.

Lanny não tinha muito tempo para diversões. Sua mãe saía às vezes, e
quando ele a visitava, Beauty contava as suas aventuras. Mais de uma vez,
ela saíra de festas por causa de observações desagradáveis que testemunhara. O mundo de Beauty parecia chegar a um fim; aquele mundo de graça
e encanto, para os quais ela passara tantos anos se aparelhando. Aprendera
todas as regras e o resultado era aquele, estar fora de moda. Os homens não
mais desejavam sutileza e coqueteria, elegância ou inteligência; queriam
mulheres novas que se deixassem abraçar, e, na opinião de Beauty, isto era
fácil e barato demais. Dizia ela que, aparentemente, os verdadeiros horro-
res da guerra não haviam começado.

As suas velhas amigas viviam espalhadas: Sophie, a baronesa de La
Tourette, perdera o seu amante na última batalha do Marne e voltara, a
fim de visitar os parentes em Ohio; Margy Eversham-Watson estava na
sua propriedade rural em Sussex, onde o Lord teve um grave ataque de
reumatismo; Edna Hackabury, agora Mrs. Fitz-Lainge, achava-se na Ri-

546 UPTON SINCLAIR

viera, esperando o esposo que ainda se encontrava numa expedição militar no Oriente Próximo. Todas estas pessoas, de um ou de outro modo, eram infelizes, e Beauty, que procurava o prazer como um girassol procura a luz, queria fugir ao seu mundo. Um mundo horrível! Contou a Lanny que travara conhecimento com o primeiro-ministro holandês, estadista genial, ficando este encantado com ela.

Sempre confiara em Emily Chattersworth, uma fortaleza de resistência nos tempos como estes. Emily possuía bastante dinheiro e força de vontade para moldar o mundo conforme os seus desejos. Aprendera as regras da sociedade, e aqueles que não as conheciam nem as observavam, não partilhariam de sua casa, onde se encontravam os intelectuais; ouviam-se conversas sérias sobre os problemas do dia, bem como sobre literatura, arte e música. Beauty observava com tristeza que se estava aproximando da idade onde era necessário possuir um cérebro: ia assistir às *soirées* de Emily e ouvir as conversas de pessoas brilhantes, contando a Lanny quem encontrava e que cumprimentos lhe eram feitos.

Lanny acompanhava-a quando podia. Realizava um importante serviço para Mrs. Emily, conseguindo reunir pessoas no seu salão.

Quando delegados americanos e franceses se encontravam era sempre para discutir, e muitas vezes estas discussões terminavam com sentimentos amargos. Nos salões de uma senhora elegante, porém, discutia-se os mesmos problemas com urbanidade e humor; a inteligente dona da casa estava sempre atenta, pronta a auxiliar a conversa, quando esta se tornava perigosa. As senhoras também se reuniam, e os americanos achavam mais fácil tratar com os franceses em companhia das senhoras.

Mrs. Emily gostava de Lanny Budd, que desde menino aprendera a comportar-se convenientemente nos salões mundanos. Achava que o seu atual emprego era o mais adequado, e deu-lhe licença para trazer membros da comissão americana sem convite especial, uma honra que concedia a poucos. Também vinha almoçar com ele e seus amigos no Crillon, e isto também era uma distinção.

O professor Alston observava que muitas mulheres possuíam dinheiro, mas poucas sabiam usá-lo; se existissem mais pessoas como Emily Chattersworth, talvez não houvesse tantas semelhantes a Jesse Blackless.

II

Os ingleses e franceses procuravam se apoderar das partes da Ásia Menor que continham petróleo, fosfato e outras riquezas, ou através das quais passassem as linhas condutoras do petróleo para o mar. Desde que os Catorze Pontos garantiam aos habitantes daqueles territórios um auto-governo, os estadistas sutis estudavam os seus termos, a fim de encontrar um meio de tomar o que desejavam, embora demonstrassem o contrário. Criaram um termo novo, ou antes, um novo sentido para uma palavra velha: "mandato".

Os estudiosos do Crillon contavam uma anedota para diverti-los. Um diplomata recém-chegado de Paris perguntava:

— O que vai ser feito da Nova Guiné e das ilhas do Pacífico?

E a resposta era:

— Vão ser administrados por mandatários.

— Quem é o mandatário? — perguntava o recém-chegado.

— Mr. Mandatário ou Lord Mandatário.

Iria governar a Síria, a Palestina, o Iraque ou Hejaz, o Iêmen e o resto daqueles países que tinham sido prometidos ao povo do jovem Emir Faisal. À cópia de Cristo, tirara suas roupas multicores, vestindo um dos mais feios casacos europeus, na esperança de impressionar a Conferência de Paz, com as suas condições de civilização. Mas tudo em vão. Atrás da cena, Zaharoff falava e Clemenceau obedecia. Henri Deterding, mestre da Royal Dutch Shell, falava e Lloyd George obedecia.

Uma parte do antigo Império Turco não tinha nem petróleo nem riquezas minerais de importância; só lavradores, que eram assassinados pelos soldados turcos, como era o costume durante muitos séculos. Para acabar com esta matança, seria necessário criar um outro mandatário — um mandatário idealista, gentil e de pensamentos elevados, que não ligasse nem ao petróleo nem às linhas condutoras, mas que amasse os pobres lavradores e as vidas simples. Ingleses e franceses fizeram uma proposta em nome da humanidade e da democracia: um cavalheiro idoso, de nome "Tio Samuel Mandatário" iria tomar conta da Armênia, e soldados americanos, cantando "Para frente, soldados cristãos", iriam expulsar os turcos dessas regiões, vigiando-os para que não mais voltassem.

Feita a proposta, o presidente Wilson prometeu estudá-la e dar uma rápida solução. Toda a comissão foi consultada sobre a Armênia, e os rela-

548   UPTON SINCLAIR

tórios tratando da história, geografia, linguagem etc., foram desenterra-
dos, lidos, digeridos e resumidos de tal forma, que um estadista atarefado
poderia percorrê-los em dez minutos. Também o professor Alston tinha
que trabalhar e Lanny precisava ajudá-lo, sendo esta a razão pela qual não
assistira à tarde musical em casa de Mrs. Emily.

Beauty encontrava-se lá e, pouco antes da meia-noite, telefonou ao filho.

— Lanny, aconteceu a coisa mais espantosa!

Pelo tom da voz, ele compreendeu que Beauty estava transtornada.

— O que é?

— Não posso dizer pelo telefone; venha imediatamente.

— Mas ainda não terminei meu trabalho.

— Não o pode deixar para amanhã?

— É coisa do presidente.

— Preciso vê-lo imediatamente. Esperarei até você chegar.

— Algum perigo? — E pensou em Kurt.

— Não fale agora. Assim que puder, venha.

III

Pouco depois Lanny, encurtando o relatório, desceu e tomou um automóvel, dirigindo-se ao hotel em que Beauty residia.

A sua loura mãe esperava-o, vestida com um daqueles quimonos be-
líssimos, inteiramente de seda. Quando a pressão da guerra aumentava,
ela fumava demais e naquele momento o quarto estava cheio de fumaça.
Beauty ainda merecia o seu nome quase tanto quanto antigamente, e mais
ainda quando a ternura e a preocupação ficavam expressas nas suas doces
feições. Depois de abrir a porta, olhou pelo corredor, procurando ver se alguém seguia a seu filho. Nada notando de anormal, levou-o ao seu quarto
antes de dizer qualquer coisa.

— Lanny, encontrei Kurt em casa de Emily!

— Ó, meu Deus! — exclamou o moço.

— Foi a primeira pessoa que vi.

— Ela conhece-o?

— Pensa que é um músico suíço.

— Quem o trouxe?

— Não perguntei. Fiquei com receio de parecer preocupada e curiosa.

O FIM DO MUNDO 549

— E o que fazia?

— Procurava franceses influentes. Foi, ao menos, o que me disse.

— Apresentou-se alguma oportunidade para falar com ele?

— Só um momento. Quando entrei e o encontrei, quase me traí. Emily apresentou-m'o como M. Dalcroze. Imagine!

— Você disse alguma coisa?

— Estava com medo que meu rosto denunciasse a verdade, e por isto disse: "Parece-me já tê-lo encontrado, M. Dalcroze, em qualquer parte." Kurt estava calmo; parecia uma esfinge. Entretanto, respondeu: "O rosto de Madame também não me é estranho." Compreendendo que ele ia continuar a conversa, disse: "Encontram-se tantas pessoas..." Interrompi-me para explicar a Emily a razão da sua ausência.

— E então?

— Continuei a andar pelo salão, e o velho M. Solicamp veio fazer-me companhia. Enquanto fingia ouvi-lo atentamente, pensava no que fazer. Mas era demais para mim. Fiquei quieta observando Kurt: nada mais poderia fazer. Depois Emily pediu-lhe para tocar piano, o que fez com perfeição.

— Tudo que ele faz é com perfeição.

Beauty continuou mencionando os nomes das várias pessoas com quem Kurt tinha conversado. Um era o editor de um dos grandes jornais de Paris — que poderia um alemão esperar conseguir de tal homem? Lanny não tentou responder, por que jamais contara à sua mãe, que Kurt estava dispondo de muito dinheiro. Ela continuou:

— No fim da *soirée* fiquei só um instante e dirigi-me a Kurt: "Que pretende fazer aqui?" Respondeu-me: "Apenas encontrar pessoas influentes!" "Mas para quê?" "Para conseguir melhorar a sorte das nossas crianças. Dou-lhe a minha palavra de honra de que nada farei que possa prejudicar a dona da casa." Só isto pudemos falar.

— Que pretende você fazer?

— Não sei o que possa fazer. Se contar a Emily, trairei Kurt. Se não lhe conto, não pensará ela que a esteja traindo?

— Receio que sim, Beauty.

— Mas Emily não encontrou Kurt por nosso intermédio.

— Encontrou-o, sim, porque eu falei a Kurt sobre ela, e ele achou um meio qualquer de lhe ser apresentado sob um nome falso.

— Mas Emily nunca saberá que você a mencionou.

550UPTON SINCLAIR

— Não podemos dizer o que ela saberá. Estamos presos numa rede de intrigas e ninguém pode prever os resultados.

Um olhar de alarme apareceu nas feições clássicas de Beauty.

— Lanny, você não está pensando em entregar Kurt!

— Contar a Mrs. Emily não seria a mesma coisa que entregá-lo, não é?

— Mas prometemos solenemente que não diríamos nada a ninguém!

— Sim, mas não lhe demos permissão para aproveitar-se dos nossos conhecidos e amigos.

Era um problema complicado, tanto na ética, como na etiqueta! Discutiram ainda por muito tempo, sem chegar a conclusão alguma. Lanny disse que Mrs. Emily tinha falado muito contra o bloqueio da Alemanha; certamente simpatizaria com Kurt, conquanto não aprovasse os seus métodos. A mãe respondeu:

— Mas: compreenda se você falar, tornará Mrs. Emily cúmplice e responsável de tais métodos. Atualmente ela é apenas uma rica senhora americana enganada por um agente alemão. Está perfeitamente inocente e pode afirmar isto. Mas se souber, então é sua obrigação denunciá-lo às autoridades, e ficará responsável por tudo que acontecer.

Lanny sentou-se, pensativo.

— Não esqueça — observou-lhe — que você também está nesta posição. Tal coisa deve incomodá-la.

Beauty disse:

— A diferença é que eu estou disposta a mentir; mas não creio que Emily o faça.

IV

Quando em dúvida, não faça nada — parecia uma sábia regra para este caso. Não tinham meios para se comunicarem com Kurt e ele também não fez nenhum movimento para esclarecê-los. Talvez argumentasse do mesmo modo que Beauty: "Aquilo que eles ignoravam não os machucaria". Era óbvio que, com esta tentativa de promover ideias pró-alemãs entre pessoas altamente colocadas, ele estava jogando perigosamente, e quanto menos encontrasse os seus amigos, melhor seria para estes.

Muitas senhoras da sociedade elegante tinham se tornado psicólogas amadoras, aprendendo a lidar com o espírito dos outros e a conseguir infor-

O FIM DO MUNDO   551

mações, sem que o interrogado percebesse o que elas desejavam. Beauty foi visitar sua amiga na manhã seguinte, e naturalmente falou sobre o jovem e bonito pianista, comentando a sua habilidade e perguntando onde Emily o conhecera. Esta contou que M. Dalcroze lhe escrevera, afirmando ser primo de um velho amigo da Suíça, falecido há alguns anos, e que tinha vindo a Paris a fim de aperfeiçoar-se na música.

— Que interessante! — disse Beauty e ela não estava fingindo. — Onde é que ele mora?

— Disse-me que está em casa de uns amigos por alguns dias. Recebe sua correspondência na posta-restante.

Beauty não deixou a conversa morrer:

— Só tive oportunidade de trocar poucas palavras com ele, mas ouvi-o falar com alguém sobre o bloqueio contra a Alemanha.

— Ele sente muito este fato. Disse que estão semeando a próxima guerra. Sendo um forasteiro, naturalmente não pode falar muito.

— Creio que não.

— É realmente chocante, Beauty. Quanto mais ouço a respeito deste bloqueio, tanto mais indignada fico. Estava falando com Mr. Hoover. Disse-me que está tentando, faz quatro meses, obter a permissão para alguns navios pesqueiros da Alemanha irem ao mar do Norte, mas em vão.

— Como é horrível! — exclamou a mãe de Lanny.

— Estou pensando se não seria bom convidar alguns homens influentes para virem à minha casa numa noite qualquer e ouvir Mr. Hoover falar sobre o que significa o bloqueio para as mulheres e crianças da Europa Central.

— Tive a mesma ideia, Emily. Lanny fala o tempo todo sobre o bloqueio. Os moradores do Crillon já estão irritados com isto. Os nossos amigos franceses não podem compreender que a guerra está terminada. Talvez já estejam lutando a próxima, como disse o professor Alston. Nós, mulheres, deixamos os homens fazer o que querem, mas acho que devíamos ter o direito de dizer alguma coisa sobre a paz.

— Conheço os seus sentimentos — disse Mrs. Emily, que foi protetora de Beauty durante aqueles dias dolorosos da agonia prolongada de Marcel.

— Vamos conseguir, Emily, que os homens daqui permitam que os alimentos sejam exportados para a Alemanha!

Era ir muito mais longe do que Beauty pretendia, quando resolveu fazer aquela visita; mas alguma coisa nas profundezas de sua consciência

552 UPTON SINCLAIR

acordou inesperadamente. Uma mulher com uma natureza suave pode tentar dançar e mostrar-se alegre quando outras estão dando à luz filhos mortos, e criancinhas estão crescendo com os ossos torcidos; subitamente, porém, vem uma onda de sentimento de qualquer lugar desconhecido, e ela encontra-se exclamando, com surpresa própria:

— Vamos fazer alguma coisa!

V

As discussões entre os quatro velhos estadistas continuaram dia e noite, chegando a um novo grau de intensidade. Discutiam as questões que interessavam à França diretamente; e o francês é um povo impulsivo — especialmente quando a terra ou o dinheiro estão envolvidos. Existia um trecho de terra que era mais precioso aos franceses do que qualquer outro do mundo: a margem esquerda do rio Reno, que poderia salvá-los do terror que perseguia cada homem, cada mulher e cada criança da nação. Desejavam a Renânia; mostravam-se obstinados e nada podia demovê-los. Quem argumentasse a este respeito dia e noite, sempre e sempre, nunca se cansando, não conseguiria fazê-los desistir.

Também exigiam o vale do Sarre com as preciosas minas de carvão, para compensá-los daquelas que os alemães tinham destruído deliberadamente. Os franceses tinham sofrido durante aqueles últimos invernos; e outros invernos viriam. Mas quem sofreria? Os franceses, ou os alemães que tinham invadido a França, reduzido as cidades a pó, carregado as máquinas e obstruído as minas? O exército francês ocupou tanto o Sarre como a Renânia, e o general Foch estava onipresente à Conferência da Paz, implorando, ralhando, ameaçando e até recusando-se a obedecer Clemenceau, seu chefe civil, quando via sinais de enfraquecimento num ponto sobre o qual repousava o futuro da Pátria.

O primeiro-ministro britânico, generosamente, tomou o partido do presidente americano nessa controvérsia. Alston disse que era notável como Lloyd George podia ser razoável, quando se tratava de uma questão de concessões que deviam ser feitas à França. A Inglaterra receberia a Mesopotâmia, a Palestina, o Egito e as colônias alemãs; a Austrália, a Nova Guiné, a África do Sul e o sudeste africano alemão. Tudo isto tinha sido arranjado com auxílio da linda palavra "mandatário", acrescentando a palavra "pro-

O FIM DO MUNDO 553

tetorado", no caso do Egito. Mas onde a palavra abençoada que daria aos franceses a oportunidade de fortificar a margem oeste do Reno? Essa não podia ser encontrada em nenhum dicionário inglês.

Lanny obteve uma descrição divertida da atitude inglesa por seu amigo Fessenden. Tinha-o encontrado muitas vezes, e eram eles um dos muitos canais através dos quais ingleses e americanos trocavam confidências. Entre centenas de outras questões, conversavam também sobre a Ilha de Chipre, que a Grã-Bretanha obtivera formalmente dos turcos, logo no início da guerra. Mas que iam fazer? "Autodeterminação para todos os povos", era a fórmula moderna; portanto, o povo de Chipre devia ser perguntado a quem desejava pertencer. E Fessenden tinha a certeza de que assim seria feito; gradualmente, porém, foi ficando menos convencido, e finalmente passou a evitar o assunto. Quando não restou mais dúvida de que esta ilha seria simplesmente anexada, Fessenden confessou a Lanny que mencionara esta questão numa conversa com seu chefe, e que este o aconselhara a deixar de falar asneiras. Se os ingleses, permitissem que se levantasse a questão da "autodeterminação", o que seria de Gibraltar, Hong Kong, da Índia? Um jovem que desejasse sucesso numa carreira diplomática procederia melhor, tirando estas palavras da sua própria experiência.

VI

Era esta a atmosfera em que Mrs. Emily Chattersworth e sua amiga Beauty Detaze queriam modificar a opinião francesa sobre o bloqueio. Resolveram reunir pessoas influentes da sociedade para que estas ouvissem as palavras de Mr. Herbert Hoover, que estava encarregado do auxílio belga, e que agora devia fornecer auxílio ao mundo inteiro. Muitas pessoas das quais Mrs. Emily pretendia convidar eram amigos íntimos, frequentadores do seu salão há muitos anos. Mas, quando lhes falou sobre a sua ideia, eles ficaram embaraçados, pois tinham a certeza de que nada poderia ser feito. Explicaram que apenas uma discussão seria o resultado de tudo isto. O bloqueio era cruel, sem dúvida alguma, mas toda a guerra era cruel e o bloqueio fazia parte da guerra. Os alemães não tinham assinado a paz e o bloqueio era a única arma que os poderia obrigar a isto, assim falavam os chefes do exército, e em tempo de guerra uma nação deixa-se aconselhar pelo estado-maior. Não restava dúvida de que muitas crianças alemãs

554 UPTON SINCLAIR

estavam morrendo; mas quantas, na França, tinham morrido durante a guerra, e quantas viúvas nunca mais veriam os filhos como resultado da invasão alemã? O célebre crítico, que houvera sido amante de Mrs. Emily durante uma década ou mais, disse-lhe que cada criança alemã ou era um futuro invasor da França ou mãe de futuros invasores da França; e quando percebia o desânimo na sua face, aconselhava-a a ser cautelosa, pois que ela ia sendo vítima da propaganda alemã. Não havia diferença nenhuma na propaganda feita diretamente por alemães ou por americanos, desde que estes estivessem atacados da mesma doença.

E era assim que o povo da França pensava.

Dois outros amigos simpatizantes de Mrs. Emily, disseram-lhe que sua ação seria mal compreendida e que sua carreira como dona de um salão ia ser comprometida. Logo após a assinatura do Tratado de Paz, alguma coisa seria feita; poucos franceses, porém, assistiriam a uma reunião, onde argumentos pró-alemães iam ser discutidos, a não ser que fossem atacados por ideias bolcheviques. Os franceses eram gratos aos americanos pelo auxílio prestado, mas um povo que vivia em segurança numa distância de três mil milhas, não devia pretender dar conselhos sobre problemas que a França estava enfrentando cada dia e cada hora.

O fato era que os franceses consideravam a Conferência da Paz como uma intrusão e olhavam todos os estrangeiros com suspeita. Um dos amigos de Mrs. Emily perguntou-lhe o que realmente sabia a respeito daquele jovem músico, que parecia um alemão, e que falava com pronúncia de alemão? Ele havia discutido a questão do bloqueio no seu salão e mais de uma pessoa notara o fato. "O ouvido do inimigo está atento!"

Mrs. Emily contou tudo isto à sua amiga Beauty, como um exemplo da fobia que atormentava o povo em Paris. Beauty concordou, era realmente doloroso.

VII

Os quatro velhos estadistas encontrar-se-iam pela manhã no apartamento do presidente Wilson, e à tarde no Quartel-General do Supremo Conselho, em Versalhes. Anedotas corriam entre eles. O marechal Foch saiu uma vez da sala de reunião, ameaçando nunca mais voltar. O professor Elderberry testemunhou Lloyd George e Clemenceau numa discussão

O FIM DO MUNDO   555

violenta. Wilson intercedeu como pacificador. Lanny, esperando por seu chefe, viu Clemenceau sair raivosamente, e quando alguém perguntara ao *premier* como as coisas iam, Clemenceau respondera:

— Esplendidamente. Discordamos de tudo!

O professor Alston, que assistira uma destas sessões, descreveu o espetáculo curioso de quatro cavalheiros tendo diante de si um grande mapa, procurando os territórios que iriam ceder a esta ou àquela nação. Sendo ignorantes de algumas questões de geografia, inventavam nomes para lugares desconhecidos, quando não mais podiam lembrar-se dos nomes certos. Alston não estava traindo a confiança ao contar estas histórias, pois Lloyd George mesmo perguntara ao Parlamento:

— Quantos membros jamais ouviram falar em Teschen? Não hesito em dizer que jamais ouvi qualquer coisa a respeito desta cidade.

Entretanto, agora, ouvindo novamente o nome, tirou-a da Áustria e dividiu-a entre os tchecos e poloneses.

Durante dez dias tinham discutido sobre qual seria a fronteira franco--alemã. Estavam exaustos. As partes continuavam a murmurar o que desejavam que fosse verdade e os jornais franceses, controlados por Clemenceau, denunciavam o presidente americano. Wilson estava mal amparado para uma luta como esta; sendo gentil e cortês, dificilmente podia acreditar que alguém pudesse agir contra ele.

Clemenceau tinha sua fórmula, da qual nunca saía:

— Isto ou a França perdeu a guerra.

Naturalmente, o presidente não queria que a França perdesse a guerra — não queria a responsabilidade de tal acontecimento. Não tinha pensado em que inferno se envolvera. A maioria da sua comissão pediu-lhe para voltar à América; outros insistiam para que falasse lealmente sobre a situação. Se não conseguisse o que desejava, ao menos poderia salvar os seus ideais e dar aos povos do mundo um relance das forças que estavam arruinando a Europa.

VIII

George D. Herron, angustiado por estas evoluções, deixou a sua casa em Genebra e voltou a Paris. Esteve com o presidente, homem doente, pagando a penalidade do seu temperamento. Como Herron explicou, ele estava fracassando como executivo.

Sabe como julgar a si mesmo, mas não sabe julgar os outros; sabe como governar a si mesmo, mas não aos outros; não pode confiar em ninguém para escrever os seus discursos e memorandos, ou mesmo para copiá-los a máquina. O resultado é que fica sobrecarregado. Ele, e somente ele, é a comissão americana para negociar a paz, e o número de problemas que tem a considerar e decidir é maior do que um cérebro humano pode guardar.

O que mais preocupava o presidente nesta crise, era o receio de ver a Europa cair presa dos bolcheviques. Os franceses asseguravam-lhe que isto ia acontecer e não era possível? A comissão americana preparava um mapa onde compridas flechas vermelhas apontavam para Lituânia, Rússia, Polônia, Hungria, Ucrânia e Geórgia. Se Wilson interrompesse as negociações ou retirasse o exército americano, os alemães talvez se recusassem a assinar o Tratado de Paz, recomeçando a guerra. Revoluções na França e talvez na Inglaterra seriam o resultado.

Um jovem membro da comissão do Crillon tinha sido o escolhido pelo presidente e enviado a Moscou. Chamava-se Bill Bullitt e levava consigo um amigo jornalista, célebre por revirar as sujeiras dos poderosos. Naqueles dias em que Lanny era um simples passeador na praia de Juan, este homem tinha viajado pelos Estados Unidos, sondando a corrupção política, entrevistando os chefes políticos e os grandes pagadores. Mais tarde, seu trabalho foi esquecido, e Lanny nunca mais ouviu o nome de Lincoln Steffens até que lhe contaram a partida da Missão Bullitt para a Rússia.

Voltaram com novidades surpreendentes. Lênin queria a paz, e estava disposto a pagar qualquer preço para obtê-la. Cederia a Sibéria, os Urais, o Cáucaso, Arcangel e Murmansque, mesmo a maior parte da Ucrânia e a Rússia branca. Reconheceria todos os governos brancos. Mas, naquela tarde, o presidente Wilson e o coronel House estavam doentes. Bullitt viu Lloyd George em primeiro lugar, comunicando-lhe as condições; Wilson, próximo de um colapso nervoso, ficou tão zangado com esta leviandade, que não queria ver Bullitt nem ouvi-lo falar de paz com os malvados bolcheviques. Foi então que Lloyd George levantou-se na Câmara dos Comuns, dizendo que nunca ouvira falar qualquer coisa sobre a Missão Bullitt.

Tudo servia aos franceses que não desejavam a paz. Estavam derrotados, mas não ousavam admiti-lo. Eram obrigados a retirar-se da Ucrânia; seus exércitos deixavam de inspirar confiança nesta nova guerra, onde não se lutava com canhões, mas com ideias. E os homens cansados de guerrear

O FIM DO MUNDO 557

ouviram as ideias. Houve motins na Armada Francesa no mar Negro e os soldados ingleses também se recusaram a combater.

IX

Lanny esperou ouvir alguma coisa sobre Kurt, mas nada ouviu. Cismava se seu tio Jesse havia recebido dinheiro, e o que fizera com o mesmo. Dispondo de umas horas, Lanny cedeu à tentação e foi visitá-lo.

Bateu na porta e uma voz gritou:

— Entre!

Assim fez e encontrou uma visita sentada numa das únicas duas cadeiras. Era um homem baixo, cuidadosamente vestido, parecendo um pequeno comerciante ou talvez um professor de colégio. Tio Jesse disse:

— Este é Lincoln Steffens.

Lanny mostrou-se surpreendido e satisfeito.

— Já ouvi falar muito a seu respeito no Crillon!

— Deveras? — disse o outro. — Estava pensando como encontraria um meio de comunicar-lhes a minha volta.

Lanny respondeu:

— O senhor sabe como é. Eles receiam um pouco a sua pessoa.

— Justamente por isto eu vim visitar o seu tio — replicou o jornalista. — Talvez alguém estivesse interessado em ouvir falar a respeito do futuro.

— Steffens passou uma semana inteira no futuro — explicou o tio.

Lanny sentou-se na cama e, durante uma hora ou mais, ouviu o relato de um dos maiores acontecimentos da história humana.

Há mais de dezessete meses que Lanny ouvia comentários sobre a Revolução Bolchevique. Sempre e sempre ouvia contar que um sexto da superfície da Terra tinha sido dominado por rufiões sanguinários, mais cruéis e espertos que quaisquer outros que antes tivessem a infeccionado. Tio Jesse apoiara e acreditara nestas criaturas diabólicas, mas, isto nada significava além de que seu tio era "louco" e que devia ser tratado como tal.

Aqui, porém, estava sentado um cavalheiro que passara alguns dias entre os vermelhos; e, não somente não lhe tinham cortado a garganta, nem furtado o seu relógio, mas tinham-no deixado ver tudo, de modo que tivera oportunidades de examinar aquilo a que chamavam "o futuro".

558 UPTON SINCLAIR

Lanny ouvira que nesse novo mundo todos seriam obrigados a trabalhar. Isto não o incomodava tanto como talvez o incomodasse três meses antes, pois também estava trabalhando. Ele era pago pelo Estado, portanto não se incomodava ao ouvir, que entre os sovietes também assim era. Quando ouviu, que o Estado estava preparando e servindo refeições aos operários nas fábricas, imaginava que devia ser semelhante ao que estava acontecendo a ele e aos outros no Crillon. Na Rússia, só havia uma refeição diária, e mesmo assim em pouca quantidade, mas Steffens disse: "Deve-se isto aos cinco anos de guerra e revolução, e guerras civis numa frente de batalha de mais de dez mil milhas." O que fosse disponível era dividido em partes iguais. Este era o primeiro princípio do "comunismo".

Havia alguma diferença entre a América e Moscou. Para Steffens era uma questão de saber a quem o Estado pertencia. Na América, o povo supunha possuí-lo, mas na maioria das vezes os grandes comerciantes compravam tudo. São os privilégios que corrompem a política — era sua frase comum. Explicou que, entre os sovietes, eram os soldados e marinheiros, trabalhadores e lavradores que tinham se apoderado do poder; os capitalistas tinham sido abolidos. Agora havia guerra entre essas duas espécies de estado, e tal guerra parecia decisiva.

X

Lanny Budd mostrou-se interessado nestas novidades e não menos no enviado que as trouxera. Que homem excêntrico, pensava ele. Porque um estudioso irá defender o ponto de vista daqueles trabalhadores contra a sua própria classe? Lanny compreendeu que não tomava parte inteiramente; havia uma guerra entre seu sentimento e seu raciocínio e podia-se observar este conflito.

Steffens, como Herron, era antes de tudo pacifista e moralista. Desejava uma revolução, mas de espírito. Sentia mágoas ao pensar que talvez fosse violenta. Queria tal reviravolta na Europa Ocidental? Poderiam pagar o preço?

Jesse Blackless, por sua vez, tinha a certeza de que iríamos pagar, quiséssemos ou não. Daí nasceu uma discussão entre os dois homens, e Lanny ouviu-a atentamente. O pintor predisse como os exércitos aliados continuariam a decair e como o movimento vermelho iria espalhar-se pela Polônia

O FIM DO MUNDO 559

e Alemanha e daí para a Itália e França. O pintor sabia o que iria acontecer; conhecia os homens que estavam trabalhando para isto. Steffens disse para Lanny, olhando Jesse:

— É ótimo ter uma religião, Budd. Poupa todo o trabalho de pensar.

Era uma novidade para Lanny ouvir falar do bolchevismo como "religião", mesmo por brincadeira. Mas compreendeu quando o jornalista descreveu a onda de fervor que se apoderara do povo da Rússia, vítima de uma opressão multissecular, mergulhado numa degradação inimaginável e que de repente se achava dono de um império poderoso, tentando transformá-lo numa cooperativa de trabalhadores e lavradores.

Steffens falara durante horas com Lênin; este homem inteligente observara o início da tempestade e escolhera a hora certa para ganhar.

— De agora em diante vamos construir o socialismo — dissera calmamente, um dia depois do golpe.

Steffens contou que Lênin sabia mais a respeito dos estadistas aliados do que eles próprios. Ele compreendera as forças que estavam combatendo os sovietes e, enquanto a buguersia enviava exércitos em contraofensiva, os sorvetes enviavam fanáticos, homens e mulheres que odiavam o capitalismo e espontaneamente sacrificavam a sua vida para dominar e destruir o sistema odiado.

— Homens como seu tio Jesse — disse Steffens, com seu sorriso dissimulado; e Lanny compreendeu melhor do que Steffens podia imaginar.

Lanny sentiu quando foi obrigado a sair. Reuniu toda a sua coragem e perguntou se Mr. Steffens aceitaria um convite seu para almoçar com ele no Crillon. O outro aconselhou-o a refletir um dia mais sobre o convite e depois chamá-lo.

— O coronel House é o único outro membro da comissão que teria coragem de convidar-me agora.

XI

O moço que atentara contra Clemenceau fora julgado e condenado à morte. O *premier*, porém, comutara a sentença. Aquele que matara Jaurés estava na prisão há quase cinco anos, pois as autoridades receavam julgá-lo durante a guerra. Agora faziam-lhe o processo, e o promotor público procurava provar que Jaurés tinha sido desleal ao seu país. Assim, realmente culpado, enquanto o assassino, cujo nome era Villain, fora posto em liberdade.

UPTON SINCLAIR

O resultado foi uma grande demonstração de protesto dos operários de Paris, culminando com uma greve, onde, pela primeira vez depois do armistício, fora carregada a bandeira vermelha. Lanny estava na rua observando a greve em companhia do seu novo amigo, Steffens. Cada um tinha seus pensamentos, mas não os procurava demonstrar. Lanny viu Jesse Blackless marchar nas primeiras fileiras com aspecto resoluto — mas, sem dúvida alguma, tremendo no seu íntimo, pois ninguém sabia se a polícia tentaria deter a parada, sendo uma questão de matar ou morrer, se assim agissem. Lanny pensava: Kurt tem alguma coisa com aquilo? Será que ele está espiando?

Eram os mesmos homens que Lanny observara na reunião: homens e mulheres famintos, subalimentados desde a infância, com faces pálidas, onde se lia o ódio mais feroz. Lanny sabia mais a respeito deles, sabia o que significava "sangue" e que seus oponentes tinham a mesma opinião. As massas estavam em revolta contra os seus senhores e tinham jurado vencê-las. Poucas semanas antes Lanny teria pensado que se tratava de uma revolta cega, mas agora sabia, pois tinha olhos e um cérebro dirigente.

Notou que poucos daqueles que marchavam voltavam os olhos para eles ou prestavam atenção à multidão da rua. Olhavam firmemente para a frente. Lanny disse isto ao seu companheiro, que respondeu:

— Estão olhando para o futuro.

— O senhor deseja realmente este futuro, Mr. Steffens? — foi a pergunta de Lanny.

— Somente uma das minhas metades deseja — respondeu Steffens. — A outra está ferida.

Continuou o falar, mas suas palavras foram abafadas pelo trovão ameaçador da "Internacionale":

Levantai-vos prisioneiros da morte;
Levantai-vos, desgraçados da terra;
A justiça acaba com as condenações,
Um mundo melhor está nascendo.

O FIM DO MUNDO

33

AI DOS VENCIDOS

I

UMA OUTRA QUESTÃO QUE DEVIA SER RESOLVIDA PELOS QUATRO Grandes era a do dinheiro. Somas astronômicas, as mais altas de que se ouvira falar na história do mundo. Quem pagaria a reconstrução do norte e do leste da França? Se os lavradores o fizessem com suas próprias economias ficariam empobrecidos durante gerações. Os alemães tinham feito devastações, algumas completamente desnecessárias, como o corte dos vinhedos e das árvores frutíferas. Os franceses fixaram às custas das reparações em duzentos bilhões de dólares e consideraram-se generosos, quando reduziram esta soma para quarenta. Os americanos insistiam que doze bilhões era o máximo que podia ser pago.

O que significava falar em quarenta bilhões de dólares? De que forma seria recebido? Não havia ouro bastante no mundo; e se a França tomasse mercadorias da Alemanha, a Alemanha tornar-se-ia a nação indústria do mundo inteiro, e as indústrias francesas estariam condenadas à morte.

Isso parecia óbvio para qualquer especialista americano. Não se podia, entretanto, dizer isto a um francês, pois ele sofria duma psicose oriunda da guerra. Não se podia dizer isto aos políticos, fossem franceses ou ingleses, pois estes tinham sido eleitos para conseguir da Alemanha o pagamento. "Aperta até que todos chiem", tinha sido a fórmula da população, e um dos "selvagens" de Lloyd George, o *premier* Hughes, da Austrália, chegou à Conferência exigindo que todas as hipotecas de fazendas australianas, levantadas durante a guerra, fizesse parte da conta das reparações. No íntimo, Lloyd George admitiu que a Alemanha não poderia pagar com mercadorias; voou então para a Inglaterra, fazendo um discurso no Parlamento, no qual dizia que a Alemanha tinha e teria de pagar. O primeiro-ministro da Grã--Bretanha era dominado por Northcliffe, um Lord da imprensa, que estava enlouquecendo vagarosamente, provando isto nos seus jornais, exigindo que os exércitos ingleses fossem desmobilizados e que ao mesmo tempo marchassem contra a Rússia.

562   UPTON SINCLAIR

Chegou a hora em que Clemenceau perdeu a calma, acusando Woodrow Wilson, a queima roupa, como "pró-alemão". Talvez não passasse de coincidência, mas logo depois o presidente foi atacado por uma influenza e obrigado a ficar de cama. Quando encontrou Lloyd George e Clemenceau novamente, foi no seu quarto de dormir, lugar em que eles eram obrigados a tratá-lo gentilmente.

Ouviam-se discussões por toda parte! O general Pershing tinha uma contenda com Foch por não querer obedecer às ordens do marechal em relação à opressão dos alemães no Reno, e os americanos não desejavam tratar um inimigo vencido como os franceses o desejavam. O marechal, por sua vez, estava numa disputa com seu *premier*, e Poincaré, o presidente da França, mostrava-se descontente com ambos. Wilson destratava o seu secretário de Estado, que não concordava com a sua política, mas que não queria demitir-se. Havia um conflito aberto com a oposição do Senado, que mantinha um correio especial, pois não confiava mais no seu presidente. Corriam até boatos sobre uma certa tensão nas relações entre Wilson e o coronel House. Teria este feito concessões demais? Usado uma autoridade demasiada? Alguns disseram "sim" e outros "não", mas, apesar de tudo, os boatos se avolumavam.

II

A questão do bloqueio resumia-se no seguinte: a América estaria disposta a vender alimento aos alemães recebendo créditos duvidosos ou insistiria em receber o ouro que a França exigia para si? A questão esbarrava num ponto morto, enquanto as mães sofriam fome e as crianças morriam de raquitismo. O governo americano tinha garantido aos fazendeiros um preço fixo pela colheita e agora era obrigado a mantê-lo. Era esta, ao menos, a opinião dos republicanos — e eles estavam controlando o novo Congresso para evitar outro "idealismo".

Lanny ouvia as discussões entre a comissão. "Que faria o nosso governo com o ouro se recebêssemos?" Na América, havia uma reserva enorme sem utilidade. Alston insistiu em que chegassem a tomar uma resolução definitiva, os franceses não ousariam tomar o ouro da Alemanha, pois isto arruinaria o marco; e se o marco fosse destruído, o franco também o seria;

O FIM DO MUNDO 563

as duas moedas estavam intimamente ligadas pelo fato de que os créditos a franceses estavam baseados na esperança das reparações.

Lanny estava compreendendo que o mundo é muito complicado; desejava que Robbie estivesse perto para poder-lhe explicar estas questões. O pai, porém, escrevia que provavelmente ficaria mais tempo ainda na América, ocupado com os problemas da transformação das fábricas de armas e munições em fábricas de objetos de cozinha, máquinas de costura etc. Por uma razão qualquer, considerava que semelhante transformação era retroceder. Novamente, mostrava-se muito irritado com o presidente Wilson por não ter este repudiado as exigências inglesas, que insistiam que o aumento da armada americana, já votado pelo Congresso, devia ser cancelado e abandonado.

Mrs. Emily nunca mais ouvira falar de M. Dalcroze, e uma carta enviada com um convite para a posta-restante, fora devolvida. Lanny disse:

— Certamente voltou para a Alemanha.

E Beauty acrescentou:

— Graças a Deus.

Lanny, porém, meio convencido, apenas achava-se incomodado, imaginando seu amigo em qualquer prisão francesa, ou talvez já fuzilado.

Uma observação que ouviu deixou-o pensativo. Durante o almoço, os professores discutiam sobre a mudança notável produzida num dos grandes jornais da capital sobre as reparações e o bloqueio. Aparentemente, os círculos financeiros da França tinham começado a compreender a situação. Um jornal de Paris escrevia que a Alemanha não podia pagar a não ser que conseguisse câmbios estrangeiros, e, para fazer isso, tinha que fabricar alguma coisa, sendo necessário antes ter matéria-prima! Um milagre, dizia o cabeçudo professor Davison — que geralmente não acreditava nos mesmos.

Lanny comprou uma edição do jornal e observou que o editor era o homem com o qual Kurt travara relações nos salões de Mrs. Emily. Lanny não esqueceu o que seu pai lhe contara sobre o método pelo qual os "milagres" eram realizados no mundo jornalístico. Antes da guerra, os russos tinham enviado ouro para Paris a fim de obter apoio dos jornais franceses; e agora os alemães estavam tentando comprar benevolência... Seria possível que Kurt estivesse nestas regiões mais altas, onde um homem vivia a salvo tanto das autoridades políticas como militares?

564   UPTON SINCLAIR

III

Não se podia falar nestes assuntos pelo telefone e assim Lanny foi visitar Beauty. Quando chegou ao seu quarto, encontrou a porta fechada.

— Quem é? — perguntou Beauty.

Obtendo resposta abriu a porta com cuidado e disse:

— Kurt está aqui!

O oficial alemão não se manifestou até que Beauty foi chamá-lo. Estava vestido no rigor da moda, pálido, mas não demonstrando que esta vida estava prejudicando os seus nervos.

— Pensei em comunicar tanto à senhora como a você, Lanny, que estou bem — disse ele aos dois.

— Mas não é perigoso vir aqui, Kurt?

— Acho que tudo está certo comigo. Não pergunte mais...

Lanny mostrou o jornal, dizendo:

— Ia trazer este jornal à minha mãe.

Os dois amigos trocaram um olhar, mas nada disseram.

Sentaram-se e Kurt falou em voz baixa, perguntando o que Lanny sabia sobre as intenções da Conferência de Paz a respeito do distrito de Stubendorf. Lanny tinha de contar-lhe o pior: certamente seria entregue aos poloneses. Kurt também desejava informações sobre o bloqueio, e Lanny falou sobre os diversos assuntos que iam ser discutidos e a atitude de várias pessoas. Kurt, por sua vez, falou sobre a revolução na Alemanha, o que talvez interessasse a alguns membros da comissão americana.

A conversa continuou por algum tempo. Quando houve um intervalo, Beauty disse:

— Kurt contou-me alguma coisa e que eu acho que você também deve saber, Lanny: o seu casamento.

— Casamento! — exclamou Lanny surpreendido.

O sorriso desapareceu do rosto do outro.

Mais uma daquelas histórias trágicas de amor durante a guerra, *"amor inter arma"*.

A história começara quando Kurt estava no hospital depois do seu segundo ferimento.

— Foi numa pequena cidade perto da fronteira oriental — disse o oficial. — Havia muita desgraça, muito sofrimento. A enfermeira que cuidava de

O FIM DO MUNDO

mim era um ano mais nova do que eu, uma menina direita e bonita. Seu pai fora mestre-escola; era pobre, e fora obrigada a trabalhar desde cedo. Um ferimento quase ameaçou-me de gangrena e tive um longo período de convalescença. Assim encontramo-nos e enamoramo-nos. Você sabe como é durante a guerra.

Kurt olhou para Beauty, que fez um sinal afirmativo com a cabeça. Sim, ela sabia. Lanny disse:

— A mesma coisa aconteceu a Rick, somente não era uma enfermeira.

— Realmente! Mais tarde quero ouvir esta história. Mas o tempo é curto, e antes de voltar ao *front* casei-me com ela. Não contei nada aos meus pais, porque, como você sabe, ligamos muito às questões sociais na Alemanha, e eles não o teriam considerado um casamento conveniente. Meu pai estava doente, e minha mãe sofria muito, assim enviei ao advogado de meu pai uma carta lacrada para ser aberta em caso da minha morte e abandonei a questão até o fim da guerra. Elza não queria deixar de trabalhar como enfermeira, embora estivesse grávida; e nas últimas semanas da guerra teve uma síncope por inanição. Assim você vê, este bloqueio significa alguma coisa para mim.

Kurt parou. Parecia velho, mas não dava nenhum outro sinal de emoção.

— Não havia bastante comida a não ser para os especuladores que violavam a lei. Elza não me falou a verdade e o resultado foi que a criança nasceu morta. Também ela morreu de hemorragia, poucos dias depois. Eis tudo o que restou do meu casamento.

Beauty estava ouvindo com lágrimas nos olhos, e Lanny pensava: "Que coisa terrível é a guerra!"

Vivera a agonia da França, com Marcel e sua mãe, a da Bretanha, com Rick e Nina, enquanto na Alemanha acontecia a mesma coisa. E sempre pensando em consertar as coisas entre os seus dois amigos, observou:

— Ninguém ganhou coisa alguma. Rick está aleijado para o resto da vida, e raramente se livra da dor. Caiu com o avião.

— Pobre rapaz — disse o outro; e a sua voz, porém, soava de um modo frio. — Ao menos aconteceu numa luta. A mulher dele não morreu de fome, não é?

— Os ingleses também tiveram restrições sérias, não se esqueça. A campanha alemã dos submarinos era muito eficiente. Ambos estavam usando todas as armas que possuíam e agora estão tentando fazer a paz.

566 UPTON SINCLAIR

— O que eles chamam de paz é apenas uma outra espécie de guerra. Vão tomar os nossos navios, nossas estradas de ferro, nossos cavalos, nosso gado e sobrecarregar-nos de dívidas suficientes para durar um século.

— Criaremos uma Liga das Nações — disse o americano. — É o único meio de garantir a paz.

— Se for uma liga feita com França e Inglaterra, será uma liga para aprisionar a Alemanha.

Lanny compreendeu que não valia a pena discutir. Para um oficial alemão, bem como para um francês, ainda existia a guerra.

— Nós, americanos, estamos fazendo tudo o que podemos — declarou.

— Porém, levará muito tempo até que as paixões esfriem. O que vocês deviam ter feito era ficar fora da guerra. A luta não lhes pertencia.

— Talvez você tenha razão, Kurt. Eu não queria entrar e agora os nossos homens no Crillon estão tentando reconciliar e acalmar tudo. Faça o que puder para auxiliar-nos.

Era uma situação desesperada. Lanny olhou o relógio, lembrando-se de que alguém estava esperando-o no hotel.

— O tempo não me pertence — explicou e levantou-se para sair.

Kurt também levantou-se. Somente Beauty disse:

— Kurt, você não deve sair antes de escurecer!

— Vim antes de escurecer — respondeu.

— Eu não quero que você saia com Lanny — continuou ela. — Por que arriscar suas vidas? Espere, irei com você.

Beauty não podia esconder o medo que sentia e Lanny compreendeu que para ela também a guerra não estava acabada.

— Preciso falar com você a respeito de Emily Chattersworth, nós duas estamos querendo fazer alguma coisa.

— Está certo — disse Kurt. — Esperarei.

IV

O ponto morto entre os quatro estadistas continuou, até o dia em que correu um boato que sacudiu o hotel Crillon como um terremoto: o presidente Wilson dera ordens ao navio *George Washington* para vir imediatamente à França. Isso significava a ameaça de interromper a Conferência e voltar ao seu país, o qual, como todos pensavam, ele nunca devia ter

O FIM DO MUNDO 567

abandonado. Como outros terremotos, este continuava a roncar e a causar abalos através de muitos edifícios.

Falou-se depois que os ingleses tinham retido o cabograma do presidente durante quarenta e oito horas. Era verdade ou não? Wilson realmente pretendia sair, ou era um blefe?

Seja como for, bastou para deixar os franceses em pânico. Clemenceau veio correndo ao quarto do presidente para perguntar o que havia, pedir desculpas e tentar consertar tudo. Mesmo que tivesse chamado o presidente de "pró-alemão", não podia continuar sem ele, e sua partida seria uma calamidade. Todo um séquito de espectros perseguia os franceses: os alemães recusando-se a assinar, a guerra recomeçando e a revolução espalhando-se nos dois países!

As reuniões continuavam no quarto do presidente e muitos compromissos foram feitos. Resolveram que os franceses ficariam com o Sarre durante quinze anos, que durante este tempo poderiam tirar carvão e auxiliar as suas indústrias até que as suas minas fossem restauradas. Em seguida, haveria um plebiscito e os habitantes poderiam escolher qual dos dois países prefeririam. A Renânia seria devolvida à Alemanha depois de quinze anos, permanentemente desmilitarizada. O marechal Foch estava outra vez planejando uma guerra juntamente com seus amigos, tentando instigar uma revolta da população francesa da Renânia, a fim de formar um governo e pedir anexação à França.

Era fácil compreender a posição de um homem que passara toda sua vida treinando exércitos e combatendo-os. Agora dispunha do mais belo e do maior exército do mundo: soldados de vinte e seis nações além de um excedente de raças e tribos que também podiam ser contadas. Dois milhões de americanos, rapazes altos e fortes — e ele não os podia usar! O generalíssimo elaborara um plano vitorioso para a conquista da Rússia e liquidar assim o bolchevismo; mas os malvados políticos estavam arruinando os seus planos, desmobilizando tropas e mandando os soldados para casa! Foch estava se comportando como um louco.

Três subcomissões tinham estudado a questão das reparações, mas tudo em vão. Resolveram então esquivar-se de fixar a quantia total. A Alemanha devia pagar cinco bilhões de dólares nos primeiros dois anos e, depois disto, uma comissão iria decidir quanto mais ainda devia pagar. Era outro problema para a Liga das Nações! Woodrow Wilson via realizar-se o seu desejo mais íntimo; a Liga e o Tratado de Paz estavam unidos de tal modo, que ninguém poderia examiná-los por partes. Clemenceau, porém, conseguiu uma vitória: a Alemanha não seria admitida na Liga.

Esta decisão encheu os conselheiros americanos de desespero. Trabalharam dia e noite para construir uma autoridade internacional, que talvez trouxesse apaziguamento à Europa, e agora ela ia transformar-se naquilo que Kurt dissera: uma liga para aprisionar a Alemanha!

Haviam rumores de que o presidente tinha ido ainda mais longe, garantindo uma aliança aos franceses, uma promessa feita pela Inglaterra e pela América para defendê-la, se fosse atacada novamente. O presidente Wilson cedeu noutros pontos, deixando Alston e outros do grupo liberal desesperados. Todos concordavam, porém, que tal aliança seria sem valor, pois o Senado Americano jamais a ratificaria.

v

Durante todo o dia e uma grande parte da noite, Lanny ouviu os argumentos destas questões. Não era apenas um secretário que cumpria ordens; estava interessado em tudo, e Alston tratava-o nesta base, contando-lhe até os seus próprios receios e medos. Lanny lembrava-se sempre de Kurt e, quando havia uma oportunidade, defendia a causa do amigo. Ele não poderia dizer: "Acabei de falar com um amigo que mora na Alemanha e que me falou muito sobre a doença e o desespero que existentes lá." Diria mais vagamente: "Minha mãe tem amigos na Alemanha e recebe notícias sobre o que está acontecendo naquele país. O mesmo se dá com Mrs. Chattersworth."

Todos estes problemas eram muito sérios para um rapaz de dezenove anos. No seu apartamento, moravam mais dois secretários, ambos mais velhos do que ele. Estes não se preocupavam tanto, embora trabalhassem de boa vontade. A conversa entre eles era franca e explícita, o assunto preferido era, naturalmente, o sexo.

Para estes moços, olhar mulheres dançando completamente nuas era alguma coisa notável. Lanny, que estava acostumada à nudez nas praias de Riviera, não gostava destas produções em massa.

A mulher, para eles, era tão necessária como a comida e o sono. Ao chegar numa nova parte do mundo procuravam logo mulheres, trocavam confidências e também mostravam curiosidade a respeito da vida amorosa

O FIM DO MUNDO 569

de Lanny. Quando este lhes contou que tinha sido enganado duas vezes e que estava cuidando de um coração ferido, aconselharam-lhe a esquecer, porque ele seria jovem só uma vez.

"Deve-se tomar o que os deuses oferecem!", cantara um poeta inglês na antologia que Lanny já tinha quase decorado. Isto devia ser aplicado à jovem secretária, Penélope Selden, que gostava da companhia de Lanny e dava provas disto. Lanny descobriu também que estava gostando dela cada vez mais, e para que esperar? Ainda estava amando Rosemary? Isto não o tinha impedido de sentir-se muito feliz com Gracyn. Esperava que Rosemary voltasse um dia à Riviera. Mas a pequena estava aguardando a chegada de uma criança, o futuro herdeiro de um grande título. Estudava estas questões de seu código sexual e o de seus amigos do grande mundo. A teoria do grande amor eterno tinha saído da moda. As pessoas ricas e importantes faziam casamentos por conveniência. Fosse o filho ou a filha de um barão da cerveja ou rei do diamante, compraria um título; se o membro da aristocracia vendesse o seu, os advogados fariam um bom contrato. Em seguida ao casamento vistoso, haveria dois ou três membros a mais na elevada classe social; então, cumprido o dever, achavam-se à vontade para divertir-se discreta e imperceptivelmente.

Lanny seria o terceiro de algum casamento elegante? O convite fora feito e nunca retirado. Supondo que fosse aceito, que faria neste ínterim? Viver como ermitão ou passar o tempo livre com uma discreta e refinada secretária? Tinha certeza de que se Rosemary, a futura condessa de San-dhaven, perguntasse o que fora a sua vida, seria com a mesma curiosidade amistosa e fria das suas cartas. Tais eram as consequências agradáveis da "descoberta mais revolucionária do século", conhecida pelo povo como "controle de natalidade".

VI

Os Quatro Grandes estadistas procuravam naquele momento resolver o destino das terras do Adriático. O presidente Wilson viajara naquelas terras. Fora saudado como salvador da humanidade; jogara beijos na audiência da grande ópera de Milão e ouvira o grito e as aclamações de milhões nas avenidas e ruas. Tivera a impressão de que este povo emotivo realmente o amava; agora, porém, aprendera que havia duas espécies de italianos;

aqueles que tinham vindo à Paris eram da outra espécie que não aquela que já conhecia: tinham repudiado a aliança com a Alemanha e vendido o sangue e a riqueza do seu país à Inglaterra e à França, em troca de uma promessa solene de receberem territórios que fossem confiscados depois da guerra. Agora estavam aí, não para formarem uma Liga das Nações nem para salvar a humanidade de futuros derramamentos de sangue, mas para partilhar da presa.

Os ingleses e franceses tinham assinado o Tratado de Londres sob pressão de grande necessidade, e agora, passado o perigo, já não se mostravam tão interessados em cumprir a promessa, baseados no princípio geral de que nenhum Estado deseja ver outro tornar-se mais poderoso. Faltava-lhes, porém, uma desculpa para repudiar as promessas. Consideravam um acontecimento notável, quando um cavalheiro das Cruzadas, de espírito nobre, vinha de além-mar, carregando a bandeira dos Catorze Pontos, incluindo o direito de povos menores escaparem das garras austríacas. Estes não deviam ser colocados sob qualquer outro domínio. Os ingleses, que tinham repudiado a ideia da autodeterminação para Chipre, e os franceses, que o tinham repudiado para o Sarre, entusiasmaram-se com a sua aplicação para o Adriático — somente o presidente Wilson fixava esta questão.

E o cavalheiro vindo de além-mar assim fazia. O *premier* Orlando, aquele cavalheiro genial e amigo, chorava; o barão Sonnino ralhava; e toda a delegação italiana se irritava e se encolerizava. Diziam que Wilson, tendo perdido a sua virtude no Reno e no corredor polonês, estava agora tentando restaurá-la à custa do sacro egoísmo da Itália. Havia discussões curiosas e os italianos arrumavam suas malas e ameaçavam de partir, mas desistiam, quando viam que ninguém com isto se preocupava.

A disputa continuava e os Quatro, ou melhor, os Três, concordaram em publicar um documento, opondo-se às exigências italianas; o presidente americano cumpriu sua parte, porém Lloyd George e Clemenceau não o fizeram, deixando os americanos numa situação incrível, sozinhos contra a Itália. Os retratos de Wilson foram tirados das paredes. A delegação italiana voltou para Roma, e os franceses mostraram-se muito alarmados. Os americanos, porém, diziam:

— Não se preocupem, eles voltarão — e assim o fizeram dentro de poucos dias.

VII

Tempo maravilhoso para os conselheiros e secretários! O professor Alston era chamado para o quarto do presidente Wilson, onde os estadistas discutiam sobre o destino de Sušak ou Xantum.

Chamaram Lanny a fim de que ele fosse ao Quay d'Orsay levar um documento importante para uma reunião onde se fazia a revisão da Liga das Nações. Uma questão muito delicada, por que o Congresso Americano insistia numa declaração de que a Liga jamais interferiria na doutrina de Monroe. Esta frase devia ser introduzida quanto antes e com o maior silêncio, pois havia outras nações que gostariam que fossem postos no contrato da Liga das Nações uns "entendimentos regionais" e havia perigo de excitá-los, se se fizesse alarde disto.

No almoço do dia seguinte, Lanny ouviu falar sobre os arranjos para a recepção da delegação alemã, agora chamada à Paris, a fim de receber o Tratado. Os alemães ainda deviam ser inimigos, até que o documento fosse assinado. Não tinham permissão para usar uniforme e todo intercâmbio com eles era proibido, sob penas militares.

Iriam morar no Hotel des Réservoirs, e tanto o edifício como o terreno próximo estavam cercado por uma paliçada de arame farpado.

Isto, como foi explicado, era para evitar que a população invadisse o edifício; mas seria difícil evitar que os alemães sentissem que era tratados como animais selvagens.

A delegação chegou no dia Primeiro de Maio, feriado tradicional dos vermelhos da Europa inteira. Uma greve geral paralisou toda Paris: metrô, bondes e automóveis, lojas, teatros, cafés — tudo. Nos distritos do subúrbio, os trabalhadores reuniram-se com bandeiras e músicas. Não tinham permissão para marchar, mas, como centenas de pequenos rios, chegavam à praça da Concórdia, e os americanos do Crillon olhavam-nos da janela. Jamais na sua vida Lanny vira uma multidão tão grande ou ouvira gritos tão ameaçadores; era a ameaça dos malsatisfeitos, a personificação de todos os sofrimentos que as massas tinham suportado durante quatro anos e meio de guerra e tantos meses mais para fazer a paz.

Lanny não podia ver o seu tio naquele mar humano, mas sabia que todos os agitadores da cidade estavam presentes. Era o dia em que proclamariam a revolução, se pudessem realizá-la. O capitão Stratton contou como o ma-

572 UPTON SINCLAIR

rechal Foch distribuíra uns cem mil soldados nos pontos estratégicos. Os jardins das Tulherias eram um acampamento com metralhadoras e pequenos canhões dirigidos por oficiais enérgicos. Mas, com o exemplo da Rússia, podia-se ainda confiar nas tropas? O medo perseguia todas as autoridades do mundo civilizado naquele dia extraordinário de Primeiro de Maio.

VIII

Lanny Budd fora considerado no Crillon como "meio-vermelho". Eles achavam divertido dizer isto do herdeiro de uma das grandes empresas de armamentos. O boato acrescentava que era um bolchevique convicto como o tio; e não tinha convidado aquele simpatizante confesso dos vermelhos, Lincoln Steffens, para um almoço no Crillon? Não fora observado em conversas íntimas com Herron, o apóstolo do amor livre e do Prinkipo? Não tentara explicar a mais de um membro da comissão que estes homens e mulheres marchando e gritando talvez fossem o "futuro"?

O que o Crillon pensava dos trabalhadores era que desejavam chegar nas ruas onde se encontravam as joalherias. Não era verdade. Mas o tumulto começara e a cavalaria de sabre em punho estava batendo em homens e mulheres. Lanny viu esta luta durante uma hora debaixo das janelas do seu hotel. Era a guerra: uma nova variedade chamada a luta de classes, que, conforme dissera Steffens, continuaria por anos e através de gerações.

Os americanos do Crillon consideravam a seriedade do perigo. Se os vermelhos se apoderassem do governo da França, o trabalho da Conferência da Paz teria sido inútil. Se chegassem à Alemanha, talvez a guerra recomeçasse. O mundo, então, assistiria a um espetáculo estranho: os Aliados seriam obrigados a colocar um novo Kaiser no trono alemão! Aparentemente, porém, tal coisa não aconteceria, pois Kurt Eisner, o *leader* vermelho da Baviera, fora assassinado por oficiais do exército, destino idêntico ao que fora reservado a Liebknecht e Rosa Luxemburgo. O governo social-democrata da Alemanha odiava os comunistas, matando-os nas ruas; e isto era um tanto desagradável aos professores das universidades da América, que tinham sempre dito que todos os vermelhos eram do mesmo padrão sanguinário.

As voltas da história eram realmente estranhas! O governo, com um socialista como chefe, estava enviando a Versalhes uma delegação de paz,

O FIM DO MUNDO

chefiada pelo imperial ministro dos Negócios Estrangeiros, conde de Bro-ckdorff-Rantzau, membro da velha e orgulhosa nobreza, que quase despre-zava os operários alemães tanto como desprezava aos políticos franceses. Ele e sua comitiva de duzentos e cinquenta pessoas estavam fechados na paliçada, e a multidão vinha olhá-los como se fossem animais de um jardim zoológico. O conde os odiava tanto que ficava fisicamente doente. Quando ele e sua delegação foram ao Trianon, para apresentar as suas credenciais, ficou de uma palidez mortal e os seus joelhos batiam de tal modo, que quase não podia ficar em pé. Não tentou falar. O espetáculo foi doloroso aos ame-ricanos. Clemenceau e seus colegas, porém, regozijavam-se abertamente. "Os senhores estão vendo!", disseram. "Ainda são os antigos alemães! A 'república' é apenas uma camuflagem. O animal quer sair da sua gaiola."

34

O JOVEM LONCHINVAR

I

MRS. EMILY CHATTERSWORTH IA FAZER COMPRAS E VISITOU SUA amiga Beauty de manhã, quando esta ainda se encontrava nos seus aposentos.

— Uma coisa estranha me aconteceu, querida — disse. — Lembra-se da-quele jovem músico suíço, M. Dalcroze?

— Ó, sim — disse Beauty, um tanto nervosa.

— Ontem à noite recebi uma visita de dois oficiais da polícia secreta. Pa-rece que estão procurando o músico.

— Mas para quê, Emily?

— Não queriam dizer-me claramente, mas pelas perguntas que fizeram, compreendi que desconfiam ser ele um espião alemão.

— Meu Deus! — exclamou Beauty e quase não podia esconder a emoção. — Que coisa horrível, Emily! Você pode compreender tal coisa? Parecia um moço bastante gentil e requintado! O que lhe perguntaram, Emily?

574 UPTON SINCLAIR

— Tudo, até os detalhes mais remotos. Quiseram saber como eu o encontrei e mostrei então a carta que me escrevera. Pediram uma descrição dele, altura e peso etc. Desejavam uma lista das pessoas a que tinha sido apresentado em minha casa; mostraram-se incomodados, porque não podia lembrar-me de todas. Você sabe, tantas pessoas sempre estão na minha casa.. Não é difícil que eu não possa lembrar-me de todas.

— Você deu a eles o meu nome? — perguntou Beauty.

— Felizmente, lembrei-me em tempo de como isto poderia prejudicar Lanny no Crillon...

— Obrigada, Emily, muito obrigada! O futuro de Lanny talvez dependa disto!

Beauty conseguiu dominar-se e depois continuou:

— Que ideia inacreditável, Emily! Você acha que seja verdade?

Uma mulher não vive tantos anos em rodas elegantes sem aprender como esconder as suas emoções, ou, de qualquer modo, a lhes dar uma nova direção.

— Não sei o que pensar, Beauty. Que é que um alemão poderia cometer agora? Fazer voar pelos ares a Conferência da Paz?

— Você não me disse que M. Dalcroze falou muito sobre os males do bloqueio?

— Sim... Mas isso não é crime, não é?

— Talvez para um alemão. Os franceses, provavelmente, querem fuzilá-lo por causa disto.

— Ó, estou doente de tanto ouvir falar em matar pessoas! Ouvi que várias centenas foram mortas e feridas nos distúrbios de Primeiro de Maio. Os jornais não publicam a verdade a respeito de coisa alguma!

A gentil Mrs. Emily, cujos cabelos embranqueceram completamente sob o peso da guerra, continuou a filosofar sobre a psicologia dos franceses. Estavam sofrendo de uma psicose. Talvez que depois da assinatura do Tratado de Paz acalmassem e tornassem a ser novamente aquele povo pacífico e adorável.

— Se existir a Liga das Nações para protegê-los, e não há dúvida alguma de que o Congresso americano aceitará um plano tão benéfico...

Beauty controlou os nervos e acrescentou umas poucas reflexões sobre o mesmo assunto. Depois de um intervalo decente, disse:

O FIM DO MUNDO

— Você não tem uma ideia por onde andará aquele moço suíço?

— Nenhuma palavra recebi desde que ele deixou a minha casa naquela noite. Acho tudo isto muito estranho.

— Vou perguntar a Lanny a respeito dele — sugeriu a mãe. — Conhece muitas pessoas que gostam de música, e talvez possa encontrá-lo. Acha que ele é parente de Jacques Dalcroze?

— Perguntei, e Lanny respondeu-me que não.

— Bem, vou ver se Lanny pode encontrá-lo.

— Mas por que, Beauty? Não acha melhor nada saber sob as circunstâncias atuais?

— Mas você não pretendia entregá-lo, não é? — perguntou Beauty.

— Certamente não; exceto se soubesse que cometera um crime sério. A guerra está terminada para mim e eu não tenho interesse algum em que alguém seja fuzilado. Que a polícia o encontre, se puder.

— Você está satisfeita por terem acreditado na sua história, Emily?

— Nem pensei que pudesse ser de outro modo.

Foi a resposta da grande dama. Era realmente uma senhora digna e não precisava representar este papel.

— Aparentemente sabiam tudo a meu respeito e falavam como se fossem cavalheiros. Certamente são altos funcionários.

— Naturalmente descobriram um meio de vigiá-la, Emily. Mas provavelmente não dirão tudo o que sabem e talvez pensem que você faça o mesmo.

— Mas o que quer dizer, Beauty?

— Você sabe... Lanny sempre está dizendo que os franceses estão chamando a comissão do Crillon de "pró-alemão", e, se houver espiões alemães em Paris tentando fazer propaganda a favor do levantamento do bloqueio, não agradaria aos franceses se fossem capazes de ligá-los conosco?

— Como você está esperta! — exclamou a amiga. — Parece tão inocente e fala como um Sherlock Holmes!

— Você sabe, Lanny me disse outro dia que devia desenvolver o meu cérebro, já que não tinha dinheiro.

— Eu queria saber o que Lanny está pensando a meu respeito! — disse Mrs. Chattersworth, e no seu sorriso a mãe de Lanny encontrou uma possibilidade de esconder a tensão nervosa sob a qual estava agindo.

II

Beauty não aceitou o convite para almoçar com sua amiga, dizendo que não estava passando bem. Logo que Emily saiu, ela telefonou ao Crillon e disse:

— Venha imediatamente, Lanny. Diga a Alston que sua mãe está doente.

O moço não sentiu dificuldades em sair logo. Encontrou sua mãe chorando descontroladamente e adivinhou o pior, sentindo-se aliviado e ao mesmo tempo embaraçado, quando ouviu que a polícia por enquanto ainda não conseguira prender Kurt.

— Ao menos não o tinham feito até ontem à noite — disse ele. — Talvez já tenha saído do país.

— Eu sei que não, Lanny! Tenho um pressentimento!

Beauty continuava a chorar.

Seu filho não a tinha visto em tal estado de desespero desde há tempos, desde quando lutara por Marcel, primeiramente para mantê-lo vivo, e depois para evitar que mergulhasse novamente na fornalha da guerra.

Subitamente olhou para seu filho, e Lanny viu um olhar cheio de medo.

— Lanny, tenho que lhe dizer a verdade! Você deve tentar perdoar-me!

— O que quer dizer, Beauty?

— Kurt e eu somos amantes!

Foram as palavras mais espantosas que Lanny Budd ouvira até então. Tudo o que pôde dizer foi:

— Pelo amor de Deus!

— Eu sei que você está chocado — continuou a mãe. — Mas senti-me tão só, tão abandonada depois da morte de Marcel. Disse a mim mesma que Marceline era o bastante, mas não foi, Lanny. Não fui feita para viver só.

— Eu sei, Beauty.

— E Kurt está na mesma situação. Perdeu a esposa e o filho, perdeu a guerra e o lar, e os poloneses vão receber os seus territórios. Ele disse que nunca mais voltará, pois não quer ser governado por eles. Você não vê agora a nossa situação?

— Mas, sim, querida, naturalmente!

— E você não pensou que Kurt e eu, fechados dentro de três quartos, não acabaríamos por falar sobre nossos sofrimentos e por tentar consolar-nos mutuamente?

O FIM DO MUNDO

— Não, devo admitir!

— Ó, Lanny, você era tão razoável com Marcel! Agora deve tentar sê-lo novamente! Kurt é seu melhor amigo, ou sê-lo-á se você o permitir. Eu sei em que você está pensando (todo mundo dirá o mesmo) que eu sou velha demais, posso ser mãe dele. Mas você sempre disse que Kurt parece mais velho do que é, e você sabe que sou jovem demais para minha idade. Kurt tem vinte e dois e eu apenas trinta e sete. É a verdade, meu filho, não preciso mentir a este respeito!

Lanny não pôde deixar de rir ao ver como esta boa alma estava se defendendo contra os murmúrios prováveis, tirando um ano ou mais na sua idade, acrescentando-o na de Kurt.

— Está certo, minha querida. Senti-me apenas um pouco surpreso.

— Não precisa pensar que perdeu sua mãe ou o seu amigo, Lanny. Continuaremos a ser o que éramos, se você nos perdoar.

— Sim, Beauty, naturalmente!

— Não deve pensar que Kurt me seduziu, Lanny!

O moço riu ainda mais.

— Deus a abençoe, Beauty! Estou pensando mais é que você seduziu a Kurt!

— Não brinque comigo, Lanny. É muito sério para nós dois. Deve compreender que lacuna se abriu em minha vida, desde que seu pai me deixou, ou melhor, desde que o obriguei a deixar-me. Nunca saberá quanto me custou.

— Esforcei-me para adivinhá-lo — disse Lanny, abraçando-a. — Coragem, Beauty, tudo está certo. Estou envergonhado da minha estupidez por não ter pensado antes nisto. Vocês vão se casar?

— Mas isso seria ridículo, Lanny! Que diria o povo?

— Kurt quer desposá-la?

— Ele acha que é uma questão de honra. Acha que você está esperando por isto. Mas diga-lhe que já está fora de cogitações. Dentro de alguns anos, serei uma mulher velha e sentir-me-ia envergonhada por ser um pesadelo na vida de Kurt. Posso fazê-lo feliz agora, Lanny. Ele vem aqui quase todos os dias e nós nos sentimos embaraçados para lhe dizer a verdade.

— Bem, não acho que seja uma época apropriada para você se tornar sua amante — disse o filho, severamente. — Mas seja como for, o mal está feito, e a questão agora é como levar vocês dois, pecadores, para fora do país.

III

Beauty estava como uma sonâmbula. Não tinha meios para alcançar Kurt; ele não lhe dera o endereço. Viria, mas quando? E se encontrasse a polícia secreta esperando-o no hotel? Lanny devia ir para baixo ver se algum suspeito estava sentado no vestíbulo.

Beauty precisava de auxílio, e quem o poderia dar a não ser o filho? Ela ficou horrorizada ao pensar envolvê-lo nisto. Não por causa do Crillon — mas se a polícia levasse Lanny juntamente com Kurt? Se fosse castigado pelo seu amor culpado? Pois assim ela o considerava, sendo uma mulher que fora educada com todo o respeito, como filha de um pastor, sabendo qual o melhor caminho, mesmo quando seguia o pior.

Alguém devia ficar no quarto para, quando Kurt chegasse, avisá-lo e escondê-lo até à noite. Então deviam tentar levá-lo para fora de Paris, sendo o meio mais seguro o automóvel. Beauty ia comprar um carro novo, pois o seu tinha sido confiscado. A gasolina ainda estava rara, mas com dinheiro tudo se arranjaria. Só dispunha de pouco, mas Lanny podia auxiliá-la, e Robbie tinha lhe deixado uma reserva maior. Ele ofereceu-se para sair e cuidar de tudo isto, mas Beauty estava cheia de medo — a polícia talvez o acompanhasse, e Lanny seria declarado culpado por auxiliar um espião. Não, devia esperar ali, enquanto ela faria as compras.

"Aonde iriam?", perguntou, e, como Beauty não soubesse, sugeriu a Espanha. Se fossem para a Suíça, viajariam na direção da Alemanha, e as autoridades, naturalmente, estariam alertas; a Espanha era um país neutro, um país latino, e um lugar natural para uma rica senhora americana viajar em companhia do seu amante. Ou talvez fosse melhor levá-lo como motorista? Discutiram o problema. Um amante ia requerer mais cuidados por parte dos latinos, enquanto um motorista de uniforme passaria mais facilmente a fronteira, sem que lhe fizessem muitas perguntas.

Beauty não tinha passaporte; esta invenção fora criada durante a guerra, e neste período ela não saíra da França. Teria que pedir um e arranjar um pequeno retrato. Resolveu voltar a usar o nome de Budd, nome poderoso e estrangeiro, mas cômodo para uma turista. Kurt, sem dúvida alguma, tinha um passaporte falso ou legítimo; se fosse com o nome de Dalcroze teria de ser mudado. Mas não valia a pena discutir antes da chegada dele.

O FIM DO MUNDO

Lanny prometeu esperar no quarto até que Beauty voltasse. Se os policiais viessem perguntar alguma coisa sobre a reunião em casa de Mrs. Chattersworth, Lanny não devia falar nada. Neste caso, Kurt iria ao parque Monceau, tomaria um livro e ficaria sentado como um poeta, olhando as crianças que brincavam e flertando com as criadas como um francês legítimo.

— Está certo, está certo! — disse Lanny.

IV

Assinou um cheque para sua mãe e, enquanto ela se vestia, discutiram sobre os diversos carros, os preços e os caminhos para a Espanha, bem como as possibilidades de Kurt passar a fronteira por vias clandestinas. Beauty ia viajar pelo País Basco e jamais seria mais feliz do que quando ela e seu novo amante estivessem livres na Espanha. Outra vez, Lanny lembrou-se da sua antologia. O jovem Lonchinvar viera do Oriente, e os cavalos que lhe seguiam eram mais rápidos do que o de qualquer herói com que Sir Walter Scott pudesse ter sonhado: sessenta milhas por hora nas estradas e cento e cinquenta pelo ar — para nada dizer das mensagens que viajavam através do globo em um décimo de segundo.

Beauty telefonou: estava comprando tudo. Havia qualquer novidade? Lanny disse que não, e ela desligou. Mais uma hora, e ela telefonou de novo — mais progressos e ainda nenhuma novidade. E assim continuou durante aquele dia tão comprido. Voltou tarde para casa e contou que seu automóvel estava numa garagem, pronto para a viagem. Todas as formalidades foram preenchidas: tinha o passaporte em nome de Mabel Budd, conseguido por intermédio de um amigo influente, a quem explicara que não queria ser uma viúva, e ele prontamente lhe auxiliou.

O passaporte estava visado para a Espanha, e ela havia comprado um mapa contendo as estradas de rodagem para o sul. Também trouxe um uniforme para um motorista alto. Guardou-o debaixo da cama, onde a polícia não o encontraria. Com estas compras, tudo ficou cumprido e Lanny foi obrigado a voltar para o Crillon.

Devia esquecer a perigosa questão e, se alguém lhe perguntasse, nada saberia responder. A mãe escreveu uma carta: "Meu caro Lanny; vou fazer uma pequena viagem; telegrafarei brevemente. Tente vender alguns desenhos de Marcel. Adeus."

580 UPTON SINCLAIR

Este seria o álibi, em caso de inquérito. Logo que chegasse à Espanha, telegrafaria. Se ela ou Kurt tivessem dificuldades, ele devia ir à casa de Mrs. Emily, confessar tudo e pedir o auxílio dela junto às autoridades francesas. Beauty beijou-o muitas vezes, dizendo-lhe que era um anjo — porém, tal coisa não constituía novidade para ele.

Voltou ao Crillon a fim de resolver a questão de Xantum, que no momento estava destruindo a paz de espírito dos americanos. Sua mãe acabava de arrumar as malas, fumando um cigarro depois do outro.

Não podia comer nada, não podia pensar em nada a não ser Kurt, Kurt! Via-o perseguido pela polícia, via-se chorando no quarto de Emily, pedindo perdão e explicando que não contara este segredo à sua amiga para o próprio bem da mesma. Via-se ajoelhada diante de oficiais franceses, chorando, implorando misericórdia.

V

Durante todas as sessões da Conferência, os delegados japoneses ficaram sentados, quietos, gentis, mas inescrutáveis. Tentaram incluir no projeto da Liga das Nações um artigo de "igualdade racial" para que pudessem ter acesso à Califórnia e à Austrália. Esta proposta foi rejeitada. Eles, então, esperavam, estudando os delegados e aprendendo tudo o que podiam. Queriam descobrir entre os delegados quais os que podiam ser enganados ou bajulados. O Japão apoderara-se da rica província chinesa de Xantum e pretendia guardá-la, a não ser que significasse a guerra com alguém. Seria possível ou não?

Os americanos estavam ansiosos para que este problema chegasse a uma conclusão. Se os japoneses impusessem a sua vontade, isto significaria que os Catorze Pontos não tinham mais valor. Os delegados chineses iam pelos corredores do Crillon, perguntando se Mr. Wilson estava esgotado. Lanny ouvia tudo isto como num sonho. A cada momento ele telefonava para sua mãe, mas nada havia de anormal.

Pelas dez horas, Beauty telefonou:

— Venha imediatamente.

Ele foi e a encontrou num estado de grande nervosismo. Kurt havia estado lá, e saíra de novo para entrevistar alguém que tinha autoridade para dar-lhe permissão de sair. Não disse nada mais, a não ser que tinha certeza

O FIM DO MUNDO

de arranjar um passaporte para a Espanha. E Beauty explicou que ele afirmara possuir amigos lá.

Lanny não tinha se lembrado desta eventualidade. Naturalmente, os alemães iam agir tanto na Espanha como na Suíça.

Beauty encontraria Kurt num lugar combinado.

— Dentro de uma hora — disse. — Mas vamos sair daqui imediatamente!

Suas malas estavam prontas. Lanny pagou a conta do hotel, explicando que sua mãe fora chamada à Riviera. Fizeram sinal a um carro e, depois de dar gorjeta a todos, saíram. Beauty chorando convulsivamente. Estivera com tanto medo e nada havia acontecido!

Vagarosamente passaram pelas ruas, ainda mal iluminadas, como nos dias da guerra. Depois de algum tempo, Beauty disse-lhe que ia para o lugar onde Kurt devia estar. E acrescentou:

— Agora volte rapidamente!

— Não estou gostando de deixar você aqui sozinha — disse ele.

— Vou fechar o carro; tenho um revólver.

— Desejava ver a saída de vocês.

— Mas não compreende, Lanny, talvez a polícia esteja seguindo Kurt! Neste caso, poderiam prender você também...

Ele tinha que concordar com tais palavras. Como Beauty não soubesse guiar, perguntou:

— O que você fará se ele não vier?

— Neste caso, fecharei o carro e telefonarei para você.

Lanny desejava ver Kurt e dar a ambos a sua bênção. O importante, porém, era tranquilizar sua mãe. Saiu e disse:

— Diga-lhe que, se não a tratar bem, irei procurá-lo com a polícia.

Ela sorriu um pouco.

— Adeus, meu bem. Volte rapidamente, por favor. Não fique aqui por perto.

VI

Era tarde, mas Lanny voltou para sua escrivaninha a fim de continuar o seu trabalho. Também duvidava que pudesse dormir. A sua mente estava viajando pela Route Nationale, que corria do sul para leste, de Paris ao golfo de Biscaia. Nunca viajara na mesma, mas sabia que era uma boa estrada, porque a segurança da pátria dependia das suas estradas. A distância era

582 UPTON SINCLAIR

de umas quinhentas milhas e, se tudo corresse bem, eles fariam viagem durante a noite e parte do dia seguinte. Provavelmente a fronteira estaria fechada durante a noite. Havia uma pequena cidade chamada Hendaye do lado francês, tendo uma ponte que a ligava ao solo espanhol. Não longe existia uma cidade chamada São Sebastião. Talvez ainda fizesse frio, mas os dois teriam muitos meios de se aquecerem. Não valia a pena pensar em qualquer desgraça possível — melhor seria procurar Alston e elaborar o programa do dia seguinte.

Era dia de uma cerimônia estranha: a apresentação formal do Tratado de Paz à delegação alemã, cerimônia que se realizaria no grande *hall* do Hotel Palácio do Trianon. As delegações aliadas foram recebidas com música, o que aumentou ainda mais a diferença quando os alemães entraram sob um silêncio mortal. Nas mesas em frente de suas cadeiras estavam colocadas cópias de um volume impresso com perto de cem mil palavras: o Tratado sobre o qual o mundo inteiro falara e escrevera durante o último meio ano. O texto oficial, tanto em francês como em inglês, era para ser inspirador. No Crillon, porém, contava-se que muitas coisas tinham sido mudadas nos últimos instantes, e que os franceses tinham fixado muitas coisas conforme os seus próprios desejos. Quem estudou, linha por linha, o documento para verificar se estava certo? Quem o comparou? E com que? Como podia haver comparação quando três estadistas se encontravam nos seus dormitórios ou salas de estudo, sem que se fizesse uma cópia destas reuniões, a não ser as anotações feitas por um amigo de Lloyd George; mas Lloyd George merecia tamanha confiança?

Seja como for, ali estava o volume, e Clemenceau levantou-se, fazendo um pequeno discurso aos alemães, informando-os de que teriam quinze dias, dentro dos quais poderiam fazer suas observações escritas. E disse:

— Este segundo tratado de Versalhes custou-nos muito. Essa demora foi suficiente para que tomássemos todas as precauções e garantias necessárias para que a paz seja duradoura.

Quando chegou a vez do conde de Brockdorff-Rantzau responder, ele não se levantou mas continuou sentado, sem fazer um movimento na grande cadeira de couro. Talvez não o fizesse por estar doente, mas neste caso poderia tê-lo dito e, como nada dissesse, parecia que sua ação era de descortesia intencional. Os Aliados tinham posto no Tratado um parágrafo, no qual

O FIM DO MUNDO

os alemães assumiam a única responsabilidade da guerra. Isto encheu o conde de tal fúria, que sua voz tremia e, com dificuldade pudera pronunciar as palavras:

— Uma tal confissão da minha parte seria mentira.

Ao mesmo tempo, uma outra novidade fora mencionada no Crillon: o presidente Wilson tinha feito a promessa, que, juntamente com a Grã-Bretanha, garantiria a França no caso de outro ataque da Alemanha. Os grandes mestres da palavra recorreram mais uma vez ao seu vocabulário, mas agora não era uma "aliança", e sim um "entendimento"; e naturalmente havia uma diferença.

— Se o Tratado fosse justo — declarara Alston —, o mundo inteiro auxiliaria a sua assinatura. Mas ele será a causa de uma outra guerra; e querem obrigar-nos a entrar nela.

Ele contou que a Alemanha tinha declarado luto nacional durante uma semana, em protesto contra a declaração da culpabilidade da guerra.

Lanny Budd não tinha opinião, mas durante todo o tempo pensava no motivo porque não tinha recebido ainda o telegrama! Sabia que o serviço do correio estava ruim, mas isto não diminuía o seu nervosismo. Por que não pensara em dizer a Beauty que telefonasse? Mas não o tinha feito; talvez estivesse em segurança na Espanha, ou em alguma prisão de Tours ou Bordeaux, ou, ainda, em Hendaye. Lanny não conseguiu trabalhar calmamente até que no dia seguinte chegou a esperada notícia: um telegrama curto e agradável: "Lanny Budd, Hotel Crillon, Paris: Paz, amor, beleza." Muito poético — mas o ponto importante era que a mensagem tinha sido enviada de São Sebastião.

Como este casal tão diferente iria viver? Lanny esforçava-se para imaginá-lo durante as suas horas vagas. Aprendera que nunca se podia dizer nada sobre as conjeturas dos outros quando amavam; tinha que deixá-los à vontade. Kurt acabaria descobrindo que ia viver com uma mulher que não acreditava nas suas ideias — mas somente nele, acreditasse no que acreditasse, fizesse o que fizesse; seria a verdade e também o importante. Beauty havia de ser leal para o seu homem; defenderia a sua causa e lutaria — não por ela, mas por ele.

Falava muito e certamente ia aborrecê-lo enquanto viajavam para a Espanha. Além disso, deixar-se um homem sozinho é bastante razoável se ele assim o deseja. Se Lanny quisesse ler, estava certo. Podia ir a um canto do

584 UPTON SINCLAIR

jardim e lá ficar o dia inteiro. Se Marcel tinha desejos de pintar ou Robbie de jogar pôquer, tudo isto estava certo também. Se Kurt compreendesse que a guerra estava terminada e continuasse a cuidar da música, Beauty ficaria satisfeita em ouvi-lo o dia inteiro.

Quando Kurt produzisse o seu *Opus* I, seria para Beauty o maior compositor do mundo. Levaria a composição, lutaria por ela como lutara pela arte de Marcel e pela venda da munição. Faria perguntas até descobrir qual o maestro mais em moda; e trabalharia tanto que conseguiria ser apresentada a ele. O maestro teria que ouvir o *Opus* I de Kurt e seria convencido a mandar executá-lo por uma grande orquestra sinfônica. Beauty cuidaria também para que todos os críticos estivessem presentes assim como toda a alta sociedade de Paris e Londres.

Kurt seria apresentado ao mundo — ou talvez não quisesse? Podia ser um excêntrico como Marcel, desprezando a sociedade elegante e desejando esconder-se! Se assim fosse, Beauty pediria perdão e diria que era uma mulher estúpida, e que fizesse o que desejava — com a única condição de nunca mais ir para a guerra.

Lanny estava revivendo aqueles dias de angústia com Marcel em Juan--les-Pins! Agora seria Kurt o seu padrasto! Que coisa curiosa! Naturalmente sempre tomara atitudes de um mais velho e Lanny pensava a seu respeito como um mentor. Mas enquanto ficavam mais velhos, os quinze meses de diferença de suas idades significavam menos; Kurt, porém, sabia sempre o que pretendia fazer, ao passo que Lanny nunca se mostrava tão certo. Tivera conversas caprichosas, imaginárias, com seu amigo, durante as quais tinham combinado os papéis que deviam tomar na peça que o destino lhes oferecera. Seja como for, nunca sentiriam ciúmes um do outro e fariam a música! Lanny começou a pensar que devia se apurar naquela grande arte e tentar fazer alguma coisa com o auxílio de Kurt.

VII

A delegação alemã bombardeava a conferência com notas e mais notas, protestando contra os termos do "documento monstruoso", como o Tratado foi chamado pelo presidente de República Alemã.

Disseram que era impossível cumpri-lo; que o fato de fixarem a quantia de indenização tornava impossível para a Alemanha obter qualquer cré-

O FIM DO MUNDO

dito; que o fato de tomar todas as suas colônias e navios e requisitar seus estaleiros a fim de fazer novos navios para os Aliados, tornava impossível para ela manter um comércio e, portanto, estava condenando milhões de pessoas à morte pela fome. Para melhor continuar o envio destas notas, os alemães mandaram trazer uma máquina de impressão e prepararam uma contraproposta. Clemenceau respondeu à maioria das notas alemãs com fria rejeição e os conselheiros, secretários e tradutores foram ocupados em repelir as notas.

Tornara-se um dever para Lanny tratar da questão da Silésia Superior, e preparar a resposta aos argumentos persistentes da delegação alemã, que alegara ser a mesma província inteiramente germânica e que o fato de entregá-la à Polônia era somente uma tentativa política para privar a Alemanha das minas de carvão e das forças industriais daquela parte do país. Muitos outros trabalhos foram feitos por Lanny, pois o professor Alston estava discutindo se devia ou não resignar à sua posição como protesto público contra aquilo que sentia ser uma quebra de fé e de palavra para com a Alemanha.

Havia sinais de recuo entre os responsáveis pelos termos drásticos do Tratado, e Lanny teve a ideia de que talvez fosse possível salvar o castelo e o distrito de Stubendorf para Kurt e sua família. Mas o professor Alston abanou tristemente a cabeça. Ele sabia tão bem quanto Lanny que aqueles territórios eram alemães. Mas que podiam fazer? Talvez fosse possível persuadir aos Quatro Grandes em conceder um plebiscito para a maior parte da Silésia-Superior. Stubendorf, porém, estava muito ao leste, e certamente ia fazer parte do novo Estado polonês. Paderewsky, o presidente da nova República polonesa, viera a Paris lutar polegada a polegada de território que pudesse obter, e os franceses apoiavam-no. Como Robbie tão cuidadosamente explicara, esta nova República era uma criação francesa, para ser equipada com armas feitas por Zaharoff.

Lanny esteve ocupado demais para voltar ao palacete da Avenue Hoche; mas se às vezes chegava a encontrar os fios da teia daquela aranha velha e industriosa depressa os perdia. Justamente quando tentava salvar a propriedade de Kurt, chegou uma novidade: uma expedição grega acabava de chegar a Esmirna e de conquistar a cidade com o apoio de navios de guerra franceses e ingleses e — os americanos quase não podiam acreditar — um navio arizona o cinco destróieres americanos auxiliando! Os franceses

586 UPTON SINCLAIR

conquistaram as fortalezas do porto, os ingleses e italianos ocuparam os subúrbios, enquanto os gregos invadiam o centro da cidade, matando os habitantes turcos.

A Turquia naturalmente ia ser desmembrada. Os ingleses e franceses discutiriam sobre o petróleo. Os italianos apoderar-se-iam de algumas ilhas. Os gregos receberiam Esmirna como recompensa de terem mandado tropas para Odessa, a fim de auxiliarem na luta contra os bolcheviques. Mas que receberiam os americanos? E por que os navios de guerra dos Estados Unidos da América navegavam contra os turcos, aos quais nunca tinham declarado guerra?

Todos estes acontecimentos tinham sido previstos por Robbie Budd, e Lanny falou a esse respeito a Alston e os outros. Zaharoff era um grego, e o ódio contra os turcos era a maior paixão da sua vida, seguida pela paixão de ganhar dinheiro. Zaharoff controlava Lloyd George através da enorme máquina de armamentos que salvara a Grã-Bretanha. Zaharoff controlava Clemenceau, de Schneider-Creusot, para não mencionar o irmão e o filho deste último. O grão-oficial da Legião de Honra, praticamente, tinha uma posição de relevo na Conferência da Paz, mas estava, naquele momento, apoderando-se de um porto para as conquistas futuras da Turquia e do petróleo. A América ia aceitar um mandato para Constantinopla, o que significava enviar um exército e uma armada a fim de manter os bolcheviques fechados no mar Negro; também aceitaria um mandato na Armênia, o que significava mantê-los longe dos campos petrolíferos de Mossul. Lloyd George tinha um mapa em que mostrava tudo isto — Fessenden contou este fato a Lanny sem compreender a sua importância.

Uma coisa Lanny não compreendeu — o que ele estava fazendo a si próprio ao falar estas coisas no Crillon. Sua mãe imaginava-o na carreira diplomática, uma coisa tão distinta e elegante, e ele mesmo achava interessante ficar por detrás das cortinas e estar, ao menos, nas proximidades dos grandes atores. Mas tinha se esquecido da galeria, dos diversos traidores. Zaharoff tentara alugá-lo como espião. Mas teria Zaharoff falhado ao tentar alugar outros? Imaginava que talvez um destes ficasse no meio dos malsatisfeitos da roda de Alston, discutindo o projeto de resignar, e não anotasse tudo num dos muitos livros de anotações.

O FIM DO MUNDO 587

35

NÃO POSSO AGIR DE OUTRO MODO

I

L ANNY BUDD ESTAVA NUM ESTADO DE GRANDE CONFUSÃO MENTAL. Havia aceito o ponto de vista do seu chefe e dos amigos deste: o pequeno grupo dos liberais. De acordo com estas autoridades, o presidente dos Estados Unidos tinha perdido a chance de salvar o mundo; nada mais se podia fazer, senão esperar a preparação das nações para a próxima guerra. George D. Herron voltou a Genebra, doente de corpo e espírito, escrevendo ao seu jovem amigo uma carta na mais profunda depressão, empregando na mesma a linguagem mais sublime. Tio Jesse, a quem Lanny visitou, empregou as mesmas palavras — somente não se preocupava, porque, dissera, era a natureza do capitalismo caminhando para o colapso.

— Capitalismo é a guerra — disse o pintor —, e aquilo que se chama paz é apenas o tempo empregado para se preparar. Tentar mudá-lo é querer reformar a natureza de um tigre-de-bengala.

Um secretário muito jovem ouvia todas estas ideias sem saber definir-se. Tentava separá-las e decidir nas quais acreditava; tarefa difícil, pois todos eles eram eloquentes quando conversavam e Lanny muito moço ainda.

O mês de maio em Paris era lindo. As chuvas limpavam as ruas e o ar, e o sol aparecia com um esplendor deslumbrante. As acácias do bosque de Boulogne, carregadas de inúmeras flores amarelas, embelezavam o ambiente. Crianças brincavam na relva, e as criadas conversavam entre si e flertavam com soldados americanos, ingleses e os de cor, vindos da África, sem diferençá-los. Os maravilhosos monumentos e edifícios de Paris proclamavam a vitória; o tráfego era movimentado e a vida, excitante, embora tudo fosse incerto e perigoso.

Lanny, passeando pelas avenidas, lembrava-se de sua mãe e de Kurt, salvos na Espanha, e gozando dum tempo maravilhoso. Recebera uma carta do amigo, cheia de desculpas desnecessárias, assinada por aquele nome "Sam", que escolhera num momento qualquer. Beauty também escrevera, não sobre o passado e o seu perigo, mas sobre novidades pessoais. Uma costa escarpada e inspirada, a baía de Biscaia; velhas cidades fascinantes, estalagens pitorescas, brilho ao sol; paz e segurança, anonimidade absoluta e, acima de tudo, o amor.

Lanny compreendeu cada uma destas palavras no seu sentido mais íntimo. Vozes diziam-lhe que estava perdendo alguma coisa da sua vida. Outros a estavam encontrando; porém, ele continuava só, sem mãe, sem pai, sem namorada — com, apenas, um grupo de cavalheiros de meia-idade, que olhavam o mundo com pessimismo, sem que dois deles fossem capazes de concordar com o que desejavam fazer — e sem força para fazê-lo, se concordassem.

II

A "sociedade" estava revivendo. Os elegantes tinham voltado do seu sonho de inverno, que durara cinco anos, em busca de prazer, como ursos em busca de alimento; o Grand Prix ia ser corrido em Longchamps, e o presidente Wilson viera assisti-lo: era o primeiro feriado que este homem permitia a si mesmo em dois meses. Também Lanny resolvera assistir e o fazia com todo o estilo: auxiliado pelo agradável oficial que cuidava dos automóveis do governo.

Lanny lembrou-se daquela agradável menina do Hotel Majestic. Conseguira ter tempo livre e ali estava, formando um grupo, juntamente com o jovem Fessenden e a amiga deste. Os ingleses têm espírito esportivo e, portanto, assistir à corrida de Longchamps, era quase como prestar um serviço. Era notável como as jovens de parcos vencimentos conseguiam aparecer tão alegres e bem-vestidas como as mais ricas; elas não confessavam como o faziam, mas o fato era que as roupas das belezas profissionais, embora mostradas mais tarde nos jornais, só dificilmente podiam ser distinguidas dos vestidos das mocinhas que trabalhavam como estenógrafas. Era a democracia.

Ao olhar a pista e a multidão elegante, dificilmente a gente se lembraria de que havia menos de um ano, Paris estivera em perigo mortal; quantos canhões de longo alcance tinham bombardeado suas ruas e casas, e quantas centenas de milhares de seus filhos tinham sacrificado a vida para salvá-la? As mulheres de luto não assistiam às corridas; somente as felizes, cujos

O FIM DO MUNDO

maridos tinham tirado lucro da guerra. Agora usavam chapéus de flores, inventados pelos grandes costureiros; usavam sombrinhas e lenços, que representavam o salário de um mês para aqueles que os tinham feito. Os lindos e nobres cavalos corriam para entretê-los e a alegria festiva reinava de todos os lados.

Enfim, a vida começava outra vez para as classes ricas. O lema era gastar enquanto havia tempo, e o pai de Lanny também pensava assim. Portanto, o moço gozava o ambiente, o ar primaveril e sentia a alma expandir-se. Passeava entre a multidão sorridente, cumprimentava as pessoas distintas que conhecia, contando aos amigos quem eram. O *grand monde* estava todo ali: pessoas importantes não só de Paris, Londres e Washington, mas da Grécia e do Egito, da Pérsia e Índia, China e do Japão, da Austrália e Nova Zelândia.

Penélope Selden era delgada e de movimentos rápidos. Os cabelos brilhavam sem tinta e as faces eram coloridas sem rouge. Certamente sentia-se feliz naquela tarde. Todos brincavam e riam à vontade e nenhum dos problemas do mundo incomodava as suas almas. Apostavam e quando ganhavam era grande a satisfação em receber alguma coisa em troca de quase nada.

Fessenden tinha um compromisso à tarde e voltou para a cidade. Porque todos os restaurantes de Paris estivessem cheios na noite do Grand Prix, Lanny e Penélope tomaram um automóvel para os subúrbios, onde encontraram uma pequena estalagem com mesas no jardim, uma lua agradável para fornecer a luz certa e um dono muito discreto; a cozinha era boa e o vinho tolerável. Depois de passearem no jardim, sentaram-se num banco. Alguém na estalagem tocava concertina — não era do tipo mais perfeito de música, mas bastava.

Lanny refletiu sobre a vida cheia de deveres que passara nestes últimos cinco meses; e também que, em lugares como este, havia quartos que podiam ser alugados sem que alguém fizesse qualquer pergunta. Resolveu, então, tomar o que os deuses lhe ofereciam. Assim a conversa tornou-se pessoal, ele abraçou-a sem que ela resistisse. Mas quando começou a murmurar os seus pensamentos, ela exclamou numa voz que mostrava surpresa dolorosa:

—Ó! Lanny, por que esperou tanto tempo?

— É tarde demais? — perguntou.

— Fiquei noiva!

"Que pena!", pensou Lanny consigo mesmo.

590 UPTON SINCLAIR

Em voz alta respondeu:

— Ó! Minha querida, como eu sinto! — E depois de um intervalo, continuou: — Quem é ele?

— Alguém na Inglaterra.

Ela não contou mais. Isso significava que não estava muito satisfeita com sua escolha. Ficaram sentados por algum tempo, observando as sombras das árvores.

— O que foi, Lanny? Pensou que eu fosse uma cavadora de ouro ou outra coisa horrível?

— Não, querida — disse com vivacidade. — Receei que talvez não fosse muito honesto para com você.

— Não podia ter deixado isso por minha conta?

— Talvez devesse tê-lo feito. Mas é difícil se ter certeza do que é certo.

— Não teria feito exigência alguma sobre você; honestamente não. Aprendi a tomar conta de mim mesma e pretendo fazê-lo.

Silenciaram novamente; então ela disse:

— Realmente sinto muito.

— Eu também — replicou ele; e novamente observaram as sombras das árvores.

III

Falaram depois sobre as relações dos sexos, pensamentos que os jovens daqueles tempos sempre discutiam. Tinham acabado com os princípios fixos dos seus antepassados e tentavam encontrar um código que garantisse a própria felicidade, alguma coisa em que realmente acreditassem.

Lanny contou suas duas aventuras e Penélope disse:

— Aquelas eram moças horríveis, Lanny. Nunca lhe teria tratado assim.

— Posso dizer alguma coisa em defesa de ambas: a moça inglesa faz parte de uma classe e deve obediência à sua família. Os seus pais não pensavam assim?

— Um corretor não vale tanto na Inglaterra, a não ser que seja muito grande, e meu pai não o é. Além de mim tinha que cuidar de outras pessoas, por isto procurei ganhar a vida. Enquanto me estou sustentando, tenho o direito de moldar a minha própria vida. Ao menos penso assim.

— Você já teve um amor? — continuou a perguntar.

O FIM DO MUNDO

Ela respondeu que amara um moço na escola de comércio que tinha frequentado. Os pais dele eram ricos e não queriam que ele a desposasse.

— Acho que não nos amamos bastante para lutar — disse ela. — Em qualquer caso, não lutamos. Dificulta tudo se um tem mais dinheiro que o outro. Foi por isso que tive medo de fazê-lo sabedor de que gostava tanto de você, Lanny. Uma moça pode geralmente arranjar tudo, se ela quiser.

— Não tenho muito dinheiro — disse ele, rapidamente.

— Eu sei, mas parece que você é bastante rico, ao menos para uma menina que vive dos vencimentos que recebe do Foreign Office. Esperei desejando que você falasse, mas não falou.

Era uma conversa perigosa. Os seus corações estavam abertos um para o outro e não teria sido difícil para Lanny chegar ao ponto desejado. Mas alguma coisa deixava-o pensativo. Era uma moça adorável e tinha o direito a um tratamento justo. Talvez ela rompesse com o noivo e experimentasse a vida com ele; por vagas observações compreendeu que o homem em Londres era um negociante e não ligava muito à menina. Mas romper, para ela, era um caso muito sério. Se Lanny a obrigasse a fazê-lo, ficaria com obrigações simples, mas incômodas. E ele estaria preparado para cumpri-las? A Conferência da Paz estava terminando e seus caminhos iam bifurcar-se. Ele devia levá-la para Juan? Se o fizesse, que seria do emprego e da independência que ela possuía? Por outro lado, devia acompanhá-la até Londres?

Não, não pretendia algo tão sério. Pensava num pequeno divertimento, movido pela atmosfera daqueles dias, quando homens e mulheres sentiam que a vida os estava enganando. Penélope disse alguma coisa semelhante; encostava-se cada vez mais perto dele e, praticamente, já estava nos seus braços, pois tudo o que tinha a fazer, era fechá-los.

— Ouça — disse ele, e o tom da sua voz indicava o que ia dizer —, se fizermos assim, ficaremos gostando um do outro e seremos infelizes.

— Pensa?

— Talvez você pense que vai voltar àquele rapaz de Londres. Mas tal não acontecerá; e quando descobrir que não gosta mais dele, vai ser infeliz, tornando-o infeliz também.

— Pensei muito sobre isto, Lanny. Fazemos o que pensamos que esteja certo, para depois passar muitas horas refletindo, se não cometemos um engano.

— Julgo pelos modos da moça inglesa que lhe contei.

592   UPTON SINCLAIR

— Você não pode esquecê-la?

— Tentei, sei que o devo fazer, mas não posso.

— Acho que aí está a diferença entre nós dois — disse Penélope. — Há um poeta alemão que conta qualquer coisa sobre um moço que amava uma jovem, mas esta escolhera outro.

— Eu sei, Heine. E aquele que sofre desta maneira fica com o coração partido.

— Não creio que haja remédio para isto — disse pela última vez Penélope.

Ficaram sentados no banco ouvindo a concertina. As melodias eram canções da guerra. Muitas tratavam de amor, mas todas eram melancólicas. Lanny cantou-as para Penélope e, ainda com o eco nos ouvidos, voltaram à cidade. Depois, como a pequena havia dito, ambos cismaram se não tinham cometido um engano.

IV

Os alemães continuavam bombardeando o Tratado e recebiam auxílio dos grupos liberais e radicais do mundo inteiro. Os estadistas de Paris que se tinham comprometido a fazer Conferências Abertas faziam-nas do melhor modo possível para que os termos deste tratado não chegassem ao público. Não se podia adquirir o texto na América nem na França. Porém, na Bélgica, comprava-se uma cópia por dois francos, e os protestos contra o tratado levantavam-se diariamente, mais alto entre os neutros. O partido trabalhista inglês denunciou-o, o que significava muitos votos, e o efeito sobre Lloyd George foi desagradável. Começou a vacilar novamente, criando uma situação divertida.

Durante estas batalhas, o presidente presbiteriano lutara contra o Tigre cínico. Estando Lloyd George no balanço, geralmente a decisão pendia para o Tigre. Agora, porém, o pequeno galês combatia o Tigre, e o presidente Wilson, tendo a decisão a seu favor, estava ao lado do Tigre! Isto não admirava o pessoal do Majestic. Mr. Keynes, um membro da comissão britânica, disse que Lloyd George tentara enganar o presidente americano, e fora bem-sucedido; agora que desejava desenganá-lo, nada conseguia. O estadista inglês mostrava-se indefeso diante do temperamento do americano, que estava convencido de que tudo aquilo que fazia era inspirado pela Divindade.

O FIM DO MUNDO 593

Lanny ouviu tudo isto de Davison e de outros que defendiam o presidente contra Alston. Quando este necessitou do auxílio de Lloyd George, este recusara-se. Agora o tratado fora apresentado ao inimigo e a questão era fazê-lo assinar. Que tempo era este em que os Aliados começavam a enfraquecer? Clemenceau não podia ceder, porque Foch estava atrás dele e Poincaré observava atentamente a hora em que cometeria um engano. Tudo o que podia ser feito era mais um intervalo, tal como acontecera há dois meses passados, e recomeçar mais uma vez todas as discussões.

Esse aspecto do problema só podia ser mencionado em voz baixa. O general Pershing não tinha certeza de quanto tempo ainda poderia controlar suas tropas. Os seus exércitos estavam se derretendo. Na França, Bélgica e Suíça não eram somente os soldados, mas também os oficiais, que abandonavam o serviço. Jerry Pendleton não precisava mais esconder-se nem Lanny preocupar-se com ele! E se os alemães se recusassem a assinar o Tratado, os homens em armas voltariam a lutar? O Congresso tinha sido convocado para uma sessão especial e havia um projeto no Senado declarando que a paz reinava outra vez com a Alemanha.

Clemenceau e o marechal Foch não iam ceder uma polegada, nenhuma polegada. Mas, tendo dito e jurado que não o fariam, começaram a ceder uma fração de polegada aqui, e uma fração acolá. A Alemanha ia ser admitida na Liga das Nações; e haveria plebiscito numa parte da Silésia Superior — não na parte em que ficava o Castelo de Stubendorf, mas na parte das minas de carvão. Assim continuavam, e cada pequena concessão era uma ferida no corpo e na alma da França. Os gritos tornavam-se altos — e Lanny, que vivera a maior parte da sua vida entre os franceses, não podia resolver para onde inclinar seus pensamentos: se para os amigos de sua mocidade ou para aqueles que falavam tão impressionantemente sobre justiça, cavalheirismo, democracia e outras abstrações.

Era um problema complexo que incomodava as forças mentais dos espíritos mais capazes do mundo, e que continuaria a ser discutida pelos historiadores. O professor Davison e outros, cujos argumentos Lanny ouvira, declaravam que tudo isto não era questão de direito ou não, de imoralidade ou moralidade, mas de diplomacia. Não era justo, naturalmente, que a Alemanha fosse separada da Prússia Oriental, mas não seria igualmente injusto se a Polônia ficasse afastada do mar? A verdadeira questão se resumia em saber qual a solução que forneceria segurança internacional. Davison dissera:

— As linhas mestras desta combinação foram estabelecidas pelos processos da história. E não reconhecer os estados sucessores, especialmente a Polônia e Tchecoslováquia, nem lhes dar territórios e recursos para se manterem e defenderem, é lutar contra estes processos.

Havia outros que iam mais longe; insistiam em que os exércitos aliados deviam ter marchado contra Berlim, deixando os alemães saberem o que a guerra significava realmente e assim curá-los desta paixão. Os termos da paz deviam conter a possibilidade de dividir a Alemanha em um número de pequenos estados, como nos dias anteriores a Bismarck. Os prussianos eram uma tribo incapaz de compreender qualquer ideal, salvo o da conquista, e devia ser impossível para ela usar os alemães, da Baviera e da Renânia, amantes da paz, para as suas aventuras guerreiras. Lanny não acompanhava tais ideias, mas aceitava muitas delas.

V

Bullitt e Steffens viajaram para a Rússia numa missão inventada por estadistas que desejavam ficar livres para aceitar ou para recusar os resultados: no primeiro caso a missão era oficial; no segundo, os estadistas nada teriam de relações com ela e sequer saberiam a seu respeito. Wilson e Lloyd George tinham escolhido a última opção — mas e agora que fariam os expedicionários lá?

Lincoln Steffens já fizera suas experiências de martírio e ainda as estava fazendo. Escrevera com demasiada simpatia sobre vários radicais, e o resultado tinha sido que nenhum jornal de maior importância aceitara seus artigos. Assim, ele estava em Paris, gozando extraordinárias relações, mas sem ter possibilidades de publicar suas histórias — a menos que as desse para pessoas menos competentes.

Lanny estava sentado no quarto de Steffens ouvindo alguma destas histórias, quando chegou Bill Bullitt; moço ruidoso e algo envelhecido. Era de uma família antiga e rica de Filadélfia e, como tal, podia dar-se ao luxo de escrúpulos morais. Bullitt ficava furioso quando Lloyd George chamava-o sondando-o sobre tudo o que vira e ouvira dos sovietes, exprimindo depois profundo julgamento sobre os serviços que ele, Bullitt, prestara. Levantava-se mais tarde no Parlamento e mentia oficialmente a respeito do jornalista. O jovem aristocrata era como um homem dentro dum lindo jardim,

O FIM DO MUNDO

colhendo frutas e provando-as, tendo subitamente descoberto que o jardim estava construído sobre lixo. Quando Lanny o encontrou pela primeira vez, Bill estava horrorizado e resolvido a expor tudo ao mundo.

E aqui também estava Steffens, de meia-idade, triste e acostumado ao lixo. Era uma instituição antiga, e todos os jardins nacionais da Europa estavam construídos sobre ele. Se algum moço quisesse fazer um combate contra a mentira e enganar a diplomacia, estava certo, mas que soubesse ao menos a quem ia combater. Não era nada menos que o sistema da propriedade, fundamento da moderna cultura oriental. E o atacante estaria preparado para pôr tal coisa de lado? Se não, para que toda esta discussão sobre algumas das suas consequências?

Steff falou sobre dois jornalistas franceses que o tinham visitado no início da Conferência da Paz, obviamente enviados por Clemenceau, e que tinham feito várias perguntas aos americanos: quantos dos Catorze Pontos do presidente Wilson pretendia ele, Wilson, realmente realizar, e até que ponto os americanos estavam prontos a defender aqueles princípios exaltados? Pretendiam aplicá-los à Índia, a Hong Kong, Xangai, Gibraltar? Naturalmente que não: naturalmente se deixassem o Império Britânico, por que não deixariam também um Império Francês? Isto incomodava aos americanos, porque fora planejado pelos franceses. Todos viram que a primeira coisa que o presidente Wilson fizera ao chegar em Londres fora começar a falar sobre a sua "liberdade dos mares", explicando que não significava o que toda a gente, a não ser os estadistas, pensava que significasse.

— Perfeitamente — disse Steff —, comece a luta, mas não antes de saber qual o seu inimigo, nem antes de ter uma ideia de sua força. A guerra contra a Rússia, que nós denunciamos, e o Tratado de Paz são partes do mesmo programa imperialista. O corredor polonês, os novos Estados bálticos e tudo o mais, foram feitos para evitar que a Alemanha e a Rússia se reunissem, de modo que o Império Britânico e o Império Francês pudessem tratar com eles separadamente. É precisamente isto que os impérios fazem e devem fazer, se quiserem continuar a existir. O que nós, americanos, temos que compreender é que as mesmas forças estão construindo a mesma espécie de império na América. Faremos a mesma coisa que ingleses e franceses, porque temos um comércio exterior e postos avançados como o canal de Panamá e as ilhas do Havaí. Assim por que não começar a reforma por nós mesmos, Bill?

O jovem Bullitt não compreendeu tais pensamentos; e Lanny percebeu só a metade. Ouviu o jornalista conversar no seu modo jocoso, brincando com as pessoas, dizendo paradoxos, e muitas vezes falando o contrário do que realmente queria dizer. Lanny, mais uma vez, chegou à conclusão de que estes radicais eram muito irritantes. Ao mesmo tempo, porém, ficou embaraçado por descobrir que sabiam tanto, e quantas vezes as suas previsões desagradáveis eram verdadeiras. Não era improvável que concordasse com eles depois que resolvesse por si mesmo.

VI

Numa sala reservada do Crillon, reuniu-se um pequeno grupo para resolver o que deviam fazer. A situação era dolorosa, e alguns desejavam nunca ter vindo. Tinham que escolher entre permitir que seus nomes e reputação fossem empregados em auxiliar o que acreditavam fosse mentira e engano, ou serem considerados e chamados de impatrióticos, excêntricos e até mesmo como radicais.

O jantar não era muito elegante, pois a maioria dispunha de poucos recursos. Mas, mesmo para aqueles que possuíam fortuna, a decisão era séria, pois não desejavam viver desocupados. Tinham sonhado em auxiliar a criação de um mundo melhor; e agora, que fariam sabendo que todos os seus esforços eram inúteis?

No jantar resolveriam se deviam continuar apoiando o governo ou se deviam renunciar como gesto de protesto. Quase todos eram moços — os únicos de meia-idade eram Steff e Alston. Bullitt tinha vinte e oito anos e Adolf Berle, chefe da secção russa, apenas vinte e quatro; os outros eram mais ou menos da mesma idade, e as esposas, ainda mais novas. Sentia-se pairar a luta espiritual. Todos, porém, esforçavam-se para manter a forma. Ao café disseram o que tinham a dizer e ouviram os pensamentos dos outros, os seus argumentos e as suas posições morais.

Aqueles que não iam resignar construíam o mecanismo de defesa. Eram membros de um *team* e tinham que apoiar o seu chefe; era preciso excluir todos os argumentos contra as suas muitas rendições. Eram subordinados, empregados, para informar e não para decidir. Eles não estavam assinando tratado algum. Alguns pertenciam ao exército, e, para eles, resignar significava "Corte Marcial".

Quanto aos que iam resignar, não se mostravam muito pacientes ante estas desculpas. Moços que eram, os julgamentos eram ríspidos; preto era

O FIM DO MUNDO 597

preto e branco era branco; não havia meio termo. "Cuida da tua própria vida e deixa todo mundo ir para o inferno!" Um deles resolveu, no último minuto, a não assistir ao jantar; contava-se que tinham lhe prometido um emprego na secretaria da nova Liga das Nações, e este parecia o único meio para uma brilhante carreira na Europa.

— Ele recebeu os trinta dinheiros! — exclamaram os que iam resignar.

Tinham sido traídos; este era o sentimento geral dos rebeldes. Cada um tinha o seu próprio departamento sobre o qual sabia tudo. Samuel Morisson, da secção russa, estava furioso porque os Aliados queriam usar os Estados bálticos como trampolim para uma intervenção dos russos brancos. A raiva de Bullitt era porque o estado-maior da França tinha o direito de manejar a Europa conforme queria. Berle mostrava-se indignado porque os Aliados não tinham ficado comovidos com os altos princípios morais que aplicavam aos seus inimigos. Alston dissera:

— Não é uma nova ordem na Europa, mas a força bruta.

Graças à sua idade, suas palavras eram ouvidas com respeito.

Aqueles que não iam resignar, respondiam, auxiliados pelas suas esposas. Falavam sobre um gesto fútil; uma mulher comparava-os a um grupo de mosquitos querendo dar combate a um navio de guerra. Era a velha história que Lanny já discutira tantas vezes com Kurt e Robbie. Qual a parte das forças morais na história? Valerá realmente a pena preferir a falta de conforto, defendendo algo sobre que muitas pessoas jamais ouvirão falar e se ouvissem, não concordariam.

— Vai decorrer muito tempo antes que o veredito da história sobre este Tratado seja conhecido — disse alguém.

E quando Alston apelou para o público da América, um outro disse:

— Todos pensam em castigar a Alemanha; se alguém tentar impedir-lhes, tornar-se-á "pró-alemão" e será castigado também.

Chegando a sua vez, Lanny disse que Alston era seu chefe, e que ele pretendia acompanhá-lo nas suas ideias. Alston respondeu que talvez fosse melhor Lanny ficar, pois conhecia muito bem o maquinismo de todo o trabalho e de todos os relatórios, podendo ser de grande utilidade para qualquer outro que fosse nomeado a fim de substituí-lo. Porém, Lanny replicou:

— Só aceitei o trabalho por sua causa e, se o senhor sair, sairei também. Estou farto de tudo isso.

Quando acabaram, perto de meia-noite, Lanny e o jovem Berle ainda passearam pela praça da Concórdia. O chefe da secção russa lembrou ao seu

598   *UPTON SINCLAIR*

companheiro as palavras do conde Oxenstierna, diplomata suíço que vivera quase trezentos anos antes.

— "Vai para diante, meu filho, e aprende quão pouca sabedoria está governando o mundo".

VII

Os poucos protestantes achavam-se como Martinho Lutero na Dieta de Worms: "Deus me ajude pois não posso agir de outro modo!" Cuidadosa e conscientemente, cada um escreveu uma carta ao departamento do Estado, explicando as razões que os tinham obrigado a este passo sério. Estas cartas foram devidamente entregues e as cópias apresentadas aos representantes da imprensa. Todos esperavam pelos ecos do acontecido.

Ainda tinham que aprender muito sobre o mundo em que estavam vivendo. Um dos grandes jornais de Nova York deu uma pequena notícia sobre demissões, sem dizer nome algum; o resto da imprensa nada publicou. Então — uma espécie patética de anticlímax —, o chefe diplomático geral da comissão americana mandou vir cada um dos demissionários separadamente, dizendo-lhes que suas objeções tinham sido devidamente mencionadas nos livros da história; portanto, sua honra devia estar satisfeita. Eles não poderiam cumprir suas obrigações durante o pouco tempo que ainda restava? Ninguém sabia o que eles sabiam. Eram realmente indispensáveis. Amadores na diplomacia, dificilmente podiam escapar desta armadilha. Alguns dias depois, o departamento de Washington publicou um comunicado, negando que houvesse demissões, a não ser a de Bullitt e de um professor que estava voltando por causa do excesso de trabalho que o esperava na universidade.

Lanny despediu-se do seu amigo Alston, que ia continuar a ensinar. Mais uma vez o velho seria humildemente professor, sem nenhuma ideia ousada de guiar os destinos dos Estados. Tivera uma grande influência sobre seu secretário e não seria esquecido — era o consolo do professor.

Lanny também ficou firme na sua resolução e estava agora solto e sozinho em Paris. Não mais podia usar um quarto pago pelo governo; nada de refeições livres nem de honrarias. Os porteiros do Crillon conheciam-no e deixavam-no entrar, mas ele notou que as pessoas que falavam com ele não o faziam com muita vontade. Não era muito seguro fazê-lo.

O FIM DO MUNDO

Com surpresa, Lanny encontrou este mesmo senso de desconforto, quando visitou o seu amigo Fessendon. O americano, naturalmente, sabia que fora aproveitado como fonte de informações, mas pensava que a amizade fosse verdadeira. O jovem inglês queria que ele compreendesse que a amizade era real, mas Fessendon dependia da sua carreira — não era um moço rico como Lanny e não podia fazer certas excentricidades. Estava muito ocupado para festas.

Mrs. Emily convidou-o para ser o seu hóspede, o que ele aceitou com muito prazer. Era um lugar divertido. Mrs. Chattersworth, além de ser uma perfeita dama, possuía uma casa na qual se encontravam pessoas cultas que pouco ligavam à sua atitude. O francês é um povo razoável, raramente se preocupa em saber o que acontece fora de seu país, a não ser que sejam obrigados a isto.

Havia tempo ainda para passear nas ruas e apreciar as diferentes novidades. Por exemplo, o espetáculo doloroso das mulheres de Paris. Agora que os soldados tinham desaparecido, a competição entre elas era enorme. Três ou quatro avistaram Lanny, e se dirigiram a ele, cada uma pronta para arrancar os olhos de sua rival. Quando gentilmente o moço lhes disse que não estava interessado, a inimizade desapareceu. Olharam tristemente para trás, dizendo: "Como a vida é difícil para as mulheres!"

Seis meses antes, Lanny teria atribuído tudo isto à depravação natural, tão peculiar à raça gálica. Porém, naquele momento, lembrou-se das frases de Steff e do tio Jesse. Sabia que a fome estava obrigando as mulheres a vender os seus corpos. A fome estava levando os pobres à loucura, causando as lutas de classes.

As mulheres mais prósperas se vendiam por vestidos de seda, capas de pele e joias. Enfim, o mundo estava próximo ao abismo.

VIII

Havia outros aspectos da vida de Paris menos deprimentes. Havia teatros que mostravam mais do que mulheres nuas, concertos para lembrar que a vida espiritual continuava. O mais interessante que Lanny encontrou foi o Salão da Primavera no Petit Palais. Pensar que no meio da última agonia desesperada da guerra havia ainda mais de três mil homens e mulheres mantendo a sua fé em que a arte não podia ser destruída, que era e continuaria a ser o ideal supremo da vida!

600   *UPTON SINCLAIR*

Lanny ia diariamente à exposição. Havia muitas qualidades de pintura, muitos assuntos, muitas técnicas; estudava-se e tentava compreender o que os artistas estavam dizendo. Beauty mandou três dos últimos trabalhos de Marcel, e eles foram expostos. Lanny comparou-os com os trabalhos dos outros e confirmou a sua opinião de que nada melhor tinha sido mostrado. Via-se como a multidão também sentia a qualidade, pois sempre havia pessoas olhando os trabalhos de Marcel e fazendo perguntas sobre o pintor. Não muitos o conheciam, mas em breve seria conhecido — havia de ser uma das tarefas de Lanny e de sua mãe, quando voltasse da sua nova lua de mel.

Lanny conhecia muitos dos artistas desta exposição. Alguns tinham vindo ao cabo para trabalhar; a outros Beauty servira de modelo. Tinham vindo apreciar o efeito dos seus trabalhos e compará-los com os dos outros. Lanny conversou com eles, tomou seus endereços e foi visitá-los nos seus *ateliers*. Ficavam satisfeitos em recebê-lo, pois, moço rico que era, talvez pudesse ser um freguês ou mandar alguns. Como enteado de Marcel Detaze e sobrinho de Jesse Blackless era considerado amigo; tratavam-no como nos tempos antigos. Esperando encontrá-los morrendo à fome era feliz ao ouvir que as atividades artísticas ainda eram grandes. A burguesia tinha dinheiro e queria retratos das suas lindas senhoras; estavam construindo palácios e vilas. Os artistas, eternos inimigos da burguesia, falavam deles com condescendência; uma outra forma de luta de classes.

Lindas coisas podiam ser vistas, e Lanny, ao parar diante de um quadro, pensava: "Que pensaria Marcel disto?"

O espírito do seu padrasto pairava sobre ele e assim seria em qualquer futura exibição de arte, durante toda a sua vida; e esta sombra iria fazê-lo compreender o trabalho do pincel, a atmosfera, a composição, o significado, todas estas coisas que a pintura revela a uma inteligência aguçada. Teria sempre uma espécie de diálogo com Marcel.

Também Kurt Meissner estava ali presente, nos pensamentos de Lanny, porque juntos tinham assistido à exposição, um ano antes da guerra. Rick também, pois em 1917 tinham assistido a uma outra. Com estes dois amigos, Lanny tinha esperança de reiniciar a vida artística, em Londres, na Riviera, na Europa inteira — quando finalmente os estadistas terminassem suas disputas e os homens pudessem recomeçar a pensar em coisas realmente importantes. Lanny sentia horror à política e a tudo o que estava

O FIM DO MUNDO

ligado a ela. Estava do lado de dentro, mas jamais acreditaria num estadista, nem ficaria impressionado com um uniforme cheio de condecorações. O sonho de Lanny era construir uma torre de marfim, convidar os amigos eleitos e viver uma vida de beleza, tal qual lera sobre os dias dos Médicis e Esterhazys e outros patronos da arte...

O futuro patrono tinha no bolso uma carta de Rick, pedindo-lhe que viesse à Inglaterra para visitá-lo. Lanny respondeu que aceitaria, logo que pudesse.

Comunicou a seus pais a demissão, perguntando-lhes os planos. E de Robbie veio a resposta em forma de um cabograma — aquele velho costume familiar, que fizera da vida uma aventura: "Parto para Londres, vapor *Ruritânia*, espere-me próxima segunda-feira no Hotel Cecil."

36

A ESCOLHA DE HÉRCULES

I

Q UANDO LANNY DEIXOU PARIS, NO INÍCIO DE JUNHO, OS ALIADOS E alemães ainda estavam trocando notas sobre o Tratado, e todo o mundo esperava para saber se assinariam ou não. Os trabalhadores das estradas de ferro da França ameaçavam fazer greve geral contra os salários ínfimos, as longas horas de trabalho e o alto custo da vida; sendo assim, Lanny viajou de avião, novo e delicioso meio de transporte, para quem dispõe de recursos suficientes.

Passageiros particulares pagavam oitenta dólares por viagem de ida. Era uma sensação maravilhosa, levantar-se do chão e ver a terra diminuir. O vento fazia cem milhas por hora e o ruído da máquina tornava impossível ouvir uma palavra. Muito abaixo estavam as fazendas da França, semelhantes a um tabuleiro de xadrez. Depois o Canal e finalmente a Inglaterra.

Quando Lanny saiu do avião, na estação próxima a The Reaches, Rick e Nina esperavam-no num pequeno automóvel. Nina era a motorista, pois Rick nunca mais poderia guiar, por causa do defeito da perna. Usava uma cinta de aço, mas mesmo assim sentia dores ao andar. Mas não desejava que ninguém o auxiliasse. O melhor era não ligar ao ferimento, conforme o hábito inglês.

Lanny esperou encontrar o seu amigo emagrecido, mas, ao contrário, achou-o mais gordo do que nunca. Isto era devido à falta de exercício; não podia andar e a única forma de esporte que praticava era com os braços. Também era difícil tocar piano, por causa dos pedais. Lia muito e era exigente na sua leitura. Nina disse que inicialmente tinha sido muito difícil, mas agora estava aprendendo a conformar-se.

Fazia pouco mais de dois anos que Lanny o encontrara forte e confiante, saltando para o trem a fim de voltar ao serviço. Agora sua face cheia de rugas mostrava a melancolia, e os cabelos tornaram-se grisalhos. No íntimo, porém, era o mesmo velho Rick, orgulhoso e impaciente, crítico e exigente para consigo mesmo e bom para com os outros. Estava muito satisfeito em rever Lanny, e desde o início fizera perguntas sobre a Conferência da Paz, o que fora feito e o que ia ser feito.

Lanny podia falar muito a este respeito, pois era uma pessoa importante. Tendo estado do lado de dentro, sabia de coisas que os papéis não contavam. Mesmo Sir Alfred quis ouvi-lo. Na penumbra, ficava sentado no terraço, e os amigos vinham, novos e antigos. Parecia que nada tinha mudado!

Discutiam finalmente uma questão básica: existia qualquer possibilidade de acreditar-se nos alemães? Eles estariam dispostos a acomodar-se e a esquecer o passado, tomar parte na Liga das Nações e auxiliar a reconstruir um mundo sábio e decente? Ou eram militaristas incuráveis? Recomeçariam a armar-se e lançariam o mundo num outro abismo? Não restava dúvida alguma de que dependia do modo como fossem tratados. Lanny, que ouvira muitas discussões a este respeito, era capaz de parecer sábios a este povo tão culto.

Alguns tinham tido experiências com os alemães antes e durante a guerra e chegaram a conclusões. Sir Alfred Pomeroy-Nielson, pacifista e radical no seu passado, estava convencido de que a Alemanha devia ser dividida para impedir que ela dominasse a Europa. Do outro lado, Rick, que tinha lutado e do qual devia se esperar ódio ao povo que o mutilara, declarou que os políticos de ambos os lados eram os únicos culpados; o povo inglês e alemão teria que encontrar um meio de livrar-se, simultaneamente, dessa praga. Com a astúcia usual, Rick disse que a única coisa que não podia ser

O FIM DO MUNDO603

feita era seguir as duas políticas ao mesmo tempo. Não se podia oprimir a Alemanha *à la française* com a mão direita e conciliá-la *à l'américaine* com a esquerda. E era isto, continuava, que os políticos estavam tentando.

II

No dia seguinte, foram passear. Rick deitou-se nas almofadas, no fundo do bote, com Nina ao seu lado, e Lanny tomou os remos. Lembraram-se das regatas que tinham sido adiadas por cinco anos, mas que seriam realizadas no mês seguinte. Pararam perto de uma relva bonita e, enquanto tomavam o *lunch*, Lanny falou sobre a sua permanência em Connecticut, a grande indústria de munição e as dificuldades atuais; falou a respeito de Gracyn, que representara durante o inverno inteiro em Nova York.

E Lanny imaginou como teria sido melhor se tivesse tido a sorte de encontrar uma moça como Nina, que adorava Rick, cuidando dele dia e noite. Tinham um lindo menino cambaleando nas relvas e ela já esperava outro.

Rick falou depois sobre a sua família. Se Lanny fizesse um passeio, veria que as velhas cabanas, que o tinham chocado tanto, haviam sido arrasadas e o terreno, plantado de batatas.

Uma parte da propriedade fora vendida para pagar impostos, e talvez fossem obrigados a vender tudo se o governo não diminuísse os mesmos. Os tolos que imaginassem que fariam a Alemanha pagar pela guerra, mas brevemente aprenderiam que ela nada possuía de seu para pagar e, se tivesse, também não pagaria. Lanny concordou com isto.

Voltaram. Rick deitou-se para descansar e Lanny fez amizade com o bebê enquanto Nina falava sobre sua vida. Não era necessário dizer que o casamento e a maternidade lhe tinham feito bem. Sua figura frágil estava mais forte, e ela era mais calma. Os modos exigentes de Rick não a incomodavam demasiadamente; aprendera a compreendê-lo e a tratá-lo como se fosse uma criança difícil. Considerava-se feliz, pois tinha o amor que tantos outros haviam perdido ou nunca haviam encontrado.

— Ao menos não o podem tirar de mim para mais uma guerra — disse e continuou: — Agora que nós, mulheres, temos direito ao voto, se permitirmos mais guerras, merecemos que a pior de todas venha sobre nós. Acha que as mulheres poderão votar na América?

604 UPTON SINCLAIR

Lanny respondeu que o presidente Wilson era contrário a esta medida, mas que ele já mudara muitas vezes de opinião.

— O que vai fazer agora? — perguntou Nina ao rapaz.

Ao contar o que estava tentando fazer, ela disse:

— Você não pode continuar vagueando assim, pois uma mulher tomará conta de você e o fará infeliz. Por que não vem morar aqui por perto e deixar que Rick e eu lhe procuremos uma esposa?

Ele riu e disse que ainda não encontrara um meio de ganhar a vida. Não queria viver eternamente por conta do pai.

— Por que você e Rick não vêm, no próximo inverno, para a Riviera, deixar que o sol lhes faça bem?

— Não creio que possamos pagar esta viagem, Lanny.

— Você ficará surpreendida ao ver como a vida lá é barata. Há muitas pequenas vilas, e a comida voltará a ser quase de graça, se a Europa se acalmar novamente.

Lanny imaginava colocar Kurt e Rick novamente em contato. Era um intrigante tão inteligente!

III

Perguntou a Rosemary se podia visitá-la, e ela respondeu que estava esperando uma criança dentro de alguns meses, mas caso ele não se incomodasse, ficaria muito satisfeita. Sir Alfred emprestou-lhe o automóvel, e ele atravessou aquele lindo trecho do mundo que era o campo na Inglaterra.

Rosemary, agora, era a "honorável" Mrs. Algernon Armistead Brougham, e morava numa linda propriedade que pertencia ao avô do seu marido. Era um ambiente maravilhoso para a mãe de um futuro membro das classes reinantes da Inglaterra. Lanny foi levado para uma bela sala de visitas, cheia de flores, e logo depois Rosemary apareceu tão linda, que Lanny sentiu o sangue subir-lhe ao coração.

Era algo estranho ver a mulher que amava grávida de um outro homem! Mas, coisas mais estranhas já tinham acontecido a Lanny, e nesta parte do mundo não se exibiam os sentimentos. Certamente a mãe do futuro conde não mostraria nenhum sinal de preocupações ou de sentimentos. Rosemary, graciosa, gentil, atualmente era a irmã mais velha deste moço que tivera a boa sorte de lhe agradar.

O FIM DO MUNDO

Não estava muito interessada em política nem Lanny mencionou a sua resignação do Crillon. O que desejava saber eram notícias sobre os membros da delegação inglesa que Lanny encontrara; conhecia alguns e ouvira falar de outros. Queria as últimas notícias sobre Nina e Rick e dos amigos em comum. Perguntou discretamente sobre a mãe de Lanny e não mostrou muito interesse pela sua visita à América.

O que mais desejava saber era a respeito do próprio Lanny. Qual era o estado do seu coração e o que pretendia fazer? O moço nada contou sobre Gracyn, pois sentiu-se envergonhado. Quando Rosemary fez numa pergunta direta, se ele tinha caído vítima das tentações do belo sexo, respondeu que vivera uma vida muito disciplinada, mas que tinha sido muito tentado pelos encantos da filha de um corretor que servia na secretaria da delegação britânica.

— Pobre Lanny! — disse ela. — Vai ser vítima de alguma mulher astuta! — Ela não podia se persuadir de que qualquer homem deixasse de reconhecer as astúcias do belo sexo.

Deu-lhe o mesmo conselho que Nina: vir morar na Inglaterra. Ela também encontraria uma moça que cuidasse dele!

Como se tornasse mais íntima nas suas perguntas, Lanny ousou dizer:

— Diga-me: você é feliz com seu marido?

— Vivemos muito bem — foi a resposta —, é um rapaz muito bom. Absolutamente não tem vícios, apenas é um pouco mole.

Depois continuou:

— Ele também já teve os seus amores.

— Ó! — respondeu o moço.

Vivera a maior parte de sua vida na França e não era um ingênuo; mas, apesar de tudo, revoltava-se contra os casamentos por conveniência. Raramente encontrara, nos muitos livros que lera, uma heroína que tivesse sido capaz de resolver as complicações da vida com a serenidade da futura condessa de Sandhaven.

— Lanny, meu caro — disse ela —, ainda tenho os mesmos sentimentos para com você, e talvez chegue o dia em que seremos felizes novamente. Porém, não seja tolo em esperar por mim. Ainda pode durar muito. Tome as coisas como estão e não se gaste tentando transformá-las de uma só vez.

IV

Na segunda-feira de manhã, Lanny foi para Londres e sentou-se no vestíbulo do hotel, esperando Robbie. Achava divertido sentar-se na cadeira que ocupara sob as mesmas circunstâncias quase cinco anos antes. Naquele tempo longínquo, o povo estava acostumado à vida sem noções e a civilização tinha intactos todos os encantos.

Como tudo isto mudara!

Robbie chegou com ar próspero e bem-cuidado como sempre. Abraçaram-se e subiram. Enquanto Robbie tirava a sua garrafa de uísque, disse:

— Mas o que Beauty está fazendo na Espanha?

Lanny tinha apenas escrito secamente que Beauty viajara, pois não podia mencionar Kurt; nada queria dizer sobre uma questão de amor, pois necessitaria muitas explicações.

Contando agora a história, Robbie continuou sentado, mas admirado e até esquecido da bebida. O moço não podia narrar a parte do tio Jesse e do dinheiro, mesmo ao pai, mas contou o duelo com a polícia secreta, e este disse:

— Tudo isto aconteceu, meu filho, ou você sonhou?

Quando Lanny começou a descrever a vida de Kurt no apartamento de Beauty, Robbie exclamou:

— Você os deixou fechados juntos durante uma semana?

O "caso de amor" não necessitava de tantas explicações quanto o moço calculara. Robbie conhecia sua antiga amante da cabeça aos pés, e ele nunca imaginara que ela pudesse viver sem um homem.

— Mesmo porque se ela quisesse, os homens não a deixariam — disse ele.

O que lhe interessava era imaginar quais as probabilidades de Beauty encontrar a felicidade naquela ligação curiosa e inesperada. Encontrara Kurt poucas vezes, em Londres, cinco anos passados. Não sabia em que moço se tornara, mas o que lhe poderia oferecer Beauty ao lado das artes do amor? Lanny naturalmente defendeu o seu amigo ardentemente e leu para seu pai as cartas que tinham vindo da Espanha, revelando a perfeita felicidade em que viviam. Robbie disse:

— Se eles combinam assim nada tenho a obstar. Mas não acredite que durará muitos anos...

Depois disto, o pai deu algumas novidades de casa. Esther e as crianças estavam bem, enviavam muitas lembranças. Como em todas as grandes

O FIM DO MUNDO

famílias, um ou dois dos velhos Budd tinham morrido e outros haviam feito a sua entrada no mundo. Estavam em grandes dificuldades para transformar as fábricas. Tinham sido obrigados a fazer dívidas, mas Robbie estava esperançoso.

— Então não vamos vendê-las para Zaharoff? — perguntou Lanny e seu pai deu-lhe a segurança que não.

V

Robbie desejava, naturalmente, ouvir falar a respeito da Conferência de Paz. Três meses haviam passado desde que ele partira, e Lanny não tinha podido escrever notícias confidenciais. O pai fez-lhe muitas perguntas sobre aquelas questões, que eram importantes para um comerciante. Wilson estava realmente resolvido a confirmar a garantia que Clemenceau conseguira dele? Estava realmente querendo preocupar-se com Constantinopla e Armênia? A França e a Grã-Bretanha conseguiriam o que desejavam desde o início: ligar às reparações alemãs o dinheiro que lhes fora emprestado da América para a continuação da guerra? Tornar o pagamento das suas dívidas justas e legais, dependente daquilo que recebessem a Alemanha, e desse modo, obrigar à América a fazer a coleta no lugar deles?

Lanny respondeu que muita gente estava discutindo a esse respeito. Mesmo que os germânicos não retirassem os animais domésticos e a riqueza móvel da Alemanha, não poderiam receber mais do que um bilhão ou dois — a reserva de ouro era muito menor do que qualquer um imaginava. E tirá-la da Alemanha significava destruí-la como potência industrial e, portanto, na sua probabilidade de pagar qualquer coisa. Lanny disse o que Steffens contara, que cada dólar que os Aliados recebessem custaria um dólar e cinco *cents*. Falou muito sobre Steffens e Bullitt, que, sob muitos pontos de vista, tinham sido os homens mais interessantes que encontrara.

Gradualmente, o moço foi notando uma mudança na conversação. O pai parara de fazer perguntas sobre a Conferência da Paz e começara a perguntar o que Lanny pensava. Lanny, que não era tolo, compreendeu logo: seu pai estava preocupado por causa da companhia que tivera. Encontrava-se Lanny na posição de um homem que, tendo estado nas florestas, onde não lhe fora possível usar espelho; mas agora tinha um diante de si e vira como aparecia. Para falar mais claramente, parecia cor-de-rosa com manchas

608   UPTON SINCLAIR

vermelhas — um aspecto muito desagradável para um jovem de boa família e de dinheiro.

A transformação fora feita vagarosamente — cada dia um pouco, de modo que Lanny não tivera tempo de notá-la. Não queria acreditar nem admiti-la. Imaginou que seu pai não o tivesse compreendido e tentou explicar melhor — mas só conseguiu tomar as coisas piores do que eram. E disse frases que o próprio Robbie dissera; sobre o que os grandes comerciantes tinham feito para causar e prolongar esta guerra, e como tentavam tirar maiores lucros da paz. O Crillon estava cheio de conversas sobre concessionários de todas as nações, querendo proteger minas de carvão ou territórios de petróleo. Robbie certamente devia saber isto tão bem como qualquer outro! Devia dizer que eram estas as causas que tinham feito fracassar a Conferência.

Sim, Robbie sabia de tudo isto. Sabia que justamente agora a Inglaterra e a França estavam lutando atrás das cortinas pelo petróleo da Mesopotâmia; sabia, como o Crillon, que nada no mundo, a não ser o medo da Alemanha, evitaria que a Inglaterra e a França se tornassem inimigas nesta disputa. Robbie sabia também que as duas nações ainda tentavam apoderar-se de Bacu e do seu petróleo, e que até tinham conseguido mandar um navio americano ao mar Cáspio, numa tentativa para intimidar os bolcheviques e evitar que estes trabalhassem nos campos petrolíferos desses países. E sabendo tudo isto, porque Robbie não se mostraria assustado, quando seu filho nomeou os grandes magnatas do petróleo, inimigos principais de uma paz justa?

Havia uma razão muito especial. Talvez, cometesse um erro em não contar isto antes. Um cientista — geólogo — conhecido de muitos anos e que trabalhara para as grandes companhias do Oriente Próximo, viera à Newcastle a fim de conseguir interessá-lo num projeto de obter uma concessão na Arábia Oriental. Robbie reunira um grupo de amigos, homens que ganhavam muito dinheiro nas fábricas Budd, e estavam procurando um lugar para investi-lo. Formaram um sindicato, tendo Robbie elaborado o projeto, entrevistado os representantes dos árabes e agido junto às autoridades francesas e inglesas, conforme sabiam. Alguns americanos receberiam um pouco mais do que promessas de papel em troca de todo este sangue que tinham derramado no solo da França e dos bilhões de dólares em alimento e roupa, petróleo e máquinas, canhões e bombas e tudo mais que fora transportado para a França e a Inglaterra!

VI

Robbie comportou-se como um chefe de bombeiros que descobre um incêndio: enviou o segundo e o terceiro alarme; trouxe todos os aparelhos e começou a acalmar o seu inflamado filho com argumentos. Certamente Lanny não podia ter observado a guerra moderna sem saber que o petróleo era vital para uma nação! Nenhuma roda nas fábricas Budd ia mover-se sem ele; e o que seria da América, dos sonhos de liberdade, democracia e outros ideais, se falhassem em conseguir a parte de um produto para o qual não há substituto? A Grã-Bretanha estava se apoderando de todos os territórios onde havia a possibilidade da existência de petróleo. Considerando-os como reservas, o petróleo americano para uso imediato era uma política deliberada.

— Olhe para o México — exclamou o pai. — Diante das nossas portas eles estão fazendo intrigas, minando e expulsando-nos. Todo funcionário do governo pode ser comprado e os ingleses lá estão com dinheiro à vista. Isto é "a lei e a ordem", "liberdade de comércio", "paz" e outras palavras lindas! Por toda parte onde vai, um comerciante americano encontra o seu competidor inglês apoiado pelo governo. E o que nos resta é sair e ceder-lhes o mundo. Lindas frases fazem agradáveis reuniões de *weekend*, Lanny, mas não lubrificam nenhuma máquina.

— O Crillon está esperando consertar todas estas questões por intermédio da Liga das Nações — argumentou o filho.

— Nenhum homem do Crillon conseguiu jamais persuadir um inglês a ceder qualquer coisa na decisão final. E, se você tivesse tido alguém para lhe aconselhar, teria compreendido que, uma exigência depois da outra, é para proteger o petróleo que têm ou terão.

— Mas o que pode ser feito a este respeito, Robbie? Os ingleses e os franceses desejam que o Supremo Conselho Econômico continue, mas os americanos insistem em fechá-lo e voltar à competição ilimitada.

— Isto é porque sabemos que os ingleses dominariam o Conselho. Imagine a coragem que eles têm: cada um dos domínios possui um voto na Liga das Nações, enquanto os Estados Unidos só têm um!

— Um voto será o bastante para um veto! — respondeu Lanny, que conhecia bem o projeto da Liga.

— Isto é a coisa mais tola que já ouvi — respondeu Robbie. — Quer dizer que o maquinismo não funcionará desde o início. Nenhuma Liga das Nações poderá sobreviver com tal base!

610   UPTON SINCLAIR

Lanny ouviu todos estes argumentos. Conhecia perfeitamente o modo de pensar de seu pai. Não tinha consciência de um desacordo. O que Robbie disse era verdade, e o que Lincoln Steffens dissera também; apenas deduziam conclusões diferentes. Seria melhor não dizer isto, porque então o pai recomeçaria novamente com os seus argumentos. Melhor era concordar tanto quanto possível, e ficar com as demais ideias para si. Fora este o modo de agir que Robbie recomendou durante os anos que Lanny vivera na França no tempo da guerra; e agora Lanny ia aplicar este método ao seu professor.

VII

Robbie contou os seus projetos: quais os seus sócios e quais os homens que desejava encontrar em Londres. Não era um grande-projeto. Apenas oito milhões de dólares, mas seria possível aumentar essa soma, se as negociações fossem coroadas de êxito. Deviam agir rapidamente, pois Zaharoff estava se interessando também pelo petróleo; nenhum industrial de armamentos poderia evitar interessar-se nisto, pois tinha sido o petróleo que ganhara a última guerra. Lanny compreendeu por que os exércitos alemães tinham pedido subitamente o armistício? Não era porque não pudessem defender uma nova linha de defesa; não era por causa das revoltas; era simplesmente porque os campos de petróleo da Romênia tinham sido destruídos e a submissão da Bulgária cortara o acesso ao sudeste e não havia mais petróleo para fazer andar os tanques e caminhões, sem os quais um exército nada podia fazer.

Lanny compreendeu que o dinheiro que o seu pai ganhara na guerra estava lhe queimando as mãos. A ideia de retirar-se e descansar não lhe ocorrera e não valia a pena sugeri-la. Ter dinheiro é desejar ter mais. O dinheiro é a força, a habilidade para fazer as coisas. O dinheiro era o patriotismo também. Robbie contou que um empregado holandês de um banco, chamado Henry Deterding, que forçara seu caminho na indústria do petróleo, era agora o mestre da Royal Dutch Shell, fornecera combustível à armada inglesa durante a guerra inteira. Os ingleses tinham que aceitar em seus termos e, como resultado, a pequena Holanda era um dos países mais prósperos do mundo — sem nenhum exército e sem nenhuma armada!

O dinheiro americano tornara possível aos ingleses tomarem a Mesopotâmia da Turquia e guardá-la.

O FIM DO MUNDO   611

Robbie disse ainda:

— Se não tivéssemos enviado os nossos homens e fornecimentos, os alemães estariam agora na posse deste território. Portanto, porque o nosso país não ganharia uma parte? Vamos convidar alguns ingleses influentes, oferecendo-lhes cooperação. Mas, se eles não quiserem, usaremos a nossa força e eles terão que ceder.

— Você quer ameaçá-los? — perguntou Lanny.

— Absolutamente não — disse o pai, sorrindo. — Apenas um leve entendimento entre cavalheiros.

— Para tanto precisará de uma nova administração em Washington — disse o moço.

Robbie disse que sim, que este ponto não tinha sido descuidado, e que o Tratado de Paz de Wilson ia desaparecer, assim como a Liga das Nações. O futuro presidente seria um republicano e o Departamento de Estado compreenderia os negociantes, apoiando-os.

— Pode acreditar — disse Robbie —, os altivos cavalheiros da City saberão ceder quando forem obrigados. Qualquer dia, Robbie Budd será um Cavalheiro de Bath, honraria que pretendem conceder ao ex-bombeiro grego que é o dono de indústrias de armamento!

VIII

Até àquela data, Lanny sempre estivera impressionadíssimo com os negócios de seu pai, e ao mesmo tempo ansioso para poder auxiliar-lhe. Aqui estava uma nova oportunidade. Lanny só precisava dizer:

— Posso auxiliar-lhe nesta tarefa, Robbie?

E seu pai levá-lo-ia às conferências, dar-lhe-ia um pacote de ações e torná-lo-ia realmente um parceiro. Talvez Robbie estivesse esperando por isto — pois agora, adestrado nos deveres de um secretário, o filho seria de um auxílio real. O pai, porém, era orgulhoso demais para pedir; esperava que o filho falasse — e Lanny não falou.

Só tinham sido necessários seis meses para fazer aquela diferença, e encher o espírito de Lanny não somente de dúvidas e perguntas, mas de um desgosto que o assustava quando compreendeu tudo. Não queria saber do negócio de petróleo! O que se tornara tão importante para Robbie tinha se tornado, aos olhos do secretário do Crillon, no maior crime da época. Cinco anos antes, Lanny poderia ter pensado nos encantos de vender máquinas, canhões etc., mas agora era impossível ter os mesmos sentimentos sobre uma concessão de petróleo e oleodutos.

E assim, enquanto o pai se dirigia à primeira reunião, Lanny passeava pelas ruas, observando o tráfego e dizendo consigo mesmo: "O que realmente pretendo fazer?" Imaginava a vida como seria, se fosse o representante de Robbie em Londres. Teria um escritório magnífico, encontraria os homens mais influentes da cidade; Rosemary, Margy Petries e outras senhoras haveriam de introduzi-lo nas rodas sociais, iriam procurar-lhe uma mulher rica; e seu pai ganharia tanto dinheiro quanto quisesse. Passaria o tempo refletindo como vencer Zaharoff e Deterding. Viajaria à noite para as grandes cidades, sempre ocupado.

Subitamente viu diante de si a pequena e pacífica Côte d'Azur com água límpida, deliciosa e florida. Tudo o que desejava fazer era estar ali, tocar piano, ler os livros do seu tio-bisavô Eli e não pensar nos problemas dos vendedores de munição.

Já tinha feito o seu plano. Sua mãe e seu novo padrasto iam voltar da Espanha logo que tudo estivesse resolvido, e ele construiria uma sala de estudos para Kurt do outro lado do terreno — se iam tocar, seria necessária alguma distância entre ambos. Algum dia, Rick e Nina viriam visitá-los e, num futuro mais longínquo ainda, Rosemary viria também. Lanny lembrava-se do lugar onde tinham estado sentados, vendo as luzes brilhando na água e ouvindo a música de uma orquestra, ao longe.

— O moço amava uma menina, mas esta escolhera outro!

IX

Era uma situação delicada entre um pai devotado e um filho não menos devotado: exigia muita diplomacia — e felizmente Lanny tinha vivido o suficiente no grande mundo para tê-la. Jamais diria uma palavra contra a indústria do petróleo; jamais argumentaria, deixando Robbie fazer o que quisesse. Lanny tinha seus pensamentos próprios — um dos grandes privilégios do homem. Almoçava ou jantava com o pai e encontrava muitos destes "grandes" homens, personalidades interessantes, que conversavam sobre os seus negócios. Um magnata do petróleo discutindo os projetos do mercado era uma autoridade; discutindo um livro não o era tanto. Lanny

O FIM DO MUNDO

dizia, então, que tinha um compromisso e ia visitar um museu, um teatro ou um concerto.

Tinha falado sobre estes planos antes que Robbie voltasse da América, portanto, não havia queixa alguma. Ele era um homem honesto e não tentaria obrigar seu filho a participar da sua vida. O pai de Robbie tinha cometido este erro, e como resultado, Robbie jamais esquecera ou perdoara, e ele não ia repetir esta ofensa. Prometera a Lanny uma mesada como se estivesse estudando na universidade e, enquanto estava aprendendo e não desperdiçando a vida, podia escolher o que desejava fazer. Lanny realmente pretendia aproveitar alguma destas oportunidades — embora não estivesse certo sobre qual seria. O mundo era muito grande e havia tantas coisas que desejava compreender, tantas pessoas interessantes que transmitiam novas ideias...

Recebeu um convite para passar um *weekend* com os velhos amigos de Beauty, os Eversham-Watson, e divertiu-se muito defendendo-se dos esforços de Margy Petries para descobrir o que sua mãe estava fazendo na Espanha. Não valia a pena tentar enganar aquela mulher inteligente. Ela sabia que era um "romance", que Beauty Budd não ia ficar viúva — e quem seria? Algum grande daquele país das castanholas e crueldades? Lanny apenas riu e disse:

— Beauty certamente lhe contará algum dia. Até então tudo o que pensar estará errado!

Como em Paris, também em Londres a sociedade se divertia, e os jornais diziam que o meio de auxiliar os pobres era gastar rapidamente o dinheiro. Caridosos como eram, esforçavam-se para cumprir seu dever. Compraram novas roupas riquíssimas, dando, assim, trabalho às costureiras, iam às corridas, fornecendo trabalho aos jóqueis e treinadores, vendedores e motoristas de automóveis; abundavam nos restaurantes, carros eram vistos, e por toda a parte o dinheiro corria. Havia seis Partidas Reais no Buckingham Palace, durante as quais as senhoras não podiam usar o decote próprio da noite.

As pérolas eram as gemas do dia, e as plumas ornamentavam todos os chapéus. Lanny sentia falta de sua mãe ou de qualquer moça para divertir-se com ele neste jogo da sociedade. Persuadira Nina e Rick a visitá-lo e os levou a ver os dançarinos russos, não bolcheviques, mas russos do tempo antigo, dançando *La Boutique phantasque*. Nina conseguiu persuadir o seu marido a visitar a exibição dos quadros sentado numa cadeira de rodas. Lanny, tendo lido o que os críticos haviam dito em Paris, era capaz de falar de um modo instrutivo sobre os méritos relativos às duas exposições. Conseguiu passar uns dias agradáveis até que seu pai lhe disse:

— Preciso ir a Paris por algum tempo.

— É no caminho de casa! — respondeu Lanny.

37

A PAZ DO NOSSO TEMPO

I

NO DIA EM QUE LANNY E SEU PAI CHEGARAM À FRANÇA, FOI O ÚLTIMO do prazo concedido aos alemães, para dizer se iam ou não aceitar os termos do Tratado de Paz.

Os Aliados declaravam que estavam dispostos a invadir a Alemanha, trinta milhas por dia, se os alemães se negassem a assinar. No aconchego de todas as casas da França só havia uma pergunta: assinariam ou não?

Uma delegação austríaca da paz bem como uma búlgara vieram e submeteram-se voluntariamente às severas condições do Tratado de Paz. Não se ouvia uma queixa da parte deles; os alemães, porém, continuavam com os gritos de protesto, e Clemenceau observara, numa das suas respostas, que aparentemente ainda não pensavam que tinham perdido a guerra. Mas a delegação alemã continuava por trás da paliçada, e diziam-lhe que era para sua própria segurança; alguns dos membros que tinham voltado à Alemanha foram apedrejados pela população francesa e Clemenceau, pela primeira vez durante sua carreira política, desculpou-se.

Os sociais-democratas estavam governando o país batido. Diziam que tinha havido uma revolução, mas muito discreta e gentil, pois deixaria à nobreza todas as suas possessões e aos capitalistas todas as suas indústrias. Era, como Steffens e Herron explicaram a Lanny, uma revolução política e não econômica. Um chefe de polícia socialista estava, cortesmente, prendendo todos os vermelhos de Berlim e, por esta razão, os Aliados

O FIM DO MUNDO

deviam ser gratos, mas não pareciam ser. Steff disse que eles não podiam permitir que um governo socialista tivesse sucesso, faria um péssimo efeito sobre os trabalhadores dos países aliados. Era uma época de confusão, pois muitos não sabiam o que desejavam e, se soubessem, tomariam medidas que os conduziriam a um fim completamente diferente.

As nuvens do Oriente continuavam ainda a escurecer mais o horizonte, e também aqui tudo que os Aliados faziam piorava a situação. Os Quatro Grandes reconheceram o almirante Kolchak como futuro governador da Sibéria — território cujas necessidades para uma armada estavam um tanto restritas. Este almirante da terra concordara em submeter a sua política ao voto do povo russo, mas por enquanto matava tantos quanto possível, apoderando-se das suas fazendas. O resultado era que os lavradores se escondiam e, logo que os exércitos do almirante continuavam a marchar, eles voltavam e retomavam suas fazendas. O mesmo estava acontecendo na Ucrânia, onde o general Denikin fora escolhido como o salvador russo; e agora um outro general, de nome Yudenich estava equipado para capturar Petrogrado. Não ousavam dar a estes diversos salvadores tropas inglesas, francesas ou americanas, a fim de evitar os motins; mas enviariam oficiais e armamentos que seriam considerados como "empréstimos"; os lavradores da Rússia deviam pagá-los sob pena de serem privados das suas terras.

Pelo menos assim contou Steff estas questões a Lanny Budd, concordando esse que isso fosse possível, porque Steff havia estado lá, e os outros não. O moço foi visitar este homenzinho, cujo ponto de vista era tão estimulante ao espírito. Lanny não contou a seu pai esta visita e acalmou a sua consciência dizendo a si mesmo que isso teria feito Robbie infeliz. Lanny jamais tornar-se-ia um vermelho — apenas queria ouvir todos os lados e compreendê-los. Robbie tinha a ideia de que o único meio de evitar cair nas garras dos vermelhos era recusar ter qualquer coisa em comum com eles, ou mesmo conhecê-los. Desde o instante em que se começava a "compreendê-los", já havia corrupção pela odiosa infecção.

II

Beauty enviou uma carta contando as visitas que fizeram aos museus e cabarés de Madri. Era tão feliz; a consciência estava, porém, latejando, por causa de Marceline, deixada sem mãe durante tantos meses. Não restava

616   UPTON SINCLAIR

dúvida que as criadas a adoravam e Beauty pedira a alguns amigos para olhá-la. Mas, ainda assim estava preocupada e queria que Lanny fosse a Juan substituí-la. "Você conhece a minha situação", escrevia ela, "não ouso deixar o nosso amigo só". Sempre usava a frase diplomática "nosso amigo". Se uma mulher escrevia *mon ami*, tinha um sentido especial; mas *notre ami* era casto, mesmo cristão, e incluía Lanny também.

Muito devia ser feito na sua casa, assim Beauty o informou. Precisava de uma nova decoração, e ela achava que era uma felicidade Lanny possuir tão bom gosto; ele teria a liberdade de fazer o que bem entendesse. Lanny resolveu surpreendê-la, construindo aquele salão de estudo. Os parentes de Leese seriam convocados. Eram vagarosos, mas Lanny apreciava-os e eles trabalhariam com boa vontade.

Esta era uma coisa que o moço podia apresentar ao pai como uma recusa plausível ao emprego na indústria do petróleo. Robbie acreditava em benefícios como uma coisa que se podia ver e também vender, se necessário. Disse, então, que Lanny devia construir o salão de estudos como bem entendesse, e que pagaria as despesas. Disse ainda que *baby* Marceline estaria muito melhor se Beauty continuasse na Espanha ou voltasse com Kurt para a Alemanha; tudo o que ela podia fazer com a criança era estragá-la. Tê-lo--ia feito com Lanny, se Robbie não tivesse protestado muitas vezes. Lanny disse que ela o estragara.

Queria continuar em Paris, até que seu pai terminasse os negócios. Estava vendo o Crillon com novos olhos. Os homens com quem Robbie conversava não eram estadistas, mas aqueles que diziam aos estadistas o que deviam fazer. Mesmo o severo presbiteriano, o reformador, para o qual os grandes negócios tinha sido um anátema — mesmo ele se tornara dependente dos donos do dinheiro. Um grande número destes foi chamado a Paris — entre eles, estava o proeminente Lamont da casa dos Morgan, a quem Wilson se tinha recusado a receber na Casa Branca antes da guerra. Uma multidão de tais homens tornara-se agora os conselheiros do presidente, nas questões de reparação e restauração do comércio e das finanças.

Esses negociantes naturalmente aconselhavam-no a fazer as coisas de modo a torná-los capazes de ganhar dinheiro como o haviam ganho tão facilmente antes da guerra. As estradas de ferro deviam ser devolvidas à direção particular, e o controle do governo sobre a indústria devia ser retirado. O Supremo Conselho Econômico devia terminar os seus trabalhos

O FIM DO MUNDO

a fim de que a luta pela matéria-prima pudesse ser reiniciada, e os especuladores de Wall Street pudessem comprar tudo. Para Robbie Budd isto era a prova de que o mundo pertencia naturalmente às pessoas vigorosas e ativas como ele. Estava ali a fim de consultar os outros e acertar uma fórmula para que as autoridades diplomáticas e navais dos Estados Unidos cooperassem com os homens do petróleo, os quais se esforçavam para obter uma parte de um produto para o qual não havia substituições.

III

Johannes Robin veio a Paris, conferenciar com seu sócio. Trouxe uma mala cheia de cartas, contratos, relatórios financeiros. Lanny almoçou com eles, ouvindo atentamente as explanações do judeu, dos vários negócios em que utilizara o dinheiro de Robbie. Não havia corrido tudo tão bem conforme esperava, devido à demora da Conferência da Paz. As custas de armazenagem estavam acabando com uma parte dos lucros; mas assim mesmo ainda deixava bastante margem e Robbie ficou muito satisfeito.

Subiram para o apartamento, e Robbie examinou os documentos que seu sócio lhe trazia. Lanny acompanhou-os, porque Mr. Robin dissera que trazia mais fotografias de sua família e também um presente; uma cópia do *Opus* I de Hans — estudo para violino. A cópia fora escrita pelas próprias mãos do compositor. Lanny sentou-se para estudá-la; ouvira tanto sobre o moço estudioso, que desejava ser seu amigo e admirador. Viu logo o que tinha acontecido. Hans aprendeu a tocar uma execução muito difícil, e na sua composição esforçava-se para achar uma oportunidade de inclui-la. Mas as composições dos artistas eram geralmente assim.

Mr. Robin estava tão interessado em Lanny que dificilmente conseguia fixar a atenção nos seus negócios. Disse que já estava ansioso pelo dia em que os dois se encontrariam pela primeira vez.

Robbie contou ao seu novo sócio o plano de interessar-se nos negócios do petróleo, e este respondeu dizendo que teria muito prazer em empregar os seus lucros naquela aventura. Vivendo no país de Henry Deterding, sabia muito sobre o negócio de petróleo, e os dois conversaram como iguais nesse jogo fascinante de procurar lucros. Para Lanny, pareciam duas panteras lustrosas que se encontrassem na floresta e decidissem trabalhar juntas, esperando achar mais rapidamente a presa e matá-la. Um nascera numa cabana lamacenta da Polônia, o outro num lar aristocrático da Nova Inglaterra, mas a estandardização moderna levava-os ao ponto de se compreenderem sem muitas palavras.

Lanny teve ocasião de brincar depois com o pai; disse que ia decidir se a nova firma seria conhecida como Robbie & Robin ou Robin & Robbie. Devia obedecer à estética das palavras ou às precedências sociais? Naturalmente, continuou Lanny, quando tivessem conquistado o mundo possuindo todo o petróleo, seriam conhecidos como R. & R.

O sócio holandês desta combinação dizia que, logo que a paz fosse assinada, ele mudaria seu escritório e sua família para Berlim. Hans aprendera tudo o que podia em Roterdã e, para o pai, haveria inúmeras oportunidades de ganhar dinheiro na Alemanha nos anos vindouros. Manteria um escritório em Roterdã, transformando todo o seu dinheiro em dólares e florins. Com as reparações, não restava dúvida alguma de que o marco devia perder o seu valor — era o único meio da Alemanha reduzir suas dívidas internas, a não ser que as repudiasse. Pela inflação também ia colecionar enormes quantias dos países estrangeiros que acreditavam no marco e estavam comprando esta moeda avidamente. Johannes Robin dizia haver muitas discussões sobre este ponto entre os negociantes holandeses, e fortunas seriam naturalmente feitas e perdidas neste jogo. Robbie estava inclinado em concordar com seu sócio, mas aconselhou-o como mais seguro comprar propriedades e mercadorias, as quais iam ser lançadas no mercado por quase nada no colapso do sistema monetário da Alemanha.

IV

O Gabinete do socialista Scheidemann resignou, pois não queria assinar o Tratado. Brockdorff-Rantzau não ia assinar. Mas alguém teria que assinar, porque não restava dúvida que a Alemanha não tinha outra saída. O novo Ministério mandou dizer que se inclinaria diante do inevitável, mas assim mesmo não enviava ninguém. O presidente Wilson estava impaciente para voltar a Washington, onde uma sessão especial do novo Congresso esperava-o havia mais de um mês. A cerimônia da assinatura, porém, devia ser adiada dia após dia. Era muito aborrecido e além disso, uma ofensa à dignidade das grandes potências vitoriosas.

Lanny foi visitar Lincoln Steffens no seu hotel. Depois da conversação de Robbie e Robin, o moço queria falar com alguém que lhe dissesse que o

O FIM DO MUNDO

mundo não era criado apenas para se ganhar dinheiro! Aprisionado no seu pequeno quarto do hotel por uma gripe, Steffens disse-lhe que os fazendeiros de dinheiro estavam impondo a sua vontade em toda parte. A dificuldade residia apenas em não concordarem entre si mesmos, continuando a manter o mundo em dificuldade sobre dificuldade. Devia haver revoltas, e a questão era saber se essas revoltas seriam cegas ou teriam algum programa.

Steffens contou o que acontecera a um amigo seu, um brilhante desenhista de Greenwich Village, o quarteirão dos artistas de Nova York. Robert Minor, assim se chamava o moço, foi olhar a nova Rússia revolucionária e depois voltou a Paris. Tinha visitado os quartéis-generais dos sindicatos dos trabalhadores das estradas de ferro, os quais estavam ameaçando uma greve geral, e contou-lhes o que os russos estavam fazendo. Como resultado, foi preso pela polícia francesa, levado para a prefeitura, e então entregue às autoridades militares americanas em Coblença, onde estivera preso várias semanas. Tinham-no ameaçado de fuzilamento, mas conseguira mandar um aviso da sua prisão, e a imprensa trabalhista de Paris ocupou-se com o caso. O pai de Bob era juiz no Texas e um democrata influente; assim as autoridades do exército foram obrigadas a soltá-lo imediatamente.

Lanny contou de que maneira seu tio também fora inquirido pela polícia e, como o outro, também a ameaçara com a publicidade do caso. Jesse tinha a certeza de que não iam encarcerar um americano apenas porque fazia discursos.

— Eram discursos especiais, os de Robert — ponderou Steff.

— Sim, é diferente — concordou Lanny.

Steff perguntou se Lanny também estava acompanhado pela polícia secreta. Lanny ficou surpreendido e disse que nunca pensara nesta possibilidade. Steffens respondeu:

— Pois é melhor pensar!

Contou uma novidade: dois daqueles membros do Crillon que tentaram demitir-se encontraram ditafones postos secretamente em seus quartos — presumivelmente pela polícia secreta americana.

Esta novidade preocupou Lanny mais do que poderia pensar o seu amigo.

— Como se reconhece um espião ao encontrá-lo?

Steff respondeu que muitas vezes não era possível descobrir isto antes que fosse tarde demais. Era geralmente alguém que concordava com as ideias mais absurdas. Lanny disse que nunca encontrara um assim — a não ser ele próprio!

Steff, observador do mundo, cujas ideias eram tão difíceis de adivinhar, contou algumas das suas experiências depois da sua volta da Rússia. A polícia achara necessário mandar vigiar continuamente os seus passos.

— Há um capitão Stratton...

— Ah! — interrompeu Lanny. — Eu o vi muito no Crillon.

— Pois bem; ele e um outro oficial davam-se ao trabalho de arranjar mesa junto à minha num restaurante onde eu jantava com um amigo. Vendo que eles estavam atentos à nossa conversa, convidei-os para a minha mesa relatando tudo o que vira na Rússia e o que tinha contado ao coronel House. Fiz o melhor que pude para convencê-los.

— Conseguiu? — perguntou Lanny, sorrindo.

— Em todo caso pararam de perseguir-me. Talvez a razão fosse a ação do presidente Wilson, um ou dois dias depois. Pode ser que ele tivesse ouvido falar a respeito da minha vigilância e escolhera um meio diplomático de parar com isto. Compreende, ele recusou ver-me e ouvir o que tinha para contar a respeito da Rússia. Tendo resolvido não fazer guerra aos sovietes, ele não queria ficar preocupado com o meu relatório. Mas sabe como fui para a Rússia e não tem o direito de desacreditar-me. Eu era um dos muitos jornalistas esperando no vestíbulo do hotel. Quando passou e me viu, chegou-se a mim, inclinou-se até o meu ouvido e fingiu murmurar qualquer coisa. Não disse uma palavra que eu compreendesse; apenas murmurou. Naturalmente o seu fim era provar a todo mundo que eu ainda merecia a sua confiança.

— Portanto, agora pode ser tão vermelho quanto quiser! — falou Lanny, rindo.

A delegação alemã chegou, e a assinatura tantas vezes protelada foi marcada para o dia 28 de junho. Aqueles que assinaram pela Alemanha eram dois funcionários subordinados, mas os Aliados estavam preparando uma grande cerimônia. O lugar escolhido foi a grande sala de espelhos do Palácio de Versalhes, onde os alemães vitoriosos tinham fundado o seu Império, quarenta e oito anos antes, e que obrigara os franceses a assinar uma paz humilhante, abrindo mão da Alsácia e Lorena. Agora, os papéis estavam trocados, e, com toda a pompa e cerimônia, os dois enviados alemães iam colocar a sua assinatura ao pé do depoimento de que seu país era considerado o único responsável pela guerra mundial.

O FIM DO MUNDO

Todo turista na França visita o Palácio de Versalhes, atravessa a longa galeria dos espelhos, onde o Rei Sol passara seus dias. Lanny também tinha estado lá com sua mãe e Kurt, em companhia de Harry Murchison, fazia quase seis anos. Aquele lindo dia de outubro ainda estava na sua memória e, ao lembrá-lo, teve muitos pensamentos: se tivesse sido capaz, por qualquer força psíquica de olhar para o futuro, teria sabido que seu amigo alemão, que adorava sua mãe, ia tornar-se seu amante? Se Beauty tivesse sido capaz de ver no futuro o que aconteceria a Marcel, teria partido com Harry Murchison? E os alemães, ao assinar o primeiro tratado de Versalhes, teriam sido capazes de prever um segundo?

Somente cerca de mil pessoas podiam ser admitidas como testemunhas da cerimônia e Lanny Budd não estava entre os escolhidos. Se ele tivesse feito questão, talvez fosse possível conseguir uma entrada por intermédio dos seus amigos do Crillon, aos quais ainda encontrava no salão de Mrs. Emily e em outros lugares. Mas ele dizia a si mesmo que testemunhara bastantes cerimônias para nunca mais querer ver outras. Não sentia mais prazer em olhar velhos cavalheiros, polidos e escovados por camareiros, das pontos dos sapatos à copa do chapéu. O coronel do Texas usava este símbolo de honrarias nas ocasiões que a etiqueta o exigia, mas sempre levando consigo o seu chapéu de palha do Texas, trocando-o logo que a cerimônia terminava. Nada tão divertido acontecera em Paris desde que Benjamin Franklin saíra pela cidade sem peruca.

O importante era que este documento tão debatido ia ser assinado, e que a paz voltaria ao mundo. Na mesa do seu hotel estavam jornais, onde podia ler que o Tratado que devia ser assinado naquele dia deixava a França indefesa diante da invasão do inimigo; outros insistiam que era um documento de repressão às classes, feito para preparar a exploração dos trabalhadores tanto na Alemanha como na França. Lanny leu ambos e desejou que existisse alguma autoridade que pudesse realmente relatar a um jovem o que devia acreditar!

V

O telefone tocou. Da portaria do hotel, avisavam a Lanny que seu tio Jesse Blackless lá estava para conversar. Lanny não queria que ele subisse, pois isto poderia parecer uma intimidade que desagradava a Robbie.

622   *UPTON SINCLAIR*

— Vou descer imediatamente — respondeu.

No *hall* do hotel estava sentado Jesse, parecendo um artista, um tanto boêmio, porém sem a desculpa da mocidade. Tio Jesse queria saber, antes de tudo, o que Beauty estava fazendo na Espanha. Quando Lanny respondeu vagamente, ele falou:

— Não precisa esconder as coisas de mim. Posso adivinhar que é um homem.

— Ela dir-lhe-á na hora apropriada — respondeu Lanny, e nada mais falou a este respeito.

Mais interessado estava o pintor em saber qual o fim daquela pessoa misteriosa que lhe fizera três visitas discretas à meia-noite. Mesmo com o risco de parecer pouco gentil, Lanny só podia dizer que seus lábios estavam selados.

— Receio, porém, que não o visite mais — disse ele, entretanto.

— Você sabe o que se vai realizar hoje.

— Sim, mas isto não vai fazer diferença alguma — insistiu o outro. — Não significa nada.

Falando com cautela, o pintor olhava para todos os lados, a fim de ver se alguém ouvia a conversa.

— Seus amigos ainda vão encontrar muitas dificuldades. Terão que lutar por muito e muito tempo.

— Talvez seja assim — disse Lanny —, e talvez o procurem novamente. Como as coisas estão, não posso perguntar nem dizer nada e isto é a minha última palavra.

O tio estava desapontado. Disse que, estando acostumado a esses auxílios, a sua situação era agora mais difícil.

— Em todo caso — disse o pintor —, se você por acaso encontrar o seu amigo, dê-lhe isto.

Tirou um pequeno rolo de papel do bolso interior do paletó.

— São as provas dos folhetins que imprimimos. Em cada prova, escrevi o número de cópias distribuídas para que ele veja que nada foi gasto à toa.

— Está certo — disse Lanny. — Entregarei logo que o encontrar.

Colocou o rolo no bolso e procurou um outro motivo para a conversa. Contou a sua visita a Steff e como este lhe avisara a respeito dos espiões.

— Eu também tentei conversar com os policiais — disse o pintor. — Mas não encontrei nenhum idealismo entre eles.

O FIM DO MUNDO

Lanny fez a mesma pergunta que tinha feito a Steff.

— Como se conhece um policial secreto?

— Eu não poderia descrevê-lo — replicou o outro. — Mas se você vir alguns, conhecerá o tipo. São sempre estúpidos e, quando tentam falar conosco, é patético.

Passou-se algum tempo.

— Bem, vou andando! — disse Jesse. — Robbie pode aparecer e não quero incomodá-lo. Não precisa dizer-lhe que vim fazer esta visita a você.

— Não se não me perguntar.

— E guarde estes papéis onde ele não os possa encontrar. Você naturalmente pode lê-los se quiser; a questão é que não lhos dou para este fim.

— Compreendo — disse Lanny com um sorriso.

VI

O moço viu sua visita sair e então tomou o elevador para subir. No mesmo instante, um homem que estivera do outro lado do vestíbulo, aparentemente lendo um jornal, mas, na realidade observando tudo, levantou-se e caminhou também em direção do elevador. Um outro homem, que estava na rua, entrou. Quando Lanny penetrou no elevador, o primeiro homem seguiu-o e disse para o rapaz do elevador:

— Espere!

O segundo homem chegou, entrou, e o elevador começou a subir. Chegando ao andar de Lanny, ele saiu e também os dois homens. Logo que o cabineiro fechou a porta, um dos homens passou para o lado direito de Lanny e o outro para o esquerdo.

— Perdão, senhor. Somos agentes da Sûreté.

O coração de Lanny deu uma pancada muito forte; ele parou e o seu coração quase também parava.

— Sim? — perguntou.

— Será necessário que o senhor nos acompanhe à prefeitura — continuou o homem, mostrando a sua identidade.

— Mas o que há? — perguntou o moço.

— Lamento muito, senhor, mas não nos é permitido discutir o motivo. O delegado lhe dirá.

624   UPTON SINCLAIR

Então estavam perseguindo-o! Talvez realmente conseguissem prendê-
-lo! Ideias de resistência atravessavam a sua mente. Era a primeira vez que
policiais o prendiam e não sabia como se comportar. Resolveu manter sua
posição como membro das classes privilegiadas.

— Os senhores estão cometendo um grave erro e terão muitas dificuldades futuras.

— Se assim for, o senhor nos perdoará — disse o mais velho dos dois. — O
senhor mora aqui?

— Sim.

— Então tenha a gentileza de conduzir-nos até o seu quarto.

Lanny hesitou. Os papéis de negócios do seu pai estavam naquele quarto e
Robbie provavelmente não gostaria que fossem examinados por estranhos.

— E se recusar-me?

— Seria então necessário obrigá-lo.

Lanny tinha a chave do quarto no bolso e naturalmente os dois homens
teriam mais força.

— *All right*! — disse ele, levando-os ao quarto e abrindo a porta.

Quando entraram, um dos policiais lhe disse:

— O senhor nos dará os papéis que tem nos seus bolsos.

Então tinham-no visto em companhia de tio Jesse! Lanny lera romances
policiais e não sabia como devia encontrar meios de mastigar estes papéis
e engoli-los. Uma dúzia de folhetos impressos era uma refeição completa e
faltava-lhe apetite e oportunidade. Tirou-os, entregando-os ao policial que
os colocou no bolso sem olhá-los.

— O senhor me perdoará. — Sempre eram gentis com pessoas bem-vestidas.

Assim Lanny sabia. Com muito cuidado, o segundo homem perguntou se
Lanny estava armado. Começou a revistá-lo. Ao fazer isto, descobriu algumas cartas. Uma era de Rosemary, outra de sua mãe e a terceira de sua irmã
nos Estados Unidos. Era esta, verdadeiramente, a única carta de amor.

Convidaram Lanny a sentar-se, enquanto um dos policiais examinava
o quarto onde, naturalmente, encontraram um revólver automático e uma
caixa de balas.

Se Lanny estivesse em plena consciência, poderia aproveitar esta oportunidade e observar os policiais franceses durante o trabalho. Mas, tendo-a
muito atarefada, pensou que fosse melhor dizer-lhes:

— Certamente encontrarão mais revólveres e armas na bagagem do
meu pai. Não são para atirar nas pessoas, mas porque ele vende armas.

O FIM DO MUNDO 625

— Ó! Seu pai é um negociante de armas!

— O meu pai é fabricante de armas! Fabricou-as num valor de uns cem milhões de francos para o governo francês, durante os últimos cinco anos. Se não o tivesse feito, os boches estariam hoje, talvez, em Paris e os senhores talvez estivessem mortos.

— Realmente! — retrucou um dos policiais. — Qual é o nome do seu pai?

— Robert Budd.

O outro anotou o nome, Lanny soletrando as letras.

— E o seu nome?

O rapaz soletrou o nome Lanning, e então disse:

— Se examinarem essa arma, verão que tem o nome do meu pai como fabricante.

— Realmente? — perguntou o detetive, encaminhando-se para a janela e verificando esta afirmação extraordinária.

Evidentemente, não sabia o que fazer em seguida e Lanny pensou que esta pequena astúcia tivera êxito. Mas, quando o policial tirou os folhetos do bolso e começou a examiná-los, Lanny percebeu que a partida estava perdida. Não tinha olhado os papéis, mas sabia o que deviam conter. "Trabalhadores de todos os países, uni-vos! Nada tendes a perder, senão as vossas algemas; mas tendes um mundo a ganhar."

O policial guardou novamente os papéis no bolso e encheu uma maleta com os documentos de Robbie.

— É uma questão que o delegado terá que resolver, senhor.

38

A BATALHA DOS CERVOS

I

VIAJANDO NUM AUTOMÓVEL DE ALUGUEL PARA A CHEFATURA DE polícia, Lanny pensou como jamais o fizera durante a sua vida. Aqueles agentes tinham lhe seguido, porque sabiam das suas relações com um es-

626   UPTON SINCLAIR

pião alemão? Ou tinham seguido os passos do notório Jesse Blackless, vendo-o entregar papéis a Lanny? Tudo parecia indicar esta última hipótese, mas sem dúvida alguma teriam alistado Lanny nas relações com Lincoln Steffens, Herron e Alston — quem seria capaz de adivinhar para onde estes caminhos podiam levar? Lanny resolveu que já tinha falado o bastante, e se desculparia com o fato de não ter maior idade. Mesmo durante a guerra, dificilmente poderia ser fuzilado por recusar-se a responder perguntas; e, além disso, a guerra estava terminando nesta mesma tarde!

A prefeitura fica numa pequena ilha da Cité, a mais velha parte de Paris. Como quase todos os antigos edifícios, tinha um cheiro de mofo. Tomaram seus documentos, sua carteira, relógio, chaves e levaram-no para uma pequena sala com uma janela muito alta e gradeada. O mais jovem dos detetives ficou observando-o, mas não falava. Dentro de meia hora, foi levado a uma sala, onde encontrou nada menos que três funcionários destinados a interrogá-lo. Todos três eram polidos, sérios e resolutos. O mais velho, o delegado, estava vestido com todo esmero. Numa segunda mesa estava sentado um escrivão para tomar nota das perguntas e respostas.

— Meus senhores — disse Lanny —, peço-lhes que acreditem: não pretendo fazer nenhuma descortesia. Considero, porém, esta prisão uma indignidade e pretendo fazer valer os meus direitos. Sou menor e o meu pai é legalmente responsável por mim. Peço que ele seja chamado imediatamente e me recuso a responder a qualquer pergunta até que isto seja feito.

Poder-se-ia ter pensado que os três oficiais nunca tinham visto alguém que se recusasse a responder. Estavam chocados, ofendidos, queriam apenas saber. Não era natural para um homem inocente dizer francamente o necessário para assegurar a verdade? Não lhe queriam mal algum, estavam muito embaraçados por serem obrigados a prendê-lo por um instante. A coisa mais simples seria dizer como chegara a possuir documentos que incitavam a destruição da República Francesa, ao assassínio dos seus cidadãos, à confiscação da sua propriedade e ao incêndio das suas casas. Os três oficiais tinham os documentos incendiários diante deles, passando-os de mão a mão com exclamações de horror.

Tudo isto estava realmente nos documentos? Lanny não o sabia; mas se fizesse essa pergunta, teria respondido a uma questão muito importante para os policiais — diria que não sabia, ou ao menos pretendia não saber, o conteúdo dos papéis. Portanto, respondeu:

O FIM DO MUNDO 627

— Senhores, tenham a gentileza de mandar chamar o meu pai.

Jamais funcionários franceses tão gentis viram sua paciência posta num teste tão severo. Argumentavam e pediam. O mais velho, o delegado, era paternal; pedia ao rapaz para não se sujeitar a ficar preso atrás das grades como um criminoso comum. Era realmente pouco gentil da parte dele obrigá-los à necessidade de prendê-lo, um visitante do país, ao qual a França devia uma dívida tão grande de gratidão. Com estas palavras, o delegado deixou escapar alguma coisa de importante. Consideravam Lanny um turista; não o relacionavam com Juan-les-Pins, nem provavelmente com Madame Detaze, viúva, e seu amante alemão, ambos viajando atualmente na Espanha!

O segundo funcionário era um homem acostumado a tratar com malfeitores, e sua fé na natureza humana era muito enfraquecida. Contou a Lanny que a pátria estava em guerra, e que todos os homens de sentimentos honestos estavam dispostos a auxiliar as autoridades a descobrir as intrigas dos terríveis vermelhos. Era difícil compreender como um homem podia ter tais documentos no bolso sem querer explicar imediatamente a razão. E qual o sentido dos algarismos misteriosos escritos em cada folha? Se um homem se recusa a cumprir o dever, que é esclarecer tais mistérios, poderia censurar as autoridades por considerá-lo suspeito?

O terceiro funcionário era mais moço, usava óculos e parecia um estudante. Aparentemente, era quem devia ler a literatura incendiária, classificando-a. Disse que jamais lera alguma coisa pior do que esses documentos. Era difícil, para ele, acreditar que um moço de bons modos e de moral sadia tivesse lido tais folhetos sem aversão. Seria Lanny um estudioso, investigando as doutrinas destes vermelhos? Conheceria alguns pessoalmente? Teria estado associado com eles na América? Lanny não respondeu, mas ouvia atentamente e dava espiritualmente as respostas. Eles estavam evitando qualquer explicação ou os dois policiais que o prenderam não sabiam realmente quem lhe dera os documentos?

Certamente Lanny não ia envolver seu tio desnecessariamente e, a todas as tentativas para pegá-lo, respondeu com a mesma cortesia de sempre:

— Senhores, eu sei como é aborrecido ouvir-me dizer sempre a mesma coisa. Lembrem-se, porém, de quantas dificuldades teriam evitado se chamassem o meu pai.

— Se o senhor recusar-se a responder — disse o delegado —, não temos outro remédio senão prendê-lo até que fale.

628   UPTON SINCLAIR

— Os senhores podem tentar — disse Lanny. — Creio, porém, que meu pai descobrirá rapidamente onde estou. Certamente se um americano desaparece do Hotel Vendôme, a história chegará aos jornais americanos em poucas horas.

O funcionário tocou a campainha e um oficial veio, levando Lanny para a sala de identificação. Aí tiraram sua fotografia, suas marcas datiloscópicas, enfim fizeram um fichário completo da sua pessoa. Quando terminaram, Lanny Budd podia ter a certeza absoluta de que, a próxima vez que cometesse um crime na França, eles o reconheceriam como o mesmo rapaz que estivera preso na chefatura da polícia de Paris no dia 28 de junho de 1919.

II

Lanny ficou sentado numa cadeira de madeira dentro da cela com uma pequena abertura servindo de janela e um leito que já tinha servido a muitos predecessores na desgraça. Talvez a polícia apenas tentasse amedrontá-lo. Como companhia tinha os seus pensamentos: uma procissão contínua e algo inteiramente novo para Lanny!

Lanny não tinha ideia alguma da idade deste edifício. Já estava ali nos dias de Richelieu e nos dias do Rei Sol! O cardeal de Rohan fora levado para ali, quando acusado de ter roubado o colar de diamantes? Parecia que alguns aristocratas haviam passado ali, em caminho para a guilhotina. Todos estes pensamentos atravessaram a mente de Lanny.

O carcereiro trouxe água e comida, mas Lanny não gostou do aspecto do alimento. Passava o tempo passeando pela cela — cinco passos para um lado e cinco para outro —, refletindo sobre os seus possíveis erros e arrependendo-se dos mesmos. Sem dúvida alguma, a polícia estava agora procurando obter notícias a seu respeito e descobririam o nome de Lanny Budd como sobrinho do revolucionário Jesse Blackless. Iriam encontrá-lo como filho de Beauty Detaze, amante de Kurt Meissner, aliás Dalcroze, o espião alemão tão procurado? A única esperança era Robbie!

O pai estava em conferência com algum industrial. Mais cedo ou mais tarde, havia de voltar ao hotel e descobrir que suas malas tinham sido examinadas. Pelo rapaz do elevador saberia que Lanny saíra com dois homens desconhecidos. Talvez, pensando que seu filho tinha sido raptado,

O FIM DO MUNDO

chamasse a polícia! Seria realmente divertido. Mas Robbie era inteligente e sabia tão bem do seu cunhado revolucionário como a respeito de Kurt. Não deixaria de lembrar-se desses pontos. Tinha amigos em alta posição na cidade e Mrs. Emily tinha outros, o delegado da Sûreté Générale certamente ia receber uma chamada dentro de poucas horas!

O terrível era que as horas passavam tão vagarosamente! Tinham levado o relógio de Lanny, mas pela luz do sol ele podia adivinhar mais ou menos o tempo. Lembrou-se de que às três horas o Tratado seria assinado e imaginou esta cena histórica. Conhecendo a galeria dos espelhos, bem podia imaginar a pompa demonstrada. Fardamentos brilhantes ao lado do traje cerimonioso dos diplomatas e estadistas; as tropas nos seus uniformes de gala e a multidão seleta, cheia de expectativa, comentando em voz baixa a entrada das diversas delegações!

O Tratado seria volumoso, impresso em folhas de pergaminho e cheio de lacres. Os homens que deviam assinar pela Alemanha vencida seriam introduzidos por oficiais condecorados. Lanny tinha visto aqueles dois infelizes alemães, um parecendo proprietário de cervejaria, e o outro, magro, de aspecto tímido como um professor particular. Eram os bodes expiatórios, carregando os pecados do seu povo e assinando a confissão sobre linhas marcadas.

Um silêncio reinaria enquanto a assinatura estivesse sendo aposta. A cerimônia seria longa, pois os representantes de inúmeras nações tinham que assinar quatro documentos. O Tratado propriamente dito, o protocolo das modificações, conseguido pelos protestos alemães, uma concordata a respeito das administrações da Renânia e uma concordata com a Polônia a respeito do tratamento das minorias. Ela ia ficar com as minorias, mas não com a concordata, conforme observara o professor Alston, enquanto auxiliava na elaboração desse documento.

As imaginações de Lanny foram interrompidas pelo eco dos canhões. Então! Estava assinado! Os gritos da multidão nas ruas confirmavam isso. Lanny sabia como o povo se comportava nessas ocasiões. No dia do armistício também ele se comportara assim na Academia St. Thomas, em Connecticut. O maior banqueiro daquele estado tinha-o avisado de que acabaria na prisão se não mudasse de ideias; e realmente, lá estava ele! Levantou-se e começou a andar novamente.

630   UPTON SINCLAIR

Melhor seria continuar pensando no Tratado. Contaram-lhe que o general Smuts, chefe da delegação sul-africana, ia assinar sob protesto, dizendo que ainda não se havia conseguido a verdadeira paz que os povos esperavam.

Portanto, parecia que o pequeno grupo de liberais não protestara em vão! Alston tinha dito que este Tratado manteria o mundo em constantes sobressaltos por dez ou vinte anos, talvez até por mais tempo, até que entrasse em concordância com os Catorze Pontos. Tinha ele razão? Ou era o general francês que a possuía ao dizer: "Este Tratado está soltando um tigre ferido. Ele vai esconder-se dentro de um buraco, tratar as suas feridas e sair mais faminto e mais feroz do que nunca!"

Lanny não conseguia resolver com quem estava a razão. Nada mais restava a não ser esperar. Algum dia saberia — naturalmente se o exército francês não o fuzilasse amanhã de manhã.

III

A luz do dia esmaecia e Lanny, sentado no leito, pensou: "Certamente Robbie já devia ter voltado!" Estava sentindo fome e, sob todos os pontos de vista, cansado desta má brincadeira. Quando finalmente ouviu que um carcereiro se aproximava da cela, ficou satisfeito, embora significasse isso a corte marcial. O homem abriu a porta e mandou que Lanny o acompanhasse. Voltaram à mesma sala do delegado.

Estavam ali os mesmos três funcionários, mas com eles, não Robbie, conforme esperava Lanny, e sim o tio Jesse! Portanto, dessa vez, Lanny devia pensar rapidamente. O que significava isto? Sem dúvida alguma, o seu tio tinha sido preso como ele mesmo, como suspeito. Ele falara? E o quê?

— Mr. Budd — disse o delegado. — Seu tio veio aqui por sua livre vontade para dizer-nos as circunstâncias pelas quais o senhor chegou à posse daqueles documentos.

Parou como se esperasse que Lanny interferisse, mas Lanny não falou nada.

— Quer ter a bondade de responder a algumas perguntas em sua presença?

— Senhor delegado! Já disse que não responderei à pergunta alguma até que meu pai chegue.

O FIM DO MUNDO

631

— Quer dizer, então, que não confia no seu tio?

O delegado tez uma pausa e continuou:

— Ou este cavalheiro não é seu tio?

— Seria muito mais fácil telefonar ao hotel do meu pai, senhor!

— Já o fizemos, mas seu pai ainda não chegou.

— Certamente chegará dentro em pouco.

— O senhor quer forçar-nos a mantê-lo nesta posição pouca confortável até que consigamos encontrar seu pai?

— Não, senhor. Não sinto o menor desejo para tanto. Dou-lhes licença para soltar-me a qualquer hora.

Desta vez, o silêncio foi comprido. Lanny olhava o delegado e não ficaria surpreendido se o homem dissesse: "Levem-no para fora e mandem fuzilá-lo imediatamente!" Ficou realmente surpreendido ao ver um sorriso no rosto do homem.

— Perfeitamente, meu rapaz. Se atendo ao seu pedido, o senhor prometerá não sentir mágoas?

— Sem dúvida, senhor — respondeu Lanny, logo que compreendeu o sentido das palavras.

— Não pense que somos ingênuos, senhor Blackless — disse o delegado para o pintor. — Investigamos a sua história. Quase tudo já sabíamos.

— Eu tinha certeza disso — respondeu o tio Jesse com um dos seus sorrisos. — Se não, talvez eu não tivesse vindo.

— O senhor está jogando um jogo perigoso. Não creio que deseje um conselho meu, mas, se formos obrigados a pedir-lhe que se retire do país, não o será sem avisos. Agora dados pela segunda vez.

— Se tal desgraça cair sobre mim, ficarei muito triste, pois a França foi a minha pátria durante a maior parte da minha vida. Mais triste ainda, porém, ficaria, por causa da República, cuja reputação como abrigo dos perseguidos políticos é a joia mais preciosa da sua coroa.

— O senhor é um homem inteligente, senhor Blackless. Conhece a linguagem da liberdade e do idealismo e sabe usá-la no serviço da tirania e do ódio.

— Isto é um assunto a respeito do qual poderemos argumentar durante muito tempo, senhor delegado. Não acho que seria próprio para mim discutir com um senhor dentro da sua capacidade profissional. Mas, se em qualquer dia encontrá-lo numa reunião social, por exemplo, terei muito prazer em lhe explicar as minhas ideias.

632   UPTON SINCLAIR

Viu-se um sorriso nos olhos do velho francês. "Espírito" é a especialidade da nação francesa e o delegado conhecia uma boa resposta. Virou-se para Lanny:

— E o senhor, meu rapaz, parece que foi vítima de pessoas mais velhas e menos escrupulosas do que são pessoalmente. Na próxima vez, aconselhar-lhe-ia a olhar os papéis antes de colocá-los no bolso.

— Posso assegurar-lhe, senhor — disse o rapaz com todo o respeito — que pretendia fazê-lo logo que chegasse ao meu quarto.

Isto também foi uma resposta espirituosa; e o delegado afirmou esperar que seu hóspede não levasse a mal a sua aventura. Lanny respondeu que achara a experiência muito interessante e que futuramente as histórias de crimes e de prisão seriam mais vívidas para ele. Devolveram-lhe a maleta com os papéis de Robbie, e os três funcionários apertaram-lhe a mão — mas não a de tio Jesse.

O senhor Blackless era uma das "pessoas mais velhas e menos escrupulosas".

IV

Sobrinho e tio saíram com o crepúsculo e para Lanny parecia o momento mais delicioso que passara em Paris. Certamente a ilha da Cité, com suas pontes e a grande Catedral, jamais tinha sido tão bela quanto naquela tarde. Bandeiras por toda a parte e uma atmosfera de festa. Para todos era porque o Tratado fora assinado. Mas para Lanny era devido à sua liberdade.

Mais perfeita ainda se tornou a situação quando surgiu um automóvel no qual se encontrava Robbie. Robbie saltou do carro e exclamou:

— Mas o que é isto?

— Recebeu a minha nota? — perguntou Jesse.

— Sim e também o telegrama.

— Queria ter a certeza de que você seria avisado. Tinha medo que me prendessem também.

— Mas por que tudo isto?

— Vamos para o carro, não podemos falar aqui — respondeu tio Jesse.

Os dois entraram e Lanny colocou primeiro a mala e depois entrou também. Quando a chefatura de polícia ficou para trás, o pintor começou:

— Agora, Robbie, vou contar-lhe a história do mesmo modo que a contei ao delegado. Lembra-se de como há vários meses passados o professor Alston

O FIM DO MUNDO

me enviou Lanny, para que eu arranjasse um encontro entre o coronel House e alguns dos agentes russos em Paris?

— Falaram-me a este respeito — disse Robbie sem nenhuma cordialidade na voz.

— Não se esqueça que era um negócio do governo dos Estados Unidos. Lanny o fez porque era o seu dever, e eu atendi porque o seu chefe instou comigo. Sempre considerei uma questão de honra jamais aproximar-me do seu filho. Agi assim por causa da minha irmã. Lanny lhe dirá que isto é verdade.

— É realmente assim, Robbie — disse Lanny.

— Continue — respondeu Robbie, entre dentes.

— Bem! Esta manhã, um *leader* trabalhista francês veio visitar-me. Você sabe que o bloqueio contra a Alemanha ainda continua e a guerra contra os sovietes também. Ambos são produto da política governamental francesa.

— Pode ter a certeza de que li os jornais — replicou Robbie. — Quer ter a bondade de dizer-me o que a polícia queria com Lanny?

— Este trabalhista, naturalmente, queria ter o apoio americano para uma política mais liberal e humana. Trouxe-me folhetos que apresentavam os argumentos dos trabalhadores franceses e perguntou se não seria possível a meu sobrinho, no Crillon, fazer chegar estes folhetos às mãos do coronel House, de modo que este ficasse ciente dos sentimentos dos trabalhadores. Eu disse: "Meu sobrinho rompeu com o Crillon, porque não aprova a política seguida." A resposta foi: "Mas talvez ele possa entrar em contato com alguém da comissão e tenha possibilidades de fazer chegar os documentos ao coronel House." Então eu disse: "Pois não, vou levar-lhos e pedir-lhe para tentar." Assim fiz e aconselhei Lanny a não os ler, mas a entregá-los à pessoa certa, se tivesse oportunidade.

Lanny estava sentado rígido. Seu espírito balançava entre o desânimo e a admiração. Que linda história! Fez-lhe compreender quão mal estava ele preparado para a carreira de intrigante, de agente secreto. Durante todas aquelas horas que passou no silêncio da cela jamais pensara numa história como esta, absolutamente perfeita!

— O meu amigo me disse quantos destes folhetos tinham sido impressos e distribuídos em Paris e eu escrevi os algarismos na capa de cada um, pensando que pudesse impressionar o coronel House. Mas a polícia achou os algarismos muito suspeitos.

634 UPTON SINCLAIR

— Diga-me como aconteceu! — continuou Robbie.

— Quando saí do hotel, vi um homem que estava olhando para dentro do vestíbulo. Por acaso, era um dos policiais que me prenderam há vários meses passados. Vi-o entrar no hotel e olhei pela janela, vendo-o, e mais outro homem, entrarem no elevador juntamente com Lanny. Esperei até que descessem, assisti aos homens colocá-lo dentro de um automóvel e então fui procurar por você. Estava com medo de entrar no hotel, e por isso usei o telefone. Como não o encontrei, enviei-lhe uma nota pelo mensageiro e também um telegrama. Resolvi, então, ir à chefatura e tentar a minha sorte. Era arriscar, naturalmente, porque Lanny podia ter falado, e eu não sabia o que teria dito.

— Podia ter adivinhado que ele teria dito a verdade — disse o pai.

— Não sou tão inteligente e o que fiz foi pescar, até que me disseram que Lanny confessara ser um vermelho!

— O quê? — exclamou Lanny, chocado.

— O delegado disse-me isso pessoalmente. Portanto, sabia que eles estavam blefando e que Lanny não tinha falado nada. Contei-lhes a minha história e eles me seguraram durante algumas horas, enquanto investigavam. O que fizeram, creio, foi telefonar ao coronel House. Realmente, consideram a maioria do Crillon como vermelhos, mas não querem criar casos. Foi por isso que nos soltaram com um aviso.

Robbie virou-se para o filho.

— Lanny, esta história é verdadeira?

Os momentos seguintes foram muito pouco confortáveis para o rapaz. Jamais dissera uma mentira ao pai durante toda a sua vida. O que ia fazer agora? Trairia o tio Jesse que tinha vindo em seu auxílio, com grande perigo para si — e que inventara uma história tão linda? Há um velho provérbio que diz: "Aquilo que não se sabe não faz mal a ninguém." Lanny, porém, fora criado dentro de um código moral diferente — não se deve mentir nunca, a não ser que se esteja vendendo armas e munições.

O alívio de Lanny foi, portanto, enorme, quando o tio salvou-o desta dificuldade.

— Um minuto, Robbie. Eu não disse que a história fosse verdadeira.

— Não?

— Eu disse o que falei ao delegado.

O pai olhou-o com raiva.

O FIM DO MUNDO   635

— Não estou achando graça alguma! — exclamou. — Vou saber de tudo ou
não? Lanny! Quer ter a bondade de dizer-me?

— Sim, Robbie! — replicou o rapaz. — A verdade é...

— A culpa é inteiramente minha — interrompeu tio Jesse. — Eu entre-
guei aqueles papéis a Lanny por razões particulares.

— Ele está querendo a culpa para si — objetou Lanny. — Posso assegurar-
-lhe isso.

— Ele não pode contar a história verdadeira, porque não a conhece — argumentou o pintor.

— Ninguém a conhece realmente, a não ser eu — respondeu Lanny. —
O tio Jesse apenas pensa que a conhece.

O senso de humor de Robbie não estava funcionando bem neste momento.

— Querem combinar qual de vocês vai falar?

Lanny disse rapidamente:

— Acho que faríamos melhor voltando ao hotel.

E fez um sinal para o lado do *chauffeur*. Não restava dúvida que estavam
falando em inglês, mas podia ser que o motorista conhecesse a língua. Os
dois homens silenciaram e Lanny observou:

— Ouvi os canhões. O Tratado foi realmente assinado?

V

Quando chegaram ao apartamento, Robbie apanhou a garrafa de uísque
que os policiais não tinham levado. Depois que Lanny se lavou um pouco, os
três se sentaram e o pai começou:

— Agora, quero saber tudo sobre esse negócio.

— Em primeiro lugar — disse Lanny com um sorriso —, deixe-me dar
umas explicações ao tio Jesse. Tio Jesse, lembra-se do Natal, antes da guerra, quando fui à Alemanha?

— Ouvi alguma coisa a este respeito.

— Estive em casa de um amigo meu. É melhor não usar nomes. Esse
amigo esteve em Paris até recentemente e era o homem que o ia visitar à
meia-noite.

— Ó, é assim? — exclamou o pintor.

— Dei-lhe a minha palavra de honra que não contaria isso a ninguém,
mas tenho a certeza de que ele não se incomodará se você souber deste fato,

636   UPTON SINCLAIR

porque provavelmente tornar-se-á seu cunhado dentro em breve. Talvez já o seja. Beauty e ele são amantes e é por isto que ela foi para a Espanha.

— Ó, meu Deus! — exclamou Jesse, e depois mais uma vez — Ó, meu Deus!

— Contei a Robbie este fato — continuou Lanny —, porque ele tem direito de saber tudo a respeito de Beauty. Mas nada disse a ele sobre você, porque aquilo é segredo seu. Posso contar-lhe agora?

— Evidentemente ele não se sentirá aliviado até que ouça.

Lanny voltou-se para o pai.

— Pus o meu amigo em contato com tio Jesse e ele trouxe dinheiro para auxiliar na instigação dos operários contra o bloqueio. Pensei que fosse uma causa digna e ainda penso assim.

— Você sabia que estava arriscando a sua vida? — perguntou o pai, chocado.

— Vi tantas pessoas arriscarem a vida que isto perdeu o sentido para mim. Mas pode estar certo de que me senti muito sem conforto esta tarde. Também pode compreender qual o risco que o tio Jesse passou ao voltar àquele lugar.

Robbie não deu resposta alguma.

— Você verá como foi — continuou Lanny. — Quando o meu amigo deixou de aparecer, tio Jesse quis saber o motivo. Trouxe alguma coisa escrita para que este amigo pudesse ver o que ele tinha feito. Pediu-me que a entregasse, se eu tivesse oportunidade, e eu acedi. Ele sugeriu que não lesse o que estava escrito. Eu não disse que não ia ler, apenas disse que compreendia. Tio Jesse agiu honestamente para com você, Robbie. Foi meu amigo e eu que planejamos tudo, e levamos então o plano para ele.

— Espero que você não esteja muito orgulhoso por este motivo — disse o pai.

— Não estou me defendendo. Estou apenas tentando explicar o modo de agir de tio Jesse. Se aceitei ideias que você não gosta não foi por intermédio dele, pois evitou falar comigo, e até me disse que eu não entenderia suas ideias, mesmo que eu quisesse. Sou um parasita, um membro das classes ricas, e mais alguma coisa. O que ouvi foi de Alston, Herron e Steffens.

— A quem você encontrou no quarto de Jesse, eu acredito!

— Bem, dificilmente ele poderia recusar-se a apresentar-me ao seu amigo quando fui lá. Mas teria encontrado Steffens de qualquer modo, porque os amigos de Alston falavam muito a respeito da sua visita à Rússia, e ele

O FIM DO MUNDO

637

estava presente ao jantar, onde resolveram resignar. Portanto, se o que fiz não estava certo, você deve censurar a mim, e não ao tio Jesse.

Robbie disse friamente:

— Nada altera o fato de que veio a este hotel e trouxe a polícia sobre nós. Olhe o meu quarto!

Robbie mostrava os papéis que estavam espalhados por todos os lados.

— E meus papéis confidenciais levados pela polícia, copiados e sem dúvida vendidos a qualquer velhaco dos meus concorrentes!

Robbie sabia como se faziam destas coisas, tendo-as feito muitas vezes...

— Você tem toda razão — disse o pintor. — A culpa é minha, mas sinto muito.

— Tudo que desejo saber é se haverá repetição destes fatos. Você é o irmão de Beauty, e se se comportar como homem decente, de boa vontade lhe tratarei como tal. Mas se quer imiscuir-se com assassinos, com os criminosos mais vis, perfeitamente, é seu privilégio, mas então tenho o direito de dizer: "Mantenha-se afastado de mim e dos meus!"

— Você tem toda razão — o tio Jesse falava no mesmo tom de voz fria de Robbie. — Se você conseguir manter seu filho afastado de mim, pode ter a certeza de que jamais invadirei sua vida e também a dele.

VI

Este era um pedido e um compromisso honestos; mas se eles pudessem terminar aí a discussão... Mas eram como dois cervos na floresta, que se podiam afastar e partir em direções opostas, mas que não o faziam! Pelo contrário, ficavam, miravam-se, batiam no chão e não conseguiam desgarrar-se um do outro.

O pintor observou:

— Talvez você continue no seu sonho de evitar que os pensamentos modernos atinjam seu filho. Asseguro-lhe, porém, Robbie, que as forças contra você são mais fortes.

O negociante respondeu, cheio de desprezo:

— Deixe isto ao meu filho e a mim, se quiser! Quando Lanny aprender que "pensamentos modernos" significa ódio às classes, voracidade e assassínio, talvez continue a pensar do mesmo modo "arcaico" que o pai.

638   UPTON SINCLAIR

— Os sonhos de um pai pretendidos durante todas as épocas! — exclamou
o outro num tom de piedade, ainda mais irritante que o de ridículo. — "Que
meu filho seja como eu! Ele que pense como eu, e será perfeito!" O mundo,
porém, está mudando nem todos os pais reunidos conseguirão pará-lo ou
evitar que os filhos saibam mais a este respeito.

— Meu filho tem pensamentos próprios. Ele julgará por si mesmo.

— Você diz isto, mas não se está sentindo tão seguro como pretende. Por
que se preocupa tanto quando alguém apresenta novas ideias ao espírito
de Lanny? Não acha que ele percebe isto? Não acha, que ele perguntará a si
mesmo o que significa?

Isto era tocar Robbie no ponto mais sensível do seu íntimo: alguém dizer
que conhecia Lanny melhor do que seu próprio pai; a ideia de que o moço
talvez estivesse escondendo coisas; que dúvidas e diferenças estivessem
perturbando a sua mente; que a réplica do próprio ser de Robbie tivesse se
tornado um traidor! Na subconsciência do pai, Lanny ainda continuava
uma criança, alguma coisa que devia ser guardada. Os sentimentos que
invadiram a alma do pai não foram tão diferentes do ódio ciumento do mo-
narca da floresta sobre qualquer corça débil e suave.

— Você é inteligente, Jesse — disse ele. — Mas acho que Lanny compreende a malícia do seu coração.

— Lamento muito não poder chamá-lo de inteligente — disse o outro. —
O seu mundo está terminado. Os milhares dos seus escravos assalariados
têm um outro ideal além do que construir um trono para você assentar.

— Olhe, tio Jesse — interrompeu Lanny. — De que vale toda esta discussão? Você sabe que não pode convencer Robbie.

Os cervos, porém, puseram-no de lado. Não estavam mais interessados
nele, e sim na sua batalha.

— Estaremos prontos para qualquer momento em que eles quiserem —
declarou Robbie. — Fabricamos metralhadoras.

— Você mesmo vai atirar?

— Pode ter certeza!

— Não! — disse o pintor, com um sorriso. — Você alugará outros homens,
como você e os seus sempre fizeram. E se eles virarem as metralhadoras
contra vocês? E então?

— Eu estarei de guarda! Um deles foi tolo demais para avisar-me.

O FIM DO MUNDO

— A História avisou-o, Robbie Budd, mas você não quer aprender. A Revolução Francesa disse-lhe que os dias do direito divino terminaram. Mas vocês construíram um novo sistema exatamente igual ao velho nos seus resultados práticos: um brilho de cegar por cima; morte, fome e desespero no fundo; uma voracidade que termina numa matança ilimitada. Agora estão vendo a revolução russa, mas não querem aprender!

— Aprendemos como matar estes malvados, deixando-os morrer de fome e frio ou de outras doenças.

— Por favor, Robbie — interrompeu Lanny. — Você está se irritando inutilmente!

— O tifo tem um meio de espalhar-se além dos limites naturais; e as ideias também — falou o pintor.

— Podemos pôr doenças em quarentena, e prometo-lhe colocar o homem exato na Casa Branca para manter suas ideias vermelhas fora do nosso país.

— Olhe, Robbie! Seja sensato! Está desperdiçando tantas energias! — falou o filho.

— Fique na França, Jesse Blackless, espalhe aqui o seu veneno, mas não tente vir à América, a Newcastle. Aviso-o!

— Não precisam de mim lá. Vocês estão criando os seus próprios revolucionários. A arrogância das classes carrega em si própria a semente da destruição.

— Escute, tio Jesse. O que pretende fazer com isto? Você sabe que não pode converter meu pai. Querem ferir-se um ao outro?

Sim, era isto. Os dois cervos querendo bater um no outro, jogar um ao chão, cada qual preferindo morrer a ceder uma polegada. Era uma disputa velha. Lutavam assim desde quando se haviam encontrado pela primeira vez, há mais de vinte anos. Lanny não ouvira isso, mas sua mãe lhe contara. Agora, iam recomeçar. Os dois cervos não conseguiam separar-se e talvez significasse a morte de um ou de ambos!

— Você e seus ratos de goteiras, imaginando poder construir uma indústria! — disse Robbie.

— Se tem tanta certeza de que não podemos, por que está com medo de ver-nos experimentar? Por que não mandam regressar as tropas mercenárias que nos estão combatendo em vinte e seis frentes? Por que não chamam de volta os seus espiões que estão espalhando traição e ódio em todas as nações?

640   UPTON SINCLAIR

— Olhe, tio Jesse! Você prometeu a Robbie deixar-me em paz, mas não está cumprindo a promessa.

— Eles não deixam ninguém em paz — disse o pai. — Não cumprem promessa alguma. Somos a burguesia e não temos o direito de querer ou desejar! Somos parasitas e a nossa única utilidade é servir de alvo para eles!

— Se você se coloca em frente dum trem de ferro isto é suicídio e não assassínio — disse o pintor, com um sorriso.

Ele estava mantendo a calma, o que ainda mais enfurecia Robbie.

— Devemos sair do caminho e deixar que um bando de gângsteres leve o trem para o abismo. A história não é capaz de contar o número de pessoas que eles assassinaram — falou Robbie, dirigindo-se ao filho.

— Ó, meu Deus! — exclamou tio Jesse, virando-se também para o rapaz. — Ele fala em matar e acabou de liquidar dez milhões de homens com armas feitas especialmente para este fim! Nem Deus Todo-Poderoso pode contar o número daqueles que ele feriu e muito menos dos que morreram de doenças e fome. E está se preocupando com uns poucos contrarrevolucionários fuzilados pelos bolcheviques!

VII

Lanny, vendo que nada conseguia, ficou sentado, quieto, ouvindo tudo o que seu pai não queria que ele ouvisse. Esta discussão violenta tornou-se para ele o símbolo do mundo no qual teria que passar o resto da sua vida. Seu tio: o punho levantado dos trabalhadores erguido em uma ameaça mortal. Robbie: o homem das metralhadoras, o homem que as fabricava e que estava pronto a usá-las, pessoalmente, se necessário fosse, a fim de ceifar os punhos levantados. Lanny: este não precisava ser um símbolo. Era o que era: o homem que amava a arte, a beleza, a razão e a luta honesta, e que insistia nestas coisas, mas fora empurrado para o lado. Não era o seu mundo! Este mundo não tinha utilidade para ele! Ao iniciarem a luta talvez ficasse preso entre as linhas.

— Se vocês matam alguém — disse tio Jesse a Robbie —, é a lei e a ordem. Mas, se um revolucionário aniquila um dos seus gângsteres, é assassino, é a onda do crime. O mundo lhes pertence. Vocês fizeram as leis e obrigam os outros a cumprirem-nas. Mas nós lhes dizemos que estamos cansados de trabalhar em seu benefício e jamais nos poderão levar novamente a morrer por vocês ou para a sua voracidade!

O FIM DO MUNDO

— Você está louco — disse Robbie Budd. — Dentro de poucos meses, a sua Rússia estará esmagada e jamais terá uma nova oportunidade. Mostrou-nos os seus pensamentos, os seus punhos, e vamos colocá-la na lista.

— Uma lista para enforcar? — perguntou o pintor com um movimento para o lado de Lanny.

— Enforcar não é bastante rápido. Você vai ver como as nossas metralhadoras Budd estão trabalhando!

Lanny jamais vira seu pai falar com tanta raiva. Estava em pé, andando enquanto falava. Mais um pouco e talvez a discussão terminasse numa luta física. Vendo que o tio queria recomeçar a falar, Lanny tomou-o pelo braço, puxando-o da cadeira.

— Por favor, vá, tio Jesse! — exclamou ele. — Você disse que me deixaria em paz. Faça-o agora! — E continuou a puxar e a empurrar o tio.

O chapéu de Jesse estava numa cadeira e Lanny deu-o ao artista.

— Por favor, não fale mais nada. Vá embora!

— Perfeitamente — disse o pintor, meio zangado, meio divertido. — Cuide dele, Lanny. Ele vai ter muito que fazer até vencer a Revolução Russa.

— Obrigado — disse Lanny. — Vou esforçar-me.

— Você ouviu o que eu tinha a dizer a ele!

— Sim, ouvi.

— E você viu que não teve resposta alguma!

— Sim, sim, por favor, vá!

Lanny continuou empurrando o seu exuberante parente para fora do quarto.

— Uma última palavra! Tome nota do que vou dizer, Robbie Budd: é o fim do seu mundo!

— Passe bem, tio Jesse! — E Lanny fechou a porta atrás do revolucionário.

VIII

Voltou para o quarto. Seu pai olhava com as feições carregadas. Lanny cismava, a tempestade continuaria? E quando acabaria?

— Agora veja! — disse o pai. — Tirou sua lição de tudo isto?

— Sim, realmente, Robbie; mais do que uma lição.

A voz de Lanny estava cheia de convicção.

642   UPTON SINCLAIR

— Colocando-se nas mãos de um fanático como este, você é capaz de sofrer uma chantagem ou fazer qualquer coisa que ele queira.

— Por favor, creia, Robbie: eu não estava fazendo nada para tio Jesse. Apenas tentava auxiliar um amigo.

— Até onde irá um homem para auxiliar um amigo? Você estava traindo o governo francês.

— Eu sei. Foi um engano.

— Um homem tem que aprender a ter discrição, tomar cuidado consigo mesmo. Você precisa de amigos, Lanny, mas também precisa saber onde deve parar. Se alguém descobre tudo o que pode conseguir de você, não pensará em limites. Um quererá que você assine documento que possa causar a sua bancarrota; outro quererá que você resolva as dificuldades que ele tem com a mulher. Você é um rapaz sensível, mas deve ser resistente, pois de outra maneira ninguém o respeitará. Ninguém pensará em você senão para se aproveitar alguma coisa.

— Vou tentar aprender tudo isso, Robbie.

Lanny, realmente, pretendia seguir o conselho, mas, no momento, o seu principal pensamento era acalmar o pai.

— Você tem um amigo que é alemão. Está certo. Reflita o que significa. Enquanto você viver, a Alemanha fará guerra contra a França, e a França contra ela. Não importa como a chame: negócios, diplomacia ou reparações; qualquer nome. Os inimigos da Alemanha vão tentar miná-la e ela vai devolver os golpes. Se Kurt Meissner vai ser músico, é uma coisa. Mas se pretende continuar a ser um agente alemão, é outra. Mais cedo ou mais tarde você terá de compreender o que significa ter um amigo assim. E sua mãe saberá o que significa ter um amante assim.

— Sim, Robbie, você tem razão. Compreendo-o claramente.

— E aqueles vermelhos que você encontrou. Não resta dúvida de que são homens inteligentes; conversadores mais inteligentes do que muitas pessoas decentes. Mas imagine o que deve estar na mente dos revolucionários, se gastam o tempo com um moço como você. Você tem dinheiro, é crédulo, mas não é nada para eles! Talvez os Aliados estejam esgotados demais para vencê-los. Eles viverão enquanto puderem apoderar-se da riqueza dos outros, e você deve resolver: quer que eles se aproveitem de você, rindo-se ao mesmo tempo da sua tolice, considerando-o um tolo? Ou o que mais pode ser para eles: um parasita, um filho de Robbie Budd, o malvado capitalista, um negociante da morte! Não vê que representa tudo no mundo que mais odeiam e querem destruir?

— Sim, Robbie. Naturalmente não tenho vontade alguma de encontrá-los novamente ou entrar em contato com eles.

— Então, pelo amor de Deus, faça isso e não mude de ideia: siga para Juan, arranje a casa e toque piano.

O rapaz não pôde deixar de rir.

— Este é o programa!

Colocou o braço sobre os ombros do pai e, conhecendo-o muito bem, compreendia como Robbie estava envergonhado por ter perdido a calma e discutido com um homem que não era digno disto.

Lanny estava começando a ficar alegre. Um grande alívio por estar fora da prisão e não ouvir pior censura que aquela.

— O Tratado está assinado! — exclamou ele. — E temos uma Liga das Nações para manter tudo em ordem.

— Não creio! — replicou o pai.

— *Pax nobiscum! Et Pluribus unum!* Deus salve o Rei! E agora vamos pôr esse quarto em ordem!

Lanny pegou a maleta que trouxera da chefatura de polícia, colocando-a na cama, e começou a sortear os papéis preciosos, como bom secretário que aprendera a ser.

— Amanhã à noite parto para Côte d'Azur, deito-me na areia, deixo-me queimar pelo sol e verei como o mundo chega ao fim!

FIM

A primeira edição deste livro foi impressa nas oficinas da
DISTRIBUIDORA RECORD DE SERVIÇOS DE IMPRENSA S.A.
Rua Argentina, 171, Rio de Janeiro, RJ
para a EDITORA JOSÉ OLYMPIO LTDA., em abril de 2023.

*

92º aniversário desta Casa de livros, fundada em 29.11.1931.